KB080545

한강로 랩소디

'이 책은 경기도, 경기문화재단의 후원을 받아 발간되었습니다.'

한강로 랩소디

전추부 지음

도서출판 한글

목 차

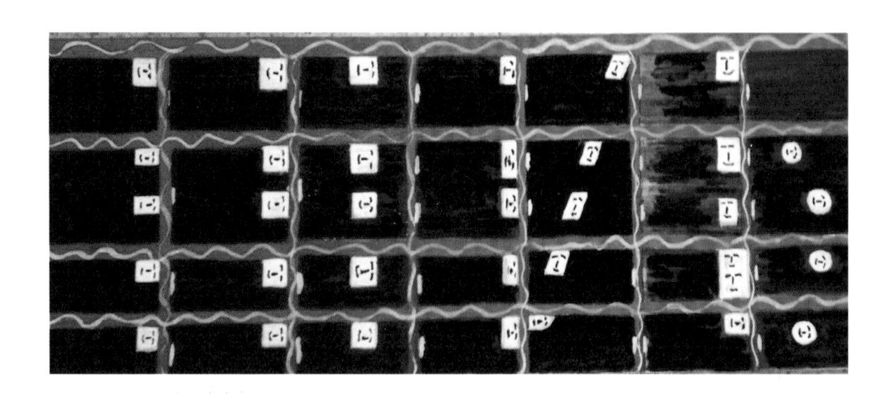

누나?

오늘 탈출이 계획대로 순조롭게 이루어지기를 하늘에 빌고 싶었다. 혹시 돌발적으로 의외의 일이 생기더라도 목적을 달성해야 된다는 굳은 각오로 주먹을 한번 불끈 쥐어 보았다.

부산과 목포에서 아침 일찍 출발하여 용산역으로 들어오는 기차 경적소리가 들려온다. 희미한 가로등이 비치는 장소를 조금만 벗어나도 골목은 캄캄하다.

경진은 밤 9시 영어성경책을 가진 몸 파는 여자와 재생약국에서 만나기로 약속했다.

검정색으로 물들인 헐렁한 군용점퍼를 입고 2층 계단을 내려와 집을 빠져 나왔다. 고양이처럼 몸을 잔뜩 긴장하고 발자국 소리가 나지 않도록 조심조심 걸었다. 앞과 뒤 옆 골목을 살피면서 길모퉁이에 있는 재생약국에 약속시간보다 10분 미리 도착했다. 미닫이문을 열고 안으로 들어섰다.

"어서 오세요, 날씨가 추워지내요."

약사가 의례적으로 인사를 했다.

"안녕하세요, 감기약 좀 지어주세요. 콧물이 자주 나옵니다. 기침은 심하지 않습니다. 아주 약하게 지어주세요."

"머리는 아프지 않습니까?"

"예, 약간 띵하기는 해도 별로 아프지 않습니다."

"잠깐 기다려 주세요."

무거운 겨울 외투를 축 늘어지게 입은 노인과 중년 아주머니가 주문한 약이 나오기를 기다린다. 경진은 긴 의자 끝 쪽에 가서 궁둥이를 붙였다. 겉으로 내색은 않지만 창문 밖을 힐끗힐끗 내다보면서 조마조마한 마음으로 여자가 나타나기를 기다린다. 도망 나오기 쉽지 않을 것이라 생각하니 갑자기 기운이 빠지고 긴장된다.

막상 만나서 앞으로 어떻게 살아가야 할지 대책도 없다. 일단은 창녀촌에서 여자를 다른 곳으로 도피시키기로 결심했다. 여기를 탈출하여 앞으로 어떻게 생활을 꾸려가야 할지 막막하고 살아갈 방법을 구체적으로 그림을 그리지도 않았다.

'에라 모르겠다. 머리 맞대고 궁리하다 보면 살아갈 방법이 나오겠지. 나중 일은 덮어두고 낙관도 그렇다고 비관도 하지 말자. 지금은 이곳을 포주의 눈을 따돌리고 도망 나가는 일이 급선무다. 앞으로 살아갈 계획은 나중에 의논해도 늦지 않다. 인간은 모든 상황과 환경에 적응하는 존재다.'

경진은 지금까지 어려운 환경을 힘들게 이기고 지내왔다. 여자가 자유의 몸이 되면 마음먹은 대로 무엇이나 시도해 볼 수 있을 것이다.

창녀촌은 들여다보면 담장 없는 감옥과 다름없다. 억압과 고통과 감시의 쇠사슬을 풀고 여자를 탈출시켜야 한다는 열망으로 경진의 가슴은 이글거렸다.

포주 방에는 소화제, 두통약, 감기약, 파스, 먹고 바르는 상비약품, 생리대,

보조의약품과 일상 소모품은 남대문시장에서 한꺼번에 구입해서 여유 있게 쌓아놓고 있다. 여자들의 화장품과 몸에 걸치는 옷은 보따리장수 아주머니가 이틀이 멀다 하고 찾아온다. 아가씨들이 집 밖으로 나갈 일은 거의 없다.

늦게까지 밤손님 받고 해가 중천에 올라올 때 일어나서 시멘트바닥 뜰에서 허리 팔다리 흔들기로 몸을 푸는 정도다. 이마저도 하지 않는 여자도 있다. 성경 가진 여자는 줄넘기 20분 정도는 한다고 했다. 밤새도록 손님 받고 낮에 온종일 자는 날도 있다.

집 밖으로 나가는 시간은 미장원이나 보건소에 갈 때다. 험하고 쓰레기같이 주절거리는 포주를 따라가거나, 여러 명의 여자들이 뭉쳐서 서로 감시하며 보건소에서 형식적인 검사받고 돌아온다.

창녀 중에는 포주 끄나풀이 되어 이상한 행동이나 동태를 살피고 일러바치는 내부자도 있다. 성경을 든 여자가 시간을 잘 포착하여 포주와 다른 여자들이 눈치 채지 못하게 빠져나올 요령은 있을 것이다.

만약 밖으로 나가는 낌새를 채고 감시의 눈이 뒤를 밟아 약국에서 만나 2층 집

으로 들어가는 그들을 미행해 온다면 한바탕 낭패를 당할지 모른다.

경진은 집에서 잠깐 놀고 가기로 불러들였다고 변명하여 고비를 넘기겠지만, 한 여자의 삶을 바꾸는 계획이 수포로 돌아가고 말 것이라 생각하니 가슴이 조여 왔다. 그녀가 다시 붙들려 간다면 그녀에 대한 구박과 감시의 눈초리가 더욱 심해질 것이다. 실수해서는 절대로 안 된다는 무거운 책임감과 두려움이 교차했다.

*

대학 첫 학기 마치고 방학을 맞은 그 해 겨울은 어느 소설속의 표현처럼 마녀 젖꼭지처럼 매섭게 추웠다. 12월초부터 기온이 영하로 뚝 떨어졌다. 그렇다고 별로 따뜻한 코트를 입거나 두꺼운 양말을 신지도 못했다. 젊은 혈기와 기분으로 버틴다.

삼한사온은 어디로 사라지고 매일 수은주가 섭씨 영하 이하로 내려간다. 연탄을 피워도 방안의 온기가 밖으로 새어나가 열 손실이 많다. 흙먼지 날리는 골목길에 나오면 찬바람이 아리게 살을 파고든다.

경진은 중 고등학생 집에 들어가서 자고 밥 얻어먹는 입주가정교사 자리를 구하기까지 잠깐, 용산역 근처 2층 집 고등하교 친구들이 자취하는 방에 빌붙어 지내고 있었다.

일본식 목조주택 벽이 얇아서 바람이 틈 사이로 기어 들어와서 살을 파고든다. 온 몸이 오그라든다. 연탄난로가 방안의 냉기를 잡아먹어도 잠 잘 때는 이불을 푹 뒤집어쓴다. 비록 독가스가 조금씩 새어나올지도 모르는 연탄이라도 태우지 않으면 밤새 얼굴이 까맣게 얼어버릴 것이다.

한강로 큰길가 연탄 공장에서 산 연탄을 새끼줄에 끼워 양손에 하나씩 들고 얼음판을 엉금엉금 걷다가 빙판에 훌렁 넘어져 무릎을 다쳐 며칠 고생한 일도 있다. 사글세방 얻어 자취하는 친구는 집에서 생활비 보내오는 형편이 비교적 좋은 학생들이다. 경진의 사정을 잘 아는 친구들이 입주가정교사 자리가 나올 때까지 같이 살자고 막무가내로 밀고 들어오는 친구를 각박하게 밀어내지 않았다.

시골서 올라온 학생들은 누구의 자취방에 틈만 생기면 빌붙어 지내기가 다반사다. 시베리아에서 불어오는 겨울바람이 강하게 불고 눈이 내려 날씨가 험상궂어도 구공탄 공장에 가서 연탄을 사서 새끼줄에 끼워 2개를 들고 오는 일은 경진이 자청하여 했다.

방 청소와 주전자에 물 받아 올라오는 일도 자진해서 했다. 친구들의 고마움에 보답하기 위해서 몸으로 할 수 있는 일은 다했다. 용산역은 군인들의 왕래가 많다. 자취집 다음 골목에 홍등가가 있었다. 간혹 지나다녔다.

"날씨 추운데 따뜻하게 놀다 가요. 할인해 줄 테니 이리 들어와요."

"호떡 사먹을 돈도 없는데 여자 살 돈 어디 있나."

호객하는 여자와 지나가는 취객 간에 벌어지는 풍경을 간혹 볼 수 있었다. 사창가를 지나가는 젊은 수컷들은 농담하면서 벌써 바지 앞이 솟아 올라오는 싱싱한 욕정은 감출 수 없다.

군인이나 학생 누구나 아래 거시기가 솟구치는 때는 비상금 털어서라도 여자를 산다. 뜨거운 청춘을 태워버리고 나면 몸이 허공으로 날듯이 가볍고 몸이 빈 상태에서 무엇이거나 다시 시작할 수 있는 활력이 생긴다.

경진이 서울 올라온 그 해 스카이대 수석입학 학생이 청량리에서 하루 밤 자고 그 여자를 좋아 하게 되었다. 부모의 완강한 반대를 무릅쓰고 성당을 찾아가서 신부님 주례로 부모 몰래 결혼을 했다.

학생 눈에 콩깍지가 끼어 창부와 결혼한 일이 나나노 집에서 한동안 술안주꺼리가 되었다. 청량리 588여자와의 결혼은 소설, 연극, 영화, 오페라 소재다. 스토리를 잘 엮으면 흥행이 되어 대박 터질지 모른다.

소설, 영화, 모든 예술은 말과 표현의 기술이다. 벽돌을 쌓거나 양복 만들 듯이 경험과 노력이 혼합된 봉제작업 비슷하다.

*

경진의 학교 학생회관에는 음악 감상실이 있었다. 시간 만들어 음악 감상을 열심히 했다. 교향곡100곡, 오페라 뮤지컬 100곡, 샹송, 칸소네, 푸가 같은 제3세계 음악 1000곡 이상은 꼭 귀에 익도록 감상하기로 목표를 세웠다. 베르디의 오페라 라트라비아타, 푸치니의 라보헴, 나비부인, 칼 멘은 고단한 뒷골목 여성과 담배 공장 노동자와의 사랑이다.

중국이 무대인 '투란도트'처럼 한국이 배경된 오페라가 작곡되어 관객의 사랑을 받는 날이 올 것이라고 기대해 본다. 사랑은 모든 조건과 장벽을 극복하고 승화시킬 수 있다.

유희적 실용적 사랑이 쾌락을 넘어 헌신적인 사랑으로 승화하는 예술적인 러브스토리, 시골농촌에서 소 팔아 등록금 마련하여 올라온 우골탑 학생이 시궁창에서 진주를 찾은 것처럼 한눈에 반해버린 사랑을 찾게 되었다고 학생들이 입방아를 찧었다. 순수한 사랑인지 여자의 사연을 듣고 연민 때문인지 순간적으로 저질러버린 청춘인지 아무도 모른다.

그 여자는 어디가 그렇게 매력적인 구석이 있었는가. 당사자들은 수많은 밤을 지새우며 연애, 사랑, 욕망, 부모, 공부, 미래에 대하여 번민했을 것이다. 간혹 있을지도 모르는 대학생과 창부와의 로맨스는 세상에 거의 나타나지 않는다.

특별히 청량리 홍등가에서 대학생과 만나 탈출한 창녀에 대한 이야기는 입소문을 타고 막걸리 판에 한참 동안 술안주가 되었으니 어떤 작가가 작품을 쓸 것이다.

경진은 친구들의 취중 대화를 들을 때마다 속으로 미소 지었다. 경진이 속한 '선행클럽'의 성백만 선배가 솔선수범하여 먼저 창녀와 결혼하는 스타트를 끊었다. '선행클럽' 멤버들은 매월 한번 혜화동 서울의대 강당에서 고전음악 감상회를 마치고 학림다방에서 모였다. 성백만, 심재중, 조상조, 이 국수, 안영후, 유영암, 조강애, 김영석, 김영택, 전경진 10명이다.

대학이 달라도 음악 감상회 참석은 학교 제한이 없었다. 이 모임의 구성원은 성경구락부 출신과 고등학교 적에 한국기독교학생운동 회원으로 서울서 회의할 적에 만난 것이 계기가 되어 서로 연락하고 추천하여 모임을 만들었다.

'선행클럽'의 목표는, 민족주의 비교연구회, 통일연구회, 진선미 독서회들의 이념적, 추상적 유토피아 건설 같은 거창한 과제가 아니다. 당장 고통 받고 억압과 감시하에서 하루하루 신음하는 사람들, 창녀는 물론, 불행한 처지에 빠진 사람들을 도와주고 도피시키거나 탈출시키는 방법을 연구 토론했다.

경진은 친구들 자취방에 머무는 동안에 '선행클럽'회원으로서 의무를 실행할 기회를 만들기 위하여 용산 홍등가 골목을 지날 때마다 여자들을 살폈다. 특별히 눈길이 가는 여자가 있는지 관찰했다. 어느 날 저녁 영업시간에 그 앞을 지나다가 유리창문 안에서 밖을 쳐다보는 한 여자의 얼굴이 눈에 싹 들어왔다.

그 자리에 선 채 옛날 기억을 되살리며 멍하게 그 여자를 바라보았다. 의자에 앉아 뜨개질하는 모습이 천박한 티가 나지 않았다.

창부(娼婦)의 몸이 되어 있으나 배운 사람으로 지성과 미덕을 몸에 지닌 버렁 냄새가 풍겼다. 원색 칼라 아닌 비교적 수수하게 흰색 털 세타차림에 쥐색 바지를 입고 있었다. 기억나지 않지만 어디서 분명 본 것 같은 얼굴이다. 세상에 닮은 사람도 있겠지만, 가볍게 지나치기에는 서운한 이미지가 다가온다. 데자 뷰(Deja vu) 현상인가, 궁금했다.

순간적으로 마음을 끌어들이는 따뜻한 감정이 느껴져 들어가서 한번 보고 싶은 감정이 울컥 발동했다. 안 된다. 마음잡고 발걸음을 뒤로 재촉했다.

며칠간 그 여자의 모습이 머리에서 지워지지 않았다. 햇살이 맑은 날 자취방에서 조금 떨어진 약국을 막돌아 나오는데 앞에서 걸어가던 여자가 얼어붙은 얼음판에 미끄러졌다. 고통스러워하는 모습을 보고 뛰어가 팔을 잡고 일으켜 세웠다. 발목을 삐었는지 걸음을 제대로 가누지 못했다. 얼굴을 보니 며칠 전 뒷골목 유리창 안에서 뜨개질하던 여자였다. 팔을 잡아 일으켜 세웠다. 괴로운 표정을 지으며 걸음을 천천히 걷기 시작했다.

"감사해요."

"어디 다친 데 없어요?"

"발목을 삔 것 같아요."

"아, 안 되겠다. 병원으로 가요, 나를 잡고 천천히 걸어가요."

한강로 건너 외과병원까지 30여 미터 힘들게 걸어갔다. 엑스레이를 찍어보니 뼈를 다친 것은 아니고 근육 타박상 정도다. 의사가 연고를 바르고 붕대를 감아주었다. 조금 쉬다가 가도 별로 문제없었다.

"감사했어요. 가세요, 조금 있다가 혼자서 살살 갈 수 있어요."

"집이 어디에요?

"예, 여기서 가까이 있어요, 걱정하지 마세요."

"그럼 조심해서 가세요. 조리 잘 하세요."

그녀와 병원에서 헤어진 3일 후 저녁 때 홍등가를 지나가다가 발목 다친 여자가 여기 여자인지 확인하고 싶어 들어갔다. 순간 문을 열고 들어서니 그녀가 벽 아래 구석 의자에 앉아 있었다. 그녀도 힐끗 쳐다보았다.

포주가 방에서 나왔다.

"디스카운트 안 돼요? 그리고 저 여자."

"화대 흥정하는 인간이 제일 지저분하고 치사하다."

포주에게 핀잔만 듣고 달라는 대로 화대 주고 여자를 샀다. 복도 맨 끝 문 쪽에 포주가 안내하는 방으로 걸어갔다. 대학교 입학 한 달쯤 지났을 무렵 친구들과 어울려 술 마시고 총각 딱지 떼자고 청량리에 간 적이 있다. 방에 분홍빛 불빛이 희미하게 켜 있고, 싸구려 향수냄새와 속옷 냄새가 범벅이 되어 곤충 썩는 냄새의 기억이 살아났다.

여자가 열어주는 문안으로 들어서니 방에서 은은한 향수 냄새가 피어오른다. 뒤따라 여자가 들어오면서 문 옆 벽 전등 스위치를 눌러 불을 꺼버린다. 학생이 공부하지 않고 이런 곳에 왜 왔나, 충고 말투로 허리를 잡으면서 희미하게 보이는 침대로 끌고 갔다.

"학생도 먹고 운동도 해야 건강하고 공부도 잘하지. 밥 세 끼 먹고 화장실 여덟 번 가야 정상이지."

돈 주고 산 여자가 오래 동안 사귄 여자처럼 정이 가게 말을 했다.

"그런데 며칠 전 발목 삔 것은 이제 다 나았어요?"

"덕분에 빨리 나았어요. 그 날은 정말 감사했어요."

"사실은, 얼마 전에 이곳을 지나다가 당신 얼굴을 보았어요. 어디서 한번 본 것 같은데 꼭 한번 만나보고 싶었지만."

어디서 틀림없이 본 여자다. 고향이 어디냐, 어떻게 하다가 여기까지 오게 되었는지 물어보면 제대로 대답이 나오지 않을 것이라고 지레 짐작했다.

여자가 라텍스로 만든 부드러운 물건을 경진의 손에 쥐어주었다. 경진의 아래가 금방 바람이 들어가 단단한 나무토막처럼 솟아올랐다.

'외로운 카우보이(무라가미 다카시)'가 눈앞에 보였다. 방안은 깊은 숲속 같았다. 둘이 손을 잡고 숲속을 힘껏 뛰어 간다. 아, 아, 천길 절벽 아래로 둘이 같이 떨어져 죽었다고 생각한다. 숨소리가 난다. 죽지 않고 살았다.

허우적거리며 겨우 일어나 절벽을 기어오르느라 사지를 벌벌 떨었다. 두 몸이 무겁다. 가까운 용산역으로 들어오는 기차 경적소리가 들려왔다. 천길 절벽 저 옆에서 힘차게 떨어지는 폭포에서 하얀 물방울이 사방으로 튀어나가는 풍광이 아름답게 보였다. 푸른 숲과 떨어지는 폭포가 순간적으로 멀리 사라졌다. 절벽 아래 흐르는 물도 다 증발하고 마른 풀잎이 바람에 날렸다. 모든 환상이 순간적으로 지나갔다. 여자의 부드러운 가슴팍에 누워서 적멸에 잠긴다. 잠시 후 눈을 뜨고 얼굴을 옆으로 돌려 손을 뻗어 머리 위 스탠드 라이트를 켰다. 탁자 위에 감색표지의 손바닥보다 조금 더 크기의 책 한권이 시선을 고정시킨다.

홀리 바이불(HOLY BILE)이다. 방바닥에 널려있는 옷을 챙겨 입으며 침대에서 아직 일어나지 않은 여자의 눈을 쳐다보았다.

"저 책 한번 봐도 돼요?"

"보고 싶으면 봐."

몸을 돌려 책을 집어 주고 그대로 누웠다. 영어성경책을 뒤적이며, 영어를 읽는다면 이 여자도 공부를 한 사람일 터다.

불빛 가까이 가서 읽었다. 아메리칸 바이블 소사이어티 1816년, 뉴욕, 킹 제임스 버전(American Bible Society , 1816 years, New York. King James) 페이지를 넘겼다.

'언제까지나 남아 있을 것은 믿음 소망 사랑인데 그 중에서 가장 위대한 것은 사랑이라' 고린도 전서 13장 13절. 낮게 힘준 목소리로 읽는다. 영어를 우리말로 바로 번역하여 읽으면서 영어를 잘 하는 사람처럼 으쓱해 보였다. 대학입학 기념으로 교회 학생회서 선물로 사준 영어성경의 이 구절은 외우고 있다. 교회에서 약방의 감초처럼 인용하는 구절이다.

"영어 할 줄 알아요?"

"그런 것 왜 물어, 미국말이라는 것은 알아!"

"미군이 여기 와서 놀다 가면서 읽어보라고 두고 갔어."

여자가 바지를 입는다.

"읽어보니 처음 몇 페이지 어딘지 잘 몰라도 죄 많은 소돔과 고모라 성이 신의 진노로 유황불로 멸망당할 때, 신의 선택을 받아 도망 나온 아버지와 딸이 동굴에서 머물 때, 딸이 아버지에게 술을 먹이고 몸 섞는 이야기는 무엇을 암시해주는지? 신의 말인지, 신화인지 잘 모르겠지만, 인간은 불가피한 상황이나 평상시에도 근친상간 사건이 일어나고, 성경대로라면 오늘날 지구의 수십억 인구는 근친상간의 후손들인가?"

"옛날에 어디서 틀림없이 본 사람 같다. 고향이 어디냐, 몇 살 먹었나?"

"그런 것 왜 물어, 볼 일 끝났으면 빨리 나가지!"

대답은 예상했던 대로다. 여자는 밖으로 나가 버린다. 비록 발목을 삐어 조금 도와준 일이 있지만 한 번에 여자로부터 어떤 대답을 듣지 못할 것이라고 짐작한 대로다. 여러 번 찍으면 안 넘어갈 나무 없다. 단번에 반할 잘 생긴 여자는 아니라도, 피가 섞인 형제처럼 마음이 끌리는 무엇이 있었다. 언제부터 여기 왔는지, 고향이 어딘지 알고 싶었다. 무엇인지 몰라도 눈에 자신을 감추고 있는 이상한 느낌이다. 사람은 오감 외에도 직감과 예지가 있고 어떤 순간에는 이 예감이 정확하다.

경진은 어느 날밤 꿈을 꾸었다. 따뜻한 봄날 벚꽃이 거의 다 떨어지고 햇살이 잔디를 부드럽게 어루만지는 동네 공원에서 엄마가 동생을 업고 누나가 엄마와 손을 잡고 앞에 걸어가고 경진은 그 뒤를 따라 걸어가고 있었다.

큰형은 한참 앞 멀찌감치 거리에서 뒤를 돌아보면서 무어라 중얼거리고 있었다. 하늘에 갑자기 먹구름이 모이고 바람이 일기 시작했다.

"집으로 가야 되겠다."

엄마의 채근하는 소리를 들었다.

공원 앞 큰 길을 건너 집으로 가는 길로 접어들었다. 금방 저쪽 하늘에서 번개가 치고, 씨 이익 쾅쾅! 씨 이익 쾅쾅!

멀쩡하던 땅이 갈라지고 땅바닥이 꺼지기 시작했다. 엄마가 누나를 앞으로 빨리 뛰어 가라며 밀고 뒤로 돌아서서 나를 쳐다보며 다급하게 소리친다.

"얘야! 저 뒤로 빨리 물러가거라!"

그러는 순간 엄마와 누나는 점점 앞으로 멀리 멀리 사라졌다. 금방 멀어지고 흙먼지 속으로 사라졌다. 나는 놀라서 뒤로 주춤 물러서면서 엄마! 엄마! 소리에 잠이 깼다. 이상한 꿈이다. 이런 꿈이 무엇을 암시하는지 해몽이 궁금했다.

공원에서 가족나들이 때의 꿈을 꾼 다음 날 거리의 국화빵 한 봉지를 사들고 다시 성경 책 가진 여자를 찾아갔다. 은근히 매력이 있었다. 마음이 착할 것 같이 보인다. 몇 살 되었나, 고향은 어디야 묻는 말에 웃긴다는 말투로 응대했다.

"그런 것 애인 만나면 물어."

"아무래도 무엇을 말하고 싶은데 말하지 못하는 얼굴 표정이야."

"할 말 없어. 나 같은 여자에게 무엇을 꼬치꼬치 물어."

며칠 후 솜눈이 부드럽게 내리는 밤, 발길이 통제할 수 없이 저절로 성경책 가진 여자가 있는 집 앞으로 걸어갔다. 그 날은 몸이 좋지 않아 영업을 하지 못한다며 포주가 다른 여자를 안내해 주겠다는 제안을 물리치고 경진은 방에 누워 있는 성경책 여자를 만났다. 안색이 창백했다. 어제 저녁에 먹은 음식이 잘못되었는지 심한 복통으로 어제 밤 오늘 하루 종일 화장실 다니느라 잠도 한잠 못하고 장사도 망쳤다. 힘없는 목소리가 가라앉아 있었다.

"나가서 다른 여자와 놀다 가요."

얼굴을 벽을 향해 돌렸다. 오늘은 들어올 때부터 이야기만 하고 가겠다는 마음으로 왔다. 단순한 여자로서 상대, 동정과 연민이 혼합된 감정이다.

"고향은 어디야, 어디서 태어나서 살다가 여기 오게 되었나?"

낮은 목소리로 묻는 질문에 핀잔주는 대답이 돌아왔다.

"여기서 그런 질문하는 사람, 정신 빠진 인간이다."

경진의 묻는 말에 여자는 냉정하게 한마디 던지고 벽만 쳐다보고 누워 있었다.

고향이 어딘지 나이가 몇 살인지 아무런 사연을 몰라도 친근감이 들고 분명 전에 어디서 본 얼굴이다. 전생에서 형제지간인가 상상했다.

"여기서 도망 나가서 어떤 다른 계획을 만들어 보자."

여자의 귀 가까이에 입을 대고 조심스럽게 말해도 응답이 없다.

경진은 이 여자를 본 후 여기서 도망 나가도록 해야 되겠다고 고민해온 순수한 가슴을 전했다. 육체적인 에로스의 즐거움과 진정한 사랑을 만들고 싶은 마음이 간절했다.

"여기서 빠져나가서 나와 같이 살든지, 어떤 새로운 삶의 길을 찾아보자."

최대한 부드럽게 단호하게 힘이 들어간 진정성 있는 경진의 간청에 여자는 반응을 보였다. 극히 짧은 순간에 심경의 큰 변화가 일어난 것인지 이외로 대답이 나왔다.

직감에 의한 판단인지 영혼의 힘이 작용하는지 신기하게 태도가 바뀌어 졌다. 그녀도 어떤 기회가 오면 이곳에서 탈출해야겠다는 평소의 열망이 있었을 것이다. 경진의 말이 진정성이 있다고 판단했다.

"며칠 생각해 보고 이야기 하자."

잠시 생각 후 목이 잠긴 소리로 대답했다. 경진의 눈에서 광채가 뿜어져 나오는 느낌이 들었다.

'초원의 빛'를 웅얼거린다.

"청춘은 찬란한 빛이다…….

꽃의 영광이다.

아름다운 청춘의 꽃을 피워보자"

경진은 중얼거렸다. 진흙탕에 빠진 처지에서 고생하는 한 여자를 도와 줄 수 있다는 기쁨이 무엇보다 컸다. 이미 오래전에 잘 알고 있는 누구를 다시 만나게 된다는 느낌이었다. 일주일 동안 탈출방법과 그 후 일을 생각하고 고민했으나 특별한 방법이 없다. 그냥 성경책 가진 여자를 다시 찾아갔다. 만나자마자 몸을 꼭 껴안았다. 어깨를 토닥여 주었다. 지금까지 느끼지 못한 따듯한 몸의 열기와 향기 나는 몸에서 아우라가 몸 밖으로 피어오른다.

"여기서 나가서 우리가 누군지 찾아보자. 나가서 살아갈 방을 구하는 대로 젖과 꿀이 흐르는 낙원이나, 꽃동산을 만들자. 아니면 초라한 초가라도 만들어보자."

"고마워."

여자는 말없이 고개를 끄덕였다. 물기 고인 눈빛이다.

사람을 포함한 만물은 화학 반응과 물리적으로 새로운 가슴과 모습을 만들어 간다. '흙에서 자란 나무도 수백 수천 년 지나면 썩고 비바람에 굳어져 다시 흙이 되고 돌이 된다. 흙과 돌 위에 떨어진 씨앗이 싹터 나와 나무가 되어 성장 한다'(미셸 푸코. 말과 사물 중).

*

삼라만상은 복잡하거나 단순하게 끊임없이 변한다. 생각, 이념, 신념, 감정도 시간이 지나고 환경과 융합하여 화학적으로 변화한다. 살아가는 습관이 변하고 먹는 음식이 변하면 몸을 이루는 세포도 변한다. 여자는 다시 살아난다는 희망으로 새 삶을 찾아보자는 굳은 결심을 한다. 당장은 용산역 창녀촌에서 탈출하는 일이 급한 문제다. 무사하게 여기서 도망가기 위하여 적당한 시간과 납득할 만한 이유를 궁리했다. 포주와 조폭들이 먹이사슬을 이루고 날카로운 감시의 눈을 여기저기에 배치하고 있다. 감시의 눈을 피해 나와야 된다. 보통사람들같이 살아가기 위해 한시라도 빨리 이곳을 벗어나고 싶었으나 경솔하게 행동할 수는 없다. 누구에게나 주어지는 보통 사람의 일상으로 돌아간다면 그녀는 새로운 삶으로 재생하게 될 것이다. 신이 인간을 불공평하고 고통스럽게 시험을 주지만 더 큰 다른 의도가 있다. 끝까지 불공평을 눈감는 존재는 아니겠지 믿는다.

'친애하는 신이여, 온 마음을 다해 기도합니다. 부디 제가 나의 몸에 질서를 부여할 수 있도록 도와주소서. 그렇지 않으면 나는 미아가 됩니다.' (오에 겐자부, 읽는 인간 중).

사람들이 많이 오고 영업이 분주하고 감시가 소홀한 저녁 9시경으로 정했다. 기둥서방들의 감시와 동료 여자들의 눈을 따돌리면 된다. 두통이 심해 골목입구 약국에 가서 약 사온다고 옆방 여자에게 말하고 태연하게 나와서 만나기로 계획을 세웠다. 며칠 지나면 자취방 친구들이 고향에 내려간다. 신학기 시작까지 혼자 있게 되는 자취집으로 숨어 들어가서 며칠간 궁리해서 멀리 가서 새로운 삶을 출발할 수 있다. 자취방 친구들이 고향으로 떠났다.

다음 날 저녁 운동화, 모자 달린 점퍼, 마스크, 안경, 장갑을 넣은 가방을 들고 재생약국에 나가 의자에 앉아 기다렸다. 재생 약국에 몇 번 감기약이나 소화제 사러 왔을 때 일반적으로 잘 찾지 않는 비타민 디, 셀레늄, 모린가 같은 건강보조식품이 있는지 문의해서 특이한 것을 찾는 학생이라는 인상을 심어 주었다. 안면을 익히기 위해 일부러 희귀한 건강보조식품이 있는지 문의했다. 살이 찌고 볼륨이 있는 중년 약사다.

경진은 성경 책 가진 여자와 저녁 9시 골목입구 재생약국에서 만나기로 약속했다. 약국에서 가방을 건네주면 약국 옆 화장실에 들어가서 가방 안의 옷으로 갈아입고 뒷문으로 나오도록 약속했다. 이스라엘 민족의 이집트에서 엑스도스를 생각하며 탈출계획을 세웠다. 나올 때 문제가 생기면 늦어질지 모르니 기다리라고 여자는 당부했다.

"약 여기 있어요."

의자에서 일어나 약을 받아 주머니에 넣고 창밖을 내다보며 파리똥이 붙은 벽시계를 바라보았다. 약속시간이 되었다. 약국 안에서 날선 경계심을 늦추지 않고 밖으로 응시하고 있었다. 마스크를 쓴 그녀가 나타났다. 문을 열고 들어오는 그녀에게 가방을 쥐어 주면서 화장실 쪽으로 손짓 했다.

"안녕히 계세요."

약사에게 인사하고 골목 뒤쪽으로 급하게 갔다. 조금 후 그녀가 모자를 뒤집어 쓰고 안경을 끼고 남자 점퍼로 갈아입고 운동화를 신고 나왔다. 잽싸게 손을 잡고 빠른 걸음으로 다음 골목에 위치한 자취방으로 숨어 들어갔다. 민첩하게 행동하는 훈련된 첩보원처럼 행동했다. 철문을 살짝 열고 들어가는 동안 집 주인은 알아차리지 못한 것 같았다. 집 옆으로 나 있는 나무계단을 조심조심 걸어 올라가 방에 숨어들었다.

이제 됐어! 방에 들어와 문을 잠그고 경진과 여자는 서로 힘껏 몸을 감싼다. 안도의 숨을 크게 내쉬는 몸에서 신비스러운 아우라가 피어오른다.

"아무도 보지 않았지?"

"그럼요, 그런 눈치도 없이 나왔을 거봐."

다시 몸을 감싸 안고 뜨겁게 얼굴을 비비며 시간이 흘러간다.

"얼음 위에 댓잎 자리를 보아
임과 나와 얼어 죽을망정
정둔 오늘 밤 더디 새 오시라
더디 새 오시라"
(만전춘)

허름한 군용담요를 깔고 솜 이불속으로 들어가 체온을 높였다. 오직 사랑이 인생을 구원한다.

청춘은 지독한 사랑의 독약에 취하는 좋은 시기다.

하늘이 못 주신 사람 하나를 하늘 눈감기고 탐낸 죄 사랑은 이 천 벌.
(사랑초: 김남조) 마음속으로 외운다.

밤 12시에 일어나서 약방으로 나가기 전에 미리 해놓은 밥을 마가린과 간장에 비벼 먹는다. 반찬이 없어도 꿀맛이다. 동대문시장에서 사 온 땅콩 박힌 과자 한 봉지가 며칠 동안의 유일한 간식거리다.

아래 집주인의 눈을 피하여 출입문 옆에 있는 화장실도 내려가지 못한다.

아래층의 주인이 여자가 있는 사실을 알면 의심의 눈초리를 거두지 않을 것이다. 동네 사람들과 포주들 간에는 이웃으로 주고받는 정이 있어 일러바칠 염려가 되었다. 청량리에서 장사 잘 하는 여자가 남자 따라 도망 간 후 여자들에 대한 감시의 눈초리가 더욱 심했다. 손님이 많지 않고 조용하여 하마터면 집을 빠져나오지 못할 뻔했다. 다행이 술 취한 놈이 들어와 소란을 피우는 틈을 타고 빠져나왔다. 여자는 얼마 전 일어난 상황을 생각하면서 다시 안도의 한숨을 쉬었다.

경진은 방에서 사용한 놋쇠요강은 틈틈이 아래 화장실에 내다버렸다. 오줌 버리는 일이 즐겁기만 했다.

여자가 빠져나온 창녀촌은 어떻게 돌아가는지 궁금했다. 죽일 년이 도망 간 것 같다면서 씩씩거리는 포주의 얼굴이 그려진다. 약국에 간 여자가 몇 시간이 지나도록 돌아오지 않으니 포주와 기둥서방들이 재생약국에 쳐들어가서 약사에게 씩씩거리며 여자에 대하여 묻고 한바탕 소란이 일어났을 광경이 눈에 선하다.

"갈보 한 년이 도망갔다. 도망가도록 도와 준 년이 당신이지?"

상스럽게 욕하고 공갈 협박하는 시궁창의 사람들에게 약사는 처음에는 시치미를 떼었다.

"무슨 말을 하는지 나는 그런 것 진짜 몰라요."

"야, 이 년이 너 바른 대로 말 안 하면 오늘 제삿날이다. 알겠지!"

손목에 새긴 문신을 보라는 듯 소매를 걷어 올리며 험한 얼굴을 보인다. 홍등가의 기둥서방들의 험하고 역겨운 욕 고문에 약사는 이실직고했다.

"감기약 사러 젊은 사람이 와서 가방을 건네 주고 화장실 보고 간다면서 저쪽 방향으로 갔어요. 그 다음은 아무 것도 몰라요."

"누구지? 안면 있는 놈이지?"

"약 사러 온 적은 한두 번 있지만 동네 사람인지 지나가는 행인인지 확실히는 잘 모르지요."

포주가 나가서 찾아보자고 말했다. 조폭들이 포주를 따라 씩씩거리며 모두 나갔다. 창녀촌에 비상이 걸렸다. 한강로 큰길가 방향, 경부선 철길 다리, 용산역 광장, 용사의 집 옆길에 조폭들이 배치되었다.

며칠 동안 동네를 오가며 여자를 도망시킨 수상한 놈이 나타나는지 살벌하게 살폈다. 밖이 아무리 살벌해도 학생은 문 닫고 방에만 처박혀 있을 수 없었다. 전화가 없어 매일 대학본부 '가정교사 구직지원본부'에 나가서 가정교사 문의가 들어왔는지 확인해야 된다.

경진이 며칠 후 버스길로 나갈 때 수상한 놈의 눈길이 비쳤지만 태연하게 지나갔다.

부지런히 앞만 보고 걷는 학생을 의심하지는 않았다. 학부모들은 가정교사 신문광고 보고 구직 본부로 문의하기 때문에 바로 확인해야 된다. 가정교사 구직 광고는 신문사에서 서비스해 주었다.

성질 급한 부모들은 연락이 안 되면 다른 학생에게 연락해서 가정교사를 찾는다. 지방에서 올라온 가정형편이 어려운 대학생들은 가정교사를 하면서 학교를 다녔다.

*

경진은 입학 처음 학기를 고등학교 동창과 방을 얻어 자취하고 2학기부터 가정교사를 시작했다. 중고등학생 가르치는 가정교사를 하지 않고는 공부는 차지하고 먹고 살 수도 없었다. 시간제나 입주나 중고등 학생들을 가르치고 때로는 초등학생도 가르쳤다.

용산 자취방에서 2주 동안 성경책 가진 여자와 보냈으나 몸과 마음을 통하여 차원 높은 관찰의 단계로 올라갈 수 있는 충분한 시간이 되지는 못했다. 그래도 꿀보다 달고 행복했다. 순수한 들과 산의 암수짐승이 되었다.

"햇살 가득한 대낮

지금 나하고 하고 싶어?

내가 물었을 때
꽃처럼 피어난 나의 문자(文字)
"응"
동그란 해로 너 내 위에 떠 있고
동그란 달로 나 네 아래 떠 있는
이 눈부신 언어의 체위
오직 심장으로 나란히 당도한 신의 방
너와 내가 만든 아름다운 완성
땅위에 제일 평화롭고 뜨거운 대답
"응"
(문정희- "응")

'응'에는 많은 번민 몸의 리듬과 마음의 평정을 허물어뜨리기도 할 것이라는 것을 짐작하지 않은바 아니다. 그럼에도 불구하고 사랑을 기쁘게 받아 들이며 사랑에 자신을 온전히 내맡기고 사랑이 잘 자라도록 물을 주었다. 사랑은 사람을 풍요롭게 생기발랄하게 만든다는 것을 알고 있기 때문이다. 입에서 하얀 입김이 날리는 이른 아침 용산역을 출발하여 청량리로 갔다.

경진이 이미 며칠 전에 구해 놓은 종암동 학교 근처 월세 방까지 걸어서 갔다. 아담한 붉은 벽돌집은 골목 쪽으로 별개로 쪽문이 있었다. 출입할 때 철제 대문으로 출입하는 주인들과 부딪칠 염려 없는 떨어진 방이다. 한집 건너 학교 담장이 보이는 동네다. 분위기가 조용하고 집주인도 좋은 사람 같았다.

"작은 방이지만 우선 여기서 지내자."

"책상 하나 비닐옷장 들여 놓고 둘이 잘 잘 수 있으면 충분한 방이지 뭐."

좁은 방이라도 두 사람에게는 따뜻한 둥지다.

"낙원이 있다면 어디 나와 보라 그래."

"지구에서는 여기가 꽃동산이다."

서로 맞장구친다. 용산 친구 방에서 지낼 적에는 집주인 눈이 무서워 긴장되고 먹는 것도 시원치 않고 지쳐서 입보다 눈짓과 조용히 몸짓으로 대화가 더 많았다.

서로 성도 이름도 출생지도 부모에 대하여도 나중에 말하기로 하고 아무것도 묻지 말고 용산창녀촌을 도망 나와 자취방에서 지내게 되었다. 일순간 감시의 눈도 포주의 구속도 벗어나 자유의 몸이 되었다. 용산역은 지나다니는 기차 소리가 들려서 차를 타고 멀리 가고 싶었다. 멀리 떠나온 기분이다.

"그래, 원래 이름은 무엇이지?"

경진이 묻는다.

"재선(再善)이라 불러."

여자는 재선이 원래 이름은 아니지만, 새로 태어나서 선하게 살겠다는 이름을 미리 생각해 두고 있었다.

"재선, 이름이 멋있다."

이름을 불러본다.

"하하, 참 좋다."

두 사람 눈에서 신비로운 사랑의 빛이 뿜어져 나온다.

"앞으로 어떻게 살아갈지는 차츰 생각하고 당분간 마음 편하게 지내면서 생활을 구상해 보자."

"나도 무엇이 되거나 일을 찾아볼게."

"우선 생활하기 위해서 돈을 좀 마련해 볼게."

"학생이 돈을 어디서 구해?"

"아르바이트가 생기겠지."

"돈 빌리러 서둘지 마."

다음날 경진은 국제아동지원기관 C서울사무실을 찾아갔다. 해외지원자가 보내는 지원금을 보육원을 통하지 않고 바로 줄 수 있는지 문의했다. 바로 지급해 줄 수 있다면서 원한다면 그 달의 지원금을 줄 수 있다고 했다.

해외지원자들이 보내오는 돈은 매달 한꺼번에 보육원원장님이 서울 올라와서 받아간다. 경진은 원장님과 사전에 상의도 없이 후원자가 보낸 온 돈을 직접 받았다.

원장님이 알면 어떤 말로 나무랄지 불안하고 걱정이 되었지만 우선 돈이 필요했다. 받아온 돈을 재선에게 내놓고 쌀과 필요한 반찬을 사자고 했다. 어디서 갑자기 돈이 생겼는지 재선이 묻는 말에 학교 친구에게 빌렸다고 얼버무렸다.

그 달 돈을 받기 위해 서울 올라온 원장님이 남대문 시장 근처 여관에서 경진을 호출했다. 경진은 바로 여관으로 갔다. 겁먹은 표정으로 엉거주춤 문을 열고 들어갔다. 원장님은 화가 잔뜩 난 얼굴로 자리에 앉으란 말도 없이 세워 놓고 야단부터 쳤다.

"야! 이놈아, 너 대학생 되었다고 그래, 그런 짓을 하느냐? 식당 아주머니가 시골서 땅 판 돈 빌려서 대학입학금 손에 쥐어주었는데, 그런 배은망덕한 행동을 할 수 있나? 이놈아, 아주 나쁜 놈 아닌가."

화가 잔뜩 난 원장의 험한 펀치 한 대를 맞을 각오는 단단히 하고 있었다.

"돈이 급하게 필요해서 그랬습니다. 다시는 그러지 않겠습니다. 이번 한번만 이해하고 용서해주세요."

"무슨 일이 있어 그렇게 급하게 돈이 필요해서 그런 짓을 했나? 미리 상의도 한마디 하지 않고."

"지난달 한 달 생활비를 몽땅 소매치기에게 털려 버렸습니다."

원장님이 매달 생활비 명목으로 보내주는데 거짓말을 하니 양심이 찔렸다.

한참 꾸지람하고 화가 조금 사그라졌는지 그만 가보라고 했다.

"나가 보겠습니다."

인사하고 여관을 나와 힘없이 종각까지 걸었다. 중간에 명동에 들어가 OB 맥주나 한자 마시고 싶은 욕망을 참고 한 푼이라도 아껴야 한다는 생각 때문에 계속 걸었다. 종로에서 청량리 가는 전차에 올랐다.

경진은 자취방으로 돌아와서도 기분이 좋지 않고 어두운 얼굴 기색이 사라지지 않았다.

"왜 무슨 나쁜 일이라도 있어?"

"아니, 그냥 머리가 좀 아파서 그래."

"조금만 기다려 밥 준비 다 됐어."

그날 저녁은 재선이 준비한 쌀밥과 구운 김, 고등어조림 반찬으로 맛있게 먹었다. 막걸리 한 주전자도 준비했다.

"탈출의 영광을 위하여, 앞날의 행운을 위하여!"

컵을 부딪치고 막걸리 한잔을 쭉 마셨다. 재선이도 반 컵을 마셨다.

"부끄러운 표정을 지우기 힘들어 한다. 무슨 말을 하려다 말고 주저하는 것 같다."

재선이 눈치를 살피며 묻는다.

"그렇게 보여?"

"할 말 있으면 틀어 봐, 어떤 말이라도 듣고 싶어."

"나는 민망스럽고 부끄러움을 숨기고 싶은 구석이 많은 사람이야."

"뭐가 그렇게 부끄러운데?"

"재선은 고향이 어디야, 그리고 몇 살이야?"

"먼저, 경진은 몇 살이야, 그리고 고향은 어디야."

"나의 태어난 곳은 일본이다. 유년시절은 시골에서 보냈고 교회의 성경구락부에서 초등학교 과정 마치고 별로 알려지지 않은 3류 중고등하교 다녔어."

"모두 부러워하는 대학 들어갔으니 공부는 아주 잘하는 모양인데."

"대학입학 행정의 변화와 운이 맞아서 대학에 들어갔어."

"수재들만 들어간다는 대학인데 자기를 비하하기는."

"학교서 일 등은 못하고 항상 2등만 했다. 고등학교 3년 동안 성적은 고루 좋았던 것 같아, 벼락치기 공부 같은 것은 몰라."

경진은 지나온 어릴 적 일들은 가능한 묻어두고 싶었다. 궁핍하고 고달픈 삶과 절망적인 순간의 연속이기 때문에 깊이 덮어두고 싶은 사람이다. 반대로 웃기는 유머나 하면서 지나기로 마음먹었다. 그런데, 오늘 원장님 만난 일을 생각하니 괜히 우울해지고 누구에게 이이야기하고 나면 기분이 나아질 것 같았다.

대학생이 되어 과거의 아픈 기억일수록 거리를 두고 간직하는 편이 좋다는 사실을 깨달아 가는 중이다. 이렇게 울적한 기분이 되니, 재선에게 지난날을 털어놓고 밝히는 것이 서로 이해하고 협조하면서 새로운 삶을 계획하는데 도움이 될 것이다.

"재선아, 지금부터 하는 말을 듣고 가슴에나 머리에 간직하거나 묻어두지 말고 금방 흘러 버리고 잊어 버려라, 배고프고 절망적이고 비참하고 아픈 이야기, 몸으로 부딪치고 가슴으로 안으며 겪은 일이다. 신은 왜 사람이 그렇게 힘들게 살아오게 만드는지 이해할 수 없을 뿐 아니라 간혹 저주하고 싶어."

성녀 테레사수녀도 이런 의문을 가졌다는데, 속세에 살아가는 보통 인간은 의문이 들 수밖에 없다.

경진은 어린 시절의 기억을 회상했다. 한국전쟁이 발발하고 남과 북이 밀고 밀리는 혼란한 전쟁 시기에 시골서 도시로 이사 왔다. 도시 변두리 가난한 사람들이 모여 사는 인분 저장탱크가 있는 지저분한 곳에서 살게 되었다.

그 동네사람들은 시골서 올라와 먹고살기 위해 험한 일이라도 할 수 있다면 다 행이다. 인분저장탱크가 있기 때문에 사람들이 살기를 기피했다. 시청의 청소부 소속 직원들 몇 가족이 관리창고 옆 관사에 방 한 칸씩 차지하고 비좁게 살았다.

*

경진은 더 멀리 타임머신을 돌려본다. 일본이 한반도를 포함하여 아시아 여러 나라를 점령하고 기세를 몰아 자살특공대 가미가제가 태평양의 하와이 진주만을 기습적으로 공격하는 날, 일본의 히로시마 작은 마을에서 세상을 향하여 크게 소리 지르면서 태어났다. 위로 형과 누나가 있었다. 2년 후 동생이 생겨서 모두 다섯 형제가 되었지.

경진의 아버지는 청운의 뜻을 품고 한국을 떠나 일본으로 건너가서 목재 가공소를 운영했다. 아버지는 몸이 건장하고 목 아래 가슴뼈가 튀어나온 힘이 세고 술도 잘 마셨다. 목재공장을 운영하는 바쁜 중에 늦은 나이에 열 살 아래 고향 처녀를 소개받아 잠깐 고향에 들어와서 혼인식을 올렸다. 며칠 후 고향 사람들 전송을 받으며 신혼부부는 같이 일본으로 들어갔다.

경진의 형제들 다섯은 혈육지간이 되어 부대끼며 엄한 아버지와 엄마의 사랑을 받고 무럭무럭 성장했다. 미국이 진주만 기습으로 피해를 입고 가만히 있지 않았다. 맨하탄 프로젝트로 개발한 핵폭탄을 일본에 실전 실험했다. 히로시마와 다른 도시에 원자탄이 투하되었다.

경진의 가족은 지하 방공호에서 씨이익 쾅쾅! 씨이익 쾅쾅! 굉음을 들었다. 이틀 후 방공호에서 나와 보니 매일 살아온 집이 새삼스럽게 어린 눈에 환하게 들어왔다. 목재로 지은 일본식 주택의 창문이 깨지고 빨래 줄이 한쪽으로 날아가 감겨 있었다. 원자탄이 떨어졌을 적에 집은 피해 반경 경계선 지역에 위치한 곳이라서 바람이 심하게 지나간 흔적 외에 다른 피해는 없었다.

아버지가 나중에 토기, 닭, 개, 다람쥐 같은 장난감을 만들어 아이들에게 주려고 통나무 토막들을 담장 밑에 쌓아 두었었다. 통나무가 날아 가버렸다면 장난감을 만들지 못할 뻔했는데, 그 자리 그대로 있었다. 통나무, 원석은 목공 석공이 다듬어 책상, 장난감, 조각을 만드는 원재료들이다.

경진의 아버지가 산에서 실어온 긴 통나무들을 돌아가는 톱날에 밀려 하얀 목재를 만들어 내는 것을 보면서, 나중에 커서 나무로 비행기, 배, 자동차, 인형을 만들어야지 생각했다. 통나무가 돌아가는 톱에 잘리고 가구가 되기까지 아버지의 숙련되고 정교한 손놀림을 보면서 자랐다.

아름답고 튼튼한 가구는 장인이라도 만들기가 힘들고 시간과 숙련의 기술이 필요하다.

이야기도 듣는 사람이 감동 받도록 요령과 기술이 있어야 된다. 경진이 지금 재선에게 들려주는 이야기는 단어를 잘 짜 맞추고 진솔하고 정확하게 마음과 감정을 문장으로 표현할 수 있다면 감동적인 소설로 쓸 수 있을 것이다. 아버지가 3대 독자였는데 자식을 많이 퍼트리는 겨자씨 계(介)를 이름에 붙여 종계(種介)라고 작명가가 이름 지었다.

경진의 이야기를 듣고 있던 재선의 얼굴이 점점 핏기가 사라지고 창백해지기 시작했다. 무엇인지 몰라도 이상했다.

"왜 안색이 좋지 않지, 이야기 그만하자."

"더 듣고 싶어, 계속 해 봐."

잠시 후 저녁 먹을 때 마시고 남은 막걸리 한잔을 쭉 마시고 목을 적신 다음 말을 이었다. 일본이 원자탄 맞고 미국에 항복 선언했다.

한국은 저절로 해방을 맞이했다. 일본에 살던 한국 사람들 대부분이 한국으로 돌아오는 길을 서둘렀다. 경진의 부모들은 히로시마를 떠나오기 며칠 전에 바로 위 누이가 잠들어 있는 동네 공원묘지를 찾았다. 2년 전에 4살에 홍역을 심하게 앓다가 죽은 딸과 다시는 돌아오지 못할 작별인사를 위해서다.

"잘 있어라 애야!"

엄마와 아빠는 흰 장미꽃 한 송이를 돌로 만든 조그만 비석 앞에 두고 눈물을 뿌리며 돌아왔다. 이 광경을 형제들은 똑똑히 보았다. 쌍둥이 딸을 낳아 조산원에서 바로 한 아이를 다른 집에 입양시켜 보냈다.

쌍둥이 누나 하나는 4살이 되어 죽었다. 쌍둥이 딸 둘을 잃어버린 부모의 슬픈 마음을 자식들은 이해하지 못한다. 경진은 쌍둥이 누이가 있었다는 내용을 알지 못하고 있었다.

경진은 나중에 대학에 입학하여 서울 올라오기 전에 큰누나 집에서 하루 밤 자면서 일본서 한국으로 돌아올 때의 일어난 이야기들을 누나에게 들었다. 해방되고 한국으로 돌아올 적에 경진은 하마터면 미아가 될 뻔했다. 누나가 길 잃은 이야기를 들려주었다.

히로시마를 출발하여 귀국 관부연락선이 출항하는 시모노세키 항구에 도착한다. 배를 기다리는 동안 눈 깜짝할 사이에 아이 하나가 없어졌다. 이리저리 사람들 틈을 비집고 다니다 길을 잘못 들어 점점 멀리 사라졌다. 미아가 되어 귀국선을 타지 못할 뻔했다. 그때 시모노세키 항구에서 부모 형제들의 심정을 간혹 가다 회상한다.

하늘에는 먹구름이 무겁고 바다는 검푸른 시모노세키 항구 어디에 아이가 헤매고 있는지, 제발 멀리 가지 말고 빨리 돌아와야 되는데. 엄마의 한숨소리다. 고국으로 돌아갈 연락선으로 빨리 오기 바란다. 넘어져 무릎에 피가 나는지, 물에 빠졌나, 어디서 비둘기와 놀고 있나, 누구와 같이 있나 눈물 흘리며 어디를 헤매고 있나, 이 일을 어찌 할꼬! 엄마의 심장은 몹시 괴로웠다. 부두에 사람은 꾸역꾸역 모여들고 배 떠날 시간은 얼마 남지 않았다. 이 일을 어쩌면 좋을지. 고향으로 돌아가서 친척들 만나고, 소먹이고, 농사짓고, 희망과 설렘이 가득하다.

아기는 이 거칠고 북적이는 항구 어디를 헤매는지 알 길 없네. 이 일을 어쩌나! 부모는 큰 한숨을 쉬었다. 부모 형제 곁을 떠나 아무것도 모르는 4살 아이의 눈에 보이는 모든 것은 모두가 신기하고 재미있었다.

세상 걱정 근심 같은 것은 없었다. 나중에 길을 잃고 헤맨다는 자신을 발견하고 당황하여 울며 헤매고 다녔다.

배를 묶은 쇠줄을 넘다가 자기 발에 엉켜 넘어져 무릎이 터지고 팔 꿈 치에 피가 나오고 아리고 아팠다.

"혹시 혼자 돌아다니는 아기하나 못 봤어요?"

큰누나는 사람들 틈을 비집고 다니며 동생을 찾았다.

이 북새통에 아이를 잘 간수하지 않고 그래, 사람들은 눈살을 찌푸렸다. 단단히 단속하지 않았다고 혀를 차면서 핀잔을 주었다. 어떤 사람은 동정의 표정을 지었다. 큰누나가 정신없이 뛰어다닌 고생 끝에 동생을 만났다.

눈물을 닦아주며 안고 배가 출항할 준비가 끝나고 문을 닫기 몇 분 남겨놓고 가까스로 돌아왔다. 아이는 눈물 범벅이 되어 아버지의 무서운 꾸지람도 들을 시간도 없이 엄마와 누나의 손에 끌려 급히 배에 올랐다.

아버지는 무섭다. 히로시마에서 시모노세키 부두까지 잘 왔는데 잠깐 눈 팔 사이에 호기심 많은 아이는 사람들 틈을 요리저리 헤매면서 사라졌다.

"하마터면 큰일 날 뻔했네."

재선의 눈에 물기가 촉촉이 배어 있다.

"그때 한국으로 돌아가는 사람들은 자기 식구 챙기기에 정신없어 길 잃고 헤매는 남의 아이에게 신경 쓸 여유가 없었다. 그때 혼란스러워 한국 사람들 목숨은 대단치 않았다. 경찰이나 항구의 직원들도 별로 관심 없었을 거야."

"부두에서 미아가 되었다면 이렇게 나와 만나지도 못했을 거야, 생각하니 눈물이 나와."

경진이 다행이라는 말투로 계속했다.

어린 눈에 비친 귀환동포들의 짐 보따리 살림도구들 모두 신기하고 볼만한 구경거리다. 현해탄을 건너올 때 관부연락선 난간에 달아놓은 주전자가 줄이 떨어져 씨이익 풍덩! 바다로 떨어져 멀리 사라져버린 양은주전자가 경진의 눈에 아물거렸다.

객실에는 사람들이 너무 많아 물건들을 난간 밖에 두었다. 갑판에도 자리 깔고 빈틈없이 누워 있거나 앉아 있었다. 부산에 내려 임시 수용소에서 하룻밤 자고 고향 길에 올라 낙동강 남지 다리를 지나 고향에 도착했다.

동네 사람들이 나와서 맞이해 주었다. 그들 가운데 꼭 나타나야 할 사람이 보이지 않았다. 아버지가 친척 동생에게 물었다.

"정 서방은 왜 보이지 않네, 어디 갔소?"

"아, 그런데 그만."

6촌 동생이 어색하게 주저주저 얼버무린다. 아버지가 일본서 돈을 보내 어 고향에 땅을 사서 먼 친척에게 경작을 시켰었다. 논밭을 관리하던 친척이 노름판에서 다 잡혀먹었다.

자기 집과 논밭도 몽땅 날리고 고향에서 사라졌다. 부모들은 고향에 돌아와 농사지으며 정착할 계획은 물거품이 되고 고향에서 살아 갈 수 있는 기반이 사라졌다. 사라져 버린 논밭은 찾을 길이 막막했다. 아버지는 부산으로 떠나기로 결심했다.

동네 뒷산 조상님들 산소에 인사하고 며칠 후 낡은 가죽가방과 고리짝을 메고 넓은 도시 부산으로 향했다. 푸른빛이 생기를 잃어가는 가로수가 띄엄띄엄 서 있는 자갈길 위로 목탄 트럭이 지나가면 앞이 보이지 않도록 먼지가 피어오르는 길을 걸었다. 칭얼대는 동생들을 누나는 업고 걸었다. 연약한 누이가 아이를 업고 얼마나 힘들었을까.

사랑하는 누나를 영원히 잊지 못할 것이다. 낙동강 남지다리를 건너 창녕으로 들어갔다. 일본에서 돌아온 귀국동포들이 머물도록 창녕군에서 마련한 농림조합 창고에 들어가서 머무는 동안 아버지가 창녕 놋쇠공장에 일자리를 구했다.

부산에 가도 일자리가 기다리고 있지도 않았다. 일본 탄광에서 사고로 죽고 유복자식 하나 데리고 돌아와 부산에서 비단 장사하는 외숙모 한분이 계셨지만, 모두가 입에 풀칠하기 급급하여 친척이라고 밥 한 끼 해 먹이기 힘들었다.

일본서 귀국한 사람들이 북적이고, 먹고 살기 위해 농촌에서 사람들이 모여들어 부산은 혼란스럽고 복잡했다. 사기와 배신이 난무하는 항구 도시에 비하여, 창녕은 조용한 시골이다. 눌러 살게 된 것이 오히려 잘되었는지 모른다. 창녕은 하산골 하왕산 비둘기 산이 웅장하게 솟아 있고, 서쪽은 낙동강이 흐르는 풍치 좋고 전설이 많고 훈훈한 시골이다.

봄여름 가을 겨울 사계절 재미있는 장난감이 늘려있었다. 진달래 따먹고, 칙 캐고, 여치 잡고 밀짚으로 여치 집 만들기, 호박꽃 따오고, 홀랑 벗고 산골짜기에서 가재 잡고 수영하고, 겨울에는 얼음 지치고 놀이가 지천으로 늘려 있었다. 창녕은 하늘이 만들어 준 자연의 디즈니랜드다. 환상적인 동심의 세계였다. 창녕에 정착한 경진의 가족은 앞으로 좋은 세상 만들어지고 쌀밥 먹으며 살게 될 것이라는 희망과 꿈이 있었다.

하왕산, 낙동강, 우포늪, 만월정의 진흥왕 경계비, 잔디가 부드러운 앞산의 묘지, 콩밭, 옹달샘 동심의 세계는 오랫동안 추억으로 남을 것이다.

경진은 9살에 초등학교에 들어갔다. 다른 엄마들이 물었다.

"너는 키가 크다 몇 살이냐?"

"아홉 살요."

"그러면 그렇지."

다른 아이들의 엄마들이 '저 아이는 키가 크다'고 수군거렸다.

집에 돌아온 경진은 손등으로 눈물을 닦으며 골난 소리로 말했다.

"엄마, 나 학교 가지 않을 거야."

"왜 가기 싫은데?"

"다른 엄마들이 키 크다고 몇 살인지 자꾸만 물어, 부끄러워."

엄마가 며칠 같이 학교에 다녔다. 2학기부터 급장으로 선출되었다. 공부에 재미가 솔솔 붙고, 시간 끝나면 아이들이 교실 바닥을 활석(滑石)으로 반질반질하게 빛나도록 문지르고 걸레질을 잘하는지 감독했다. 급장으로서 모범을 보이기 위해 솔선수범도 했다.

*

2학년 올라와서 교과서를 받았다. 창녕읍에 초여름이 들어서면서, 머리가 둘 달린 돼지가 태어나고, 벌써 홍수가 나고 세상이 뒤집어질 난리가 생길 징조였다. 사람들이 불안해하고 웅성거렸다.

인간은 정확한 증거와 정보가 없어도 타고난 오감과 예감으로 미래를 감지한다. 6.25전쟁이 터졌다. 동네 앞 넓은 콩밭이 하루아침에 임시 비행장으로 변했다. 며칠 후 낙동강 방향에서 비행장 주둔 미군부대를 향해, 씨이익 쾅쾅! 씨이익 쾅쾅! 시씨익 쾅쾅! 대포가 날아오자 군인들이 철수했다. 창녕하늘에는 폭격기가 우렁찬 소리를 내며 빙빙 돌기 시작했다. 사람들은 보따리를 지고이고 소달구지를 몰고 청도 밀양 부산으로 피란길에 나섰다.

경진의 식구도 피란길에 올랐다. 엄마가 동생, 형과 누이가 이불, 먹을 곡식, 냄비를 등에 지고 걸었다. 경진은 짐도 무거운 엄마 누나 손잡고 걸었다. 아버지는 몸이 아파서 지팡이를 짚고 힘들게 걸었다. 청도 고개를 넘을 때 다리가 아프다고 칭얼대는 동생을 큰누이가 업고 고개를 넘었다.

누나의 따뜻한 체온은 지금도 잊지 못한다. 청도 어느 집의 쇠똥 냄새나는 마구간에서 하룻밤 보낸 밤도 잊지 못한다. 부산 가지 않고 밀양에 주저앉았다.

밀양 영남루가 바라보이는 강가 숲속 목재창고를 피란민들이 임시 숙소로 사용하도록 마련해 주었다. 그곳에서 멀지 않은 강가에 미군부대가 주둔해 있었다. 강변에 임시 화장실이 경진의 머리에 오랫동안 남아 있다.

군인들이 화장실을 임시로 만들어 사용했다. 그들은 배설하면서 찍찍 껌을 씹었다. 껌과 초콜릿을 던져주면 우르르 달려가 모래 바닥에 넘어지며 서로 줍겠다고 다투었다. 헐벗고 배고픈 때 얻어먹은 초콜릿 맛도 기억에서 지워지지 않는다. 고역스러운 짓도 감당하고 수모도 감수해야 했던 어린 시절이다.

어쩌면 피란시절의 일들은 죽을 때까지 잊히지 않을 것이다.

북한군이 대구 부산 경남 일부를 남겨 놓고 거의 점령했다. 최후의 공세를 휘두르는 인민군을 상대로 연합군은 대구 사수를 위하여 낙동강에서 치열하게 전투를 전개하며 일진일퇴를 거듭했다. 맥아더 장군의 인천상륙작전으로 인민군이 다시 이북으로 후퇴하고 뒤처진 인민군이 지리산으로 들어가서 양민을 괴롭히는 소위 빨치산이 되었다.

이들은 동네로 내려와 식량을 약탈하거나 사람들을 죽였다. 전쟁 동안은 물론 휴전 후에도 남한은 공비 토벌작전에 군인과 경찰을 투입하여 소탕작전을 벌이는 전쟁이 계속되었다.

밀양에서 집으로 돌아가는 길가에서 썩어가는 시신을 보았다. 주검에 구더기가 바글거리는 역겨운 냄새는 아직도 코에 묻어 있다. 어려서 정확하게 어떤 냄새인지는 잘 몰랐지만 지독하게 코에 깊이 박혀 있다. 구역질난다. 인간의 몸은 뼈를 담은 자루다. 자루가 썩고 뼈가 삐죽이 보이는 광경은 흉측하고 징그럽고 무섭기도 했다.

전쟁의 비참한 사실을 표현한 기사, 사진, 글은 많다. 직접 경험한 전쟁의 참담한 모습, 배고픈 시간들을 나중에 글로 쓸 생각이다. 세상에는 많은 소설과 에세이가 있다. 직접 경험도 소재가 되겠지만 사람들에게 공감을 줄 수 있도록 글 쓰는 공부를 한다면 경험은 충분하다.

'두 눈과 코 , 양쪽 귀가 얄팍한 이성과 따로 논 지 오래다. 거리에 시신이 널려 있어도 예사롭게 지나치곤 한다. 꽃향기보다 화약 냄새가 더 익숙해졌다. 나는 바스락 소리에 움칠하는 들고양이만도 못하다. 총성이 울려도 놀라지 않는다. 이래도 사람 축에 드는지 모르겠다. 모였다 하면 평화를 논한다. 당장 평화가 온다 치자, 다들 감당할 수 있을지 의문이다. 나는 자신 없다. 인간은 전쟁 동물인가 보다.'

지구상 어디서나 전쟁의 비참한 현상을 기술한 글이다. 야생의 동물들이 배를 채우고 새끼를 키우기 위하여 다른 동물을 사냥하는 것도 그 세계에서는 아마 전쟁일 것이다. 인간도 동물처럼 자기 집단을 위한다는 명목을 내세워 전쟁을 일으켜 다른 공동체 사람들을 죽인다.

"만약 글을 쓴다면 공감을 주는 명작이 틀림없이 나올 것이야."

재선이 웃으며 주먹을 쥔다.

"열심히 공부하고 연습하면 잘 되겠지."

"많은 독자가 읽어 주는 글을 쓸 생각이라면 문학을 공부하고 기법도 익혀야지."

"나는 어릴 때 희망이 나중에 커서 큰 상선을 타고 운항하는 마도로스가 되고 싶었어, 국제통상학을 공부하고 있으니 그 희망은 실현될지 모르지, 마도로스가 되면 배 타고 같이 세계 이곳저곳을 돌아다니자."

"말만 들어도 지금 막 배 타고 출렁이면서 항해하는 기분인데!"

경진은 이야기를 계속했다. 가족이 피란살이 밀양에서 집으로 돌아와 보니 마당에 이리저리 뒹구는 장독들이 입을 벌리고 주인을 맞아주었다. 먼지투성이 방과 부엌도 주인을 반갑게 맞아주었다. 아버지와 형이 틈틈이 산에서 베어온 나무를 깎고 다듬어 직접 지은 집이다. 주춧돌 놓고 기둥 세우고 마룻대 위에 상량을 맞출 때만 대목이 와서 도와주었다. 나머지는 가족이 힘을 합쳐 지은 집이다. 경진이도 할 수 있는 일은 다했다. 아버지가 흙손으로 벽 바를 때 흙을 떠올리는 일을 하다가 먼 산 쳐다본다고 아버지로부터 꾸중 든 적도 있다. 온돌방 바닥은 단단하게 결이 잘생긴 청석돌만 골라서 야무지게 짜 맞추었다. 수평유지에는 아무런 틈새도 없었고, 기둥 천장 흙벽도 단단하게 지어져 어디에도 손볼 곳이 없었다. 직접 지은 초가집은 세상에 하나밖에 없는 따듯하고 튼튼한 보금자리였다.

동네사람들의 심성은 모두가 양털처럼 부드럽고 정이 넘쳤다. 보릿고개는 들에서 쑥 뜯고, 산나물, 소나무 껍질 벗겨 죽을 쑤어먹었다. 부실하게 끼니 때우며 힘들게 살아도 남과 비교하지 않고 콩 한 톨이라도 나누어 먹는 인심이다. 정이 넘치는 동네에 살다가 대도시로 떠나게 되었다. 큰누이가 대구로 일자리를 구하여 떠나갔다.

몇 개월 후 형도 대구에 일자리를 구했다. 가족 모두가 창녕에서 대구로 이사했다. 재선이 말했다.

"시골서 큰 도시로 나갔으니 기분이 좋았겠어!"

"대구로 이사 온 후 슬픈 일 많이 당하고 고생도 무척 했어."

"어떤 불행한 일을 당했어?"

"고생한 것 말하면 지구 한 바퀴 길이야."

"대구에서 어떻게 살았는데?"

"수정저수지에서 한참 들어간 지산동 옛날 기와집 별채 한 칸을 빌렸어. 대대로 살아가는 규모가 큰 안채 사랑채 별채와 정원이 꾸며진 옛날 부자 집이었어. 비 오고 바람 부는 날은 노랗게 익은 살구가 뚝뚝 떨어져 땅바닥 여기저기 질펀했고 퍽퍽 깨진 살구에 묻은 흙을 후후 불어 손으로 문질러 먹으면 참 맛이 있었지. 바람에 나뭇가지가 찢어지거나 말거나 상관할 것 없이 살구만 많이 떨어지면 좋았지."

"야, 맛있었겠다. 살구 생각하니 입안에서 신맛이 도네."

"주렁주렁 달린 포도도 주인이 집에 있나 없나 살살 살펴 본 후 살금살금 눈치보며 따먹었어."

"주인한테 들켜서 혼나지는 않았어?"

"한번은 들켰는데, 주인이 못 본 척했어."

"아이들 짓이라 이해 해준 주인은 고마운 사람이네."

엄마가 시장에서 돌아올 때쯤 동생 손잡고 마을 어귀까지 나가서 군것질 얻어먹을 생각으로 기다렸다. 어미 새가 먹이를 물고 오기를 기다리는 알을 깨고나온 새새끼와 다를 바 없었다. 엄마는 자식들 주기 위해 먹지도 못하고 허기진 배를 물로 채우고 꼬르륵 꼬르륵 속 쓰림도 참았을 것이다.

부모들이 얼마나 고생했는지 그때는 알지 못했지만 우리가 부모의 은혜를 갚아야 한다는 철이 들기도 전에 일찍 돌아가셨다.

하늘에 계신 부모님에게 어떻게 은혜를 갚아야 할지 모른다. 세상의 다른 엄마들도 고생했겠지만, 우리엄마는 세상의 어떤 엄마보다 더 고생하고 원통하게 일생을 마치셨다. 시골의 궁핍한 살림과 도시 변두리에서 빈궁한 삶을 온 몸으로 안고 살았다.

지산동에 반년 살고 인분탱크 관리인용 시청관사로 이사, 창고 건물 한쪽에 방 2개가 있고 부엌이 있는 초라한 집이었다. 다른 집을 전세나 사글세로 얻어 나갈 형편이 될 때까지 들어갈 수밖에 없었다. 얼마 후 다른 미화원에게 방 하나를 내주고 모두가 방 하나에 살기도 했다.

"먼저 집을 차지한 우리도 방이 비록 두 개라도 비좁고 협소한데, 똑똑하지 못하게 방 하나를 내주다니."

형이 아버지로부터 심하게 야단맞고 꾸지람을 들었다. 시청에서 방을 하나씩 나누어 쓰도록 조치했는데 형도 반대할 입장이 못 되었다. 전쟁 중 시골이나 도시 할 것 없이 배고프고 일자리는 없었다. 다른 방법이 없다는 사정을 알면서 아버지는 못난 자식이라 꾸중했다.

미화원들은 미군부대서 나오는 감자 껍데기를 집으로 가지고 왔다. 감자껍데기에 살이 조금씩 붙어 있었다. 가난한 입에는 도움이 되었다.

미군부대에서 나오는 감자껍데기, 소시지, 햄, 양배추로 국을 끓이면 꿀꿀이죽이다. 전쟁 터지고 모두 배고픈 시절에 먹기 시작한 이 음식이 현재는 부대찌개라는 이름으로 한국의 오래된 토속음식처럼 되었다. 부대찌개는 서민들의 맛있는 음식이다. 형이 가져오는 감자껍데기, 소시지, 햄, 치즈쪼가리는 처음에는 냄새가 거슬렸으나 여러 번 먹으니 맛에 길들었다. 요리할 때 버린 감자껍질과 소시지 조각을 될수록 많이 가지고 오기를 기다렸다.

아버지는 시장 창고에서 물건을 나르거나 공사판에 가서 힘든 막노동을 가리지 않고 가족을 위하여 닥치는 대로 했다. 허리 팔다리가 아프도록 일해도 수입은 쥐꼬리만 하고, 소주 몇 잔 마시면 남는 돈은 얼마 되지 않았다. 가진 재산 없이 궁핍한 생활이 언제 나아질지 희망이 보이지 않았다. 이런 어려운 삶이라도 어린 철부지는 아무 걱정이 없었다. 엄마의 따뜻한 가슴을 만지면서 웃고 즐기며 잘 지냈다.

경진은 한숨을 한번 길게 내쉬고 말을 이어 갔다.

"열두 살 적에 엄마가, 그 다음 해에 아버지가 우리만 남겨두고 세상을 떠나셨다."

"어쩌다가 엄마가 돌아가시게 되었는데?"

"동생을 출산하다가 제왕절개수술을 잘 못하여 엄마와 아기가 한꺼번에 죽었어."

"아버지는 왜 그렇게 급하게 돌아가셨고?"

엄마가 돌아가신 후 심신이 허약해진 아버지는 생활에 의욕을 상실한 것 같았다. 어느 날 술을 잔뜩 마시고 인분 저장탱크에 뛰어들어 허우적거리는 광경을 동네 사람이 보고 알려줘서 형이 뛰어 들어가 건져 올렸다. 우물을 퍼 올려 씻기고 비누로 여러 번 씻고 씻었다. 아버지는 시름시름 병을 앓다가 복수가 차서 배가 불룩하게 부어올라 우리들이 잠깐 잠든 사이에 눈을 감고 다시는 뜨지 못했다.

"많이 울었지?"

"일 년 동안 아버지의 빈소를 방구석 이불선반 한쪽에 만들어 놓고 향불을 피웠지."

복막염인지 간암인지 정확하게 모르고 민간요법으로 좋다는 나무뿌리를 캐다 먹었다. 제비집, 아이들 오줌도 술에 담가 숙성시켜 마셨다. 아버지는 평소 무서워서 그런지 죽었을 적에는 많이 울지는 않았다. 그 전에 엄마가 죽었을 때는 슬프고 비통한 가슴은 말로 다 표현 할 수 없었다.

"어린 가슴이 얼마나 아파 을까?"

"비참한 심정으로 앞이 캄캄했는지 잘 모르고 그냥 울었어."

며칠 울고 나니 배가 고파서 더 울 수가 없었다. 눈물샘도 말라붙었다.

'저기, 불행하다며
한숨 쉬지 마
햇살과 산들바람은

한쪽 편만 들지 않아
꿈은 평등하게 꿀 수 있는 거야
난 괴로운 일도 있었지만
살아 있어서 좋았어
너도 약해 지지 마'
(약해지지 마-시바타 도요)

경진의 지난날 사연을 듣고 있는 재선의 눈에서 눈물이 흘러내리고 있었다. 경진이 손수건으로 눈물을 닦아주며 물었다.

"왜 그렇게 눈물까지 흘리면서 슬퍼하는데?"

"이야기 들으니 나하고 어떤 관계가 얽혀 있는 느낌이 들어."

잠깐 밖에 나갔다가 들어온 재선의 얼굴은 더욱 창백하고, 몹시 깊은 생각에 매몰되어 굳은 표정이다. 경진은 두 팔로 그녀를 따뜻하게 안아주었다.

우리는 이렇게 만났다. 무엇을 하고 무엇이 되어야 한다.

'내가 그 이름을 불러 주기 전에는
그는 다만
하나의 몸짓에 지나지 않았다.
내가 그의 이름을 불러 주었을 때
그는 나에게로 와서 꽃이 되었다.
우리들 모두 무엇이 되고 싶다.'
(김춘수-'꽃' 중에서)

경진은 하던 말을 중단했다. 이불을 펴고 누웠다. 재선의 눈에서는 계속 눈물이 줄줄 흘러내리고 있었다. 재선의 머릿속에는 몇 년 전 평양에서 부모님과 대화할 때의 장면이 스크린처럼 떠올랐다. 대학졸업하고 입사시험 신체검사 받을 적에 알게 된 혈액형의 의문 때문이었다.

회사 입사필기시험 후 신체검사는 필수다. 처음으로 혈액형 검사를 받았다. 자신의 혈액형이 RH음성이라는 것을 처음 알게 되었다. 아버지는 O형 어머니는 A

형이다.

부모님들 계통의 유전 혈액형이 아니고, 어째서 자식이 RH형인지 궁금하여 혈액형 유전자 계통을 알아보았다. 특별한 변이가 아니면 거의 그렇게 유전되지 않는다는 사실을 확인하였다. 엄마에게 자기의 출생비밀이 있는지 물어보았다.

"엄마! 나는 왜 혈액형이 아빠 엄마와 다른 RH형인지 모르겠어."

"얘가 무슨 소리야, 그럴 수도 있겠지. 별 소리를 다 한다."

그러면서 표정이 이상하게 무엇을 숨기고 있는 느낌이 들었다.

"엄마! 나 어디 다리 밑에서 주워왔지?"

"얘가 짜증나게 왜 이래, 저리 가!"

그 자리에서 더 이상 묻지 못하고 시간이 흘러갔다. 재선은 회사 들어가서 일년 후 중국 북경 주재원으로 나가게 될 때, 아빠 엄마가 송별 자리를 마련해 주었다. 그 날 저녁 집에 돌아와서 잠자기 전에 엄마가 딸 재선의 출생 비밀에 얽힌 내력을 들려주었다.

"얘야, 며칠 전에 너의 혈액형이 다르다는 말이 무엇이냐?"

"입사시험 신체감사에서 혈액형이 부모들의 유전형이 아닌 돌변변이형이라서 물어본 거야."

"그래 엄마가 그동안 숨겨온 사실이 있다."

"엄마, 무엇인데? 나 주워온 딸이야?"

"사실은 엄마 아빠가 결혼 후 수년 동안 아이가 없어 고민하면서 살다가 생후 며칠밖에 안 된 너를 우리 딸로 입양했다. 쌍둥이로 태어났다는 것만 알고 한국인 아이인지 일본인 아이인지 어디에 사는 누구인지도 정확하게 말해 주지 않았다."

"그럼 나는 엄마가 낳은 친딸이 아니야?"

"미안하다. 영원히 비밀로 묻어둘 생각으로 말하지 않았다."

"엄마, 아무 상관없어. 나를 나은 엄마보다 지금 소중한 우리 엄마야, 사랑해."

엄마의 이야기를 생각하면서, 옆에 누워 있는 학생이 일본에서 죽은 누이가 혹시 쌍둥이 형제가 아닌지 궁금했다.

재선의 머리를 혼란스럽게 만들고 있는 출생에 얽힌 비밀을 생각하면서 바로 이 학생이 한 번도 본 적 없는 친동생이 틀림없다는 생각이 들었다. 아마 아닐지도 모르지, 상상 할수록 머리가 혼란해졌다.

재선의 머리에서 복구되고 있는 그녀의 엄마와의 대화를 전혀 알지 못하는 경진은 자기의 과거 이야기를 하나도 남김없이 자세히 털어놓았다. 이렇게 된 처지에 숨기고 미루고 할 아무 이유가 없었다.

비탄에 빠진 영혼(Soul)을 구원(Save)하고 위로하기 위해서는 자신이 먼저 솔직하고 진솔하게 말하고 싶었다. 숨기지 않고 투명하게 자기를 보여주고 앞으로 어떻게 살 것인지 구상하는 것이 중요하다. 경진은 운 좋게 어려운 환경에도 불구하고 서울에 유학 온 대학생이 되었다.

열심히 공부는 당연하고 선한 일을 찾아서 적극적으로 실천해야 된다는 사회적 의무감을 키워나가기로 작정했다. 재선과 단칸방에서 지내면서 여자에 대한 연민과 인간적인 욕정, 진정한 사랑이라는 것이 무엇이 되었거나 일단은 용산에서 탈출하여 안전한 지점에 도달했다.

'선행클럽' 멤버로서 모임의 목표를 실천하는 자신이 될 수 있다는 긍지와 자부심이 생겼다.

경진은 대학교 첫 학기에 한 방에서 자취한 친구들로부터 예수쟁이 냄새가 풍긴다는 말을 들었다. 친구들은 어디서 구해 왔는지 사회주의 이념과 무신론자들이 쓴 책을 읽고 나서 재미있으니 읽어보라고 권했다. 반대하지 않고 호기심도 발동하여 열심히 읽었다. 경진이 보육원에서 중고등학교 다니고 대학 들어왔다는 내막은 친구들은 모른다.

어릴 적부터 교회 다니고 예배 드리는 습관이 몸에 배어 있었다. 일요일이 되면 교회 가는 사람으로 알고 있다. 서울 올라와서 일요일이면 전통과 역사를 자랑하는 영락교회, 경동교회, 정동교회, 새문안교회 같은 오래된 큰 교회를 찾아다녔다. 친구들 중에는 무신론을 주장하며 경진이 교회 가는 것을 비웃고 예수쟁이라고 핀잔을 주기도 했다.

*

경진의 학창시절은 군사정권 때다. 데모에 참가하여 이상 사화 건설, 이념적인 생각보다 당장 불행한 처지에서 탈출하여 공부하는 학생으로서 자기 앞일을 해결하는 것이 무엇보다 중요했다. 제2외국어가 약하여 다른 학생들을 따라 가기 위하여 더 열심히 공부했다.

남들은 바둑 두고 당구 치고 놀면서 낭만적인 대학생활을 하는 것 같이 보였다. 경진은 사정이 달랐다. 놀이를 즐기고 시간 보낼 마음과 여유가 없었다. 또 종교적으로 갈등하기 시작했고, 대학의 여러 교수들이 주장하는 역사와 사회의 갈등 문제, 자본주의 공산주의 체제와 이념의 문제, 세계가 동서 냉전 체제로 나누어 갈등하는 상황을 아직 깊이 이해하지 못했다.

지상낙원 유토피아를 지구상에 건설하는 희망을 가지고 노력해야겠지만 현실적으로 실현되기는 바늘로 우물 파듯이 거의 불가능할 것이다. 다만 인간은 어떤 환경이든지 적응하면서 좋아질 것이라는 희망으로 살아간다.

동물과 다름없는 원시 동굴생활 상태에서 긴 시간 조금씩 노력하여 오늘날 놀랄만한 인간의 과학과 문화를 발전시키고 생활을 개선시키고 있다. 사실 인간도 근본적으로 하루 3번 밥 먹고 몇 번 화장실 가는 냄새나는 먼지다. 우주적으로 보면 하나의 미세한 먼지덩어리다. 우연히 혹은 피조물로서 인체 조직 속에 뇌가 있어 의식이 작동하여 고상해지고 싶고 자존감을 가진 존재가 되었다는 생각이다.

인간은 음악을 듣고 그림을 그리고 조각을 한다.

예술을 창조하고 초자연적인 현상과 신비를 바라보는 가치 있는 존재가 되기를 바란다.

"어려운 환경에서 열심히 공부하여 유학 온 행운아네."

재선이 칭찬했다.

"행운아지, 앞으로 책임도 그 만큼 무겁다."

지난날 힘든 환경을 이겨낸 자신을 교훈삼아 사회를 위하여 어떻게 살아야 하는지, 앞날에도 부닥치게 될 장벽을 넘고 역경을 극복하겠지만 우선 열심히 공부하고 대학은 어떤 일이 있어도 졸업해야 된다.

어릴 적의 힘든 시절을 생각하면 지금 공부하는 그 자체가 너무 소중하다. 부모님이 일찍 돌아가시고 쌀이나 밀가루 국수 한 다발 없이 찌든 이불을 뒤집어쓰고 형제들이 누워 있을 적에 이웃집 아주머니가 쌀 한 되 밥과 김치를 가지고 왔다.

"아이고, 이렇게 누워만 있으면 어떡해, 얼른 일어나서 밥해 먹어라."

"아주머니 감사합니다."

"그래그래 얼른 밥해 먹고 움직여라."

아주머니가 가져다 준 쌀로 밥해 먹고 기운을 차린 형제들은 다시 움직이기 시작했다. 이때 쌀 한 되박은 경진이 형제들의 목숨을 살려냈다. 따뜻한 이웃 아주머니의 권유로 교회 주일학교 다니기 시작했다. 예수의 사랑이 무엇인지 모르지만 교회를 다녔다.

"얼른 밥해 먹어라."

이웃집 교인 아주머니의 말씀은 경진에게는 어떤 위대한 시보다 위대한 인물의 명구보다 더 위대한 명언이다.

교회 뒷마당에 천막 야간학교가 있었다. 선교단체가 지원하여 운영하는 성경구락부였다. 교회의 김소용 선생이 설립한 천막학교서 영어도 배웠다.

3년 동안 초등학교 과정은 모두 끝냈다. 처음에는 몇 명으로 시작했다. 나중에 변두리에 학교를 새로 짓고 3학급이 되었다. 김소용 선생님은 고등학교서 럭비 선수여서 체격도 좋고 인물도 잘생긴 미남이었다. 쾌활하고 유머가 넘치는 친절한 최도선 선생은 특별히 경진에게 관심을 가져 주었다.

'모든 것은 우연이다. 운명이다' 라고 말하는 학생을 보고 철이 든 어른아이라 평했다. 세상을 보는 눈이 조금씩 넓어졌다. 지옥이라 생각하면 지옥이 되지만 살아 볼만한 구경거리도 많다고 생각하면 좋은 점도 있다. 비참한 과거를 극복하고 불행한 일들을 멀리서 지켜보고 성공하겠다는 희망도 있었다.

사람은 모두가 따지고 보면 자기가 원해서 태어난 것이 아니다.

자연의 순리에 따라, 아니 어쩌면 신의 섭리로 아름답고 신비스러운 세상에 나왔다. 어떤 환경이든지 적응하면서 살아가는 기술을 익혀야 된다.

우리를 죽일 수 없는 괴로움은 더욱 강하게 만든다는 말도 있다. 견딜 수 없는 슬픔과 고통도 시간이라는 약을 먹으며 어차피 지나간다.

비굴하고 냉소적인 인간으로 살지 않도록 마음을 가다듬고 치유하기 위해 특별히 노력해야 될 것이다. 명상, 지식탐구, 운동, 가능한 세상에 고마운 마음 가지기, 음악과 미술에 대한 호기심, 정서를 부드럽게 만들고, 균형 잡힌 정신함양에 힘쓴다. 만물의 이쪽면도 저쪽면도 비쳐보는 합리적인 사고방식을 키우고 미래에 희망을 가지고 삶을 가치 있게 전개하도록 연습한다.

부조리한 면이 많은 사회라 생각하지 말고 긍정적으로 세상을 보듬고 사는 태도를 가지도록 노력한다. 우리는 신의 섭리로 지구에 태어났거나 진화 되었거나 잘 모른다. 다만 인정할 필요는 있다.

'하늘이 함부로 죽지 않는 것은
아직 다 자라지 않은 별들이
제 품안에 꽃피고 있기 때문이다
죽음조차 제 품안에서 평화롭기 때문이다.
보아라, 하늘조차 제가 낳은 것들을 위해
늙은 목숨 끊지 못하고 고달픈 생애를 이어 간다
하늘에게서 배우자
하늘이라고 해서 아프고 서러운 일이 없겠느냐?
어찌 절망의 문턱이 없겠느냐
그래도 끝까지 살아보자고
살아보자고 몸을 일으키는
저 군센 하늘아래 별이 살고 사람이 산다.'
(반성- 류근)

"형과 누이가 있었으니 부모 역할은 했을 것 아니야?"

재선이 물었다.

"형이 고생 많이 했지."

형은 동생들을 책임진 가장으로 군대도 가지 않고 피해 다녔다. 어느 날 거리에서 검문하는 헌병에게 붙잡혀 군대에 끌려갔다. 경진은 두 동생과 먹고살기 위하여 할 수 있는 이것저것을 다했다. 새털같이 많은 날을 먹고살기 간단하지 않았다.

여름에는 과수원에서 풋사과 한 자루 받아와 노상에서 파는 노점상, 한여름에는 아이스케이크 통매고, 아이스케이크! 얼음 장사, 부채 장사, 겨울은 빵집에서 폐기 직전의 빵을 받아서 어깨띠가 달린 판자상자에 담아서 이곳저곳 시장을 누비며 장사했다. 워낙 이익이 적어 나 하나 입에 풀칠하기도 힘들었다.

경진의 어려운 형편을 살펴본 교회 김소용 선생이 자기 사무실에 일자리를 마련해 주었다. 선생님의 사무실에는 시골집에서 가지고 온 사과가 있었다. 사과를 몰래 훔쳐 먹었다. 알고도 모른 척하는 선생님이 아무 말도 하지 않았다. 더 부끄럽고 고마웠다.

사모님이 겨울 점퍼를 선물로 주어서 잘 입었다. 평생 잊지 못하고 있다. 훌륭하신 김소용 목사님과 사모님이 경진에게는 고마운 분이다. 선생님이 경진이를 계속 공부시킬 수 있는 방법이 없는지 생각했다. 신학대학 친구가 운영하는 보육원에 찾아가도록 주선해주었다. 신천강 건너 수성들판을 지나 찾아가는 길을 자세하게 알려주었다.

살던 집의 정리할 물건은 밥솥 하나에 그릇 몇 개, 지린내 나는 이불 몇 장뿐이다. 바로 밑에 동생은 누이 집에 가서 빌붙어 살도록 보내고, 창녕에서 태어난 막내 동생과 손잡고 가을 벼 추수가 끝난 들판 길을 걸어서 선생이 시키는 대로 수성 산비탈 보육원을 찾아갈 적에 갈등한 가슴을 오래 잊지 못한다.

해가 하루 일과를 마치고 서쪽으로 서서히 사그라질 무렵 벼 뿌리 부분이 날카롭고 빳빳하게 그대로 남아 있는 논과 고랑을 번갈아 걸어갔다. 낫으로 자른 벼 그루터기를 밟으면 낡고 떨어진 운동화에 닫는 감촉이 까칠까칠했다. 발길을 돌려 집으로 돌아갈까 말까.

'아니다.'

망설임과 착잡한 마음으로 번민했다. 가지 말아야 할 곳을 가는지 두려움과 의구심으로 마음이 정말 서늘하게 긴장되었다. 버림받고 배고픈 마음이 깡마른 많은 아이들이 모여 사는 집의 규칙을 제대로 파악하지 못하고 어리벙벙하게 굴다가는 맞아죽을지도 모른다.

말투가 불량하다고 꼬투리를 잡혀 얻어맞고, 옷을 제대로 입지 않아도 얻어터지고, 세수 잘 하지 않아도 손가락질 당하고, 아이들과 살면서 왕따 당할 생각하니 무섭기도 했다.

하루하루 살아가기 힘든 신혼생활의 큰누나가 바로 밑의 동생을 맡아 먹이고 입혀 키우는 일이 얼마나 많은 눈치가 보일까 하는 생각이 들었다. 고생하는 누나 걱정도 들었다. 가장 마음 아픈 사람은 두 동생 때문에 편하게 밥 먹지 못하고 가슴 아픈 누이였다.

얼마나 마음이 걱정되었을까 생각하면 누나가 오히려 애처로웠다. 누나는 엄마와 같은 존재였다. 성격이 너무 착한 누나가 건강하게 오래 살면서 아이들 잘 키우고 나중에 호강하는 날이 있기를 빌 뿐이다.

보육원 총무 선생님을 만나고 수속을 마쳤다. 동생과 같은 방에 살도록 방을 배정받았다. 곧 저녁시간이 되었다. 아이들을 따라 식당으로 들어가 보니 식당은 20여 평 되는데 삼분의 일은 마루고 나머지는 온돌방이었다.

장판은 때가 덕지덕지 끼어 검게 변색되고 여기저기 떨어진 곳이 보였다. 방바닥에 앉아서 서로 마주보고 밥 먹는 밥상은 긴 나무판으로 만들었다. 나무밥상 틈 사이에 먼지와 때가 새까맣게 끼어 있었다. 밥 먹기 전에 나이 많은 원생이 기도했다.

그날 저녁은 치즈를 넣은 쌀죽인데 가끔 주는 특식이라고 옆의 아이가 새로 들어온 아이에게 말했다. 아이들은 옆 사람은 돌아보지도 않고 잘 먹었다. 치즈 죽을 처음 먹어보는 경진 형제는 치즈향이 입에 맞지 않았다. 하지만 절반은 먹었다.

치즈는 영양보충음식이다. 처음으로 먹는 치즈 넣은 죽은 냄새와 맛이 코와 입에 입력되어 지워지지 않았다. 식사가 끝나면 방 단위의 청소당번들이 밥상을 걸레로 닦고 한쪽 벽에 쌓아 정돈한다. 식당은 아침마다 예배드리는 교회, 강당, 회의실로 공동 모임과 여러 가지 용도로 사용했다.

*

늦가을 11월에 아이들 집에 들어가서 그 해 처음 크리스마스를 맞았다. 외국 지원자들이 보내 온 선물 보따리를 하나씩 받았다. 경진이 받은 선물 보따리 속에 골덴 바지가 들어 있었다. 색깔이 가지색에 흰 점이 박힌 디자인이 멋지고 따뜻하고 사이즈가 몸에 맞고 색깔도 좋아 오래 입었다.

몇 년 입고 세탁 후에 어디로 갔는지 다시는 입지 못했다. 영영 보이지 않았다. 옷은 공동으로 입기 때문에 빨래하여 옷 창고에 들어가면 누구나 먼저 입는 사람이 주인이다. 누구의 영구적인 소유물이 아니다. 보육원에 오기 전에는 아이들이 모여 사는 집 아이들은 마음이 밝지 않고 한이 맺힌 가슴들이려니 지레짐작했으나 예상보다 따뜻하고 다정한 원생들이었다.

학교도 가지 않고 말과 행동이 험하고 비관적인 아이들이 몇 명 있기는 했다. 그런 아이들의 가슴 깊은 바닥에는 극단적인 무관심과 자기포기 심리가 자라고 있었다.

'내가 웃으며 가까이 다가가자
아이는 처음 보는 나를 향해 두 팔을 활짝 벌린다.
팔 벌리자마자 갑자기 아이 앞에 나타나는 허공
어서 채워지기를 기다리는 커다란 허공
내 품에 안기자마자, 철컥
아이는 자석처럼 달라붙어 떨어지지 않는다.
그 아이 뒤에는 다른 아이들이 있다.
-중략.

외로운 아이들 집에서 처음 보는 아이에게서 시인은 허기진 그늘을 본다.

아이가 처음 보는 타인을 향해 두 팔을 활짝 벌리자마자 나타나는, 어서 채워지기를 기다리는 커다란 빈자리를 시인은 허공이라고 부른다.

허공은 아이가 안기자마자 자석처럼 들러붙어 떨어지지 않는 갈망의 다른 이름이다. 사람의 손길과 사랑을 기다리는 굶주림이다. 그 아이 뒤에는 더 많은 다른 아이들이 있고 어린 눈마다 채워지기를 갈구하는 거대한 허공이 뚫려 있다.'

어디 외로운 아이들 집뿐일까. 사람의 유전자엔 누구에게나 허기진 그늘이 있고 사회 곳곳에는 비어 있는 자리가 산재해 있다.

작은 손길만 내밀어도 철컥하고 달라붙어 이내 채워질 혹은 떨어지지 않을 빈자리. 그늘, 허기진 허공이 당신은 보이는가.

경진은 이 시가 외로운 아이들에 대한 시인의 표현은 일부만 비춘다. 외로운 아이들은 모르는 사람에게 절대 철썩 달라붙지 않고 눈치를 살핀다. 불행을 혼자 소화할 줄 아는 아이들이다. 적대감, 상실감, 세상에 대한 증오, 피해 의식으로 똘똘 자기를 얼음왕국에 가두고 감싸고 있다.

날선 경계심으로 눈치만 보는 습성이 몸에 배어 있다. 사랑이 간절하고 그리움이 깊어도 혼자서 속으로 삭히고 겉으로 드러내지 않는다. 송곳 끝처럼 날카로운 가슴이다. 아이들의 심정을 깊이 이해하면서도 또 다른 면은 보지 못한 것이다. 사회 전반에 대한 사랑의 마음, 남을 배려하는 마음의 싹을 키우는데 자각을 주기 위한 좋은 시임에 틀림없다.

외로운 아이들 집에서 살아보지 않았다면 아이들의 그늘진 마음을 이해하기 쉽지 않을 것이다. 외로운 아이들 집의 아이들만이 피해의식이 강한 것은 아니다. 타고난 성격이나 살아가면서 당한 일들로 인하여 성격이 비뚤어지기도 한다. 세상 삶이 고달픈 사람들은 여기저기 너무도 많다. 이 순간에도 전쟁, 교통사고, 화재, 질병으로 죽어 가는 아이들과 어른도 있다.

전쟁 중에 부모 형제들과 피란 가다가 포탄에 맞아서 피를 흘리며 죽어가는 부모형제를 두고 피란민들에 묻혀 홀로된 아이들은 세상을 보는 시각이 다를 수 있다. 남을 배려하는 너그러운 마음을 가질 여유가 없다.

*

경진은 대학의 탁월한 교수들의 강의를 듣고 열심히 책을 읽으면서 인식의 폭이 넓어지고 세상에 대한 긍정과 한편 반대로 의문도 점점 자라기 시작했다. 신이 우주를 창조하고 인간을 자기 모습대로 만들었다면 왜 인간들을 불공평하게 만들었는지 묻고 명상했다.

성공한 고아들 중에서 걸출한 인물이 존재한다는 것은 어떤 상황에서는 결핍에서 어떤 의지와 미덕이 형성될 수 있다는 말은 경진이를 기분 좋게 만들어 준다. 그러나 부모를 잃는 슬픔은 영원히 남는다. 부모를 잃는 것은 회복되기 힘든 몸에 깊은 상처를 입는 것과 같다.

그 흉터는 너무 깊어 영원히 남을지 모른다. 상실은 사라지는 것이 아니다. 그저 그것을 함께 사는 법을 배울 뿐이다.

인생이란 달고, 쓰고, 시고, 고통, 분노, 환희, 시기, 설렘, 배고픔, 배부름, 피곤함, 사랑하고 고민하고, 욕망하고 희망하는 존재이다. 탯줄을 잘 타고난 아이들을 제외하면 부모와 같이 살아가도 고단하게 살아가는 사람들은 옛날이나 지금 어디든지 있다.

어린 시절 부모를 잃는 것은 가장 큰 재앙이다. 그렇지만, 앞으로 어떤 재앙이 이보다는 못할 것이라는 불굴의 의지를 키우게 된다는 말도 있다. 세계적인 위인들은 대부분 스무 살 이전에 부모 중 한 명은 잃었다. 그렇다고 고아가 된다거나 부모와 사별하는 것이 좋다는 주장이 아니다.

외로운 아이들 집의 아침은 모두가 분주하고 바쁘다. 아침 6시 사무실 입구에 달린 기상종이 울리면 지체 없이 일어나 담요를 모나게 개어서 정리 정돈하여 쌓아 놓는다.

식당에 모여 아침 예배를 드리는 아이들은 졸면서 설교 듣고 찬송가 부르고 주기도문 외우고, 예배 끝나면 마당에 모여 아침 체조를 한다. 보건체조는 다리를 절름거리는 나이 제일 많은 형이 하나! 둘! 선창하고 그 뒤를 모두 따라 한다. 피란 내려오다 발을 다친 절름발이, 나이가 많은 청년은 어디 갈 곳이 없다.

체조하는 태도가 불량하면 팔 들고 벌을 받는다. 체조 끝나면 각자 방의 담당별로 청소하고 아침 먹은 밥상 치우고 난리법석이다. 부지런하게 움직여야 맡은 일을 빨리 끝내고 시간이 늦지 않도록 학교 갈 수 있다.

화장실 청소는 바쁘다고 적당히 했다가는 오줌 내려가는 시멘트 바닥에 키스하는 벌을 받는다. 방과 마루를 닦기 위하여 물걸레는 100미터나 떨어진 수성저수지에 가서 빨았다. 겨울에는 얼음을 깨고 걸레를 칼 같이 찬 물에 빨았다. 작고 깡마른 손들이 찬물에 넣으면 시리고 아파도 참았다.

얼음에 얼어붙은 보트가 몇 대 널브러져 있다. 걸레 빨 때는 물이 차갑지만, 얼어붙은 빙판 위에서 스케이팅할 때는 손을 호호 불면서도 재미있었다. 놀이는 일과 너무 다르다.

여름이 되면 보트를 물가로 끌어올려 벌어진 틈 사이에 송곳으로 솜을 꼭꼭 메우고 콜타르를 칠한다. 보트를 빌려주고 돈 벌이 사업을 했다. 학교에서 돌아온 중고등 학생들은 배 수리에 동원되어 일을 했다.

경진은 외로운 아이들 집 생활환경을 설명하는 자신이 부끄럽게 여겨졌다. 행운의 여신이 도와주어서 서울로 대학 왔지만 아직 힘든 생활에서 완전히 벗어나지 못했다. 삶이 끝날 때까지 즐겁고 행복한 사람도 있겠지만 대부분은 고단하고 힘들게 생활을 끌고 가는 삶의 모습이다. 환경이 열악해도 보람과 인생의 가치를 찾기 위하여 여러 분야에 관심을 갖고 노력하면 어떤 무엇이 보일 것이라고 생각한다.

"이제, 여기서 이야기를 중단하는 것이 좋겠다."

재선이 다그쳐 말했다.

"외로운 아이들 생활에 대하여 좀 더 이야기 해 봐 ."

경진은 보육원 생활을 복기했다. 생활환경은 한마디로 말할 수 없이 열악하다. 일자로 지어진 목재집이다. 미군부대에서 보내준 군용물자를 포장했던 상자를 해체하여 지은 집이다.

지붕은 얇은 루핑으로 덮었다. 덥고 추운 것 걱정할 시간 없이 급하게 지은 목조집이다. 보온자재도 넣지 않고 얼기설기 벽속이 텅 비어 있어 겨울은 춥고 여름은 몹시 덥다. 이런 집이라도 잠자리와 보리밥 세 끼 밥 먹는다는 것이 얼마나 다행인지 모른다고 여기고 감사했다.

학교처럼 복도를 따라 방들이 칸막이로 나뉘어 있다. 5평 크기 방에 5,6명이 지낸다. 방마다 나무판자로 만든 책상이 몇 개씩 있다. 어린 아이부터 나이 많은 아이들을 적당히 배정했다. 원장님의 고향에서 온 대학생 2명이 방 하나 차지하고 책상도 2개 들여 놓은 방도 있었다.

이북에서 피란 내려온 전쟁고아, 원장님의 친인척, 부모 형제들이 있어도 먹고 살기 힘들거나 부모들이 이혼이나 별거하는 부부 아이들, 미혼모의 아이들이다.

한 사람 한 사람 들여다보면 복잡한 사연으로 여기에 들어왔다. 실제로 아이들이 살고 있지 않아도 장부에 등록된 원생들 이름도 있다. 수시로 들어오고 나가는 아이들이 있기 때문에 머리수가 달라지는 것은 어쩔 수 없었다. 아이들 숫자는 고무줄이다.

보육원 출신이 먹이고 공부시켜 준 보육원을 비방하는 소리 들으면 운영자는 기분 나쁠지 모르겠지만, 지원을 조금이라도 더 받기 위하여 허위보고하고 아이들 조금이라도 잘 먹인다면서 선의의 거짓말을 한다면 악의는 아니다.

명분은 자선이고 박애지만 실제로 사회사업으로 돈을 챙기는 악덕 사업가도 간혹은 있다. 경진은 이런 신문기사 보면 기분이 묘해진다. 성당, 교회, 병원, 보육원도 돈이 있어야 운영이 되는 경영적인 문제를 경진은 이해하기 시작했다. 아이를 찾는 부모형제들이 외로운 아이들 집을 수소문하여 찾아가는 일이 간혹 있었다.

부모가 찾아와서 그동안 얼마나 고생했느냐, 손잡고 어루만지며 떠나는 모습을 보고 박수를 친다. 그렇게 환송하는 아이들은 부러운 마음으로 언제 부모를 만나게 될는지 착잡한 표정이다.

피란 내려오면서 포탄에 맞아 피를 쏟으며 죽어간 부모형제들과 영영 이별한 아이들은 부모형제들의 시신을 묻어줄 겨를도 없이 피란민들 속에 묻혀서 남으로 내려왔다.

이곳저곳을 떠돌다가 이곳에 들어온 아이들은 부모를 만나 떠나는 아이들을 보면 마음이 또 한 번 비참해진다. 부모를 다시 만날 희망이 없는 아이들은 부모가 찾아와서 손잡고 떠나는 아이들을 보면 슬프고 괴롭다.

원장님의 고향에서 공부하기 위해 왔거나 부모들이 살아 있고, 여기서 당분간 공부 끝나면 돌아갈 아이들은 시간만 보내면 된다. 피란 나오면서 부모와 생이별하고 살아 있는지 죽었는지 모르는 아이들은 희미한 희망이라도 있다. 피란길에 부모 형제가 포탄에 맞아 피를 쏟으며 죽는 모습을 본 아이들은 다른 아이들과 사고방식과 삶의 태도가 다르다. 공부 열심히 하겠다는 의욕도 없다.

포화 속 생사의 갈림길에서 살아남았다는 안도감 외에는 다른 생각은 없다. 싸움 잘하는 쇠주먹 별명의 아이는 제 나이도 확실히 모른다. 덩치는 적지만 근육이 단단하고 눈빛이 사나운 아이는 모두가 무서워했다. 이 친구에게 잘 못 걸려 한데 얻어맞으면 불이 번쩍 날 정도로 아프고 매섭다. 아이들의 위에 군림하는 존재다.

기율반장 격인 다리 절름거리는 형도 쇠주먹만은 열외로 취급한다. 원생 중에 누가 밖에서 주먹패들에게 얻어맞고 들어오는 일이 생기면, 쇠주먹이 앞장서서 보복에 나선다.

가정집의 아이들과 싸움에서는 한쪽이 크게 다친다. 주로 빈병을 들고 나간다. 깨진 병으로 무차별 찌른다. 손이나 머리를 맞아 피를 흘리거나 이빨 한두 개 나간다. 가정집 아이들은 보육원 아이들과 충돌을 피한다. 악에 받혀 물불 가리지 않는 아이들과 싸움해서 이길 수 없기 때문이다.

보육원 출신이 군대에 가서 사고뭉치, 범죄자가 되는 사람도 간혹 있다. 그러나 부모 밑에서 자란 사람 보다 오히려 착한 사람들도 많다.

경진은 아이들 집에서 지내는 동안 거의 두들겨 맞지 않았다. 여기 들어오기 전에 시장 바닥에서 험한 일도 당하고 싸움도 했다. 비록 두들겨 맞아도 악으로 버티고 너 죽고 나 살자는 악발이로 대항했다. 어지간한 놈들은 무서워하지 않을 정도의 담력이 있다. 목발이나 쇠주먹이거나 수틀리면 언제라도 한판 붙을 각오는 되어 있었다.

회장실 청소 당번 때 제대로 청소하지 않았다고 받는 벌은 시멘트바닥에 키스하는 것이다. 오줌 지린내는 물로 씻으면 금방 해결되었다. 이런 어려움보다 경진은 머릿속을 깨끗하게 씻고 열심히 공부할 수 있기를 노력했다. 주로 남들 잠자는 새벽에 일어나 공부했다. 나중에 잘 되겠다는 열망을 품고 이를 악물고 책을 읽었다. 아이들 집의 삶도 열악했지만, 그 전에도 세 끼 건너뛰기가 다반사였고 즐거운 일도 별로 없었다.

열두 살 적부터 불행한 일들이 연속적으로 일어났다.

경진은 신은 아무것도 모르는 허깨비라는 불평을 마음속에 가지게 되었다. 불운을 하늘에 대고 하소연하고 원망하는 길밖에 없었다.

보육원에 들어간 다음 해 얼은 땅이 풀리고 새로 풀이 나고 나뭇잎이 돋는 봄이 되었다. 경진은 중학교 2학년에 들어갔다. 동생은 초등학교 1학년에 입학했다. 중학교는 신천강 따라 1시간 쯤 거리에 있는 신설 대학부속중학교다. 학교 다니는 자체가 재미있었고 공부도 재미있었다.

신록이 무성하고 따뜻한 날 마지막 수업을 남겨두고 쉬는 시간에 아이 하나가 숨을 헐레벌떡거리며 달려왔다.

"야! 네 동생이 수영하다가 물에 빠졌어, 빨리가 봐!"

"내 동생이 죽었어?"

순간 머릿속이 하얘졌다. 허겁지겁 뛰었다. 심장이 쿵쾅 쿵쾅거렸다.

'별일 없을 거야, 별일 없을 거야…….'

속으로 외치며 아이들 집까지 달려갔다. 비통한 가슴을 안고 달려온 경진 앞에 미동도 않고 거적 위에 누워 있는 동생이 보였다. 그만 할 말을 잃고 한동안 쳐다만 보았다. 동생은 자는 듯 눈을 감고 있었다. 인공호흡을 해보기에는 이미 늦었다. 숨을 거둔 지 시간이 한참 지났다.

물에 빠진 아이를 건져 바로 인공호흡을 해 보았다면 혹시 살아났을 지도 모른다. 어느 누구도 인공호흡을 시도하지 않았던 것이다.

전쟁이 끝나고 얼마 지나지 않았고 외로운 아이들 집에서 아이 하나 죽는 것은 그다지 큰 사건도 아니었다. 그런 분위기 속에서 동생을 잘 돌보지 못한 책임감이 느껴졌다. 경진은 일생 동안 울어야 할 눈물을 이때 몽땅 흘렸다.

"야 이 새끼들아, 어찌 인공호흡도 하지 않고 병원에도 싣고 가지 않았나?"

혼자 울부짖어도 다들 모른 척 담담했다. 사위는 적막했다. 군에 근무 중 인 형이 소식을 듣고 비탄에 빠진 가슴으로 정신없이 달려왔다. 형제는 부둥켜안고 살붙이의 피를 느끼며 통곡했다. 형은 군에서 임시 휴가를 내어 달려온 것이었다.

이미 죽은 동생을 어떻게 할 수 없었다. 뒷산 바위 밑 따뜻한 양지에 가마니로 입혀 고이 묻었다. 형은 눈물을 흘리며 동생과 깊이 껴안고, 제대할 때까지 참고 잘 있으라는 말을 남기고 부대로 돌아갔다.

세상에 나와서 인생을 얼마 살아보지도 못하고 죽은 동생이 불쌍하여 경진은 여러 날 뼈가 아프도록 울었다. 어머니가 돌아가셨을 때에 많이 울었지만 형과 누이와 같이 있었다. 동생의 죽음은 혼자 감당하는 일이라 더욱 슬펐다.

동생 잃은 사건은 일생 동안 잊지 못할 가장 큰 슬픈 일 중의 하나다.

T.S 엘리엇의 '황무지'에서 4월은 가장 잔인한 달이라 쓰고 있으나 경진에게는 5월이 더 잔인한 달이었다. 5월은 계절의 여왕이라 하지만, 저주의 달이다. 엄마가 죽고 어린 동생이 익사한 불행을 겪은 달이 5월이다.

엄마의 죽음이 첫째로 슬픈 날이고, 그보다 더 가슴 아픈 일은 동생의 죽음이었다. 엄마의 죽음과 동생의 죽음은 세상 어떤 슬픔과 비교할 수 없는 비참한 기억으로 남아 있다. 뇌 속의 기억을 삭제하는 방법이나 약이 나와도 그 기억은 삭제할 수 없을 것이다.

동생은 엄마가 얼마나 보고 싶었을까. 빨리 하늘나라 엄마 품으로 가서 엄마를 만나는 것이 더 좋을지도 모른다는 상상도 했다. 동생은 외로운 아이들 집에 들어가서 반년을 살았다. 이것 역시 곧 지나가리라는 솔로몬 왕의 반지에 새겨진 문구로 마음의 위로를 삼았다.

'내 동생의 손'이라는 시를 가끔 떠올린다.
'생시에도 부드럽게 정이 가던 손,
늙지 않은 나이에 자유롭게 되어
죽은 후에는 내 주머니 속에 넣고 다닌다.
속상하게 마음 아픈 날에는 주머니 뒤져
아직 따듯한 동생의 손을 잡으면
아프던 내 뼈들이 편안해진다.
내 보약이 되어 버린 동생의 손,
주머니에서 나와 때로는 공중에 뜨는 눈에 익은 손.
내 동생의 손이 젖어 우는 날에는
내가 두 손으로 잡고 달래주어야
생시처럼 울음을 그치는 눈물 많은 손.
내 동생이 땅과 하늘에 묻은 손.
땅과 하늘이 슬픔의 원천인가,
슬픔도 지나 멀리 떠나는
안타깝게 손 흔들어대는
내 동생의 저 떨리는 손!'

*

죽은 동생만 생각하고 울보가 될 수는 없었다. 중학교 들어가서부터 시내 중앙로 미국문화원에 드나들면서 책을 읽기 시작했다. 미국문화원에는 「톰 소야의 모험」, 「허클베리 핀의 모험」, 「주홍 글씨」, 「월드 휘트먼 풀잎」, 허만 멜 빌의 「모비 딕」 같은 미국 소설들이 주로 책장에 있었다.

줄거리와 내용을 잘 이해하지 못하면서 닥치는 대로 읽었다. 국어 시간에 여선생님이 질문을 했다.

"금년에 노벨상 수상자와 작품을 아는 사람 손들어 봐요."

아무도 손들지 못하고 서로 쳐다만 보고 있었다.

'저요' 하고 경진이 손을 번쩍 들었다.

"전경진이 대답해 봐요."

"러시아의 보리스 파스테르나크의 「닥터 지바고」입니다."

"맞았어요. 잘 대답했어요."

여선생님으로부터 처음 칭찬을 받았다. 그 칭찬은 평생 잊지 못할 뿐더러 책을 더욱 좋아하는 계기가 되었다. 칭찬해 주신 여선생님은 얼굴도 목련꽃처럼 희고 가슴도 좌우 균형이 알맞게 잡혀 보기 좋은 아름다운 선생님이었다.

사춘기 학생을 칭찬해 준 선생님을 복도에서 만나거나 수업시간에 들어오면 괜히 얼굴이 붉어지고 정신이 안정되지 못했다. 졸업사진 찍고 머리한번 쓰다듬어준 선생님과의 접촉이 마지막이다. 선생님 얼굴은 기억창고에 깊이 남아 있다.

문화원에서 빌려온 소설 「닥터 지바고」를 읽고 있을 적에 신문 가판대에서 노벨상 기사를 보았다. 선생님의 질문은 아주 쉬운 문제였다.

중학교 졸업하고 일반 학생들이 가는 고등학교 3년 대학 4년 7년 동안 고등고시 공부할 마음으로 고등학교 갈 생각은 하지 않았다. 그런 경진의 생각은 무시되었다.

상업학교 가서 주판 열심히 연습하여 은행 취직하면 된다. 총무님은 잔소리 말고 학교 가라 했다. 할 수 없이 떠밀려 고등학교에 입학했다. 악착같이 열심히 주판을 연습하고 공부하고 싶어도 시간이 없었다. 봄과 가을에는 학교에서 돌아오자마자 할 일이 많았다.

밭 갈고 풀 뽑는 일, 마당을 고르고 돌을 줍는 마당 평탄작업을 매일 했다. 비탈에 집을 짓고 마당이 맨땅이라 비가 오면 흙이 떠내려간다. 마당의 돌이 날을 세우고 올라온다. 남자 여자 아이 가리지 않고 일할 수 있는 아이들이 매일 평탄 작업을 했다.

새끼줄에 삽을 묶어 소처럼 두 명이 앞에서 끌고 팔 힘이 좋은 사람이 삽을 잡고 밭고랑 만드는 일도 해냈다. 농사일에 아무리 땀 흘려도 밥과 반찬은 형편없었다.

푸른 녹이 나고 삭아서 구멍이 생긴 양은도시락에 보리밥과 된장 한 덩어리가 들어 있는 점심 도시락을 학교 친구들과 어울려 먹지 못하고 보리밭에 가서 먹었다. 도시락을 집에 두고 학교에서 돌아와서 먹기도 했다. 보리밥도 못 먹는 사람도 많은데 뭐 보리밥이 어때서 하고 생각하면 오히려 부끄럽기도 했다.

*

점심을 제 때에 먹지 못하고 허기진 배를 물로 채우고 돌아와서 도시락을 먹는 불규칙한 식사가 위를 상하게 만들었다. 위산과다로 진단받아 약을 받아먹었으나 조금만 부주의 하면 자주 위장병이 재발했다.

고등학교 다닐 적에 친하게 지낸 친구가 간혹 자기 도시락을 식당에 들고 와서 우동 한 그릇 사서 나누어 먹었다. 고마운 친구였다. 일생을 두고 오래 기억하는 친구가 되었다.

아이들 집 생활이 힘들고 어려움이 많아도 크리스마스 때는 미군 부대에 가서 양식을 먹어보기도 했다. 비프스테이크, 양고기, 칠면조 고기, 감자 야채가 푸짐한 음식을 배가 띵띵하게 나오도록 먹고 배탈이 나서 화장실 들락날락했다. 크리스마스 때는 외국서 보내온 선물 보따리를 하나씩 받는데 옷과 학용품 장난감을 선물 받을 때도 있었다.

고등학교 2학년 적에 겨울 방학 동안 서울 중앙대학교에서 기독교학생운동 전국대회가 있을 적에 전국 미션학교 대표들의 서울모임에 참석했다. 대구역에서 출발한 완행열차가 11시간 달려 서울역에 도착했다. 기차가 수원 쯤 도착되었을 때 김이 나는 따뜻한 수건을 하나씩 나누어 주었다. 콧구멍에 끼인 시커먼 먼지를 쑤시고 닦았다.

서울역에서 전차를 타고 한강로를 달려 노량진에서부터 흑석동 중앙대학교까지 버스를 타고 간다. 서울 구경은 난생 처음이었다. 식당에서 양복 잘 차려 입은 젊은 직장인들이 아침밥을 먹고 있는 모습, 전차길, 버스 차장의 스톱! 오-라이 신호 소리는 처음 보고 듣는 학생에게는 신기하고 새로웠다.

창녕서 어린 시절 비둘산에 올라갈 때마다 멀리 연기를 뿜으며 밀양으로 달리는 기차를 볼 때마다 언제 나도 기차를 타고 달려보나 바라는 소망이 성취되었다. 경진은 즐거운 마음으로 회의에 참석했다. 동행한 동료들도 친절한 학생들이다. 중앙대학교에서 며칠 회의하는 동안 여러 선생님들 목사님들의 강의와 분임 토의는 흥미롭고 새로운 경험이었다.

선생님의 유머도 재미있었지만, 무엇보다 밥은 너무 맛있었다. 점심으로 나온 하이라이스는 아주 맛이 좋았다. 오래 두고 잊지 못하고 기억될 것이다. 외로운 아이들 집에서 먹는 밥과 비교하면 맛이 없을 수가 없었다. 보육원에서 경비를 들여 서울이나 다른 지방 학생행사에 아이들을 보내주는 일이 드물 것이다.

이런 특별한 혜택을 받은 사람은 아주 행운아이다. 경진은 이런 은혜를 갚아야 된다는 마음이 생겼다. 대회에 참석하여 기독교의 지도자들로부터 교육을 받고 큰 세상을 경험할 수 있도록 원장님이 크게 마음을 써준 것이다. 특별한 혜택을 받았어도 세상에 대한 생각은 점차 많이 변했다.

보육원은 사업이며 돈 벌이가 중요한 목적으로 하는 경우가 있다는 비판적인 신문을 읽고 부정적인 생각이 간혹 들기도 했다.

종교, 믿음, 신앙, 신비, 영성, 초자연 같은 형이상학적인 문제에 대해서 잘 알지는 못했다. 주어진 환경 때문에 일요일에 교회 가고 예배 보도록 습관화되었다.

김소용 선생님이 가르치는 성경구락부 시절부터 종교 믿음 신앙에 대하여 목사님들 선생님들이 말하는 그대로 믿었다. 교회서 서울서 오신 부흥 목사님이 안수기도를 해주었다. 안수기도를 받았을 적에 온 몸에 전기가 오고 전율이 느낀 그때의 느낌은 아직 의문으로 남아 있다.

대학 입학하여 친구들이 읽기를 권하는 종교비판적인 책도 읽고 교양과목을 공부하고 인식이 달라졌지만, 종교적인 영성 신비는 존재할 것이라는 생각은 저버리지 못한다. 그렇다고 신앙과 믿음이 확고한 것은 아니다. 불행하고 고통스럽고 궁핍한 시간을 지나왔는데, 이 불행이 앞으로 일생을 사는 동안 교훈과 단련이 될 신이 내린 시련이라고 생각할 수 있으면 좋겠다.

인간의 슬픔을 격조 높게 이해하기 위하여 전공뿐 아니라 교양서적을 열심히 읽는다. 사람들은 나름대로 하루 살기가 쉬운 일이 아니다. 정글속의 사자, 사막의 낙타, 들판의 소들, 코끼리, 거북이, 사슴, 개미, 독수리, 고래, 새우 모두들 순간순간 하루하루를 살아가기가 만만치 않다.

제왕 왕족 유명가문 재벌의 자식으로 태어나는 탯줄을 잘 받은 소수를 제외하면 대부분 생존에 허덕이며 살아가기 힘겹다. 새는 먹이를 찾아서 하루 종일 움직인다. 어릴 때 고생은 사서도 한다니 긍정적으로 생각하면 된다. 지금은 인생의 황금기 빛나는 청춘, 무서울 것도 두려울 것도 없다. 날개를 마음껏 펴고 희망을 크게 세우고 용감하게 삶을 개척하는 것이 앞으로 할 일이다. 공부가 힘들고 삶이 힘들어도 용기를 버리지 말고 세상 사람과 어울리고 매일 뜨고 지는 태양을 보고 봄여름 가을 겨울 변화하는 자연을 고맙게 생각한다.

그간 받은 여러 사람들의 은혜를 어떻게 갚을지 준비하고 실행하면서 살아가고 싶다. 노력하고 시간이 지나면 의미 있고 값있게 살아갈 수 있는 능력이 생길 것이다. 고통, 불행, 비극은 신이 특별한 사람에게 주는 단련의 선물인지 모른다. 긍정적으로 생각하면 행복하기도 하고 부정적 비관적으로 생각하면 불행해질 것이다.

*

외로운 아이들 집에서 정이 들고 삼년 동안 고등학교 같이 다닌 임필만은 경진이보다 3살 더 많았다. 나이에 비해 훨씬 성숙하고 과묵한 성격이다. 고등하교 졸업하고 바로 군에 들어갔다. 군대 복무 중에 지뢰사고로 부산 육군병원에 입원했다는 소식을 듣고 여름방학 때 병원에 내려가 보았다. 고등학교 졸업하고 경진은 서울로 올라오고 임 필만은 군에 입대했다. 반년만의 만남이 몇 년 된 것같이 반가웠다.

임필만과 병원 옆 휴식처 의자에서 군대생활과 대학생활 이야기를 하고 있었다. 그때, 외로운 아이들 집의 김 보모님이 나타났다. 김 보모님은 외로운 아이들 집의 선생님으로 우리들이 고 2학년 때 오셨다. 키가 작은 편이고 약간 통통한 몸, 스타일로 얼굴은 잘생기고 매력 있는 여자였다. 마음은 부드럽고 아이들에게 따뜻하게 대해 주었다. 아이들이 감기 들거나 몸살 나면 자기 방에서 쉬도록 조치하고 보살피며 간호해 주었다.

경진도 감기몸살로 아파 눕게 되었을 때 김 보모님이 따뜻하게 보살펴 주었던 일을 잊지 못한다. 병이 들었을 적에 보살펴주는 선생님이 엄마나 누이 같았다. 보모님은 필만 형과는 나이가 한 살밖에 차이가 나지 않았다. 필만이 고등학교 때부터 김 선생님을 사랑했다. 졸업 후 군에 입대 후 적극적으로 편지 주고 휴가 나와서 만나고 두 사람은 서로 사랑하는 사이가 되었다. 필만이 부산병원에 입원 후 김 보모님은 부산지역에서 일하기 위해 내려갔다. 친절하고 사랑스러운 보모님은 어디가나 칭찬받을 수 있는 여자가 틀림없었다.

필만이 폐병이 완쾌되고 제대 후 결혼하게 되는 날짜 잡히면 제일 먼저 경진에게 소식 전해주기로 약속했다. 밥 먹을 때 자주 기도하는 신학대학생, 별명이 꺼벙이 손에는 밤낮 성경이 들려 있다. 성경에 대하여 해박한 지식을 가지고 있었다. 하나님이 왜 이렇게 불공평하게 사람을 살게 만들었는지 질문이 들어오면, 옹기장이가 고급스러운 접시 밥그릇 오줌 똥 장구도 만든다. 만들어진 옹기들이 왜 나를 똥 장구로 만들었는지 도자기공에게 불평 불만할 수 없다. 성경 이야기를 가지고 무조건 하나님의 존재를 믿어라 강조한다. 호랑이, 낙타, 악어, 개미, 벌 되고 싶어 된 것이 아니다. 한 사람 한 사람 다 자기가 되고 싶어 된 것 아니다. 그런 논리로 치면 다 맞다.

인간은 만물의 영장이니 위대한 존재라고 말하지만, 한편 보잘 것 없는 하나의 두 다리로 걷는 동물이다. 한 마리의 기어 다니는 벌레에 불과하다. 어느 도사의 말이다. 자연의 경이로움과 별들의 질서 정연한 운동은 초월적인 신비스러운 현상이다. 창조주의 능력이라 믿을 만하다. 그렇다고 신이 존재한다는 확실한 증거는 없다는 경진의 생각이다.

*

고등학교 2학년 올라갔을 적에 여름방학 때 공대에 들어간 교회 선배가 서울서 내려왔다. 예배 끝난 후 선배를 붙들고 입시 공부하는 방법을 질문한다. 대답은 희망에 부풀게 만든다. 대학 들어가면 장학금 받아 공부할 수 있다. 지금부터 시작해도 늦지 않다. 도전해라. 간단하다. 지금은 성 백문 선배는 선한행동 연구회의 멤버다. 선배의 말을 듣고 대학입시예상문제집 헌책을 몇 권 구입하여 코피 나게 파고들었다.

낮에는 공부할 시간 없으니 새벽 3시에 일어나 기상시간까지 조용한 시간에 공부한다. 남들이 자는 시간에 공부한다는 희열도 느낀다. 머리가 맑고 공부도 잘 된다.

처음에는 철학을 공부할 생각을 했다. 어쩌다가 서울에 있는 상경계통 대학에 들어오게 된다. 대학 입시의 신이 도와주었는지 하늘에 계시는 부모들이 도와주었는지 잘 모른다. 누가 도와 준 것에 감사 할 뿐이다. 앞으로 살아갈 새털같이 많은 날들 수많은 궁금한 것 공부하며 진리의 계곡을 방황하는 방랑자가 될 것이다.

지구를 포함한 우주는 광대하고 신비스러운 광경으로 가득 차 있다. 진리, 종교, 세계, 우주, 과학, 경제, 혁명, 국가사회, 예술, 문학, 주관, 객관, 상대적 자유, 사랑, 죽음 만 권의 책을 써도 다 못 쓰는 말들이 인간을 조각하는 도구로 사용될 것이다.

*

경진의 이야기를 들은 재선의 얼굴이 눈물범벅이 되었다. 나중에는 눈물을 너무 흘려 눈이 붉게 충혈되었다. 그날 밤을 슬픔과 괴로움으로 잠들지 못하고 뒤척거렸다. 푹 자려고 노력할수록 오히려 이런 저런 생각으로 잠을 깊이 자지 못한다. 수많은 생각들이 꼬리를 물고 머리에 떠올랐다.

아들을 너무 사랑한 엄마가 마마보이 아들이 장가 간 후 어느 날 며느리와 사냥을 하는 중에, 멀리서 몰래 며느리를 총으로 쏴 죽인다. 재판결과 아들이 죽였다는 판결로 아들에게 사형선고를 내린다.

사형집행 전날 엄마가 교도소 아들을 찾아가 다른 아이를 얻기 위하여 감방 안에서 아들과 부둥켜안고 빙빙 돌아가는 영화 장면, 어느 동네 두 남매의 사이에서 태어난 아이를 세상눈이 창피하여 내다버린다.

이 아이가 살아남아 강에서 산에서 자라고 나중에 자기를 나은 엄마와 결혼한다는 만화도 생각했다. 인간의 성적 욕망은 의식주 다음 가장 강한 원초적인 욕망이다.

그러나 인간은 양심, 선악을 판단하는 이성을 가지고 있다. 육체는 쾌락의 굴레에서 벗어나기 힘들지만 지고한 사랑으로 승화할 수 없는지 자문해 본다. 새벽녘에 잠깐 잠이 들었는가 싶었는데 해가 뜨고 새날이 또 밝아온다. 경진과 재선은 같은 천장 밑에서 살아가는 동안 시간 가는 줄 모른다.

매일 즐겁고 황홀하다. 지나온 부끄러운 삶을 모두 재선에게 이야기하고 나니 온 몸이 텅 비고 가벼워졌다.

*

어느 날 저녁 막걸리 한 주전자를 받아와 마시면서 대화중에,

"재선이는 몇 살이고 고향은 어디야? 부모님들은 어디 계신지 이야기 좀 해봐, 과거 살아온 내막 좀 들어보자. 용산까지 오게 된 남모르는 험난한 사연이 있었겠지, 어떤 사연인지 궁금해."

재선이 한참 동안 주저하다가 드디어 입을 열었다.

"나는 모험을 감행한 여자야."

"얼마나 스릴 넘치는 모험인지 한번 들어보자."

재선이 자기의 과거를 털어놓았다.

재선은 일본에서 태어나 고등학교까지 졸업했다. 부모들과 이북으로 북송되어 갔다. 일본 조선인총연합회(조총련) 간부 한덕수와 가까운 아버지는 강제 북송의 모범적인 사례로 북송의 마지막 배를 탔다.

북한에서 대학 화학과를 졸업하고 회사에 입사했다. 중국 북경에 북한 무역회사의 주재원으로 파견되어 근무하다가 남자 직원과 일본으로 출장을 갔다. 혼자 호텔 밖으로 산책을 나갔다가 갑자기 나타난 일본 인신매매 조직에 납치당하여 오사카의 대형 룸 사롱으로 팔려갔다. 몇 개월 지나는 동안 너무 힘든 노예 같은 술집 접대부 생활을 견디지 못하고 병원에 입원하게 된다.

일본에서 태어나 고등학교를 졸업했으니 일본어는 모국어로 잘 구사했다. 감시가 허술한 틈을 이용하여 병원에서 도망쳐 나왔다. 일본 조총련 사람과 북한영사관과 연락이 되었다. 그간의 사정을 말하고 북경으로 돌아가도록 조치해 달라고 요구했다. 조직폭력배가 항상 감시하고 있어 마음대로 나가 다니지도 못하고 여성보호소에 의탁하고 있다는 사정을 알렸다.

며칠 후 돌아온 대답은 기다리면 어떤 지시가 올 것이니 며칠 더 고생 하면 조치한다는 대답을 들었다. 그 후 북경으로 돌아갈 희망으로 밤잠을 제대로 자지 못했다. 돌아갈 날만 기다리고 있었는데 대사관 직원이 와서 전혀 생각해 보지도 않은 남한행 여권비자와 일본인이라는 증명서, 비행기 표를 내밀어 주었다.

공항에 나가면 이름 쓴 종이를 들고 사람이 기다릴 것이다. 그를 따라가서 본사

의 지시를 기다리라는 명령이 내렸다. 북경 주재원, 일본 출장, 납치하여 술집에 보낸 것, 모두 오래 전부터 평양에서 계획한 음모라는 느낌이 들었다.

국가를 위하여 이용되는 총알처럼 소모품이 되는 것 아닌지 의심했다. 국가를 위하여 일하다 젊은 인생이 잘못하면 죽거나, 혹시 잘되면 국가의 영웅이 될 수도 있다. 탑승 대기하는 동안 비행기가 날아 김포공항에 도착할 때까지 길지 않은 시간 동안 번민했다. 아니다. 나는 소모품으로 남한에 잠입한 북한의 간첩으로 살아가는 삶이 되고 싶지 않다. 이북에서 중국 북경으로 가기 전에 엄마의 말도 생각난다.

'혹시 어떤 좋지 않은 지령이나 명령이 내리면 엄마 아빠 걱정은 하지 말고 너하고 싶은 대로 해라.'

회사입사할 때 신체검사하면서 처음으로 혈액검사를 하고 부모들과 유전자계통이 다른 혈액형을 알고 엄마에게 물어본 일이 회상된다.

나도 부모 닮은 혈액형은 AB O계통이라야 되는데 나는 RH형이다. 나를 어디서 주워온 아이라고 의심이 들었고 엄마에게 따지고 들었다.

"얘가 무슨 말을 하고 있는 거야, 혈액형이야 유전도 되고 여러 가지로 변형도 되지, 무슨 소리를 하는지 모르겠다. 저리 가거라."

이 말을 하면서 엄마가 약간 놀라는 듯한 표정을 지으면서 불안감이 잠깐 스치고 지나가는 느낌이 들었다. 혈액형이 특별하고 무슨 일이 있으면 부모 걱정하지 말고 너 마음대로 하라는 말이 어떤 의미가 있나, 마음에 걸리고 궁금했다.

남한의 주요지점 폭파작업에 투입하기 위해 남한에서 훈련시켜 사용할 계획이 틀림없다고 짐작되었다. 화학과 수석졸업한 사람을 화학폭탄 제조와 거점지역 폭파 공작에 투입하기 위하여 선정된 공작원이 된다고 생각하니 눈앞이 아찔했다. 북한에서 간첩교육은 받지 않았으나 일본의 상사직원으로 한국을 오가는 민간인으로 위장하여 화학물질 전문가로 활용하는 것이 상부의 목적이라 짐작하니 슬프고 한편 비장한 각오를 해야 된다는 생각이 들었다.

일본서 구체적인 일은 '남한공항에 도착하면 안내할 것'이라는 말을 듣고 비행기에 탑승했다. 마음속에서 화학변화가 일어났다. 화학작용은 물질뿐 아니라 정신을 다른 형태로 만든다.

'마음의 화학작용을 일으켜 새로운 행복한 삶으로 바꾸어 보아야지.'

김포공항에 도착한 일본항공기에서 내려 짐 찾는 장소로 이동하는 동안 몹시 긴장되었다. 베게지에서 짐을 찾기 위해 승객들이 죽 둘러서 있는 앞으로 짐이 흘러나왔다. 빙빙 도는 컨베이어를 타고 흘러나온 가방을 찾아 화장실로 들어가서 문을 잠그고 변기 위에 주저앉았다.

숨을 죽이고 조용히 궁리를 했다. 승객들 대부분이 입국수속 문으로 나간 것 같다. 공항 청소 미화원이 청소도구를 들고 들어와 문을 하나씩 열고 청소를 시작했다. 문을 절반 쯤 열고 미화원에게 작은 목소리로 말했다.

"미안하지만 저 말씀 드릴 것이 있습니다."

"왜 그러신데요, 무슨 일이에요?"

"혹시 아주머니 출퇴근 때 입는 평상복 있으면 저에게 줄 수 있겠어요,

돈은 드릴게요."

"옷은 무엇을 하시게요"

"아, 예 옷에 커피를 쏟아서 지저분하고 커피물이 배어 몸이 불편합니다."

미화원은 화장실 문을 잡고 수상스러운 눈빛으로 쳐다보고 망설이더니,

"잠깐 기다리세요."

하고 미화원은 공항경찰에 신고할 생각을 하고 걸어가다 문득 취직도 못하고 빈둥거리는 딸 생각이 났다.

입던 헌옷 돈 받고 팔아 딸에게 용돈이라도 줄 생각이 들어 발길을 돌려 탈의실로 갔다. 헌옷이 필요한 사람에게 옷 주는 것 큰 죄가 되겠나. 탈의실에 가서 치마와 윗옷 하나 운동화를 가방에 넣어 들고 갔다. 일본 돈 만 엔 지폐 2장을 손에 쥐어 주었다. 아주머니는 고맙다는 표정을 눈으로 하고 청소도구를 들고 나갔다.

화장실문을 걸어 잠그고 얼굴에 화장을 진하게 했다. 긴 가발을 꺼내 쓰고 평소와 완전히 다르게 화장했다. 입었던 옷은 벗어 가방에 넣고 속옷과 수건으로 배를 덮어 감싸고 치마를 입었다. 몇 개월 된 배부른 임신부처럼 보였다. 창 달린 모자와 선 그라스를 썼다. 마침 홍콩에서 도착한 승객들의 줄에 붙어 입국수속을 했다. 미화원이 혹시 공항 경찰에 신고하지 않았는지 긴장되었다.

그런 일은 일어나지 않고 출구를 나왔다. 문이 열리고 환영 나온 사람들이 이름

쓴 종이를 들고 서 있는 사람들 방향은 쳐다보지도 않고 천천히 임신부 걸음으로 밖으로 나와 조선호텔 셔틀버스를 탔다. 공항을 출발하여 화곡동 한강대교를 건너 서울 시내로 들어왔다.

호텔 버스에서 내려 남대문 시장 방향이 어딘지 기사에게 물어 한국은행 뒷길로 가는 골목길을 지나 남대문 시장 근처 허름하게 보이는 여관에 들어갔다. 남산으로 올라가는 길 시장 근처는 지저분하고 시큼한 하수구 냄새, 생선 비린내가 났다. 길가에는 짐 나르는 지게, 오토바이, 자전거 수레들이 무질서하게 여기저기 늘려 있었다.

다음날 시장 입구 골목에서 일본 돈은 몽땅 환전하여 화장품 몇 가지를 구입했다. 이틀간 여관에 묵으면서 남대문시장에 들어가 튀김, 김밥, 호떡을 사먹었다. 잡채, 순댓국, 국수, 빵, 맛있는 시장음식이 김을 무럭무럭 내면서 손님을 기다리고 있었다.

택시를 잡아타고 용산역으로 갔다. 대학 다닐 적 시사교육 시간에 남한 사회의 실상은 들었다. 미군이 자리 잡고 있는 한강로 용산역에 창녀촌이 있는데 미군들이 이용하고, 한강변 이촌동에 거주하는 일본상사 직원들도 간다는 정도는 알고 있었다.

여관에서 하루 밤 묵었다. 아무 연고도 없는 서울에서 무엇을 하며 어떻게 살아가야 할지 곰곰이 생각해 보았다. 우선 창녀로 살아가면 먹고사는 문제는 해결될 것이다. 힘들고 불안하지만 돌아다니지 않아도 손님으로 부터 세상 돌아가는 물정도 알아보고 세상 공부도 할 수 있겠다는 생각이 들었다. 여자가 가진 무기는 남자의 욕구를 해결해주는 쾌락의 대상이 될 수 있는 것이다. 생사의 갈림길에서 못할 일이 무엇이겠나.

자연이 만들어준 몸을 필요하다면 활용할 수밖에 없다. 영어도 할 수 있고 일어는 모국어로 구사할 수 있다. 미군이나 일본 손님이 찾아올 때는 언어소통이 유리하다. 운이 좋아 쓸 만한 인간과 만나게 되는 행운이 찾아올지도 모른다.

*

재선은 창녀촌 앞을 지나다니면서 홍등가 집들을 유심히 살폈다.

그 중 규모가 가장 큰집에 들어가 포주를 만나 시골서 가출하여 오갈 곳이 없어서 그런다. 이런 곳에 아주 적당한 여자니 일하도록 도와주면 돈 벌어 주겠다고 간청했다. 그러자 주인이 대답했다.

"돈은 얼마나 가지고 있나? 먹여주고 잠 재워주고 병원도 가야 한다. 돈이 필요하다. 옷, 신발, 화장품, 속옷도 간혹 사야 된다."

"가진 돈은 없습니다."

"쌍판대기는 쓸만 하구 먼, 돈 빌려 줄 테니 앞으로 이년 동안 갚아."

빚을 갚겠다는 각서에 손도장을 찍었다. 숨어 지내는 탈북자 신세가 되어 남한에서 창녀로 살아갈 미래가 캄캄했다. 스스로 정한 길이니 한번 부딪쳐 보자고 각오했다. 북한에 계시는 부모님들이 어떻게 될지 걱정되었다.

입양시켜 키우고 공부시켜 준 외동딸이 남한에 가서 창녀가 되었다는 사실을 알면 얼마나 억장이 무너질까 생각하니 가슴이 아프다. 부모를 배신한 인간이 되고 말았다는 생각이 가슴을 짓눌렀다.

1945년 해방되고 사람들이 귀국선을 탈 적에 아버지는 조총련 일을 보면서 남한으로 돌아가지 않고 일본에 남았다. 일본서 고등학교 졸업하고 나중에 부모 따라 북송되었다. 평양에서 대학 졸업하고 회사의 북경주재원으로 일하다가 일본에 출장 가서 서울에서 창녀가 된 것이다.

꿈에도 생각하지 않은 현실의 상황이다. 이런 현실을 보니, 기막힌 운명이 왜 나에게 닥쳐왔는지 자신이 무엇인지 알지 못하겠다. 신이 있다면 한번 물어보고 원망하고 싶다. 지구별에 살아가는 한 마리 벌레에 불과한 인간은 어떤 환경에도 처해진다.

서울에 미군이 몇 만 명 주둔하고, 경제개발 계획으로 공단 건설, 조선소 건설 계획에 따라 일본의 상사 직원들이 한국을 드나들었다. 용산역에는 휴가 나오는 군인들도 내리고 탄다. 용산 창녀촌은 휴가 나오는 군인 일본 상사직원 미군이 가까운 지역이라 비교적 장사가 잘 되는 홍등가다.

*

재선은 백기사처럼 나타난 경진을 만나 새로운 삶을 위한 희망의 불씨를 얻었다. 학생의 선한 생각으로 새롭게 태어난 마음으로 다시 시작하는 다짐을 하게 되었다. 정말 고마운 경진이다. 죽을 때까지 그 은혜는 잊지 못할 것이다. 재선의 이야기를 듣고 경진은 위로했다.

"재선은 공산주의 이상사회를 꿈꾸는 독재국가를 탈출한 용감한 사람이다. 앞으로 우리가 지혜를 모아 열심히 공부하여 허황된 이념, 구속, 감시, 굶주림, 슬픔, 고통, 무지로부터 탈출하여 영광의 금자탑을 이룩하자."

재선은 일할 장소가 없는지 궁리하고 찾고 있었다. 어느 날 살고 있는 동네 한 외과병원에 청소부를 구한다는 벽보를 보고 찾아갔다. 주민 등본이 필요하니 서류 가지고 오면 원장님과 의논하겠다는 답을 들었다. 저녁에 경진에게 청소부 채용하는 병원에 가 본 일에 대하여 어떤 방법이 없는지 의논했다.

이튿날 병원을 찾아가서 사촌남매라고 말하고, 지금 주민등록증이 없지만 일하게 해주면 바로 저기 대학 학생인데 보증 서주고 나중에 시골에 연락하여 주민등록을 옮기고 바로 제출하기로 약속했다. 학생의 보증을 믿고 병원에 들어가 일을 시작했다.

재선은 병원 청소부 몇 개월 동안 성실하고 재치가 있다는 원장의 인정을 받았다. 보조간호사로 일하도록 조치해 주었다. 퇴근 후에는 늦도록 열심히 간호사가 되는 책을 읽고 공부했다. 재선은 다른 여자들처럼 보통 사람으로 살고 싶었다. 과거를 밝히고 자수하여 어떤 처벌도 감수할 각오를 했다.

"경찰에 출두하여 신분을 밝히고 싶어."

"숨기고 살면 불안하고 언제 탄로 날지 모르니 기회 보아서 그렇게 하자."

마음의 준비를 단단히 했다. 날을 잡아 경찰서를 찾아가서 이북에서 오게 된 경위와 현재의 상황을 자세하게 빠짐없이 실토했다. 간호사 공부를 하여 독일에 갈 준비를 하고 있다. 현재의 생활과 새로운 삶을 찾고 싶은 절실한 마음을 호소했다.

새로운 삶을 찾는 열망으로 가득한 재선의 이야기를 듣고 정보원 직원이 이해하고 절차를 거친 후 공·사적으로 간호사 공부를 하도록 협조하고 도와주었다.

운이 좋아 이해심이 넓은 직원을 만났다. 재선은 낮에는 병원에서 일하고 밤늦도록 공부하는 강하고 독한 여자가 되었다. 주경야독 열심히 공부하여 간호사 시험에 합격했다. 독일 간호사 파견에 신청하여 허가도 받았다. 출국할 날짜가 예상보다 빨리 독일 파견 통보를 받았다.

"독일로 가는 일자가 나왔어."

"먼저 가서 고생해라, 나도 제대하면 독일 광부로 가겠다. 독일서 만나자."

"아직 시간 많아. 천천히 생각해."

재선은 방을 정리하고 병원 동료들을 뒤로하고 서독 간호사로 떠났다.

독일 서부 알렌지방의 노인요양병원에서 일하게 되었다. 언어 음식 생활습관 문화가 다르고 체구가 큰 환자들의 똥오줌을 받아내는 일은 힘들었다.

아무리 어려워도 이곳에서 새로운 인생을 만들어야 한다. 힘든 고통을 인내하면서 참고 견디자고 단단히 다짐했다.

*

경진은 ROTC장교 임관 일주일 후 대학을 졸업했다. 외로운 아이들 집에서 중・고등학교 나오고, 대학 들어와 시청 장학금을 받았다.

등록금 면제 혜택을 받았다. 시골서 올라와 혹독하게 고생한 다른 친구들보다 오히려 덜 고생하고 졸업했다. 현재까지는 운 좋은 사람 중의 하나임이 분명했다.

여름방학 때 고향에 내려가서 형제들을 만나고 아이들 집에 가서 인사도 했다. 큰누나를 찾아가서 일본에서 죽은 작은누이에 대하여 이것저것 궁금한 점을 알아보았다.

"누나! 일본서 죽은 작은누나는 혹시 쌍둥이로 태어났나?"

"누가 쌍둥이라 그랬나?"

"아니, 그냥, 느낌상 그런 상상이 들어서."

"몰라, 그런데 엄마가 동생을 배안에 가지고 있을 적에 배가 너무 불러서 엄마 뱃속에 쌍둥이가 들어 있는 것 아니냐고 물어보기도 했어, 오빠는 엄마 뱃속 아이가 쌍둥이가 맞을 거야 하고 장담했어."

"그럼 아기가 태어났을 때 쌍둥인지 아닌지 알았을 거 아니야?"

"병원에서 아이 낳고 집에 왔는데 동생 하나만 안고 왔어."

"쌍둥이를 누가 조산원과 거래하고 하나를 데려갔다면 모르잖아."

"설마, 세상에 그런 짓을 했을까. 엄마도 아무 말 하지 않았거든."

큰누이는 말도 안 된다면서 피식 웃고 말았다.

"쌍둥이가 태어나면 준비해야 할 것들이 하나보다 다르지 않나?"

"동생이 태어나면 옷이랑 양말이랑 두 벌씩 준비하는 걸 보았지만, 배가 너무 부르니 혹시나 쌍둥이인지 모르고 준비하는 걸로 예사로 보아 넘겼어."

아이 없는 사람이 쌍둥이나 미혼모 아이들을 자기 아이로 만들기 위하여 병원과 사전에 의논하고 입양시키는 경우도 있다. 이런 일을 중간에서 만들어 주는 사람도 있다.

재선이는 쌍둥이 중에 다른 집으로 입양된 진짜 누이라면 이 일을 어쩌지. 누이를 사랑하게 된 것 아닌가. 형제지간의 사랑의 랩소디.

재선과 같이 지내고 입주 아르바이트를 하는 바람에 재선은 거의 혼자 살았다. 만약 형제간이라면 불륜을 저지른 근친상간 아닌가. 만약 피를 섞은 형제간이라면 이 일을 앞으로 어떻게 해야 하나. 천벌을 받을 죄를 지은 것인가. 형제인지 어떻게 알아볼 방법이 없는지 고심하면서 시간이 흘러갔다.

*

경진은 졸업 후 중동부 최전방 부대에서 2년간 소대장과 대대 참모로 근무했다. 제대하고 서독 광부파견을 준비했다. 서독에 가서 재선을 만나는 일이 가장 급선무다. 서독 광부지원자의 선발비율이 점차 높아가는 추세였다.

경진은 팔에 알통이 나올 정도로 건강하진 않았지만 대학을 졸업한 학사장교 출신이다. 실기시험의 힘든 과정 때문에 꼴찌로 겨우 합격하여 독일 광부로 파견되었다. 금융기관과 대기업에도 취직할 수 있었지만 모든 것을 포기하고 독일로 갔다. 재선이를 만나는 것이 무엇보다 급했다.

독일 중서부 도르트문트에서 멀지 않은 광산도시 '카스트롭 라욱셀'에서 일하게 되었다. 독일 광부로 도착 2개월 후 특별히 휴일이 낀 이틀간의 휴가를 허가받아 재선이가 근무하는 '알렌'으로 긴 시간 기차를 타고 찾아갔다.

지나가는 철길 따라 그 유명한 독일의 고속도로 아우토반에는 메르데스 밴스, BMW, 롤스로이들이 스피드를 내고 달리는 모습이 눈에 들어왔다.

교외에는 돼지 집 같은 개인용 주말농장 겸 자동차 정비하는 모습이 보였다. 언제 우리도 이런 고속도로에 자동차가 달리는 나라가 될지 부러웠다. 역에 내리니 '굿 텐 타 그' 안녕하세요? 역무원들의 인사가 낯설지 않았다. 대학 들어가 필수 교양과목 독일어를, 2학년 올라가서는 고급반 독일어를 신청하여 이수했다. 3년간 대학에서 독일어 공부한 셈이다. 군대 근무하는 동안에도 독일어 공부는 계속했다. 기회를 만들어 독일 가서 공부할 생각을 했다.

재선과의 반가운 만남은 기적처럼 이루어졌다. 인생이란 달고, 쓰고, 고통, 분노, 환희, 설렘, 배고픔, 사랑, 고민, 욕망, 희망 그런 것이다. 재선이 말했다.

"사람을 새롭게 만들어 준 경진에게 빚을 갚아야 되겠어. 광부생활을 그만두고 평소 공부하고 싶었던 철학을 독일에서 공부해. 뒷바라지는 돈 버는 대로 학비 보내줄게."

"독일 파견 온 지 몇 개월 되지 않았고 형편상 그럴 수는 없어."

"지금이 좋은 기회야. 시간 지나면 나의 마음도 몸도 변할지 몰라."

재선은 공부해야 된다고 강력하게 설득했다. 타이르다가 나중에는 명령조로 말했다.

"공부하여 성공하면 그것이 우리의 사랑을 실천하는 길이야."

공부해라, 아직 어렵다, 실랑이를 했지만 결론을 내지 못하고 삼일을 지내고 다시 각자 일터로 돌아갔다.

경진이 광산으로 돌아온 얼마 후 큰 불행이 닥쳤다. 지하 백 미터 석탄갱 안에서 낙석으로 부상을 입고 병원에 실려가 누워 있게 되었다. 다리를 심하게 다쳐 2개월 정도 입원 치료진단을 받았다. 치료 후 다시 일터로 돌아갈 수 있다는 진단이 나와서 그래도 천만다행이었다. 만약 큰 흙더미에 묻혀서 죽었다면 꽃도 피지 못하고 요단강 건너갈 뻔했다. 죽지 않았고 다리도 치료하면 다시 사용하는데 지장 없다는 정도의 부상이었다.

갱내에서 일어나는 작은 사고는 간혹 있는 일이다. 광부는 항상 생명의 위험 속에서 산다. 사고 소식을 듣고 달려온 재선은 혼이 빠지도록 놀라고, 또 얼마나 다행인지 눈물을 끝없이 흘렸다.

하루 밤을 꼬박 환자 옆에서 지내고 돌아가면서 공부하는 길을 찾으라고 간곡히 부탁했다. 경진은 환자 신세로 침대에서 시간을 죽였다. 병원 도서관에서 괴테의 『

파우스트」를 빌려다 읽었다.

불의 정 살라만더여, 불타라. 물의 정 운디네여, 물결을 쳐라.
바람의 정 실페여 사라져라. 흙의 정 코볼트여, 일하라.
불 같은 한때의 사랑, 물결같이 부드러운 속삭임,
비바람 맞으며 살아가는 인간이다.

무엇인가 일은 해야 한다. 고등학교 졸업 할 때 대학가서 철학공부하고 싶었다. 우연히 상경계통 대학에 들어가게 되었으니 그 꿈은 쉽게 사라지지 않았다. 지금은 몇 백 미터 지하 갱 속에서 하루하루 생사의 위험 속에 시달리며 살아가는 광부가 되었다. 몸이 회복 되면 지하 갱 속으로 다시 내려가야 된다. 돈 벌고 재선을 만나는 즐거운 시간도 있지만 어떤 일보다 위험하고 고된 일이다.

독일에서 재선을 볼 수 있다는 것을 제외하면 인생출발이 위험 속에서 견디기 고달팠다. 병원 침대에 누워서 밤을 지새우며 번민했다.

다시 공부를 해야겠다는 꿈이 뭉클뭉클 살아났다. 퇴원하자마자 바로 재선을 찾아갔다.

"독일서 공부하기로 마음먹었어."

"정말 생각 잘 정했어."

재선이 감격스러운 눈물을 흘리다 손수건을 꺼내 훔치고 미소를 지었다.

"아무 걱정 하지 말고 공부에만 집중해."

*

경진은 오디션을 거쳐 베를린 자유대학 철학과에 들어갔다. 1년간은 어학원에 들어가 독일어를 열심히 공부했다. 대학원 석사 박사 과정을 5년 동안 공부했다. '영원한 의지와 초월 세계에 대한 인간의 심리'라는 제목의 상당히 난해한 철학논문을 제출하여 박사 논문이 통과되었다.

학위를 받은 후 때맞추어 서울의 모교 대학에 자리가 나왔다. 빠른 시일 내에 들어오면 좋겠다는 선배 교수로부터 제안이 들어왔다. 재선이도 같이 한국으로 들어가자고 제의했다. 한국 동행에 대하여 재선은 단호하게 반대 했다. 이미 현지에서 사귀는 착하고 성실한 독일 남자도 있어 한국에 갈 수 없다고 했다.

재선이 이런 말을 남겼다.

"한국에 돌아가서 좋은 여자 만나 결혼하고, 한국의 철학계의 큰 별이 되어 사회에 봉사하기를 바랄게. 진정으로 축하해. 조금밖에 도와주지 못했으나 다시 희망을 만들어 준 사람한테 빚 갚은 것뿐이야. 죽을 때까지 서로 잊지 말고 영원한 애인으로 가슴에 묻고 살자."

"한국 돌아가서 결혼하자."

"우리는 결혼할 수 없는 운명이야."

"이유가 뭔데?"

"결혼할 수 없는 이유는, 내가 더 좋아하는 다른 남자가 있기 때문이야."

재선은 회사 북경 주재원으로 가기 전 엄마가 말해준 자신의 입양비밀이 머리에서 지워지지 않았다. 현재의 부모 아닌 자기를 낳은 친부모가 세상에 존재한다는 사실은 알았다. 부모는 결혼 후 오랜 동안 아이가 없었다.

그래서 금방 태어난 미혼모 아이나, 쌍둥이를 남에게 입양시키는 소개업자에게 부탁하여 출생 후 며칠 되지 않은 유아를 입양시켰다.

부모가 누구인지 일본 사람인지 한국사람인지 전혀 알지 못한다고 말했다.

재선은 혈액형이 부모님들의 유전형이 아니고, RH인데, 경진의 혈액형이 RH형이라는 사실을 장교 임관 최종신체검사 용지를 우연히 보고 혈액형을 알게 되었다. 설마 그럴 일이 있겠나, 혈액형이야 같은 사람이 한두 명인가. 어쩌면 같은 핏줄을 타고난 형제일지도 모른다.

머리와 가슴에 갈등이 일어났다. 부모가 누구인지 모르지만 만약에 이 남자가 형제간이라면 결혼해서는 안 된다. 피를 나눈 형제지간이 틀림없다는 생각에 미쳤다. 긴 세월은 아니라도 즐거움도 희망도 없는 고통과 절망적인 시궁창에서 진정한 사랑도 잉태하지 못하는 신세가 되었을지 모르는 그녀를 사람들 속으로 끌어내어 희망 사랑을 알도록 변화시킨 사람을 가슴으로 형제로서 영원히 사랑해야지 다짐했다. 혹시 피가 섞인 형제가 아니라 해도 친동생처럼 사랑하고 싶었다. 재선은 독일에서 간호사로서 살기로 각오했다.

경진은 큰누나로부터 죽은 누나 사연을 들은 다음부터는 재선이 혹시 친 누나일지 모른다는 궁금증이 뭉게구름처럼 피어올랐다.

"누님, 용서해 주시기 바랍니다. 행복하게 살면서 자주 오고 가면서 만나요."

경진은 재선과 이별하고 한국으로 돌아왔다. 한국에 와서 먼저 필만 형과 김 보모님을 용산역 근처 식당에서 만났다.

김 보모님의 지극정성 간호와 보살핌 덕에 폐질환도 깨끗이 완치되었고, 결혼하여 아들도 생겼다. 김 보모님의 손을 잡고 나온 아버지 닮은 튼튼한 아기가 너무 귀엽고 예쁘게 보였다.

T.S 엘리엇의 시 '황무지' 뇌성이 한 말 "주라, 사랑하라, 자제하라."

한강로 랩소디

*

"앞으로 타세요."

운전석에 앉은 서여사가 손짓을 한다.

"부드럽게 운전해 주세요."

강기적이 차에 올라타면서 부탁했다.

"염려 말아요, 운전경력이 얼마나 되는데."

"기왕 태워주는 김에 집까지 태워다주세요."

"아, 염려 마세요, 모셔다 드리다 뿐입니까."

"차가 부드럽게 잘 굴러 가네."

"경남 고성 해변을 몇 번 갔다 왔더니 지금 한참 질이 잘 나서 부드러워요."

4휠 구동 산타페 자동차가 골목 안 한식집에서 출발하여 한강대로로 나와 우회전했다. 오른쪽에 F은행 한강로지점 간판이 보인다. 철길 밑 터널 들어가는 숙명여대 입구에서 유턴한다. Y기타교실이라는 간판이 붙은 건물 앞을 지나 한강 방향으로 차가 속력을 올리며 달리기 시작했다. 기타 연습이 끝나고 저녁 먹은 후 헤어지면서 가는 방향이 같으니 태워주겠다고 서여사가 권유했다. 강기적은 은근히 기대한 사람처럼 잽싸게 그녀의 차에 올라탔다. 운전석 옆 조수석에 편안하게 기대 앉았다. 술기운으로 기분이 좋은 목소리로 운전하는 서 여사에게 말했다.

"천천히 목적지까지 운전해 주시면 대단히 감사하겠습니다."

"예, 걱정은 주머니에 넣어 두시라니까요!"

장난스럽게 대답했다.

오늘 기타동아리에는 기타학원에서 배운 사람들을 위주로 구성된 비교적 나이 들은 장년과 노년층이다. 크리스마스이브 때 서울역 대합실에서 있을 송년 기타연주 첫 연습 모임이다. 기억력이 점점 희미해지는 실버들이라 선생이 말해도 금방 잊어버리기가 식은 죽 먹듯 한다.

“엄지손가락(P)을 힘 있게 내리치세요. 중지(M)만 치고 엄지손가락(P) 소리는 거의 죽고 잘 들리지 않습니다. 원래 기타는 엄지와 중지로 한꺼번에 치는 구조입니다.”

로망스 곡 연습하면서 P와 M이 동시에 쳐야 하모니가 된다는 이론은 알고 있지만 실제 연습하면 잘 되지 않는다. 기타 칠 때는 오른쪽 손가락 엄지, 검지, 중지 약지, 소지를 모두 사용한다.

손가락 이름의 스페인어 단어 P(엄지손가락), I(집게손가락 검지), m(가운데 중지), a(무명지, 약지), ch(새끼손가락 약지)을 매일 연습하여 유연하게 움직이게 만들어야 탄현(기타줄 때라기)이 빨리 이루어진다.

손마디가 굳은 늘그막에 배우는 현악기는 유연한 손놀림을 하기는 어려움이 많다. 오랫동안 연습하는 젊은 사람에 비해 힘도 딸린다. 그래도 열심히 연습에 집중하다 보면 두 시간은 금방 지나간다.

“이제 끝내고 밥 먹으러 갑시다. 배고파요.”

환갑 막 지난 비교적 나이 젊은 장 선생이 투정을 부린다.

“예, 고요한 밤 한번만 더 맞추어 보고 끝내도록 하겠습니다.”

젊은 선생이 늙은 제자들을 달래며 밀어붙인다.

4분의 3박자인 ‘사이러나 홀리나’가 강약약으로 이어지면서 P(엄지)로 때리는 소리가 정신집중덕분에 확실히 들린다.

“오늘은 여기서 끝내도록 하겠습니다. 수고 했습니다.”

“모두 밥 먹으러 갑시다.”

장 선생이 벌써 기타를 거치대에 걸쳐놓고 일어서면서 재촉했다. 오버 깃을 위로 치켜 올리고 식당으로 모두 이동했다.

평소 연습하고 식사는 각자 부담하기로 되어 있었다. 연말공연연습 첫날 기분을 띄울 겸 동호회원 남자 중에서 최고 연장자인 강기적이 체면을 세우기 위해서 큰

마음먹고

"오늘 저녁은 제가 사겠습니다."

하고 선언했다.

"아, 감사 합니다"

모두 손뼉을 쳤다.

"내일이 나의 생일이라 하루 미리 생일 턱 내는 것으로 하겠습니다."

"그럼, 생일 케이크를 사와야지, 강 기적 선생님 생일 축하해야지, 내가 나가서 사오지, 바로 앞에 빵 가게가 있어."

장 선생이 벌떡 일어나 나갔다.

"마침 큰 생일 케이크 하나가 남아 있어 바로 들고 왔지" 잠시 후 장 선생이 웃으며 케이크를 들고 들어와 상위에 내려놓았다.

케이크 위에 불을 붙이고 생일축하곡 해피버스 데이를 부른 다음 훅하고 불을 껐다.

"생일 축하합니다!"

짝짝 짝짝짝!

불고기 전골이 준비되었다.

"이 집 불고기는 먹을 만하지요?"

항상 깔끔하고 근엄한 은빛 머리결이 고운 노 여사가 덕담을 했다.

"이 근처서는 이 집이 오래되었고 꾸준히 손님이 찾는 것을 보면 음식이 먹을 만하다는 증거지요."

장 선생이 이어받았다.

"강 선생님은 평소에 뭘 잡수시기에 그렇게 건강하세요?"

노여사가 강기적을 쳐다보고 칭찬인지 부러움인지 아리송하게 건강 이야기를 꺼냈다.

"예, 감사합니다. 아직 건강하고 밤낮으로 에너지가 넘치는데, 사람들이
인생 끝물 노인으로 취급하는 느낌이 들어 섭섭할 때가 간혹 있습니다."

"그럼 그럼요, 강 선생님은 아직 한창인 걸요."

"노 여사님, 건배사 한마디 부탁합니다."

장 선생이 건배사를 요청했다.

"강기적 선생님 건강과 우리 실버 기타 동아리 연습 잘하고 모두 행복한 시간되기를 빌며, 우리의 건배사, 기타 부기!"

"기타 부기!"

와인 잔과 물 잔을 들고 쨍쨍 부딪쳤다.

"여기 이집 불고기 전골은 간혹 와서 먹는데 고기가 좋아요."

장 선생이 이 집 단골이라면서 맛있게 먹자는 뜻으로 말했다.

"예, 저도 이 집 와본 때가 꽤나 오래 됩니다. 학생 적에 친구 형이 미8군에 군속으로 근무했어요. 학교서 배우는 읽고 쓰기만 하는 영어로는 실제말하기와는 다르니, 회화를 배워야 된다며 이 집에 동생을 불러 밥을 사주면서 같이 나온 미군과 대화를 하도록 기회를 만들어 주었어요. 그때 나도 이 집에 와서 친구 형이 사주는 밥도 얻어먹고 미군과 대화하는 기회를 처음으로 가졌는데, 이 식당에서 같이 밥 먹은 미군이 갈비탕이 맛있다며 국물 한 방울 남기지 않고 깨끗이 먹고 발가락까지 국물이 들어갔다고 포만감으로 즐거워하던 기억이 납니다."

"대학에서 영어공부 많이 했을 터인데 미국인과 회화까지 배우고 일찍부터 영어는 끝내주게 잘 하였겠어요."

"예, 못 한다카면 서럽지요. 나의 친구는 졸업 후 나중에 나와 같은 은행 들어가서 근무하다가 해외파견 어학시험 성적이 좋아 미국과 유럽지점에서 근무하고 은퇴했지요."

친구는 그 형의 동생 사랑 때문에 덕을 보았습니다.

강기적도 해외 근무를 하기는 했지만 어학을 잘하여 선발되었다고 생각하지 않는다. 전임자가 급하게 귀국하게 되어 우연히 급하게 해외 나가게 되었다. 식사가 끝나고 나서 헤어지면서 '불고기 잘 먹었습니다' '잘 가세요' 의례적인 인사를 나누고 각자 발길을 돌렸다.

*

한강대로 그 식당에서 오늘 또 미스서와 마주보며 밥 먹었다는 사실이 즐거웠다. 학교 졸업 후 바로 군대 들어가 근무 끝내고 바로 은행 들어가서 그녀와 데이트할 적에 이 식당에서 밥 먹고 행복한 시간을 가졌었다.

벌써 반세기가 훌쩍 흘러간 지난 일이다.

“저기 우리가 처음 만난 은행지점이 외국은행 간판으로 변하고 세월이 한참 날아가 버렸지요”

F은행 한강로 지점 전광간판에 시선을 꽂으며 푸념 섞인 강기적의 말을 받아 운전석의 서여사가 대답했다.

“예, 시간은 화살같이 날아간다고 하잖아요.”

산타페가 삼각지를 돌아간다.

“우리가 다시 만난 지가 벌써 2년이 넘었었지요?”

“벌써 그렇게 되었어요?”

“생각해 보면 우리가 갈월동 기타학원에서 다시 만난 것은 정말 우연한 일이지, 무엇보다 내 기억 상실증이 회복되었다는 사실은 정말 기적이야.”

“우리 기타동아리가 기타 학원에서 연습하고 있을 때 강 주임님이 마침 왔으니 다시 만나게 되었지요.”

“미스서는 나를 다시 살린 천사예요.”

“다시 만난 걸 생각하면 인간의 만남이란 참 우연이면서 기적이에요.”

“우리가 다시 만나 기타동아리에서 자주 만나는 것이 얼마나 즐거운지.”

*

미스서를 만난 그때의 광경이 눈에 훤하게 떠올랐다. 강기적이 기타를 배운 학원에는 연습실 몇 개와 소규모 연주 홀이 구비되어 있었다.

기타연주 프로단체 ‘Y S 콰르텟’뿐 아니라 동아리 모임의 연습장으로 이용되는 장소다. 간혹 학원에 들려 선생을 찾아보고 연주활동 이야기도 들었다. 어느 날 기타 학원을 방문했다. 연습하는 사람 중에 분명 본 듯한 얼굴이 있었다. 몇 번 힐긋힐긋 얼굴을 쳐다보았다. 희미하게 기억이 살아나기 시작했다. 어디서 본 얼굴인지 처음에는 분간이 잘 되지 않았다.

마음속으로 되돌아보았다.

맞다! 틀림없어 서 경숙. 긴 세월이 흘러 나이가 들었고 살이 붙어 귀부인 티가

나고 머리 웨이브도 고상하게 손질된 교양 있는 지적인 여자로 변했다. 그래도 얼굴의 기본 바탕은 그대로다. 기타학원 여자 직원에게 다가가서 물었다.

"연습하는 사람 중 저 뒤편 자리 여자 분은 여기 자주 옵니까?"

"아니에요, 잘 모르겠는데 오늘 처음 온 것 같아요."

연습이 끝나고 밖으로 나온 그녀를 쳐다보고 놀라는 표정을 지었다.

"혹시 서경숙 씨?"

"누구신데요?"

"서경숙 씨 맞지요?"

"눈을 크게 뜨고 놀라운 표정을 지으며, 강기적 주임님?"

"아, 반갑습니다. 그런데, 어떻게 여기서 기타연습을 하세요?"

"우리 동아리가 위문공연 연습을 하고 있어요, 그런데 여기서 기타 배우세요?"

서로 놀란 표정이었다. 주위 동료들이 이상한 눈빛으로 두 사람의 반가움과 놀란 표정으로 대화하는 모습을 바라보았다.

"세상에 이런, 얼마만이에요. 기타 연습장에서 만나다니. 정말 반갑습니다."

이 얼마만의 만남인가. 강기적은 어린 시절과 학생 적에 만난 친구들, 첫 직장 은행에서 만난 사람들은 망각하고 오랫동안 단기 기억상실증으로 살아왔다.

갑자기 기억이 환하게 소생되었다. 미스서를 확실히 알아보게 되었다. 기억상실증과 색맹으로 살다가 그녀를 보고 꿈인지 생시인지 손을 꼬집어보았다.

반세기 세월이 흘러가도 첫 직장에서 만나, 그녀를 연모한 기억이 무의식의 연못 깊이 잠겨 있다가 갑자기 살아난 것이다.

"오늘은 미리 다른 약속 때문에 길게 이야기할 시간이 없습니다."

서로 전화번호를 알려주고 다음에 만나기로 약속했다.

"곧 한번 만나도록 해요."

전화번호를 알려주고 다음에 만나기로 약속하고 헤어졌다.

*

며칠 후 설레는 마음으로 이촌동 '돌체스위트 커피' 숍에서 만났다. 비록 몸은 나이가 들었어도 가슴은 젊은 그대로였다.

"나이가 보기 좋게 들어가는 것 같이 보여요."

강기적은 칭찬을 했다.

"그 동안 죽은 사람으로 알고 있었는데, 어떻게 된 사연입니까?"

"예, 이렇게 보다시피 건강하게 잘 살고 있습니다."

"은행은 언제 퇴직 했어요? 기타 배운 지는 얼마나 되었고요?"

"예, 아직 형편없어요."

커피를 한 모금씩 마시면서 살아온 과거와 기타를 배우게 된 동기를 이야기하기 시작했다.

"은행에서 지점장까지 근무하고 은퇴했어요. 19살에 들어가 36년 근무하고 십 년 전에 정년퇴직 했지요."

"아이들은 몇이나 있어요??

"예, 아들 하나 딸 셋인데 모두 미국서 살아요."

"딸이 셋, 아무튼 자식농사는 풍성하게 지었는데요."

"첫 아이부터 내리 공주를 낳고 마지막으로 아들 하나를 얻었어요."

"자식들 결혼은 다 했겠네요?"

"딸 셋은 결혼하고, 아들은 아직 미혼이고 미국서 의사 공부를 하고 있어요."

"기타를 잘 치는 것 같은데 얼마나 오래 되었나요?"

"얼마 안 돼요. 아이들 다 키우고, 퇴직 후를 생각하여 취미활동을 하는 중에 클래식 기타를 배우기 시작했습니다."

강기적이 서여사의 남편 소식을 물었다.

"천 사장은 무엇을 하시나요?"

"남편 이야기는 하고 싶지 않아요."

이렇게 대답하고는 잠시 후 지난 굴곡지게 살아온 발자취를 이야기했다.

"그동안 영혼의 향기라고는 눈곱만큼도 없는 남편과 살아오는 동안 쌓인 스트레스를 털어내기 위하여 춤도 배우고 술도 배우고, 평소에 악기를 하나배우고 싶어서 기회가 오기를 기다리고 있다가 우연히 같은 아파트 사람이 기타를 메고 다니는 걸 보고 이야기가 되어 도움을 받아 기타를 배우게 되었어요. 십년 가까이 되네요."

그녀는 젊은 시절 연애도 제대로 하지 못하고 마음 속의 감정을 표현하지도 못하고 가족만 위해 살았다. 결혼하여 사업하는 남편 뒷바라지 직장생활 하느라 삶을 바쁘게 살아오면서 겪은 사연들을 입술에 하얀 침이 묻도록 쏟아 내었다.

이런저런 이야기 중에 그녀는 아직도 풀리지 않는 의문을 하나 마음속에 간직하고 있다고 했다. 그녀의 궁금증이란 강기적의 사고와 죽음에 대한 의문이었다. 미스서는 지금까지 강기적이 죽은 사람으로 알고 있었다. 그리고 혹시 그녀의 남편이 죽였을지도 모른다는 의심도 하고 있었다.

아무 확실한 물증도 객관적인 증거도 없다. 남편이 범인인지도 모른다. 그렇게 믿어졌다. 다만 남편 천정태와 결혼 전에 만날 때 들은 말 '만약 자기와 연애하는데 어떤 장애라도 생기면 지옥에 보내 버릴 거야'가 유일한 심증적인 의심이다. 경찰 조사도 받지 않았기 때문에 오로지 그녀의 마음에서만 지울 수 없는 의문으로 남아 있다.

여자의 직감은 무시하지 못한다는 믿음을 가지고 있다. 은행 내의 대부분 사람들도 강기적은 런던지점에서 사고를 당하여 죽은 줄로만 알고 있기 때문이다.

"주임님은 은행 런던지점에서 사고로 그때 사망하여 현지에서 화장하고 유골은 시골집으로 보냈다는 이야기를 듣고, 혼자 속으로 얼마나 울었는지 아세요?"

미스서의 눈가에 이슬이 맺혔다.

"영국에서 어떻게 사고가 일어났는지 어떤 병원에 있었는지 한국에 언제 왔는지 처음에는 거의 기억 없이 살았어요. 기타학원에서 미스서를 만나면서 기억이 확실하게 살아났어요. 당신을 만남으로 기억이 다시 살아난 것이지요."

"저를 만나 기억이 다시 살아났다니 정말 다행입니다."

미스서의 웃는 모습이 아름답게 보였다.

"우리가 처음 만나서 순수하고 미묘한 사랑을 나누고 행복한 시간을 가지게 될 무렵 불행하게도 우리는 이별이라는 쓴맛을 보았지요."

"여러 조건이 그렇게 돌아간 것 같습니다."

"그래도 은행 근무할 때 애송이 시절이 정말 좋았지, 앞에 앉아 있는 미스서를 짝사랑하고 속을 태우고……."

F은행 한강로지점 간판 불빛에 유심히 눈길이 꽂혔다. 처음 은행 들어가서 미스

서를 만난 일이 회상되었다.

*

강기적은 전방부대에서 ROCT소대장으로 복무를 끝내고 한 달도 안 되어 은행에 들어와서 한강로 지점에 발령을 받았다. 그때 일들이 기억창고 문을 열고 까마득히 흘러간 구닥다리를 들추어냈다. 첫 직장 들어갔을 적에는 몸도 마음도 금빛 희망이 가득했다. 은행이라는 무대에 나왔을 적에는 희미하게 잘 보이지 않았지만 아름다운 백조의 성 같은 야망의 성이 우뚝 솟아 있었다. 남들이 볼 때는 사회 첫 발 디딘 애송이에 지나지 않았으나, 푸른 희망을 품고, 아름다운 여자를 차지할 수 있다는 젊은 패기를 한껏 자랑할 때였다.

은행지점에는 미혼 남녀행원 십여 명의 동료들이 매일 얼굴을 맞대고 간혹 몸도 스치면서 웃으며 근무했다. 신입 사원에게 여자들이 호기심을 가지기를 속으로 은근히 바랐다. 볼륨이 있는 여행원이 몸을 가볍게 보이기 위해 사무실 안에서 움직일 때도 뛰다시피 빠른 걸음으로 움직였다. 올드미스 여직원도 있었다. 젊은 여직원들은 제각각 몸매를 뽐내는 매력 있는 미녀로 보였다.

남자들은 동료 직원들의 눈치를 슬금슬금 보며 점찍은 여직원과 사랑을 나눌 기회를 노리고 있었다.

"미스서, 오늘 옷 멋진데."

입구에서 한 과장이 말을 건넸다.

"예, 어제 세일하는 가게에서 싸게 팔기에 사 입었어요. 어때요?"

아주 드물게 옷을 사 입는 미스서에게 과장이 문에 들어서면서 말을 걸었다. 총각이나 기혼자 남자들이 미스서에게 말을 걸어보고 싶어 했다.

착하고 건강하고 은근히 매력 있는 여자다. 여자는 본능적인 과시욕과 남자의 눈길을 끌려는 의도가 있다고 하지만, 미스서는 눈에 확 띄는 구석은 없어도 은근히 매력이 있었다.

치마만 입으면 모두 미인으로 보이는 군인에서 은행원이 된 지 불과 한 달 정도 되었으니 판단이 흐린 눈에는 하나 같이 사귀고 싶은 여자들이었다.

그중에 단정한 옷차림과 화장도 부드럽게 하고 다니는 나이에 비해 성숙해 보이는 미스서가 마음을 끌었다. 첫눈에 반해 버릴 만큼 미인도 스펙이 좋지는 않았지만 은근히 남자를 끄는 매력이 있었다.

큰 편의 키에 오뚝한 콧날과 입술은 섬세하게 향기를 내뿜는 장미꽃잎 같았다. 건강하고 정숙한 행동과 창구 손님들에게 친절하게 업무를 처리하여 상사들로부터 칭찬도 많이 듣는다. 그녀를 좋아하는 남자 행원도 틀림없이 있을 것이라고 서로가 지레 짐작을 했다.

너 아니면 못 산다고 달려드는 남자가 아직은 없는 것 같았다. 남녀가 만나서 사랑하는 일은 직장 내에서 뿐 아니라 산에서 시장에서 어디서나 이루어진다. 누구의 애인이라고 가슴에 명패 달고 다니지 않고 손가락에 반지가 없다면, 총각처녀가 사귀는 일을 누구도 간섭할 수 없는 청춘이 누리는 특권이다.

선수를 쳐야 된다는 생각들을 하고 있었다. 찜통 여름에 은행에 들어와서 하마 바람 부는 가을이 되었다. 여기저기 가로수에 단풍잎이 뚝뚝 떨어지고 아침저녁 공기가 제법 쌀쌀하게 변해 가는 가을 어느 날 강기적은 용기를 내어 사랑을 고백할 기회를 만들기 위해 미스서의 퇴근길 뒤를 따랐다.

뒤를 밟는 남자를 눈치 채고 모른 척하고 한참 걸어가다가 획 돌아서면서 약간 뾰로통한 얼굴로 달갑지 않은 듯이 한마디 했다.

"그만 돌아가세요."

갑자기 내뱉는 그녀의 쌀쌀맞은 소리에 어리둥절한 채 아무 말도 하지 못하고 엉거주춤 서서 그녀를 바라만 보았다. 그녀는 한동안 눈을 내리깔고 서 있다가 다시 굽 낮은 힐로 타박타박 걸었다. 그녀의 집까지 따라 갈 결심을 하고 계속 뒤를 따랐다.

"왜 자꾸 따라와요! 그만 돌아가요."

마치 집에 가서 할 일이 많다는 소리로 들렸다. 그녀는 몇 번 반복하여 돌아가라는 소리를 했으나 못 들은 척 무작정 뒤를 따랐다. 그녀는 포기한 듯 집을 향하여 부지런히 걸었다. 좁은 언덕 계단을 올라 십여 미터 앞 골목 끝에 파란색 목조대문이 보였다. 그녀가 뒤로 돌아섰다. 손을 들어 집게손가락으로 파란대문 집을 가리켰다.

"저기가 우리 집이에요. 이제 보았으니 돌아가세요."

언덕에 집들이 닥지닥지 붙어 있었다. 그 일대는 이북서 내려온 피란민들이 자리 잡고 사는 해방촌이었다. 그녀의 집은 골목 제일 안쪽에 있었다. 그녀에게 다가가 두 손을 들어 그녀의 어깨를 잡았다.

"잠깐만 이야기해요, 예?"

"뭐 잘못이라도 있습니까?"

"아니, 일은 무슨. 그냥 말이 하고 싶어서 그래요."

"사무실에서 매일 보는데 무슨 말을요?"

"어디 가서 이야기 좀 해요."

대화할 만한 적당한 장소가 보이지 않았다. 동네 어린이 놀이터 벤치도 근처에는 보이지 않았다. 소매를 억지로 끌고 오던 길로 다시 돌아 나와 이태원 큰 길로 나왔다. 길가에 새로 간판을 건 빵가게로 들어갔다.

사랑을 고백하는 기회가 되지 않겠나 생각하니 갑자기 가슴이 뛰기 시작했다. 빵집 안에는 둥근 탁자와 의자 몇 개가 손님을 기다리고 있었다. 마주보고 의자에 앉았다. 막상 부딪치고 보니 어떤 말부터 시작해야 할지 전혀 생각이 나지 않았다.

'미스서, 정말 아름다워, 사랑해!'

이렇게 말하고 싶었지만 유치하게 들릴 것 같아 차마 못했다. 같은 사무실에서 매일 보면서도 아직 일상 업무 외는 어떤 대화도 나눈 적이 없었다. 쑥스럽기는 서로가 마찬가지였다. 무겁지도 않고 유치하지도 않은 말로 하여 좋은 대답을 듣고 싶었다. 그래서 더듬거리고 한 첫마디가 이 말이었다.

"일하기 힘들지 않아요?"

겨우 업무에 가까운 말을 하고는 단호하게 속을 털어놓았다.

"한번 사귀어 보고 싶어요."

이렇게 불쑥 내뱉는 소리에 그녀는 약간 긴장된 표정으로 강기적을 빤히 쳐다보았다. 빵가게 여직원이 사이다를 가지고 와 두 컵에 적당히 나누어 부었다.

"자, 사이다 마셔요."

그녀는 사이다를 마시지 않고 남자를 바라만 보았다. 얼굴에 큰 변화는 없어 보이나 표정과는 달리 가슴이 팔딱거리고 뛰는 소리가 보였다. 사랑을 고백하겠다고 결심한 마음은 어디 가고 앞에 여자를 놓고 감정을 솔직히 고백하지 못하고 말만 빙빙 돌려 분위기만 부드럽게 만들려고 노력하는 남자의 모습으로 비쳤다.

"지점장과 윗분들의 잔소리가 직원들에게 스트레스 주는 것 같아요. 과장님은 시시콜콜 간섭이 많고, 차장님은 왜 그렇게 자리를 자주 비우는지."

"차장님은 외부에 예금 권유 업무로 자주 외출해요."

미스서의 설명이다.

"사무실 분위기 잡는 일은 과장님이 도맡아 하는 것 같아요"

"과장님은 직원 교육이나 살림살이를 책임지고 있으니 직원들에게 간섭을 하게 됩니다."

사무실 이야기가 나오자 또박또박 설명했다.

"미스 박은 사무실이 운동장인 줄 아나, 왜 그렇게 뛰어다니는지 알 수가 없어요."

"몸이 가볍다는 활달한 모습을 보여주기 위해 그렇게 걷겠지요 뭐."

분위기가 평정심으로 돌아왔다고 생각되었다. 처음 미스서는 꾸어다 놓은 보리자루 같았으나 사무실 업무의 가벼운 대화가 오고가니 뛰는 가슴이 진정이 된 것 같았다. 그녀를 계속 붙들고 있어도 달콤한 소리나 즐거운 사랑스러운 애교가 나올 분위기는 아직 기대하기 힘들었다.

강기적은 주머니 속의 수첩을 꺼내어 한 장 뿍 찢어 건네 주었다. 사랑을 고백하는 시를 적어 두었던 쪽지다.

'그녀의 하얀 팔이 내 지평선의 전부다' (막스 자콥, 1876-1944).

빵집을 나왔다. 오늘은 손도 한번 잡아보지 못했지만, 다음에는 허리뿐 아니라 입술도 쪽쪽 빨아주겠다고 내심 단단히 작심했다.

"집에 잘 들어가요."

"안녕히 가세 요."

미스서! 사랑해, 몇 발작 걸어가다 뒤돌아보며 속으로 중얼거렸다. 들리지는 않아도 잘 가라는 입술의 움직임이 틀림없었다.

*

그녀는 고등학교 졸업하고 은행에 들어와서 1년 된 초년생이다. 아직까지 남자와 연애 경험이 없을지도 모르는 순진한 여자로 보였다. 직장서 월급 받아 동생들 공부시키고 부모님을 도와주었다. 언제 시집가게 될지 까마득하다면서 스스로를 얼음상자 속에 가두어두고 있었다.

남자 사귀면 결혼하자 칭얼댈 것인데 어떻게 버티나, 한편 여상 출신이 명문대학 출신 남자를 넘볼 수가 있겠나, 나중에 자신이 오히려 불행하게 될지도 모른다는 생각이 그녀의 얼굴 표정에 나타났다.

자신을 낮추고 순진하고 겸손한 여자의 태도에 남자들은 빨려들게 마련이다. 집까지 뒤 따라간 며칠 후 업무가 끝나고 은행 근처 불고기 잘하는 식당에서 그녀와 만났다.

"나를 어떻게 보고 있어요?"

강기적에 대한 직원들 평가가 어떤지 물어보았다.

"강주임님은 스펙이 좋은 신임 직원으로 보고 있지요."

"나를 그렇게 좋게 보아준다니 반가운 소린데요."

"스펙이 좋은 에이(A) 급 아니에요?"

"그런가요? 나는 막상 껍질을 까보면 크게 자랑할 것도 없는 빈약한 사람입니다."

"겸손한 사람같이 말하면서 속으로는 잘난 사람 의식이 가득 차 있어요."

강기적은 집이 궁핍하여 고생하며 대학 4년 동안 가정교사로 힘들게 겨우 졸업했다. 어릴 적의 궁핍과 절망 고통 같은 어두운 그늘은 깊이 묻어두고 남에게 자세하게 말하고 싶지 않았다. 캄캄한 터널에서 운 좋게 벗어난 지난날을 말하면 그녀가 마음이 흔들리고 오히려 연민의 정이 생길 수도 있겠지만 과거를 몽땅 까발리고 싶지는 않았다.

자존심은 감추어 두고 싶다. 과거 어릴 적 일들을 자세하게 말해 보았자 결국은 무시당한다는 생각이 들었다.

휴전선에서 군대생활할 동안 겪은 일들, 최근의 지점에서 자주 발생되는 돈 부족으로 한바탕 소동이 있었던 일, 상고 출신 지점장이 품위 있고 모범적인 은행원으로 재무부 장관상도 받았다는 지점내의 이야기로 시간을 보냈다.

"미스서는 남자를 사랑해 본 적 있어요?"

“아니요, 아직 그런 것 몰라요.”

“강 주임님은 일류대학 출신의 좋은 여자 소개 많이 받을 것 아니에요?”

“미스서처럼 나의 마음을 사로잡는 여자는 발견하지 못 했어요.”

“거짓말처럼 들려요.”

“나는 사랑의 신으로부터 가볍게 날카롭지 않은 화살을 맞아 빗겨나가 본 적이 있지만, 이렇게 심장 깊이 사랑의 화살을 맞은 것은 처음이고, 학생 적에 몇 번 여대생들과 그룹 미팅했으나 사랑의 여신은 나타나지 않고 군대에 근무할 때 친구 애인들이 소개해준 여자들과 편지를 주고받는 경험이 있을 뿐 미스서 같은 여자는 만나지 못했어요.”

“애인이 없었단 말이에요?”

미스서는 강기적의 인생에 사뿐히 기어 들어올 여자인지, 나를 비참하게 상처 주고 떠날 지나가는 바람인지 아직은 잘 모른다.

*

강기적은 은행이라는 무대에 첫 데뷔하여 사회인으로서 여자를 사랑하게 되었다. 미래의 비전을 실현하고 성공을 위하여 헌신적이고 조용하게 내조하는 여자를 바라는 한남자다. 희망이라는 깃발을 향하여 걸어가는 패기 찬 남자이다. 세상이 호락호락 돌아가지 않고 피땀 어린 노력과 용기와 인내심이 요구된다. 일생을 동고동락할 반려자로 포용성 있고 인내심과 강한 생활력을 소유한 여자로서 미스서가 그런 사람 중의 한 사람 후보로 판단되었다.

조용한 평화스러운 사회의 전쟁터에서 싸우면서 살아가는 동안 화살을 집어주고 총알을 날라다 줄 건강하고 헌신적인 전우가 필요하다. 여자의 허영심과 질투심을 감당하는 일이 얼마나 힘들고 어려운지는 잘 모른다. 살아보아야 알게 될 것이다. 누가 되었거나 반려자가 된다면 심신이 고달프고 피와 뼈가 희생하는 책임은 져야 되겠지. 반대로 쾌락도 누릴 것이고.

“고향은 어디에요? 부모님들은 무엇을 해요?”

달갑지 않은 질문에 대하여 그녀는 주저하다가 집안의 사정을 말했다.

그녀는 평양에서 태어나서 백일 지나고 6.25전쟁이 터지고 포탄 알이 비 오듯 떨어지는 지옥 같은 전쟁터를 헤치고 강보에 싸여 부산까지 내려가 피란살이 하다가 서울수복 후 올라왔다. 그리고 피란민들이 모여 사는 해방촌에 정착하였다. 부모님은 남대문시장에서 소규모 가게를 얻어 잡화상을 한다. 힘들고 수입은 넉넉지 않아 가정형편이 어렵다. 장사가 잘 되고 사정이 나아질 때까지는 그녀는 집안을 도와주어야 할 형편이다. 그녀는 가족 사랑과 책임감이 강하고 자기의 맡은 일을 성실하게 처리하는 태도는 누구보다 모범적이다.

이런 미스서를 탐내는 총각들이 누구인지 모르지만 강기적의 첫눈에 들어온 미스서와 호시탐탐 좋은 기회를 만들겠다는 마음을 먹고 있었다.

하루의 일에 지치고 퇴근하기가 바쁘게 하숙집으로 돌아가는 똑같은 날이 몇 개월이 흘러갔다.

강기적은 미스서와 어느 토요일 근무 끝나고 근처 다방에서 만났다. 그리고 명동극장에 가서 '고도를 기다리며'를 보자고 제안했다.

아무런 핑계도 대지 않고 그 날은 강기적의 말을 잘 들어 주었다. 같이 영화를 보고 저녁 먹고 커피도 마시고 시간을 질질 끌었다. 집에 가겠다는 그녀의 손을 거의 강제적으로 잡아끌고 충무로 뒷골목 여관으로 들어갔다.

"피곤한데 샤워해요."

남자의 제안에 아무 반응도 하지 않고 그녀는 방에 들어서자 모퉁이에 자리 잡고 앉아 벽을 향해 머리를 숙이고 있었다. 여관에 들어오자 유치장에 끌려온 죄인처럼 몸을 움츠리고 큰 잘못이라도 반성하는 자세를 보였다. 간혹 얼굴을 돌려 쳐다보고 원망스러운 표정을 짓고 다시 얼굴을 숙였다. 밤이 깊도록 그대로 자리를 지키고 있는 그녀에게 강기적은 빈약한 입담으로 별로 웃기지 않는 유머와 썰렁한 이야기를 번갈아 했다. 그래도 반응이 없었다.

"미스서 사랑해."

남자로서 가까스로 내뱉은 고백은 천장으로 사라졌다. 방안의 천장 형광등 접촉이 오래되었는지 간혹 가다 찍찍하는 소리가 침묵을 흔들어 깨웠다.

"나와 사랑하고 사귀지 않을 거야?"

다그치는 요구에 단호하면서도 차분한 소리로 대답했다.

" 아직 한참 있어야 결혼할 것이고, 강 주임님은 나하고 여러 가지가 맞지 않아요."

강기적은 자기의 동반자가 되어 주었으면 하고 바라던 가슴이 한 대 얻어맞은 기분이었다. 머리가 하얘졌다. 어떻게 해야 할지 생각이 나지 않았다. 일단 잠이나 자기로 작정했다.

"시간도 늦었고 내일 일해야 되니 그만 이야기하는 편이 좋겠어요. 이제 그만 자요."

이불을 깔았다. 강기적도 반대 벽 쪽을 쳐다보고 누웠다. 여자는 아무런 기척도 하지 않고 벽만 쳐다보고 그대로 쪼그리고 앉아 있었다. 키스 한번 해 보기는 도저히 힘 들 것 같았다. 그래도 다시 일어나 그녀를 두 팔로 꼭 감싸고 머리에 키스를 했다. 여자의 향기가 코에 은은히 퍼졌다. 몸에 전기가 찌릿찌릿 왔다. 젊은 육욕을 참으며 자리에 다시 누웠다. 잠깐 잠이 드는가 싶었다.

밖이 훤하게 보이는 아침이 되었다. 방 위쪽의 여자는 보이지 않았다. 꼬박 뜬 눈으로 밤새고 새벽에 눈치 채지 않게 살며시 일어나 집으로 가 버린 것이다. 청춘남녀가 여관에 들어가 한 방에서 하룻밤 지냈는데 아무 일도 없이 시간만 보내고 말았다. 아무 일도 없었다는 말을 해도 누구도 믿지 않을 것이다. 아무도 믿지 않아도 진실로 아무 일도 없었다.

다음날 출근하여 부석한 얼굴로 미스서를 쳐다보고 미소를 지었다. 미스서도 미소 지었다.

그것이 모두다. 누구도 남자와 여자의 어제 밤 같이 있었던 일을 모른다.

*

사랑은 아름답게 피어나지 못하고 짝사랑은 고달프고 마음과 몸이 피곤했다. 사무실에서 매일 얼굴 바라보며 속만 태웠다. 다른 동료들을 의식하여 거리를 두고 지내는 동안 날이 가고 달이 갔다.

은행지점은 지폐와 동전이 들어오면 돈을 잘 정리하여 한국은행에 입금시키는 일이 지점의 중요한일이다. 종이돈은 백장씩 한지로 잘라 만든 띠지로 묶고 정리한 사람이 개인 도장을 찍는다. 한국은행에서는 각 은행에서 들어온 지폐를 다시 정리한다. 모자라면 도장 찍은 직원이 책임을 진다.

뇌물이나 검은돈으로 사용되어도 이 돈뭉치에 찍은 도장의 출처를 밝혀내면 돈의 흐름을 알아낼 수 있다. 은행은 예금을 많이 받아 대출하는 일도 이익을 가져오지만 한국은행에 돈을 많이 입금시키는 지점이 기여도가 높다. 정리된 돈을 가방에 넣어 차에 싣고 한국은행으로 가지고 가서 입금시킨다. 돈 싣는 시간을 노리고 갱이 나타나면 한바탕 싸움이 벌어질 염려가 있다.

지점마다 싱싱한 신참 젊은 남자 행원에게 출납주임 직책을 맡긴다. 한 달에 한두 번 중앙은행으로 가는 돈 자루가 출납주임의 어께에 매워진다.

"아이고 강주임은 힘도 좋아. 누구 짝 되면 끝내주겠다."

깡마른 김대리가 놀렸다.

"이래봬도 군대에서 80킬로 쌀가마니를 어깨에 메고 날랐는데, 이까짓 돈 자루쯤이야 아무것도 아니지."

출납주임이라는 직책으로 몇 개월 지내면서, 이런 일이나 하려고 은행에 들어왔나 하는 자책이 되고 마음이 서글퍼졌다. 인간은 변덕스러운 존재다.

상업고등학교 들어가서 열심히 주산 연습하고 부기공부할 적 목표는 졸업하고 은행에 들어가 당당한 은행원이 되는 꿈이다. 학창시절 그 꿈을 생각하면 목표는 달성됐다. 충분히 행복해야 되지만, 인간의 욕심은 만족을 모르는 욕망 그 자체다. 환경이 변하면 마음도 변한다. 동질성은 의문이다.

일찍이 그리스의 '헬라클레이토스'는 만물유전설을 주장하여 철학자로서 명성을 얻은 것을 보아도 마음이 변하는 것은 인간의 본성이다. 모두가 안정된 직장이라고 생각하는 은행이 서서히 흥미를 잃기 시작했다.

동료 선배들과 어울려 술 마시고 지나는 날들이 겉으로 보면 행복스럽게 보인다. 은행원은 좋은 직장으로 사람들은 부러워했으나 은행에 들어간 친구들이 여기저기 사기업으로 옮겨간다는 소리가 이틀이 멀다 하고 들려왔다. 강기적도 이것저것 따져보고 기회가 오면 은행을 떠나야겠다고 고민하게 되었다. 일반 다른 공무원과 균형을 맞추기 위해 정기적인 월급 외에 각종 명목의 수당도 점점 없어지거나 삭감되고, 반면 일반 개인 기업이 급성장하면서 좋은 대우를 내세워 기업들이 훈련된 은행원을 손짓했다. 활동적이고 진취적인 업무와 더 많은 월급을 주는 일반회사에서 제안이 들어오면 옮겨야 하겠다고 내심 작정하고 있었다.

*

한 해가 저물어가는 12월 초 금요일, 며칠 동안 전 직원이 정리하여 금고에 보관 중인 돈을 한국은행으로 싣고 갈 준비를 했다. 문 앞에 차를 대기시키고 돈 포대를 어깨에 둘러메고 금고에서 나와 회전문으로 걸어가는 순간 점퍼 차림에 검은 선글라스를 쓰고 허리에서 권총을 뽑아 들고 강도들이 대낮에 침입했다.

"모두 그 자리 머리 숙이고 엎드려!"

창구 여자 직원들은 잽싸게 머리를 책상 밑으로 숙였다. 뒷자리 책임자들이 우물거렸다.

"빨리 엎드려! 꼼짝 하지 마! 움직이면 쏜다!"

침입한 강도들은 눈에 불을 켜고 직원들의 동태를 살폈다. 머리를 땅바닥에 처박고 숨도 제대로 못 쉬고 엎드려 있는 직원들을 향하여 소리쳤다.

"머리 숙여! 머리 숙여!"

살기가 등등한 강도들의 명령대로 모두 숨을 죽이고 꼼짝 않고 엎드렸다. 밖에서 곧 뒤따라 들어온 또 다른 선글라스가 합세하여 둘은 금고에 들어가 돈 포대 하나씩을 들고 나가서 끌고 온 봉고차에 실었다.

그리고 다시 들어와 금고 안에 하나 남은 돈 포대와 강기적의 어깨 위에서 사무실 바닥에 내려놓은 돈 포대를 번쩍 들고 나가려는 순간이었다.

그 살벌하고 위험스러운 순간에 미스서의 자리에서 긴 뱀 한 마리가 카운터 앞에 바짝 붙어 있는 권총 잡은 선글라스를 향하여 휙 날았다.

제법 긴 뱀이 총을 들고 있는 강도 앞으로 날아가자 움칫 하고 뒤로 물러섰다. 미스서가 벌떡 일어나 민첩하게 보관하고 있는 보신용 스프레이를 팔을 뻗어 쏴 하고 뿌렸다. 젖 먹은 용기를 내어 행동했지만 불행하게도 생각대로 되지 않았다.

검정 벙거지 모자에 얼굴을 가리고 잘 보이지 않게 눌러 쓴 선글라스 때문에 약물이 상대의 눈에 들어가지 않아 총잡이를 제압하지 못했다.

"이년이 죽고 싶나?"

총잡이가 번개 같은 동작으로 그녀에게 달려들어 얼굴을 향하여 총열로 사정없이 내리쳤다. 퍽하는 소리가 나더니 미스서 이마에서 피가 주르르 흘러내렸다. 피가 흐르는 얼굴을 손으로 감싸 잡고 당황하며 그 자리에 주저앉았다. 강도들이 순식간에 사라졌다.

남자 직원들이 달려가 미스서의 머리를 손수건으로 감싸고 부축하여 일으켜 세웠다. 그녀를 차에 태우고 병원으로 출발하려는 순간 경찰이 도착했다.

"저 여자 직원 말고 또 다친 사람 있어요?"

"빨리 오시지 않고 왜 이렇게 늦게 출동했어요?"

서무주임이 경찰에게 불만을 토로했다.

"오늘 신세기 백화점에서 물건 훔치는 잡범들 신고가 여러 번 들어와 왔다 갔다 정신없었어요. 우리가 놀다 늦게 온 것 아닙니다."

경찰도 짜증난 소리로 대꾸했다.

"돈은 얼마나 가져갔어요?"

"4개 포대니까 2억은 됩니다."

"서무주임, 우리와 같이 경찰서에 가요."

강도들이 들어와 돈 포대 강탈해간 시간은 삼분 정도밖에 걸리지 않았다. 비상호출 신고를 받고 경찰이 달려왔을 때는 피 흘리며 차에 실려 가는 여직원과 얼굴이 창백한 직원들의 혼이 빠진 사무실 광경은 냉기가 돌았다.

경찰은 사방 도로를 봉쇄하고 긴급히 봉고차 검문을 시작했다. 강도들은 은행 뒷골목에 대기시켜 두었던 승용차로 갈아타고 대포차 봉고는 버리고 검문검색 도로를 피해 도망쳤다. 남대문 경찰서가 가까이 있어도, 규모가 큰 한강로 지점은 은행 강도의 침입을 평소 특별히 신경 쓰고 있었다.

강도들이 면밀하게 오랜 시간 관찰하고 범행을 실행한 것 같았다. 그날은 남자 직원 2명이 감기로 결석했고 지점장과 차장은 본점에 볼일이 있어 자리를 비우고 과장이 제일 상급자였다.

용감한 여직원은 다행히 뼈는 상하지 않았다. 얼굴에 깊은 상처를 입어 이십여 바늘 꿰매고 3주 동안 입원을 했다. 정형 수술을 나중에 하면 얼굴에 상처가 남지 않는다는 진단이 나왔다. 그나마 다행이었다.

그녀가 던진 뱀은 아이들 장난감을 보고 완구가게에서 제일 큰 뱀을 구입하여 테일러 밑에 보관하고 있던 것이었다. 호신용 화학성 스프레이는 모든 직원들이 비상사태를 대비하여 테일러와 책상 서랍에 보관하고 있었다.

막상 강도가 침입했을 때 남자 직원도 감히 하지 못한 행동을 그녀가 용기 있게 스프레이를 뿌렸던 것이다. 은행 강도는 챙이 긴 모자를 쓰고 썬 글라스로 얼굴을 숨겼지만 직원들의 말을 종합하여 몽타주를 만들어 전국에 수배했다.

일주일 만에 경찰에 잡혔다. 은행 강도 침입과 여행원의 무용담은 다음날 신문에 칭찬 일색으로 보도되었다. 여기저기서 칭찬의 소리가 들려왔다. 그녀는 일계급 특진 상신되어 은행장 상과 금일봉도 받았다. 재무부장관 포상도 병원 침대에서 받았다.

3주 입원 후 다행히 수술이 잘 되어 상처도 거의 아물고 건강도 회복되었다. 연약하다고만 생각한 은행 여직원의 위험에 대응하여 용기를 보여준 일은 은행장도 극구 칭찬했다. 일 년 마지막 이틀을 남겨놓고 출근한 미스서에게 직원들이 위로했다.

"미스서 고생 많았어."

"아닙니다. 괜히 만용을 부려가지고 걱정 끼쳐드려서 미안합니다."

그녀는 겸손하게 응답했다. 지점장의 격려와 위로의 말을 듣고 직원들과 인사하고 그날은 바로 집으로 돌아갔다.

"많이 아프지 않았어요?"

"내가 만든 일이니 아파도 참아야지요."

"집에 빨리 가서 잘 조리하고 새해에 만나요."

그녀에 대한 직원들의 시선이 전과 같지 않게 따뜻하고 존경스러운 눈으로 변했다.

*

강도 침입사건이 일어난 연말에 은행 임직원들에 대한 인사이동이 발표되었다. 강기적의 영국 런던지점으로 해외 발령이 의외라며 모두 한마디씩 했다. 입행 초년병에게 해외지점 근무는 과거에는 없던 특별한 일이다. 앞으로 국제금융 기법을 배우기 위하여 어학실력이 우수한 신입행원을 선발하여 일찍부터 훈련시킬 목적으로 선발된 소수정예 직원 중의 한 사람이라는 인사부장으로부터 전해들은 내용을 지점장이 전해 주었다. 강기적은 그렇게 어학이 뛰어나지도 않았고 어떤 연줄도 없는데 해외 근무발령 소식에 내심은 어리둥절했다. 미스서가 약간은 아쉽다는 얼굴로 미소 지으며 '축하한다'는 인사를 했다. 고맙다고 말하는 강기적의 뇌리에는 한 남자의 얼굴이 스치고 지나갔다. 최근에 지점에 뻔질나게 드나드는 '하늘별 회사'의 천정태가 미스서에게 눈독을 들이기 시작했던 것이다.

애인이 있다는 사실을 알고 신중하게 행동하는 것 같았지만, 애인이 멀리 떠나가고 없으면 눈치 볼 것 없이 자기 사람으로 만들 수 있을 것이라고 생각한 것이다. 미스서에게 적극적으로 접근할 것이 분명하다는 예감이 강기적의 머리를 사로잡았다.

여권 만들어 비자 받고 준비하는데 2개월이 소요되었다. 2월 말에 런던 지점으로 갔다. 강기적은 런던에 도착하자마자 바로 미스서와 전화했고 전화할 적마다 천정태와 요즘 자주 만나느냐고 물었다. 질투심으로 가득한 그는 사랑의 가슴이 어디까지 갔는지 궁금해 안달을 했다.

"요즘도 지점에 자주 드나들고 있어요. 회사일이 점차 많아지니까."

"일 때문에 대화야 해야겠지만, 데이트는 응하지 마세요. 아무것도 모르는 철부지에요."

"해외지점서 일 배우고 적응하느라 바쁘겠어요. 재미있게 보내도록 하세요."

"또 전화해요."

전화할 때마다 태평양 저 건너 소리가 파도 위에 가물가물 사라지고 허전함은 날이 갈수록 더해졌다. 런던지점업무가 점점 익숙해지자 편지나 전화 연락하는 간격이 점차 길어졌다. 강기적이 런던지점으로 오기 전에 그녀와 연애가 재미있게 될 것 같았는데 해외로 발령이 나서 좋아해야 할지 울어야 할지 몹시 혼란스러웠다.

차마 내색은 하지 못하고 하늘이 무너지는 절망감에 빠졌다. 세상이 비스듬하게 넘어지는 듯 회색으로 변하고 괴로웠다. 은행을 그만 둘까 기로에서 고민에 빠졌다. 선배들과 친구들은 해외지점 근무는 나중에 어디 가든지 좋은 캐리어가 되니 무조건 가라고 충고했다. 미스서와 연애가 걱정이 되기도 했다. 그렇다고 영국지점을 포기할 수는 없었다.

그는 마음을 다잡고 떠나기로 했다. 그녀가 겨우 마음의 빗장을 살짝 열고 사랑의 싹이 돋기 시작할 때 떠난 것이다. 가슴에서 순수하게 피어난 사랑의 꿈을 접어야 하는 심정을 달래기가 매우 힘들었다. 친구들과 은행 안의 상사 선배 동료직원들로부터 축하한다는 소리를 들으며 2개월여 출국준비 하는 동안 미스서와 몇번 만나고 진지하게 시간을 갖기는 했다.

만날 때마다 그녀는 천정태가 극성스럽게 접근해 온다는 말을 했다. 자기가 감시당하고 있는 기분이 든다며 그녀가 천정태의 러브콜을 끈질기게 받고 있는데 그냥 이대로 떠나야 하는지 가슴 쓰린 고민을 많이 했다.

서로는 머지않아 다시 만나기로 약속하고 사랑의 신이 지켜주기를 빌면서 이별했다. 처음 전화도 하고 편지도 몇 번 했으나 점차 횟수도 줄어들었다. 가까이서 자주 보는 천정태의 적극적인 애정공세가 힘을 발휘하여 강기적과의 사랑은 점차 식어갈 것이라는 상상이 머리를 괴롭혔다.

얼굴을 바라보면서 접촉하다 보면 서로 상처도 주고받으며 행복한 시간도 가질 수 있다. 하지만 멀리 떨어져 있으면 자연히 애정도 멀어진다. 주인이 없는 밭에는 잡초가 자라기 마련이다. 강기적은 런던지점 생활이 즐겁지가 않았다.

유럽의 수도라는 런던에서 새로운 경험으로 시간을 채우고 열망과 설렘으로 살지 못하고 한동안 고독하고 괴로웠다. 새로운 세상 풍경과 사람들 틈에서 정신없이 보내기 위해 노력하지만 강기적을 감싸고 있는 분위기는 썰렁했다. 런던지점에는 대학선배 두 분과 같은 날 부임한 과장 모두 4명의 한국인과 현지 채용직원들이 일했다.

몇 년 전에 신설된 지점에서 처음 너무 고생한 런던지점 과장급이 뉴욕지점으로 가고 그 후임으로 오게 된 후임자는 10년 가까이 근무하면서 외국어 토익시험을 3번씩이나 보고 해외지점에 간신히 온 인물이다. 겨우 1년짜리 초년생이 해외지점으로 나왔으니 큰 배경이 있어 오게 되었는지 궁금하기도 하고 은근히 시기심도 발동했다.

그 사람은 온갖 잡스러운 일을 시켰다. 선배 지점장과 차장은 과장이 다소 심하다 싶을 정도로 굴고 못 마땅하게 해도 대학 후배인 강기적을 보호하지 않고 못 본 척했다. 과장의 잡스러운 업무지시뿐 아니라, 맡은 업무도 힘들고 한국의 미스서를 생각하면 외로움이 가슴을 쓸고 일어났다.

사표를 내고 서울로 돌아갈까 하루에도 몇 번씩 생각했다. 힘겹게 인내심으로 버티었다. 여름이 시작될 무렵 그녀가 여름휴가를 런던에 올 수 있다면 비행기 탑승권을 국제 택배로 보내주겠다는 제안의 편지를 보냈다. 미스서를 런던 구경시켜 주고 만나서 달콤한 사랑을 나누기 위해서라면 돈이 아깝지 않았다.

런던에 와서 한번 보고 가면 인생을 보고, 세상을 보는 눈이 달라질 수도 있을 것이다. 그녀가 강기적을 만나고 돌아가면 달라질 것이라는 생각도 했다.

그녀로부터 받은 답장은 길게 휴가 내기도 쉽지 않고, 비자도 시간이 걸린다는 대답이었다. 만나보고 싶지만 어쩔 수 없으니 잘 지내라는 인사말 뿐 달콤한 애정이 들어간 표현은 발견되지 않았다.

런던에 2월말에 온 후 6개월이 지났다. 일주일 휴가를 내어 처음으로 가벼운 마음으로 런던 시내를 둘러보았다. 강기적은 대학생 때 T.S 엘리엇의 '황무지'를 읽고 다짐을 했다. 만약 해외 갈 기회가 있으면 영국 런던과 아일랜드 더블린을 꼭 가보겠다고 다짐했다. 젊은 시절 꿈이 성취된 런던 구경을 제대로 한번 하고 싶었다. 템 이즈 강 위 런던다리를 걸으며, 현대 인간의 삶이 황폐화되어 생명이 자랄 수 없다고 한탄한 '황무지'를 떠올렸다.

강가 나뭇잎들은 가지에 매달려 익사한 시체의 손가락처럼 파고든다. 음산한 풍경으로 묘사된 강은 지금은 정화되어 물이 깨끗하고 세계적인 관광지다.

강 옆의 국회의사당은 그 위용을 자랑한다. 빅뱅의 12시 종소리를 듣고, 웨스트민스터 사원내의 위대한 인물들 뉴턴, T.S 엘리엇 무덤 비문 이름에 손을 대본다. 런던타워, 하이드파크의 자유토론장, 대영박물관, 자연사박물관, 내셔날 갤러리를 돌아보니 하루해가 어느덧 지고 있었다.

저녁에는 극장이 모여 있는 웨스트(West)에서 오페라-오라토리오 '다윗과 밧세바'를 관람했다. 다윗 왕이 목욕하는 부하장군 우리아의 아내 밧세바를 훔쳐보고 육욕이 동하여, 장군을 전쟁터에 내몰아 죽게 만들고 여자를 취한다.(구약사무엘 하 11장 17절). 이 오페라 오라토리오를 보고 마치 미스서의 라이벌한테 쫓겨온 주인공 우리아 장군과 자신을 대비해 보았다.

런던시내에서 하루 휴가를 보낸 그날 밤, 잠을 설치고 아침 일찍 일어나자마자

가방을 챙기고 히즈로 공항으로 가는 기차를 세 번 환승하여 런던공항에서 서울행 제일 빠른 항공편을 알아보니 독일 항공기가 프랑크푸르트를 거쳐 서울 가는 비행기 편이 있었다. 바로 수속하여 탑승했다.

휴가 일주일 중 하루는 벌서 까먹었다. 서울서 3일 시간이면 만리장성도 쌓을 수 있다는 마음으로 서울행을 감행했다. 김포공항에 그 다음날 아침에 도착했다. 한강로 은행지점 근처 식당에 들어가서 종업원에게 미스서를 찾는 사람이 있으니 잠깐만 나오도록 전화 부탁을 했다.

식당 구석자리를 잡고 앉아 있었다. 잠깐 후에 미스서가 나타났다.

문을 열고 들어오면서 강기적을 보고 깜짝 놀라는 기색이었다.

"강주임님 아니세요?"

"예, 조금 전에 도착했어요."

"아주 돌아왔어요?"

"아니, 미스서 보고 싶어서 왔어요."

그녀는 당황한 눈치였다.

한국에 들어온 사연이래야 간단하다. 오직 미스서를 보기 위해서다. 그녀는 다시 사무실로 들어갔다가 조금 후 12시 전에 나왔다. 사람들을 피해 택시를 타고 이태원으로 가서 식사를 했다. 3일 동안 아무도 모르게 미스서만 만났다. 업무 끝나고 저녁에 만났다. 미스서는 천정태에게 마음이 이미 두세 시 각도로 기울어져 있었다. 해를 뒤로 끌어 오기가 불가능하겠다는 생각이 들었다. 강기적은 서울에 머무는 동안 그녀의 마음을 그에게로 확실히 돌리기 위해 노력했다. 두 사람은 업무 끝나고 만나 많은 이야기를 했다.

밤늦도록 시간을 보냈다. 여러 번 만났지만 그녀는 돌아오지 못할 강을 건너는 행동은 결국 허락하지 않았다. 강기적은 큰 성과를 거두지 못했다는 허전한 가슴으로 런던으로 돌아왔다. 너무 급하게 한국행 비행기를 타고 왔다 갔다 했다는 후회가 되었고, 침착하게 지혜롭게 일을 계획하고 실천해야 한다는 교훈도 얻었으나 미스서를 만나 보았으니 조금은 위로가 되었다.

*

2년 전 기타교실에서 미스서와 다시 만나 흘러간 이야기를 했다. 미스서는, 강기적이 서울을 혼자 몰래 왔다가 돌아간 며칠 후, 강기적이 사고가 나서 머리를 다치고 식물인간으로 병원에 있다가 죽었다는 소리 들었다.

도대체 그때 어떤 사건이 일어났는지 몹시 궁금했다. 강기적의 런던서 일어난 사고는 정말 도저히 예기치 못한 일이었다. 강기적은 런던 외곽 한인촌 '뉴 몰드'의 월세 집에서 출퇴근했다. 웨스트 라인 기차 타고 약 30분 워터루 역에서 환승하고 킹스톤역 근처 지점까지 약 20분 걸린다.

강기적이 휴가에서 돌아온 날 지점장이 저녁을 쏘았다.

밥 먹는 중에 지점정이 물었다.

"이봐, 자네 지금 뉴 몰드에 살고 있지?"

"예, 그런데 왜 그러시는데요?"

"아니, 그냥 한번 물어본 거야."

"지점장님, 낮에 찾아온 손님들 조폭 냄새가 나던데요."

과장이 말을 던졌다.

"이 사람, 주먹패기는 무슨, 중동에 진출한 한국 건설업체에 장비를 납품하는 사람이라던데."

"어떤 특별한 업무로 지점장님을 찾아 오셨나요?"

"뭐 달러 선물거래를 하고 싶은데 절차에 대하여 알아보고 싶다고 말했어. 중동진출 건설사에 납품계약을 하게 되면 원자재 구입자금 대출을 받을 수 있는지 알고 싶다는 말도 했어. 이것저것 여러 가지 상담을 하고 다음에 오겠다고 했으니, 다음에 오면 만나 봐."

지점장도 특별히 전부터 잘 아는 고객도 아니고 어떤 업무를 지원해야 할지 딱 부러지게 확실하지 않다는 투로 이야기를 끝냈다. 과장이 술을 과하게 마시고 갓 머리가 넘어가 한잔 더 하자고 강요하는 바람에 강기적은 2차로 리치몬드 바에서 올드 파 위스키를 여러 잔 마시고 기차를 타고 집으로 돌아갔다.

집 앞 돌계단을 올라오는데 잔디밭에서 고양이가 아웅, 아웅 술 냄새야, 냄새야 소리를 냈다.

고양이를 힐끗 보면서 그만 발을 헛디디고 발 뿌리가 계단 모서리 끝에 걸려 앞으로 팍 넘어졌다. 이마에서 피가 흐르고 잠깐 뒤 의식을 잃었다. 계단에 넘어져 있는 사람을 지나가는 이웃 사람의 신고로 경찰과 구급차가 달려와서 축 처진 강기적을 보리 자루처럼 들어 올려 병원으로 옮겼다. 의식을 잃고 산소 호흡기에 의존해 일주일을 버틴 끝에 정성스러운 의료진의 도움으로 다행히 의식은 회복했다.

경찰과 병원이 음모에 의한 살인미수 사건으로 판단하고 환자를 극비로 보호하여 외부에 알리지 않고 외부인 출입도 철저하게 통제하는 특별 경계로 보호 치료했다. 경찰 조사에 의하면, 지나가던 이웃주민의 말이, 불빛이 밝지 않아서 잘 모르지만, 퍽 하는 소리와 발자국 소리가 나서 뒤돌아보니 두 사람의 모습이 강기적의 집으로부터 사라지는 것을 보았다는 진술이다.

이웃사람인지 확실치는 않지만 두 사람이 보였다는 것이다. 강기적의 주머니에 지갑은 그대로 있는 것으로 보아 강도 날치기는 아니고 고의적인 살인 미수라고 판단을 했다.

한인촌에는 범죄가 비교적 없는 지역이다. 영국 여기저기에는 조폭 살인청부업자, 마약밀매, 성범죄가 발생하고 있다. 런던은 미국 뉴욕 어느 도시보다 더 많은 언어가 하루에 사용되는 온갖 인종이 모여드는 다민족 도시다.

"병원비는 누가 지불하고, 어떻게 한국으로 돌아왔어요?"

"은행에서 다 지불했다면서 걱정하지 말라고 했고, 나를 비행기에 태워 보내주고 부산지역 병원까지 마련해 두었지요."

병원비는 지정된 은행간부로부터 병원으로 송금되었다. 은행본점에서는 업무상 산재보험으로 사고난 직원을 처리했다.

강기적은 영국 경찰의 안전하고 비밀스런 보호를 받으며 모처 병원에서 치료를 받았다. 외부상처는 그다지 크지 않았으나 뇌 손상이 제법 심했다.

'아내를 모자로 착각한 남자'(올리버 색스) 정도까지는 가지 않아도 과거의 기억에 문제가 생긴 단기 기억상실증과 색맹이 되었다. 강기적은 2개월 입원 후 한국으로 후송되어 왔다. 한국까지의 비행기표와 한국에서 입원할 요양병원까지 준비되어 있었다. 런던지점에서 과장이 공항까지 따라 나와서 잘 가라면서 악수했다. 그 과장의 눈빛이

'야, 넌 이제 끝이야.' 하는 듯했다.

김포에서 부산까지 본점 인사부의 직원이 나와서 친절하게 사무적으로 처리해주었다. 부산외곽 시골의 재활요양병원에서 6개월 동안 물리치료 받고 몸은 거의 완치되었다. 그러나 뇌손상은 회복되지 않고 기억상실증이었다.

*

강기적은 재활요양병원에서 퇴원하고 무엇을 하며 살아갈지 막막하게 시간만 죽였다. 그곳 해변을 산책하고 간혹 낚시도 했다. 기장 '장안사'에 자주 갔다. 극락전에 누워 있는 세계에서 제일 크다는 목불(木佛)와상에게 도와달라며 빌기도 했다.

장안사는 신라시대 원효 대사가 창건한 절이다. 대웅전 입구 올라가는 돌계단 위에 달마마대사의 석상이 아주 마음에 들었다. 오른쪽의 호탕하게 웃는 석상과 왼쪽의 신비스러운 미소는 마음을 즐겁게 사로잡는다. 부산사람들이 가족 연인들끼리 하루 소풍하기 알맞은 장소다. 장안사 입구부터 골짜기에는 산책로가 조성되어 있어 가을 단풍을 즐겼다.

단풍 모습은 색깔이 다양해 감탄이 저절로 나왔다. 나뭇잎들이 붉고, 노랗게 물든 야생국화가 노랑 하얀 빛을 발하고 있었다. 걸어가는 길 위에 도토리와 밤알이 뚝뚝 떨어져 재미를 더했다. 운명의 힘을 저항하기에 한계성을 가진 약한 인간임을 인정하고 조용하게 시간을 보내고 있었다.

강기적의 이야기를 듣는 미스서의 눈에 물기가 서려보였다.

"그래서 부산에서 얼마나 살다가 서울 왔어요?"

"선배의 소개로 부산서 전문건설회사에 취직했어요."

옛날 일을 대부분 기억 못하는 망각증이 있어도 영어를 읽고 번역하고 서신을 작성하는 일상의 일은 할 수 있었다.

"강주임님은 워낙 영어를 잘 하시니까."

"마침 그때 중동에 큰 공사를 따낸 서울의 큰 해외 건설과 하청공사를 계약했는데 나 같은 사람이 필요해서 운이 좋았지."

이 회사는 대기업 해외건설업체 파트너로 설비공사 전문 업체였다. 강기적은 이 회사에서 해외업무를 맡았다. 부산서 살아가는 동안 간혹 상상했다.

런던서 넘어져 다친 일이 누가 뒤 따라와 머리 뒤통수를 억센 주먹으로 때리고 뒷발을 걷어차 넘어지게 만든 것이 아닌지, 간혹 가다가 희미하게 기억이 살아났다. 지금 곰곰이 생각하면 어떤 음모가 있었다고 짐작된다. 런던지점으로 발령 내어 멀리 사라지도록 인사조치한 것도 어떤 사람의 농간이고, 넘어진 사고도 우연한 사고가 아닌 조폭이나 살인청부업자에 의한 사고가 아닌지 의심이 든다. 이런 생각은 확실한 아무런 증거도 없는 추측이다.

그 때 누가 뒤를 따라와 뒤통수를 돌이나 곤봉으로 내리치고 걷어차 넘어지게 만들었다는 확신으로 경찰에 수사 의뢰하고 집요하게 파고들었다면 범인을 잡았을지 모르지만, 당시 그럴만한 돈과 시간과 용기를 가진 사람이 강기적의 주위에는 없었다.

은행의 런던 지점사람들도 하루하루 일과에 지쳐 있었다. 진실을 규명해야 한다고 적극적으로 나서지 않았다. 그 당시에는 은행을 거래하는 재벌 기업이 마음만 먹으면 거래은행 측에 교섭하여 은행직원 하나쯤 지방이나 해외로 보내는 힘은 충분히 가지고 있었다.

앙심을 품은 인간이 은밀히 조폭을 동원하여 사고를 빙자한 부상을 입힐 수 있다. 이런 말도 안 되는 억측을 했다. 어디까지나 부상당한 사람이 억울하여 떠올리는 추측이고 망상인지 모른다. 자기가 좋아하는 여자를 차지하기 위해 해외지점에 나가 있는 은행직원을 죽여 버리겠다고 생각할 정도의 집착이 강한 인간이 어디 있을까.

지나치게 비약하여 엉뚱하게 사랑의 경쟁자에게 의심을 갖는 건 아닌지 반문도 해 보았다. 런던에서 계단에 넘어져 병원에 입원한 사건은 강기적의 인생의 꿈과 진로를 정지시키고 삶을 허망하게 바꾼 사건이다.

비록 지나간 일이기는 하지만, 운명이라 생각하고 잊어버릴 수밖에 없는 사건인지, 계속 궁금하고 추궁해야 될 일인지 잘 모른다. 국내도 아닌 런던에서 당한 사고를 캐고 들어가기에는 엄두가 나지 않았다. 은행에서 조사팀을 만들어 주기를 요청해 보았지만 유야무야 일을 수습하고 말았다.

*

미스서와 결혼한 남편의 행동에 대한 회상은 순진한 젊은 사람으로 이해되다가 또 무서운 악마 같은 인간으로 변한다. 은행지점 근무할 적에 어느 날 천정태가 보여준 행동을 두고 몇 번 이나 이야기했다.

천정태가 미스서를 좋아하게 될 무렵 어느 날 평소같이 거래 은행지점에 업무를 보기 위하여 방문했다. 지점장 방에서 이야기를 나누다 잠깐 화장실에 가기 위하여 밖으로 나왔다. 화장실에서 볼일을 보고 바지 앞 지퍼를 매만지며 다시 지점장실로 들어가면서 창구에서 손님들과 이야기하는 그녀의 뒷모습을 힐긋힐긋 유심히 보았다.

그녀 앞에 있는 남자 손님과 매우 다정하게 이야기를 주고받는 그녀 뒷모습이 즐거운 리듬을 만들고 있었다. 천정태는 지점장과 이야기를 나누면서도 열려 있는 문으로 자주 시선을 돌려 그녀 앞의 손님 얼굴을 힐끗힐끗 보면서 질투를 느꼈다. 지점장과 업무 대화를 끝내고 그녀 앞으로 다가갔다. 20여분이 경과 되었다고 생각되는데 아직까지 웃으며 앞의 남자손님과 대화를 하고 있었다. 업무보다 사적인 농담 같이 보였다.

다른 남자와 대화하며 즐거워하는 뒷모습을 보니 천정태의 마음에 질투의 불길이 타오르고 열이 받쳤다. 저 인간들이 도대체 어떤 관계인가 마음속으로 물었다.

지점장실을 나와 테일러 앞에 다가가서 미스서에게 인사를 했다.

"안녕 하세요?"

"아! 안녕 하세요."

그녀가 약간 놀란 표정을 지으며 인사했다. 테일러 앞에서 대화하던 남자 손님은 불쑥 나타난 천정태를 보고는 그만 일어서서 '안녕히 계세요. 나중에 전화하겠습니다.'라는 말을 남기고 미소를 지으며 밖으로 나갔다. 천정태도 뒤따라 나갔다.

그 손님을 붙잡고 공갈 협박했다는 소리를 미스서는 나중에 들었다. '너 미스서와 만나면 죽는다. 조심해!' 협박당한 손님은 천정태 회사에 납품하는 회사의 직원이었다. 을의 입장을 생각하여 조심하겠다고 말하고 험악한 분위기를 모면했다. 그날 은행업무가 끝날 즈음 천정태가 그녀에게 저녁 먹자는 데이트 신청을 했다. 그리고 다방에서 만나자마자 따지고 들었다.

"낮에 지점 방문했을 때 농담하던 남자 손님과는 어떤 사이인가요?"

"자주 오는 손님이에요."

"아주 친절하게 대화하는 것 같아 질투가 나서 배가 아프던데?"

"우리 지점의 주임과 대학 친구라 자주 찾아와요. 전무님 회사에도 납품하는 업체 직원이에요."

남산 순환도로를 넘어 평양 면옥에서 냉면을 먹고 남산 길을 돌아 해방촌 그녀의 집까지 드라이브를 했다. 그녀를 내려주고 어깨를 두들겨 주면서

"귀여운 나의 여자야, 누구든지 미스서를 건드리면 죽여 버릴 거야."

하는 말을 남기고 온 길을 다시 차를 돌려 돌아갔다. 천정태는 그녀를 마치 자기의 소유물이나 된 물건처럼 생각했다. 은행 여직원 하나쯤이야 마음먹으면 소유물로 만들지 못할 이유가 없다고 생각했다.

눈에 들어오면 정신없이 추구하다가 소유물이 된 후는 금방 싫증을 내고 차버리는 소설 「위험한 관계」(피에르 쇼데를로 드 라클로1741-1803,프랑스)의 주인공과 같다. 쾌락을 추구하는 유형의 남자로서 사랑도 여자의 마음도 돈으로 살 수 있다는 자신감이 넘치는 준 재벌 2세였다.

미스서가 하늘별의 천전무와 결혼한 것은 그녀의 가정 형편 때문이었다. 어린 동생들의 교육을 위해 자기를 희생하고 그와 결혼 하면 경제적인 어려움에서 벗어날 수 있으리라는 희망을 가지고 있었다.

천정태와 결혼할 당시 하늘별은 서울 장위동에 아파트를 짓기 시작했다. 강남개발이 시작될 무렵 강남에도 많은 땅을 확보한 활기찬 회사였다. 그녀의 인생은 황금빛으로 빛나는 길이라고 주위에서는 부러워했다. 천정태는 기업의 2세로서 사람들의 어려운 사정을 잘 모르는 탯줄이 좋은 멋대로 스타일의 꾸김살 없는 부잣집 젊은이였다.

대학을 중퇴하고 아버지 회사에 들어가 후계수업을 하고 있었다. 그녀에게는 듬직한 남자고 그녀가 잘 운전 하면 품행도 고칠 수 있다고 예상했다. 한강로 지점에 은행 강도가 들어 왔을 때 그녀의 행동 미담이 은행 안팎에 알려진 후 천정태가 미스서에게 더욱 관심을 가졌다.

그를 사위로 삼기 바라는 그의 아버지 주변의 기업가들과 인물 있는 명문가의 여자들이 주위에 많았다.

"천정태 사장이 미스서를 좋아했으니 결혼 후에 잘해주지요?"

“결혼하여 행복하게 살도록 만들어 주겠다고 약속하고, 부모들을 설득시키고 결혼까지 꼴인 하는데 꽤나 긴 시간이 걸렸지요.“

“잘 했지요 뭐. 나는 죽은 사람이라 그때 질투도 축하도 아무것도 할 수 없는 사람이어서 미안해요.”

“사람마다 자기 짝이 있고 팔자가 있는 것 같아요.”

미스서가 운명론자라도 된 것같이 말했다.

“미스서는 재벌 집 며느리가 되어 고생도 많았겠지만 좋은 일도 많아 행복했겠어요.”

“나는 일 때문에 또 남편 여자 바람기 때문에 인생 헛 살아온 여자에요.”

“인생은 마음먹은 대로 돌아가지 않는 것 같아요. 이제 현재 이 순간을 즐겁게 살도록 노력해요.”

“카르페 디엠(Carpe Diem)이라는 말도 있잖아요.”

*

결혼하고 한참 후 어느 날 지하창고에 처박혀 있는 물건을 정리했다. 라면상자 하나에 남편이 사용한 잡동사니 수첩, 폐기통장, 노트북, 안경, 메모지, 사진 봉투들을 호기심이 발동하여 이것저것 뒤져보다가, 그녀가 공원 벤치에서 남자와 다정하게 앉아있는 모습, 손을 잡고 걷는 모습과 얼굴을 비비는 여러 장면의 사진도 나왔고 특히 여름휴가를 받아 영국서 잠깐 한국 나온 강기적은 커피 집에서 차 마시고 밥 먹고 만나는 어느 날인지 모르지만 그때 두 사람이 이야기하는 모습의 사진을 보고 가슴이 철렁 내려앉고 얼마나 놀랐는지 몰랐다.

미스서는 그녀가 덧붙인 내용은 놀라웠다.

비밀 사진을 어떻게 남편이 가지고 있었나 생각하니 가슴이 서늘하고 소름이 끼쳐왔다. 강기적이 런던으로 떠나기 전에 공원도 산책하고 밥도 먹고 만나는 장면을 남편이 결혼 전부터 탐정을 시켜 감시했던 것이다. 생각하니 졸장부 치사한, 아니 무서운 남자라는 생각이 들었다.

신이 인간에게는 망각이라는 선물을 주어 결혼 전의 일들은 모두 잊어버리고 살아가는 미스서를 잠깐 혼란스럽게 만들었다. 경제적으로 풍요롭고 안정되고 행복하게 살아가는 그녀의 마음에 잠깐 검은 풍랑의 물결이 일어났다. 결혼 전 일들은 지나간 과거사고 현재 삶에 아무런 보탬도 되지 않는 지나간 바람과 같다.

남편은 바람둥이 기질이 있으리라고 처음부터 짐작하지 않은 것은 아니다. 갈등하고 마음이 흔들리기도 했으나 가정형편도 생각하고, 주위 친구들도 적극적으로 찬성하고, 무엇보다 천정태가 적극적으로 접근하고 간청하여 결혼을 했던 것이다.

결혼 후 부인을 보석과 다이아몬드로 마음을 사고 처음 몇 년간은 아끼고 사랑하는 부인으로 대우해 주었다. 몇 년 지나고 타고난 바람둥이 기질이 다시 살아났다. 권력자와 돈 많은 사람들은 만사에 의심이 많다.

또 돈이면 무엇이든지 살 수 있으며 돈이면 못할 일이 없다고 생각하는 인간도 지구에는 여기저기 살아간다. 남편도 그런 인간 중에 하나라고 생각 했다. 낮에 밖에 나가서 여자를 만나거나 바람을 피우거나 크게 상관하지 않겠다고 작심하고 살아왔다. 회사일이 많은 남편을 자유롭게 행동하도록 모른 척했다. 천정태는 결혼 전에는 런던지점에 나가 있는 강기적을 심각한 연적으로 여기고 있었다. 결혼 후에도 정보수집의 안테나를 세우고 있었다. 결혼 수십 여년이 지난 때에 부부간에 큰 하나의 갈등이 있었다.

협력업체 무궁화 토건 사장과 자기 부인을 한때 의심하고 욕된 말과 주먹으로 폭행하고 심하게 부부싸움도 했다. 사장으로 승진한 남편은 회사 사장 비서와 눈이 맞아 외박을 자주 했다. 나중에 아파트를 얻어주고 그 비서와 동거했다. 미스서는 더 이상 남편을 감당할 수가 없다고 포기하고 상관하지 않기로 마음먹었다. 사랑은 사라지고 증오로 가득 찬 여자가 되었다. 법적으로 이혼은 하지는 않았다. 천사장이 자기 부인을 의심했다. 못 먹어도 남 주기는 싫은 인간 심리다.

하늘별이 부도직전의 아슬아슬한 벼랑 끝에 와 있을 때 협력업체에 지급할 대금이 지연되었다. 협력업체들이 공사대금을 받을 방법을 찾아 채권은행과 회사와 협상하기 위하여 조직적으로 움직이기 시작했다. 무궁화 토건 사장이 협력업체 대책 협의회 모임 주동자로 일하고 있었다.

그해 여름에 대천 해수욕장에서 협력업체 대표들과 1박 2일 회의를 가졌다. 미스서의 남편은 오후에 내려와 회의에 참석하고 저녁 먹고 서둘러 서울로 올라갔다.

협력업체 대표들과 미스서가 남아서 저녁에 회식 자리를 가졌다. 그녀는 하늘별의 대표 부인이며 현역 은행간부로서 채권자들의 소리를 경청하고 사업을 내조하기 위하여 온갖 지혜를 짜내고 있다는 사실을 사람들은 알고 있다. 이튿날 아침 해변 산책길에 협력 업체 대표들 몇 사람과 무궁화토건사장과 우연히 마주치게 되어 가볍게 같이 해변을 걸었다.

근처를 신책하고 있던 세미나에 참석한 또 다른 대표가 보기 좋다면서 별생각 없이 들고 나온 카메라로 사진을 찍었다. 회의에 따라 온 하늘별 직원 중에 사장의 심복 끄나풀도 있었다.

사장부인이 무궁화 토건 사장과 아침에 해변을 다정하게 걸어가는 모습을 보고 한 건 잡아 사장에게 보고했다. 미스서가 무궁화 토건 사장과 백사장을 나란히 걷는 모습을 사진으로 찍어 사장에게 내어 보였다.

"표정이 다정해 보이던데요."

천사장은 이 기회에 잘 보여 진급도 하고 사장의 총애를 받아 출세하겠다는 직원의 말을 액면 그대로 믿지는 않았어도 감정은 좋지 않았다.

비서와 살림 차릴 명분을 만들어 놓기 위하여 끄나풀을 시켜 부인을 엄밀하게 뒷조사시켰던 것이다. 토건사장이 은행지점장을 찾아가 업무를 협의하고 지점 간부들과 밥 먹는 일이 몇 번 있었다. 남자와 여자로서는 스캔들이라 할 아무런 꺼림칙한 일은 없었다. 남편 일을 돕기 위하여 은행간부로서 할 수 있는 힘을 다했다. 토건 사장은 아직 젊은 나이에 듬직하고 건강했다. 어떤 여자라도 한번 그의 가슴에 안기고 싶은 욕망이 일어날 매력남이다.

미스서라고 정 떨어져가는 남편을 생각하면 다른 남자와 사귀고 싶은 마음이 없는 무감각한 여자는 아니다. 세상 이목이 무섭고 지점장 현직을 생각하여 자중했다. 천사장의 부인이 되어 부모들 살아가는 형편이 훨씬 좋아졌고, 자기 앞으로 된 재산도 평생 먹고 살 수 있게 된 것은 천 사장과 결혼한 덕분이라는 것을 부인하지는 않는다.

진정한 정신적인 사랑이 희생된 대가로 물질적인 보상은 충분하게 받았다고 생각했다. 진실한 사랑으로 맺어진 결혼이나 돈으로 맺어진 결혼이나 외견상 보기는 별 차이가 없다. 그렇지만 지고지순의 사랑은 신의 선물이다. 똥 같은 돈과는 비교할 수 없는 귀중하고 값진 것이다.

천사장은 회사가 빚이 많기는 해도 그렇게 쉽게 넘어지겠나, 시간이 지나면 어떻게 되겠지, 하는 배짱은 두둑하다. 회사가 어려워도 할 짓은 다하고 다니는 돈 조반니 사촌쯤 된다.

*

그녀는 은행원으로 열심히 일하면서 방송통신대학에 등록하여 경영학 학위도 받았다. 지점장으로 고객들과 대화하는데 손색이 없게 폭넓은 지식과 교양도 쌓고 성실하고 점차 세련된 여자가 되었다. 이촌동 복지회관에서 배우기 시작한 클래식 기타에 재미가 붙었다. 기타 동아리에 어울려 형무소 양로원 같은 그늘진 곳에 위문 공연을 다니며 사는 보람도 느꼈다.

늙어갈수록 젊은 마음으로 재미있게 살려고 노력하고 있다. 살다 보니 자기의 행복이 무엇보다 귀중하고 우선이라 생각하게 되었다. 그녀는 천정태와 결혼하여 시간이 지날수록 보통사람들과 달리 정을 쌓지 못했다. 그래도 경제적인 측면을 생각하면 후회하지 않았다. 일생 동안 남편과의 갈등과 증오 같은 개인적인 스트레스를 직장에서 열정적으로 일하고 잊어버렸다. 경제적인 여유로움으로 즐거운 시간도 많았다.

두 사람은 '돌체스위트 커피숍'에서 만나 젊은 시절의 이야기, 은행생활의 즐겁고 고달픈 일들, 그동안 살아오면서 맛본 이런 저런 단맛 신맛 쓴맛 매운맛과 온갖 향기롭고 상큼한 냄새와 악취 나는 삶의 냄새를 되씹으며 서로 위로했다.

"한평생 산다는 것이 눈 깜박 할 사이 지나간다. 시위를 떠난 화살이 과녁에 도달하는 시간, 새가 이 나무에서 저 나무로 날아가는 짧은 시간이라고 말하지만 한편 많은 일을 겪으면서 살아가는 인생 같아요."

미스서로부터 그동안 축적된 지식, 인생의 행복, 죽음에 대한 격조 높은 말을 들었다.

"삶이란 색색 무늬의 아라비아 양탄자와 같다고 누군가가 말했잖아요."

"인생이란 눈 한번 깜박하는 순간에 지나가는 이슬 같은 가벼운 존재지요."

"부산에서 근무한 회사는 어떤 회사였나요? 부산에서 근무한 회사도 재미있고 중동생활도 지낼만했어요?"

강기적은 몸이 회복되어 부산에서 근무할 적에 부산지방에 근무하는 학교 선배들과 어울려 술도 많이 마셨다. 하루 건너 저녁마다 선배들과 생선회 집에 가서 싱싱한 회와 정종을 즐기다 보면 세상 개인의 신상 이야기, 흘러간 과거도 대화했다. 한잔 들어가면 사랑, 쾌락, 불행, 철학, 문학, 종교, 음악, 미술 세상에 있는 것들 다 들추어내어 진열한다.

어느 날 선배로부터 신상에 관한 질문을 받았다.

"어이, 후배, 첫 직장은 어디였어?"

"아마 은행인 것 같아요."

"이 사람 은행이면 은행이지, 은행인 것 같다가 말이 되나?"

"기억이 잘 안 나요."

은행 입행 근무와 런던의 여기저기 건물들이 생각났다가 금방 사라졌다.

*

인정미 넘치는 선배들과 만남은 귀중한 시간이었다. 20여 년 다닌 부산의 기술회사를 그만 두고 자식들이 사는 서울로 올라와서 흑석동에 집을 구했다. 서울에서 다시 얻은 직장이 한강대로 국제빌딩에 들어있는 무궁화 토건이다. 집이 가깝고, 또 서울 처음 와서 며칠 머물었던 흑석동이 마음에 들어 그리로 정했다.

"흑석동은 살만해요?"

서여사가 동네에 대하여 물었다.

"나는 이상하게 흑석동이 좋아요. 컴컴한 검은 동굴이라는 이미지는 편안한 어떤 신비스러운 감정이 떠올라요."

"검은 동굴을 좋아하나 봐요?"

"이 붉은 바위 밑에 그늘이 있다.(이 붉은 바위의 그늘 밑으로 들어오너라.' T.S 엘리엇이 '황무지'에서 붉은 바위 밑 그늘을 '예수'로 상징했다고 해설하고 있으나, 나의 해석은 바위 밑 그늘이 자궁 속에 들어있는 가장 평화로운 태아 상태로 느껴지거든요."

강기적의 설명을 미스서가 중단시켰다.

"아이, 어려워서 강 주임님의 말은 잘 이해가 안 가요."

그리고 또 물었다.

"영국 가서 영시도 공부했어요?"

"그냥 학교 다닐 적에 영시 한 권 읽어본 것뿐입니다."

"언제 처음 서울 왔어요?"

"고등학교 다닐 적에 난생 처음 서울 올라왔는데 정말 눈이 휘둥그레지데……."

강기적은 그때 이야기를 했다.

고등학교 다닐 적에 겨울방학을 맞아 흑석동 중앙대학교서 며칠간 세계기독학생회회의에 참석했다. 그리고 중앙대학교 회의에 참석한 그 다음 해 대학입시 보는 동안 머문 집이 교회의 장로님이 소개해준 친척 집이 삼각지였다. 거기서 며칠 지내면서 입학시험 보는 동안 그 집의 사모님 동생이 지프차로 혜화동까지 태워주었다. 목사님이시고 사모님은 Y.W.C.A 간부로 일했다. 지프 타고 다니는 선생은 대학원 경제학 박사 과정이었다. 친절하고 좋은 분들이었다. 아침마다 무청 시래기에 돼지비계 조금 넣어 볶은 아침 반찬은 일품이었다. 그 맛은 지금도 입안에 남아 있다.

이런 이야기를 다 듣고 난 미스서가 물었다.

"그분들이 대학 입학하고 좋아했겠어요?"

"얼마나 좋아했는지 말도 못해요. 자기 조카나 되는 것처럼 자랑하고, 큰 인물이 되라며 격려해 주면서 영어 성경책도 한 권 선물로 주셨지요."

"대학 합격을 부모님들이 정말 좋아했겠어요."

그녀의 질문에 강기적은 우울한 표정을 지었다.

"나는 사실 중고등하교 다닐 적에 좋은 성적표를 받아와도 보여줄 사람이 없었어요. 그럴 때 정말 가슴 아프고 외로웠어요. 대학 입학을 반겨줄 부모님들이 있는 사람은 얼마나 행복할까 생각했고요."

"형제도 없었어요?"

"형제들은 여러 명 있었어요. 형과 누이, 동생들이 무척 좋아했지요. 갑자기 과거 시험에라도 붙은 것처럼 우러러 보았지요."

"형님이나 누나는 부모 노릇 하잖아요?"

"맞아요, 형과 누이는 동생을 자랑스럽게 생각했고, 조카들은 나를 집안의 롤 모델로 삼고 열심히 공부하여 공무원도 되고 교사 된 놈도 있고요."

"집안에 경사가 일어났겠네요."

"예."

나는 대학 일학년 마치고 첫 겨울 입주 아르바이트 구할 때까지 친구들이 사는 용산역 근처 일본식 이층집에서 잠깐 자취도 했습니다. 그 근처에 창녀촌이 있어 심심치 않았지만 학생 신분에 살기 좋은 동네는 아니었다.

"그 동네에 참한 아기씨 없었어요?"

"예, 창녀촌에서 아가씨 하나를 사귀었는데, 알고 보니 어릴 적에 한 동네서 큰 목욕물 데우는 가마솥에 들어가 홀랑 벗고 가슴 만지며 자란 여자였어요. 어릴 적에 짓궂은 장난치고 놀던 생각하면 웃음이 나와요."

"군대 생활할 때 여학생들이 면회를 많이 와서 데이트도 했겠지요?"

미스서가 창녀촌 이야기를 다른 곳으로 돌렸다.

"나는 직접 애인은 없었고 친구 애인들과 같이 오는 여자 친구 한두 명 있었지만 편지만 몇 번 오가고, 사랑의 화살은 꽂히지 않더라고요. 날아오다가 다 떨어져 버린 것 같아요."

"제대하고 바로 은행에 들어왔어요?"

"친구들은 몇 명씩 어울려 여행 가고 나는 바로 은행에 들어와서 첫 근무지로 한강로에 발령 받고 와서 미스서와 낭만적인 만남이 이루어졌지요."

"처음 지점에 왔을 때 군인 냄새가 물씬 나더라고요."

"철조망 작업만 했으니 손톱 밑에 철조망 녹이 묻어 있었겠지."

"부산에서 서울로 와서 또 어떤 회사 일을 했어요?"

"한강로 국제 빌딩에 들어 있는 무궁화토건에서 몇 년 일하고 은퇴했어요. 은퇴 후 삼각지 그림 가게가 몰려있는 건물에 플라스틱 수지그림액자 회사에 들어가 일 년 동안 정부의 위탁으로 봉사 근무했지요. 나중에 우연히 남영동 기타 학원에서 클래식 기타 배우느라 몇 년간 매주 한번 한강로를 왔지요. 어쩌다가 한강로 주변 여기저기를 빙빙 돌게 되었는지 나도 잘 몰라요."

강기적은 이런 과거를 회상하면서 '한강로 랩소디'라는 제목의 소설을 써서 신인 문학작품 모집에 응모하기도 했다. 어쨌든 한강과 전생에 어떤 인연이 있는지, 팔자에 한강로 패라도 있는지 우연인지 한강로에 인연이 많았다고 상상한다.

"주임님은 아직도 꿈이 많은 것 같아요?"

서여사가 물었다.

"나는 아직 열정은 있어요. 멋있는 음악을 하나 작곡할 계획입니다. '시간의 종말을 위한 한강로 기타부기'(쉰 베르크의 '시간의 종말을 위한 소나타'에서 따옴)라는 낭만적인 한강의 잔물결, 꽁꽁 얼어붙은 강바닥 풍경, 총칼을 들고 혁명을 일으킨 힘찬 행진곡, 변화무쌍한 삶의 쓰고 비루하고 달고 찬란하고 희망차고 활발한 장조와 비통한 슬픔의 단조가 골고루 혼합된 음악을 만들 작정입니다."

"야, 우리 같이 한번 기타 연주하겠네요."

"물론 해야지요. 곡이 완성되면 서 여사에게 헌정할 것입니다."

그녀와 잡담을 하는 동안은 몇 시간이 언제 지나갔는지 모르게 흘러갔다.

"강주임님 사모님은 어떤 사람이에요?"

"세상에서 밥을 제일 잘하는 사람이지."

"주임님은 정말 행복하겠어요."

"이 나이에 주임이라고 불러주니 아주 젊은 기분이 나는데."

"저도 미스서라고 불러주니 처녀 기분이 나요."

"강주임님은 은행장도 하시고 그보다 더 큰 자리를 차지할 만한 충분한 스펙이 있는데 지난날들이 많이 후회되겠어요."

"지난 일이 되었고, 이제 사형 집행 날짜만 가까워 오고 있는 것 같습니다."

"사형 집행이라니요?"

"우리는 태어나면서 사형선고를 받은 존재지요."

"아직 즐겁게 지낼 수 있는 건강과 기타 치는 재미가 있잖아요."

"아, 그래 맞아요. 기타 부기는 아직 있지요."

그러면서 신세타령과 위로하는 말을 주고받았다.

"성공하여 사회를 위하여 크게 일하지 못한 자신이 간혹 후회되기도 해요."

"기업에서 일하면서 사회에 기여하고 아이들 잘 키우고 건강하게 노후를 보내면, 성공했고 행복한 삶이라 할 수 있지요."

*

강기적은 젊은 시절의 부푼 희망이 이루어지지 않았고, 번듯하게 사회의 핵심으로 들어가 모두 올려다보는 한자리 잡아보지 못하고 힘들게 살아왔다. 고단하게 살아가는 생활이 억울하다는 생각을 떨칠 수 없었다. 점점 나이가 들면서 이런 생각도 변하고 상념도 무디어졌다. 모두 자기 살기 바쁜 세상에 가까운 친척의 울타리도 없이 고군분투했다. 장관, 대기업 사장, 재테크는 못했어도 남에게 피해 주지 않고 밥 먹고 살아간다는 그 자체로 감사한다.

독서, 서예, 음악 감상, 기타연습, 바둑감상, 텃밭 가꾸고 욕심 부리지 않고 조용히 살아가는 것이 행복이라 자위한다.

삶을 단순하게 생각하고 매일 일어나서 공원 산책하고 기(氣)체조하며 건강관리한다. 지난날 직업이나 일을 선택하고 끝가지 집중하지 못한 자신을 지금 후회한들 무슨 소용이 있는가. 더 이상 뾰족한 수가 나오지도 않을 것이다. 인간의 삶은 결국 따져 보면 세 끼 밥 먹는 것이다. 아침 먹고 점심 먹고 저녁 먹고 어제도 먹고 내일도 먹는다.

사람이라는 동물도 쓰레기 속에 기어 다니는 한 마리 벌레에 지나지 않는다. 그렇다고 자신의 인격완성과 바람직한 인생을 조각하기 위하여 심신의 단련을 포기하지는 않았다. 불교의 팔만사천법문도 결국은 마음 심(心)하나로 귀결된다.

마음먹기에 따라 세상은 지옥도 되고 천국도 될 수 있다. 대나무도 일생에 한번은 꽃을 피운다. 욕심을 버리고 무욕으로 살아가니 지금이 대나무가 꽃핀 시절이라는 생각이 든다. 행복은 생각하기 나름이고 상대적이다. 중동의 사막 생활도 남들은 힘들다고 말하지만 강기적은 별로 그렇게 생각하지 않았다. 무엇보다 음악을 들을 시간이 많아서 좋은 점도 있었다.

밤하늘의 그 수많은 별들이 사막에서는 맑게 총총하게 보인다. 사막지방의 나름대로 특징 있는 음식도 저렴하게 즐길 수 있었다.

간혹 시장에 나가 캐 밥도 먹고 대추야자도 사먹었다. 대추야자나무 열매는 너무 달아 설탕이 입안에 가득 찬 느낌이다. 음악 테이프를 구입하여 직원들은 자기 테이프를 녹음하여 서로 교환하여 들었다. 근무기간 끝나고 한국으로 돌아갈 때 독일제 일제 라디오가 귀국 가방에 넣어가는 필수품이었다.

관리직원들은 대부분 음악에 높은 식견을 가지고 있었다. 누구에게 질세라 열심히 공부도 했다. 고전 음악 팝 제3세계 음악 민속 음악 장르 가리지 않고 음악을 가장 많이 감상한 시간이다. 강기적은 학교 다닐 때 간혹 음악 감상실에서 고전 음악을 감상했다. 돈 안 들고 가장 쉽게 할 수 있는 즐거움이다. 음악 감상실에서 졸업 때까지 고전음악 을 감상하고 마스터 하자고 다짐했으나 학교 음악 감상실이 보유한 LP판도 충분하지 못했고 학생이 공부할 시간도 모자라는데 음악만 듣고 있을 만큼 한가하지는 않았다.

매월 고전음악 감상과 해설이 있었는데 여기는 빠지지 않고 참석했다. 이때 들은 '라호마니호프'의 피아노 협주곡은 귀에 푹 배인 음악이 되었다. 피아노 협주곡 중에서 파가니니주제에 의한 랩소디, 1,2,3번. 그 중 3번은 연주자도 청중도 다 미치게 만드는 박진감이 있어 특히 자주 들었다.

쇼팽의 피아노 협주곡 1.2번이 상대적으로 편한 곡이라면 '라흐마니호프' 곡은 격정적이고 정신이 혼란스러워도 또 듣고 싶다. 음악은 이해가 부족해도 끌린다. 호주사람 제임스 글랜논(James Glennon)이 쓴 음악의 이해 (Music Understanding)을 읽고 음악의 목적 음악의 구조 시대적 특성 댄스의 종류, 악기와 오케스트라, 지휘자들, 음악의 종류 등에 대하여 요약하여 동창 카페에 올렸다.

고전음악에 대한 이야기를 미스서에게 들려주었다. 진지한 표정으로 듣고 있는 그녀를 보면 음악지식을 제법 소유한 남자로 착각 되었다.

"강주임님은 길을 잘못 들어선 것 같아요."

"사실은 음악은 콩나물대가리도 잘 모르고, 철학을 했으면 학생 지도하는 선생이 되었을지도 모르지요."

"선생 노릇할 시도는 해보지 않았어요?"

"형편이 된다면 독일 가서 철학을 공부하고 싶은 마음이 있었습니다. 실천하는 모험을 하지 못하고 생각으로만 끝나버렸어요."

"강주임님이 학교 선생이나 대학교수가 되었다면 우리는 아마 만나지 못했겠지요?"

"그래도 인연이 있다면 우리는 만나게 되었을지 모르지, 은행창구에서나 거리에서 또는 공원이나 시장 어디든지 만나는 찬스가 올 수 있으니, 이렇게 다시 만나 옛날을 회상하는 일도 운명적으로 정해졌겠지. 하하하."

"중동건설회사의 생활은 어떻게 했어요?"

중동건설현장의 생활은 활기 왕성한 젊은 사람에게는 성적 욕구를 참는 것이 무엇보다 견디기 어려운 문제다. 중동지방은 술과 성매매가 철저하게 금지된 곳이다. 술은 에틸 알 콜에 포도를 담아서 며칠 숙성시켜 마신다. 이것을 '사대기'라 부르는데 방마다 술 익는 소리가 들린다.

미국인들이나 유럽인들은 3개월 이상 부부가 떨어져 살면 이혼사유가 되기 때문에 휴가를 철저하게 챙긴다. 한국 임직원들은 휴가 받아 한국으로 돌아가야 마누라 가슴 구경한다. 단편적인 설명에 미스서가 응답했다.

"참 남자 혼자 살기는 지옥이네."

"우리 근로자들이 열사의 사막에서 금욕하면서 고생하고 월남파병의 결과로 오늘 공짜로 지하철 타고 화장실 휴지 맘대로 쓰고 있다고 생각해요."

"한국 남자들 고생 많이 했지만, 여자들도 서독 간호사로 가서 고생 많이 했어요."

"맞아요, 그런데 중동에 근무할 때 어느 날 신문을 보고 미스서 생각이 갑자기 난 적이 있어요."

"왜 제 생각을 했을까요?"

휴일인 금요일 늦게 일어나 라면이나 먹을 생각으로 한국 휴가 다녀온 직원이 선물로 주고 간 한국 신문지에 싼 라면을 풀어 끓는 냄비에 넣고 꾸겨진 신문 기사 내용이 천사장 건설회사 이야기였는데, '매일 돌아오는 어음을 막기 위하여 무척 어려운 하루하루를 살얼음 걷듯이 버틴다는 것과 그동안 많은 노력을 했지만 결국 법정관리기업으로 갈 듯하여 앞날이 어둡다. 앞으로 담보를 충분히 잡고 있는 채권은행과 엄청난 미수금을 가진 하청기업들의 향방이 주목된다. 이런 기사였는데 순간 '미스서의 마음고생이 적지 않겠다'는 생각이 머리를 스치고 지나갔다. 망각했던 옛날 기억이 가끔 살아나는 자신을 보면서 뇌가 재생하는 중이라는 자각이 든 적이 있었다.

*

"미스서는 은행간부로 있으면서 업무도 힘들고 남편 회사일 때문에 고생도 많이 했지요?"

"말도 마세요. 내가 할 수 있는 한 최선을 다했어요."

"뜨거운 태양 아래서 고생하는 나보다 미스서의 마음이 더 뜨거웠을 거야."

"열불 터져 매일 고단했어요."

"사막의 생활도 그런대로 견딜 만하고 지나고 보니 일생을 두고 좋은 경험이지요. 겨울에는 대추야자나무가 더 푸르게 보였어요."

직원들 숙소 앞 정원에는 사막의 식물들이 자라는 모습이 경이롭고 모래폭풍 속에도 식물이 자라고 열매를 맺고, 사막 가운데도 도마뱀과 여러 곤충들이 살아가고 있었다. 어떤 아랍의 시인은 사막이 생명의 원천이라고 했다. 낮과 달리 밤공기는 시원하고 맑은 하늘에 달과 별이 무수히 빛나는 사막은 신비 그 자체이다.

"인간은 어디서나 정 들면 살아가게 마련인가 봐요."

"그런데, 서울서 근무한 회사가 하늘별회사와 연결된 사실을 나중에 알게 되었지 뭐예요."

"어떤 회사이기에 우리 회사와 관계가 있어요?"

강기적은 무궁화토건에 들어가 일하면서 잊을 수 없는 일을 경험했다. 부산서 서울 올라와서 경영자연합회 경력자 구직 창구에 이름을 올려놓고 기다리고 있었다. 재취업을 대비한 교육에 참석하여 교육받고 있는 어느 날 중간 휴식시간에 무궁화 토건 사장의 면담 요청을 받았다. 구직 리스트를 보고 한번 만나보고 싶었다며, 회사에 대하여 설명했다.

사장은 서로 알기 위하여 저녁식사를 같이했으면 좋겠다고 제안했다. 술도 마시고 밥도 먹으면서 면접을 하겠다는 심정을 이해했다. 좋은 생각이라 찬성하고 몇 번 만났다. 만나는 날 사장은 제안했다. 유럽이나 미국 가서 여행하고 선진국의 건물양식과 디자인도 살펴보고 마음도 충전하여 다음 달 초부터 일 시작하도록 제안했다. 통장 번호를 달라 하여 알려주었다. 그 다음 날 충분한 여비를 입금 시켜주었다. 중동에서 일할 적에 업무로 유럽은 몇 번 출장도 가고 휴가 여행을 했으니 미국 서부를 둘러보고 오기로 결정했다.

샌프란시스코 금문도 건설할 적에 많은 중국 노동자들의 희생과 현재 그들의 삶에 대하여 보고 들었다. 사막 가운데 환락의 도시 '라스베이거스'가 많은 관광객들을 끌어들이는 이유는 인간의 원초적인 욕구와 쾌락을 제공하고 재미있는 놀이를 제공하기 때문이라는 것을 실감했다.

수많은 호텔들이 구입하는 식음료와 소모품 가구 비품들은 큰 사업 아이템이지만 그 사업 뒤에는 마피아의 손이 작용한다는 내용을 귀동냥으로 들었다. 마피아와 손잡고 제품을 납품하는 일을 연구 조사했다.

라스베가이스에서 바카라 게임 챔피언 대회에서 이름을 날리고 미국 살고 있는 대학 동창을 만났다. 대형 호텔에 가구와 비품 소모품 식자재를 납품하기 위하여 마피아의 힘이 필요한 것 같지만 꼭 그렇지는 않고 좋은 제품에 가격이 맞으면 누구나 납품이 가능했다. 문제는 품질과 가격경쟁이 문제다. 납품해도 치열한 경쟁이 일어나 잘못하면 가격만 내려놓고 손해를 본다.

마피아와 손잡고 진출하기는 매우 힘들 것이라 충고했다. 그 노력을 다른 곳에 투자하는 편이 나을지 모른다고 조언했다.

미국 여행에서 돌아온 후 정한 일자에 한강로 국제빌딩 무궁화토건으로 출근했다. 사장이 임직원들에게 인사를 시키고, 총무과장을 불러 새로 오신 부사장이 필요한 것 챙겨 드리라고 지시했다. 정리된 책상 위에 명함이 놓여 있었다. 무궁화토건은 아파트 건물공사의 첫 단계 터 파기와 자체 아파트 공사를 하는 도급 순위 한참 아래의 소규모 회사이다.

사장은 아파트 건설할 적당한 땅 물색과 건설공사하도급 공사하고 받지 못한 미수금 문제에 매달려 다른 일에는 거의 신경 쓸 시간이 없었다.

하늘별 미수 채권업체 협의회 회장을 맡아 수시로 회의에 나갔다. 기술적인 문제는 기술 담당 전문가가 책임지고 있었다. 강기적의 일은 당연히 관리부문인데 의외로 기술엔지니어링 업무도 결제를 하도록 지시받았다.

또 다른 지시는 시흥 지역에 신축하여 분양을 끝낸 아파트의 마무리와 살기 좋은 아파트로 지정받는 일을 추진해 달라고 주문했다. 기술 엔지니어 전무는 화가 잔뜩 났다. 기술담당 임원이 관리담당 다른 임원에게 결재 받는 건설 토건 회사는 대한민국에는 어디에도 없다고 불만을 토로하며 투덜거렸다. 강기적의 입사 2개월 후 기술담당은 회사를 사직하고 떠났다.

사장은 건설 현장에서 흙이나 벽돌이나 지고 나르는 막일꾼인 '데모데' 출신으로 아파트 건설업체로 성장한 사람이다. 위험하고 자랑스럽지 못한 일로 기억되는 고단한 시절부터 같이 일 해온 기술담당 전무와는 이제 갈라서고 싶었다.

관리담당 부사장을 만들어 머리 위에 올려놓고 결재 받도록 하면 제풀에 회사를 떠날 것이라 예상한 것이다. 계획대로 일이 잘 진행되었다. 기술 담당이 회사를 떠나고 몇 개월 지났다. 점심 먹고 졸음을 이기려고 커피를 마시며 머리를 의자 등받이에 기대고 있을 때 사장으로부터 전화가 걸려왔다.

"저 책상 왼쪽 서랍 제일 밑에 칸에 용인 기흥 지역 토지대장 등본 한 부가 있을 것입니다. 그 서류 찾아서 총무과장 시켜 은행 지점으로 보내 주세요. 바로 보내주세요."

재차 재촉했다.

"예예, 바로 찾아서 보내겠습니다."

사장 책상 왼쪽 서랍에서 땅 서류를 찾아서 총무과장에게 건네주었다. 서류들을 뒤적일 때 서랍 밑에 사진이 들어 있는 투명 비닐봉투 하나가 보였다. 회사의 어떤 행사 사진인지 궁금하여 사장 책상으로 돌아와 서류 밑 서랍 바닥에 있는 사진 비닐봉투를 꺼내 보았다. 강기적의 눈이 사진을 응시했다. 사진 속의 해변 모래 위를 걷고 있는 여자 사진이었다.

선글라스를 쓰고 있지만 분명 잘 아는 여자가 확실했다. 이미지가 떠올랐다. 의아해 하면서 얼른 그 자리에 집어넣었다. 아무도 보는 직원이 없어 다행이라 생각하고 제자리에 가서 사장과 어떤 일로 만나 저런 사진을 찍었는지 의문이 꼬리를 물고 이어졌다.

"그 사진이 누구기에 그렇게 놀라고 반갑게 보았어요?"

"바로 미스서의 사진."

"아니, 왜 제 사진을 그 회사 사장이 가지고 있었지요?"

"잠깐 나는 망상에 빠졌어요."

'대천서 협력업체와 회의를 가진 다음 날 아침 해변에서 산책할 때 같이 온 업체

사장이 찍은 사진을 무궁화 사장에게 건네준 모양이다.'

이 사진으로 인해 미스서는 본의 아니게 남편에게 별거의 빌미를 주게 되었다.

아무것도 모르는 강기적은 미스서는 사업가와 결혼하여 경제적인 안정과 물질적으로 풍부한 생활을 하는 것으로 생각했다. 그러나 시간이 갈수록 남편은 그녀를 배려하는 마음이 형편없이 식어가고, 밖에서 젊은 여자들과 놀아났다. 그로 인하여 미스서도 남편에게 환멸을 느끼며 증오의 덩어리가 되었다. 업무관계로 접촉하게 된 무궁화 토건 사장과 비밀스러운 관계인지 아니면 우연히 업무상 만나 찍게 된 단순한 사진인지 외도를 했는지 매우 궁금하였다.

강기적은 사장이 지시한 무궁화토건의 시흥지구 살기 좋은 아파트로 지정받는 미션을 성공시키지 못하고 다소 처진 기분으로 회사생활을 하고 있었다.

회사가 은행에서 대출 받는데 부사장도 포괄적인 보증을 서 주기를 은행이 요구한다며 사장이 미안한 표정을 보였다. 생각할 시간을 며칠 주세요, 대답했지만, 회사를 떠나라는 신호로 즉각 알아차렸다.

기술담당 전무는 떠났으니 사장이 의도한 목표는 달성되었다. 건설회사가 은행에서 대출받기 위하여 봉급쟁이 임원이 보증서서 낭패 보는 일이 다반사다. 이것은 서로가 불 보듯이 잘 아는 일이다. 회사를 떠나는 마음은 착잡했다.

강기적은 또 자유인이 되었다. 무궁화토건을 떠나고 시간은 빨리 흘러 또 다음 봄이 왔다. 그 좋은 계절 동아마라톤에서 뛰던 주자 한 사람이 심장 마비로 죽었다. 무궁화토건 사장이 쓰러져 죽었다는 기사가 신문과 TV 뉴스에 나왔다.

평소 차만 타고 다니고 저녁마다 과음으로 몸을 혹사한 결과라고 평했다. 앞날이 창창한 젊은 주택업체의 사장이 죽어 안타까운 일이라는 신문기사다. 젊은 나이에 중소 주택건설업체를 운영하며 한창 사세가 확장되어가는 시기에 사장의 죽음은 회사의 운명도 어둡게 만들었다.

이 무렵 하늘별 사장은 탈세로 검찰에 들락날락했다. 그 때도 미스서가 마음 걱정을 많이 했다.

'하늘별은 희생 기미가 없다. 강남일대에 그 많은 아파트를 건설하고 골프장도 보유하고 있지만 기업은 망하기 시작하면 산사태처럼 무너졌다.'

이런 기사를 보면서 미스서는 한동안 머리가 아팠다.

*

세월이 흘러 일에서 은퇴하고 기타학원에서 사랑했던 사람을 우연히 만나 젊은 시절을 기억하며 시간을 즐기는 행운은 누구에게나 오지 않는다.

"어떻게 해서 클래식 기타를 배우게 되었어요?"

그녀가 묻는 말에 웃으며 이렇게 대답했다.

"여자들은 자기 남자 집에 두고 친구들과 여행이다 동창 모임이다 명목으로 나다니니 남자는 혼자 고독한 시간을 보내는 시간이 많지. 여자 히프모양으로 생긴 기타 통을 무릎 위에 올려놓고 운전하면서 심심치 않게 시간보내기 위하여 기타를 배우기 시작했지요."

"호호호, 참 재미있게 이야기하시네."

"지금은 부족한 대로 기타연주 후 박수갈채를 받기까지 10년 세월 넘게 수많은 좌절과 열등감을 느끼면서 포기하지 않고 손가락 피맺히고 아프면서 연습했어요."

"그럴 만한 특별한 사연이라도 있어요?"

강기적이 대답을 길게 했다.

몇 년 전 대학 동창회 서울역 앞 호텔 송년모임에서 기타 연주를 했는데 가슴이 조이고 손가락이 엉키고 악보가 제대로 보이지 않았다. 악보 없어도 연주가 되는 로망스(Spanish romance)조차도 전혀 되지 않았다.

창피하고 민망스러워 그때는 기타를 부숴버리고 다시는 기타를 쳐다보지 않겠다고 결심했었다. 연주 전 며칠 동안 너무 심하게 연습을 해서 손가락이 아프고 무겁고 팔도 무거웠다. 연주 하루 전날부터 손가락에 크지는 않지만 상처까지 나서 엉망진창이 되었다.

아예 연주를 포기했어야 하는데 연주한 것을 후회했다. 좋지 않은 인상만 남기고 시간 속으로 흘러가 버린 소용없는 짓이 되었다. 그 유명한 사상가 '버트런드 러셀'이 많은 강의를 했는데 처음에는 청중 앞에 서기만 해도 겁을 먹고 긴장해서 형편없는 연설을 했고, 연설하는 것이 너무 무서워서 늘 연단으로 나가기 전에 다리를 부러뜨리고 싶은 심정 이었고 연설을 마치고 나면 신경을 곤두세웠던 탓에 녹초가 되곤 했다고 그의 '행복의 정복'이라는 책에서 고백한 말을 위로 삼았지만 정말 부끄럽고 민망스러웠다.

"참 견디게 힘들고 괴로웠던 연주가 되고 말았네요. 호호호."

"얼마나 답답했으면, 다음날 동창 모임이 있어 술 한 잔 마시고 친구들에게, '야, 이 바보야 그렇게 벌벌 떨면서 기타 친다고 들고 나왔냐고 욕을 해라.'라고 부탁까지 했어."

기타연습하지 않고 한 달의 시간을 보냈다. 기타 치고 싶은 마음이 점점 없어지고 또 치고 싶은 마음이 일어났으나 실행에 옮기지 않았다. 아주 쉬운 일이지만 행동하지 않는 인간의 심리는 묘하다.

악기를 배운 시간이 길지 않은 아마추어가 사람 앞에 나가서 연주하면 거의가 실수하고 자책한다는 말은 들었지만 그렇게 안 될 줄은 짐작 하지 못했다. 연습 부족과 대중 공포증의 결과다. 처음 골프 배우면 인도어에서 몇 개월 연습하고 나면 필드에 나가 보고 싶다. 그러나 처음 나가는 필드는 첫 홀에서 열에 팔구는 조로가 나거나 오비(OB)가 난다. 처음 무대에서의 악기연주는 실패하는 것이 당연하다. 주위 친구들이 가족들의 경험담을 들어 위로해 주었다.

"포기 하지 않고 연습하여 지금 그 정도 칠 수 있고 '한강로 랩소디'라는 기타 곡 작곡도 하고 있으니 이제 자신 만만하겠어요."

"예, 어느 날 101전 101패라는 한국 경마사상 최다 연패 '똥 말' '차밍 걸'도 새로운 월 마로 도전을 위해 열심히 연습한다는 신문이야기를 보고 다시 용기를 얻었지. 지난 몇 년 간 열심히 연습한 결과 지금은 몇 곡 연주할 수 있다는 자신감을 갖게 되었고. '무엇하는 사람은 방황하고 실수한다'는 괴테의 말이 위로가 되었어."

악보 콩나물대가리도 잘 모르면서 클래식 기타를 배우기 시작한 것이 잘못인지도 모른다. 대부분 현명한 친구들은 그런 것 아예 시작하지도 않는다. 모든 것 손 놓고 죽는 날 셈할 나이에 곰같이 열심히 연습했다.

완전히 노인이 되어 클래식 기타를 배우는 게 가능하겠는가. 스스로 실험대상으로 생각했다. 학원에서도 노인이 몇 개월 해보다가 그만 둘 것으로 짐작했다. 평소 어떤 악기 하나 운전할 수 있었으면 좋겠다는 것은 누구나 생각하고 있다. 젊은 시절 기타 한번 안 해 본 사람 없으리라.

*

어느 날 신문에 나온 기사, 국회의원 한 사람이 억대를 장학기금으로 내 놓고 그 장학기금에 보태기 위하여 아코디언을 2년간 배우고 길거리에서 모금 연주를 한다는 내용의 글을 보았다. 신문 기사 보고 감동받았다. 어떤 악기 하나 배우는 기회가 오기를 생각하기 시작했다.

한국종합예술학교에서 클래식 기타를 무료로 교습해 준다는 신문기사가 나왔다. 강사는 종합예술대학 기악과 클래식 기타를 전공한 뛰어난 기타리스트다. 잘 알려지지 않았지만 실력 있는 전통 기타리스트다. 무료교육기간이 끝나고 계속 배우고 싶은 사람들이 요구하여 그 선생이 그해 여름부터 개인학원을 만들어 기타를 배우기 시작했다.

10여 명이 시작했으나 6개월 1년 후는 모두 그만두고 혼자 남았다.

2년 동안 기초 중급 과정은 배웠다. 취미로 배우는 노인에게 희망이 없으니 건성건성 진도만 잔뜩 나갈 것이라 생각했다. 선생이 지은 기타 교본 3권을 다 끝냈다고 다른 교습생들에게 말하기도 했다. 그것은 진정성 있는 말이 아니고 나이 많은 교습생을 격려하기 위하여 위로하는 말이라 생각했다.

몇 년마다 한번 씩 찾아가 기초부터 다시 배우기를 반복했다. 한곡을 익히는데 학생들이 6개월 걸리면 강기적은 몇 년 걸려야 겨우 음색이 나올지 의문이 들었다. 평생 고전음악을 듣기는 했어도 음악이론과 그 구조에 대하여는 거의 백지상태다. 그러나 기타를 치면 건강에도 좋다는 생각으로 연습하고 간혹 지도 받기 위해 학원에 갔다. 기타는 왼쪽 손가락으로 잡고 느리게 빨리 움직이는 운지, 오른손으로 치는 기타연주는 손가락에 지속적인 자극을 주어 건강에 좋다고 스스로 연습하는 명분을 만들었다.

사람 몸의 세포는 수십조 억 개다. 세포 하나하나에는 원자 전자가 있고 세포 하나하나는 1초에 100만 번 진동한다. 사람 몸은 쉬지 않고 진동한다.

온 몸은 계속 진동하는 유기체다. 손가락을 자극하면 그 영향은 내장까지 간다. 일 년 정도 호두를 가지고 다니면서 만지면 소화기병은 치유된다.

사람의 몸을 구성하고 있는 사지 오장육부 각 기관이 건강하고 정상적이 되면 아우라가 힘차게 작동하여 삶의 즐거움을 가져온다는 믿음으로 기타연습을 게을리 하지 않았다. 그런 다짐은 하지만, 이런 일 저런 일 핑계로 며칠씩 연습하지 못하고 거치대 위에서 편하게 쉬고 있을 때가 하루 이틀이 아니었다. 연습은 하루 하지 않으면 내가 금방 알고, 이틀 하지 않으면 선생이 알고 삼일 하지 않으면 청중이 알 정도로 민감한 악기다. 누가 연습해라 말라 하는 사람도 없다. 연습하면 듣는 집사람뿐이다. 로망스는 듣고 잘못된 곳 지적한다. 몇 년 연습해도 한참 멀었다. 타고난 능력의 한계를 느낀다.

*

삼각지 미술품 가게 안 형광등 불빛에 비너스의 탄생(알렉산드르 카바넬, 유화)의 프린트 판화가 화사하게 보였다. 한강 저 건너편에 큰 바위 밑에 컴컴한 동굴이 있다고 상상되는 방향으로 부지런히 차가 달렸다. 운전대를 잡고 차를 몰아가고 있는 미스서의 뒷모습을 보면서 '운전은 빠르면서 부드럽게 잘 하시네.' 하고 칭찬했다.

한강다리를 건너가지 않고 좌로 돌아 몇 번 만난 동부이촌동 돌체 스위트 방향으로 산타페 차를 서서히 몰아간다. 눈은 앞을 주시하면서 잠깐 얼굴을 돌려 말했다.

"집에 들어가 차 한잔 하고 가세요."

"그래도 될까?"

마음속으로 은근히 반가운 소리라고 생각하며 되물었다.

"아, 그럼요. 저 혼자 있는데 뭐."

그녀의 차가 아파트 지하로 들어갔다. 차를 빈자리에 세우고 승강기를 타고 18층으로 올라갔다. 밖에서는 몇 번 만났으나 집에 들어오기는 처음이다. 도아 록 비밀번호를 누르고 문을 열었다.

"들어오세요."

손을 잡고 끌어 들였다. 거실은 화려하지 않았지만 말끔해 보였다. 거실은 여자의 마음을 읽을 수 있는 곳이다.

거실 소파에 궁둥이를 붙이면서 벽에 걸린 구스타프 크림푸트(Gustiv Climpt)의 유화 '키스'를 유심히 쳐다보았다.

10여 년 전에 증오스럽던 남편이 교통사고로 죽은 후 지금 살고 있는 아파트와 고가의 그림들과 그녀의 이름으로 등기되어 있는 고성 바다가의 별장과 고급 요트 모두가 그녀의 소유가 되었다. 남편연금과 그녀의 국민연금을 받는다. 남편은 경제인들 여러 명이 강원도에서 버스 타고 돌아오다가 영동고속도로에서 역주행해 오는 승용차를 피하다가 버스가 전복하여 사망했다.

죽기 전에도 집에 거의 오지 않았다, 지금은 현실적으로 법적으로 남자가 없는 집이다. 미스서는 천정태의 죽음에 대하여 말하기 싫어했다.

그러다가 얼마 전 강기적의 거듭되는 질문에 죽었다고 말했다. 사고가 난 내용을 신문기사같이 설명했다.

'경제인들 단체로 골프치고 돌아오다가 영동고속도로에서 버스가 전복되어 20여 명중 3명이 사망하고 10여 명이 부상을 입었다.

강기적은 미스서의 남편 사망에 대한 이야기를 듣고 몹시 미안스러운 표정을 지어 보이면서 많이 슬퍼했겠다고 위로하면서도 내심은 크게 놀라지 않았다.

뇌 속에서 복수의 쾌감이 느껴졌다. 만약 강기적이 런던에서 당한 사고가 실수가 아니고 음모에 의한 살인미수였다면 '메가이라'(Magaera, 그리스 신화에서 복수의 3여신 에레나에스 중 하나)의 손에 의한 원한의 복수다. 죄 값 받았다는 회한이 머리를 스치고 지나갔다.

"잠깐만, 기다리세요, 옷 갈아입고 나올게요."

여자는 자기 방으로 들어갔다. 입고 있던 곤색 정장과 속옷을 벗고 화려한 분홍색 드레스에 자주색 무늬가 박혀 있는 쥐색 가운을 걸쳤다. 화장 붓으로 콧잔등 볼을 가볍게 문지르고 콜로이드 오토 밀 크림을 짜서 손과 얼굴에 발랐다. 가슴에 살짝 뿌린 향수병을 다리를 들어 올려 칙칙 뿌렸다.

속옷 없는 허벅지를 바라보면서 아직 탄력 있고 깨끗하다고 느꼈다. 얼굴이 약간 상기된 모습으로 부엌에서 와인 병, 글라스 포크 치즈 올리브를 쟁반에 받쳐 들고 나왔다. 차보다 좋은 와인을 한잔 하자며 미소를 지었다. 혼자서는 마시지 않고 친구들 오면 간혹 마시는 와인은 항상 집에 몇 병 준비되어 있다고 했다.

수줍고 양전하던 20대의 처녀 적에 비해 완전히 변한 원숙한 부인의 모습이 아름답게 보였다. 세상만물은 변한다. 인간도 변한다. 강기적도 변했고 미스서도 반 세기의 시간 동안 충분히 변했다. 무엇이든지 고이면 썩어 문드러진다. 변화는 자연의 기본질서다.

여자가 따라주는 와인, 스페인 리베라 델 두에로 산 "보다게스 2001년산(Bodegas Aalto Ps, 2001)" 두 잔을 마시자 몸에 열기가 올라왔다.

"친구들과 스페인 여행에서 돌아오면서 공항에서 사온 와인인데 좋은 술이에요."

술 자랑까지 했다. 병을 기울여 잔에 또 와인을 따랐다. 여자는 환갑을 몇 년 전 넘긴 나이지만 건강하고 피부도 탄력이 있었다. 평소에 수영과 요가와 기체조로 몸 관리를 해왔다. 만날 때마다 매력이 넘친다고 칭찬했었다. 그녀의 응접실에서 보는 모습은 더욱 원숙하고 우아한 여자의 모습이었다. 여자의 육체란 젊은 배우라도 썩어가는 뼈 자루처럼 볼일 수도 있고 나이 들어도 남자가 사랑한다면 천사로 보인다. 사랑은 신이 인간에게 준 하나의 불가사의다.

이 아파트는 재건축 전에 5층 높이 규모의 작은 시민 아트파트였다. 벽에 페인트칠이 벗겨져서 '복지아파트'의 복자에 ㄱ이 보이지 않아 지나가는 사람마다 웃었다. 그런 아파트 벽의 글자를 두고 여기 살았던 친구와 농담을 한 적도 있다. 세상은 참 많이 변했다. 지금은 민간 건설업체가 지은 최고급 아파트가 된 것이다.

한강물이 유유히 흘러가는 강변에 위치한 부촌아파트로 변했다. 오래 전에 지은 서민용 5층 아파트는 모두 고층으로 재건축되어 강북에서는 비싼 아파트다. 처녀 총각 적에 여관까지 들어가 보리자루처럼 방 한구석에서 벽만 쳐다보고 앉아서 꼬박 밤새운 그때를 회상하며 왜 그렇게 바보였는지, 속으로 웃음이 나온다는 표정이 그녀 얼굴에 쓰여 있었다.

그날 밤 몸을 섞는 일을 치르고 남자와 여자를 경험했다면 그 다음 쉽게 잊어버리고 말았을지 모른다. 미스서와 루비콘 강을 건너지 못하고, 각각 다른 동반자를 만나 각자 한 마리의 벌레로 쓰레기 속 여기저기에서 살아가기에 아직도 잊지 않고 있는 것이다.

C.D판이 몇 장 오디오 위에 얹혀 있는 것 중에서 라벨에 해골 그림인 포켓을 열어 홀더에 집어넣었다. 스피커에서 '베를리오즈 환상곡(Berlioz Symphonie Fantastique)이 흘러나왔다. 영화 '적과의 동침' 장면이 머리에 떠올랐다. 동네에서

멀리 떨어진 해변 별장 같은 집 통유리창 너머 바다가 바라보이는 거실의 홈 바 마블 스탠드 위에서 월스트리트의 결벽주의자 은행원과 여배우가 격렬하게 섹스 장면을 보여준다.

그때 영화 주제곡으로 흘러나오는 서정 넘치는 이 환상곡은 강기적이 평소 좋아하는 음악곡이다. 강기적은 일어나 여자의 손을 살며시 잡았다. 부드럽게 느껴진다. 뒤에서 허리를 부드럽게 감싸안았다. 입술이 여자의 목덜미에 접촉했다. 안방 큰 침대로 들어가 천천히 가운 드레스 브라와 아래 천 쪼가리를 벗겨 내린다.

첫 사랑을 시작 할 때의 설렘과 두려움은 없지만 두 몸은 황홀경으로 빠져 들어간다. 사랑을 할 준비가 완벽하게 되었다. 신이 내려준 몸이 작동하기 시작한다. 신은 인간에게 사랑이라는 선물을 주었다. 은총인지 저주인지 모르지만 인간생존과 후손의 원천이다.

위험, 공포, 두려움 없는 몸이 비밀의 스릴을 만끽할 준비가 된다. 가식도 걸치고 할 것 거리낌 없이 산과 들의 순수한 짐승이 된다.

수컷은 풍성한 암컷의 젖 무덤 봉우리 꼭지를 가볍게 입으로 핥고 또 손으로 부드럽게 어루만진다. 꼭지가 단단해진다. 태초의 지구표면이 용암으로 흐물흐물 차츰 돌과 바위와 흙으로 형태를 이루듯이 몸이 용암처럼 변하여 뜨겁게 달아오른다. 짐승들의 팔과 다리 가슴은 각자의 할 일을 했다.

은은한 향기가 코를 즐겁게 자극했다. 시간이 아름답게 멈춘다. 두 몸이 이성으로 다스려지지 않는 원초적인 욕구를 채우기 위해 움직였다. 얼굴이 화끈하게 달아오르는 것을 느낀다. 용이 태양보다 뜨거운 불 폭풍을 내뿜으며 골짜기로 깊이 깊이 달려 들어간다. 블랙홀로 모든 파편들이 빨려 들어간다. 육체는 쾌락의 시간 속으로 침몰했다.

산 정상에 도달하고 나이아가라 폭포보다는 약해도 컴컴한 동굴을 가득 채울 만큼의 우주의 물체가 방출된다. 생명의 원천 속으로 흘러들어 간다. 짐승의 몸이 맷돌 아래 위 포개진 체 한동안 따뜻한 감촉을 느낀다. 눈을 감고 그대로 누워 있었다. 인생의 긴 여행길을 걸어와 청춘시절 만난 두 남녀가 다시 만나 몸의 향연을 나누는 것은 하늘이 내려준 큰 은총이 아닐 수 없다.

섹스는 프로젝트가 아니다. 섹스는 할 때마다 그 자체로 끝나고 약속도 목표도 없고 아무것도 연기되거나 축적되지 않는다. 섹스는 조사다. 매번 새로운 것을 배우게 된다. 성적 행복을 일 년 동안 누리다가 죽는다면 삼십년 더 살다 죽는 것보다 더 슬플 이유도 없다.

시인이 한 말이다. 즐거운 시간도 흘러갔다. 옷을 입고 일어나서 나갈 준비를 했다. 그녀의 입술이 남자의 한쪽 얼굴을 스쳤다.

"택시 타고 잘 가세요."

소리를 뒤로 남기고 집을 나왔다.

*

바다와 노인의 작가가 와인 샤또 마고 마시고 머리통에 총알을 박아 삶의 마지막을 장식했다. 영화 실낙원에서 남녀가 와인 샤또 라투르 마시고 세상을 이별하는 의식의 담대하고 서늘한 장면이 강기적의 머리에 떠올랐다.

세상을 위하여 아무 기능도 할 수 없는 몸이 되기 전 더 나이 들어 이성적 판단이 희미하고, 막연히 삶에 대한 애착이 점차 두꺼워지기 전에 스스로 삶을 마감한다면 신이 준 선택의 자유를 누리는 인간이 될 것이다. 스스로 의지와 이성적으로 결정하여 행동하는 피날레가 좋다. 평소 기회가 오기를 기다려 왔는데, 오늘 이 순간이 바로 그런 좋은 기회라는 강력한 암시가 온몸을 엄습해 왔다. 강기적은 정말 나를 꺾을 용기가 있는지 다시 자문해 보았다.

'가장 눈부신 순간에
스스로 목을 꺾는
동백꽃을 보라
지상의 어떤 꽃도
그 아름다움 속에다
저토록 분명한 순간의 소멸을
함께 꽃 피우지 않았다
모든 언어를 버리고
오직 붉은 감탄사 하나로
허공에 한 획을 긋는

단호한 참수'
(문정희:동백꽃)

찢어질 것도 가진 것도 없다. 냉엄한 삶의 거리를 헤매었다. 어린 시절 궁핍과 고통과 절망을 극복하고 살아왔다.
사람들이 말하는 성공의 기회는 빗나갔다. 일찍이 사오정이라는 영광도 목에 걸었다. 삶은 고된 노역이고 그 얼개는 손마디가 거친 가난한 사람들의 손으로 직조된 아라비아 양탄자의 뒷면처럼 울퉁불퉁하다. 실패를 거듭한 똥 말이나 다름없다. 청춘시절 사랑의 텃밭을 가꾸자던 여자와 다시 만나 비밀스럽게 몸과 마음을 즐기며 마지막을 장식하는 '시간의 종말을 위한 소나타'가 된다면 좋은 피날레가 될 것이다. 행복감에 사로잡힌다.
죽음이야 말로 영원한 삶의 새로운 시작이 아닌가.
'율리우스 카이사르는 인간이다. 인간은 죽는다. 고로 카이사르도 죽는다.'
그것은 신이 인간에게 준 마지막 명령이다. 죽음은 더 생각하지 말고 이제 끝내야 한다. 죽음은 강기적이 태어난 날부터 강기적에게 배당되어 있었다.
이제 더 이상 죽음은 강기적의 앞에 존재하지 않아야 한다. 어차피 인간은 땅위를 기는 한 마리 벌레에 불과하다. 카이사르도 죽는 벌레에 불과했다.
아파트 앞길에 나와 택시를 세웠다.
"뒤로 타세요."
기사가 손짓을 했다. 차 안으로 몸을 집어넣었다.
"흑석동 갑니다."
택시가 한강다리 방향으로 돌려 달리기 시작했다. 라디오에서
"세상의 모든 음악입니다. 이번 곡은 이 요섭의 '세월'을 들려 드리겠습니다."
하고 노래가 흘러나왔다.
'꿈이 있나 물어보면 나는 그만 하늘을 본다. 구름 하나 떠돌아가고 세상가득 바람만 불어 돌아보면 아득한 길 꿈을 꾸던 어린 날들이…….'
아! 지금 구상중인 '시간의 종말을 위한 한강로 기타부기'에 운명적인 죽음과 저 노래, 세월도 참고하여 빠르게 기타변주로 삽입하면 좋겠다. 강기적은 아직 해야

할 일이 남아 있다는 열망의 아우라가 몸을 감싼다.

아파트 입구에 만들어진 자동차 턱받이에 차가 덜커덕 흔들려 눈을 떴다. 한강대교 철제 펜스를 본 것 같았는데 잠깐 잠이 들었다.

"손님, 여기 흑석동 아파트 다 왔어요."

"아 예, 내가 잠이 깜박 들었나 봐, 고마워요."

"집으로 조심해서 들어가세요."〈끝〉

하늘티엠의 판화

*

거실에 걸려 있는 그림은 친구와의 우정, 사랑, 공부, 희망, 허무함 같은 과거를 회상시킨다. 얼마 전에 새 집을 구입한 아들에게 선물하자는 아내의 제안도 거절하였고 대신 다른 그림을 구입하여 주기로 했다.

하늘티엠의 판화는 원래의 제자리를 지키고 있다. 하마터면 이 그림이 아들집으로 옮겨질 뻔했다. 대단하게 값이 나가는 유명한 화가의 그림도 아니다. 고대부터 전해 내려오는 수많은 불멸의 작품들과는 한참 거리가 멀다. 그래도 나에게는 남다른 의미가 있다. 파이프를 그려 놓고 '이것은 파이프가 아니다'(마그리트)라고 이름 붙인 말도 되지 않는 그림보다는 이 그림은 자연스럽게 정감이 가는 판화다.

그림을 볼 때마다 일찍 저 세상으로 떠난 친구를 회상하면서 유현(幽玄)한 세계를 떠올리게 된다. 예술적 가치를 측정하는 주관이 확실하지 않고 유명 화가의 그림이라 할 수 없는 '푸른 테이블 위의 꽃(불라맹고: 1912년)' 같은 둥근 화병보다 약간 기이인 화병에 꽃송이들이 수북하게 덥혀 있다. 심미적으로 보아도 꽃과 꿀벌의 봄 풍경은 잘 발견되지 않는다.

화병에 새겨진 닭 한 마리 문양이 눈을 끈다. 힘 있게 머리를 쳐들고 있는 모습이 그림의 중앙을 차지하고 있다. 화병의 꽃들은 그렇게 화려하게 보이지 않지만 묵직하게 색감의 자태를 간직하고 있다. 꽃과 열매는 식물 종들이 다음 세대에 제 생명을 복제해 넘겨주는 프로젝트의 일환이고 꽃은 식물적 생명의 파동이자 그 존재의 융기(隆起)라고 설명한 말을 의미심장하게 상기하게 된다.

꽃은 동물의 생식과 범주에 드는 상징물이라는 말에 나는 동감한다. 사랑이라고 부르는 실체라는 시인의 말도 머리에 맴돌게 만들어 준다. 그림에 대한 전문적인 표현은 이해하기 버거운 알 듯 모를 듯 신비한 말이다. 미술 감상은 사람마다 생각과 정서 취향에 따라 다를 것이다.

작품의 가치는 화가, 화상, 콜렉터, 비평가, 큐레이터 등 여러 미술관계자에 따라 복잡한 셈법이 있으므로 특정적으로 말하기는 쉽지 않다. 대개 누구 집이나 무명 유명 화가의 그림액자 한두 점은 소장하고 있다. 방문한 손님이 관심을 보이면 누구의 그림인데 소장하게 된 사연과 과정을 설명한다.

자기 집 소장 그림을 이야기하는 사람은 예술에 대하여 상당히 알고 있는 듯 딜레탕트(Dilettante)를 은근히 자랑한다. 우리집 거실 그림은 그런 설명이나 자랑할 만한 그림에 끼기는 부끄럽다. 이런 식으로 폄하하는 나의 글을 화가가 본다면 기분이 상할지 모르겠지만.

일에 매몰된 사람 외의 많은 인간들의 매일 삶은 밥 먹고 화장실 가는 시간 빼고 시간 남으면 추상적이고 차원 높은 가치를 추구하는 존재가 아닌가. 원초적인 고독을 달래기 위해 몸부림치는 원시적인 속성을 가졌다. 나도 흥미 있고 고상하고 신비하고 기적 같은 무엇을 찾는 본능을 가진 인간이다.

이 세상 너머 초자연에 대한 궁금증을 탐구하는 사람들, 신비주의자들은 반복되는 일상보다 초자연적이고 높은 영적 가치를 찾아 차원 높은 삶의 의미를 음미하기 위해 이런 저런 시도를 한다. 추상적인 설명은 안개 속에 가물거리는 오르기 힘든 산과 같다.

예술은 복잡하고 형상이 울퉁불퉁하고 차원이 복층인 것 같다. 예술 분야 전문가의 말을 전혀 이해 못하는 바는 아니라도 예술은 개별적인 감성의 문제와 연결된 범주에 속한다. 예술의 추상적이고 심미적인 전문용어는 나에게는 먼 거리에 있는 대상이라고 평소 생각하고 있다. 거실 그림은 값 비싸게 구입하지도 않았고, 경매에서 팔릴만한 그림과는 한참 거리가 멀 것이다. 어디서나 흔히 볼 수 있는 그림은 아니라도 일반적인 그림이다.

흔히 이발소 그림이라는 밀레의 '만종' 레오나르도 다빈치의 '최후의 만찬' '모나리자' 빈센트 반 고흐의 '해바라기' 구스타프 크림트의 키스하는 연인, 모네의 수련, 살바도로 달리같이 유명한 명화 복사본들 축에 끼이기 힘들 것이다.

거실 판화 '베이스 포지(Vase posy)'는 동양계 출신 여류화가 '하늘티엠(Hanul TM))'의 그림이다. 케나다 토론토에 개인 화실을 가지고 미국 남미 중동 유명 미술관에서 개인전과 단체전에 출품하고 있다.

프랑스 종이 세리그라프(Original serigraph on arch paper)로 판화를 찍어내는 '하늘티엠 파인 아트(HanulTM Fine Art)' 회사는 여러 나라에서 개최되는 전시회에 참가하여 판매 활동을 한다. 나는 서울국제아트 전시회장을 둘러보고 이 화가를 알게 되었다. 그림을 구입할 적에 전시장에서 그림을 설명하는 한국 사람의 말이 어둔하여 교포 2세리라 짐작했다.

그의 오른팔이 다소 불편하게 움직이는 것을 보고 어쩌다 부상을 입은 사람 정도로 짐작했을 뿐 자세히 물어볼 이유도 없었다. 나는 대기업에서 비교적 일찍 밀려나와 백수(白手)신세로 지날 적에 새로운 일자리나, 큰 밑천 들지 않고 수익을 올릴 만한 사업을 찾아 궁리를 하고 있을 쯤에 국제아트 페어 전시장을 둘러보았다.

그림을 수입하여 미술품 대여사업을 해 볼 생각으로 미술품 거래에 대한 기초적인 상식을 꼼꼼하게 질문했다. 가격 유통 구조에 대하여 상세히 설명을 들었다. 그림의 한국에 독점 판매 계약조건, 유통구조, 거래절차에 대하여 전문가의 설명을 들었다. 도슨트나 큐레이터 경력이나 그림 판매경험이 없는 문외한이라도 피상적으로 보기에, 그림도 와인, 명품 핸드백, 의류, 화장품 같이 중간 유통마진이 좋아 사업성이 있다는 설명을 들었다.

독점판매계약 조건은 새로운 작품마다 20점 이상 구매하고, 한국의 경우 정서상 그림이 맞지 않아 팔리지 않는 그림은 교환해준다는 조건이다.

미술작품은 최초의 미술품 프린트회사가 백 불에 도매상에 넘기면 이익 붙여 두 배, 화랑에 넘기면 또 두 배, 소매가격은 몇 배가 되는 경우가 허다하다는 현실을 알게 되었다. 판매 수량이 많을수록 이익을 적게 붙여 팔기도 한다.

화가가 그린 오리지널 작품은 한 장인데, 프린트 판화는 여러 장 찍어 저렴하게 판매한다. 미술의 유통에 대하여 백지나 마찬가지인 나로서는 신기하기도 하고 재미있었다. 아무튼 세상의 물건을 팔고 사가는 유통사업의 기본은 유사하다. 컨테이너를 수백 개씩 싣고 바다를 항해하는 선박들도 국가 간의 물자의 교역이 이루어지는 것이다.

나의 구상은 영업사원을 고용하여 화랑에 영업하고, 대여전문회사와 손잡고 그림을 수입 판매하는 그림을 그렸다. 그림 대여업이 성행하고 앞으로 시장이 확대될 것이 예상된다는 신문기사를 열심히 읽어보고 사업 구상을 했다.

*

잠깐이나마 삼각지 소재 그림 액자제조 판매 수출 회사에서 해외 업체와 무역서류의 번역과 작성 일을 해 본 경험이 있다. 서울 삼각지에 들락거리는 무명화가들의 실태를 듣고 보고 알고 있었다. 이들은 화랑, 판매가게와 손잡고 있으나 그림의 판매실적이 신통치 않은 화가들이 대부분이다.

집안이나 친구들 인맥이 좋아 그림을 팔 수 있는 화가들을 제외한 대부분 화가들은 언제 알아주는 사람이 나타나기를 기다린다. 미래에 언제인가는 세상이 알아주는 화가가 되기를 바라면서 행운의 날이 오기를 그린다. 개인전이나 단체전에 출품하여 작품이 팔리는 화가는 생활이 유지되겠지만, 대부분 물감 캔버스 재료비도 없어 허덕이는 화가들도 많다.

예술가는 배고픈 직업이라는 자위를 하고 힘들게 살아간다. 순수하게, 나는 죽더라도 내가 그린 저 장미는 영원히 아름답게 살 것이다. 하고 바라면서 그림을 매일 그리는 작가도 있다. 무명화가의 특색 있는 아방가르드 그림을 헐값에 구입하여, 금융기관, 대기업, 공공기관, 카페, 술집에 일정기간 그림을 교체 전시하는 작품은 외국화가의 그림도 좋고, 국내 그림을 잘 선택하여 그림대여업 사업하면서 그림 공부도 할 수 있는 일거양득이 될 것이라 기대했다.

하늘티엠의 그림은 대부분 꽃병 옆에 기름에 머리를 꼬불꼬불 튀긴 외견상 맛이 간 여자들이 의자에 기대 앉아 있는 그림들이다. 꽃과 과일로 구도된 그림은 둥근 원형 화병이라기보다 남자의 발기된 거시기를 닮은 길쭉한 꽃병 그림들이다.

갈대, 배롱나무와 자귀나무 꽃잎이 덮여 있는 긴 꽃병을 보고 상상되는 이미지가 죽은 정물화를 생명의 원천으로 둔갑시킨다면, 그림을 감상할 줄 모르는 사람이거나 비유가 지나친 것인지 아니면 이런 상징적인 감상법은 모두 잘 알고 있거나, 기초상식을 이제 겨우 새로 발견이나 한 듯 우쭐해보는 기분인지도 모른다. 화가가 정물화를 그려 표현하고 싶고 세상에 전하고 싶은 메시지가 무엇인지 잘 모르지만, 나의 거실 그림은 심미적으로 감상하면 불현듯이 욕정을 불러일으킨다. 정물화는 죽은 자연을 상징한다는데, 죽은 자연이 힘을 불러온다니 잘 믿기지 않겠지만, 꽃이 가지고 있는 긴 꽃병은 분명 욕정을 불러오는 알레고리의 상징성으로 볼 수 있다.

하늘 티엠의 판화는 전시가 끝나는 날 구입하여 신도시 아파트로 이사하고 얼마 후 나의 거실 벽을 차지하는 운이 썩 좋은 그림으로 자리를 잡았다. 판화를 구입할 적에 그들의 그림을 한국에서 수입판매 대리점이 되겠다는 약속도 했다. 시간을 지체하지 않고 바로 그림을 선별하고 구입하는 일은 미국에 살고 있는 김원식에게 부탁하기로 작정하고, 날짜 잡아 시차를 맞추어 전화를 걸었다.

"원식이, 나 상수야, 잘 지나고 있지?"

"아이고! 그래 반갑다. 오래만이이다. 어떻게 지내냐?"

입이 큰 생선처럼 원식의 입놀림이 보인다.

"나는 잘 지내고, 정숙 여사도 안녕하시고, 아이들도 공부 잘 하고?"

"응, 그래, 잘 있지, 아이들도 학교 다 잘 다니고 있어!"

"그림사업을 해볼 생각인데, 별다른 일 없으면 나 좀 도와줄 수 있겠나?"

"아니, 언제부터 그림사업을 시작하게 되었는가?"

원식이 미심쩍은 목소리로 대꾸하는 투가, 흥미 있기도 하고 의외라는 듯이 하하하 웃었다.

"빠른 시일에 미국 방문하여 자세히 의논하기로 하자."

"아, 그래 여행일자 확정되면 전화나 팩스로 꼭 연락해라."

나의 갑작스러운 그림사업 구상에 원식이 의구심이 일어나는 것은 당연하다. 화가도 화방에서 일한 경험도 그림전시회 설명하는 도슨트도 아닌 사람이 무슨 그림 사업? 물고기 잡겠다고 산으로 기어 올라가는 짓 아닌지? 의외라 생각했을 것이다. 그때 원식은 미국 워싱톤 DC 근교에서 모텔을 운영하고 있었다.

부인은 소규모 화랑에서 시급으로 일하는 한국 이민자로 미국 생활은 안정되어 가고 있었다. 살아가는 기본생활은 해결되었어도 재미있는 사업 아이템이 있으면 언제라도 도전할 의향이 있다는 말을 들었다.

한국의 친구가 그림 수입을 도와주기를 요청하니, 원식은 그림 비즈니스라면 보고 들은 경험이 있고 도전해 볼 수 있는 관심 있는 분야라 기대했다. 그림에 생판 문외한이 그림사업을 시작한다니 어떻게 구상하고 있는지 무척 궁금증이 생겼다.

한번 들어보고 특별한 조건이 없다면 협조 못할 일도 없을 것이다. 원식은 그림 대여업체에서 일하면서 사업내용을 조금은 익혔고 그림을 접해 본 경험도 있을 뿐 아니라 부인이 화랑에서 일하고 있어 조언도 얻을 수 있었다.

친구의 구상이 타당하고 사업 자금이 뒷받침된다면 그림사업은 재미있는 일이 될 수 있다. 진귀한 그림을 발견하고 거래를 하면 큰 수입도 올리는 의외의 재미가 미술품 거래에는 가끔 일어난다. 일확천금의 기회가 오지 않아도 유명 화가들의 미술품을 보는 재미는 분명히 있을 것이라 기대했다.

동서양의 미술품은 그 종류가 헤아릴 수 없이 많고 공부하는데 끝이 없을 것이다. 한국의 옛날 미술품은 산수도(山水圖)의 감상법과 시서화(詩書畵)의 시와 글의 내용을 파악하기가 쉽지 않다.

서양화도 '호마의 '미델하르니스의 가로수길(1689년)' 같은 비교적 쉬운 작품도 있지만, 미술사조와 정치적 상황에 따라 미술품은 다양하게 세상에 메시지를 전하고 있다. 유럽, 인도, 중국, 일본 국가들은 박물관뿐 아니라 수천 년 동안 성주, 귀족계급 지배계급들이 가문 대대로 자기의 성이나 대저택에 수집 소장하는 미술품의 규모가 엄청나게 크다.

최근에는 중동의 석유부국들의 왕족들이 미술품 수집의 큰 손이다. 르네상스 시대의 천재 레오나르도 다빈치가 그린 진품으로 확인된 〈구세주 〉가 뉴욕 크리스티 경매에서 5천억 원에 낙찰되었다고 에이피(AP) 통신이 보도했다. 1958년 단돈 60 달러에 팔려 2011년 진품으로 인정되어 미술품 경매에서 최고 기록을 경신했다. 21세기 오늘날 지구상 여기저기 경매장에는 수천억 하는 그림들이 계속 가격을 경신하고 있다.

*

판화를 보면 학창 시절을 돌이켜 보게 된다. 미국으로 이민 간 원식은 경기도 용인 출신으로 서울서 고등 학교를 졸업하고 나와 같은 대학에 들어와 친구가 되었다. 그는 키 크고 얼굴은 희고 큰 귀, 약간 뾰쪽한 코, 입술은 두꺼운 편이다.

웃을 때는 이마에 주름 몇 개가 생겼다.

대학 일학년 동안 원식과는 서로 잘 이해하고 성격적으로 죽이 맞아 누구보다 친하게 지냈다. 학기말 시험이 끝나고 겨울방학이 시작되었으나 즐거운 마음으로 방학을 맞이할 형편이 되지 못했다.

집에 내려가서 놀고 즐기면서 동서양 고전도 읽고 미술사를 뒤적이며 유명화가들의 그림감상을 즐기며 방학을 보낼 형편이 되지 못했다. 방학 동안 아르바이트하여 다음 학기를 위하여 얼마간의 돈이라도 벌어야 했다. 원식도 집안 사정이 넉넉하지 않았다. 원식에게 물어보았다.

"어이, 원식이! 방학에 집에 내려 가아?"

"응, 하루 정도 지내고 서울 올라올 거야. 왜?"

"입주 아르바이트는 정해졌냐?"

"올라가서 구해 보아야지."

우리는 입주 아르바이트가 나올 때까지 어떻게 지내야 할지 고민하다가 학교 학생 회관 2층 빈방 하나를 사용하기로 작정하고, 학생과 직원을 설득하여 학생회관 사용 허락을 받았다. 주저하지 않고 바로 문에 매직 팬으로 '무역학회'라는 종이 간판을 붙이고 방을 차지했다.

동대문 시장에서 야전침대를 사다 들여놓고 임시 숙소를 만들었다. 끼니는 학생회관 뒤 울타리 개구멍으로 드나들며 평소처럼 매식으로 해결했다. 방학 동안 학생회관에 학생들이 주야로 연구한다면 학교서도 권장할 일이지 반대할 이유는 없었다.

학생회관 무역학회 방에서 잠자고 공부하고 회관 화장실 사용하고 관리비 없이 살았다. 중고등학생 입주 아르바이트가 구해지면 학생 집에 들어갔다 나왔다 했다. 만약 둘 모두 입주 아르바이트로 들어간다 해도 낮에는 학교 무역학회에 나와서 공부하면 된다.

원식과 나는 무역학회에서 방학 동안 동거 동락하면서 앞으로 무엇이 되어 세상을 어떻게 살아야 하는지, 인간이란, 세상이란 어떤 것인지, 하늘에서 내리는 고고한 이슬 같은 이슈들 사랑, 의식, 예술, 세계와 역사, 종교를 토의했다. 때로는 진지하게 졸업 후 구체적인 희망은 무엇을 목표로 삼아야하는지 심각한 토론도 했다.

탁월한 인간이 되기 위해 미덕을 추구하고 세상에서 성공하여 행복하게 살기 위하여 어떻게 준비를 해야 하는지 고민했다. 전공 분야 아닌 다른 분야도 관심을 가지고 교양적인 책을 읽었다.

고대부터 인간은 영원토록 살기를 바라면서 사막에다 어마어마한 피라미드를 만들어 죽은 시신을 안치하는 고대 이집트의 장례절차와 파라호의 관 판화(棺板畵), 그리스 로마시대의 납화(蠟畵)부터 현대미술이 사용하는 수채화, 유화, 수많은 종류의 안료(顔料)까지 관심을 가지고 밤늦도록 대화했다.

수천 년 인간이 쌓아온 건축유산들과 정신적인 이념, 사상과 종교적 행위, 형식적인 의식이 표현된 예술의 종류와 그 깊이와 넓이는 헤아릴 수 없이 광범위하여 앞으로 얼마나 알게 될지 멀고도 먼 여정이 될 것이라는 감탄과 한탄을 했다.

우리도 언제인가는 탁원한 지식을 갖게 될 것이라는 기대를 하면서 서로 위로했다. 수잔 손 탁같이 세상에 있는 모든 음악을 듣고 세상에 있는 모든 미술품을 감상하고 문학을 다 읽어 보자는 욕심도 부렸다.

보이스 비 엠비션!(Boys be ambition : W.S .클라크) 말을 중얼거리며 생활의 방편으로 꾸민 무역학회는 원식과 나에게는 꿈과 희망을 잉태하고 키우면서 우정을 쌓는 장소와 시간이 되었다.

대학 초년생들이 학문세계에 대한 판단과 인식이 완벽하지는 않아도, 명망 높은 선생님들의 교양과목 강의를 들었다. 인간과 세상에 대한 지식의 첫 페이지에 도착한 것처럼 자부심이 생겼다. 자신과 세상을 위하여 어떻게 살아야 하는지 사색하고 앞으로 살아갈 비전과 미션을 희미하게나마 그림을 그릴 수 있도록 기본적인 지식과 소양의 습득에 열중했다.

"미국 하버드 대학 출입구 덕스터 게이트에 새겨진, '이 학교에서 지혜를 키우고, 졸업한 뒤에 사회와 인류를 위하여 봉사하라' 이 문구는 가슴에 담아 둘 만한 문구로 생각된다."

원식이 말했다.

"이상적인 좋은 말이지만 현실에 부대끼며 살아가는 인간들에게 그리 쉽게 실천되겠나."

다른 친구의 반응이다.

"한국에서 명문 대학이라는 학교에서 우리는 무엇을 배워야 하나?"

"잘 먹고 잘사는 법 배워야지, 하하하."

원식이 웃었다.

경제계통 전문서적뿐 아니라 역사, 철학, 교양서적을 빌려와 읽고 자유롭게 철학, 논리학, 역사, 천문학, 형이상학, 동서양 도덕과 전통에 대한 탐구열로 치열하게 공부하는 학회 분위기를 만들었다. 친구들도 드나들며 토론과 잡담에 가담했다.

"성공하면 어떤 집을 짓는 것이 좋겠나?"

희망과 계획을 토로하는 친구는 시니컬하게 내뱉었다.

"큼직한 아파트 분양받아 재테크 하게 된다면 출세한 것 아니겠나."

큼직한 닭장 말이지, 끝없는 탐욕과 이기적 인간근성을 비아냥거리면서, 그런 인간 군상에서 벗어날지 의문이 생긴다고 자문도 했다.

"자본주의 사회에서 생존경쟁에 이겨야 인간답게 살 수 있지."

원식의 말이다.

"고등학교에서 잠도 제대로 자지 않고 대학가는 기술 연마하여 명문대학 들어가고 출세하여 큰 아파트 청약 받아 살기 바라는 희망이 성취된다면 과연 인간은 행복해질까? 진부한 질문에,

"암, 자기가 바라는 목표가 이루어지면 인간은 성취감에 즐거운 삶, 행복한 생활이 되겠지."

원식의 틀에 박힌 대답이다. 하하하 모두 웃었다.

*

어느 일요일, 원식이 군에 들어간 고등학교 친구 면회를 간다면서 아침부터 부산하게 움직였다.

"오늘 야외 맑은 공기도 마시고, 전방 구경 같이 가지?"

원식이 자질구레한 소유물을 담아둔 골판지 상자에서 스케치북을 한권 꺼내서 페이지를 넘겨 보여주면서 '오늘 이 스케치북을 그린 주인공을 면회 간다.'고 말했다.

"누군데?"

"고등학교 친구야."

스케치의 그림은 모두 열장이 넘었다. 화가의 그림 낙관 자리에 겨우 보일락말락 희미한 T M, Lim 이라는 영문 글자 이름 약자가 씌어 있었다. 무심히 보아 넘겼다. 동두천 가는 버스터미널에 도착하자 원식의 애인이 나왔다. 버스에 올라 전방을 향해 출발한다. 그의 애인은 카키색 바바리를 걸치고 목도리에 목장갑으로 중무장을 하고 나왔다.

버스를 타고 동두천 가면서, 오늘 면회 가는 친구는 원식과 고등학교 3년간 형제처럼 가까이 지낸 친구인데, 나이가 2살 더 많아 대학 일학년 한 학기 마치고 휴학계 내고 군에 입대했다.

버스터미널에서 내려 2백 미터 거리, 군부대 입구 면회대기소에는 애인을 면회 온 여대생들, 아들을 면회 온 부모들이 자식들이 나오기를 기다리고 있었다. 군인들과 부모나 애인들은 반가운 눈물을 흘리기도, 연인들은 부둥 켜 안고 만남의 기쁨을 나눈다.

식당으로 들어가 자리를 잡고 정성껏 장만해온 밥을 먹는 모습들을 보니 반갑고 한편 군대생활의 어려움을 잠시나마 잊게 해 주려는 표정들이 역력하게 보였다. 일등병 계급장 모자에 야전 점퍼 차림으로 나타난 친구를 보고 원식이 반갑게 악수를 했다.

"아! 태민아 고생 많지?"

"정숙씨, 오래만입니다. 안녕하세요?"

"태민씨, 반갑습니다."

원식의 애인이 군인과 인사를 나누었다.

나는 군인 친구를 보고 눈이 휘둥그레졌다.

"아니 이거, 태민이 아니야?"

군인 태민이도 나를 보고 어리둥절 놀라면서,

"어떻게 이렇게 같이 면회 오게 된 거지?"

원식은 태민과 나의 관계를 전혀 모르고, 반갑고 정답게 대하는 모습을 보고,

"도대체 어떻게 된 것이지?"

"이거 중학교 졸업하고 다시 보네, 몇 년 만이야."

"식당에 들어가서 이야기하자."

면회 온 가족과 친구 애인들을 위하여 마련해 놓은 식당으로 들어갔다.

식당 안에는 아직 자리가 많았다. 조용한 한쪽 구석에 자리를 잡았다. 태민이와 나는 힘들게 지낸 중학교 시절을 회상했다.

대구 신천지 보육원에서 중학생 적에 2년간 같이 살았다. 나보다 먼저 보육원에 들어와서 중학교를 다니고 있었다. 태민은 중학교 졸업하고 바로 서울에 있는 친척과 연락이 되어 서울로 올라갔다. 남자로서 약간 작은 편이고 얼굴은 둥글고 치아는 누런 색을 띠고 주근깨가 총총히 박혀 있는 병약한 모습으로 보였다.

태민이 신병훈련 받느라 군대생활이 힘든지 얼굴이 검게 타고 말라 보였다. 면회 온 사람들을 위하여 준비한 산채나물밥과 더덕구이 메뉴 중에서 골라서 식당에서 점심을 먹었다. 태민의 애인 이하늘이 몇 주 전에 다녀간 이야기, 우리들의 학교생활에 대하여 대화했다. 낭만이 가득하기보다 가정교사하고 무역학회서 생활하는 힘든 시간이 많다는 이야기가 이어졌다.

태민은 이야기 중에도 간혹 식당 출입문을 바라보는 눈치가 누가 오기를 기다리는 초초한 모습이 역력하게 얼굴에 나타났다. 그의 애인이 12월은 학기말 시험도 있어 오게 될지 어떨지 반반이라고 했기 때문에, 기다리지 않기로 포기하고도 혹시나 마음이 변하여 올지 모른다는 기대감으로 마음이 잔뜩 희망을 품고 긴장하고 있는 것 같았다.

커피를 마시면서 태민이 걱정스러운 목소리로 천천히 말했다. 군대생활의 힘든 훈련 문제나 계급간의 어려움이 아니고 개인 신상문제가 있었다. 지금 여기 앞에 있는 사람만 알고 당분간 이하늘에게 절대 말하지 말기를 당부했다.

얼마 전에 각혈을 하여 대대 군의관 도움으로 군단 사령부 의무실에 가서 엑스레이를 촬영해 보니 폐가 문제가 있다는 진단을 받았다. 2개월 치 약을 받아 왔다. 약을 먹은 후 다시 검사하기로 했다는 우울한 소식을 전해 주었다. 친구들은 마음속으로 완치되기를, 신의 도움이 있기를 진정 마음으로 걱정했다. 마음은 우울하면서 겉으로 즐거운 표정을 지으며 거듭거듭 걱정 말라고 위로했다.

"요즘은 약이 좋으니 의사가 시키는 대로 약 먹으면 잘 나을 거야, 너무 걱정 하지마라, 너무 걱정할 것 없어."

우리는 이구동성으로 위로했다.

태민의 우울한 분위기를 바꾸기 위하여 원식이 물었다.

"이하늘 씨는 군에 들어갈 적에 밥 먹고, 벌써 반년이 지났는데, 지금 학교 잘 다니고 있지?"

"응! 그래, 학교 잘 다니고, 한 달에 한두 번 면회 온다."

갑자기 태민이 문쪽을 힐긋 보더니 벌떡 일어섰다. 그리고 뚜벅뚜벅 무거운 군화를 가볍게 옮기며 걸어갔다. 막스 마라 울 검정 코드를 입고 보라색 털 스카프로 목을 두른 여학생이 걸어 들어왔다.

두 남녀는 가볍게 포옹하고 손을 잡고 친구들 자리로 돌아왔다. 원식과 그의 애인은 전에 만나서 알고 있는 사이다.

태민이 나를 이하늘에게 소개시켰다. 이하늘은 보통 크기의 선이 선명한 코, 검은 머리를 어깨 너머까지 내려오도록 길게 기르고, 얼굴이 건강하게 보였다.

"처음 뵙겠습니다."

서로 반갑다는 인사를 나누었다. 악수하는 손에 힘이 있고 거친 감촉이라도 따뜻한 기운이 느껴졌다. 한눈에 확 반할 정도의 미인은 아니라도 얼굴에 지성미와 미적 탐구에 열망하는 맑은 눈이 빛났다. 태민이 아름답고 감정이 안정된 연인을 사귀고 있다는 생각과 부럽다는 감정이 안개처럼 스몰스몰 피어올랐다.

면회소를 나와 민통선 거리로 내려가서 주막집에 들어가 오징어찌개 떡 뽁이 안주로 소맥을 마시며 즐거운 시간을 보냈다. 자정이 가까워올 무렵 여관방을 잡았다. 민통선 민가 여관에서 늦도록 연인들과 이야기꽃을 피웠다. 나와 원식과 그의 애인이 이야기를 나누고 있는 동안 태민과 이하늘은 잠깐 나갔다가 돌아왔다.

두 여자는 옆방으로 들어가고 남자 친구들은 지린내 나는 여관방에서 하룻밤 꼬박 새다시피 보냈다. 하룻밤 외박 허가받고 외출 나온 태민은 아침 일찍 부대로 들어가겠다고 했다. 아침을 먹고 가라고 붙잡았다.

원식과 그의 여자, 이하늘과 태민이 시골 버스터미널 간이식당에서 라면과 어묵으로 간단히 아침을 먹었다. 아프다는 군인 친구와 악수를 나누고 서울로 돌아오는 버스에 올랐다. 나의 옆 좌석에 앉은 원식이가 태민과 학교 다니면서 알게 된 어린 시절 이야기를 했다.

태민의 아프다는 소식을 들은 우리는 즐거운 나들이가 되지 못해 목소리가 무거웠다. 원식과 태민은 고등학교 3년간 친하게 지내면서 형제처럼 허물없는 사이가 되었다. 태민은 다른 학생보다 나이도 몇 살 더 많았고 성격도 차분하여 형 같은 자세로 대해 주었다.

이해심 깊은 성격의 소유자로 원식의 마음을 사로잡아 가장 친한 급우가 되었다. 원식이 바라보는 태민은 어려운 환경에서 고생한 인간에 대한 동정과 연민, 그림을 잘 그리는 친구에 대한 부러움과 자랑스러운 그런 것들이었다. 태민이 다른 공부는 뛰어나지 않았으나 그림 실력은 전교에서 누구도 감히 비교나 추종을 불허했다.

태민의 애인 이하늘과는 전국 고등학교 사생대회에 참가하여 우연히 알게 되었다. 자주 만나 건물 스케치, 그림 드로잉을 실습하다가 연인관계가 되었다. 태민은 대학 산업디자인과에 들어가고 이하늘은 미대 회화과에 들어갔다. 예술을 공부하는 순수한 사랑을 나누는 아름다운 청춘남녀다. 모두가 부러워하는 앞날이 희망으로 가득 찬 한쌍이다.

*

태민은 평안남도 안주에서 초등학교 3학년 때에 한국 6.25전쟁이 터져 유엔군과 중공군이 처음으로 맞붙어 치열한 공방전을 전개하고 있을 때 피란 나왔다. 부모들은 피란 중 총탄에 맞아 처참하게 돌아가시고, 형은 인민군에 끌려갔다. 큰누이와 부산까지 피란 가 피란민으로서 험하게 고생했다.

인천상륙작전 후 북한군이 삼팔선으로 넘어가고 다시 서울 수복 후 올라오는 도중에 대구에 내려 일할 곳이 있는지 알아보았다. 누나는 역 안내소에 안내받아 경찰서를 통하여 직업소개소에서 일자리를 찾았다. 누이는 일 할 곳이 있었다. 시청의 국장급 공무원 집의 가정도우미 자리였다.

우선 그 집에서 일하기로 했다. 어린 나이인 태민은 마땅한 일자리가 없었다. 경찰서에서 안내해 준 신천지 보육원에 들어갔다. 시설에 들어가 있으면 공부할 수 있고, 누나가 더 좋은 일자리가 생기고 형편이 좋아지면 다시 만나 살기로 약속하고 눈물을 삼키며 누나와 작별했다.

태민은 중학교를 졸업하고 사람은 서울 가서 공부해야 된다는 생각으로 서울로 와서 먼 친척집에 몇 개월 얹혀살았다. 친척 집도 궁핍하고 힘들어 다시 서울 구파발 소재 보육원에 들어갔다.

고등학교 입학시험을 치고 들어가 원식이와 동창이 되었다. 원식으로부터 지금 태민의 어린 시절 사정을 들었으나, 나와 대구 신천지 보육원에서 살았던 중학교 때에는 피란 오면서 부모가 죽은 일 같은 고생하고 비통한 이야기는 듣지도 못했다. 그늘을 숨기고, 간혹 활기찬 모습을 연출하여 용감한 학생이라는 표정을 보였다.

보육원 아이들은 너나 할 것 없이 고통스럽고 절망적인 한때를 겪어온 생사의 크레바스를 넘어왔기 때문에 어떤 누구의 이야기도 자기의 경험보다 더 힘들고 극적으로 들리지 않는다. 지나온 피란살이 같은 역경을 잘 말하지 않았다. 말해 보아야, 그런 것 가지고 힘들었다고 말하나, 이 앙아치야 하는 핀잔만 돌아온다.

*

그해 12월 크리스마스이브에, 원식과 이하늘과 망년회 모임을 가졌다. 연말에는 전방의 경계근무강화로 면회가 중지되어 이하늘도 태민이 면회는 못 가고 크리스마스카드만 보냈다.

그날 저녁 이하늘의 가슴은 전방에서 혹독한 추위 속에서 고생하는 태민에게 가 있는지 모르지만, 나를 바라보는 눈길이 따뜻하고 말이 구슬처럼 매끄러웠다. 때로는 솜처럼 부드러웠다.

세종문화회관에서 공연 중인 오페라 '라 보헴'의 관람 비평을 했다.

"무대가 너무 화려하여 가난한 연인들의 분위기를 삭감하는 것 같았어요."

"주인공이 죽는 비극적인 오페라인데 감동이 크지요."

"극과 노래 전통적인 무대 장치가 있어야 오페라지요."

오페라 '라 보헴'과 차이콥스키의 교향곡 5번 '일명 자살교향곡' 베를리오즈의 '환상교향곡'이 좋아서 종종 듣는다는 말을 듣고 나와 음악 취향이 비슷하다는 것을 알았다.

음악 이야기가 입에 오르내리고 시간가는 줄 모르게 환담을 했다. 이하늘은 미대생으로 오페라 무대장치를 평가할 자격이 있다. 학생들이 오페라의 줄거리 배역, 어떤 아리아가 특별히 좋았다는 내용이 아니고 미술 디자인을 거론하는 이하늘의 머릿속이 어디로 가는지 짐작되었다. 그녀의 오뚝한 콧날과 선이 도드라지게 보이는 입술은 이마와 아래턱 얼굴 가운데 자리를 잡고 보기 좋게 균형이 잡혀 있었다.

맥주 기운에 약간 붉어진 얼굴은 잘 익은 복숭아 빛으로 광채가 나고 환상의 나라에서 온 요정 같았다. 그녀의 말과 웃음이 아름다웠다. 가슴 뛰는 청춘의 마음을 사로잡았다.

그녀를 향한 사랑의 씨앗이 발아되고 있다면 태민에게는 죄송하겠지만 이성이 통제하기 힘든 몸이 느끼는 감정을 억제하기 힘들었다. 사랑은 신이 청춘에게 준 선물이다. 원초적인 본능이다. 자연적인 감정을 숨긴다면 자신을 속이는 일이다. 사랑의 씨앗이 트면 고통과 번민과 희망을 동시에 느끼게 될지 모른다. 그녀는 아직 모르지만 어쩌면 오래 가지 않아 폐병이 악화되어 죽을지 모르는 태민의 생명 같은 존재다.

대화가 끝없이 이어져 언제 끝날지 모르겠다고 생각한 원식의 제안으로 모두 일어나서 밖으로 나왔다.

즐거운 시간 준비해 준 원식에게 고맙다는 인사를 하고 각자 갈 방향으로 걷기 시작했다. 나는 이하늘과 눈이 날리기 시작하는 길을 조심스럽게 걸었다. 이하늘이 눈길에 넘어질까 허리에 손이 갔다 왔다 했다. 눈에 보이지 않는 신비한 힘이 가슴을 들뜨게 만들었다. 더 나이 적을 적에 짝사랑 했던 아이스케이크 공장집 여학생의 아우라가 떠올랐다. 그녀가 나의 생애에 들어왔으면 좋겠다는 욕망이 생겼다.

보다 좋은 사회를 건설하고 싶은 건설적인 열망과 무한한 세계를 향한 설렘을 지녔던 무역학회서 겨울방학이 절반 지나고 신년에 들어서면서 나는 입주 가정교사를 구했다. 무역학회는 계속 학생들의 토론장으로 잠자는 방으로 사용되었다. 입주한 가정교사 집의 부모나 학생과 궁합이 잘 맞지 않으면 언제라도 학교로 돌아오면 되었다. 무역학회가 위치한 옆방은 경제연구회, 그 다음 방은 여학생회, 끝 방은 기원이 있었다. 바둑실 외 각방은 학생들이 어떻게 사용하는지 잘 모르고 학생들이 수시로 드나들었다.

기원과 여러 학회들이 차지하고 나머지 넓은 공간은 음악 감상실이다. 감상실은 가끔 가다 다른 대학 여대생들과 학과별로 그룹 미팅 장소로 사용되기도 했다. 음악을 좋아하는 학생들이 수시로 드나들었다. 클래식을 좋아하는 친구들이 모이면 논쟁이 벌어졌다. 차이콥스키 애호가는 비창, 일명 자살교향곡이 최고라고 클래식에 대한 고견을 토로했다.

나는 트럼펫 솔로 곡, 쇼팽과 라흐마니노프의 피아노 협주곡을 비롯하여 교향곡을 좋아한다. 특히 힘차게 뻗어 내는 트럼펫곡이 최고지! 하이든의 트럼펫 협주곡, 텔레만의 협주곡, 트럼펫 곡은 솔로나 협주곡 모두 좋다. 다른 교향곡, 오페라, 제 3 세계 음악과 팝도 좋다. 음악이라면 동서, 고전 현대 음악 잡식성이다.

*

2학년 첫 학기말 시험을 준비하고 있을 적에 원식이 나에게 다가와서 침통한 표정으로 말했다.

"태민이 폐병이 심해져서 어제 마산 군인 요양병원으로 갔다. 참! 이 일을 어쩌지, 시험 끝나면 바로 내려가 볼 생각인데 같이 가보겠나?"

"아, 그럼 가야지, 그렇게 하자."

나는 태민이 문병 가기 며칠 전에 이하늘을 만나 차를 마셨다. 태민을 지난 2주 전에 면회 다녀왔는데 건강하고 군대생활을 잘하고 있다는 말을 들었다.

태민이 자기 병이 점차 악화되어 가는데 이하늘에게는 철저하게 입을 다물고 애인이 걱정할까 말하지 않았다. 이하늘의 나에 대한 감정은 정확히 몰라도 신비로운 눈빛을 감지할 수 있었다. 태민이 요양병원으로 후송 갔다는 사실을 알게 된다면, 놀라는 한편 어떤 미래가 일어날지 상상하니 마음이 들뜨고 복잡해졌다. 절망과 희망 둘 중이겠지. 기말시험이 끝나고 원식과 같이 마산에 내려가서 태민을 만났다.

버스에서 내리자 바다 바람이 심하게 불어왔다. 바람을 타고 날아온 해초 냄새가 비릿하게 느껴졌다. 면회절차를 거쳐 태민이를 만났다. 살이 더 빠지고 얼굴에 핏기가 없어 얼굴의 미래는 바람에 흔들거리는 촛불처럼 약하고 심히 고독하게 보였다. 입원실 침대 머리맡에는 붉고 노랑 개량종 장미 한 다발을 담은 꽃병이 놓여 있었다. 싱싱한 꽃잎이 향기를 내뿜었다.

이하늘이 방학이 끝나자 바로 마산에 내려와 매일 병원을 방문한다고 했다. 태민이 어떤 심경의 변화가 일어났는지, 풍전등화 같은 삶을 생각하고 요양병원으로 들어간 후 이하늘에게 연락을 했다.

이하늘은 이 소식을 듣고 놀라서 한때 정신이 나갔다. 왜 진작 말하지 않았는지 따지고 원망하며 울었다. 이제 어느 누구도 그들의 사랑의 따듯한 천막 안으로 끼어들 수 없었다. 영원히 변치 말고 사랑하자 약속한 사이다. 이하늘은 태민에게는 절대 없으면 안 되는 존재다.

우리가 태민을 병문안 다녀온 6개월 후 그는 병이 악화되어 결국 세상을 떠났다. 국립현충원에 태민의 유골이 안장되는 날 이하늘, 태민의 누이와 우리 친구들은 유골상자가 땅 속으로 들어가는 장례식을 치르고 돌아왔다. 장례식 그 날 가슴 속으로 가장 슬피 울었던 사람은 이하늘이었다.

이하늘은 태민이 죽은 두 달 후 자취를 감춰 버렸다. 그녀의 학교 친구들을 통해 알아보니 학교를 중퇴하고 외국으로 갔다는 소문이었다. 이하늘의 학교 친구들과 이웃 사람들을 찾아보았으나 자세히 알고 있는 사람이 없었다.

어떻게 찾아야 할지 걱정이 태산 같았다. 한편 말없이 떠난 사람이 몹시 원망스러웠다. 태민이 죽은 후 이하늘에 대한 관심이 더욱 깊어갔다. 사랑하는 연인 관계가 되어 준다면 좋겠다는 희망도 가졌다. 멀쩡히 남자가 살아 있는 여자를 빼앗기 위하여 결투하고 죽이는 소설이나 드라마 영화를 우리는 흔히 볼 수 있다.

사랑하던 남자가 병으로 죽은 후 새로 애인을 만들어도 죄가 되지 않을 것이라는 면죄부를 상상했다. 태민의 누이에게 전화했다. 태민의 누이로부터 들은 사연은 나를 더욱 절망적으로 몰아넣었다. 태민이 죽은 후 소지품 정리 중에, 이하늘이 보낸 편지 속에, 태민의 아이를 임신했다는 내용이 적혀 있었다.

이하늘을 연모하는 희망이 미궁으로 빠져 들어가는 기분을 달래기 힘들었다. 여러 번 만나다 보면 진정한 사랑으로 서로 끌어안고 뜨거운 키스도 기대한 희망은 상상의 한 장면으로 날아가 버리는 것 같았다.

*

태민이 죽고 이하늘이 자취를 감춘 후 나는 대학 학생회관 음악 감상실에 갈 적마다 피아노곡 '전람회의 그림'을 감상했다. 많지 않은 LP판 중에 무소르그스키 의 '전람회의 그림'을 들으면 난쟁이가 전람회장을 이리저리 걸어다니는 소리가 마치 친구가 천국을 향하여 타박타박 걸어가는 소리로 들려왔다. 태민이가 친구 원식에게 대학입학 선물로 주었다는 스케치북을 다시 찬찬히 넘겨보았다. 경주 불국사, 티베트 라사 정면의 건축양식을 모방한 특이한 건축양식의 정면 올라가는 계단 양쪽에는 머리는 닭, 몸집이 잘생긴 개의 조각이 버티고 앉아 있는 그림, 아테네의 아크로폴리스, 미국 국회 의사당, 구겐하임 미술관, 로마 피터성당, 콜로세움, 파리의 개선문, 에펠탑, 나폴레옹 무덤, 대영박물관, 런던타워의 스케치가 그려져 있었다.

마지막 뒷장에는 한국 가요의 가사가 낙서되어 있었다.

"저 푸른 초원 위에 그림 같은 집을 집고 사랑하는 우리 님과 한평생 살고 싶어."

'전람회의 그림'이 탄생된 작곡가의 뒷이야기를 고전음악 해설집에서 읽어 보았다. 무소르그스키와 친구인 건축가 하르트만은 친한 친구로서 서로 존경하는 사이였다. 하르트만이 31세의 젊은 나이에 갑자기 사망하게 되었다. 그의 스케치 건축 설계도와 디자인 모두 400여 점을 전시할 때 그 중에서 하르트만을 추모하는 열점을 뽑아 피아노곡으로 작곡하였다.

'전람회의 그림'은 죽은 친구를 위한 조곡이다. 피아노곡을 프랑스 인상파 작곡가가 그림 같은 관현악으로 편곡하여 자주 연주된다는 내용을 알았다. 음악 감상실 LP판 포켓이 때가 묻고 모퉁이가 보풀보풀 먼지가 부풀어도 트럼펫으로 시작되는 관현악은 나를 몰입시켰다.

태민은 우리가 마산 요양병원 다녀 온 얼마 후 그가 죽기 전에 장문의 편지를 보내 왔다. 편지라기보다 수필이나 어린 시절을 회상하는 자전적인 회고록에 가까운 내용이었다.

'우리들의 우정은 영원하기를 소망한다. 이곳까지 병문안 와주어서 고맙다. 나는 초등학교 일학년 미술 시간에 크레용으로 벼슬이 붉고 삐죽 올라온 수탉의 머리와 개의 몸 계두체견(鷄頭體犬)을 인어(人魚)처럼 그리고 선생님으로부터 '참 잘 그렸어!' 하는 칭찬받은 일을 잊지 못하고 기억하고 있었다.

선생님이 어째 이런 생각을 했는지, 의문스러운 표정을 하면서 칭찬해주니 어깨가 우쭐한 기분은 세상에서 최고였다. 칭찬을 받아 본 것이 처음이다.

어릴 적에 받은 칭찬은 오래두고 기억되는 것 같다. 칭찬은 고래도 춤추게 한다는 말이 쉽게 만들어진 말이 아닌 것 같아. 그때 칭찬받을 일은 드물고, 옷이 그게 뭐야, 입에 묻은 게 뭐야, 아이고 손도 더러워라, 꾸지람만 들었지 칭찬받는 일은 없었다. 간혹 엄마가 귀엽다고 머리 쓰다듬는 것이 전부였어. 그 엄마의 따뜻한 손길은 평생 잊을 수 없어. 엄마 손과 가슴은 알을 품고 있는 암탉의 깃털보다는 몇천배 따뜻했다.

나는 열 살 넘어서까지 엄마의 젖무덤을 만지며 따스한 온기와 냄새를 즐겼다. 수탉과 개를 좋아하느냐, 선생님의 질문에 '집에서나 길거리에서 매일 보니까 금방 생각이 나서 그렸습니다.' 라고 대답했다. 그래도 이런 발상이 나오나, 닭 머리를 개머리에 올려 그리는 것은 처음 본다는 칭찬을 받았다.

"개가 닭을 절반 닮아서 욕 안 먹는 동물이 되었으면 좋겠다는 생각이 들어서 인어처럼 머리 쪽은 닭, 몸은 개로 그려 보았습니다"

"닭 머리 개 합성 그림, 이것은 특별한 발상이야. 그리스 신화에 나오는 지하 세계에 산다는 케르베르스, 삼두견(三頭犬)은 있지."라며 선생님이 알려 주었다. 그때는 초현실주의 그림이 무엇이며, 도로시 태닝의 '생일'이라는 그림 같은 것을 본 적도 없고 알지도 못했다.

나는 말로 다 표현하지 못하지만 닭의 행동과 매일 알을 낳아 주는 것이 고맙고 신기하였다. 닭은 아침에 일찍 일어나서 큰소리로 사람들을 깨워주기도 하고, 사람들을 위하여 목 아프게 소리치는 고마운 동물이라고 느꼈다. 애완동물은 귀엽지만 나에게 닭은 시간을 알려주는 신비스러운 동물이다. 나중에 닭 같은 사람이 되었으면 좋겠다고 생각했다.

만약 불교의 윤회설이 진실이라면 나는 전생에 닭이었을지도 모른다고 상상하기도 했다. 소나 말은 사람이 일을 시키면 하고, 개는 침입자도 지키고 아양은 잘 부리기는 하는데 교미하는 짓 때문에 사람들이 걸핏하면 내뱉는 욕이 '개새끼'다. 길가에서 입에 침을 질질 흘리면서 교미할 때 아이들이 모래나 물을 뿌리면 이리저리 피해 가면서 계속 저 할 짓은 다한다.

암수 개가 꼬리를 붙이고 머리는 반대 방향으로 서서 씩씩거린다. 수캐가 아플 것 같아 보였지만 상관하지 않고 아무렇지 않게 시간을 채웠다. 개 새끼 같은 놈! 욕하는 것은 길에서 교미하는 개 같다는 뜻이다. 사람들은 교미를 재미있어 하면서 한편으로 저질스럽다고 욕한다.

수탉은 날이 밝아온다고 꼭두새벽에 꼬끼오, 꼬끼오 목청을 뽑아 온 누리에 아침을 알린다. 어둠의 종말을 고하는 사이렌 소리다. 새로운 하루가 시작 되니 일어날 준비하라는 소리로 들렸다. 닭은 하늘과 땅을 이어주는 역할도 한다는 전설도 있다.

저 세상 귀신들이 그들의 살아있는 자손들이 차리는 제삿밥 먹으러 찾아다니는 영혼에게 통행금지 시간을 알린다. 활동시간이 지났으니 빨리 지상에서 떠나라고 소리쳐 알려준다. 닭 울기 전에 지내는 제사는 이런 이유 때문이다.

닭은 하루의 새로운 해가 올라온다, 새로운 삶이 시작 된다 하고 큰소리로 알리는 것이다. 새해 첫날은 닭의 날로 여겨져 새벽에 뽑는 닭의 목청 소리로 한해의 풍년 흉년을 점치는 풍습도 있었다. 닭은 악을 물리치는 신성한 기운이 있다 하여 마을에 돌림병이 돌면 닭 피를 문설주나 벽에 바르거나 닭 그림을 붙이는 풍습도 있었다. 그리스시대 철학자 소크라테스가 사약을 받고 죽기 전에 찾아간 친구 플라톤에게 마지막으로 남긴 유언은 의술의 신 '아스클레피'에게 닭 한 마리을 빚졌으니 제자에게 대신 갚아달라고 부탁했다. 의술의 신도 닭을 좋아하여 병을 치료해 주고 닭을 대가로 받은 이야기다.

닭의 신비성은 옛날부터 전해 내려오는 이야기다. 수닭 벼슬은 사람이 관을 쓴 모습과 비슷하다 하여 입신양명을 상징한다. 닭은 사람들에게 영양가 있는 알을 낳아 주니 얼마나 고마운 동물인지 모른다. 좁은 닭장 안에 살면서 불평 한마디 없다. 닭은 다산을 기원하는 상징으로 혼례식의 초례상에도 닭을 청보자기에 싸서 올리거나 폐백 드릴 때도 함께 가져가는 풍습도 있다. 닭은 일 년 내내 365개의 알을 낳아 준다.

나는 집을 나가며 들어오며 수시로 보는 녀석들 수탉의 빨간 벼슬 생각이 떠올라 개 머리 위에 닭 머리벼슬을 그리고 선생님으로부터 칭찬을 받은 기억이 머리에 남아 있어 이렇게 쓰고 있네.

개와 닭에 대한 어릴 적의 기억은 동심의 세계의 잊지 못하는 장면이다. 시골집 싸리문을 들어서면 바로 앞에 닭장, 개집이 바로 보였다. 수시로 모이를 뿌려 주기도 하고 닭장을 고처 주기도 했다.

닭장 속의 닭들을 관찰해 보면 학교에 잘 갔다 왔느냐고 인사하는 듯한 몸짓도 보여주었다. 머리를 아래위로 끄덕끄덕 내렸다 올렸다 하는 동작이 마치 나에게 절을 하는 것처럼 보였다. 쌀이나 보리 한 주먹을 뿌려주면 고맙다고 머리를 주억거리며 쪼아 먹었다. 학교서 돌아오면 어디서 보았는지 달려온 똥개는 꼬리를 흔들고 올라타고 뛰고 온갖 아양을 다 부린다. 닭만 좋아하지 말고 나도 사랑해 달라는 몸짓을 한다.

어느 날 닭장 안에서 살이 찌고 흰털이 빛나던 암탉이 형의 생일날 목이 잘리고 뜨거운 물에 털이 다 뽑히고, 다시 장작불이 타오르는 가마솥에 넣는 광경을 보았다. 닭은 살아서 사람을 위하여 알을 매일 낳아주고, 마지막은 인간에게 맛있는 고기까지 제공하는 동물이다.

살아 있을 동안 매일 낳아주는 알은 사람들에게 맛있는 고단백 영양식이다. 만약 닭이 없었다면 백년손님 사위가 찾아오면 무엇으로 대접했을까.

집집마다 잡아먹기 위해 몇 마리씩 닭을 키운다. 산비탈의 큰 양계장에는 수백 수천 마리를 키운다. 쉬지 않고 계란을 낳고 삼계탕이 되어 사람에게 제물로 바쳐진다. 귀엽게 잘 놀던 개들도 복날이나 여름에 보신탕으로 사람을 위하여 제물이 된다.

시골서 닭과 친하게 지낸 동심의 세계는 가물가물해도 따뜻하고 편안하고 엄마 품처럼 행복했던 것으로 기억된다. 가슴에 간직하고 있는 꿈같은 동심의 나라는 일생 동안 위로가 되고 가끔 회상하면 동화의 꿈같은 나라다.

중국고사에 나오는 이야기 중에, 고수의 경지에 오른 사람을 목계(木鷄)라 하는 걸 보면, 닭에게서 배 울 점도 많다는 말일 것이다. 좋고 나쁜 감정을 전혀 나타내지 않는 바둑계의 돌부처라는 별명을 가진 기사가 바둑 시합의 정상에 군림하면 뭇 기사들의 존경과 시샘을 받는다.

석불(石佛)과 목계(木鷄)는 지존의 경지와 감정을 잘 다스리고 기회를 기다리는 준비되고 초연한 성품을 상징한다 하니 친구야! 석불과 목계의 좋은 점과 에너지 넘치는 견공을 닮아가기 바란다.

닭과 가까이 지낸 시절은 세상을 어떻게 살아야 하는지, 왜 학교를 다니는지 가족은 무엇인지, 세상은 무엇인지? 어떤 삶이 좋은지에 대하여는 전혀 생각하지 않았다. 부모들이 먹여주고 입혀 주는 평화로운 시간이었다.

나중에 화가가 되겠다, 건축가가 되겠다는 희망, 거창한 비전 같은 건 몰랐다. 모든 사람은 태어나는 순간 죽음이라는 숙명을 받고 그 목표를 향하여 날마다 걷고 있다는 것도 몰랐다. 어제는 외출 허가를 받아 이하늘과 둘만의 시간을 가졌다.

따뜻한 가슴을 포개고 달콤한 입맞춤은 오래 잊지 못할 것이다. 나의 병이 좋아지지 않아 이하늘도 걱정을 많이 한다. 얼굴이 수척해지는 것 같아 미안하고 부끄럽다. 이곳 요양병원 담 너머 한적한 시골 마을에서 새벽마다 울려 퍼지는 수탉소리 꼬끼오 꼬끼오 소리에 익숙해져서 나도 모르게 이렇게 닭 이야기를 장황하게 늘어놓았다. 이해해 주기 바란다.

친구야 대학공부 잘 끝내고 국가를 위하여 걸출한 인물이 되기 바란다.

친구들 또 만나자.

태민 씀.

김원식은 친구의 편지를 읽고 눈물을 흘리고 칭찬했다.

"태민은 많은 독서로 폭넓은 지식을 머리에 담고 있었다. 태민의 병이 회복되어 한국에서 스페인의 '안토니오 가우디' 같은 위대한 건축가가 되었어야 하는데, 운 나쁘게 꿈을 실현하지 못하고 젊은 나이에 저 세상으로 갔으니 참 안타가워! 지고한 사랑을 나눈 이 하늘도 불쌍하고 마음 아프다."

원식은 한숨을 길게 내 쉬었다. 그도 어릴 적에 한때 화가가 되겠다는 희망을 가졌었다. 대학 갈 무렵에 생각을 바꾸어 집안의 어려운 살림을 하루라도 빨리 도와주기 위하여 취직이 잘된다는 상경계통 대학을 선택했다.

어릴 적에 하고 싶었던 그림공부보다 가정형편 때문에 전공을 바꾸어 상경계통 공부를 하게 되었으니 대학에 들어오자 미래 목표를 꾸준히 연구하고 고민했다.

졸업하고 앞으로 해야 할 인생의 로드맵을 확실하게 그렸다.

나아갈 방향을 시멘트처럼 굳혔다. 경제학 원론을 비롯하여 다른 몇몇 과목들을 원서로 독파하기 시작했다. 영어원서 공부만 열심히 했다고 해도 과언이 아니다. 나중에 박사 따서 교수가 되거나 정치가가 되는 꿈이 아니었다.

졸업하고 미국 유학 가서 회계사, 변리사, 변호사 자격 따고, 돈 벌어 선박회사 창업하여 사업 성공하고 남보란 듯이 살겠다는 꿈을 가졌다. 실용적인 밥 잘 먹고 잘사는 그림을 그렸다. 가정형편이 어려운 친구들이 휴학하거나 군대 갔다.

나와 원식은 한 학기도 휴학하지 않고 스트레이트로 공부했다. 중고생들 아르바이트가 힘들었으나 그만큼 공부하는데 도움이 되었다.

숙소 겸 연구소로 토론장 역할을 하던 무역학회는 학생 데모 후 문을 닫았다. 대일 굴욕외교 성토 운동으로 시작하여, 군사혁명 부정부패, 정보정치, 매판자본 외세의존 문제로 확대되어 정권 퇴진까지 요구하는 학생운동이 계속되어 서울에 위수령이 내려지고 삼엄한 분위기속에 새 학기가 시작되었다.

개학 첫날 학교 도서관 향상림, 소나무 숲에서 친구 주도로 독재자 화형식을 갖고 무기동맹 휴학으로 들어가면서 사실상 학생회관 2층의 학회는 문을 닫았다. 원식과 나는 학훈단 교육훈련을 받는 학생으로서 주동자를 비호한다는 의심을 받고 경찰과 정보원들에게 감시당하고 시달리기도 했다.

겉으로 의심될 행동이 없어 강의 듣고 군사 교육도 무난히 받았다. 원식은 학훈단 소위 임관 기념 반지를 녹여, 결혼반지 만들어 졸업하기 전날, 오래 사귀어 온 초등학교 단짝과 결혼식을 올렸다.

육군보병학교 입교 전 한달 동안 신혼의 달콤한 날은 화살같이 지나갔다. 보병학교의 초등 군사훈련이 끝나고 서부 전선에 배치되었다. 2년 복무 후 예비역 편입 예정 날 북한 군인들의 청와대기습 사건으로 군복무가 3개월 연장되었다. 연장근무 시작되면서 일 계급 진급하여 근무하고 제대했다. 그 시간도 금방 지나갔다.

*

원식은 군복무를 끝내고 제대하자 머뭇거릴 여유도 없이 바로 희망 있는 대기업 무역회사에 들어갔다. 원식은 몇 년 다니던 무역회사를 그만 박차고 나왔다. 미국 유학 가서 아르바이트를 위하여 병아리 감별사 훈련을 받고 유학 준비를 열심히 했다.

내가 근무한 은행 국제부 사무실에 와서 입학원서를 타이핑하여 미국지망 학교에 제출했다. 지원대학교로부터 입학허가 소식을 듣고 얼굴에 웃음이 가득, 입을 찢어지게 벌리고 이맛살에 주름을 세 개나 만들면서 즐거워하던 모습은 가끔 나의 집 거실 그림 속에서 오버랩되어 떠올랐다.

동부전선에서 근무할 적에 두서너 번 편지를 보내 왔다. 편지 위쪽 모서리에 날아가는 비행기를 그려 넣었다. 힘차게 날아가는 날개 모습을 강조하기 위하여 엔진을 팔랑개비처럼 그렸다. 희망이 성취되어 미국 가서 병아리감별사 식당 청소 노동판 가리지 않고 아르바이트로 공부했다.

나에게 편지를 보냈다. 시골집의 군내 나는 김치가 생각나 먹고 싶어서 대학 캠퍼스 잔디밭에서 냉이 몇 포기를 캐 먹고 혀끝을 달랬다는 눈물겨운 이야기를 담은 편지를 읽어보고 심란한 마음을 한동안 감추지 못했다.

원식이 유학 떠나고 2년 후 부인도 5살 된 딸의 손을 잡고 미국으로 들어갔다. 결혼하고 군대 복무하는 시간과 유학 떠난 후 생과부 신세 벗어나 비로소 미국에서 새로 신혼살림을 시작했다. 초등학교 단짝 친구가 부부가 되어 몇 년간 떨어져 지낸 고독한 시간을 보상하기 위하여 열정적으로 사랑하고 살았다.

부인은 미학 전공자로 화랑에서 일할 수 있는 자리가 나오자 바로 미국으로 들어갔다. 남편이 공부하는 미국으로 들어갈 준비를 매일 하고 있었다. 부인의 집은 부자는 아니라도 아버지가 교감이어서, 당분간 방 한 칸 사글세 얻을 돈은 부모들이 마련해 주었다. 가족이 모여 살아가는 미국의 생활은 정신적으로는 안정되어 갔다.

주로 병아리감별사 아르바이트 일을 하며 대학을 졸업했다. 부인은 화랑에서 시간제 급여로 생활비가 모자랐지만, 검소하게 생활하면서 신세계의 새로운 삶은 희망과 행복의 지상천국이 어디 다른 곳에 있겠는가. 그때는 병아리 감별사라는 직업이 해외서 인기가 있었다.

미국서 아르바이트 업종으로 적합한 병아리 감별사는 수많은 시행착오를 거쳐 암수 병아리를 골라내는 작업이다. 한국인은 손재주가 뛰어나 세계 감별사의 60%

는 한국인이 차지했다. 감별사는 병아리뿐 아니라 오리, 칠면조도 감별한다.

칠면조는 생식기가 커서 병아리보다 작업이 쉽다. 감별사가 암수 감별하여 상자에 넣어진 수평아리는 소시지 공장으로 보내져서 짓이겨져 버그나 통조림의 원료가 된다. 원식은 숙달된 일급 병아리 감별사로 아르바이트 일자리는 항상 있었다.

부인은 처음 소규모 화랑에 시간급 직원으로 다니다가, 규모 있는 그림대여업과 화랑을 운영하는 회사의 정식직원으로 일하게 되었다. 원식도 나중에 부인이 다니는 회사에 들어가 그림 대여 배달 직원으로 일했다. 화랑에서 일하면서 미국뿐 아니라 세계적인 유명화가들의 그림을 다양하게 접할 수 있는 기회가 되었다. 미국의 젊은 예술가들의 그림의 경향과 물감에 대하여도 귀동냥하게 되었다.

*

나는 미국으로 날아가서 친구를 방문하여 그림 사업계획에 대한 문제점과 앞으로의 진행에 대하여 대화를 나누었다.

낮에는 워싱턴 박물관, 제퍼슨기념관, 국회의사당과 도서관, 링컨기념관 백악관을 돌아보고, 저녁에는 와인을 마시며 원식의 미국정착 초기 인종 갈등과 일 세대 이민자들이 가발을 길가에서 팔면서 화장실에도 못 가고 오줌통이 터질 것 같은 고통을 견디고, 식당 커피숍에서 구박당한 고생 경험을 들으니 측은한 마음 감출 수 없었다.

"어이, 친구! 입구 올라오는 계단 양쪽에 세워진 닭 머리에 개 몸통조각 같은데 조각상 어디서 많이 본 작품 같아."

"그것 말인가, 태민의 스케치북에 그려진 인어(人魚) 같은 말하자면 계두체견(鷄頭體犬)이 간혹 가다가 기억이 나서 인테리어 가게에 가서 둘러보니 닭 머리와 개 조각을 팔기에, 구입하여 자르고 접착제로 붙이고 칠하여 조립 했지."

"전문 조각가의 작품처럼 잘 만들었는데!"

"개는 집을 지키는 동물이잖나! 물론 거시기도 잘 하지만, 닭은 다산의 동물이고, 저것 볼 때마다 죽은 태민이 생각이 나기도 하지만."

"그런 사연이 있었구나, 처음 보는 닭 머리, 개 몸통이 아니라는 느낌이 들었어! 스케치북에서 본 그림인데 말이지!"

원식을 방문하여 입구에 세운 계두체견 조각상을 두고 한참 하하대고 웃으며 대화를 나누었다. 일찍 죽은 불쌍한 태민을 생각했다.

지금은 천국에서 행복하게 지낼 테지만.

*

조금만 길게 보면 인간이란 젊어서 죽기도 하고 나이 들어서 죽는 것이 크게 다를 바가 없는 것이다. 앞으로 몇 천 년 지나면 국회의사당 대도시의 마천루, 긴 다리, 축구장, 땜 모두가 로마, 그리스, 터키에 남아있는 유적처럼 흙더미로 변하거나 흙먼지로 무너지고 말 것들이다.

세상에서 출세하여 죽은 후 축대를 쌓고 호화롭게 꾸민 무덤들도 지진 홍수, 폭풍, 자연 재해로 무너지고 사라질 것이다. 이 순간도 사람은 태어나고, 태어나기 위한 자연의 운행이 이루어지고, 인간은 먹고사는 일 때문에 동분서주하다가 늙어 병들거나 사고로 죽어 사라진다. 산다는 것이 생각하기에 따라 흥미진진하기도 하지만, 어떤 사람에게는 모든 것이 허무하게 보일 수도 있다. 삶을 풍요롭게 유의미하게 만들기 위하여 음악, 미술, 영화 문학을 만들고 예술을 발전시켜 나간다. 그러나 결국 인간은 모두 별에서 떨어진 하나의 먼지에 불과하다.

미국 나파벨리산 질 좋은 와인 기운이 올라 현대미술이 세상에 말하는 의도와 종이 한 장이 어마어마한 돈으로 팔리는 거래 가치에 대하여 대화를 나누었다.

전문가들의 말을 상기해 보면, 현대회화, 미국의 현대화가 '잭슨 폴록'의 정액을 질질 흘리는 동작으로 그린 흘리기 그림 '가을의 리듬'은 낙엽 떨어진 정원바닥 한 장면 같은데, 대단한 무엇이 있단 말인가.

과정의 미학이라는 폴록의 드리핑은 쉬우면서 이해가 어려워, '데미안 허스트'의 작품 해골, 알약, 시체 같은 혐오감을 주는 작품이 놀랍도록 고가에 팔린다는 현상을 어떻게 해석해야 하는지. 이런 현상을 보면 인간의 미술품에 대한 거래 양상은 미적 감각을 떠나 황당함과 무모함이 엿보인다. 다른 상품과 달리 경제논리와 시장의 상태에 일치하지 않는 특별한 면이 있다.

경제학자 아담 스미스(Adam Smith)는 그림은 생산원가로 그림의 판매가를 가름할 수 없다고 단언했으며, 데이비드 리카드(David Ricard)도 그의 노동가치론에서 미술품은 제외시키고 건드리지 못했다.

한계효용론을 저술한 스탠리 저벤스(Stanley Jevones)는 어떤 상품이 욕망을 충족시키는 능력이 클수록 그 가격이 높다. 소극적으로 말하기는 했지만, 인간의 욕망이란 측정할 수 없고 또한 주관적이기 때문에 미술품의 가격문제는 경제적으로만 말하기에는 한계성이 있다.

그림을 팔 때의 자신감과 그림을 살 때의 즐거움은 단순한 거래관계나 경제이론만으로 설명할 수 없는, 계산기로 셈이 되지 않는 정서의 문제가 개입된다. 그리스의 철학자 소크라테스나 플라톤 같은 철학자들의 책이나, 호머의 일리아드 오디세이아, 셰익스피어의 소설들과 비교한다면 미술품 하나가 그렇게 큰 값이 나가는 것은 인간의 특별한 정서의 문제다.

카자르마르 말레비치의 작품 '절대주의 구성', 흰색 위의 흰색에 대한 설명을, '흰 색과 무(無) 사이의 균형을 유지하면서 이처럼 강력한 대비를 내적 긴장감이 흐르는 놀라운 통찰력으로 변형한다. 이러한 작품들은 감정에 대한 것이다. 말레비치는 일상생활과 대상을 묘사하는 것과는 결별하고, 감정을 투사하는데 자신의 능력을 연마했다. 이 그림은 무엇에 대한 것인가?라는 질문에는 옳은 답도 그른 답도 없다. 이 그림을 보면 어떤 느낌이 드는가? 질문해야 한다.(노어차니 미술품 도둑 중)

몇 천억 대가 넘는 미술품들이 경매장에서 거래가 되고 있다. 근년의 에드바르트 뭉크의 '절규', 피카소의 누드 '초록 잎과 상반신' '알제의 여인들', '파이프를 든 목동', 알베르트 자코메티의 조각품 '포인팅 맨', 프란시스 베이컨의 '루치안 프로이드의 세 습작' 같은 미술품들이 비싸게 거래되는 현상은 단순한 경제적 측면과 또 다른 측면, 돈 세탁, 상속세 탈피 같은 목적이 내포되어 있다는 사실은 오래 전부터 잘 아는 상식이다.

돈으로 계산할 수 없는 교훈과 감동을 주는 작품을 생각하면, 한 장의 그림이 그렇게 비싸게 팔리는 현상은, 수많은 기술자의 노력과 물자가 소요되는 다른 공산품이나 건설공사 서비스에 비교하여 미안하지 않은지, 반문할 수도 있겠지만 예술품은 그 안에 인간의 잘못된 일을 반성하도록 상기시키는 메시지도 담고 있다. 라파엘로의 아테네학당은 피렌체의 화려한 르네상스를 이야기하고 있다. 고야의 전쟁의 참상 시리즈는 나폴레옹의 전쟁과 그 참상을 고발한다. 파블로 피카소의 '게르니카'와 '한국에서의 학살'은 선배화가의 흉내를 내고 있다는 평가를 받아도 그 역시 무고한 사람들을 처형시키는 이념과 전쟁의 참상을 고발하고 있다. 그림은 인류의 처참했던 한 장면을 표현하여 그 야만성을 보여주고 반성해야 된다는 무서운 교훈을 주기도 한다.

1938년 2차 세계대전 이후 나치에 의해 재산을 몰수당하고 그 중 가족의 추억이 담긴 그림을 찾기 위하여 국가를 상대로 8년간 외롭고 힘든 긴 줄다리기한 그림, 세계가 사랑한 화가 구스타프 크림트의 초상화, 오스트리아의 모나리자로 불리는 '아델라 불로흐 바우의 초상' 그림에 얽힌 비밀스러운 사연만으로도 충분히 값이 나갈 만하다.

탁월한 인간에 대한 이야기와 미덕을 추구하는 예술은 인간이 다른 생명체 동물들과 다른 점이라고 어떤 예술인이 주장했지만, 일부분이기는 해도 인간은 확실히 미덕을 추구하는 점에서 다른 어떤 동물이 가지지 못한 인간만의 특성이다.

당연히 그림으로 큰돈을 만지고 호화롭게 살다가 죽은 작가도 많고, 지금은 수천 만 원에 팔리는 영혼의 화가 태양의 화가라는 '빈센트 반 고흐'도 살아생전에는 가난에서 허덕이며 동생 태 호의 도움으로 겨우 살았다고 한다.

미덕을 추구하는 원초적인 인간의 심미적인 속성이 변질하여 돈 벌이에 몰두하는 경향이 점차 심해져 간다. 모작과 위작이 대단히 성행한다. 미술을 전공한 사람이 모작과 위작으로 돈을 벌어 호강한 사람도 있고 발각되어 재판 받은 사례도 있다.

요하네스 베르베르(17세기, 네덜란드)작품을 흉내 내어 그림을 그린 위작 화가 '한 판 메이헤란'(네덜란드, 1889-1947), 모네를 위작하는 '톰 키팅'(영국인,1948)은 2천 점이나 위작을 판매했다. 모들리아니(이탈리아,1884-1920)를 위작하여 호의호식한 '엘미르 더 호리(헝가리,1906-1976)'는 가히 세계 3대 위작 작가로서 빛과 어둠의 명성을 날린 인물들이다.

평소에 돈을 많이 그린 미국 팝 아트의 거장 '엔디 워홀'의 1962년도 작품 '1달러지폐(One Dollar Bill)는 우리가 대학 입학하는 해의 작품이라는 점과 워홀은 '나는 돈을 사랑한다' '내 벽에 걸린 돈이 좋다'며 1달러 지폐를 1962년에 200장을 만들었는데 그중에 원식의 형편상 분에 넘치게 거금을 들여 한 장 구입하여 벽에 걸어두고 있었다. 장차 돈이 분명히 될 것이라고 기대하고 있다.

원식이 이야기 중에 벌떡 일어나더니 지하 한구석에 보관하고 있는 여러 개의 판화 중에 누드 그림 하나를 꺼내 들고 와서 보여주었다. '생명의 원천'이란 제목이 붙은 유화 프린트는 파리 오르세 미술관에 소장되어 있는 구스타브 코르베트(Gustave Courbet: L' original du Monde, 1866)의 재미있는 그림이다.

'생명의 원천'은 여자의 사타구니와 옥문을 여과 없이 적나라하게 표현한 그림이다. 오르세 미술관에서는 7살 먹은 아이들도 감상한다. 한국에서는 정서상 이런 그림은 여러 사람들이 보는 곳에 걸어 놓기에는 외설스럽다.

*

그림을 수입하여 대여업을 준비하고, 화가와 액자 제조업자들을 만나는 중에 삼각지 수지액자를 제작하는 '푸른 나무' 사장을 알게 되었다.

수지 액자를 프랑스에 수출하는 일을 파리에 살고 있는 나의 친구를 통하여 일을 협조했다. 시장조사와 수입업자를 찾기 위해 파리에서 매년 개최되는 '마종 엔 오브제'에 참관했다. 그때 전시장에 나온 판화 '생명의 원천' 10장을 구입했다. 룸살롱에 판매할 계획이었다. 원식이 내가 구입한 같은 누드 판화 그림을 소유하고 있었다.

누가 모델이 되었는지 몰라도 성숙한 여자임은 틀림없다. '쉬잔 발라동'인지 그림만 보아서는 분간하기 어렵다. 르누아르, 드가, 로트레크 인상파 화가들의 그림에 자주 등장하는 '쉬잔 발라동(Suzanne Valadon,1985-)'은 세탁부의 사생아로 태어난 불우한 환경과 심각한 부상으로 인한 신체적 결함에도 불구하고 그녀는 인상파 화가들과 몽마르트예술가들을 자극했다.

그녀가 그려진 그림을 보면 그녀의 몸짓은 단순한 관찰 대상이 아니라 오히려 벗은 모습을 당당히 주장하는 주인공이나 다름없다. 그녀가 18세에 아버지가 누구인지도 모르고 낳은 아이가 몽마르트의 풍경화로 유명한 인상파 화가 위트릴로(Maurice Utrillo)다. 발라동은 모델로 머물지 않고 스스로 어깨너머로 회화를 배워 아들과 전시회를 열기도 했다. 그녀는 미혼모로 배부른 자신의 몸을 당당히 자신의 자화상을 그렸다. 이런 누드도 모델이 누구이며 왜 음부 부분만 그리게 했는지 그 모델에 숨어 있는 뒤 이야기를 알게 되면 누드를 감상하는 입장이 달라질 것이다.

몸 전체나 상반신 누드 그림은 흔히 볼 수 있어도 음부 부분만 그린 그림은 흔치 않고 또 걸어놓고 보기에는 전문가나 무식한 용기가 필요하다. 이 그림은 간혹 친구가 방문하거나 몰래 감상하는 음밀한 비밀그림이다. 마치 조강지처 모르게 감추어 두고 간혹 만나서 불륜을 즐기는 정부와 같은 존재다.

몰래 즐기는 섹스는 스릴 있고 정자수도 많다고 한다. 인류보존 측면에서는 나쁜 것만은 아니다. 어떤 물건을 까발리지 말고 보자기에 싸서 선반에 올려놓거나 신문지로 싸서 창고에 넣어두고 그만한 거리에서 가끔 보는 것이 그 물건을 위하여 더 좋을 경우도 있다. 콩나물시루 속이 궁금하여 가려놓은 보자기를 자꾸 걷어 보면 광합성으로 콩나물 얼굴은 파랗게 변해간다. 금빛 새싹이 보름달처럼 벅차게 부풀어 오르는 것을 바란다면 보자기를 가만히 두어야 한다. 누구나 혼자만 즐기는 그림을 가지고 있다면 스스로 부자다.

나는 부지런히 판화를 대여할 대상을 조사했다. 은행, 증권회사, 편의점에 그림 대여 안내장을 보내고 상담을 했다. 소규모로 시작하여 점차 확대할 계획을 수립했다. 88올림픽이 개최되고 세계가 한국을 알아보게 되는 그 해 초겨울 나의 부탁을 받고 원식은 판화 제작 시설을 갖추고 있는 마이아미로 날아갔다. 화가도 만나보고 한국 사람들이 좋아할 만한 작품을 골라서 작품 가격 조정도 해 달라는 나의 요청을 받고 출장을 갔다.

델타 항공(Delta Symbol DL)으로 플로리다 마이아미 국제공항에 내려 하늘티엠에 도착하였다. 미리 연락한 직원이 마중 나왔다.

회사에 도착하자 먼저 프린트 공정을 둘러보고 전시장 작품도 돌아본 후 지배인과 상담했다. 화가는 캐나다에 머물고 있는 중이라 만나지 못하고 한국 전시장에 나왔던 직원과 상담을 했다. 독점판매 계약은 최소한 최신작품 20매 이상 주문해야 된다는 조건이다. 백장 이상 주문 시 제시 가격에서 더 할인이 된다는 내용을 알려왔다.

상담하여 선택한 100매의 그림을 일차로 구입하기로 결정했다. 몇 곳 화랑에 위탁판매하기로 진행되어 일이 잘 될 것 같았다. 한국에서 무역대행업체가 대금지급용 신용장을 개설하기로 되어 있었다.

원식은 상담을 마치고 다음날 마이애미 공항을 출발하여 워싱턴 DC를 향하는 소형여객기에 탑승했다. 마이애미를 출발한 비행기 한 대가 추락하여 승객 18명 전원이 사망한 뉴스가 보도되었다. 한국인도 2명이 포함되어 있었는데 신원은 조사 중이라는 소식이 나왔다. 나중에 판명된 한국인 2명 중 한 명이 김원식으로 확인되었다. 가족들 이야기를 들으니 비행기에 실려 병원으로 돌아온 시신은 처참하더라고 했다. 알아볼 수 없을 정도로 얼굴이 망가져 있었다.

*

원식의 사망 소식을 듣고 나는 미국으로 바로 날아가 친구의 시신이 안치된 병원에서 가족들과 만났다. 남편의 죽음과 아버지의 불행을 당한 부인과 가족들이 절규하는 모습을 보고 죄인처럼 몸이 오그라들었다. 친구의 장례식을 마치고 무거운 마음으로 가족들에게 미안한 마음만 전하고 돌아왔다.

젊은 시절 편지에도 비행기를 그려 넣었던 친구가 성공하여 미국에서 아이들 키우며 자리 잡아 행복하게 살아갈 수 있는 상태가 되었는데 비행기 사고로 죽다니 참 안타까운 일이었다. 친구의 죽음을 진정으로 애도했다.

신은 정말 아무것도 모르는 허수아비인가 하는 의심이 들었다. 원식이 플로리다에 가서 선별하여 구입한 그림 백 장에는 각각 다른 그림을 선택하였다. 베이스 포지(Vase posy) 제목의 판화도 있었다.

나의 집 거실 판화는 한국 전시장에서 구입한 그림이다. 원식이도 하늘티엠을 방문했을 적에 구입한 판화를 그의 집 벽에 걸어두었다. 그림은 긴 화병 위에 붉은 장미, 아를스타, 나리꽃, 갈대, 들풀 줄기들이 힘껏 위로 뻗어 올라 춤추는 듯했다. 꽃이 가리고 있는 화병 옆에는 바나나, 사과, 포도를 담은 바구니가 있다.

어디서나 흔하게 볼 수 있는 화병이다. 긴 화병 가장자리에는 수탉 한 마리가 깃을 세우고 우아하게 서 있다. 너저분하기도 하고 아름다운 꽃향기가 피어나는 그림이다.

미술사에 황금빛 나는 빈센트 반 고흐의 '해바라기'에 비하면 이 그림이 훨씬 좋아 보인다. 해바라기는 이발소 그림이지만, 하늘티엠 미술품은 이발소까지 내 걸리지는 못했다. 그림을 볼 때마다 친구를 회상하면서 학창시절 친구가 자주 중얼거리던 노래를 회상 해본다. 친구의 18번은 아일랜드 시인 토마스 무어의 '여름날의 마지막 장미'이다.

"여름날 마지막 남은 장미 홀로 피어 있네,
사랑하는 동료 모두
곁에서 사라져 버렸는데,
근처에 어떤 꽃도, 어떤 장미 봉오리도 없는데
뒤는 붉은 색을 반사시키며 한숨을 쉬고 있네,
난 곧 떠나리라,
친구들이 썩어가고
사랑의 빛나는 품에서
꽃들이 떨어져 버릴 때
진실한 가슴들이 시들어 누웠고
좋은 친구들이 흘러가 버렸는데,
아! 그 누가 이 쓸쓸한 세상에
홀로 살고 싶은가 ?

친구 원식이 비행기 추락 사고로 저 세상으로 떠나고 25년이란 세월이 흐른 후 나는 미국 여행을 갔다. 여행 중 일행에서 잠깐 빠져나와 한나절 시간을 만들어 워싱턴 근교 원식의 무덤을 찾아갔다. 지상에서 다시 찾아본 친구의 무덤 앞에 빨간 장미가 놓여 있었다. 사각형 분청자 도자기 화병에 담겨 있었다. 사위는 조용했다.

한국서 챙겨 가지고 간 소주 한잔을 올리고 절을 했다. 학창시절의 그의 젊은 날의 웃음 짓는 모습이 떠올랐다. 교통사고를 당하고 얼마 후 부인과 한국 나와서 동창들과 만나서 밥 먹으면서 다행히 건강히 잘 회복되고 있다고 자신하면서, 신학을 마치고 목사가 된다고 이야기할 적에 친구들이 의외라는 표정을 지었다.

세월이 흐르고 친구의 부인이 딸을 결혼시키기 위하여 한국에 나왔다. 롯데월드 예식장에서 대학 친구들이 와서 결혼하는 딸을 축하하고 부인을 위로한 적이 엊그

저께 같은데 또 시간이 한참 지났다.

"친구여, 영원히 편히 잠들어라"

*

나도 미국에 공부하기 위하여 갈 수 있는 기회가 몇 번 있었으나 기회를 날려 보내고 말았다.

고등학교 졸업 후 대구 청라언덕에 계시는 미북장로교에서 파견 나오신 한국 이름 구의령 선교사로부터 미국 유니온 신학교에 가서 공부하기를 권유 받았다. 나는 대학 입학 후 한 학기 다니다가 휴학하고 미국 가서 신학교를 공부해볼 생각을 했다. 막상 대학에 들어가서 공부해 보니 배울 것도 많고 전국에서 모여든 우수한 친구들이 큰 보배같이 느껴졌다.

군대도 가야 하고 4년 졸업하고 기회 보아서 가도 될 것이라고 미루었다. 제대하자마자 은행에 입행했다. 은행 직장에 잔뜩 희망과 기대가 컸는데 일을 해보니 생각보다 따분하고 재미가 없고 미래가 암담했다. 미국 가서 공부를 더 해 볼까 고민하고 시도를 했다.

학교를 운영하는 아는 사람에게 알아보았다. 은행 일하면서 입학수속 밟고 준비했다. 그런데 그 무렵에 사랑하는 여자가 생겼다.

곰곰이 생각해 보니 입학허가 받아 막상 미국 가서 또 고생하기가 겁났다. 얼마나 힘들게 고생해야 할지 용기가 나지 않았다. 여직원과 막 연애를 시작하여 하루 종일 여자를 보고 있어도 아름답고 귀여웠다. 하루하루가 바쁘고 일에 시달리면서 시간이 흘러갔다. 은행지점 근무에 권태기가 찾아오고 여자와 거리를 두고 지냈으면 좋겠다는 생각을 시작했다.

마침 연말이라 본점 국제부로 이동발령이 나서 새로운 분위기에 휩싸여 세월이 흘러갔다. 10여년 다닌 은행을 박차고 나와 건설회로 옮겼다. 중동에 5년 근무 후 건설 경기가 하강 국면으로 들어서고 많은 임직원들이 귀국 준비할 무렵이다.

미국 또는 호주나 뉴질랜드로 갈 수 있는 방법이 있다고 직원들이 말했다. 한번 시도해볼 만했는데 주저하고 말았다. 용기가 부족한 탓이다. 한국으로 돌아가서 새로운 직장 들어가 얼마든지 잘살 수 있을 것이라는 자신이 있었다. 고생을 회피하고 싶은 심리가 작용했다.

세상일은 뜻대로 되지 않았다. 확실한 그림이 없을 때는 새로운 도전과 모험을 강행하는 용기가 필요하다. 선택과 집중은 젊은 시절에 해야 좋았을 것이라는 생각을 했다. 나보다 대단히 용기 있게 살아온 원식이가 성공의 문턱에서 너무 일찍 저 세상으로 간 것은 정말 안타가운 일이다. 친구들 중에서 가장 먼저 저세상 사람이 되었다. 친구들의 머리에는 항상 그의 모습이 남아있다.

뉴욕으로 내려와서 몇 곳을 둘러보고 다음날 돌아오는 비행기를 타고 날았다. 기내식 서비스로 제공하는 와인을 몇 잔 마셨다. 낮술에 아스라이 잠이 들었다. 원식의 무덤 앞에서 나를 맞이주던 빨간 장미꽃이 방긋방긋 웃었다.

'낮술이나 한잔해라! 한잔의 태양(김효일 시),

낮술이라 구름 위를 날아가는 비행기는 태양이라는 낮술을 한잔 마신 기분이다. 비행기가 붉고 흰 장미로 둘러싸여 힘차게 날아가고 있다. 비행기가 기체를 앞으로 윙윙거리며 움직인다. 순간 비행기 머리가 빨간 벼슬이 달린 닭 머리와 개 몸통으로 변하여 하늘을 향하여 치솟아 올라 날았다.

드디어 목적지에 도착했다. 닭 머리 개 몸, 계두체견도 힘들어 보였다. 벼슬, 목, 몸통에 물방울이 맺혀 있었다.

예정된 시간에 닭 머리와 개 몸통은 공항에 도착하였다. 집으로 돌아와 거실에 걸려 있는 그림속의 장미와 꽃잎 과일들이 마루에 떨어져 지저분하게 늘려 있었다. 그림속의 닭이 튀어나와 여기저기를 돌아다니는 장면을 보니 집안 거실이 닭장으로 변했다. 뒤따라 집안으로 들어온 집사람이 이 꼴을 보고 놀라서,

"무슨 일이에요? 이 닭 새끼 저리 가! 도둑이 들어왔나 왜 이렇지? 이 닭 새끼들이 도대체 어떻게 된 거야, 저리 나가!"

닭 새끼라는 목소리에 놀라며 잠이 깼다.

머리가 아직 어질어질했다.

주위의 승객들이 나의 잠꼬대소리를 의아하게 바라보았다.

인생은 꿈이고 꿈은 인생이다(?)

태평양 위를 날면서 기체가 조금씩 흔들렸다. 정신을 차리고 시계를 보니 서울에 곧 도착할 시간이 되어가고 있었다. 비행기가 날고 착륙하는 동안 하늘에서의

꿈이 뇌리에 맴돌고 있었다. 거실의 그림이 마루에 떨어졌거나 어디로 사라진 것처럼 걱정되어 정상적인 비행 속도가 느리다고 느껴진다.

인천공항에 내려 공항버스에 몸을 싣고 집으로 돌아왔다. 문을 열고 들어서면서 벽에 걸려 있는 그림부터 살펴보았다. 여행을 떠나기 전과 다름없이 거실 그 자리에 그렇게 걸려 있었다. 그런데 '베이스 포지' 속의 닭이 사라지고 보이지 않았다. 내가 무엇을 잘못 보나 싶어 눈을 비비고 쳐다 본다. 한 마리 닭이 아니고, 대신 미국 원식의 집 계단에서 본 계두체견이 눈앞에 어른거렸다. 눈앞에 안개 속에서 환상적인 그림이 엉킨다. 순간적으로 환상에 사로잡혔다가 다시 정신을 차렸다.

*

미국 여행에서 돌아온 며칠 후 현충일, 원식을 보고 왔으니 국립현충원에 잠들어 있는 태민을 참배하고 원식을 보고 온 소식을 전해야겠다는 마음이 들었다. 정오 가까이 되어 국립묘지 사병묘역 태민의 묘 쪽으로 갔다.

어떤 할머니 한 분과 장년 한 분이 절을 하고 있었다. 조금 기다리다가 다가가 참배객들과 서로 마주 바라보았다. 첫 눈에 이하늘이 틀림없다고 알아보았다.

나는 놀라는 표정을 지으며 물었다.

"태민과 어떻게 되십니까?"

"아! 저 이하늘입니다. 상수 씨지요?"

"세상에 어떻게 된 일입니까?"

"애야, 인사드려라. 아버지 친구시다."

"아, 예, '토마스입니다."

명함 한 장을 지갑에서 꺼내 건네주었다. 나는 명함에 눈을 박고 자세히 읽었다.

Hanultm Fine Art

Managing Director

Tomas M, Lim

"그러면 미국의 하늘티엠 파인 아트사입니까?"

"예, 맞습니다. 어떻게 알고 계세요?"

"그러니까, 25년 전에 한국 국제 아트 페어에 출품한 적 있지요?"

"예, 한국서 어머니 미술 출품할 적에 아버지 묘소 참배하였고, 오늘 또 왔습니다."

나는 50살 전후의 이 중년 남자와 이하늘을 번갈아 보며 멍하니 서 있었다. 이하늘이 쓰고 있는 로코코 슈터스탁(Shutterstock) 밑으로 은백색 머리와 눈가 주름이 나이 들은 모습이지만 맑은 눈동자는 그대로였다.

태민이 폐질환으로 죽고 이하늘은 자취를 감추었다. 동작동 현충원 태민의 묘 앞에서 다시 만났다. 참배가 끝나고 한강로 미성식당으로 옮겨 조금 늦은 점심을 먹으며 이하늘의 이야기를 들었다.

25년 전 한국 국제아트 페어에 저 아이 토마스 혼자 나왔을 때는 이하늘은 대학 미술 강의에 나가고 작품 활동하느라 정신이 없었다. 아들이 어떤 나라 누구에게 판화를 파는지 비즈니스는 관여하지도 않았다. 이하늘의 이야기를 들으며, 토마스의 얼굴을 유심히 보았다. 25년 전 코엑스 전시장에서 그림에 대하여 설명할 적에 깨알처럼 디테일하게 설명해준 얼굴을 떠올렸다. 작품을 수입하기로 약속하고 출품작품 중 한 점을 구입했다. 그 그림이 나의 거실에 걸려 있는 것이다.

토마스 림은 전시가 끝나고 며칠 머물면서, 찾아가볼 곳이 있다는 말도 기억난다. 그때 혼자 이 세상에서 한번도 보지 못한 아버지 묘소를 참배했다. 이하늘의 유복 아들은 고등학교 졸업하고 그림물감 유기안료(有機顔料) 제조공장에서 일하다가 오른팔이 컨베이어에 딸려 들어가 크게 다쳤다.

수차의 수술을 했으나 완전하지 못하다는 말을 들으니, 한국 전시회 때 기억이 살아났다. 외국서 유복자식 낳아 키우느라 힘들었고 불행스럽게도 나중에 팔을 다쳐 고생한 사연은 이루 다 말할 수 없었다. 지금은 아들이 화가인 엄마의 일을 도와 잘하고 있다.

결혼하여 귀여운 손자 손녀도 있는 행복한 사람이다. 한동안 미술대여업 사업하면서, 미술품 대금은 수입대행회사 이름으로 나갔다. 토마스는 김원식이 찾아와서 가격협상을 한번 했지만, 이하늘은 그때 캐나다에 머물고 있어서 회사를 찾아간 원식을 만나지 못했다.

반세기 전 결혼도 하지 않은 여학생이 배속에 아이를 담고 한국서 살기 창피하여 이모가 살고 있는 캐나다로 갔다. 태민의 아이를 키우며 토론토 대학에 다시 들어가 미술을 공부했다. 그녀의 미술작품이 캐나다뿐 아니라 미국에까지 알려지고 팔렸다.

미국 플로리다에 판화 프린트 공장을 세우고 아들이 '하늘티엠' 아트회사를 운영한다. 원화를 팔기 전에 295+30매의 판화를 찍어 미국 유럽 남미 중국 미술품 수입업자와 거래하고 있다.

'하늘티엠'이란 상호는 이하늘과 태민의 '하늘과 태민'을 붙여 지은 이름이다. 금년이 태민의 사망 50주기다.

이 하늘이 죽기 전에 아버지를 참배하기 위하여 아들과 한국에 온 것이었다. 그녀의 그림 특성도 설명해 주었다. 어떤 포인트 부분의 그림 형상 밑에는 그리스 로마 신화나 여러 나라의 신화에 나오는 이야기를 주제로 그린 그림을 그리고 그 위에 그림을 또 그린다. 때문에 누가 위작을 하더라도 쉽게 진본임을 판별할 수 있고, 판화도 밑그림을 알 수 있도록 제작하였다고 설명했다. 지금 가지고 있는 그림이 더 시간이 지나면 큰돈이 될 수 있을지도 모른다고 귀띔해 주었다.

"나는 며칠 전 미국서 죽은 지 25년이 되는 원식을 참배하고 돌아왔어요.

그 소식을 태민에게 전해 주려고 오늘 여기 왔는데, 이렇게 만나다니 뜻밖입니다. 반세기 전 태민이 여기 잠드는 날 우리는 슬픈 마음 서로 위로하고 헤어졌지요."

"그때 보고 오늘 다시 만났네요."

이하늘 화가는 이렇게 중얼거렸다.

"인생이 이런 거군요."

인디언 와이프

*

은수는 20년 전에 미국으로 떠난 누나를 만나기 위하여 부모님을 모시고 여행을 하게 되었다. 직장 들어가서 처음 받은 첫 월급은 부모님들과 누나 동생들의 속옷 선물로 몽땅 지출했다.

둘째 달부터 월급의 사용처를 세밀하게 포트폴리오하였다. 저축예금 중 3년 만기 정기적금을 찾아서 여행경비로 충당했다. 회사의 규정이 허용하는 최대한 길게 휴가를 받았다.

출발하는 날 부모님을 모시고 시간을 넉넉하게 남겨 놓고 공항버스에 올랐다. 시간이 모자라 허둥대기보다는 충분한 시간을 두고 기다리는 것이 훨씬 마음 편할 것이다. 공항버스가 달리는 동안 안개가 심하게 끼어 창밖 몇 미터도 분간하기 힘들었다. 곧 안개가 개이고 나면 더욱 화창하게 날씨가 변하게 될 조짐이라고 좋은 방향으로 생각하니 안개도 부드럽게 느껴졌다.

부모님을 모시고 멀리 여행할 궁리하느라 며칠 밤잠을 설쳐서 그런지 눈꺼풀도 머리도 무거웠다. 어릴 적에 헤어진 누나의 얼굴이 얼마나 변했는지, 살아가는 형편은 어떤지 궁금한 것이 한두 가지가 아니다.

누나가 한국으로 보내 온 편지 속에 사진도 넣어 보냈지만 하루하루 살아가는 현실과 편지 내용과는 상당히 다를 것이라는 추측도 했다. 공기와 물이 다르고 인종과 피부 색갈이 다른 낯선 곳이다. 누나는 환경에 잘 적응하여 살아가기를 마음 속으로 빌고 있을 뿐이다. 살다 보면 위험한 순간 고통스러운 일들을 당하여도 누나는 잘 이기고 슬기롭게 살아갈 것이라고 믿었다.

잡초들이 무성한 초원에서 아름답게 피어나는 민들레같이 잘 살 것이다. 누나가 최근에 보낸 편지에 남편 리안 굴라는 인디언 사회공동체의 발전을 위하여 열심히 일하고 있으며 지역사회에서 존경받는 사람이라고 적었다. 지역 원로들과 여러 기관이 합심하여 추진하는 기술대학 설립에 앞장서고 있기 때문에 밤낮 바쁘게 활동한다는 남편의 근황을 말하면서 자랑스러운 남편이라고 칭찬했다.

학교의 규모나 학과 교육과목과 진행과정 내용은 상세하게 밝히지는 않았지만 그곳에서는 이 학교에 큰 희망을 걸고 있다고 적었다. 매형 리안 굴라가 새로 설립하는 기술대학의 초대 학장에 선출될 것이 거의 확실하여 집안에 경사가 일어날 것이라고 했다.

편지할 때마다 좋은 소식은 알려왔지만 그동안 미국서 살아가면서 겪은 역경과 고통에 대하여는 한 번도 말하지 않았다. 당연히 크게 걱정 없이 잘 살 것이라 짐작했다. 여행 출발하는 날 아침에 은수는 안방으로 건너가서 아버지 어머니 지난밤에 잠 잘 주무셨는지 인사드렸다.

"아버지 어머니 편히 주무셨지요?"

"그래, 그럭저럭 잤다."

대답은 그렇게 하셨지만 아버지의 눈이 대꾼한 것은 지난밤을 설쳤다는 표시다. 20년이나 보지 못한 딸을 만나러 간다.

*

미국 여행이 정해진 후 부모님들의 마음은 기쁨과 설렘으로 가득한 나날을 보냈다. 출발하기 며칠 전부터 이것저것 준비하고 막상 밤잠을 설친 탓에 초췌한 눈빛에 눈가 주름이 더욱 두꺼워진 것 같아 보였다. 소규모 자영업으로 하루하루 고단하게 살아가는 형과 넉넉지 않은 누나들이 부모님을 챙겼다.

기력을 키워야 힘든 여행을 할 수 있다며 시골 개울에서 잡은 미꾸라지를 구해와 추어탕을 끓여드리고, 홍삼엑기스를 사와서 부지런히 드시도록 권했다. 평소는 먹기 힘든 건강식품들이다.

형과 누나들이 부모님 모시고 여행 잘 하도록 단단히 정신 차리고 잘하라면서 거듭 당부했다. 출발하기 전날 집에 모두 모여 저녁을 먹고 큰누나에게 줄 마른 인삼, 미역, 양말 등을 내놓고 작은 성의라도 전해주고 동생들이 보고 싶다는 말 꼭 전해라며 당부했다. 형제들 모두 편지 한 통씩 준비했다.

출발하는 날 아침 일찍 집을 나와 공항에 도착하여 3시간을 기다리는 동안 아버지는 화장실을 몇 번이나 다녀왔다. 나이 먹은 처지에 비행기에서 화장실 왔다 갔다 하면 남의 눈치 보인다. 그런 일 없도록 미리 대비해야 된다고 어머니도 미리미리 준비하라면서 화장실 앞까지 같이 가셨다.

전광판에 스케줄대로 비행기는 출발한다는 사인 나왔다. 30여 분 후 탑승한 비행기가 활주로를 타고 올라 하늘 높이 올랐다. 아버지가 의자 팔걸이 위의 어머니 손을 꼭 잡고 온 몸이 긴장되어 보였다. 두 분이 큰 국제선여객기를 타보기는 처음이다.

*

은수는 눈을 감고 어릴 적 누나를 생각한다. 은수 형제는 5남매다. 미국 간 미진 누나가 제일 위고 은수는 다섯 번째다. 누나가 고3 때 은수는 초등학교 일학년이었다. 누나가 열두 살이 많다. 엄마가 시장에 나가고 누나가 학교서 돌아오면 밑의 동생들을 돌봐 주느라 자기 몸은 돌볼 틈도 없었다. 누나 밑의 형과 그 아래 누나 둘 막내둥이 4명의 동생들을 엄마처럼 돌봐 준 듬직한 누나다. 은수의 큰누나는 고등학교 적부터 미국이라는 나라에 대하여 동경심이 많았다. 마천루가 치솟은 뉴욕이나 시카고의 신문 사진을 보면 스크랩하여 보관하였다.

미국 유학 갈만큼 학교 성적이 좋지도, 집안이 넉넉하지도 못했다. 남들처럼 이민 간 친척이 있어 초청을 받을 처지도 되지 못했다. 누나의 미국 가고 싶은 희망은 가슴 속에서 호박처럼 무럭무럭 자라고 커지기만 했다. 어떤 모험을 감행할 기회가 생기기를 희망했다. 고등학교 졸업 후 대학에 가서 꼭 공부하고 싶은 분야도 특별히 없었다. 대학 가기는 집안 형편도 버거웠다.

아래 형제들을 생각하여 열심히 돈을 벌기로 작정했다. 집에서 멀지 않은 신변장신구 회사에 취직했다.

*

금과 은으로 도금하기 전의 플라스틱 귀걸이 목걸이를 메뚜기를 잡아 줄에 꿰듯이 철사 줄에 꿰어 도금공장에 보낸다. 브로치, 이어링, 목걸이 펜던트 같은 장식품의 스텐이나 동판 위에 엠보싱 작업도 한다. 누나는 민들레 펜던트와 브로치에 엠보싱을 잘 했다. 너무 잘 만든다고 칭찬받았다.

"미진 씨는 어째 그래 솜씨가 좋나, 노랑 민들레를 어떻게 그렇게 예쁘게 만들어 내는지 놀랍다."

같이 일하는 중년의 알바 아주머니들이 칭찬했다. 알바 아주머니 중에는 어릴 적에 소아마비로 다리 불구가 된 분이 있었다. 목발로 생활을 한다. 미진은 이 아주머니에게 커피도 타 드리고 물건도 들어 주면서 도와주었다. 서로 다정하게 지내는 직장 선후배다. 미자가 엠보싱으로 만든 민들레 펜던트를 볼 때마다 칭찬했다. 옆에서 일하는 2살 위의 선배도 거들었다. 손재주가 뛰어난 미진은 앞으로 민들레 잘 만들어 성공하겠다고 부러워했다.

누나가 만든 장신구는 눈에 띄게 돋보였다. 사장도 점차 미진이 만든 제품은 손색이 없다면서 칭찬했다. 회사 입사 초기에는 이런 장신구 만드는 일과 포장하는 일을 했다. 여자들이 가장 좋아하는 보석은 당연히 다이아몬드, 에메랄드, 비치, 홍옥 등이다. 신변장신구로 쓰이는 귀석(貴石)은 300종류가 넘는다는 사실을 알게 되었고, 여자들이 몸을 치장하는데 이 돌들이 깨어지고 문질려지고 변하여 아름다운 장신구가 된다.

보석의 신기함과 장식예술품 아르누보로 비싼 물건으로 변신한다. 귀석들의 변신 모양은 신기하기만 했다. 미진이는 신변장신구 일이 흥미가 있었다.

*

미진은 세공기술자들이 귀석을 이리저리 돌리며 가공하고 진주를 다듬는 일을 볼 때마다 신기하기도 했다. 쌩쌩거리며 rpm 높은 그라인딩 기계 돌아가는 소리에 발이 저절로 리듬을 따라 움직이는 기분을 느꼈다.

아프리카, 남미, 서남아 국가에서 수입하는 자수정 원석 중에서 품질이 좋은 돌은 외부 전문 가공업자에게 맡겨 세공하여 사장이 백화점 귀금속 상가의 단골들과 직접 거래했다. 이렇게 거래되는 돈은 경리장부에 기록하지 않고 사장의 주머니로 들어간다. 사장은 주로 원석을 찾아 아프리카, 브라질, 파키스탄으로 출장을 다녔다. 고등학교만 나왔어도 수출역군으로 자부하고 독학으로 일어와 스페인어를 구사했다.

사장은 집안의 장남이다. 동생들 공부도 도와주었다. 수출 물량이 밀릴 때는 공대 재학 중인 사장의 동생이 아르바이트로 일하기 위해 회사에 간혹 왔다. 여름방학 동안은 매일 회사에 나와서 일을 했다. 여름부터 크리스마스 때 쓸 물건이 해외로부터 주문 물량이 많았다.

*

회사에서 매일 보는 사장 동생 공대학생이 누나를 사랑하게 되었고 누나도 그 학생을 좋아했다. 공장에서 만드는 신제품 이어링 목걸이와 팔지를 목과 팔에 걸고 공대학생과 데이트도 했다. 신변장신구는 몸에 붙어서 제품의 선전효과도 가지고 올 수 있었다.

"아 그 켓츠 아이 목걸이 딱 어울리는데, 보기 좋아."

학생이 칭찬했다.

"디자인 팀장님이 사용해 보라고 했어요, 고양이눈이 빤짝이지요?"

"우리 공장의 자수정, 토로마이트, 켓츠아이 가공기술과 동판과 스테인레스로 만든 프레임 엠보싱 가공품은 우리회사가 최고지."

학생은 자기 형의 공장에 프라이드를 가지고 있었다. 두 사람은 성수동 사거리 돌체 스위트 카페에서 자주 만났다. 학생은 건강한 혈색에 체격도 보기 좋았다. 학생은 열대식물 모링거 티와 셀레늄 아이스크림을 좋아했다. 의학이 발전하여 사람이 죽지 않고 영원히 살 수 있는 영생이 가능한 날이 올 때 까지 건강식품을 먹고 준비해야 된다는 지론을 학생은 간혹 가다가 설파했다. 매일 먹는 알약도 수십 가지가 넘는다. 장황하게 설명하는 학생은 마치 생명과학 공부하는 사람같이 박식했다.

그 자신 스스로 장수를 바란다. 건강과 미래 과학뿐 아니라 여러 방면에 열정과 관심이 많다. 좋은 대학 다니는 머리 좋은 학생이다. 누나는 애인에 대하여 칭찬한 적이 있다. 떨어질 수 없이 서로 사랑이 깊어 갔다. 누나의 애인은 대학 2학년을 마치고 휴학계를 냈다. 군대에 입대하기 위해서다. 원래는 일학년 마치고 군에 갈 생각을 했는데, 새로 들어온 신입생 누나에게 반하여 2학년 한 학년 더 공부하고 입대했다.

누나는 일요일마다 아침부터 부산하게 준비하고 서부전선으로 버스를 타고 애인 면회를 갔다. 은수도 전방에서 근무할 적에 경험해 봐서 잘 알지만, 매년 봄이 되면 전방 부대는 춘계훈련이 시작된다. 전방 부대의 훈련은 휴전선 남방 한계선 철책작업과 진지 보수하는 일이다. 그 학생은 2월 초에 입대하여 4월에 훈련이 시작되는 작업장에 투입되었다.

초년병으로 힘든 고지 작업을 마치고 임시숙소 텐트가 처진 개활지로 돌아오다가 경사진 길에 후닥닥 미끄러져 몇 미터 옆으로 넘어졌다. 거기에 그만 오랜 세월 숨어 있던 대인지뢰가 광하고 터졌다. 그 자리에서 몸이 하늘로 튀어 올랐다. 앞뒤 동료들도 몇 명의 팔다리에 파편이 박혀 피가 흐르는 부상자들을 다른 동료들이 메고 내려와 달려온 구급차에 실어 병원으로 후송했다.

누나의 애인은 불행하게도 영원히 의식을 회복하지 못하고 전사했다. 국방부를 통해 신문에 발표된 전방 부대의 사고 기사내용을 본다.

누나는 애인이 전방 근무 중에 지뢰를 밟고 전사하게 되어 얼마나 슬프고 의욕을 상실했는지 며칠간 밥도 먹지 못했다.

*

부모들과 우리 형제들은 누나가 연애하는 남자가 있다는 사실은 알고 있었다. 제대하면 정식으로 부모들에게 인사 오기로 했다고 누나는 말했다.

애인을 저 세상에 보내고 의욕을 상실하고 슬픈 가슴으로 날을 보내는 누나를 이해하였지만 어린 은수로서는 어떤 위로의 말도 할 줄 몰랐다. 누나 회사의 사장 집도 군에서 지뢰 밟고 죽은 아들 때문에 눈물바다로 변하였고 그의 어머니는 실신하여 병원으로 실려 갔다. 누나는 육군병원 영안실을 매일 찾아갔다. 장례식 날 국군묘지까지 따라가서 관이 땅 속으로 내려가는 광경을 보고 끝없이 눈물을 흘렸다. 눈이 붉게 충혈되고 며칠 잠도 자지 못하고 슬퍼하는 누나를 지켜보는 어린 은수도 정말 비참했다.

누나의 성격으로 보아 죽은 애인에게 사랑을 구걸하거나 헤프게 사랑을 조르지 않았을 것이다. 누나는 책을 많이 읽어서 연애, 사랑, 인간의 심리작용에 대하여 상당히 깊은 지식을 가지고 있다. 인간의 본성은 사랑을 조르지 않는 사람에게 가장 쉽게 사랑을 베풀도록 되어 있다는 사실을 간파하고 겉으로는 냉정하게 보여주었지만 마음속으로는 그를 진심으로 사랑했다.

*

누나의 애인이 죽고 몇 주 지난 어느 날 친하게 지내는 여고 동창 정아가 위로하고 슬픈 마음을 조금이라도 달래주기 위해 점심 초대를 했다.

일요일 동창친구를 만나 카레와 떡볶이를 한참 만에 맛있게 먹고 영화구경도 했다. '늑대와 춤을' 관람했다. 기분이 전환되었다. 친구에게 고맙다고 인사하고 헤어질 때 정아의 오빠가 스테이크를 사준다는데 같이 가자고 했다. 용산 미군부대에 다니는 오빠다.

미진은 토요일 친구의 오빠를 만나 미군부대 식당에 가기로 했다. 미국을 동경하고 가보고 싶은 희망이 있는 누나는 미군부대 식당에 가자는 정아의 제의를 주저 없이 받아들였다. 미군부대 군속으로 근무하는 친구의 오빠와 미군부대 식당에 가게 된다는 것에 마음이 들떴다. 하얀 식탁보 위에 나이프 포크, 숟가락이 세팅된 서양식 식당에 가서 양식을 먹는 상상을 하니 기분이 좋아서 전날은 잠도 설쳤다.

약속한 날 회사를 조퇴하고 친구와 만나 버스를 타고 미군부대로 갔다. 정성들여 다리미질한 치마가 구겨지지 않도록 조심했다. 친구 오빠의 안내를 받아 미군들이 먹는 식당으로 갔다.

오렌지 주스도 마시고 이름도 그 유명한 자메이카 블루 마운틴 원두커피도 맛보았다. 푸짐한 티본스테이크를 맛있게 먹고 기분이 좋았다. 말만 들었지 정식으로 양식을 먹어본 건 처음이었다. 식사가 끝나고 친구와 대화를 하면서 출입문 방향으로 걸어 나왔다.

*

미처 앞을 잘 보지 않고 걸어 나오다가 마침 문안으로 들어오는 미군의 발을 밟았다.

"죄송합니다. 죄송합니다."

어쩔 줄 모르면서 미안하여 어께에 메고 있는 프라이 백에서 손수건을 꺼내어 구두를 문질러 주었다.

"아, 괜찮아요, 이러지 마세 요, 감사해요."

영어로 몇 마디 하는 말은 거의 알아듣지 못했다. 뒤따라오던 친구 오빠가 미군의 말을 통역해 주었다. 이처럼 착한 아가씨를 세상에서 처음 본다면서, 다음에 한번 오면 식사를 대접하고 싶다고 제의한다고 말했다.

친구 오빠와 그 미군이 악수를 하고 몇 마디 주고받고 이름과 전화를 친구 오빠에게 알려주었다.

"이 미군이 다음에 한번 식사를 초대하고 싶다는데, 어때?"

"아, 또 와서 맛있는 스테이크 먹지 뭐. 오빠."

친구가 호호 웃으며 대신 대답했다.

"고맙습니다."

미진은 미군을 쳐다보면서 눈인사를 했다.

*

몇 주 후 정아 오빠의 주선으로 친구와 미군부대에 가서 구두를 밟은 그 미군이 사주는 티본스테이크를 얻어먹었다. 뼈가 T자 모양에 살이 두툼하게 붙은 스테이크는 말만 들었지 이렇게 두 번씩이나 먹게 될 줄은 전혀 꿈도 꾸지 않았다. 군인이 그가 좋아하는 예멘 모카커피를 마셔보라고 권했다. 커피 맛을 깊이 모르지만 세계3대 커피라는 말을 들으니 약간 다르다는 맛이었다.

실수로 군인의 발을 밟고 급히 손수건으로 닦아준 순간이 미군 리안 굴라와 인연이 되었다. 그 후 몇 번 부대에서 식사를 했다.

어느 날 군인이 좋은 사이가 되자고 요청했다. 그리하여 누나는 자주 만나는 사이가 되었다. 미국 군인 리안 굴라와 사귀면서 누나는 영어 회화공부도 열심히 했다.

미군은 백인이 아니고 갈색으로 잘 익은 피부색이었다. 키는 170정도 적당하고 몸집도 적당하게 아담했다. 솔직하게 말해 누나는 세상에서 스스로 가장 미인인지 모르지만 남자들이 혹할 만큼 얼굴이 잘생긴 미인은 아니다. 요즘 여자들 크기보다 약간 작은 체구에 머리숱은 검은 편이다. 웃을 때는 보조개가 들어갔다. 금방 확 반할 타입은 아니라도 찬찬히 뜯어보면 나름대로 매력 있는 누나다.

미군과 만나면서 현재와 마래를 대화했다. 서로 몸을 밀착시키고 애무하는 입을 맞추는 사이가 되었다. 리안 굴라가 제대하면 미국 따라 가서 결혼도 하기로 약속했다.

리안 굴라가 한국 근무를 마치고 본국으로 돌아갈 때 누나는 부모형제와 이별을 몹시 걱정했다. 여자는 언제인가는 남자를 따라 부모 곁을 떠나야 된다는 것을 알면서도 그랬다.

"엄마 아빠 건강하세요. 자주 오겠습니다."

흐르는 눈물을 두 손으로 훔치고 남동생들과 껴안고 잘 있으라는 말도 남겼다. 오직 리안 굴라만 태산같이 믿고 그를 따라 미국으로 갔다. 누나가 미국 들어갈 때 은수는 초등학교 저학년 철부지였다. 누나가 미국 가서 구경하고 금방 오는 줄 알았다.

은수가 중고등학교 대학을 다닐 때 친구들에게 누나가 미국에 산다는 이야기를 한 번도 한 적이 없다. 양공주로 미군 따라 미국으로 간 누나가 자랑스럽지 않았다. 한국의 여성들은 중국 청나라 때는 청군을 위하여 끌려갔다가 돌아와 환향녀, 가시네(갓 쓴 아)으로 불려지고, 일본군을 위한 성노예 위안부, 한국전쟁과 휴전 후 미국 군인과 국제 결혼한 사람을 양공주라 부르며 은근히 손가락질을 했다.

보리죽도 먹기 힘든 시대에 생활방편으로 몸을 팔았거나 강제 동원되었거나 정식국제결혼 했거나 제각각 상황이 다를 것이다. 일반 사람들은 이런 여자들을 싸잡아 색안경을 쓰고 보기 때문에 누나를 남에게 말하지 않는 자신을 알게 되었다. 은수가 좋은 대학을 졸업하고 군복무 마치고 직장에 들어갔다. 동생이 은행에 들어간 사실을 알고 누나는 미국 한번 오라는 편지를 몇 번 보냈다. 집안 사정이 남들처럼 비행기 타고 가기가 쉽지 않았다.

"다른 사람들은 자주 귀국도 하고 가는데 무슨 사연이 있어서 한 번도 나오지 못하는지, 아이고."

은수 아버지는 한숨을 쉬는 날이 많아졌다.

"누나도 그럴 만한 사연이 있겠지요 뭐."

자식들이 위로했다. 같이 살고 있는 자식들이 부모를 위로하지만, 옆에 있는 딸 자식들보다 멀리 가버린 딸이 항상 보고 싶은 것이 부모의 심정이다. 누나도 한번 올 기회를 만들어 보겠다고 말은 하지만 지금껏 한 번도 나오지 않았다. 그러다가 어느 때부터 몇 년간 연락도 없었다. 죽었는지 살아 있는지 생사조차 모르고 지냈다. 국제전화를 해도 받지 않았다.

부모님은 걱정이 이만저만이 아니었다. 은수가 한번 가서 보고 오라고 했다. 직장에 매인 몸이라 가기가 쉽지 않았다. 이번에 큰마음 먹고 부모님 모시고 미국행 비행기를 타게 되었다. 온갖 불안감을 뒤로하고 용감한 행차였다. 두 분 나이 칠십이 지났고 아버지는 고혈압과 당뇨 등 아픈 곳이 많다. 여행이 무리가 아닌지 걱정되었다. 여행하는 동안 무사하기를 빈다는 아들 딸들의 말을 가슴에 새기고 부모님들은 여행길에 오르게 되었다.

*

인천에서 오후 12시에 출발한 말레이시아 항공기가 태국 방콕에 내렸다. 중간에 환승하는 조건의 비행기다. 5시간 기다리고 델타항공기로 환승했다.

장장 17시간을 날아 미국 로스안젤리스(Los angels, LAX) 공항에 현지시간 아침에 도착했다. 입국하는 창구에는 한국 사람들이 절반은 넘었다.

공항에 마중나온 누나와 리안 굴라를 만나 인사했다. 원피스를 입은 누나는 어릴 때 본 누나였나 어리둥절할 정도로 많이 변했다. 누나는 얼굴색이 빛나는 갈색으로 변한 40대 중반의 건강한 여자로 보였다. 몸 전체 볼륨도 크게 변했다.

얼굴 모습과 피부색과 머리 스타일이 너무 변해서 지나가다가 옆을 스쳐도 잘 알아보지 못할 만큼 달라졌다. 귀에는 민들레 모양의 노란빛 이어링이 보기 좋게 달려 있었다. 금 목걸이의 펜던트는 아리조나주의 상징 동전모양이다. 이곳에 많은 나무화석을 잘라내어 세공한 장신구다. 은수는 귀금속 감정사 학원에서 공부한 적이 있다. 남녀 할 것 없이 몸에 치장하는 장신구를 보면 금방 알아낸다. 그 사람의 취향과 인품까지도 판단하는 능력이 있었다.

누나는 아버지와 어머니를 얼싸안고 눈물을 흘렸다.

"엄마, 아빠 오신다고 얼마나 고생했어요"?

"오냐, 그래, 이것아 얼마나 고생 많았냐."

"안녕하세요, 오시는데 얼마나 고생하셨습니까?"

신사복 차림의 리안 굴라가 부모님께 또박또박 한국말로 인사했다. 한국에서 은수가 어릴 적에 몇 번 매형을 보았다. 강산도 변한다는 세월 동안 몰라보게 변한 얼굴이다. 인사를 하는 엄마는 눈물을 연신 찍어 내었다. 딸에게 주려고 만든 김부각, 미역, 마늘 피컬을 가득 넣어 무거운 가방을 끌고 주차장으로 이동했다.

리안 굴라가 운전하는 한국산 카니발로 로스엔젤리스 시내로 들어갔다. 누나가 지나가면서 차창 밖으로 보이는 건물들과 거리 여기저기를 설명했다.

한인 타운이라는데 한글 간판이 눈에 들어왔다. 은수가 재직하고 있는 은행의 엘에이 지점 간판이 눈에 들어왔다. 시간나면 한번 방문해야지 혼자 생각했다. 한국 식당에서 갈비탕으로 아침을 먹었다. 비행기에서 제공하는 기내식이 입에 맞지 않아 식사를 제대로 못한 부모님이 갈비탕을 맛있게 먹고 기운을 차렸다. 갈비탕은 소문대로 맛있었다. 미리 예약해 놓은 게스트 하우스에 들어가 짐을 풀고 하루 밤 머물기로 했다. 샤워도 하고 잠깐 쉬었다가 시내를 둘러보았다. 한글 간판이 즐비하게 붙은 한인 타운을 둘러보고 유니버설 스튜디오와 할리우드 영화인의 거리에 새겨진 유명배우들의 손자국 마크도 보았다.

신문과 TV에서 여러 번 본 거리에 운집한 사람들을 보니 미국에 온 기분이 들었다. 유니버설스튜디오에 들어가 여기저기 걷고 커피숍에 들어가 차도 마시면서 미국의 첫날 낯선 거리를 즐겼다.

미국영화의 촬영 세트와 명배우들의 실감나는 장면들을 관람하느라 하루가 금방 지나갔다. 저녁에는 한인 타운 불고기 집에서 갈비를 먹었다. 한국에서도 간혹 먹어 본 고기지만 현지의 고기는 질이 좋고 양도 많게 느껴졌다.

*

다음날 엘에이를 출발하여 소도시 프레스노(Fresno)를 거처 애리조나 주 고산지역에 위치한 집으로 간다고 누나가 말했다. 누나가 처음 미국 가서 보내온 편지 주소는 애리조나 주 어디였다. 몇 년 동안 편지도 없다가 다시 애리조나 주의 주소로 편지가 오고 갔다.

다음날 아침 해장국을 먹고 8시에 출발하여 오렌지 과수원 키위나무들이 끝없는 들판과 초원을 지나 12시 가까워 프레스노에 도착했다. 한국인이 운영하는 식당에서 점심을 먹고 잠깐 휴식했다.

이번에는 누나가 차를 운전하여 다시 달리기 시작했다. 끝없이 넓은 알 몬드 과수원과 푸른 초원에서 풀을 뜯는 말과 소들이 눈에 들어왔다. 푸른 초원이 끝없이 넓은 땅, 축복받은 나라라 생각하면서 우리나라와 비교가 되어 부럽기도 했다.

이 나라는 지구상에 이렇게 넓은 초원과 농사지을 땅이 있고, 우리나라같이 좁은 땅에 그것도 70 퍼센트는 산악으로 이루어진 지역에서 살아가는 자연의 묘한 불균형과 조화는 창조주의 산물인지 자연현상인지 경탄스럽기만했다.

광활한 평지의 땅과 산맥과 강의 자연의 현상에 압도된다. 사막을 몇 시간 달려 애리조나 주 북동부 1,800미터 고산지대 '나바호 인디언 보호구역'으로 들어갔다.

부모님들과 은수는 왜 이렇게 산악으로 들어가는지 의아했다. 로스안젤리스나 뉴욕 같은 대도시는 아니라도 소도시거나 평지의 농촌인 줄 짐작했다. 예상과는 전혀 달랐다. 보호구역의 비포장도로와 지저분한 거리와 주택 풍경은 삶이 몹시 열악하다고 짐작 되었다.

리안 굴라와 누나가 몇 시간마다 교대로 운전했다. 누나는 차가 달리는 동안 차창 밖으로 보이는 풍경도 설명하고 또 지나온 이런저런 생활경험담을 들려주었다. 인디언 보호구역에서 살아가는 인디언 후손인 리안 굴라와 부부간으로 아이들 키우고 사회봉사활동을 열심히 하며 살아가는 누나의 일상을 이야기했다.

아메리칸 인디언 의회 간부로 일하는 리안 굴라는 인디언 중에서 대학을 나온 지식인으로 나바호 인디언 사회의 지도자다. 며칠 후 나바호 내이션 청사 가까운 다운타운에 설립하는 기술대학 학장으로 취임하게 된 사실도 설명했다.

학장선임에 경쟁자가 누나의 과거 범죄 사실을 들추어내어 심각하게 시비와 반론도 일어났다. 누나의 범죄 기록은 리안 굴라와 별개의 문제로 학장 추대위원회가 이해했다. 최종적으로 리안 굴라가 선택되어 경사가 나서 요즘 집안 분위기가 업되어 있다면서 웃었다.

*

누나는 20여 년 전으로 기억을 되돌려보았다. 미군 리안 굴라를 따라 미국으로 갈 적에는 소도시거나 넓은 땅에 사는 미국의 농촌마을을 상상했다.

제대한 리안 굴라를 따라와 보니 나바호 인디언 보호구역의 아메리칸 인디언이라는 사실을 알았다. 누나는 몹시 놀라고 실망했다. 처음 인디언 보호구역에 들어와서 부모들이 살아가는 실정과 사회 환경을 보고 잘못 온 것 아닌지 무척 후회했다. 울며불며 리안 굴라를 원망했다.

전기는 해질 무렵부터 해 뜰 때까지만 들어왔다. 수돗물은 잘 나왔으나 비가 올 때는 벌건 황토물이 나왔다. 도로는 비가 오면 진흙탕이 되었다. 걸어다니기가 여간 불편하지 않았다. 무척 동경 해온 신세계는 허무하게 사라지고 반대로 고달프고 힘든 삶이 될 것 같았다. 후회와 슬픔이 온몸을 감싸왔다.

"여기서 도저히 못살겠다. 어디 다른 도시나 시골마을에 나가서 살자."

누나는 리안 굴라에게 하소연했다. 그러나,

"부모들이 살고, 농사지을 땅이 있고, 나는 우리 아메리카 원주민을 위하여 여기서 앞으로 할 일이 많다."

리안 굴라의 변함없는 대답이었다.

"왜 오기 전에 이런 곳이라고 말하지 않았나?"

"나는 당신을 사랑하는데, 어디 가든 무슨 상관이냐, 도시나 시골이나 인디언 보호구역이 무슨 상관이야. 제일 중요한 우리의 사랑이 있으면 천국이지. 다른 곳으로 못 간다."

남자의 주장이 강했다. 생활기반이 만들어지고 좋아질 것이다. 참으면서 살자 설득했다. 오기 전에 미국의 나바호 인디언 보호구역의 자기 집 상황을 상세하게 먼저 설명하지 않은 점은 미안했다. 설득하는 리안 굴라와 싸우고 갈등했다.

누나도 날마다 보채는 여자로 살 수는 없었다. 며칠 지나면서 곰곰 생각했다. 리안 굴라의 말은 하나도 틀리지 않았다.

한국에서 액세서리 회사에 다니면서 동생들 돌봐주고 좋은 사람 만나 결혼할 걸 미국에 잘못 왔다고 몹시 후회도 했다. 그러나 시간이 지나면서 리안 굴라의 말을 차츰 수긍하고 받아들이게 되었다. 아메리카 인디언들은 부모들의 뒤를 따르고 조상을 섬기는 풍습이 한국과 비슷했다.

*

인종적으로 신생아들에게 소아 반, 몽고반점(小兒班, 蒙古班)이 있는 우리나라와 같다. 누나는 닥친 현실을 숙명으로 받아들이기 위해서 최선을 다했다. 아메리카 인디언에 대하여 호기심을 갖고 적극적으로 인디언 전통과 문화를 부지런히 배웠다.

첫째 아들 낳고 둘째 아이 임신 3개월이 되었을 적에 이웃 동네의 소규모 인디언 박물관에 구경갔다. 돌아오는 길에 다른 동네 젊은 인디언에게 납치되었다. 눈 가리고 프레스노에 끌려가서 몇 개월 동안 감금되어 살았다. 납치범들이 한 달 동안은 집 밖 슈퍼마켓 출입도 못하게 하고 겨우 집 앞 골목 편의점만 다니게 허락했다.

이놈들이 시장에 물건 사러갈 때는 문 밖에서 열쇠로 잠겨버리고 나갔다. 프레스노는 미국 켈리포니아주에서 5번째 큰 도시로 환경은 나바호 보호구역보다 훨씬 좋았다. 납치범들도 미진을 여자로 대하고 점차 친절하게 신경을 써 주었다.

멀리 나가지 못하게 막는 일 외에는 자유롭게 마을을 나다니게 허용했다. 산골짜기 살기 힘든 동네의 남편과 아이들 모두 포기하고 납치해온 남자와 여기서 살아볼까 하는 엉뚱한 생각도 일순간 했다. 아니 절대 그럴 수는 없지, 한국 여자로서, 남편과 자식을 버리다니 천벌을 받을 짓이라 자책했다.

남편과 자식이 있는 나바호로 돌아가야 된다는 마음으로 도망칠 기회를 노렸다. 여자를 납치해온 악마 닮은 인간이라도 여자의 애교에는 넘어가는 것이 남자들의 본능이다. 남자를 잘 다독거려 마음을 바꾸기로 했다.

이곳에서 도망칠 방법을 찾기 위해서 우선 밖에 출입이 허락되도록 노력했다. 납치범을 살살 달래기 시작했다. 밖에 나가서 피자 먹자, 커피 마시자 마음과 모든 것을 주면서 납치범을 안심시켰다. 밖에 같이 나가는 일이 차츰 허락되었다. 시장 슈퍼도 다니고 교회 모임에도 참석하고 커피숍에도 나갔다.

그곳에는 한국에서 미군을 따라 들어와 정착한 한국 여성들이 몇 명 살고 있었다. 교회, 시장, 커피 집에서 알게 된 사람들 중에 믿을만한 사람에게 사정을 조심스럽게 이야기했다.

남편과 자식이 있는 나바호 인디언 보호구역 집으로 돌아가도록 도움을 요청했다. 미진의 이야기를 들은 건강하고 동정심이 강한 오십 중반의 교회집사가, 그 나쁜 놈을 쳐 죽여야지, 걱정하지 말고 기회 봐서 자기 집으로 도망쳐 나오라며 위치를 자세히 일러주었다.

외모로 보기에는 약간 거칠게 보였으나 가슴은 따뜻하고 동정심이 많은 그녀와 두서너 번 만났다. 도망칠 시기와 준비할 것 등 참고될 이야기를 들었다.

미진을 납치한 놈은 멀리 나가도 대신 감시하고 지킬 놈을 몰래 숨겨두고 감시했다. 신중하게 행동해야 된다고 충고했다. 죽느냐 사느냐가 문제다. 그녀는 20년 넘게 이곳에 살아서 도시의 모습과 돌아가는 소식을 잘 알고 있었다. 프레스노에는 한국을 비롯하여 아시아 아프리카 유럽 나라에서 유학 와서 어학 공부하는 학생들이 있었다. 어느 도시보다 많은 어학프로그램 학원이 운영되고 있다. 한국에서 유학 온 학생이 공부는 열심히 하지 않고 나쁜 친구들과 어울려 다니며 술 마시고 마약하고 엇길로 가는 학생이 있었다. 유학간 아들을 찾아온 부모가 방탕하게 지내는 한심한 자식을 심하게 나무랐다.

"야, 이놈아 당장 짐 싸라 한국 들어가자."

"나 안 돌아가요. 지금처럼 돈이나 보내 주세요."

한국서 공부 못하고 엇길로 가지 말기를 바라고 이곳에 유학 보낸 부모는 억장이 무너졌다. 나쁜 친구들과 어울려 술이나 마시는 저놈을 어찌할꼬. 부모들은 깊은 한숨을 쉬었다.

신문에 그 학생 옆방 학생의 신문기자와의 인터뷰 기사가 실렸다. 유학생은 부모들과 갈등하고, 부모가 한국으로 돌아간 후 뒤따라 한국 집으로 갔다. 부모를 칼로 찔러 죽이고 흔적을 지우겠다고 집에 불을 질렀다. 패륜적인 부모살인 사건을 일으킨 조기 유학생 박국상의 패륜사건은 한국에서도 크게 보도 되었다.

그 학생이 살았던 집 근처에 교회 집사의 집이 있었다. 부모 살인 사건의 장본인이 살았다는 이유 때문에 그 근처의 하숙집 값이 떨어지고, 학생들이 이사 오기를 기피하는 동네가 되었다. 그 동네에 급매로 나온 좋은 집을 싸게 구입했다. 저렴하게 좋은 집 사서 잘 살고 있는 부부다. 육군 중사 계급으로 한국 근무와 베트남에 근무하고 제대한 남편 자랑도 했다.

*

어느 날 납치범이 차를 몰고 멀리 나간 사실을 알았다. 도망갈 기회가 왔다고 생각하니 몹시 긴장했다. 지켜보는 납치범 친구가 잠깐 화장실에 간 사이 문을 소리 나지 않게 밀치고 신발은 들고 살금살금 화장실을 살피면서 집을 빠져나왔다.

교회 집사님이 사는 한국 여자 집으로 달려갔다. 도망 나온 미진을 위로하고 긴장을 풀도록 허브차를 끓여 먹이고 다독여 주었다. 하룻밤을 그녀의 집에서 보냈다. 남편과 아이들을 곧 만나게 될 것이라 생각하니 마음이 들 떠 거의 잠을 이루지 못하다가 새벽녘에 깊은 잠이 들었다.

아침 먹으라고 깨우는 바람에 겨우 눈을 비비고 일어났다. 집사님이 준비한 아침, 호밀 빵, 우유, 치즈, 망고와 케일믹서, 계란을 입맛이 없어도 억지로 든든히 먹었다. 그녀의 백인 남편이 지프차를 운전하여 빨간 빛 모래사막을 지나고 포도밭과 딸기밭을 지났다. 어침 8시에 출발하여 계속 달렸다.

나바호로 돌아올 때까지 혹시 그놈들이 뒤를 따라오지 않을까 조마조마하며 죽느냐 사느냐 모험을 감행하면서 마음을 조였다. 용기 있는 집사님의 부부다. 목숨을 건져준 은혜를 어떻게 갚아야 할지 모르겠다고 감사했다.

*

나바호에서는 누나가 사라진 후 리안 굴라는 3개월 동안 가능한 수단을 동원하여 찾았다. 만약 한국으로 돌아갔으면 그나마 위험은 없겠지만 불량배들에게 납치되었다면 이 일을 어찌하나, 집안은 걱정이 태산 같았다.

워낙 넓은 땅이고 남녀 만남의 관계가 변덕이 심하여 한번 사라지면 스스로 찾아오지 않는 한 찾기가 거의 불가능하다. 경찰에 신고하고 실종신고와 사람 찾는 광고도 몇 번 냈다. 리안 굴라는 살아 돌아온 누나 이야기를 듣고 납치범을 당장 찾아가서 쏘아 죽이겠다고 분을 참지 못하고 펄펄 뛰었다. 그러면서 일단 멀리 가지 않았고 죽지 않고 이렇게 다시 돌아와서 얼마나 다행인지 모른다는 안도의 숨을 쉬었다.

누나를 위로하고 위험을 감내하고 먼 길 이곳까지 데리고 온 고마운 사람들에게 진심으로 감사 인사를 했다. 몇 번이고 머리를 조아렸다. 한국 여자 부부는 나바호 인디언 보호구역 누나 집에서 하룻밤 묵고 자기 집으로 돌아갔다. 몸도 그렇게 건강하지 않은 남편이 장시간 운전하면서 고생했다. 얼마나 고마운지 어떻게 감사를 표현할지 몰랐다. 다음날 잘 도착했는지 전화를 했다. 집사님의 여동생이 전화를 받았다. 언니는 안 계시는지 묻는 말에 병원에 갔다고 했다.

"아니, 어디가 아파서 병원에 갔나요?"

"어제 밤에 복면강도가 집에 들어왔어요. 긴장되어 떨리는 목소리였다. 언니와 형부를 줄로 묶고 입을 테이프로 틀어막고 집안에 있는 돈과 귀중품을 몽땅 가지고 달아났어요. 언니와 형부가 너무 놀라고 정신이 나가버린 것 같아요. 아침에 구급차를 불러 병원에 갔어요."

"그럼 다친 데는 없어요?"

"예, 크게 다치지는 않았어요. 마침 옆집 사람이 그 집 창문으로 우리 언니 집 문을 열고 들어가는 복면강도를 우연히 보고 재빨리 경찰에 신고했어요."

"그런 일이 있었나, 그나마 불행 중 다행이다."

불행한 소식을 듣고 리안 굴라와 누나는 바로 프레스노 시립병원으로 달려갔다. 노부부는 몸이 상하지는 않았지만 놀라서 제대로 먹지를 못했다. 남자의 얼굴에 난 검버섯이 며칠 사이 몇 개나 더 늘어난 것 같았다.

건축설계회사에서 은퇴한 70대 후반 아저씨는 볼에 살도 빠지고 주름도 많고 몸이 허약했다. 5년 전에 위암 수술을 받아 아직도 건강에 조심하고 있었다. 건강한 한국인 아주머니와 재혼하여 20여년 잘 살아오면서 집에 침입자가 들어온 일은 처음이라고 했다.

힘없이 가냘픈 목소리와 얼굴 표정이 마누라의 과잉친절로 피해를 입었다고 후회하는 눈치였다. 침입한 강도들의 말과 태도를 설명했다. 자기들의 행동이 앞서 간 것 같았다고 한숨을 쉬었다.

나바호 인디언 보호구역까지 다녀오고 그 다음날까지도 피곤하여 일찍 잠자리에 들었다. 12시경 복면강도 둘이 들어와 반항하면 쏜다고 권총을 들이대고, 어제 그저께 어디 갔다 왔는지, 도망친 한국 여자가 어디 있는지 대라고 추궁했다. 사실대로 다 말했더니, 왜 그런 힘든 일을 했느냐, 나중에 아무 일도 없을 것으로 여겼느냐, 이 겁 없는 늙은 놈아 하고 욕을 퍼부었다.

그리고 한 놈이 노인을 힘으로 제압하여 팔을 붙잡고 버티고 서 있고, 다른 놈이 부인을 화장실로 밀어 넣었다. 꼼짝하지 못하게 했다. 부인은 부들부들 떨었다. 하라는 대로 다하겠으니 제발 해치지는 말라고 싹싹 빌었다. 두 놈이 남편의 발과 손을 끈으로 묶고 의자에 붙들어 맸다.

침입자들이 여기저기 가지고 갈만한 돈과 물건을 찾기 시작할 그 순간에 밖에서 경찰차 사이렌이 들려왔다. 경찰이 온 것을 눈치 챈 두 놈은 뒷문으로 도망쳐 버렸다. 경찰이 집안으로 들어와 주인의 손발을 묶은 끈을 풀고 화장실의 부인이 안전한 것을 확인했다. 부부는 밤새 잠을 자지 못하고 온갖 번민을 견디어 냈다.

우연히 옆집에 방을 얻어 사는 학생이 침입자를 보게 되어 경찰에 신고한 것은 하나님이 자기들의 선행을 알고 도와주었다고 했다. 납치범으로부터 도망친 여자를 성급하게 인디언 보호구역의 자기 집으로 데려다준 것은 성급했는지 자문했다. 경찰에 신고하여 집으로 보내도록 했으면 어떻게 되었을까? 이놈들이 또 나타나서 괴롭히지 않을지 나쁜 생각과 좋은 생각이 끝없이 반복되어 잠을 잘 수 없었다.

누나와 리안 굴라는 좋은 일하고 큰 위험을 당한 부부에게 진심으로 위로하고 그 은혜는 살아가는 동안 평생 잊지 않겠다고 거듭 약속했다. 누나를 감시하던 놈이 집을 빠져나가는 누나 뒤를 밟고 확인했던 것이다.

납치범이 돌아온 후 두 놈이 작당하여 집사님의 집에 침입한 것이다.

*

누나가 집으로 돌아온 후 나바호 보호구역 인디언 동료 몇 명이 규합하여 누나 납치범을 찾아갔다. 그들은 이미 자취를 감추었다. 몇 개월 동안 간혹 가다가 납치범 마을을 찾아갔다. 그 인간은 영 돌아오지 않는다는 동네 사람들의 말이다.

누나를 납치한 젊은 놈들은 오랫동안 파다하게 소문난 동네의 난봉꾼들이라는 말을 전해 들었다.

누나가 나바호 인디언 보호구역에 들어와서 겪은 피납 이야기는 '나바호 네이션(Nsvajo Nation)'의 윈도 락(Window Rock)신문 나바호 뉴스에 큰 사건으로 다루어졌다.

미국 사회에서 납치, 강간, 절도, 살인 사건이 영원히 밝혀지지 않는 경우는 드물다. 연방경찰과 FBI까지 동원하여 계속 찾고 있었다. 대낮에 부녀자를 납치해 가는 나바호 인디언 보호구역이라는 소리를 다시는 듣지 말아야 한다는 인디언 여성들과 원로들의 소리가 높았고, 누나의 납치 사건은 인디언 사회에 여성인권단체를 만들게 된 계기가 되었다.

누나의 납치사건 2년 후 네바다 주 라스베이거스서 멀지 않은 모가비사막에서 시신이 하나 발견되었다. 새들이 얼굴을 조아 먹고 사막의 도마뱀이 몸을 파먹어 시신이 형편없이 상했다. 범죄 수사국에서 DNA 검사결과 수배중인 인디언 보호구역 여성을 납치한 범인으로 밝혀졌다.

라스베이거스 도박장에서는 단골에게 도박자금을 빌려주는 대신 뒤 감시를 철저히 한다. 만약 갚지 않고 도망치다가 붙잡혀 빌려준 돈을 못 받을 형편이라 판단되면 청부 살인자에 의해 본보기로 살해된다. 누나를 납치하기 전에도 이 납치범은 도박장에서 며칠씩 머물다 집에 돌아오고 부모들 속을 썩인 놈이었다고 동네 사람들이 귀띔해 주었다. 죽어 마땅한 놈이다. 천벌을 받을 놈이다. 모두 저주했다.

누나는 그 납치범으로부터 빠져나오기 위해 거짓으로 애교를 떨고 마음을 주는 척 행동한 것이 마음에서 지워지지 않는 부끄러운 여운을 남겼다. 인간은 환경의 동물이고 선의의 거짓말과 건설적인 기만도 필요하다는 말을 곰곰이 생각해 보았다.

*

누나의 아이들은 셋이다. 19살 아들과 17살과 10살 딸이다. 인디언의 아들과 딸을 낳았다. 둘째와 셋째의 터울이 7년이나 되는 이유에 대하여 누나는 나중에 눈물을 흘리면서 이야기해 주었다.

처음 이곳에 와서 당한 고생스러운 이야기를 들으며 사막을 달려 해가 서쪽으로 사라질 무렵 집에 도착했다. 나무가 울창한 계곡이 내려다보이는 언덕 위에 지은 목조주택은 나무도 많고 잔디 마당은 제법 손질이 잘되어 있었다.

잔디마당 옆에는 제법 넓은 민들레 밭이 있었다. 'Dandelion:不死神'이라는 나무 표말이 서 있었다. 집 근처에 슈퍼도 있고 술 파는 팝도 있었다. 거리는 사람들이 간혹 오가는 모습이 보였으나 한가하고 조용했다. 신발도 신지 않은 아이들이 지나가는 모습도 보였다.

집안 거실에는 원석 무늬 타일이 깔린 민들레꽃 무늬 직조 카펫 위에 넓고 큼직한 소가죽 소파가 자리를 잡고 있었다. 소파 위에는 니팅 방석이 놓여 있었다. 부모님들은 방석을 돌 타일 바닥에 깔고 앉아 사위와 딸 그 아이들로부터 큰 절을 받았다.

"아버님, 어머니 큰절 받으세요."

누나와 사위가 부모님에게 큰절을 올렸다.

"여기까지 오시느라 고생 많았습니다. 푹 쉬시고 건강하세요."

"너희들도 잘 지냈지?"

누나가 아이들에게도 인사를 시켰다. 외할머니 외할아버지 외삼촌 사진은 이미 보았고, 이번에 우리가 온다고 누나로부터 한국어 인사말 정도는 배웠다.

"할아범 할머니 이 님 암 농 하세요?"

아이들이 더듬거리며 인사했다.

"외 삼춘 능 안녕하세요?"

"그래 반갑다. 하하, 한국말도 할 줄 아네."

"맘마가 가르쳐 주었어요."

얼굴이 검붉은 인디언의 정형인 작은조카가 은수에게 물었다.

"외삼촌 농은 미국 처음 왔어요?"

"아, 그래 처음이다."

"한국 사람들도 여기에 간혹 구경 와요."

"그런 이야기 들었다. 우리도 첫 발걸음 했으니 앞으로 자주 오게 되겠지"

"외삼촌도 몽골 사람 반점(Mongol spot) 있어?"

"어, 그래 어릴 적에 있었는데 지금은 없어졌어."

"나도 점 있어요. 지금은 희미해요."

인디언어로 말했다.

"너희들은 영어는 물론 잘하고 나바호 인디언 고유 언어도 사용하느냐?"

"예, 물론 나바호 말도 잘 해요. 시끼스."

"시끼스는 무슨 뜻이냐?"

"시끼스는 친구라는 말이에요. 외삼촌과 우리는 시끼스다."

"나바호 인디언 말은 해석이 난해하여 암호 문자로 쓰인다고 들었다."

"예 맞아요. 전쟁 시에 미군은 나바호 인디언 말을 군사 암호로 사용했어요. 나바호 인디언 암호 병이 담당했어요."

"나도 영화 '윈드 토커(Wind talkers)'를 보고 나바호 암호통신병에 대하여 알고 있어. 그리고 나바호 인디언은 몽고반점이 있어서 우랄 알타이 민족이 아메리카 대륙에 넘어와서 정착했다는 설이 틀림없다. 우리들은 몽고반점이 있는 조상과 출발이 같다는 말이 성립된다."

"그럼, 우리의 할아버지 그 할아버지 그 위의 할아버지와 외삼촌의 할아버지가 같은 사람이 맞겠네요."

"그렇겠지."

"지금 살고 있는 보호구역 안의 인디언들은 모두 나바호 족이고, 정착생활의 조상인지 이동수렵생활을 했는지 그 유래를 잘 알지 못한다. 유럽백인들이 아메리카 대륙을 침입하기 전에 원주민들끼리 싸우고 갈등했다. 백인들의 살육과 비인간적 처리로 원주민은 모두 피해자라는 동질적인 의식을 갖게 되었지."

누나가 끼어들었다. 인디언들은 자기의 전통과 문화를 되살리기 위해 원로들과 각계에서 사업을 구상하고 진행 중이다. 얼마 가지 않으면 좋은 성과가 나올 것이라고 했다. 누나의 희망에 부푼 이야기를 들으면서 입구 벽을 쳐다보았다. 나바호 원주민 언어의 글이다. 그 밑에 희미한 글씨는 한글이었다. 은수는 일어나서 벽으로 걸어가서 희미한 한글을 읽어 보았다.

'나는 땅 끝까지 가 보았네.

물이 있는 곳 끝까지도 보았네.

나는 하늘 끝까지 가 보았네.
산 끝까지도 가 보았네.
하지만 나와 연결되어 있지 않은 것은
하나도 발견할 수 없었네.
(나바 호(護)의 노래)

*

리안 굴라의 부모님들은 몇 년 전에 돌아가시고, 그의 남동생과 여동생이 한국에서 온 손님들을 보기 위해 왔다. 남동생은 나바호 네이션 관광청 직원이고 여동생은 학교 선생이다. 리안 굴라 형제들은 모두 정규대학에서 공부한 사람들로 인디언 가족 중에서는 배운 집안이었다.

누나는 아메리카 인디언의 역사와 삶에 관심을 가지고 열심히 공부했다. 여기저기 아메리칸 인디언 자연사 박물관을 틈나는 대로 방문하고 도서관을 드나들며 책을 읽었다. 누나는 이곳을 찾아오는 관광객들에게 자연환경과 아메리카 원주민들의 역사를 설명하는 문화해설가로 활동하고 있었다. 아메리카가 인디언으로 불리게 된 것은 1492년 콜럼버스가 처음 도착했을 때 인도로 오인하고 인디오 혹은 인디언이라 부르게 되었다.

아시아 쪽의 인도인과 구별하기 위하여 아메리카 인디언이라 하고 중남미 원주민을 인디오라 부르기 시작한 데서 유래 된 언어에 대하여 설명했다.

북극지방의 에스키모, 알루산 열도 주민인 알레우트 족은 아메리칸 인디언에 속하지 않는다.

"아메리카 대륙에는 유인원의 발자취가 없다고 알고 있는데 언제부터 사람들이 살기 시작했지? 은수의 질문에 누나는 길게 설명을 했다.

3만 년 전후에 사람이 살기 시작했다고 알려지고 있다. 알라스카부터 캐나다를 거쳐 남미 칠레까지 광범위하게 흩어진 원주민들의 부족은 그 수가 헤아릴 수 없이 많았다. 현재까지 미국 내 원주민 부족의 수는 500여 개가 넘는다. 아메리카 대륙 발견후 원주민들의 비극적인 역사가 시작되었다. 콜럼버스가 아메리카 대륙을 발견했을 적에 인디언 전체는 수천 만 명이 되었다고 추정한다.

아리조나의 광활한 대평원의 주인은 호피족, 주니족, 나바호족으로 알려져 있다. 남동부지역의 크리크족, 내치족이 옥수수 농사를 중심으로 농경과 수렵을 혼합시킨 씨족사회를 이루었다. 북동부는 마크로스어족에 속하는 언어를 사용하는 이러퀴어족이 주로 살았다.

아메리카 대륙의 원주민들 중에 큰 종족은 알라스카 에스키모, 오크라호마의 체로키족, 애리조나 나바호족으로 나누고 있다.

누나는 인디언의 역사에 대하여 해박한 지식을 가지고 있었다.

"왜 인디언 원주민들을 별도로 보호구역을 만들어 살도록 했나?"

연방정부가 원초적으로는 인디언의 말살 정책을 펼쳤고 인디언 자신들의 자치정신의 결함이다. 나바호 인디언들이 살아가는 보호구역은 연방 정부와 교섭으로 경계를 넓혀 71,000평방킬로미터로 미국의 웨스트버지니아 주의 면적에 버금간다. 한국 남한 면적의 약 70%에 해당 될 만큼 넓은 지역으로 구성되어 있다. 대부분 척박한 고원지대다. 낮은 곳이 800미터 이상이고 높은 곳은 3,000미터 이상이다.

수도 윈도락은 해발 2,082미터에 있다. 낭떠러지가 깎아지른 듯 경치가 뛰어나다. 모뉴먼트 벨리(Monument Valley) 등 여러 언덕은 유명한 관광지로 소문나 있다. 나바호 네이션은 4개의 산을 성스러운 산으로 여긴다. 그들의 나바호기에 4개의 산 이름을 표시하고 있다.

비록 제법 넓은 땅을 차지하고 살지만 원래 자기들의 땅을 빼앗기고 지금처럼 궁색하게 보호구역에서 살아가게 된 애당초 시작은 콜럼버스의 아메리카 대륙 발견부터다.

원주민들 입장에서 볼 때 콜럼버스는 이 지구에 태어나지 말았어야 할 인간이다. 수백 년 동안 유럽대륙 문화와 문명이 월등히 발전하면서 전 세계의 학교 교과서에 유럽제국주의 해양시대 탐험가들은 위대한 항해사로 명기되어 있다.

미국 대륙을 발견한 콜럼버스는 아메리카 원주민 입장에서 보면 유럽각국들이 앞 다투어 들어와 아메리카 원주민을 침략하고 죽이도록 만든 장본인이라고 생각한다. 백인들의 원주민 핍박은 대단히 비참했다.

아메리카 원주민들의 고통과 피비린내 풍기는 역사 중에서 빼놓을 수 없는 이야기는 체로키족을 포함한 동남부지역 주민의 오클라호마로의 강제이주 사건이다.

테네시주, 조지아주, 노스캐롤라이나 주의 원주민들이 미국기병대에 밀려 피눈물을 흘리며 떠나는 사건을 미국 역사에서는 '눈물의 행로(The Trail of Tears)'라고 일컫는다.

맨몸으로 쫓겨나 그 머나먼 길을 맨발로 걸으며 추위와 굶주림 질병으로 4천여 명이나 중도에서 목숨을 잃었다.

죽은 자를 땅에 묻으며 명복을 빌고 살아남은 자의 용기를 북돋우는 노래, 고난과 슬픔을 삭이고 승화시키자는 노래가 바로 인디언들의 일종의 애국가로 알려진 '어매이징 그레이스(Amazing Glace)'다.

미국 정부가 건국 초기 원주민을 탄압하고 강제 이주시킨 점을 공식적으로 사과해야 한다는 끊임없는 요구로 겨우 200여 년 만에 국가에 의한 원주민 학살과 인권탄압을 인정하는 사과문이 발표되리라는 기미가 보이고 있다.

유럽인들이 들어오기 전에 중앙아메리카에는 올맥, 테오티아칸, 마야, 톨텍, 아스텍 같은 문명이 존재했다. 대규모 도시가 건설되고 피라미드 같은 큰 석조물이 세워졌다. 금은세공과 채색 토기가 만들어졌다. 독자적인 역법(曆法)과 문자도 사용했다.

아스텍에서는 태양신을 위하여 문명과 거리가 먼 사람을 제물로 바치는 의식이 치러지는 기록도 있다. 카리브해 지역은 전쟁이 빈번하였고 노예를 잡아먹기도 했다는 문서상의 기록이 아닌 구전으로 전해 내려오고 있다.

자연적인 웅장함도 다른 지역과 비교할 수 없이 장대하다. 중앙아메리카에는 지구상에서 가장 긴 안데스산맥이 있다. 장장 7천 킬로미터는 로키 산맥의 캐나다부터 미국에 걸쳐 3,500킬로, 히말라야 2,400킬로와 크게 비교된다.

아마존강과 오리노코강 일대 열대우림지역은 촌락 이상의 큰 사회집단은 없었다. 멕시코, 페루, 볼리비아 등 인디오가 많은 지역은 혼혈비율이 높고 혼혈문화가 생기고 있다. 아르헨티나, 칠레, 남아메리카는 인디오 흑인 백인 문화가 뒤섞인 양상을 보인다.

브라질에서는 여러 혼합 형태의 사회 문화를 만들어 가고 있다. 압도적인 서양 백인문명의 흐름 속에서 아메리카 인디언들의 앞날이 순탄치 만은 않고 인디언의 통일된 정체성은 개별적으로 새롭게 형성되거나 유럽문화에 동화되어 가는 현실이다.

누나의 아메리카 원주민 역사에 대한 폭넓은 지식과 인디언 사회의 경험담으로 매일 밤늦도록 이야기가 이어졌다. 아메리카 대륙에 건너온 유럽 국가들의 백인들은 원주민의 땅을 뺏고 금, 은, 구리 광산을 차지했다. 아메리카 원주민은 유럽 국가들의 침략과 학살로 그 수가 대폭 줄어들었다. 몇 만 년 전에 걸쳐 독자적으로 창조해온 문화는 유럽 침략자들에 의해 파괴되었다.

19세기 미국 역사가 F. 파크먼은 지적했다. 에스파냐 문명은 인디언을 압살했다. 영국문명은 인디언을 멸시했다. 프랑스 문명은 인디언을 자애로 다루었다. 실상은 사람과 동물을 구분하지 않고 처참하게 학살하고 노예로 부려 먹었다. 지금도 인디언 보호구역 안에 살면서 국가가 지급하는 보조금을 받아 생활을 하는 상당수의 인디언들은 마약과 술로 머리를 쓰지 않아 점점 퇴화하는 인종이 되어 가고 있다.

정책입안자들의 의도다. 최근 이런 현상을 간파한 노인들과 지식인 인디언들이 힘을 모아 민족의 정체성을 살리기 위하여 지역마다 협의회를 구성하고 대학도 설립하고 있다. 누나가 살고 있는 나바호 보호구역 여기저기 마을에는 여러 개 교회가 들어와 활발하게 선교를 하고 있다.

인디언들은 미신을 믿고 조상 숭배 의례도 하는 전통이 있어 미신을 타파하기 위하여 미국 정부가 교회 설립과 선교를 장려했다.

누나의 가족들은 모두 개신교회에 다닌다. 누나가 다니는 쥬빌리 교회는 나바호 혼성 합창단을 만들어 다른 도시들의 원주민 합창단과 경연도 한다. 그해 크리스마스 때 뉴욕 카네기홀에서 합창할 준비도 하고 있었다. 나바호 합창단의 지휘자는 음악을 전공한 사람이다.

누나는 거기서 열성적으로 앞장서서 일하고 있었다. 일요일 교회 예배에 참석하여 누나가 속한 남녀혼성 성가합창단이 부르는 노래를 들었다. '어메이징 그레이스'는 영혼에 감동을 주는 노래 같았다.

아이들은 한국의 교회가 설립하여 운영하는 쥬빌리 국제학교에 다니고 있었다. 쥬빌리 국제학교는 필라델피아 한국인 2세 목사가 한국 강남에서 교회를 설립하여 성공하여 교세가 확장되어 미국 인디언 나바호 보호구역에 초중고 과정의 국제 학교를 설립하여 운영하고 있다.

학생들 대부분이 나바호 인디언이다. 교회 목사와 전도사들이나 기타 선교사들의 자녀들도 다니는 학교다. 나바호 인디언 보호구역은 하나의 자치국가 형태로 미국 연방정부와 협력하고 원주민을 위한 사회간접자본 확충과 관광사업의 확대에 노력하고 있었다. 누나는 리안 굴라가 보호구역의 권익보호를 위해 일하도록 최선의 내조를 했다.

누나가 한동안 한국 집으로 편지도 하지 못하고 전화도 받지 못한 사연을 털어놓았다. 누나는 한때 고생한 이야기를 하면서 눈물을 글썽거렸다.

*

나바호에서 살기 시작한 지 3년쯤 되었다. 누나는 그때 당한 끔직한 성폭행사건을 설명할 때는 손이 떨리고 얼굴이 상기되면서 목이 메어 말을 겨우겨우 이어갔다.

어느 날 경찰에게 성폭행 당하여 당황한 나머지 경찰에게 총을 쏘았다. 죽일 생각은 하지 않았는데 몸을 돌리는 바람에 아래 배에 총알이 들어가 죽어 버렸다. 죽은 경찰은 이혼하고 혼자 사는 인디언이었다. 과잉 정당방위로 10년 징역 언도를 받았다.

그 당시의 상황을 이야기하는 누나는 참지 못한 자신이 후회된다고 했다. 아이들과 떨어져 마음과 육체적으로 고생한 일 생각하면 가슴이 천근 무겁고 쓰리고 아프단다. 살인 사건의 발단은 경찰의 의도적이고 계획적인 행동 때문이었다.

어느 날 동네를 순찰하는 경찰이 집 앞을 지나다가 차를 멈추고 집으로 들어왔다. 얼마 전에 인디언 역사박물관 앞에서 만나 인사도 한 경찰이라 안면이 있었다.

"안녕하세요, 축하합니다!"

"무슨 말씀이세요?"

"아직 모르세요?"

"예, 무엇을 말입니까?"

"이 집 아이 젬 굴라가 어제 집으로 가는 퇴교 길에, 길가에 넘어져 심장이 멈춘 노인을 보고 가까운 가게로 달려가 이 사실을 알리고 가게 주인이 뛰어나와서 심장박동호흡을 시켜 살려냈습니다. 경찰서에서는 가게 주인과 어린 젬 굴라에게 시민선행표창을 하기로 결정했어요."

"우리 아들이 아무 말도 안 해서 아직 모르고 있는데요."

"어린 아들이 기특하네, 특별한 학생이네요."

"예, 뭐 착해요, 커피 한잔 하고 가시지요."

"예, 커피 한잔 주시면 좋지요."

"잠깐만 기다리세요, 금방 준비할게요."

경찰은 집 앞길에 멈추고 있는 동료경찰에게 가서, 윗동네 한 바퀴 돌고 내려오라, 여기서 잠깐 기록할 것이 있다고 하며 동료를 윗동네로 보냈다.

누나가 경찰을 위해 준비한 커피 잔을 테이블에 올려놓고 커피포트와 트레이를 들고 돌아서는 순간 갑자기 경찰이 누나의 허리를 꽉 잡았다.

"미시즈 리안 굴라는 정말 매력 있어."

"아, 왜 이러세요, 이러지 마세요!"

"키스 한번만 해요."

"경찰신분에 이렇게 해도 돼요."

질책하며 저항했다. 그래도 목에 키스를 하고 오른손이 가슴으로 올라오고 다른 손이 누나를 넘어뜨리기 위해 강하게 힘을 주었다. 갑자기 강압적으로 달려든 힘에 이기지 못하고 넘어졌다. 왼손으로 앞가슴을 제압하고 오른손으로 허리에 찬 권총띠를 풀어 옆으로 던지고 덤벼들었다.

"여기 거실에서 이러지 말고 침대로 들어가요."

순순히 응해주는 척했다.

"그렇지, 우리 서로 한번 좋아해 보자고."

경찰은 기분이 확 좋아졌다. 누나는 경찰에게 응하는 척하면서 순간을 모면할 기회를 만들었다. 경찰이 일어나서 방으로 들어가는 순간 재빠른 동작으로 바닥에 떨어져 있는 탄띠에서 권총을 뽑아 그의 허벅지를 향해 방아쇠를 당겼다. 그 순간 경찰이 확 돌아서는 바람에 아랫배 쪽에 총알이 박혔다. 총소리를 듣고 바로 달려온 동료경찰에게 체포되어 경찰서로 끌려갔다.

재판정에서 처음에는 10년 형을 받았다. 나중에 감형되어 5년간 감방 생활을 했다. 애리조나주 감옥의 나날은 생지옥이었다. 자살할 생각도 여러 번 했다. 매 순간 아이들 얼굴이 떠올라 죽을 수 없었다.

엄마의 사랑과 돌봄이 절대적으로 필요한 시기에 어린 자식들은 리안 굴라의 어머니가 키웠다.

교도소로 면회 오는 리안 굴라가 걱정하지 마라. 좋은 소식을 듣고 곧 집으로 돌아가게 될 것이다. 용기를 북돋우어 주었다. 아들과 딸이 잘 자라고 있는 것을 보니 시어머니께 고맙고 위안이 되었다. 정당방위로 경찰에게 총을 쏜 리안 굴라 부인은 무죄라고 수십 차례 동네 원로들이 연방정부와 보호구역 정부에 탄원서를 냈다.

그 결과 상고 재판에서 감형되었다. 몇 년간 한국 부모 형제들에게 편지를 할 수 없었던 누나의 사정을 알게 되었다. 감방에서 편지는 쓸 수는 있겠지만 자신이 창피하여 편지를 보내고 싶지 않았단다.

누나는 수감 생활하는 동안 책을 읽고 나바호 글도 열심히 공부했다. 인디언 원주민들의 투쟁 역사도 읽었다. 15년 전에 일어난 이 성범죄 사건은 다른 나라에서는 신문에 보도가 되지 않았다. 물론 한국에서는 전혀 모르고 있었다.

*

죽은 경찰의 부모형제들이 누나와 아이들을 해칠지 몰라 밤낮으로 걱정하고 경계하면서 아이들을 보호감시했다. 죽은 경찰의 부모들과 친척들이 최근까지 리안 굴라의 기술대학 학장 선임 추천 위원들에게 편지를 보내 학장 선임을 방해했다.

처음에는 아이들이 엄마가 큰 죄를 짓고 감옥살이를 하는 줄 오해하고 원망했다. 지금은 이해하고 건강하게 자라고 공부도 잘한다. 큰아들 젬 굴라는 고등학교를 졸업하고 캘리포니아 명문대학교에 입학허가를 받았다. 누나는 감방에 있는 동안 인디언 여자로부터 많은 것을 배웠다.

'하늘 바라보는 얼굴'이라는 이름의 50대 초반 인디언 여자는 어릴 적에 그녀의 할아버지가 백인들과 맞서 싸우다가 전사했다. 1863년 나바호 부족의 최후의 항전이 벌어진 캐넌 데 첼리(Canyon De Chelly)에서 죽었다.

인디언 마을에 침입한 백인들은 인디언 원주민 남녀 노소 불문곡직하고 얼굴 가

죽을 벗기고 마구잡이로 살육했다. 인디언들이 마지막으로 항전하여 버티다가 피바다가 된 것이다.

그녀의 아버지도 미국 정부의 인디언 보호정책의 관철을 위해 앞장서 투쟁하다가 몇 번이나 수감된 사람이다. 인디언 이주지원법이 제정되고 1950년대 나바호와 호피족을 대상으로 로스안젤리스, 솔트레이크시티, 덴버 같은 대도시로 취업 이주를 지원하는 프로그램이 실시되었다.

1960년까지 3만 명, 1980년대까지 70만 명 넘게 이주했다. 이때 아주머니도 이민자에 포함되어 솔트레이크 시티로 이주했다. 하얀 파도가 넘실거리는 세계적으로 유명한 패불 비치 골프장에서 일했다. 잡초를 뽑고 휴지 줍는 허드렛일을 했다. 쥐꼬리만큼 주는 주급으로 겨우 어렵게 살고 있었다.

골프장에는 인디언 노동자를 부리는 직원이 인디언 원주민들을 노예처럼 험하게 다루고 사람 취급도 하지 않고 개돼지 다루듯 했다.

'하늘 바라보는 얼굴'이라는 여자는 울분을 삭이고 참았다. 기회가 오면 혼내줄 생각으로 가슴에 비수를 숨기고 있었다. 안개도 끼고 바다에서 세찬바람도 불어오는 어느 날 백인 반장이 여자에게 갈매기 똥을 깨끗하게 치우지 않았다고 욕을 퍼부었다.

"야, 이 덜 된 년들아, 갈매기 똥을 공들어 갈 구멍에다 붙여 놓으면 어떡하냐!"

막대기로 갈매기 똥을 뭉쳐 하나를 골프공 치듯이 그녀에게 날려 보냈다. 똥이 날아와 얼굴에 탁 붙었다. 순간 화가 난 그녀는 백인 반장에게 달려가 손에 들고 있던 잡초 캐는 호미를 백인을 향해 힘껏 휘둘렀다.

옆으로 몸을 돌리던 백인은 허벅지를 찔려 그 자리에 쓰러지고 구급차가 와서 싣고 갔다. 겁만 주겠다고 호미를 휘둘렀던 것이다. 백인이 상체를 옆으로 접어 피하는 몸짓 때문에 허벅지를 찌른 것이었다.

"잘했어, 죽여 버려."

주위에서 일하던 인디언 동료들이 함성을 질렀다. 그 자리에서 그녀는 직원의 연락으로 달려온 경찰에 체포되었다. 살인 미수죄로 5년 형을 언도 받고 복역 중이었다. 옥중에서 누나를 만난 것이다. 그녀는 부모로부터 물려받은 저항의 DNA가 핏속에 흐른다며 웃었다.

누나는 이 여자로부터 나바호 인디언들의 슬프고 비참한 고난의 역사와 미국 정부의 인디언의 처리 정책에 대하여 많은 것을 배웠다.

"연방정부는 일반 백인 시민과 똑같이 살기로 하는 동화정책을 결정했다가, 다시 번복하여 인디언들을 그들대로 계속 보존한다는 보호정책으로 되돌아갔어요. 그러다가 동화가 아닌 완전 종결정책이라나 뭐 이런 것을 들고 나왔어요. 정부 대책이 왔다 갔다 하면서 인디언을 두고 펼쳐진 정부의 인디언 정책의 혼선으로 인디언들만 피해를 보게 되었지 뭐예요."

감옥에서 만난 여자의 설명이었다. 그녀는 정치·경제·사회·문화 다방면에 상식이 풍부하고 몸도 다부지게 생기고 건강했다. 나중에 정치를 하겠다는 희망을 가진 사람이었다.

앞으로는 흑인과 아메리카 인디언도 틀림없이 미국 대통령에 나올 것이라고 했다. 원주민이 국가를 통치하는 대통령이 되는 것은 당연하고 그렇게 되는 세상이 와야 된다고 강하게 주장했다.

누나는 교도소에서 사귄 여자 친구로부터 많은 이야기를 들었다. 나중에 형기를 마치고 나와서 자기들 구역 교회 합창단에서 노래를 부르는 단원이 되었다. 둘은 간혹 만나서 고생스럽던 날들을 이야기하며 지냈다. 그 여자의 아들은 나바호 관광청에 다니고 있어 리안 굴러의 동생과는 잘 알고 있었다.

아버지와 어머니는 누나의 이야기를 들으며 손수건으로 눈물을 계속 닦았다. 누나의 인디언 보호구역에서 생활이 무척 힘들고 평탄치 않았다.

은수도 눈물이 흘렀다. 엄청난 역경을 이기고 굳건히 살아가는 누나가 대견스럽고 자랑스러웠다.

"누나 고생 많이 했네. 불사신 민들레야."

"비온 뒤에 땅이 더욱 굳어진다고, 많은 것 배우고 지금 행복을 절실히 느끼게 되었지."

"파란만장한 삶을 살아왔네, 당시는 얼마나 비통했겠나."

부모님이 누나를 위로했다.

*

리안 굴라는 인디언 의회의 사무총장으로 일하면서 오래 전부터 기술대학 설립을 준비했다. 그의 노력이 결실을 보게 되어 은수가 머물고 있는 동안 학장취임식을 가졌다. 여기 오기 전에 누나의 편지로 학장 취임사실을 알고 맞추어서 왔다.

리안 굴라는 나바호 인디언의 지도자로 학술 세미나와 공동체 활성화 모임에 참석하느라 바쁜 나날을 보냈다. 정부와 인디언 원주민들의 생각을 폭넓게 이해하고 갈등을 조율하여 잘살기 위한 인디언 보호구역 건설에 목표를 두고 쉴 사이 없이 일했다.

미국 원주민 중에는 역사가이며 인류학자인 몬테나주의 크로우족의 마지막 추장 조지프 크로우가 저술한 「카운팅 쿠(Counting Coup)」는 전쟁 역사책. 그가 남긴 주장과 공적은 유럽인의 정착을 현실로 수용하고 자기 민족의 문화적 전통과 현대사회의 많은 훌륭한 가치들을 융합하는 교량역할을 했다.

이런 지도자 외에도 인디언 원주민 인재들이 있다. 나바호 원주민들 중에도 덕망 있는 어른들과 현대식 미국 교육을 받은 역사가, 철학가, 화가, 음악가, 기술자가 더러 있다.

리안 굴라가 나바호 원주민의 지도자로 성장한 뒤에는 그의 한국인 부인 구미진의 헌신적인 뒷바라지와 조언과 협력이 크게 힘이 되었다고 지역사람들은 항상 말한다. 학장취임식이 열리는 날 가족이 모두 참석했다. 리안 굴라는 학장 취임사 중간에 여러 번 박수를 받았다.

'수만 년 전 우리 조상들은 아메리카 대륙에 건너와서 정착하기 시작했습니다. 자연을 귀중하게 여기고 조상을 섬기고 민족의 역사와 문화를 건설했습니다. 15세기에 유럽의 열강이 이 땅에 들어와 우리 원주민을 박해하고 우월한 무기로 압살했습니다. 역사와 문화는 파괴되고 땅을 빼앗기고 강제 이주당하는 슬픈 역사의 질곡에서 버티어 왔습니다. 때로는 군사적인 정복에 대항하여 무력저항도 했고 처절한 패배의 경험도 맛보았습니다.

오늘날 세계의 부국인 아메리카에서 우리 원주민들은 연방정부의 보호라는 명분 아래 여러 곳의 보호구역에서 열악한 생활환경에서 살아 왔습니다. 이런 가운데 우리의 어른들은 민족의 정체성을 되찾고 문화를 이어가야 한다는 자각을 하였습니다.

무엇보다 교육이 중요하다는 점을 통감하고 학교 설립을 위한 준비를 해 왔습니다. 이곳에 우리 민족의 독자적인 기술대학을 설립하기까지 수많은 난관과 자금 문제가 있었습니다. 아무리 문제가 많아도 학교를 설립하여 인재를 양성하고 다른 모든 민족과 대등하게 살아갈 수 있는 기술과 지혜를 배우는 학교는 절대로 필요하다는 원로들과 여러 사람들의 굳은 의지의 결과 오늘 이 학교를 설립하여 학생을 입학시키게 된 것은 원주민을 위하여 큰 기쁨의 날이 아닐 수 없습니다. 우리 인디언 원주민들의 혼백이 살아 있는 한 우리는 다시 이 땅에 새로운 깃발을 휘날리며 축복받은 땅으로 만들어 가야 합니다. 시작은 미미하지만 장대하게 발전하고 수많은 원주민 인재들이 배출될 것입니다.

이 기술 대학은 첨단 전기전자와 바이오 임학을 비롯하여 다양한 학문분야로 확대 해나갈 것입니다. 이 학교 설립에 적극적인 협조와 지원을 해준 인디언 협의회와 부족 원로기관인 인디언원로회의, 연방정부와 주정부, 민족자치경제회의와 단체들과 공동체 주민들의 협조에 감사드립니다.

끝으로 본인은 이 학교의 초대 책임자로서 무거운 책임감을 느낍니다.

또한 본인이 열심히 일하도록 조용히 내조해준 나의 가족과 부모님과 아이들에게도 진실로 고맙다는 인사를 이 자리에서 하고 싶습니다. 대단히 감사 합니다.'

취임사를 하는 리안 굴라의 얼굴은 상기된 표정이었다. 취임식이 끝나고 주최측에서 나바호족 고유음식으로 손님들에게 점심을 접대했다. 나바호의 전통 고유음식은 닭고기에 당근, 파, 버섯, 인디언 감자, 아피오스를 넣은 두루치기, 쌀밥, 생야채 샐러드들이었다. 알 몬드와 선인장을 가루로 만들어 말리고 숙성시킨 소스 향이 특이하게 혀를 자극했다.

석산에서 채취한 석청 꿀을 빵에 발라 먹었다. 기적의 식품이라는 치아 씨앗(Chia Seed)도 나왔다. 석청 꿀은 히말라야 못지않게 품질이 우수하다고 말했다.

*

학장 취임식이 끝난 다음날 누나가 차를 몰고 붉은 바위산 모뉴먼트 벨리에 나갔다. 모뉴먼트 벨리 방문센터에서 지역주민이라는 증명서를 보이고 들어갔다. 전통가옥 호건(Hogan), 윈도우 스프링, 암각화, 돌 아치와 나무 화석이 널려 있는 골짜기를 둘러보았다.

1863년 원주민 섬멸작전 시 포로가 되어 560킬로가 넘는 거리에 위치한 뉴멕시코로 끌려가는 인디언들의 고달픈 모습이 그려졌다. 비포장 산길에 먼지가 날렸다. 모뉴먼트 벨리의 거대한 바위들의 모습이 보이는 굴딩스 로지(Goulding's Lodge)에서 하룻밤 묵었다.

우리는 관광보다 누나를 보는 것이 첫째 목적이기 때문에 나바호 인디언 보호구역 내의 모뉴먼트 벨리만 구경하고 돌아올 생각을 했다. 그렇지만 아버지와 엄마가 언제 다시 오게 될지 모르는데 더 돌아보고 가야 된다면서 누나가 우리를 태우고 다시 2박 3일 일정으로 차를 달렸다. 죽기 전에 꼭 보아야 된다는 요세미티 국립공원으로 갔다. 협곡을 몇 시간 달려 공원 입구에서 신부의 면사포를 닮았다는 면사포 폭포, 높이 1,000미터의 지상 최대의 단일 화강암 '엘 케피탄', 미국에서 가장 높은 폭포 '요세미티 폭포'와 해발 2,695미터 높이의 '하프 돔'을 보고 자연의 웅장한 장엄함에 감탄했다. 수천종의 식물과 동물이 서식하는 자연의 보고 요세미티를 출발하여 캘리포니아 최대의 농업도시 프레즈노로 갔다.

오래 전에 누나가 괴한에게 납치되어 지낸 프레즈노에서 하룻밤을 보냈다. 홀리데이 인에 짐을 풀고 뷔페식당에서 저녁을 먹었다. 부모님들은 치즈 햄, 소시지 등 음식 향이 조금 거북스럽다고 하시면서 고기류보다 야채, 감자, 스프와 죽을 드셨다. 은수는 저녁을 먹은 후 호텔 팝에서 맥주를 마시며 이곳의 유명한 키위, 건포도, 오렌지도 먹었다.

이도시의 집은 한국에 비교해 훨씬 값이 싸고 기후도 따뜻했다. 살기 좋은 도시라고 누나가 말했다.

다음날 전 세계의 수많은 잡지와 방송에서 앞 다투어 소개하는 그랜드 캐년에 갔다. 수억만 년 전에 지구의 지각변동으로 바다가 융기하여 형성된 협곡이다. 인류가 보존해야 할 자연의 선물 그랜드캐넌에는 매년 전 세계에서 수백만의 관광객이 다녀간다.

은수 가족도 발자국을 남기고 신발에 흙을 밟았다. 관광객들은 저마다 포즈를 취하고 증명사진을 찍고 감탄사를 연발했다. 지구 어디를 가나 자연은 특징이 있고 보고 즐길만한 장소가 많다.

미국 서부는 사람들을 오게 만드는 국립공원들의 웅장함과 생태적인 보고로 잘 보존되고 관리되고 있는 것이 부러웠다. 자동차로 장거리 여행에서 돌아온 아버지와 어머니는 몸이 피곤하여 집에서 쉬기로 했다.

은수는 그레이하운드를 타고 '피닉스'에 갔다. 피닉스는 미국에서 6번째로 큰 도시로 애리조나주 주도다. 여름은 섭씨 45도의 더위 때문에 살기 힘들고 겨울은 평균 25도의 살만한 곳이다. 노년의 관절염 환자들은 여기서 살면 치유가 된다는 선전도 한다. 변두리는 땅값이 싸고 심지어 공짜로 주는 곳도 있었다. 노후에 이곳에 와서 살아보는 방법을 차차 구상해 보기로 했다.

나바호로 돌아온 며칠 후 은수는 부모님을 모시고 한국으로 돌아갈 준비를 했다. 2주가 금방 지나가 버렸다.

누나는 우리가 출발하기 전에 모링가(Moring) 잎과 열매, 선인장, 치아 시앗을 말리고 가루 내어 만든 큼직한 봉지를 넣어 주었다. 부모님과 형제들을 위하여 미리 준비한 특별한 건강식품이다. 열심히 먹고 건강하기를 바란다면서 누나가 정성들여 준비한 선물이다.

*

누나를 만나고 돌아온 3년 후 누나가 속한 나바호 혼성합창단이 아시아 순회공연의 방문 일정 중 서울에 왔다. 나바호 합창단은 미국 카네기홀을 비롯하여 여러 도시에서 공연하여 성황을 이루었고, Columbia사가 출판한 C.D는 인기 있는 음악으로 팔리고 있다. 한국예술의 전당에서 공연하는 날 은수 부모님과 형제 가족들 모두 참석하여 노래를 들었다.

공연이 끝나고 은수 가족은 모두 벌떡 일어서서 크게 소리쳤다.

"브라보, 누나 구미진 파이팅!"

누나가 예술의전당 공연을 왔다가 돌아간 1년 후에 전화가 왔다. 누나의 아들 잼 굴라가 결혼을 한다고 알렸다.

"부모님 모시고 미국에 꼭 와야 된다."

누나의 명령조 목소리는 힘이 있었다. 아버지와 어머니는 이제 장거리 여행이 불가능했다. 은수와 형 내외가 결혼식에 참석했다.

L.A 한인 타운 한국인이 운영하는 에어 비. 엔. 비에서 하룻밤 묵었다.

누나 식구들과는 전화로 인사하고 특히 조카 젬 굴라의 결혼을 진심으로 축하했다. 이튿날 결혼식장에 참석했다. 게이트에서 인사하는 신부의 어머니가 낯설지 않은 부인이었다. 한국식으로 절차가 진행되었다. 신랑과 신부의 어머니가 초에 불을 붙이고 하객에서 크게 절한 다음 둘이서 서로 껴안고 서로 축하해, 사랑해를 연발했다.

나중에 누나로부터 아들 젬 굴라의 결혼이 골인에 도달할 때까지 양가의 번민하고 설득 이해에 도달하는데 적지 아니 힘 빼는 시간이 있었다. 아들과 며느리의 연애와 부모들의 반대에 부딪쳐 아우성치고 타협에 이르는 과정이 바로 영화 한 편이었다.

리안 굴라의 아들이 UCLA서 만난 한국 여학생이 누나의 고등학교 친구의 딸이라는 사실을 알게 되고 누나도 너무 놀랐다. 어떻게 이런 일이 일어나는지 어안이 벙벙했다.

누나의 친구 정아는 한국서 대학 졸업하자마자 결혼하여 딸 하나를 낳고 2년 후 이혼했다. 재벌 2세 남편으로부터 적지 않은 위자료를 받았다. 어린 딸을 업고 미국으로 간 정아는 미국 대학에서 경영학을 공부했다. 어빙 트러스트 뱅크(Irving Trust Bank)에 취직했다.

한국서 유학 와 공부 마치고 전자회사 다니는 사람과 재혼했다. 지금은 사업하는 남편과 사이에 아들도 있다. 정아는 딸을 위해서 돈을 아끼지 않고 학원과 개인 과외공부를 시켰다. UCLA 고생물학과에 입학했다. 3년 선배인 고고학 박사과정 젬 굴라와 유명한 유적의 발굴과 연대기 감별 방법에 대한 강의와 세미나에서 자주 만났다.

남녀관계가 충분하게 익은 후 부모들께 이야기했다. 이미 부모의 국적, 인종, 생활 정도는 두 사람의 사랑에 아무런 영향을 미치지 못했다. 정아의 딸이 대학을 졸업하면 바로 젬 굴라와 결혼하기로 단단히 약속했다.

대학 졸업 후 각자 부모에게 결혼할 상대를 이야기했다. 날짜를 정하여 우선 한국 엄마들만 만났다. 두 사람의 엄마가 한국 사람이라는 것은 이미 알고 있었다. 메트로호텔 내에 예약한 Dandelion 레스토랑에 누나의 아들과 먼저 와서 자리를 잡고 기다렸다. 몇 분이 지났다. 입구방향을 바라보던 젬 굴라가 일어섰다.

"저기 오십니다."

모두 따라 일어섰다. 분홍색 원피스에 길게 머리를 어깨 위로 늘어뜨린 딸을 앞세우고 뒤에 엄마가 따라 들어왔다. 우윳빛 니트 정장 차림에 구지 백을 왼손에 들고 있었다.

머리는 파란색 브리지가 몇 가닥 잡힌 채 잘 손질되어 빤작빤작 빛났다. 앞에 다가온 딸이 젬 굴라를 향해 말했다.

"일찍 왔네."

그리고 누나를 향해 인사했다.

"안녕하세요? 여기는 우리 엄마예요."

그렇게 소개한 다음 젬 굴라한테 말했다.

"인사드려."

그 순간 미진은 옆에 서 있는 딸의 엄마를 눈이 빠지게 바라보다가 물었다.

"많이 본 사람 같은데 혹시 홍정아 아니신가요?"

저쪽에서도 놀란 소리를 했다.

"구미진이 아니야?"

두 사람은 서로 눈을 의심했다. 꿈인지 현실인지 의아한 채였다. 두 사람은 서로를 알아보고 너무 놀라 머리가 어지러웠다.

정아는 꿈이 아닌지 오른손으로 왼손을 찔러보았다. 눈을 감았다가 크게 뜨기를 반복했다. 젬 굴라가 자기 옆 의자에 엄마의 손을 잡아 앉게 하고 딸도 자기 엄마의 구지 백을 끌고 가서 옆에 앉혔다. 두 엄마는 한참을 서로 바라보았다. 잠시 무거운 침묵이 흘렀다. 아이들은 엄마들의 25년만의 해후를 아직 알아채지 못했다.

미진이 리안 굴라를 따라 미국으로 갈 적에 홍정아는 대학공부하고 데이트 하느라 바쁘게 지냈다. 서로는 전혀 다른 삶을 살아오면서 거의 잊고 지낸 터였다.

용산 미8군 식당에서 티본 스테이크 먹은 친한 친구는 25년 만에 해후하여 할 말이 강물처럼 많았다. 무엇부터 어디서부터 이야기해야 할지 막막하기만 했다.

아이들이 미리 예약한 식사가 나왔다.

엄마들은 식사보다 수많은 복잡한 상념으로 머리가 어지러웠다.

'그 많은 피부 하얀 인종들을 두고 하필이면 인디언 학생과 연애를 하다니! 절대로 허용할 수 없어.'

정아는 젬 리안 굴라를 절대 받아들일 수 없다는 반대의 수식어만 머리에 가득했다. 엄마들은 서로의 감정을 짐작하고 별로 말없이 식사를 끝내고 커피숍으로 자리를 옮겼다. 아이들은 자기들 시간을 갖기로 했다.

"미진이 너 미국서 처음에 편지 두 번 보낸 것 기억난다. 갑자기 소식이 없어서 궁금하여 은행 다니는 동생들에게 알아보니 거기 역시 편지도 오지 않고 전화도 불통이라고 했다. 그 후 나도 바쁘고 점점 잊고 말았지."

"미안하다. 사연이 복잡하고 이야기가 길다. 그런데 너는 미국에 와서 나를 찾지 않았니? 어디 이야기 한번 들어보자."

홍정아는 미국에 오게 된 사연과 딸 공부시키고 재혼하고 직장에 얽매이는 일상에 파묻혔다. 미진을 찾아야겠다는 생각을 하지 않은 것은 아니나 쉽게 찾을 수가 없었다.

"그런데 말이야, 우리 딸과 너의 아들의 결혼은 안 돼."

단호하게 잘랐다.

"아이들 결혼은 부모의 의견도 중요하지만 아이들의 선택이 권리야."

"오늘 오후에 은행에서 약속이 있어 가봐야 된다. 내일 다시 만나서 이야기 하자."

정아는 은행으로 돌아갔다. 한인촌 에어 비엔비에 들어와 잠을 청하지 못하고 있는데 아들 젬 굴라가 전화를 했다.

"기숙사로 돌아가고 있어요. 내일 오후에 다시 어머니께 갈게요."

"그래, 내일보자."

다음날 저녁 한식집에서 미진과 정아가 다시 만났다. 정아는 시종일관 아이들의 결혼을 허락할 수 없다는 입장을 밝혔다.

결혼은 잠깐 미루어 두고 미진은 인디언 보호구역에서 살면서 겪은 지난날의 이야기만 했다. 지금 남편은 인디언공동체의 기술대학 학장으로 인정받는 지도자가 되어 있다. 미진은 합창단원으로 순회공연 활동하는 자신을 자세하게 설명했다. 미진의 현재의 생활형편과 젬 굴라는 대학원 졸업하고 고고학 교수가 될 것이라는 설명에 정아의 마음에 실오라기 같은 따뜻한 감정이 생겼다.

정아는 남편과 합동 작전으로 딸이 인디언과 결혼을 포기하도록 설득 했다. 딸은 젬을 사랑하다면서 꼭 결혼하겠다는 결심이 단단히 굳어 있었다. 딸을 설득하고 나무라고 모녀간에 싸우기도 했으나 결국 자식을 이기지 못했다.

딸의 확고부동한 젬굴라에 대한 집착을 남편도 어쩔 수 없었다. 허락하자고 오히려 정아를 달랬다.

미군을 따라 인디언 보호구역에 가서 겪은 고난과 역경을 이겨내고 아름답게 살아가는 불사신 같은 친구가 존경스럽고 자랑스럽다고 정아는 마음이 바뀌었다. 친구의 며느리가 되면 딸처럼 사랑해 줄 것이라는 기대도 했다.

누나는 친구의 딸이 며느리가 되는 것은 하나님의 큰 은혜라며 친딸처럼 아껴줄 것이라고 정아에게 다짐했다.

결혼식이 끝나고 미진은 속으로 되뇌었다.

'인디언 와이프는 행복하다.'

미진은 신혼여행 떠나는 며느리를 꼭 껴안고 귀에 속삭였다.

인디언 와이프는 행복하다."

참고인

천진구는 김두수가 추진한 기업인수 합병이 실패로 끝난 뒤 아쉬운 기분으로 몇 개월을 보냈다. 기업 인수 합병 에 엉거주춤 한 발을 걸치기는 했으나 금전적인 이익이나 무엇을 챙기지도 못했다. 검찰에 호출되어 간다는 사실에 아주 기분이 더러웠다. 서울지방법원 주식조작반의 출두 명령이라 어쩔 수 없었다.

참고인으로 검찰에 간다는 것은 무엇인가, 사건에 연류된 것이고 민형사상의 죄가 드러나면 피고인이 될 수도 있다.

검찰청 주식조작 특검팀으로 아침 10시에 들어갔다. 안내원의 지시에 따라 검찰 앞에 서서 신분을 확인하고 로봇조사관을 따라 미로 같은 복도를 한참 걸어 신문하는 방문을 열고 들어갔다.

썰렁하게 책상 하나가 놓여 있고 로봇 조사관이 책상 옆에 서 있었다. 조사관이 팔을 들어 손가락으로 지시하는 대로 천진구는 의자에 엉거주춤 궁둥이를 붙였다.

"주머니에 들은 것을 모두 책상 위에 내놓으세요."

로봇 입이 움직이며 지시를 했다. 로봇조사관이 앞뒤로 스텝을 한번 밟고는 빙그레 몸을 한번 살짝 돌리더니 불쑥 질문했다.

"스위스 어떤 은행에 비밀예금은 얼마나 넣어 두었습니까?"

"무슨 예금을 말하는 것인지? 진구는 아무 표정도 없이 되물으며 기가 찬다는 표정으로 조사관 로봇을 무시하듯이 응시했다. 인간도 아닌 로봇에게 나쁜 감정을 표현할 수도 없었다. 잠깐 침묵이 흘러간 후 조사관이 팔을 움직여 책상서랍을 열고 A4 용지를 꺼내 책상 앞으로 쓱 내밀었다.

"김두수를 언제부터 알게 되었는지 그를 만난 동기와 'K3' 인수합병에 대하여 거짓말하지 말고 상세하게 작성하세요."

로봇이 고압적인 자세를 취하며 엄격하고 높은 톤으로 명령했다. 세상이 급속도로 변하여 기계 앞에서 조사를 받는 현실의 풍경이 진구는 아직 잘 이해가 되지 않고 어리둥절했다.

김두수를 처음 만나게 된 시기부터 저절로 복귀가 된다.

이미 죽은 불편한 친구와의 얽힌 사연을 자연히 끄집어 낼 수밖에 없다.

미국 이민 가서 사업하는 동창 친구와 김두수는 다른 단과대학 동문 선후배로 알고 있었다. 김두수가 새로운 계획을 가지고 한국 나올 적에 자연히 한국에서 자리 잡고 살고 있는 친구들을 소개받았다.

천진구는 김두수가 설립한 '펜타곤스타'가 'K3'을 인수합병(M&A)하는 작업에 간접적으로 관여하게 된 일들을 순서 없이 떠올려 보았다. 어디서 무엇부터 시작해야 할지 진술서의 글머리가 명확하게 생각나지 않았다. 길게 숨을 한번 쉬고 펜을 손가락에 끼고 몇 번 돌리다가 종이에 볼펜을 꾹 눌러 힘들게 쓰기 시작했다.

진구는 평소 글씨 본때가 없는데 검찰에 출두하여 진술서를 쓰니 글씨가 조잡했다. 한글 문법이 철자가 맞는지 앞뒤 연결이 되는지 분간도 잘되지 않았다.

김두수의 '펜타곤스타'가 기업인수합병을 추진하게 된 경위를 사전에 면밀하게 설명 듣지도 않았고 누구와도 깊게 의논하지 않았다. 미주알고주알 의논할 정도의 단계가 되지 않았다. 설령 일이 진척되었다 해도 처음에는 진구는 회사와 공식적인 아무런 관계가 없었으니 내밀한 사정을 듣지 못했다.

김두수가 미국의 사업을 정리하고 한국 나와서 움직이는데 좋은 협력자가 될 것이라고 죽은 전용남과 천진구를 미국 현지의 대학 동창 친구로부터 소개받았다.

기업 인수 합병일이 일어나기 5년 전에 처음 한국에 나온 김두수는 컴퓨터 부품과 인터넷시스템 관련 사업에 손대다가 성공하지 못하고 다시 미국으로 돌아갔다.

일본과 인도에서 IT 관련회사에서 일하다가 다시 한국으로 돌아왔다는 정도의 이야기만 들었다. 한국에 돌아온 김두수는 구로동에 전자회사 '펜타곤스타'를 창업한 지 얼마 지나지 않아 지인의 소개를 받아 상장기업 'k3' 인수를 준비했다. 기업인수 자금 조달은 구구회계 법인이 투자자를 모집하는 협약을 체결하였다. 업계의 대표적인 회계 법인이 투자자 모집을 하므로 신뢰가 있었다.

인수대상 'k3'는 대기업의 계열회사 소속의 업력이 오래되었다. 주철과 자동차 기계 부품을 생산하는 업체로서 법정관리 기업으로 명맥만 유지하고 있는 상장기업이다. 주식가격은 소위 말하는 1,000원 전후의 동전 주식이다. 대기업의 구조조정으로 갑자기 정리하는 회사라도 인수에는 적지 않은 자금이 필요한 것은 일반상식이다. 적지 않은 자금이 투자되는 기업 인수 결정은 밥 먹듯이 단순하지 않다.

기업을 인수하는 과정은 복잡하고 상당한 위험도 따른다. 기업인수 합병이 진행되는 동안 사람이 죽는 경우가 종종 있다. 그만큼 담당자들은 스트레스를 받고 건강을 망친다. 자기 보유자금보다 많은 자금을 금융기관에서 빌리고 은행이나 투자회사의 부채를 안고 인수하는 절차는 복잡하고 협상의 시간도 오래 걸린다. 비록 소규모 기업이라도 간단히 성사되지 않는다.

김두수가 창업한 '펜타곤스타'도 아직 정착이 되지 않은 소규모 기업이다.

매출은 전혀 일어나지 않은 상태다. 시제품을 만들어 관심 있는 국내외 회사에 견본품을 홍보하는 단계다. 해외시장에 진출하기 위하여 판매계획을 세우고 부지런히 움직이기는 했다. 외환위기로 IMF구제금융 신청과 전 국민적인 금 모으기 운동이 벌어지고 수많은 기업들이 넘어지고 실업자가 증가되는 시기다.

*

천진구는 열심히 일해야 할 인생의 황금기에 특별한 일도 없이 답답하게 삼성동 코엑스에 위치한 친구 사무실에 나가서 시간을 보내고 있었다. 재취업을 하거나 어떤 일이든지 동참할 수 있는 기회를 찾고 있었다. 찬밥 더운 밥 가리지 않고 무엇이나 일해야 한다는 생각으로 시간을 죽이고 있었다. 이런 참담한 시기에 김두수와의 만남은 백기사가 나타난 기분이 들기도 했다.

역삼동에 사무실을 만들고 사업계획을 구상하고 있을 적에 그를 처음 찾아가서 만났다. 미소를 잘 짓는 첫인상이 부드럽고 친밀감이 들었다. 처음 만나서 심각하고 무거운 사업 이야기는 별로 없었고 덕담으로 포장된 인사 정도다.

"미국 계시는 선배님이 말씀하시기를, 한국에 나가면 전용남과 천진구 선배님으로부터 크게 도움 받을 수 있을 것이라 소개하고 많이 칭찬했습니다, 경험 많은 선배님들의 적극적인 협력을 부탁합니다."

이런 치켜 올리는 첫 인사와 대화를 했다. 미국에 이민 간 친구로부터 전용남과 천진구의 형편을 소상하게 들어서 이미 잘 알고 있을 것이라고 짐작했다. 처음 만난 사람에 대한 예의를 지켜 겸손하게 대답했다. 그와 만남은 앞으로 서로에게 도움이 될지 어떤 인품과 능력을 가졌는지 탐색하는 시간이었다. 어떤 일을 진행하게 될지 모르지만 대학 동창 친구가 소개해 주었는데 가능한 무엇이든지 협력하지 않을 이유가 없었다.

김두수는 인터넷 세상에 필요한 제품을 구상하고 있었다. 컴퓨터 부품(CPU)를 수거하여 재생시켜 판매하는 사업과 온라인으로 원격 서비스 시스템을 구축할 예정이었다. 용남이와 진구는 전자분야는 잘 모른다. 인공지능, 로봇, 드론 분야는 전망이 있는 성장사업으로 국가적인 관심과 금융기관의 투자 의향도 점차 증가되는 분위기며 미래의 성장산업 분야정도의 상식을 가지고 있었다. 미래 성장이 확실해 보이는 아이템이라면 어떤 장벽이 부딪쳐도 해결하도록 적극협력 하겠다는 의향을 보였다. 김두수의 사업이 전망이 있는지 없는지 잘 모르는 불확실한 세계였다. 계획하는 사업 내용은 대부분 4차 산업과 우주항공 관련 내용이다.

대화중에 사용하는 기술용어들은 전문적이라 거의 알아듣지 못했다. 동석한 용남은 더욱 부풀려서 천진구는 다양한 방면에 걸쳐 산전수전 경험이 있는 탁월한 친구라고 비행기를 태웠다.

진구는 은행을 그만 두고 종합중공업 회사에서 공작 기계 분야에서 일한 경험이 있다. 공작기계는 모든 기계의 마더 머신(Mother Machine)이다. 금속소재, 절삭가공이론, 사출과 압출, 수치제어 등에 대하여 판매 경험이 있으나 IT 분야는 생소한 분야다. 김두수의 설명에 의하면 한국은 첨단 분야가 이제 시작이고 앞으로 메타버스 관련 분야가 전망이 있으므로 그 분야에 관심이 많다고 했다.

오피스텔 사무실 문에는 Q+라는 조그만 간판은 걸어 두었다. 간혹 사무실에 나가 보았으나 구체적인 사업은 어떻게 되는지 설명하지 않았다. 역삼동 오피스텔에서 반년 지나고 서초동 남부터미널 근처로 옮기고 투자자를 물색하고 있었다. 무엇을 하는지 잘 모르고 오리무중인 가운데 갑자기 사무실을 정리하고 다시 미국으로 들어갔다. 길에서 가다오다 만난 사람 정도로 잊어가고 있었다. 김두수가 용산에 있다고 연락이 와서 찾아가서 다시 만났다. 반 지하 사무실을 얻어 직접 벽을 바르고 있었다.

용산 전자상가의 컴퓨터 수리 가게로부터 중요한 부품을 수리하여 재사용하는 일을 할 계획이라고 했다.

몇 개월 후 가까운 건물 2층으로 사무실을 옮겼고 직원도 몇 명 있었다.

김두수의 공대 친구 한 사람도 책상을 마련하고 있었다. 그를 소개시켜 주었다. 그는 공대를 졸업하고 사법시험에 합격하여 법제처에서 근무하다가 미국 가서 회계사 공부를 하고 돌아와서 증권 컨설팅을 하고 있는 천재라고 했다.

'펜타곤스타'라는 회사를 설립하여 공장을 준비 중이었다. 사무실에서 증권컨설팅 하는 친구가 지인을 통하여 변호사들로부터 투자를 받아 구로공단에 공장을 차렸다. 투자받고 공장을 만드는 과정이 쉬운 일이 아닌데 어떤 비전을 제시했는지 투자자를 만났다. 천진구는 처음에 많은 부분에 의심이 갔다. 이때는 시간을 두고 멀리서 바라보는 위치에 머물고 있었다. 매일 나가서 적극적으로 일할 상황이 아니었다.

*

진구는 은행 친구가 소개시켜 준 부도 난 건설회사의 뒤처리를 위하여 나가는 사무실을 지키는 몸으로 얽매어 있었다. 시간 나면 용산에 가서 김두수를 만났다. 구로공단 공장에 설비가 들어와서 시운전 중이었다. 외국인 기술자들이 기계를 시운전하고 테스트 하고 있었다.

변호사 2명으로부터 투자 받아 HDD(Hard disk drive)에 들어가는 메모리 부품을 생산하는 공장이다. 공장에서는 메모리 부품의 시제품을 제조하는 한편, 제품을 미국과 기타 해외시장에 납품하기 위하여 거래처 발굴을 위해 부지런히 활동했다. 누가 와서 보아도 명실상부 새로운 첨단 제품의 생산업체로 보였다. 첨단기술분야를 시작하는 공장은 미래가 있어 보이는 것 같았다.

진구는 '펜타곤스타'가 관리업체 상장기업의 인수합병이라는 기업 간의 복잡한 일을 시도하게 될 줄은 전혀 짐작 하지 못했다.

'K3' 기업 인수 합병을 시작할 적에는 김두수와 그의 대학 친구와 회계법인 사람들이 논의하여 엄밀히 시작했다.

천진구는 속으로 무척 우려했다. 적은 자본으로 창업한지 얼마 되지 않았고 매출도 없는 회사가 명색이 상장기업을 인수한다는 말을 듣고 과연 진담인지, 잘 될 수 있을지 의구심이 일어났다. 개인적으로 자금을 보유하고 있거나 투자자를 구할 수 있는 능력이 있는지도 의문투성이었다. 설령 사실이라고 해도 기업 인수 합병이 백일하에 드러나는 시점까지 비밀을 지켜야 될 일이기 때문에 아무에게나 세밀하게 설명해 줄 수 없다는 점은 이해했다. 김두수는 처음에 비밀스럽게 일을 진행하다가 도움이 필요할 적에 진구에게 조언을 요청했다.

짧은 시간에 급하게 기업인수 작업이 진행되어 복잡한 일들이 이리저리 중첩되어 어떤 내용을 설명해 주었는지 진구는 기억이 명확하지 않았다.

*

검찰청의 책상에서 머리를 굴려도 김두수를 만난 동기와 그의 기업인수 관련 과정의 진술서를 짜임새 있게 작성하기가 쉽지 않았다.

조사관이 요구하는 알짬을 기술하는 내용이 어디까지인지 모르겠고, 기억과 망각 사이를 왔다 갔다 할 수밖에 없었다. 그래도 진술서를 쓰라고 명령하니 진술서를 써서 제출하고 담당검사관들의 질문이 계속되었다.

담당검사 방으로 가서 질문 받고 다시 구석방으로 옮겨지기를 몇 차례 반복했다. '케이쓰리' 인수 합병 시작부터 관여한 일들에 대하여 로봇조사관이 질문하는 주식조작사건을 하루 종일 조사받았다. 점심으로 피자를 배달시켜 먹게 해 주었다. 때로는 유머석인 농담으로 때로는 두뇌를 자극하는 소름 돋는 괴기한 소리를 내어 피로하고 짜증스럽게 만들었다.

쇼팽의 피아노 협주곡을 들려주면서 심신을 위로하기도 했다.

아들과 딸의 직장, 개인 사정과 결혼에 대하여 질문하고 검찰에 좋은 총각 있다, 소개시켜줄 수 있다는 등 유도신문으로 피조사자를 피로하게 만들었다.

여러 가지 유도신문으로 참고인을 무너뜨릴 작전을 쓰는 느낌이 들었다.

검찰이 보기에 '케이쓰리' 기업 인수 시작부터 끝까지 계속 신문해 보아도 진구로부터 특별히 쓸 만한 정보가 나오지도 않았다. 주식조작을 시도한 범죄자로 인정될 증거가 전혀 없었다. 조사를 끝내고 저녁 10시 조금 넘어서 내보내 주었다.

어쩌다 검찰청 주식조작 사건 반에 불려와 조사받게 되었는지, 검찰에 불려 올

만큼 올바르게 행동하지 못했는지 자문해 보았다. 천진구는 성실하게 지극히 보통의 사람으로 살아가기를 바라는 상식적이고 정직한 사람이다. 황금 진흙탕 주식 조작사건에 연루되어 검찰에서 조사받았다는 사실에 대하여 몹시 화가 나기도했다. 진구는 스스로 엄청 비참하고 침울하고 입안에 쓴 물이 고였다.

한편 살아가는데 참고될 경험을 했다는 느낌도 들었다. 돌아보면 이번이 검찰에서 불려가서 조사받은 일이 처음은 아니지 않은가.

수년 전 서해안 일대에 부동산 투기바람이 불었을 적에 대전지방 서산지청에 한번 불려갔다. 아내가 투기바람 타고 여기저기 다니는 여자들 몇 명과 어울려 부동산 개발업자가 시키는 대로 땅을 사고팔았다. 나중에 국토이용관리법에 저촉되어 검찰청에 참고인으로 불려갔다.

거래자가 남편인 진구 명의로 되어 있으니 실제로 관여했는지 알지 못하는 검찰은 당연히 거래 명의자를 출석시켰다. 비쩍 마른 젊은 인간 조사관에게 막가파식 험한 말을 들으며 반나절 동안 조사를 받았다. 부동산 투기 일로 검찰에 가서 조사받게 되어 심하게 울화통이 터졌다.

그날 집에 돌아와 꼬리 흔들면서 반기는 애완견 카누를 발로 한번 차고 주먹으로 때렸다. 주인에게 꼬리를 흔들다가 발로 채이고 맞은 카누는 얼마나 황당했겠는지 생각하니 측은한 마음이 들었다. 카누는 태도가 확 변해 진구를 보기만 하면 도망쳤다. 카누에게 잘못했다는 마음이 들어 나중에 억지로 잡고 껴안고 도닥거려 주었다.

투자할 돈도 별로 없는 아내에게 부동산, 주식, 허황된 개발 바람에 관심 가지지 말라고 당부했는데도 불구하고 동네 여자와 어울려 나가는 행동을 참지 못하고 열불 터지게 큰소리로 나무라고 부부싸움도 했다. 강남 8학군에 이사 와서 아들 공부에 올인하지 않고 다른 곳에 신경 쓴다는 불만을 토했다.

그때는 아내의 나들이가 나중에 가져올 결과는 전혀 기대하지 못했다. 누구나 재테크하여 경제적으로 안정된 삶을 추구하고 더 나아가 호화스럽게 생활하고 싶은 욕망이 없겠나. 자유경제 자본주의 세상에서 개인뿐 아니라 국가 간의 분쟁과 전쟁도 영토와 자원 부의 획득이 그 목적이다. 미국과 영국군의 이라크를 침공하는 명분이 핵시설과 화생방 무기의 파괴였다.

침공 후 조사결과 핵시설은 발견되지 않았다는 기사도 나왔다. 현재 과학의 발전으로 전자전이라는 이라크 전쟁은 미사일로 화생방 무기를 싣는 항공기지와 화생방 생산시설을 무자비하게 파괴했다. 미국의 석유 재벌과 권력 실세들의 야합으로 이라크 석유를 집어먹기 위한 경제적인 음모가 있었다는 뒷이야기도 나온다.

영화 '바이스'에서 미국 부통령 '딕 체니'의 막강한 권력의 이면에는 기업과 야합한 개인적인 국가적인 이익을 도모하는 냄새가 물씬 풍긴다. 소설 존 그리샴의 『펠리컨브리프』도 정권실세와 기업의 야합을 다룬 명작이다. 이성, 합리, 영혼, 도덕, 사랑을 말하는 인간에게 돈이 최대의 숭배 대상으로 변했다.

현대의 신인 돈을 획득하기 위하여 엄청난 사람과 자연의 희생도 감수한다. 이라크 침공으로 수천 명의 미군이 죽었고 수십만의 이라크 국민이 처참하게 죽어갔다. 모든 전쟁은 왕과 황제의 통치이념, 민족부흥, 영토 확장, 종교적인 이유가 있다. 그 속에는 결국 더 많이 더 좋은 것 먹고 부를 차지하기로 귀결된다. 물질적으로 풍부하게 우아하게 행복하게 살고 싶은 인간의 욕망은 '이기적인 유전자'의 속성 즉 자연현상이 아니겠나.

*

주식 가격의 등락에 대처하는 방안, 회계 법인을 통한 투자자들의 모집방법, 금융기관의 접촉 방안에 대하여 논의하고 대화한 것이 결과적으로 어떤 대가가 왔는가. 은밀한 계획으로 어떤 사람들의 재산을 훔치는 결과에 불과했다면 후회스런 일이다.

회사인수합병 추진 중에 투자자들의 돈이 김두수 사장의 통장에 뭉텅뭉텅 들어왔는지, 그 돈으로 주식을 사고팔았는지 진구는 정확히 모른다. 김두수 주머니에 돈이 들어왔을 적에 만나고 밥 먹고 잡담하는 자리는 수차 가졌다.

금전적인 대가를 먼저 요구할 수 있는 위치가 아니었다. 어떤 대우를 해줄 것처럼 느낌은 받았으나 진구는 사실은 기업인수 합병 분야에 경험도 지식도 없었다. 다만 기업인수 합병이 성사될 때까지 신중하게 행동하기를 조언하는 상식 수준의 말을 했을 뿐이다. 물론 스스로도 금융상식과 대기업 중소기업의 구조나 환경 등에 대한 막연한 지식과 경험 정도라 조용히 행동했다.

인수 합병을 추진하는 '케이쓰리'는 몇 대 이어 내려오는 재별 회사 계열기업이다. 여러 면에서 일반인들이 잘 알지 못하는 분야를 취급한다. 한국과 중국에 공장이 있고 설비도 있어 인수하여 잘 운영하면 인수회사는 도약할 수 있는 발판을 마련할 수 있다.

투자자를 끌어 모으는 회계법인 사람들은 재미교포 사업가 김두수를 꼬드겼다. 김두수는 법대를 나와서 나중에 전공을 바꾸어 컴퓨터를 공부했다.

IQ 150 이상의 뛰어난 뇌의 소유자들이다. 그의 친구가 변호사들을 소개시켜 일차 투자를 받아 전자공장을 세웠다. 회계사무소 투자유치 팀을 통하여 자금을 끌어오는 계획도 만들었다. 변호사, 변리사, 노무사, 기술사 사(士)자 붙은 사람들 뿐 아니라 일반인들이 돈이 있어도 이익이 확실히 기대되는 투자처를 잘 찾기는 쉽지 않다.

첨단기술의 지식과 경험 부족으로 믿고 투자할 회사를 찾기는 쉽지 않다. 신뢰할 만한 사람이 추천한 첨단 제품을 생산하는 회사가 상장기업을 곧 인수한다는 말을 믿고 주저하지 않고 투자했다. 똑똑하고 속지 않는다는 사람도 그 위에 또 재주 피우는 사람들이 세상에는 존재하기 마련이다.

'케이쓰리' 인수 내용을 설명하고 변호사들로부터 투자를 받아 공장을 설립했다. 기회가 왔을 때 잽싸게 낚아채기 위해 발 빠르게 해외시장 조사에 착수했다. 해외의 선배와 친구들에게 부탁하여 첨단제품에 들어가는 부품을 생산 납품하기 위하여 부지런히 움직였다.

그의 인맥의 협조로 유명한 미국의 회사로부터 먼저 견본품을 만들어 보내면 검토하여 적합하다면 발주하도록 협조하겠다는 언질까지 받았다.

양해각서 'MOU'도 작성하고 거액의 납품이 가능하도록 시나리오를 만들었다. 과거 인맥을 통하여 여러 회사를 소개 받았다. 우주항공 로켓 탄도미사일 부품 제조에 필요한 공작기계, 밀링머신, 선반, 필요한 공구도 들여오고 기술자가 파견되어 설치 시운전하는 조건의 계약도 맺었다. 기계는 신속하게 들여왔다. 얼른 보아도 기계가격을 부풀려서 이중계약서를 작성했을 것 같은 의심이 들었다. 진구의 눈에 들어온 작동되는 공작기계들이 신품이 아니고 중고품이다. 이런 물품 가격을 서류에 조작하는 일은 무역거래에서 나쁘게 활용하는 돈 빼 돌리기다.

김두수는 '케이쓰리' 인수자금을 만들기 위해 회계법인의 기업인수 전문가와 투자자 모집 계약을 맺었다. 미국과 한국에서 전자분야 사업가가 운영하는 회사가 '케이쓰리'를 인수합병한다는 내용과 이미 회사가 미국 항공우주회사에 거액의 수주계약을 하게 되었다는 기사도 나왔다. 회계법인의 주선으로 '케이쓰리' 인수를 위한 투자자금이 순조롭게 진행되었다.

'케이쓰리'사가 은행에서 빌린 돈 일부는 상환하고 나머지는 인수회사가 3년 분할 상환조건으로 다시 연장하기로 은행으로부터 구두 약속을 받았다. 은행의 섭외는 은행 친구가 많은 진구가 맡아 처리했다. 인수 작업이 착착 진행되어 가는 것 같았다. 곧 좋은 일이 생기는구나, 앞날에 서광이 비치는 기분이 들었다.

김두수는 의욕이 넘쳐 활발히 움직였다. '케이쓰리'의 화성공장은 문 닫고 기계를 돌리지 않아 여기저기 먼지가 쌓여 있었다. 기계설비는 비닐과 천막으로 덮어두고 있었다. 경비요원을 불러 단단히 지키고 누구든지 찾아오면 연락하도록 봉투를 하나 쥐어주고 단단히 당부해 두었다.

*

한 해가 저물어가는 때 천진구가 검찰에 참고인으로 불려갔을 때는 이미 김두수는 어디 깊은 산속으로 잠적했는지, 한국을 떠나버렸는지 행방을 감추었다. 그의 사업체는 문 닫고 한참 시간이 지난 후다. 그의 회사 '펜타곤스타' 임직원들을 검찰이 불러 조사가 모두 끝났다.

천진구가 검찰에 참고인으로 불려갔을 때는 여러 사람들의 조사가 모두 끝나고 최후의 참고인으로 불려 왔기 때문에 질문이 까다롭고 내용도 복잡했다. 'K3' 대표이사, 간부들, 고문변호사, 회계법인, 경리담당자, 남녀직원들도 조사를 받았다. 천진구는 조사관에게 보고 듣고 알고 있는 사실을 이실직고하지 않을 수 없었다. 조사담당관으로부터 거짓말 하면 신상에 해로울 것이라는 엄중한 경고도 받았다.

검찰은 진작 천진구가 '케이쓰리'의 인수합병의 핵심당사자로 점찍었다. 머리를 잡았다는 기대를 걸고 불러들여 의심의 눈초리를 거두지 않았다. 검찰은 기업인수합병을 본격적으로 진행할 적에 진구가 기업인수 관련 계획과 주요한 핵심 사안을 챙기고 국내외 금융기관 로비업무를 담당한 것으로 추측했다.

사실 진구는 앞에 나서서 표면상 기업인수의 첨병 역할을 감당하지 않았다. 그럴만한 이유가 있었다. 진구가 마산소재 법정관리기업 섬유업체의 대표이사였다. 천진구를 중국 공장에 책임자로 보내기 위하여 법원 판사의 허가를 기다리고 있었다.

입사허가가 나와서 중국으로 가게 된다면 '펜타곤스타'의 기업 인수합병 일에 깊이 가담하지 않아야 도리다. 김두수의 적극적인 참여를 바라는 요청을 거부하고 한 발짝 물러나 엉거주춤 최소한의 협조만 했다.

대신 진구 중에 기업인수 합병업무에 경험이 많은 다른 친구를 김두수 사장에게 소개시켜 주었다. 증권회사 고문과 중견기업에서 기업인수 업무 경험이 풍부한 친구는 기업인수가 완료되면 사장을 시킬 예정이다. 불행하게 그는 스스로 기업인수 합병 경험이 있는데도 불구하고 천재일우로 찾아온 기회를 잘 요리하지 못했다.

우호적인 주주들을 포섭하고 우군을 만드는 성과를 거두지 못했다. 김두수와 '펜타곤스타' 직원들의 이목을 받지도 못하고 협력관계를 만들지 못했다. 오히려 인수합병 대상인 법정관리업체 '케이쓰리'의 사장과 대화를 하고 협력하는 사람처럼 비쳤다.

그 친구는 기업인수합병의 성공 가망이 없다고 판단한 것 같았다. 법정관리 사장과 협력하여 어떤 이익을 도모할 엉뚱한 생각이 있었다. 결국 기업인수 합병이 실패하고 그는 어디로 영영 사라져 버렸다. 그런 일이 있은 후 어떤 모임에도 나타나지 않았다. 얼마 후 진구가 이력서 제출한 마산합섬회사의 담당판사가 입사 허락을 거절하는 바람에 중국 공장 취직이 무산되었다.

김두수의 기업인수도 실패하고 진구는 두 마리 토끼를 쫓다가 모두 놓치고 말았다. 진구는 허탈했다. 선택과 집중에 전력하지 못한 성격 탓이라고 스스로 자책했다.

기업인수가 실패하고 투자자들로부터 김두수가 공격을 받는 절체절명의 위태로운 시간에 쉽게 도피할 수 있도록 기회를 만든 사람이 과연 누구인지 다른 사람들은 몰라도 누군가는 확실히 알고 있다. 그를 빼돌려 도피시킨 사람이 누구인지 아무도 눈치 채지 못했고 검찰도 전혀 알지 못했다. 표면상 나타나지 않았지만 그런 계기와 기회를 만들어 준 사람이 있었다. 곧 좋은 일이 있을 것이라고 기대에 부풀어 집안에 생기를 불러 일으킨 사람이다. 김두수는 진구에게 말 한마디 없이, 아무런 방해도 받지 않고 간단하게 사라졌다.

강남 오성급 호텔에 '펜타곤스타'에 투자자들과 변호사가 모여 향후 투자자금 반환에 대한 대답을 듣기 위하여 모였다. 인수자금을 투자한 사람들과 주식의 급등락으로 큰 손해를 보고 악이 솟구친 사람들이 의논하여 호텔에 모두 참석하기로 했다. 진구는 김두수의 연락을 받고 호텔로 급히 나갔다. 투자자들이 모두 오지 않아 논의가 본격적으로 시작되기 전에 삼삼오오 심각한 표정으로 커피를 마시고 있었다.

호텔 복도에서 주위를 살피고 있던 김두수가 진구를 보자마자 잠깐 할 말이 있다면서 소매를 끌어당겼다. 사람들이 잘 보이지 않는 프런트 방향으로 끌고 갔다. 커피숍에 모인 사람들의 시선이 가려진 벽 뒤쪽에 오자마자, 아무 설명도 없이 진구를 보고 회의장으로 먼저 가라고 말했다.

화장실 간다며 빠른 걸음으로 걸어갔다. 화장실 가는 척 뒷문으로 서둘러 나가는 모습이 틀림없이 위기를 모면하기 위하여 사라진다는 몸짓으로 보였다.

진구는 뒤 따라가 에둘러 붙잡을 마음도 없었다.

험악한 분위기를 예상하니 차라리 자리를 피하는 편이 현명하다고 판단했다. 상황이 불리하면 36계가 최선이다. 병법에도 알려주는 전술이다. 진구는 모여 있는 사람들 눈을 피해 돌아보지도 않고 호텔 밖으로 나왔다. 시간이 지나면 해결되겠지, 시간이 제일 좋은 약이라는 평범한 진리를 상기했다.

지하철역 몇 곳을 지나 강남 터미널 근처 맥도날드에 들어가 혼자 앉아서 그간 기업인수 일에 관여한 최근의 긴박한 일들과 지난 시간 그와 어울린 일들이 들어있는 기억의 창고 문을 열어 보았다.

*

사람은 겪어보아야 안다고 말하지만, 겪어보아도 잘 모르는 사람이 세상에는 간혹 있다. 김두수도 그런 사람 중의 하나이다. 그의 미래에 대한 계산법은 보통과 확실히 다르다는 느낌이 들었다.

김두수는 돈이 주머니에 들어올 때에 법인 하나를 설립하여 진구에게 대표 자리를 만들어주었다. 회사를 성장발전시키는 일은 진구의 능력으로는 힘든 분야다. 회사 설립 자본금은 기업인수 합병을 위한 회계 법인으로부터 들어온 자금인지, 가지고 있던 돈인지 모른다. 중소기업의 전산 자동화시스템을 구축하는 회사이다. 컴퓨터 관련 기술자가 운영할 수 있는 회사다. 진구가 '펜타곤스타'에 들어가는 일도 성사되지 않았고, 마산섬유회사 중국법인 취직도 수포로 돌아가자 머뭇거리지 않고 '피닉스'라는 법인 대표이사에 진구를 바지사장으로 등기했다.

연구소장에 김두수, M전자의 기술 연구소장을 전무로 영입하고 '펜타곤스타'의 직원들을 이직시켰다. 이 회사를 어떻게 경영할지는 미래의 경영자의 책임과 권한으로 남았다. 설립 시 임차한 삼성동 소재 제법 큰 사무실을 정리하고 작은 오피스텔로 옮겨 일을 찾으려 노력했으나 기술적인 한계로 인하여 유지하기 힘들었다. 인맥이 닫는 회사 몇 곳에서 전산 일을 했다. 그러나 1년도 버티지 못하고 회사 문을 닫았다.

마산섬유회사 법정관리 대표가 서울로 올라와 태평로 칼국수 집에서 점심을 먹고 근처 커피 집에 들어갔다. 저쪽 테이블에 케이쓰리 법정관리 사장과 커피를 마시며 대화하는 사람을 보았다.

김두수가 케이쓰리를 인수하면 사장에 취임하기로 예정되었던 친구다. 서로 반갑게 악수하고 잠깐 대화했다. 그는 어색한 표정으로 중국에 가서 일한다고 했다. 상세하게 말하지는 않았지만 아마 케이쓰리 중국 공장에 책임자로 취직된 것이 틀림없을 것이다.

그는 친구보다 우선 일해야 하는 현실이 절박했던 것 같다. 회사를 일찍 퇴직하고 증권회사 고문을 했으나 자기 돈과 친구들 돈도 날려 먹은 것 같았다. 부인의 수입에 의존하여 먹고사는 형편이었다. 당당하게 월급도 받는 남편의 모습을 보여주고 싶었을 것이다.

진구는 곰곰이 생각할수록 그에게 배신감이 심하게 느껴졌다. 친구 관계는 무너졌다. 얼굴이라도 한 대 갈겨 주고 싶었다. 한편 잘살기를 바라는 마음도 있었다. 남들이 부러워하는 학교 나와서 선택과 집중을 못하여 스스로 성공한 생활인이 되지 못하고 친구를 힘들게 만들고 배신해야 하는 현실이 슬프게 느껴졌다.

나중에 들으니 산골에 들어가 조용하게 여생을 보내고 있다는 귀동냥만 했다.

젊은 시절 화려하게 활동하였으나 함수가 꼬여 은퇴 후 빈곤한 노인으로 살아가는 모습을 보이기 싫어 은둔자로 살아가는 사람의 심정을 이해한다.

*

김두수가 역삼동 오피스텔에 머물고 있을 때 만나서 나눈 개인적인 생활, 과거 사업편력, 앞으로 시작할 사업구상 중 한 가지가 특별히 진구의 머리에 남아 있었다.

미국의 뉴딜정책 같은 대규모 프로젝트, 한반도의 동서운하를 건설하는 구상이다. 이 사업이 실현된다면 장차 물 해결을 가져오고 수질개선이 기대되는 효과가 있고, 관광 진흥에도 크게 기여하는 건설공사다.

이런 구상은 어디까지나 희망사항이고 공상적인 농담조로 하는 이야기로 들었다. 물론 그는 무엇보다 첨단사업 분야에 폭 넓은 지식을 가지고 있었다. 향후는 4차 산업 세상이 도래한다.

미국은 IT선진국이고 사업경험이 있다. 한국은 미개척분야가 수두룩하다. 그가 보기에 머리를 굴리면 재테크 기회를 만들 수 있다고 상상했다. 김두수는 평균보다 약간 작은 키에 얼굴은 아래위로 균형 잡혀 특별히 나무랄 곳이 없는 데다가 웃기를 잘했다. 비교적 균형 잡힌 평범한 인상으로 단정하고 온화한 중년이다.

한국서 법학과를 졸업하고 대기업에 들어가 국제관계연구소에서 일했다. 연구소의 지원을 받아 미국의 명문대학에서 국제관계학 공부를 했다. 신자유주의 발전과 모순에 대하여도 부전공으로 공부했다. 석 박사학위도 받았다. 졸업 후 이름만 들어도 알만한 미국의 변호사 회사에 근무했다. 몇 년 후 변호사 회사를 뛰쳐나와 전자공학 공부를 하고 전공과는 거리가 먼 환경관련 기업을 창업하였다.

이온수기와 물 정화 설비를 생산했다. 몇 년간 인도, 일본, 한국의 대형 할인마트와 가전전문점을 통하여 이온수기를 납품했다.

인도의 수질관리 공공기관이 발행한 채권을 상당히 보유하고 있다고 말했다. 은근히 돈이 있다는 냄새도 풍겼다. 컴퓨터 조립공장도 설립하여 데스크 탑을 생산하여 국내외에 판매했다. 이 정도가 그에 대하여 알고 있는 전부다. 미국의 사업들을 발전 성장시키지 못하고 왜 한국에 나왔는지 모른다.

그 내막을 자세하게 말하지 않는 것으로 미루어 당당하지 못한 구석이 있을 것이라 짐작했다. 때로는 건설적인 거짓말도 하고, 임기응변적인 행동도 나타날지 모르지만 궁극적으로는 바르게 살고, 미래의 삶을 개선하기 위하여 보람 있는 사업을 한다는 의지는 확고했다.

인격적으로 진실하게 보였다.

*

중동 건설 붐이 식으면서 진출한 회사들의 임직원들이 대거 퇴출되는 시기에 진구도 그 물결에 휩싸였다. 나라의 경제가 험악하게 진흙탕으로 빠지는 경우는 어디나 주기적으로 닥친다.

미국도 대공황을 거쳤다. 개발도상국인 한국이 중동 건설 붐을 타고 도약하는 것 같았지만 들여다보면 많은 손실을 보았다.

천진구는 한국의 중동건설 붐이 일어났을 때 S건설회사 요르단 지사장으로 발령받아 입사했다. 몇 개월 후 사정이 변경되어 쿠웨이트지사에서 근무했다.

80년대 후반 중동건설이 시들해지자 귀국하였다. 중소기업 몇 개회사를 전전하였다. 걸프 전쟁이 발생하기 직전에 Kuwait에 머물고 있었다, 화장실 조립식 실링제조 회사의 고문으로 건축자재를 수출하기 위하여 현지 건축업자들을 만났다. 종합건설회사에서 중소기업 수출요원이 되었다.

건설회사에 근무할 적에는 중동걸프만 회의 GCC(Gulf community conference)가 추진하는 TG프로젝트(티그리스 유프라테스 강물을 아라비아 반도로 끌어오는 수로 프로젝트)의 기초조사와 문제점 공사 수주 가능성에 대하여 검토 작업을 했다. 당초 프로젝트를 계획한 영국 회사와 한국의 건설회사는 이 분야는 처음이다.

건설은 해운, 금융, 광산, 자동차, 리조트에 경험도 있었지만 해외사업은 처음이다. 이 프로젝트는 중동지역을 크게 변화시키는 엄청난 프로젝트가 될 것이라고 상상하고 열심히 공부하면서 조사했다.

아랍의 역사, 이슬람종교, 걸프국가들의 정치, 경제, 사회, 문화, 석유가 발굴되면서 지구상에서 부유한 국가가 된 OPEC 산유국의 현재와 미래에 대하여 책도 읽고 공부했다. 2년에 걸쳐 조사보고서를 작성하여 보고했다.

그 보고서는 GCC, 영국 개발회사, 한국의 건설회사에 보내졌다. 건설회사 본사에서 고생을 많이 했다는 칭송과 앞으로 크게 참고가 될 자료로 쓰임새가 있을 것이라는 평가였다. TG프로젝트가 실천된다면 이 일에 가담하고 싶었으나 기약 없이 미루어지고 있었다.

중동건설 경기의 퇴조로 건설 회사를 그만두었고 사막에서 있었던 일은 모두 옛날 일이 되었다. 과거 은행의 선배가 광학회사에 들어가서 금융관련회사 설립을 추진할 사람이 필요하여 임원으로 입사했다.

그 회사 회장은 욕심이 많은 사람이다. 사업하는 사람은 거의 비슷하지만 일 욕심은 타고 나서 무엇을 하든지 돈만 벌면 된다. 모든 인간관계는 돈 벌이에만 소용되는 수단이라고 생각했다. 인간이 바르게 사는 것이 무엇이며, 기업의 궁극적인 목표가 국가와 사회에 기여한다는 그런 정의로운 말은 개똥같은 소리라고 치부했다.

어떤 사업이 좋다는 이야기를 들으면 귀가 솔깃했다. 광학정밀뿐 아니라 반도체 공장도 인수하여 잘되는 것 같았다. 대통령이 방문하여 제품생산현황을 보고 관심을 가졌고 참모들에게 지원 방안을 검토하라는 지시도 할 정도였다.

사장은 대학 재학 중에 창업 경험이 있다. 재벌 총수의 딸과 결혼하여 사업의 꿈을 키운 인물이다. 사업은 돈, 사람, 기술이 절대 필요한 3대요소인데 돈보다 사람이 더 우선이라는, 누구나 알고 있는 상식을 강조했다. 사업의 요체는 인재, 자금, 기술이라는 점을 입가에 하얀 거품이 나오도록 강조했다.

인문계 대학 출신인 사장이 생각하는 인재는 생산제품을 위한 하나의 자재, 소모품에 불과하다고 생각하는 것은 아이러니가 아닐 수 없다.

그는 운이 좋아 중견기업으로 성장했다. 대기업인 '녹색 전자그룹' 장인 회사의 도움이 있었기 때문이라고 사람들은 알고 있다. 기업과 금융기관 출신들을 임직원으로 영입했다. 자연히 규모에 비하여 직급 인플레이션이 심했다. 은퇴한 금융기관 사람들을 영입하여 금융기관 인수를 추진했다.

대기업, 중소기업 할 것 없이 앞 다투어 설립하는 벤처캐피탈 법인 설립 대열에서 빠질세라 서둘러 일할 적임자를 찾았다. 진구는 이 회사에 들어가자마자 기획부서 팀장으로 회사설립을 맡아 추진했다.

지역적인 산업 편중을 피하기 위하여 본사를 수도권에 두지 못하게 하는 정부의 원칙 때문에 전북 도청소재지 사장의 고향에 회사설립신청을 했다. 지방에서 명목상으로 사업체를 운영하면서 지방자치단체장의 지원을 받을 구상도 했다. 도시 근처에 공원묘지로 적합한 산이나 지목변경이 예상되는 임야를 구입하기 위하여 부동산 업자를 동원하여 부지런히 조사했다. 요람에서부터 무덤까지 돈이 되는 사업을 계획하고 아이디어를 모았다.

본사가 투자하여 금융투자회사를 설립할 적에 기획팀 직원들이 입술이 부르터가며 밤늦도록 계획서를 작성하여 허가부처에 제출하고 인가받았다. 투자회사 설립자본금은 은행에서 빌리고 법인 등기 후 바로 다른 용도로 사용하기 위하여 통장에서 움직였다.

또 다른 법인 명의로 빌린 돈과 합쳐 지방 땅에 투자했다. 나중에 땅이 지목 변경되어 운동장 조성과 아파트 건축 대지로 변경되어 땅값이 수십 배로 상승하여 투자보다 몇 배 많은 보상을 받았다.

진구는 회사의 계획대로 신설회사 설립, 채권관리 업무가리지 않고 부지런히 맡은 일을 처리했다. 몇 년 가지 않아 정부로부터 인가받은 금융투자회사는 투자한 본사의 부도로 운영이 불가능하게 되고 정부에 인가권을 다시 반납했다. 겨우 신생기업 몇 개 회사에 소액으로 지분투자하고 힘들게 만든 투자사는 1년 만에 일생을 마감했다. 100억 년 넘게 살아 빛나다가 생을 마감하는 초신성이 되기를 희망했던 상상은 헛된 꿈이 되었다.

진구는 나중에 생각해 보니 투자회사를 반납하기 전에 제3의 인수자를 찾아 연결하거나, 스스로 자금줄을 찾아서 살리지 못한 것이 무척 후회스러웠다. 눈의 시력이 날아가 돋보기를 쓰기 시작할 정도로 열심히 노력하여 힘들게 설립한 금융회사가 성공한 모습을 바라보면 보람이라도 있었을 것이다.

사장은 투자 회사 자본납입금으로 은행에서 빌린 돈과 또 다른 회사 이름으로 빌린 돈을 친척의 이름으로 여기저기 부동산에 투자하여 큰 이익을 남겼다. 부도 후 투자회사는 반납되었어도 이런 과정을 통하여 사장의 목적은 충분히 달성했다.

회사가 부도났을 적에 부사장 한 분이 죽음을 맞이하게 되었다. 가슴 아픈 교훈을 남겼다. 회사가 부도나고 회장은 숨어 도망 다니는 처지가 되었다. 회사의 남은 일처리 때문에 고민하고 신경 쓰고 힘들었다. 회의 중에 쓰러져 병원에 실려가 십여 일 만에 죽었다.

부도난 회사를 집어 먹겠다고 탐욕에 눈이 멀어 너무 신경 쓰는 바람에 뇌졸중이 되었다고 평소 죽은 부사장과 앙숙처럼 지낸 회사 내의 어떤 간부의 비아냥거리는 악평도 있었다.

"죽은 부사장은 자기 집을 은행에 보증했기 때문에 피 말리는 고민을 하지 않을 수 없었다. 회사와 회사 주인을 믿고 앞날의 발전을 바라며 은행에서 돈 빌릴 때 보증서에 도장을 찍었다. 그런데 어떻게 그런 말을 할 수 있나."

죽은 부사장을 두고 간부들 간에 서로 원망하고 말다툼이 생기고 불난 집에 기름 뿌리듯이 시끄러웠다. 회사가 부도나고 은행이 담보로 잡고 있는 집을 공매처분하게 되면 보증 선 사람은 집을 빼앗기고 거리에 내쫓기는 신세가 되는 것이 불을 보듯이 빤하지 않은가.

회사 임원의 가장 난감한 일중 하나는 회사가 은행 대출 받을 때 보증서는 일이다. 돈 빌려주는 은행이 채권을 확보하기 위하여 공개 처분한다. 보증한 사람의 집이 공매처분 당하면 그의 가족은 비참한 지경에 처한다. 회사는 대출받은 거래은행, 집을 담보로 잡힌 판매 대리점, 자재납품업체들에게 큰 손해를 끼치고 침몰했을 뿐 아니라, 성실한 사람도 죽게 만들었다고 생각하니 사업주의 탐욕과 과욕이 직원들을 실업자로 만들고 본인도 비참하게 파산하는 불행을 야기한다.

남이야 죽거나 말거나 수단 방법 가리지 않고 사업만 성공하면 모든 것이 잘된다고 말하는 사람 밑에 들어가 일하다가 부사장의 가족은 심각한 피해를 보게 되었다. 돌아가신 부사장은 대학 선배, 인생 선배로서 안타까운 심정은 다 말할 수가 없다. 평소에는 회사가 파산되고 고통과 절망이 닥쳐오리라고 판단하기는 쉽지 않다. 회사가 파산하여 직원들이 실업자가 되는 사건은 언제나 발생하고 특히 불경기가 닥치면 수없이 일어난다. 앞으로도 끊임없이 발생 될 것이다.

대부분 기업은 대기업 중소기업 모두 국가 경제에 기여한다. 간혹 사업이라는 명분을 앞세워 온갖 부도덕한 짓을 행하는 인간들은 직원들의 생활과 대책은 안중에 없다. 그럴듯한 명분을 내세워 사기극을 벌이는 괴물 같은 인간은 언제나 여기저기 둥지를 틀고 거미처럼 희생물이 나타나기를 기다린다.

적극적으로 희생물이 걸려들도록 그물망을 설치하기도 한다. 정부의 창업지원 열기를 잘 활용하여 벤처기업을 설립하여 지원금 명목으로 국민의 혈세를 빨아먹고, 창업기업을 숙주로 다시 프로젝트를 만들고, 기업인수작업과 주식조작으로 한 몫 잡으면 땅에 투자한다.

적절한 시기가 되면 지방자치단체에 로비하여 지목 변경 프로젝트로 큰돈을 보상받아 챙긴다. 이런 인간은 국민의 혈세를 빨아먹는 흡혈귀와 다를 바 없다. 회사를 설립하여 돈을 빼먹는 사기 행각은 어디서나 언제나 일어난다.

자금이 모아지면 즉 목표가 달성되면 정치판으로 뛰어 들어가 명목상으로는 사회와 국민을 위하여 일하는 선량이 되는 위선도 한다. 자금이 있으니 정당도 만들고 연구소도 설립한다. 돈을 만들기 위한 현실의 투쟁과 경쟁은 지극히 당연한 삶의 모습이다.

*

천진구가 어느 날 지하철을 타고 잠깐 잠이 들었다. 꿈속에서 지금까지 나쁜 사람이라고 생각하는 부도난 회사 사장이 앞에 서서 째려보고 있었다. 지하철 승객들이 쳐다보는데 큰소리를 질렀다.

"야, 이 도둑놈아! 너는 참고인이 아니라 범죄자야, 회사가 부도나고 내가 도망다닐 때 네가 한 짓은 완전한 범죄야, 잘 생각해 보고 나에게 이실 직고해!"

이런 말을 남기고 다음 역에서 내렸다.

"뭐요 사장님!"

자기 소리에 꿈에서 깨어났다. 부도 후 부사장이 죽고 사채업자들이 몰려올 때의 분위기는 험악했다. 인가 받은 벤처케피탈을 국가에 다시 반납하고 맡은 일을 뒷정리하느라 우왕좌왕했다. 돈을 빌려준 은행의 간부가 찾아와서 회사가 담보로 잡고 있는 명단을 넘겨주면 적절한 보상을 하겠다는 제안을 받았다. 어차피 회사는 부도나고 곧 책상을 정리해야 될 시간이다.

억, 하면서 요구했다.

"돌아가서 검토하고 다시 만나자."고 했다.

다음날 다방에서 만났다. 변함없이 억, 하게 요구했다. 부도 맞은 사장이 도피

중에 회사에 남은 임직원들이 기밀문서를 팔아넘기는 일은 분명 범행이다. 참고인이 아니다. 고발당하면 죄인으로 조사받을 것이다.

천진구는 부도난 회사에서 퇴직금을 받을 수 없어 벤처 캐피탈 사무실의 임대차 보증금 중 퇴직금에 해당되는 금액을 법원 절차를 밟아 가압류했다.

나중에 퇴직금을 받았으나 주식으로 몽땅 날려 버렸다. 코스피 800전후 시 신용으로 시작했는데 600대(6.25), 500대(5.18) 400대(4.19) 다음 300대(3.15)로 내려갔다. 천진구는 손 털고 그 후 증권에서 영영 멀리 살아가기로 작정했다.

*

기업인수 합병 추진 과정에 일어난 일들을 자세히 다시 되짚어 보았다.

주주총회가 열리고 대표와 경영진이 새로 선임되면 전 용남은 중국 공장 책임자로 발령 내기로 예정되어 있었다. '펜타곤스타' 측 사람을 대표이사로 취임시키기 위하여 화성 공장에서 임시 주주총회를 개최하기 전에 우호적인 지분확보를 위하여 경험 많은 유능한 사람을 영입했다. 사장 선임을 위한 주주총회가 개최되었다. 김두수는 구로동 회사에서 대기하고 주주총회 결과 소식을 기다리고 있었다.

주주총회가 개최되는 시간에 '케이쓰리'의 사장이 덩치들을 동원하고 직원들과 투자자들, 우호적인 주주를 포섭하여 펜타곤스타 측 사람들과 새로 선임 예정된 사장을 아예 주주총회장에 들여보내지 않고 막았다.

'케이쓰리'의 현재 사장이 주주들과 투자자들에게 그간의 '펜타곤스타'의 기업인수 추진 내력을 설명하였다.

"미국으로부터 부품 수주 뉴스도 거짓말입니다. '펜타곤스타'는 케이쓰리를 인수할 자금이 없습니다. 여러 주주님들, 이것은 완전히 사기입니다."

아니 그럴 수가 있나, 주주들이 웅성거렸다.

"다른 정상적이고 건전한 인수회사가 나올 때까지 우리 회사를 현재 상태로 운영하기로 결정하겠습니다, 반대하시는 분 안 계시지요? 찬성하시는 주주님들은 손을 들어 주세요."

"예, 찬성이요, 현재대로 유지해요."

사전에 공모된 주주들이 소리쳤다. 다른 의견이 있는 사람도 분위기에 휩쓸려

입을 다물고 있었다.

현재의 법정관리 사장이 주주총회를 이끌어 다른 건전한 인수회사가 나올 때까지 현재대로 유지하기로 결정되었다.

김두수가 추진한 '케이쓰리' 인수는 현재 사장의 반대공작으로 실패로 돌아갔다. 기업인수 후 사장 예정자로 영입된 친구는 처음 인수 작업이 진행되고 주주들을 우호적인 주주로 만들기 위하여 설득작업을 열심히 했다. 기업 인수합병 경험과 사법기관에 참고인 피의자로 출입 경력이 많은 경험자로서 주주들의 마음을 사는데 혼신의 노력을 바쳤다.

한편 현재의 사장이 개인적으로 우호적인 주주들을 사전에 만나 인수 추진회사의 김두수를 악평했다. 상장기업을 먹기 위하여 자금도 없으면서 사기극을 벌이고 있다고 역설했다. 그의 신랄한 설명이 주주들에게 먹혀들어갔다.

현재 법정관리 사장의 설득이 진실인 것처럼 먹혀 들어갔다. 사전에 포섭한 주주들이 인수회사를 사기 회사로 보게 되었다. 예상외로 일이 반전되었다.

한편 'K3' 법정관리 사장은 김두수가 영입한 예비사장을 극비로 만나 어떤 협상을 진행했다. 기업인수 합병은 절대로 이뤄질 수 없으니 조용히 있으면 보상하겠다는 약속을 했다. 기업인수가 실패하자 사장 예정자는 변명도 제대로 하지 않고 슬그머니 어디로 떠나 버렸다. '케이쓰리' 법정관리사장은 '펜타곤스타'의 기업인수합병작업이 끝나면 당연히 자리를 물려주고 떠나야 된다. 손 놓고 가만히 있을 수 없었다.

법정관리 사장은 미국에 날아가서 펜타곤스타의 메모리 부품수주에 대하여 조사했다. 신문에 발표된 펜타곤스타와 상담한 회사들은 상담은 했으나 구매확정 사실이 명확하지 않다는 것을 확인했다.

국내서는 신설회사가 회계 법인에 의뢰하여 인수자금을 만들기 위해 투자자를 모집하여 자금을 동원했다는 내용도 파악했다. 법정관리사장도 그의 우호적인 주주를 포섭하여 현재 사장 쪽으로 의견을 모은 주주들의 힘으로 기업인수가 실패하도록 전력투구했다.

주식이 다시 곤두박질치기 시작하자 아차하고, 주주들과 투자자들은 케이쓰리가 펜타곤스타에 인수되어 주식가격이 유지되도록 지지했어야 좋았을 것을 인수합병이 실패하는 상황이 되자 후회했다.

나중에야 깨달고 가슴을 쳤으나 이미 버스는 지나갔다. 주주들이 웅성거리며 '케이쓰리'의 사장의 말을 듣지 말고 기업이 인수되도록 다시 논의하자고 주장하는 주주들과 다른 인수 기업이 나올 때 다시 의논하자는 편으로 갈라져 치열하게 논쟁하고 싸웠다. 현재의 법정관리 사장이 주장하는 대로 빠른 시일에 다른 인수업체를 찾겠다는 주장이 우세하게 돌아가고 말았다.

주주총회 다음 날 김두수의 집에서 회계법인 관계자들이 모여 향후 대책을 논의했다. 그때 밖에는 투자자들이 몰려왔다.

"이 사기꾼, 돈 내놓지 않으면 죽이겠다, 이 세끼!"

몰려온 투자자들이 협박했다. 김두수는 빠른 기일에 날짜를 잡아 보상절차를 설명하기로 설득했다. 그의 말을 듣고 일단 투자자들은 식식거리며 돌아갔다. 외견상 보기에 김두수의 앞날이 어떻게 될지 걱정스러웠다. 푸른 하늘에 검은 구름이 몰려오는 형국이었다.

*

김두수는 회계사를 통하여 투자받은 자금 대부분은 친척 직원과 서마담 명의로 은행에 입금시켜두었다고 짐작된다. 김두수가 오피스텔에 있을 때에 길 건너편 뒷골목 밥집에서 거의 세 끼니를 먹었다.

여주인은 첫눈에 보아도 진일만한 여자는 아닌 것 같았다. 식당 여주인과 자주 만나다 보니 보통 이상의 관계가 되었다. 마음이 통하여 손님 이상의 관계가 되었다. 아침에는 야채샐러드와 토마토 주스와 토스트를 만들어주고 점심은 비빔밥이나 육개장을 맛있게 조리해 주었다.

중년 남녀가 만나 서로 의지하며 따뜻한 삶을 만들어 행복해진다면 부도덕한 인간이라 비난만 할 수도 없다. 불륜이라며 손가락질할 수도 있겠지만 남녀의 사랑은 이성보다 감정에 좌우된다.

현실적 삶을 부정할 수는 없지 않은가. 미국의 부인과 이혼까지 갈 것인지 그것은 미지수였다. 식당 여자와 어디까지 갈 것인지도 아무도 점 칠 수 없었다.

맹수도 먹이를 잡기 위하여 수많은 실패와 거듭된 연습이 필요하다. 큰 먹이를 물기 위해서는 이빨도 건강도 훈련이 필요하다. 그는 그런대로 훈련된 전사다.

'케이쓰리' 인수가 헛된 것 같지만 김두수의 목적은 어느 정도 달성되었다. 속으로 미소를 지으며 유유히 자기 갈 길을 계획했다.

천진구는 한때 근무한 적이 있는 회사의 사장과 김두수를 비교해 보았다. 투자회사를 설립하고 모 회사가 부도났으나 돈을 빼돌려 부동산에 투자한 것처럼 김두수도 자금을 챙겼을 것이다. 또 다른 일을 구상했다.

선이든 악이든지 할 일이 있어야 된다. 눈을 크게 뜨고 머리를 굴려보면 세상은 재미있는 일이 지천으로 널려 있다. 낚싯밥에 걸리는 물고기처럼 눈멀고 어리석은 사람들도 어디나 있게 마련이다. 계단을 하나하나 밟고 올라가지 않고 몇 계단씩 뛰어 오르다가 잘못하여 다리를 다치기도 하겠지만 잘 오르면 빨리 올라간다. 위험이 크면 클수록 돌아오는 성공적 결과도 크다.

*

'케이쓰리' 기업인수 합병관련 검찰청 주식 조작 반에 참고인으로 불려가서 조사받은 일도 수년이 지났다. 전용남은 중국에서 익사하였고, 천진구의 머리에서 기업인수 합병일과 김사장의 모습도 잊어가고 있었다.

삶의 부조리와 슬픔에 대하여 사색하고 명상하는 날이 많아지기 시작했다.

천진구는 아침마다 공원을 산책하면서 자연의 순환과 감동과 의문을 품었다. 나무는 계절의 변화에 맞추어 푸른 옷, 붉은 옷을 갈아입고 눈보라 폭풍에 맞서 견디고 인간을 위하여 산소를 공급하고 죽어서는 건축자재나 땔감으로 자신을 헌신 한다.

매일 떠오르는 태양은 지구의 생명체를 지키고 변함없이 순환하면서 우주에 존재한다. 우주에 가득 찬 공기와 빛은 인간과 식물의 생명을 키우고 보호한다. 지구에 빌붙어 사는 인간은 왜 그렇게 이기적인가? 신의 실패작인가?

자연의 순리를 생각하고 순간을 값있게 살아야 된다면 과연 어떻게 살아가는 것이 맞는지 의문이다. 아침저녁이 쉼 없이 돌아가고 찬란한 해는 동쪽에서 매일 떠올라 새로운 하루를 연다, 이 얼마나 경이로운가. 서산으로 해가 넘어가고 저녁이 오면 잠자리에서 편안하게 휴식할 수 있는 밤이 온다는 것, 이 얼마나 행복한 선물인가.

한 인간으로서 조용하고 단순한 삶의 방식을 좋아하기로 작정하여 규칙적으로 운동하고 독서하면서 시간을 보낸다.

굴곡 진 비탈길을 지나 평탄한 길로 걸어가는 삶을 바란다. 더 좋은 삶으로 개선할 생각이 의식 속에서 똬리를 틀고 있다. 누가 보아도 죽을 때까지 나이를 잊고 살아가는 활기찬 인간형이 되고 싶었다.

소년 출세, 중년 상처, 노년 빈곤 3가지는 피해야 한다는 말도 있다. 진구는 소년시대 고생하였고 건강한 아내가 옆에 있고 늙으면서 살아가는 형편이 좋아지는 것 같은 조짐이 보인다.

「행복의 정복」(바트란트 렛셀)에서, 현명한 사람은 사정이 허락하는 한 행복하게 살 것이고, 우주의 본질에 대한 탐구가 어떤 한계를 넘어 고통으로 인식되는 순간, 우주가 아닌 다른 문제를 탐구하기 시작할 것이라고 했다.

*

천진구는 흰 눈이 펑펑 날리는 12월 초 김두수로부터 전화 연락을 받았다. 일본 나고야에 와서 일을 의논하자고 했다. 머뭇거리지 않고 바로 그의 일본 나고야 사무실을 찾아갔다. 그동안 또 다른 사업을 진행하고 있었다.

기업 인수합병을 위해 회계법인을 통해 투자 받아 보관해온 자금과 주식에서 남긴 이익을 잘 관리하여 일본에서 사업을 했다. 돈을 맡긴 직원은 호주에 보내서 공부시키기로 하고, 일본 회사와 무역을 하고 있던 그 직원의 형을 인수한 사업체의 부사장 자리에 임명했다. 그리고 일본 상호신용은행의 주식을 대량 구입하여 대주주가 되었다.

그 상호신용은행을 이용하여 대출을 받아 기업체를 또 인수했다. 전자업체와 금융 업무를 담당하기 위해서는 실력과 경험이 풍부한 사람이 필요했다.

김두수는 또 다시 천진구의 협력이 필요하고 일본회사를 운영할 최적임자라고 판단했던 것이다. 금융기관과 대기업 중소기업에서 일했고 일어를 어느 정도 구사하는 천진구에게 회사 운영을 책임지는 사장자리를 맡아 주기를 요청했다. 진구는 수락 못할 이유가 없었다.

천진구는 한국과 일본을 오가며 활발히 움직이는 활기찬 날을 보냈다. 김두수가 모험을 할 수 있었던 뒤에는 다방면의 경험자의 조언과 협력이 큰 힘이 되었다. 천진구는 시중은행에서 시작하여 여러 형태의 금융기관 건설회사, 전자회사, 제약회사 등에 근무하면서 터득한 나름대로 넓은 사회적 지식을 축적했다. 실질적으로 앎의 깊이와 넓이도 적지 않았다. 김두수는 그런 진구의 경험과 지식을 최대한 활용할 계산을 했다.

일본에서 첨단 기자재 생산회사를 인수하여 '솔라 파워'로 회사명을 변경 등기했다. 일본인 젊은 컴퓨터 공학전공자를 연구소장에 임명하고 천진구를 대표이사 자리에 임명했다. 자본주는 김두수이지만 그는 법적인 회사의 등기에 올리지 않았다. 한국에서의 기업인수 합병일이 그를 자유롭게 하지 못했다.

이 회사의 모든 법적인 운영책임과 권한은 대표이사 천진구에게 주어졌다. 사장직을 맡은 진구는 회사의 운영조직도 다시 정비했다. 대주주인 상호은행으로부터 막대한 자금을 대출받은 상태다. 험한 바다를 항해해야 하는 선장의 어깨는 무겁다.

우주에 태양열발전소를 건설하는 미국 우주항공회사에 부품을 납품하기 위하여 나고야에 설립한 '솔라 파워'는 우주 항공과 미사일 개발을 위한 최첨단 제품을 생산할 계획이다. 태양열 발전소를 우주에 올리는 공사는 수백만 종류의 부품이 필요하다. 우주공간에 발전소를 건설하는 작업은 로봇이 한다. 미사일이 로봇과 부품을 실어 올린다. 미사일의 왕복이 빈번하게 이루어진다.

'솔라 파워'는 미사일 항속 거리 측정 모니터, 중력과 열 감지 센스 같은 고도의 기술이 필요한 미사일 부품을 생산하는 회사다. 지구가 더 이상 석탄, 석유, 가스 같은 화석 연료의 사용을 중지하고 태양열을 이용하여 전기 에너지를 생산해야 지구가 계속 유지될 수 있다.

지구 온난화를 줄이고 더 살기 좋은 지구를 만들기 위한 인류의 노력은 힘차게 추진되어야 된다. 지구 상공에 나노 단위의 솔라 묘 줄을 장착한 우주항공기술을 융합한 태양열발전소를 건설하여 지구에 송전하는 프로젝트가 성공만 하면 대박 터지는 청정에너지 생산사업이다.

'솔라 파워'는 인도의 브라만로켓사와 기술제휴업무 협약을 맺고 제품 생산을 준비했다.

에너지 생산이 성공되면 미국뿐 아니라 전 세계 우주 태양열 발전회사에 매년 큰 금액의 판매와 수출이 가능하다.

상호신용은행은 '솔라 파워'와 미국의 스페이스파워(Space Power) 간에 체결된 납품 확약서 한 장과, 사우디 아라비아의 '선 트레킹 시스템'사의 구매 의향서(Letter of intend)를 근거로 솔라 파워에 사업자금을 대출했다.

누가 보아도 엄청난 특혜 대출이다. 고객들로부터 받은 예금을 건전하게 운영해야 할 상호신용은행 본연의 규정을 무시하고 특정 업체에 집중적으로 집어넣었다. 상호은행의 대주주가 되었을 당시에 이미 계획된 일이다.

열심히 시제품을 만들었으나 계속 불량품이 나왔다. 실패를 반복하고 심혈을 기울여 2년 동안 개발한 시제품을 미국의 스페이스파워사로 보냈다. 그들이 검토결과 요구되는 기술기준에 적합하지 않는다고 보완하여 보내달라는 회신이 왔다.

기술제휴를 체결한 인도 브라만 로켓사의 기술진을 불러들여 기술자문을 받고 수차례 시행착오를 겪은 후 제대로 된 제품이 나왔다.

미사일 속도를 전공하여 실력을 세계적으로 알아주는 미사일 속도 계산 분야는 최고라는 전문가를 고문으로 초빙했다. 일은 혼자 하기 버겁다. 미사일 속도 계산의 이론적인 실력을 가진 기술자를 일단 모셔왔다. 자타가 인정하는 기술자라도 제품을 가공하는 기계설비, 특수금속의 합성비율, 전력의 품질, 금속 열처리수준, 기술자의 능력과 미세한 요인이 딱 맞아야 된다.

총체적으로 적절한 환경을 맞추지 못하면 수많은 시행착오를 겪게 된다. 금속의 열처리, 가공기술, 기계설비의 적합성을 위한 일본 미국 기술자를 초빙하여 종합적으로 검토했다. 숨 가쁘게 공장이 돌아가고 있었다.

이때 사고가 터졌다. 일본의 금융감독원이 상호신용은행에 감사를 실시했다. 예금 받은 돈 중에 법정 지급준비금을 겨우 남겨놓고 예금의 상당 부분을 '솔라 파워'사에 집어넣고, 속을 들여다보면 부실상호은행이 되었다.

전문가가 들여다보면 완전히 퇴출 대상이 되어야 마땅한 상호은행으로 부실화되었다. 일본 금융 감독기관이 그 동안 감독하지 않은 것은 법적으로 정기 감사기간이 정해 있기 때문이다. 감독기관의 책임은 아니다. 부실상호은행이라는 감사결과가 언론에 기사화되어 나오자 새벽부터 예금자들이 몰려들어 예금인출을 아우성치며 수백 미터 장사진을 이루었다.

매일 아침 새벽부터 예금자들이 몰려와 예금인출로 장사진을 치고 난리법석이 일어났다. 일본에서 상위 권내에 들어가는 상호은행이 이렇게 예금자들을 배신할 수 있나 하고 아우성 치고 난리가 났다. 지나치게 특정 회사에 대출을 집중한 상호은행이 문제가 되는 일은 일본에서는 아주 드물었다.

이런 난처한 순간에 '솔라 파워'사가 미국으로부터 거액의 수출 주문을 받아 대출금 상환이 가능할 것이라는 신문 기사가 나왔다. 예금인출 사태는 진정국면에 들어갔다. 그래도 일본의 피닉스상호은행은 사실상 껍데기만 남았고 부실화되었다.

사법기관이 '솔라 파워' 공장에 기습적으로 들어와 장부를 압수해 갔다. 공장설비 구입과 관리비에 거액이 투입된 것으로 장부에는 기록되어 있었다.

김두수가 한국에서 디지털 공단에 컴퓨터 하드디스크드라이브(HDD) 메모리 부품 공장을 설립하여 완제품이 나오기도 전에 상장기업 '케이쓰리'를 인수합병 시도하면서 회계법인을 통하여 투자를 받았다. 값이 뛰어오른 주식을 사고팔아 몇 배 차액을 남겼다.

은행에서 환전하고 일부는 남대문 암 시장에서 환전하여 일본으로 가져갔다. 일본서 상호은행 주식을 대량 구입했다. 상호은행이 예금 받은 돈 중 '솔라 파워'에 집중적으로 대출했다.

'솔라 파워'가 상호은행에서 빌린 돈 중 일부는 별도로 다른 은행 비밀계좌에 분산하여 보유했다. 김두수의 한국에서 회사 인수합병 계획이 겉으로는 실패한 것으로 보였으나 주식을 사고팔아 차익을 알차게 챙기고 있었다.

그 돈을 일본으로 가져가 일본의 상호신용은행 주식을 대량 매입하여 그 신용은행이 인수 설립한 전자회사에 대출했다.

투자의 귀재 '워 런 버핏'의 주장대로 '주식을 사지 말고 기업을 사라'라는 교훈을 실천에 옮겼다. '솔라 파워'는 일반 시중은행으로부터 빌린 돈도 있었다. 사용하기 위해서는 세탁이 필요한 자금도 있었다.

일단 제품생산과 수출이 계속되고 외견상 보기에 성장이 기대되는 회사가 되었다. 회사가 발전하면 대우도 좋아지고 사회적인 신용도 높아진다. 그러나 아직은 미지수이다.

천진구는 일본 검찰에 참고인으로 몇 번 불려갔다. 김두수가 일본에서 상호신용금고의 주식 매입과 대출받은 일은 잘 알지 못했다. 일본에 오기 전에 일어난 일이므로 자연히 면책이 되었다.

일본 검찰에서 조사받은 일은 별로 후회하지 않았다. 천진구는 한국과 일본에서 기업인수와합병 건 때문에 참고인으로 불려가 로봇 조사관과 생명체 인간 조사관으로부터 조사를 받았다.

천진구는 기업체에서 일이라는 재미있는 장난감을 가지고 놀았다. 이루어지지 않은 꿈도 즐겁게 보내는 시간이 되었다. 큰 희망과 즐거움도 생겼다.

미국 스페이스 사가 추진하는 우주여행에 신청하여 2년 후에 우주를 날아오를 계획이다. 우주를 가기 위하여 사전에 준비해야 할 일들이 많다. 모든 절차를 잘 마치고 우주선에 올라갈 것이다. 〈끝〉

미사일 박사

김박사가 인도로 출장을 갔다. 거래처 방문과 현지 진출을 위한 공장입지 조사 목적이다. 산업공단 몇 곳을 둘러보고 개별 입지도 조사목적이다.

당초 귀국하기로 한 날 볼일이 생겨서 시간이 더 걸린다는 연락이 왔다. 며칠 후에 또 더 머물러야 한다는 말과 다시 연락하겠다는 팩스가 들어왔다.

공장 지을 좋은 장소가 있어 구체적인 상담을 진행한다든지 신규사업 아이템이 발견되어 좋은 상담이 있는지 여부에 대하여는 소상하게 말하지 않았다. 막연하게 일 때문에 더 머물러야 한다니 본사의 추사장은 무척 궁금할 뿐이다.

팩스가 오고 2주 지난 뒤 다시 연락이 왔다. 불가피한 사정이 발생하여 당장 돌아가지 못하고 상당기간 머물러야 한다면서 회사에서 돈을 송금해 주기를 요청했다.

자세한 내용은 나중에 돌아가서 설명하겠으니 돈을 마련하라고 요구했다.

회사 내에 자금 사정이 좋지 않은 형편을 잘 알면서 큰돈 송금을 요청하는 김박사의 요청이 몹시 궁금했다. 인도 출장에서 무슨 큰 사고라도 발생했는지, 혹시 납치라도 되었는지 별별 생각이 다 들었다. 그렇게 큰돈이 왜 필요한지 도대체 설명을 하지 않으니 의아심이 들었다.

요구하는 큰 자금을 회사가 당장 현금으로 가지고 있지도 않았다. 비밀계좌에 묻어둔 자금은 연대 서명으로만 인출이 가능하다. 김박사의 자필서명 없이 일방적으로 인출 할 수도 없다. 김박사와 자금담당이 공동 서명을 해야 자금을 꺼낼 수 있도록 조치해 두었다.

김박사의 요구와 장기간 출장지에서 머무는 일이 도대체 이해가 되지 않았고 날이 갈수록 의아심만 늘었다. 돈이 필요한 일이라면 돌아와서 충분하게 검토하고 계획을 세우고 추진해도 될 것이다.

추사장은 할 수 없이 그의 지시대로 그의 소유 지분 주식 일부를 팔아 가능한 범위 내에서 송금을 했다. 공개기업이 아니므로 장외 비공개 취급 회사를 통하여 주식을 매도했다. 해외로 송금하자면 금액 제한이 있다.

기계설비나 재료의 구입 경우는 견적서를 첨부해야 하고, 원자재 구입, 현지 공장설립투자 경우는 계약서를 작성하고 인허가 기관의 승인을 거쳐야 해외로 송금할 수 있다. 이런 기초적인 상식은 누구나 알고 있다. 김박사는 그의 소유주식을 팔아서 외화송금이 가능한 범위 내에서 여러 번 나누어서라도 최대한 조속하게 송금해 달라고 수차례 독촉했다.

비록 비공개기업이지만 코스닥 등록을 준비하고 있었기 때문에 상장되기 전의 주식도 거래가 가능했다. 김박사의 회사 소유 지분은 30% 정도 된다.

대표이사인 추경진은 직원들에게 김박사의 귀국 지연과 송금 요청에 대하여 외부거래처나 금융기관에 절대로 말하지 말라고 단단히 단속시켰다.

김박사는 간혹 가다가 베일에 가려 일을 남몰래 처리하는 경우도 있었지만 이번 일은 통 이해가 가지 않았다.

인도에 일이 많으면 추사장이나 다른 임원이 그곳으로 출장 가서 의논하자고 제안했다. 그럴 필요 없다고 거절했다. 출장 떠난 지 벌써 2달이 지나도 돌아오지 않는다.

김박사의 소유 주식의 일정부분을 시장에 내다 팔아서 별도로 계좌를 만들어 보관했다. 아무래도 의심가는 구석이 한두 가지가 아니기 때문이었다.

김 박사는 추사장과 담당직원에게 송금을 독촉하는 전화와 팩스를 여러 번 보내왔으나 회사가 해외로 송금하기 위해서는 외국환관리법이 정하는 요건과 절차를 거쳐야 된다는 건 서로 잘 알고 있는 상식이다. 조금 기다리면 자금을 송금하는 방법을 만들어 보겠다고 대답은 했으나 요구하는 금액을 송금하는 일은 쉽지 않은 문제다.

연락이 올 때마다 아직 승인이 나오지 않아 보낼 수 없다는 핑계를 대고 시간을 끌었다. 김 박사는 송금도 못하느냐며 화를 내고 심하게 나무랐다.

"지시하는 일을 핑계대고 이행하지 않는 너들은 모두 모가지다. 나중에 돌아가면 혼날 줄 알아라."

직원들을 엄하게 닦달하는 소리가 추사장의 귀에 전해 왔다.

추경진 사장은 '안드로이드 파워'사의 등기된 대표이사다. 법적인 책임자이며 김박사는 연구소장 직이다. 김박사가 회사의 지분을 보유하고 있는 주주지만 벤처케피탈의 투자금도 지분이 크다. 추사장은 법적인 대표이사로 되어 있으나 지분은 김박사가 더 많다. 김박사는 회사의 창업자이며 실질적인 지분 소유자지만 등기이사로 직책은 연구소장으로 남아 있다.

왜 그렇게 회사의 직제를 만들었는지는 아무도 모른다. 회사는 김박사의 행방 때문에 침체되어 있었고 추사장은 머리가 어지러웠다. 사방으로 알아보았으나 연락이 되지 않았다.

거래처와 알만한 곳과 연락도 하고 인도로 임원을 출장 보내어 찾아보았지만 출국 후 모른다는 대답만 들어왔다. 한국으로 돌아간 줄 알고 있다는 그들도 걱정이라고 위로했다. 소식이 끊기고 일 년 가까운 시간이 흘렀다.

그의 행방불명 사실과 실종신고를 하자니 시끄러운 일이 될 것 같고 가만히 있기도 편치 않았다. 추경진은 처음 몇 개월은 일이 손에 잡히지 않았다. 점차 시간이 지나면서 어떻게 잘되겠지 하고 운명에 맡겼다. 회사를 운영하면서 매일 부딪치는 눈앞의 일 처리에 나날을 분주하게 보냈다.

*

추사장은 친구의 소개로 김박사를 만났다. 해외지사에서 근무하다가 귀국하고 몇 개월 후 회사 구조조정으로 퇴사당하여 비 맞은 가랑잎처럼 맥없이 쉬고 있을 때다. 창업하고 얼마 되지 않은 IT계열 회사를 소개받아 합류했다.

김박사는 공대 전산과를 졸업하고 미국 UCLA 공학박사 학위를 받았다. 미국 IBM연구소에서 근무하다가 퇴사하고 컴퓨터 부품을 개발하는 회사를 창업하여 컴퓨터 부품 회사를 운영했다. 인도와 거래한 회사에 미국 회사를 팔아넘기고 귀국한 사람이다. 그리고 경기도 소재 디지털 공단에서 컴퓨터 부품제조회사를 만들었다.

P.C HDD 메모리칩, CPU, RAM 조립에 들어가는 핵심 키트를 제조했다.

미국의 세계적인 회사에 OEM납품을 받아 수출을 막 시작했다. 몇 년 지나면 크게 성장할 것이라고 기대도 했다. 생산 아이 템의 재료가 귀하고 원가가 높아 비록 남는 이익은 작았으나 비전을 가지고 노력하고 있었다. 그는 은밀하게 친구의 조언을 받아 주식투자도 했다. 그의 친구는 뛰어난 주식투자 컨설턴트다. 3개월 내지 1년 만에 주가가 10배씩 상승하는 K사, S사, O사 등의 주가조작 작전세력이 움직이는 정보를 입수하고 주식투자로 큰돈을 만들어 준다는 사람이었다.

김박사는 구조조정으로 정리하는 회사의 부채를 안고 인수했다. 세상에 잘 알려지지 않은 전자회사 '안드로이드파워'는 인수 후 법인명을 변경하여 등기했다. 처음에는 엔젤투자 클럽에서 투자 받아 설비를 보강했다.

나중에 벤처케피탈로부터 추가 투자도 받았다. 부채 비율이 높은 회사로서 부지런히 수출하여 이익을 남기고 원리금을 갚아야 하는 처지다. 눈코 뜰 새 없이 바쁘게 회사를 운영해야 하는 형편이었다. 추경진 사장이 김박사의 회사에 합류한 후 3년이 흘렀다.

추사장도 일부 투자하여 자본금을 증자했으나 추사장 지분은 크지 않았다. 새로운 유망한 회사 인수나 자본금 증자의 기회가 있으면 지분을 늘리리라 결심하고 있었다.

김사장이 어디로 갔는지 아니면 사고로 죽었는지 심히 궁금한 상태로 세월이 흘러갔다.

*

여름 장마가 이어지는 날 추사장은 전화 한 통을 받았다. 정보기관이라면서 알아볼 것이 있으니 나오라고 했다. 후암동에 위치한 허름한 건물 사무실로 찾아갔다. '안전과 평화연구소'라는 작은 간판이 붙어 있었다. 그는 사무실로 들어가 조사관의 안내를 받아 의자에 앉아 둘러보니 사무실 분위기는 여느 회사와 크게 다르지 않았다.

"안녕하세요? 여기는 국가정보원 서울 제×분실 사무실입니다. 바쁘신데 와 주시어서 감사합니다."

이름과 전화 E-메일만 적힌 명함을 주면서 정보원이 자기를 소개했다. 추사장도 명함을 건네면서 물었다.

"무슨 일인데 여기서 나를 부르셨나요?"

조사관은 상당히 긴장되고 소명감 넘치는 목소리로 말했다.

"약 일 년 전에 김 박사가 이북으로 넘어갔습니다. 사장님이 그와 같이 회사를 운영하고 지금 인도회사와 거래관계를 하고 있는 것으로 확인되었습니다. 김 박사를 잘 알고 있는 사람 중의 한 사람으로 파악하고 있습니다."

"그는 인도로 출장 가서 일 년이 지나도록 돌아오지 않고 연락도 없어 우리도 어떻게 되었는지 행방을 계속 찾고 있었습니다."

"그에게 지금까지 돈을 얼마나 송금해 주었습니까?"

"그의 소유지분주식을 팔아서 허가 받은 금액 일부를 송금했습니다. 그의 주식지분은 그동안 몇 번에 걸쳐 모두 팔았습니다. 그러나 큰돈은 외국환 송금인가 요건을 마련하지 못해 보내지 못했습니다."

"그는 인도에서 이북 비밀요원들에게 납치되어 끌려가게 된 것 같습니다."

"네? 우리도 무슨 사정이 있는 것이 아닌가 걱정은 했지만, 그게 사실입니까? 그러면 이 일을 어쩌지요?"

"미사일 박사는 이북으로 끌려가서 러시아와 중국의 기술자들과 미사일 개발을 연구하고 있습니다. '유경미사일연구소'에서 연구원으로 일한다는 정보를 가지고 있습니다. 중국, 러시아 인도를 몇 번이나 왕래했습니까?"

"아! 이 일을 어쩌나. 김박사가 이런 불행한 일을 당하다니!"

"그의 정체가 포착되어 몇 개월 전부터 조사하고 있었습니다. 그와 관련된 국내외 사람들을 조사하는 중에 추사장님 회사에서 송금했다는 사실은 포착했습니다."

"그의 주식을 매도 위임장을 받은 임원이 나누어 처분했습니다. 처음 판 돈 일부는 달러로 환전하여 그에게 송금했습니다. 나중에 주식 처분한 돈은 별도로 은행계좌에 넣어두고 있습니다."

*

한나절 조사받고 회사로 돌아온 추사장은 앞날이 염려되어 머리가 천근만근 무거웠다. 김박사가 영영 돌아오지 않으면 회사는 어떻게 되는가? 그렇다고 걱정만 하고 손 놓고 있을 수도 없었다.

추사장은 전반적인 후일을 계획하는 그림을 그렸다. 그가 돌아오면 회사의 주인으로 당연히 대우해 주면 될 것이다. 유망한 사업 아이 템을 찾거나 팔려고 나오는 회사를 인수하는 방법을 구상했다.

김박사는 기술자로서 첨단 IT 분야에 박식한 지식의 소유자다. 그러나 회사나 집에서 그가 어떤 비밀스러운 통신을 누구와 주고받았는지 아무도 모른다. 의심이 갈만한 계기는 충분히 있었다. 온라인으로 미국 회사 일을 해주기 때문에 시차가 다른 밤늦게까지 일하는 날이 많았다.

김사장이 없어도 기술담당을 채용하여 연구소장을 맡기고 현재의 업종을 성장 발전시킬 수 있겠지만 많은 애로가 닥칠 것이 예상되었다.

생산 시스템이 갖추어졌고 기술자가 있으니 회사 운영은 되겠지만, 매일 변하는 새로운 기술 개발과 투자는 적지 않은 문제가 있을 것이다.

좋은 방법이 없는지 궁리하며 기술 경영자를 찾아보았다. 마침 굴지의 전자 회사에서 곧 은퇴하게 되는 공대 출신 선배를 만났다.

회사 사정을 상세히 브리핑하고 회사 자본금 증자에 투자하여 회사에 합류하기를 청했다. 추사장의 설명을 들은 이창식은 생각할 시간을 한두 달 달라고 했다.

*

'김사장은 인도에서 업무를 보던 중 사업파트너 인도인과 술을 마시고 호텔로 돌아가다가 택시기사로 변장한 북한 비밀요원들에게 납치되었을 것이다. 인도 북한대사관에 들어가자 대사관 직원들이 귀한 손님을 맞이하는 듯이 태도가 아주 친절하였으므로 납치되어 왔다는 감정이 금방 사라졌을 것이다. 그리고 북한 첩보원과 고위급 간부로 짐작되는 사람들과 미주 하고 많은 대화를 나누었을 것이다.'

그리고 이북요원들에게 납치된 당시 상황도 상상해 보았다.

"우리는 오래 전부터 김 박사님을 한번 뵙기를 바라왔으나 공식적으로 만남을 요청해도 응하지 않을 것 같아 이렇게 무례하게 모시게 된 점을 송구하게 생각합니다."

"무슨 일로 저를 이렇게 싣고 왔습니까?"

"아, 예. 박사님의 미사일 속도 계산실력은 대단히 정확하고 탁월하다고 알고 있습니다."

"과찬의 말씀입니다."

"사실은 우리공화국이 추진하는 미사일 개발에 박사님의 조언을 받고자 합니다."

머리가 잘 돌아가는 미사일 박사는 이들의 요구가 무엇인지 금방 알아챘다. 대화가 한참 진행되면서 결국 이들로 부터 미사일개발 업무에 협조해 줄 것을 강요받았다. 거절해도 강제로 납치되어 온 몸이 어떤 운명이 될지 모른다. 사태를 판단한 그는 어쩔 수 없이 모험을 결심했을 것이다.

김박사가 한국에 오기 전에 일본에서 창업한 중소기업의 전산 시스템 구축 업무를 하는 UEC는 운영이 잘되지 않아 은행부채만 남아 있다. 자연스럽게 폐업하게 될 것이다. 한국의 '안드로이드'도 기업 인수합병 시의 투자받은 돈과 은행의 차입금을 모두 변제하고 나면 남는 돈은 제로에 가깝다. 한국의 회사도 날로 경쟁이 심하여 앞날이 마냥 밝지는 않다. 김박사가 빠지고 나면 경영을 맡은 추사장이 능력을 발휘하여 '안드로이드'를 발전시킬지는 미지수다. 김박사는 회사를 어떻게 운영하고 성장시켜 나갈지 궁리했다. 밤낮없이 뼈 빠지게 스트레스 받으며 일해야 하는 자신을 고민하고 있었다.

현재 닥친 상황을 인식하고 운명에 순응하기로 작정했다. 연구소의 책임자로부터 앞으로 가족을 보살펴주고 안전한 거주지와 적지 않은 대우를 해 준다는 약속을 받았다. 무엇보다 하고 싶은 일을 한다면 행복하고 보람된 삶이 될 수 있을 것이다. 어디서든지 대우받고 싶은 일을 할 수 있다면 보람 있고 행복한 인간 삶이 될 것이다.

기술자 입장에서 이념이니 무슨 주의니 하는 것들은 잘 모른다. 북한에 가지 않고 인도의 은밀한 장소에서 특정 분야를 연구하여 보내주기만 해도 된다고 설득했을 것이다. 비밀스러운 장소에서 감시를 받으며 지내다가 상황이 차츰 달라지면 부득이 북한으로 가게 될지도 모른다.

추사장은 여기까지 상상으로 짜 맞추어 보았다. 김박사는 한국서 대학 전산과를 졸업하고 미국 가서 미사일 속도 계산으로 석사 박사 학위를 받았다. 이북의 미사일 개발에 필요한 인재로 점찍었다.

추사장이 정보원 서울 제2사무실에 불려가 조사 받을 때 보여준 김박사의 모습을 보면 그의 현재 삶이 외견상 나쁘지 않은 것처럼 보였다.

"자, 이것 보세요."

책상 위의 랩을 잘 보이도록 돌려놓고 이미지를 재생시키며 보여주었다.

"미사일 박사가 맞지요?"

지금부터는 김 박사를 미사일 박사로 호칭하겠습니다.

"그런 것 같은데요."

머리를 길게 길러 이마를 약간 가리고 있는 모습이 약간 변해 보이는 것 외는 그대로 다름없었다. 어떤 백화점에서 일본 스타일의 여자와 그녀의 딸 같은 처녀와 아장아장 걷는 꼬맹이와 손잡고 쇼핑하는 모습이다. 멀리서 찍은 사진이다. 이들이 일본인 북한 스파이거나 북한에 납치된 일본인이거나 중국 여행 온 것이라고 짐작되었다.

김박사의 옷차림과 몸짓 거동을 보니 궁색하지 않은 것 같았다. 선글라스를 쓰고 대로를 걸어가는 모습, 카페에서 커피를 마시며 대화하는 장면, 쇼핑하는 여러 이미지를 보여주었다.

수수하게 옷을 입고 다니는 습관은 한국에서 입은 옷차림이나 지금 사진 속이나 비슷하게 보였다. 멀찌감치 감시자의 눈이 항상 그를 살피고 있는지 간혹 눈을 들어 예리하게 째려보았다.

"그동안 어떤 정보자료를 보내 준 것이 있지요?"

"어떤 자료도 보내 준 것이 없습니다. 주식 판 돈 일부는 말씀드린 것처럼 현지 거래처를 통하여 담당임원이 송금했습니다."

"제품 수출검사는 어떻게 합니까?"

"공장 공정과정에 품질관리팀이 제품을 검사하여 인도에서 요구하는 표준 상자에 포장하고 수출 컨테이너 차가 와서 싣고 갑니다. 선박이나 급할 때는 항공편으로 보내기도 합니다."

"인도에는 얼마나 수출을 했습니까?"

"인도 회사가 발주해 오는 물량이 간혹 있는데, 큰 수량은 아닙니다."

"어떤 제품인데요?"

"컴퓨터 하드 드라이브 디스크(HDD)에 들어가는 메모리 부품입니다. 인도서 설계도면이 오면 그대로 제조하여 수출 합니다."

"어디에 사용되는 부품입니까?"

"특수하게 디자인된 장거리 미사일에 장착되는 부품으로 사용 됩니다."

"그 제품이 러시아와 중국을 통하여 이란과 이북으로 들어가서 미사일 장착 부품으로 사용되는 것 같습니다."

인도 회사가 한국에서 수입한 부품을 얼마나 이북으로 보냈는지, 인도 공장에서 컴퓨터 부품으로 모두 사용했는지, 그것까지는 한국에서도 알지 못한다.

인도 세관을 통하여 통관기록 제공 협조를 요청했으나 비슷한 물량이 너무 많아 인도, 중국, 러시아 세관은 통관서류 제공하기를 거절했다.

비행기 탑승객이 수백 개씩 핸드캐리어할 수 있어 사실상 중국이나 러시아를 통하여 북한으로 가지고 간 기록은 확인할 수 없고, 확실한 증거가 나오기 전에는 알려진 것이 없었다.

"미사일 박사의 요청에 협조하면 반공법에 걸리는 것은 사장님도 잘 알고 있을 것입니다."

정보원이 주의를 주었다.

"미사일 박사가 적대국을 위하여 일한다면 왜 협조하겠습니까, 그 점은 염려하지 않아도 됩니다."

"오늘은 시간도 늦었으니 돌아가시고 며칠 후 필요하면 다시 전화 드리겠습니다. 앞으로 우리 업무에 협조해 주시기 바랍니다. 그리고 당부하는데, 여기 오셨다는 이야기는 누구에게도 말하지 마세요. 이적 행위자를 잡는 일을 만약 누구에게 말하면 정보가 새어나가 국익에 반하는 일이 생길 수 있습니다."

추사장은 이런 경고의 말을 들었다. 김박사가 이북으로 강제 납치된 것이 분명해졌다. 김박사가 돌아오지 않는다면 회사 운영은 전적으로 추사장의 결정에 달렸다. 솔직히 걱정보다도 마음속으로 이상한 용기가 솟구쳤다.

*

정보원 사무실에 불려가서 조사를 받고 난 얼마 후 독일 함부르크 소재 미국 회사법인 신시나티 밀라 기계제작 회사가 팔려고 내놓았다는 소식이 들어왔다. 신시나티 밀라는 미국이 본사지만 영국과 독일 공장이 세계 시장에 알려져 있다.

추사장은 젊은 시절 기계회사에 근무할 때 이 회사와 기술 도입계약을 하여 아시아지역 담당자와는 자주 만나고 독일 함부르크의 '캠벨' 사장을 만난 적이 있었다.

그는 외모가 야무지게 보였고 실력이 대단한 인물로 알려져 있었다. 추사장은 신시나티 밀라 기계를 인수해 보자는 욕심이 생겼다.

기술자 개발이사를 시켜 신시나티 최근 현황에 대한 조사를 시켰다.

추사장은 한국의 H그룹 계열 공작기계회사에서 기술제휴사 신시나티의 다축밀링머신 중에서 브로칭 머신의 기술제휴 서류를 처리했고 실제 견본 기계도 도입하였다. 일본의 OKK밀링 머시닝 센터와 브로칭 머신을 어느 정도 알고 있었다. 이미 오래 전의 일이다.

현재 '안드로이드'의 첨단 IT의 수주물량이 줄어들고 생산이 증가하지 않으므로 회사 운영이 점점 힘들어졌다. 앞날이 불투명했다. 무엇보다 추사장 자신이 잘 모르는 분야다. 신시나티 밀라 제품은 수요처도 대단히 광범위하다.

인수자금으로 소요될 투자자금 중 일부는 보관중인 회사의 보유자금과 나머지 독일 현지 은행의 연합금융으로 차입하면 인수가 가능할지 검토했다.

신시나티 밀라 사를 인수하기 위하여 열심히 검토하고 있을 무렵 이창식을 다시 만났다. 다음 달 말로 은퇴하고 추사장 회사에 합류하겠다는 결심을 말했다.

마침 여주에 이창식이 소유하고 있는 땅이 아파트 개발 지역으로 지정되고 보상이 나오는 돈이 적지 않았다. 그 동안 주식으로 만든 돈과 땅 판 돈을 안드로이드 회사 증자 시 투자하기로 합의했다. 안드로이드 사의 공동대표로 취임하여 기술 분야는 이창식이 담당하고 관리 분야는 추경진이 담당하는 그림을 그렸다. 미사일 박사의 주식은 거의 다 매도하여 지분이 없고 이창식과 추경진이 회사 전체 지분의 각각 3분의 1을 소유하게 되고 나머지는 벤처캐탈사와 임직원들이 나누어 소유하게 되었다.

추사장은 바로 행동으로 옮겼다. 고문법무사를 통하여 공동대표 등기와 이사등기를 하고 사장실을 개조했다.

추사장은 기술이사와 담당직원을 대동하여 독일로 날아가 중개하는 컨설팅 회사와 상담을 했다. 신속하게 인수 업무를 진행하여 일 년 내에 인수 작업이 마무리되었다. 신시나티 밀라는 세계적인 정밀공작기계 제조업체로서 미국의 독일공장을 한국의 '안드로이드'사가 인수한다는 소식이 알려졌다. 이 회사의 브로칭 머신은 대포의 내경을 가공하는 세계적으로 가장 우수한 정밀기계로 정평이 나있다.

일반 소총, 대포 등 포경 내부 브로치 절삭가공 작업에 절대 필요한 설비다. 여러 나라의 유수한 중공업 특히 군수물자 소총, 대포, 전함대포 할 것 없이 구경을 생산하는 업체가 고객들이다. 독일 신시나티 밀라 기계를 인수하기 위하여 수차 독일 함부르크를 왕래했다. 그러다가 현지에 몇 개월 머물렀다. 현지 시티은행을 주간사로 하여 연합금융(Syndicated Loan)을 얻기 위하여 은행 담당자와 변호사를 부지런히 만났다.

다행히 수년간 준비해온 '안드로이드'의 코스닥 상장이 이루어졌다. 예상보다 상장 첫날 주식가격이 아주 좋았다. 김박사에게 송금하기 위하여 코스닥 상장하기 전에 매도하고 남은 주식과 추사장이 스탁옵션으로 받은 주식이 가격으로 환산하면 상당한 금액이 되었다.

이 주식을 공식 비공식으로 자금을 만들고 자본금 증자 시 들어온 자금과 현지 은행의 연합 차입금으로 신시나티 인수를 완료하였다. 자금사정이 좋지 않고 매출이 저조하여 경영이 힘든 신시나티 밀라 회사를 인수한 것이다.

6개월 후 다행히 오래 전부터 개발해온 기술이 하나 완성되었다. 대포열의 내경을 절삭하는 기술을 향상시켰다. 현저하게 마찰을 줄여 속도를 현재보다 빠른 절삭 브로칭 머신이다. 브로칭 머신은 총열 내부을 절삭하는 기계이다. 총 구경을 들여다보면 나선형으로 파져 있다. 비전문가로 이미지가 잘 떠오르지 않으면 돼지의 거시기가 발기된 모양을 상상하면 될 것이다.

개선된 기계 품평회에 참가한 업체들은 대단한 관심을 가지고 돌아갔다. 이란에서 찾아온 기계부품가공 방위산업업체는 돌아가서 협의 후 바로 주문하겠다는 언질까지 주었다. 이번 개발제품은 향후 회사에 크게 기여할 상품으로 연구원에게 포상도 했다.

신시나티 밀라는 기술 분야 회사지만 추사장은 특별히 관심을 가지고 독일 출장을 자주 갔다. 회사인수 후 2년이 지나 신시나티 밀러로 출장을 가서 일을 보고 한국으로 돌아오기 전날 밤 임직원들과 함부르크 매춘거리 상 파울리에 위치한 중국식당 베이징 덕에서 알자스로렌 지방산 와인을 벌컥벌컥 마셨다. 신시나티 밀라 신제품 품평회 기사가 나간 후 며칠 동안 회사 주식이 상승했다.

상당히 무리하게 손아귀에 넣은 신시나티 밀라는 사실상 추사장이 좌지우지하는 회사다. 추사장은 앞날의 희망에 도취되어 기분이 들뜨고 술맛이 아주 좋았다.

젊은 시절 기계회사 근무할 때 독일 하노버 메세에 참석하기 위하여 독일을 방문했을 적에 전시회가 열리는 하노버는 호텔을 구하지 못하고 함부르크 호텔에서 기차로 왔다갔다 전시회를 구경했다. 건설 중장비, 공작기계 등 전 세계의 신제품을 볼 수 있는 하노버 메세는 전통을 자랑했다.

철도와 비행장도 있고 국내외 관람자들이 모여드는 하노버의 전시장 규모도 부러웠다. 아이들 손잡고 관람 오는 유럽의 부모들이 눈에 많이 띄었다. 이런 부러운 광경이 머리에 각인되어 있다.

추사장은 하노버 국제박람회 참석이 유럽에 처음 와 본 곳이다. 함부르크 상사 주재원이 운전하여 아우토반을 달리며 잘 만들어진 도로를 보면서, 인간의 역사는 도로의 역사라는 말도 기억했다.

추사장은 길거리의 여자들과 농담을 회상하면서 와인을 과하게 마시고 취했다. 옛날은 성당인데 지금은 시청으로 사용하는 함부르크 시청 근처 호프집에서 2차로 맥주를 마셨다.

직원들이 호텔까지 모셔다 주었다. 양말도 벗지 않고 침대에 들어가 바로 깊은 잠에 빠져들어 꿈을 꾸었다.

*

미사일 박사와 아주 가까이 지내는 회사 근처 식당의 여주인 그리고 그녀의 딸 같은 처녀가 어딘지 잘 모르지만, 커튼과 장식으로 보아 호텔 커피숍 같은 곳에 앉아서 커피를 마시면서 깔깔대고 웃고 있었다.

거참 이상하다. 저런 사람들이 다 있나 궁금했다. 얼마 후 로비로 걸어 나가 문을 열고 택시를 타는 모습을 보았다. 꿈에 왜 미사일 박사가 나타났을까 이상하다. 목이 조여 오고 배속이 답답했다. 응! 하면서 잠이 깨었다.

이런, 신발도 벗지 않았네. 일어나서 물 한 컵을 벌컥 벌컥 마시고 다시 침대로 들어갔다. 잠을 청했으나 김박사의 모습이 머리에서 지워지지 않고 잠이 오지 않았다. 몇 번 몸을 이리저리 굴리다가 겨우 잠이 들었다 싶었는데 신경이 날카로워졌다. 순간 이상한 예감이 들었다.

벌떡 일어나 스탠드 램프 불을 켰다. 별다른 이상이 보이지 않았다. 다시 잠을 청하고 있는데, 침대 옆에 누가 움직이는 기척이 났다. 그 순간,

"좀 일어 나시지요."

검은 물체가 보이고 손전등이 얼굴을 비추었다.

"너, 너 누구야! 여기 아무도 없어!"

"소리 쳐도 소용없습니다. 이 방은 소음 장치가 워낙 완벽하여 밖에서 들리지 않습니다. 지금은 프런트 직원밖에 없어 아무도 듣지 못합니다."

검은색 Lecoqsportif 캐주얼을 입은 물체가 말했다.

"도대체 넌 누구냐? 왜 남의 방에 잠입했냐?"

"예, 저는 시키는 대로 심부름하는 졸개입니다."

"누구의 졸개냐?"

"닥터 미사일의 부탁으로 왔습니다. 돈을 받아가는 심부름센터 사람입니다."

"닥터 미사일? 그가 어디 있어요?"

"그런 것은 우리 센터 보수나 알지 나는 몰라요."

"여기는 어떻게 들어왔나?"

"조금 전에 바로 위층에서 벽을 타고 내려와서 창문을 열고 들어왔습니다."

"거미 인간인가?"

"나는 벽 타기를 거미보다 잘하는 스파이더맨입니다."

"돈은 얼마나 받아 오라 했냐?"

"금액은 얼마인지 모르고 이 은행 계좌에 돈이 들어오도록 지금 컴퓨터로 송금

신청 하세요."

침입자가 탁자 위의 컴퓨터 쪽으로 가서 부팅했다.

오른손은 불룩하게 권총이 든 주머니에 넣고 왼손에 들고 있던 손전등을 놓고 자판을 톡톡 쳐 보였다. 국제 해결사를 동원하여 돈을 받기 위한 007작전을 시작하나.

도둑이 제 발 저리다는 말이 맞다. 왜 몇 년 동안 잠잠하다가 이제 와서 일을 벌이는지 궁금하다. 미사일 박사가 이북 정보부의 감시를 당하다가 조금 운신을 하게 되었는지 어찌 된 일인지 궁금했다.

서울에서는 간첩협조 일로 정보 조사기관에 가서 조사 받았고, 독일 호텔방에서 해결사에게 당하고 있는 모습이 무슨 놈의 험한 팔자가 이런지 순간 비참한 생각이 들었다. 또 한편 겁도 났다. 미사일 박사의 주식을 팔아 남은 돈 일부와 다른 돈은 신시나티 밀라 인수자금으로 사용하여 은행은 빈 깡통이나 다름없다. 비자금이 은행에 조금 남아 있으나 김박사와 회사의 자금 담당과 공동으로 서명하고 추사장이 비밀번호를 넣어야 인출이 가능했다. 비밀번호는 집에 금고 속에 보관한 수첩에 적혀 있고 알파벳이 길어 기억도 못한다.

"지금은 혼자서 어떻게 할 수 없소. 시간을 주시오. 하루 시간을 주면 내일 회사 사람과 공동으로 사용하는 비밀번호를 알아보고 돈을 송금하겠소."

"받을 돈의 20%을 받기로 했는데, 돈을 못 받아 가면 우리는 이런 위험한 짓하고 비용이 커서 잘못하면 손해나는 장사가 돼요. 캡틴도 충분히 짐작할 것입니다."

봉투 하나를 침대로 던졌다. 열어보니 은행의 입출금 모든 업무를 추경진에게 위임하다는 김박사의 자필서명이 들어 있었다.

"날이 밝아야지 나 혼자는 어떻게 할 수 없소."

"그렇다면 새벽까지 기다렸다가 회사에 전화하세요. 오늘 중에 호텔을 떠나기 전에 해결해야 됩니다."

"알았으니 기다려요."

"우리는 돈만 받으면 그것으로 끝이오. 사람 몸에 털 하나 건드리지 않는 원칙을 지킵니다."

새벽 2시부터 5시까지 잠을 못 이루고 이리저리 뒤척이기만 했다. 침입자도 소파에 기대앉아 침대 위를 바라보며 3시간을 보냈다.

"돈 보내줄 테니 걱정 말고 돌아가요."

"그냥 돌아가면 보수에게 맞아죽어요."

무거운 몸을 일으켜 화장실로 들어갔다. 샤워꼭지에서 나오는 물로 세수를 했다.

"아, 정신이 좀 나네."

그러면서 샤워꼭지 밑의 고리를 힘껏 눌러 문 앞에 서 있는 침입자를 향해 쏴 뿌렸다. 약간 뒤로 멈칫 물러나는 순간 문을 콱 잡아당기고 안에서 고리를 잠가 걸었다.

변기 옆의 비상용 수화기를 잡고 큰소리로 외쳤다.

"여보시요! 여보시요!"

전화선은 이미 끊어져 있었다.

"점잖지 못하게 왜 이러시나요? 문 열고 나오시지요."

할 수 없이 문을 열고 나와 침대로 가서 비스듬하게 누웠다.

"물 뿌린 대가는 받아야 되겠지."

침입자가 이불을 확 제쳐 던지고 추사장의 무릎을 힘껏 한데 갈겼다. 다리를 못 쓰게 된 것 같았다. 고통스럽게 한참 끙끙거렸다.

"오늘 중으로 이 은행계좌 번호로 돈을 넣지 않고 나가면 살아서 돌아가기 힘들 것입니다. 여기 독일과 서울에 우리 팀과 사업 파트너가 배치되어 항시 감시하고 있다는 것쯤은 짐작할 것입니다."

"언제부터 나를 미행 했소?"

"우리는 6개월 전부터 독일과 서울 라인을 통하여 매일 캡틴의 동태를 모조리 파악해 왔소. 매일 스케줄도 빠짐없이 체크하고 있습니다."

"당신은 도체 어디에서 온 사람이오?"

"그런 건 중요하지 않지요"

"어느 나라 사람이오?"

"우리는 본사가 슬로바키아에 있는 집시들이오."

"그것 참 요상한 인간들 다 보겠네."

"우리 손에서 도망갈 생각은 하지 않는 것이 몸에 이로울 것입니다."

전화를 들어 어딘지 통화를 하고, 침입자는 문을 쾅 닫고 나갔다. 물 한 컵을 벌컥벌컥 마시고 나니 정신이 조금 들었다. 잠도 제대로 자지 못하고 창밖이 밝았다. 시계를 보니 새벽 5시다.

*

본사 이창식 사장에게 문자를 보내 독일서 일어난 사건을 알렸다. 그리고 목숨이 위태로우니 신시나티 주식을 일부 팔아 현 상황을 모면하기로 의견을 나누었다.

신시나티의 자금부 직원에게 전화를 걸었다. 오늘 주식시장이 열리면 바로 회사 주식 일부를 팔아서 대금 들어오는 대로 통장으로 넣으라고 지시했다. 증권시장이 열리자마자 신시나티의 주식이 대량 거래되기 시작했다.

추사장은 호텔 프런트에 전화하여 몸이 불편하니 올라와서 숙박비를 계산해 달라고 요청했다. 조금 후 직원이 신용카드 계산기기를 들고 왔다.

"여기, 이리 잠깐 와 봐요."

"예스 셔."

"나를 미행하는 악당들이 있으니 호텔에서 빠져나가도록 도와주세요. 그리고 경찰에 알리지 말고요."

"알았습니다, 조금 기다리세요. 내려가서 팀장님과 의논 해보겠습니다."

카드 계산을 하고 직원이 나갔다. 30분 후에 아침 식사가 들어왔다. 우유, 모닝빵, 에그, 홍차와 물병을 트레이에 올려 있었다. 곧 따라 수건 비누 등 청소 비품을 잔뜩 실은 수레가 들어왔다. 식사할 동안 수레 밑에 있는 수건과 비누 바가지 같은 물건을 모두 다른 수레로 옮겼다. 식사는 먹는 둥 마는 둥 끝내고 호텔 직원에게 여행용 가방을 나중에 회사로 보내 달라고 부탁했다. 넉넉한 팁과 주소를 적어주고 간단한 손가방만 챙겼다. 호텔 로비나 뒷문으로 나가도 악당들의 감시에 발각될 수 있기 때문에 팀장이 청소차로 빼내는 방법을 고안했다. 청소 수레 밑으로 몸을 접고 꾸겨서 겨우 들어갔다. 청소 트레일러가 복도로 나와 승강기를 타고 내려와 식당으로 들어갔다. 제일 큰 비닐 자루에 들어가 주둥이를 끈으로 묶었다. 샤워 수건으로 덮었다. 좁은 수레에 실려 주방에서 한동안 기다렸다. 밖에 쓰레기

차가 도착했다.

요리사 두 명이 비닐자루를 낑낑거리며 들고 나와 쓰레기차에 옮겨 실었다. 쓰레기 더미 속에서 차가 달리는 동안 느끼한 온갖 음식 냄새를 참았다. 20여 분쯤 달려 대로를 벗어나 뒷골목 또 다른 호텔의 쓰레기를 주어 담기 위해 차가 멈추었다.

기차소리가 가까이 들리는 기차역 근처인 것 같았다. 차가 멈추었다. 인부가 사람이 담긴 비닐자루를 내려 끈을 풀고 자루를 벌렸다. 먼지를 털고 나왔다. 숨을 크게 한번 쉬고, 뒷주머니에서 지갑을 꺼내 지폐 몇 장을 건네주었다.

"당케 세, 굿 텐 타그!(감사 합니다, 좋은 하루)

*

추사장은 택시를 잡아타고 공항으로 가지 않고 함부르크 항구로 갔다. 역사적인 함부르크 항구에는 컨트리 크레인이 컨테이너를 쉴 사이 없이 싣고 내리는 모습이 보였다. 항구에서 내리지 않고 기차역으로 다시 돌아갔다. 골목과 큰 도로를 이리저리 돌아가기 위한 승객의 의중을 모르는 기사는 의아하다는 눈빛으로 고개를 갸우뚱했다. 기차역에 도착하자마자 바로 떠나는 프랑크푸르트 행 열차에 몸을 실었다. 프랑크푸르트에 도착하여 혼탕에 들어가 목욕을 하고 독일식 큰 레스토랑으로 들어갔다.

독일 정통 족발 '슈바인학센'을 든든하게 먹고 카이자 거리의 호텔 방에서 하룻밤을 보냈다. 호텔에서 하룻밤 보낸 여자가 괴테의 「파우스트」를 읽고 있었다. 독일은 자국민을 보호하기 위하여 타국에서 흘러들어온 여자들이 몸을 파는 공창이 존재하고 콜걸도 있다.

문학을 좋아한다는 그날 밤의 여자가 하루 속히 현재 생활에서 벗어나 공부하는 기회가 오기를 마음속으로 염원했다. 지갑에서 손에 잡히는 대로 마르크를 꺼내 그녀의 손에 쥐어주었다. 까무잡잡한 인도계 여자가 허리를 구십도 굽히고 고맙다는 큰절을 했다.

아리랑 간판이 붙은 한국 식당에서 아침을 천천히 먹고 기차역으로 가서 베를린으로 갔다. 독일 한국대사관에 연락하여 대사 면담을 요청했다. 대사는 독일 내 한국인이 운영하는 신시나티 밀라 주식거래 현황을 그냥 무관심하게 보지 않았다. 며칠 전 신시나티 밀라 주식이 거래소에서 대량거래 되는 것을 보고 그 내막이 궁금하다는 현지 신문보도를 읽었다.

한국인 소유의 신시나티 회사 주식이 왜 그렇게 대량 거래되는지 몹시 궁금하여 알아보고 있는 중에 회사 대표가 면담을 요청해온 것이다. 대사를 만나 명함을 건네면서 몇 년 전 신시나티 회사 인수과정과 현재의 운영 상황을 설명했다. 추사장은 당분간 회사를 직접 운영하기 위하여 나타나는 일이 힘든 처지가 되었다는 내막을 설명했다.

"주식 처분한 자금 일부로 학술연구재단을 설립하기로 결심했습니다. 한반도의 평화와 번영을 위하여 미력한 힘이나마 보탬이 되고 싶습니다."

"아, 그렇습니까?"

"독일은 위대한 사상가들과 통일문제를 다루기 위하여 벤치마킹할 사례가 많은 나라이므로 이곳에 한반도 평화연구재단 설립계획을 가지고 있습니다."

"큰 결심을 하셨습니다. 개인이 나라의 평화와 경제성장를 위하여 자금을 투자한다면 한국과 나아가 세계를 위하여 크게 도움이 될 것입니다."

추사장은 늦게나마 사회와 공동체의 평화롭고 행복한 삶을 만들기 위한 작은 보탬이라도 해야 되겠다는 결심을 했다. 젊은 시절을 돌아보면 험난한 가시밭길이었다. 사회로부터 도움을 받았고 국내외 많은 사람들로부터 받은 혜택도 잊지 못한다. 어린 시절 외국인 지원자의 도움, 대학 등록금 면제, 의과대학과 치과대학의 무료진료, 은행과 대기업에서 근무하면서 결혼하여 아이들 키우고 안정된 생활을 하고 있다.

비록 어릴 적이지만 6.25전쟁을 겪었다. 이념적인 갈등 중에도 민주주의 자유경제 시스템을 선각자들이 투쟁하여 이룩한 나라다. 황패한 쓰레기 가운데서 장미를 피우기 위하여 물을 준 주역으로서 긍지를 가지고 작은 보탬이라도 되겠다는 신념을 가지고 있다.

1961년 존 F.케네디 미국 대통령이 취임식 연설에서 한 말을 기억하고 있다.

'국가가 당신을 위해서 무엇을 할 수 있는지 묻지 말고, 당신이 국가를 위하여 무엇을 할 수 있는지 물어라.'

*

독일은 '독일문제(Germany Question)'를 해결한 나라다. 한국은 '한국문제(South and North question)'는 유일하게 단일민족이 찢어져 분단국가로 남아 있다. 미사일과 원자탄 개발 실험을 끊임없이 하고 있는 북한은 인권이 보장되지 않고 있다는 UN의 주장이다. 공산주의 유물사상으로 종교가 무시되는 나라로 알고 있다. 국민소득이 낮고 일반주민의 생활수준이 열악하다.

한국전쟁 후 민주주의 자유 시장경제 체제로 발전한 남한과 경제적인 수준 차이가 크다. 정치적인 공세와 비난을 멈추지 않고 간혹 불장난을 일으키고 있는 3대 세습 독재국가로 UN은 인권이 무시되는 국가로 말하고 있다.

추사장은 인류의 위대한 사상과 전쟁과 분단된 국가의 문제를 연구하는 탁월한 전문가와 독일통일과정의 전문가를 초빙하여 국제정세와 독일 통일전후 일어난 과정을 연구하는 평화관련 연구소 설립을 상상했다.

손에 들어온 돈으로 초기 연구소 설립운영이 가능할 것이다. 이 돈은 따져 보면 김박사의 돈도 아니다. 은행과 벤처기업으로부터 투자받은 돈으로 회사를 발전 성장시키고 코스닥에 상장하고 추사장이 독일회사를 인수하여 성장시키고 만든 돈이다.

북한의 미사일 개발에 동참하고 있는 미사일 박사에게 보내주는 것은 이적 행위가 될 것이다. 한국대사관을 찾아가 연구소 설립에 대하여 의견을 말하고 향후의 구상을 설명했다.

사실 추사장이 말하는 연구소는 사실은 다방면의 연구를 하고 싶었다. 대사관으로부터 연구소 설립과 운영에 필요한 협조를 하겠다는 대답도 들었다. 대사에게 협조를 부탁하는 인사도 넉넉하게 했다.

거의 모든 인간에게는 자기 주머니에 들어오는 봉투 내용이 무엇보다 중요하다. 매우 만족하여 최선의 협조를 아끼지 않겠다는 약속을 받았다.

추사장은 독일 신시나티 밀라 주식 매도대금을 연구소설립에 사용하기로 이창식 사장과 협의하여 결정했다. 자기 하나를 위하여 밤낮 채찍질을 멈추지 못하고 살아온 지난날을 돌아보았다. 이런 날을 맞이한 것은 하늘의 큰 축복이라 감사하고 마음이 흐뭇해졌다.

*

베를린 시내 유명하다는 가면제작소에 들어가 50대의 젊은 가면을 3D로 만들었다. 목에는 칩을 박아 목소리도 변장했다. 새로 태어난 외모는 누가 보아도 과거의 추경진이 아니다. 50대 중반의 사나이는 베를린 브란덴부르크 근처 몇 곳을 둘러보고 동서를 막는 장벽이 허물어지는 장면을 떠올려 보았다.

폴란드 행 기차를 탔다. 제일 먼저 찾은 곳은 이북의 전쟁고아 1,500명을 받아 양육시킨 학교가 있는 '프와코 비체'를 방문하였다. 북한과 사이가 나쁘지 않은 폴란드에 아이들을 보내 교육시키고 나중에 모두 이북으로 다시 데리고 갔다. 이들 중 성인이 되어 이북사회주의 체제의 지도자가 된 사람도 있다.

지구에 태어난 인간은 이념과 체제를 넘어 어떤 방법으로든지 자유스럽게 안전하게 생존하고 행복할 권리가 있다. 그러나 현실은 그렇지 못한 것이 안타까울 뿐이다.

바르샤바 유대인 학살감옥 홀로코스트를 둘러보았다. 국가 사회주의를 앞세우며 1930~1940년대 당시 경제적 불평등의 모든 원인을 유대인에게 돌리고 유전적 혈통을 강조한 아리안 순혈주의에 집착하여 유대인 공격의 구실로 삼은 히틀러와 그의 추종자들의 나라에서 무엇을 느껴 보기로 마음먹었다.

유대인·집시·동성애자를 학살이란 광기로 수백만의 유대인을 학살한 처참한 역사의 한 장면을 응시했다. 머리가 복잡했다. 이런 나라에 연구소를 차려 좋을지 의심이 들기도 했다.

오스트리아 빈에 가서 '스테판 성당' 지하 유골을 들여다보고 트렘을 타고 시내를 둘러보았다. 저녁때는 비엔나 오퍼 근처에서 시간 뜰이 관람티켓을 구입하여 마침 공연 중인 오페라 '탄호이저'도 감상했다.

다음 날 비행기로 이스라엘 텔아비브, 아부다비를 거쳐 요르단 암만과 사해를 관광했다. 유럽에서 중동을 지그재그로 여행했다. 러시아 싼 테스부르크, 모스크바, 중국 상 글리라와 동북성 일제 강점기 한국독립운동의 본거지인 심양(봉천)을 거쳐 철광도시 해성의 일관작업 공정을 자랑하는 중국국제투자공사(CITIC)관련 철광회사도 둘러보았다. 여기서는 광산에서 싣고 온 원석이 공작기계가 되어 나오는 공장이다.

중국 해성에서 나오는 철강석은 비교적 가격이 저렴하다. 독일 신시나티 밀라가 수입하여 사용할 수 있는지 검토해 보기로 했다. 제지회사가 수입하는 탈크도 엄청 생산하여 수출하고 있는 지역이다.

중국과 이북의 가장 가까운 접경 지역을 돌아보았다. 백두산을 올라가 보지 못한 점이 아쉬웠지만 다음 기회로 미루었다.

*

추경진은 규모 있는 프로젝트를 구상했다. 실천가능성은 미지수라도 계획은 만들 수 있을 것이다. 독일이나 폴란드 안에 적당한 장소를 골라 정기적으로 단체나 학생들을 초청하여 세미나를 개최하고 서로 소통하도록 장을 만들어 전세계의 학생들이 학술세미나, 미술전시회, 음악회 같은 각종문화 행사도 개최한다. 한반도는 불행하게도 지구상에서 유일하게 분단의 고통과 긴장의 시간 속에서 살아가는 나라다. 36년간 일본 제국주의에 의하여 수탈당하고 해방 후 얼마 가지 않아 6.25 전쟁을 겪고 처참한 황무지가 되었다.

위대한 정치가와 걸출한 사업가가 나타나 나라경제를 부흥시켜 산업대국이 되었다. 민주주의 자유 경제와 자유 우방국들과 동맹국이 된 남쪽은 경제가 발전된 국가가 되었다.

한반도의 문제를 해소하기 위한 준비로, 젊은 청소년들과 민간차원의 교류를 활발히 전개하여 미래 통일의 길을 모색하는 일은 다각적으로 이루어져야 된다.

현실적으로 가능성이 있는지 심도 있게 조사해야 될 것이다. 미국과 유엔 한국 내의 정치적인 문제가 복잡하게 얽혀 있기 때문에 간단하지 않다.

회사가 틈틈이 구상해 온 특별한 프로젝트, 동해에서 서해로 통하는 운하프로젝트, 서해서 중국 가는 해저터널 프로젝트, 인구가 감소되는 광산지역과 해안지역에 도시재생사업을 추진하여 교통과 물류를 개선하고 스페인의 빌바오같이 관광지로 개발하여 세계적인 명소를 만들 수 있다.

거대한 사업으로 엄청난 규모의 자금 조달문제와 환경론자들의 반대 같은 문제가 일어날 것이 예상되지만 풀어나갈 방법을 찾아볼 것이다. 추사장은 중동에서 시도했던 GCC프로젝트가 수십 년이 지나도록 진전이 없다는 사실을 잘 알고 있다.

*

독일회사와 한국에 연락도 하지 않고 독일에서 실종된 사람이 되었다. 미사일 박사의 의뢰를 받은 해결사들이 언제 어떻게 추경진 앞에 또다시 나타날지 모른다. 그에게 불안감이 떠나지 않았다.

밖에 나갈 때는 얼굴을 바꾸어 버렸다. 주독일 대사관의 협조로 가명으로 된 여권을 발급받아 여러 곳을 여행하고 한국으로 돌아오는 비행기에 탑승했다. 얼굴은 중년으로 변장하고 있으니 아무도 알아보지 못했다.

'안드로이드'와 독일 신시나티에 나타날 수 없다는 현실을 생각하면 머리가 무거웠다.

한국으로 돌아오는 기내에서 제공하는 와인을 몇 잔 마시고 잠깐 잠이 들었다.

*

한때 대한민국의 초대 대통령 별장으로, 6.25한국 전쟁 때는 북한 집권자의 별장 겸 전쟁 지휘소로 이용된 화천 파라호가 보였다.

별장이 올려다보이는 바위절벽 밑에 개인용 텐트를 치고, 파라호 일명 구만리 저수지에 낚시 줄을 담그고 희망 벅찬 날을 기다리기로 하고 시간을 죽이며 평화프로젝트를 다듬었다.

산과 물이 푸르고 아름다운 신록의 5월이다.

'나는 녹슬어 없어지기보다는 닳아 없어지기를 바란다'는 〈조지 휫 필드〉의 말을 마음에 새겨 담았다.

해가 서산에 걸리듯 인생 황혼에 시작한 사업을 성공시키고 죽기 전에 나라를 위하여 한반도에 두드러진 사업 하나를 할 수 있다는 혼자만의 비전에 마음이 흐뭇하였다.

눈을 감고 꿈을 꾸듯 깊은 생각에 잠긴 순간 손에 줄이 당기는 느낌이 왔다. 낚시 줄이 급하게 풀리면서 물의 움직이는 웨이브가 심상치 않았다.

"이크! 큰놈이 걸렸나?"

양손에 힘을 주어 줄을 잡고 풀어주었다 당기기를 수차례 반복했다. 큰 물고기의 힘 빠진 감촉이 느껴져 줄을 살살 끌어당겼다. 낚싯대를 위로 치켜 올리기에는 역부족이다. 가까스로 줄을 잡아 당겨 몇 미터 앞가지 끌려오는 순간 낚싯줄이 확 풀려 저만큼 도망치다가 다시 당기자 끌려 왔다. 손에 힘을 주어 신중하게 당겼다. 고기가 바로 발밑까지 설렁설렁 끌려왔다. 발밑까지 어른 장단지 크기의 황금빛 잉어가 자태를 드러냈다. 가히 환상적이었다.

왼손으로 줄을 탱탱하게 움켜잡고 오른손에 힘을 넣어 밖으로 끌어 올렸다. 순간 펄쩍 뛰면서 낚시 바늘을 버리고 물속으로 텀벙 들어갔다.

"야! 이놈아 어디 가? 아이고!"

"허허허, 그러니까 뜰채를 준비했어야지."

언제 왔는지 뒤에서 누군가의 소리가 들렸다. 놀라서 홱 돌아보니 중국 천진 항에서 고기를 잡다가 너울 파도에 휩쓸려 죽은 전용남이가 웃으며 내려다보고 있었다.

"꿈이야 생시야?"

어떻게 된 영문인지 놀라서 쳐다보았다. 그 순간 용남이 '잘 있어.'하는 짓의 입술을 보이면서 순간적으로 숲속으로 사라졌다.

"어어어, 정 사장!"

자기 소리에 눈을 번쩍 떴다. 옆 좌석의 손님이 빙그레 웃으며 바라보았다.

"이런, 내가 잠꼬대를 했구나. 꿈이 생시 같네."

혼자 중얼거렸다.

*

서울 도착 며칠 후 낚시광인 친구를 불러내어 파라호로 갔다. 단풍이 아름답게 물들 때까지 구만리 호수에서 낚시로 몇 개월 세월을 질러 올리면서 살아가고 싶었다.

물가에 몸을 맡기고 누리에서 젤 행복한 하늘 밑에 벌레가 되고 싶었다. 할 일이 많은데 낚시만 가지고 놀 수 없었다. 프로젝트를 실천하기 위하여 줄을 거두었다. 연구소 일은 하루라도 속히 시작해야 되고 일을 할 사람들과 대화를 서둘러야 된다는 강박감이 들었다.

베를린으로 다시 날아가서 베를린자유대학에서 교수하는 지인의 후배를 만났다. 현지인 교수를 추천받아 연구소 설립을 추진했다. 필요한 법적절차와 연구원의 규모, 연구원의 대우에 대하여 안을 만들면 자금을 지원하기로 기획을 위임했다. 2개월 동안의 밑그림 작성에 필요한 경비를 건네주고 스위스로 날아갔다.

몇 년 전부터 금강산에서 생수를 제조하고 있는 중국 제약회사 계열 투자기업을 찾아가 총판매 대리점 계약을 요청했다. 상담 결과는 예상대로 북측과 협의를 해야 된다는 대답이다. 중국과 중동지역에 주로 판매하고 있다. 남한도 생수 수요가 적지 않고 운송지역도 가까우니 판매량이 증가 된다면 당연히 환영할 만하다. 당연히 북한의 최고위급과 인맥이 닫는 국제적인 인물이 등장할 것이다.

북한 고위층과 손이 닿는 인물을 활용하여 움직이면 거래가 자연스럽게 이루어지고 남북문제를 위한 대화의 계기가 마련 될 수 있을 것이다. 금강산에서 나오는 생수가 남북을 흐르는 소통의 물줄기가 될지도 모른다.

현재대로 가면 인권이 무시되는 독재 국가와 감정적으로 무기로 적대시하는 일을 언제까지 해야 될지 모른다. 금강산 생수 제조 투자회사와 다시 상담하기로 약속하고 베를린으로 돌아갔다.

*

위촉한 교수들이 작성한 연구소 설립 초안을 검토하고 대부분 그대로 실행에 옮기기로 했다. 추경진은 독일의 통일과정에서 발생한 '스푸트닉 스캔들과 로이나 스캔들 같은 불미스러운 사건이 발생할 수 있을 것이라고 예상도 했다.

국제적인 이해관계를 면밀하게 읽고, 지구상 강대국들 간에 설키고 얽힌 문제를 지혜롭게 연구해야 하는 무거운 과제를 다루어야 될 것이다.

연구소 명칭은 평화보다 다소 은유적인 냄새가 풍기는 '두물머리'로 명명했다. 연구소 명칭 안에는 추경진의 꿈과 상상이 들어 있다. 연구소 명칭은 두물머리지만 사실은 더 차원 높은 분야를 연구하는 목적도 그 안에 내포하고 있었다.

인간은 물질과 비물질, 생물적인 측면과 의식, 정신, 영혼이라는 풀지 못하는 인류의 근본적인 숙제 두 개의 사유에 대한 철학연구를 하고 싶은 꿈을 실현해 보고 싶은 욕망이 있었다.

추경진은 학창시절 독일 가서 철학을 공부하겠다는 희망으로 독일어를 열심히 공부했다. 그 꿈을 늙어서 이렇게라도 성취하고 싶었다. 사무실은 한국의 양수리 같은 상징성이 있는 코블렌즈에 만들기로 했다.

두 개의 물줄기가 만나서 화합하는 장소의 상징성이 있는 장소다. 사무실 준비 연구원의 구성과 과제 선택은 후배교수와 현지인 독일 교수들이 맡아서 하기로 합의했다.

독일의 국제정세 컨설팅 회사를 방문하여 협력하기 위한 양해각서(MOU)체결을 요청했다. 러시아, 중국 여타 나라의 정치 외교적 역량이 있는 인물과 접촉하는 일이다.

한국의 휴전선 바로 남쪽에 거대한 토목공사가 가능한지 정치적인 이해관계를 검토하는 것이 일차적인 일이다. 공사의 규모와 설계는 다음 차례다. 특히 북한이 어떻게 반응을 할지 미리 탐지하기 위하여 외교 채널을 접촉하는 일은 컨설팅 회사가 책임지도록 했다. 이 프로젝트가 실현된다면 한국회사뿐 아니라 중국 동남아 국가들의 기술과 인력을 유치하고 기타 국가들의 인력도 들어와 일하게 될 것이다.

*

연구소 일은 교수들에게 맡기고 미사일 박사에 대하여 알아보기 위해 중국 심양으로 갔다. 북한의 사정을 잘 아는 심양컨설팅 회사를 찾았다. 수소문 끝에 심양평화컨설팅이라는 업체를 찾아갔다.

인도에서 납치되어 북한으로 끌려간 한국인 미사일 박사에 대하여 조사해 주기를 요청했다. 적지 않은 비용을 지불하기로 하고 우선 계약금 50%을 지불했다. 조사가 끝나면 나머지는 주기로 했다. 3개월 후에 미사일 박사의 근황에 대한 조사 결과를 메일로 보내 왔다.

몇 개월 전에 러시아에 출장 가서 감시의 눈을 피해 택시를 잡아타고 러시아 주재 슬로바키아 대사관으로 피신하는데 성공했다.

미사일 박사는 한국으로 돌려보내 주기를 요구했다. 한국과 독일에 돈이 있으니 충분하게 사례하겠다는 제안도 했다. 대사관측에서는 그렇다면 먼저 돈을 가지고 오면 협조하겠다는 조건을 내걸었다.

'안드로이드'가 사실상 자기 소유이며 회사를 운영하는 사장으로부터 돈을 받아 올 수 있을 것이라고 자세하게 설명해 주었다. 대사관에서 알아보니 추경진은 독일에 주로 머물고 있다는 정보를 알았다. 독일에서 추경진을 추적하여 돈을 받기 위하여 청부업자를 사서 보냈다.

추경진이 잠적해 버리는 바람에 대사관측은 김박사의 말을 믿을 수 없게 되었다. 북한으로 다시 돌려보내는 방법과 미국 FBI로 넘기는 문제를 두고 논의 끝에 북한 비밀요원들의 눈을 피해 극비리에 미국 FBI로 넘겼다.

김박사의 신병을 인계받은 미국 FBI는 미사일관련 기술자로 북한에서 일한 내용과 북한 사정을 조사하고 이중간첩으로 의심했다. 비밀장소에 감금하고 외부인 접촉을 엄격히 제한했다. 전화, 어떤 통신수단에 의한 접촉도 금지하고 한 발자국도 밖으로 나갈 수 없고 외부인과 접촉도 금지되었다. 외부와 접촉이 불가능한 비밀지역 지하에서 3개월간 조사받는 과정에는 머릿속 뇌와 얼굴, 치아, 몸속 장기도 모두 스캔하여 비밀탐지장치가 몸속에 장착되어 있는지 수차 확인했다. 의식이 제대로 작동하는지 뇌의 일부를 수술하여 변경시켰는지 세밀하게 조사했다. 물론 가족에게도 김박사가 미국으로 돌아온 사실을 알리지 않았다. 이런 사실은 나중에 들은 이야기다.

*

중국 탐정 컨설팅에서 날아온 메일의 내용이 진실인지 알아보기 위해 추경진은 미국으로 갔다. 김박사가 미국에 있다는 사실은 확인할 수가 없었다.

FBI에 수차 문의하였으나 알 수 없었다. 그런 사람이 있는지 알아보고 연락하겠으니 연락처를 남기라는 대답만 들었다.

FBI의 6개월간의 조사와 검증을 거친 후 미사일 박사는 미국 우주항공국 스페이스 태스크 그룹(Space Task Group)내 미사일 속도계산 요원으로 일하게 되었다. 우주 로켓 발사를 위하여 정밀한 속도의 계산은 절대적으로 중요하다.

속도는 로켓이나 미사일의 무게, 기압, 마찰, 고체연료, 액체연료에 영향을 받고, 궤도수정, 타원궤도에서 포물선 궤도로의 전환과 그 반대의 경우 속도조절 계산 등에 오차가 있어서는 안 된다.

미소간의 우주 항공 기술의 치열한 경쟁시대에 천재적인 수학적 계산 능력을 소유한 뇌가 가능한 많이 필요했다. 김박사는 '오일러' 수학을 가장 잘 계산하는 실력자로 인정받았다.

연구소 요원으로 일하면서 췌장암 진단을 받고 나사를 떠났다. 수술 후 경과가 좋아 미국 육군과 '록히드 마틴' 중앙정보국의 요원들과 기술자들이 모인 시애틀 근교 사드(Thadd)미사일 연구소에 연구원으로 배치되었다. 전 세계 미사일 개발 현황을 조사하고 이를 제압할 수 있는 초고도 추격 미사일 개발에 집중하는 연구소에서 미사일 속도를 계산하는 팀의 고문역으로 일했다.

추경진이 미사일 연구소로부터 소식을 듣고 바로 시애틀로 날아가서 연구소 내의 접견실에서 김박사를 만났다. 그 동안 일어난 복잡한 사업진행, 독일 신시나티 밀라 기계회사와 연구소 설립에 대하여 설명했다.

만약 슬로바키아의 청부업자에게 돈을 돌려주었다면 독일 인수회사 주식을 팔아 현금을 확보하고 연구소 설립도 생각하지 못했을 것이다. 신시나티 밀라 매입과 주식의 매도, 연구소 설립에 대한 내용을 자세히 설명했다.

*

청부업자에게 돈을 주지 않아 고생했지만 결과적으로 잘 되었다고 김박사는 말하고 추사장의 심정을 이해한다고 했다. 앞으로 좋은 투자처를 찾아 사업을 추진하고 연구소는 유지하기로 서로 합의했다.

신시나티 주식 매도 자금 일부와 비밀자금은 김박사에게 넘겨주었다. 미국 뉴욕 남부 법원에서 금융회사 리먼 브라더스의 파산선고가 일어나고 지구적인 금융위기가 시작되었다.

뉴욕 무역타워 사태 이후 경제가 침체되기 시작하여 저금리 정책으로 불량채권과 파생금융 상품이 썩어서 부동산 가격이 떨어지기 시작하여 리먼 브라더스 사태로 미국의 부동산이 폭락했다.

이때를 좋은 투자 기회로 보았다. 연구소와 김박사 공동명의로 로스 엔젤리스에 한인 타운에 평소의 절반 가격에 건물을 하나 매입하였다. 몇 년 후 구입한 건물이 가격이 올랐고 사무실 임대수입도 적지 않았다. 안드로이드회사와 김박사 공동 명의로 다른 건물을 매입하였다. 건물 가격이 올라 김박사는 교포사회의 재력가로 통하게 되었다.

미사일(Missile)과 안티미사일(Anti-Missile Thaad)의 속도 계산에 천재적인 그는 주식과 부동산 가격의 상승과 하강 곡선의 속도와 시간에 대한 감각도 뛰어나 재테크에 성공했다.

현재 두 개의 건물을 소유한 독일의 연구소와 김박사는 인류의 문명발생지의 흔적과 그 당시를 지배한 자들의 사후에 대한 자료수집에 관심을 가지기 시작했다.

인간은 모두 죽어도 남겨놓은 유적과 위대한 예술품은 불멸이다.

*

이집트의 피라미드, 멕시코의 마야유적, 로마의 수로, 판테온, 도로 같은 공학적인 흔적들과 여타 세계의 불가사의한 구조물들은 현재를 살아가는 우리에게는 대단히 경이롭다. 이런 유적들은 인간이 영원히 살고 싶은 욕망과 신과 인간과의 관계 때문에 생겼다. 지구라는 행성에 살아가는 인간은 끊임없이 더 행복한 생활을 만들기 위하여 과학을 발전시키고 물질을 변형시켜 왔다.

물질적인 발전에 따라 의식의 문제, 신의 존재와 섭리에 대한 문제도 사유하고 연구하였다. 최근에 뇌 과학 연구가 활발하여 인간 의식의 발생이 생물학적인 물질의 일부, 뇌의 신경작용에 의한 것이라고 주장하는 사람과 신이 창조한 영혼은 별개의 어떤 무엇이라는 이원론을 주장하기도 한다.

신이 만든 포괄적인 '사전 프로그래밍(Pre-programming)에 따라 인간은 사유하고 행동하다가 죽는다. 의식이라는 별개의 그 어떤 무엇은 육체를 떠나 영화 매트릭스의 시온이나 혹은 우주 암흑물질 저 너머 파라다이스에 간다는 믿음을 갖기도 한다. 신을 믿기는 해도 알 수 없는 영역으로 덮어두는 것이 현재 종교의 믿음이다. 연구소에서 서서히 연구해볼 일이다.

김박사는 그동안 암 수술로 술은 전혀 마시지 못하고 음식도 조심한다. 삶의 가치에 대한 생각도 많이 변했다. 우리들 인생에서 돈보다 더 가치 있는 무엇을 찾기 시작했다. 나는 곧 죽겠지만 저 빌어먹을 '생각하는 사람' 조각품은 영원히 살 것이라고 로댕이 말했을 것이다.

*

한국의 회사는 이창식 사장이 운영하고 추경진은 코블렌츠 연구소에서 많은 시간을 보낸다. 조용히 혼자 있을 때마다 생각에 잠긴다.

독일 모젤 강과 라인 강이 합치고 빌헤름 1세의 동상이 웅장하게 서 있는 삼각지, 두물머리 연구소의 창문 너머 오르내리는 케이블카를 바라보면서 인생은 올라갔다 내려갔다 하는 존재라는 생각도 하고 김박사를 만나 사람의 삶의 근본적인 문제를 연구하는 자리에까지 오게 된 것 또한 다행이라는 생각도 했다. 어려운 시련을 잘 견디고 위험한 순간마다 결정을 잘 했던 자신이 뿌듯했다.

사람의 살아가는 과정은 만남과 이별, 인연의 연속이다. 분단국가 독일의 통일을 연구하고 지구상의 유일한 분단국가 한반도의 문제를 연구하는 코블렌츠(Koblenz) 두물머리연구소가 10주년이 되었다. 특별히 의미 있는 기념행사를 준비했다. 음악실도 구비되어 있고 청소년 수련장으로 사용하는 '라벨린성'에서 음악 연주회를 준비했다.

1년 전에 쇼팽국제피아노 콩쿠르에서 영웅이 된 한국의 피아니스트가 유럽순회공연 중이었다. 그를 이곳 코블랜즈에 초청하여 시민들을 위한 음악회를 준비했다. 오후 4시에 시작하는 연주회에 몇 시간 전부터 남여 노소 시민들이 몰려들었다. 다른 도시에서도 소식을 듣고 찾아오기도 했다. 연주회가 끝나고 초청한 인사들을 위하여 디너파티에는 모젤지방의 와인을 준비했다. 참석자들은 한국의 훌륭한 음악가를 격찬했다. 초청된 참석자들 중에 돌아가지 않고 호텔에 묵는 동안 불편하지 않도록 호텔 측에 특별 대접을 하도록 부탁했다.

시장, 의회의원들, 단체장들이 디너파티 동안 친목과 대화의 시간을 갖도록 배려했다. 연구소 주최 측은 기대 이상의 값진 시간을 마련했다고 자축했다.

연구소 10주년 기념 음악회가 있은 다음날 아침 CNN뉴스에, 한반도 북한에서 발사한 20여 발의 미사일이 서울, 평택, 오산, 대전, 대구, 고성 등지로 날아오는 순간을 포착하였다.

여러 곳에 배치되어 있던 다탄두 안티미사일이 날아올랐다. 특히 속도가 2배 빠른 사드와 안티 미사일이 발사되어 북쪽에서 날아온 미사일을 모두 공중에서 폭파시켰다.

미사일 박사는 뉴스를 보고 빙긋이 의미 깊은 미소를 지었다. 〈끝〉

구두닦이

경진은 사무실 창문가 의자에 앉아서 총무가 말아다준 믹서 커피를 한 모금 마시고 머리를 옆으로 돌려 유유히 흘러가는 한강을 응시했다.

"어제 고생 많이 하셨어요."

문을 열고 들어온 신기동의 부인이 고개를 숙이면서 경진에게 인사했다.

"피곤하시지요, 수고 했습니다."

상중인 티가 나게 검정색 코드 차림에 얼굴이 무척 수척해진 부인을 바라보면서 인사를 주고받았다. 경진도 어제 홍국사에서 신기동의 49제를 지내는 행사에 다녀왔다.

"앞으로 장학회와 상조회 만드는 일은 선생님이 많이 협조해주세요. 또한 신발 수선교습도 맡아서 이끌어 주시기 부탁합니다. 이영석 총무님은 경진 선생님을 잘 모시고 교습소가 잘 돌아가도록 협조해 주시기 바랍니다. 저는 당분간 집에서 쉬도록 하겠습니다."

"저야 신발 제조나 수선에 대하여는 알지도 못하고 경험도 없습니다. 다른 적당한 기술자를 찾으면 좋겠습니다."

"저는 경영은 잘 모릅니다. 회사나 단체는 관리가 중요하지 않습니까, 일반 기획이나 관리에 선생님같이 역량 있는 분을 어디서 찾겠습니까. 무엇보다 죽은 남편의 생각을 선생님이 잘 알고 계실 것입니다. 뿌리치지 마시고 저의 부탁을 들어주시기 바랍니다."

신기동 아내의 부탁을 사양하고 거절했으나 거듭 간곡한 부탁을 뿌리칠 수 없었다. 남편의 갑작스런 죽음을 당한 비통함에서 아직 벗어나지 못한 상황에서 일이 손에 잡히지 않을 것이다.

경진은 당분간 맡아서 운영하겠으니 빠른 시일 내에 적당한 사람을 찾거나 직접 사무실에 나오시기 기다리겠다 는 전제를 달고 교습소 일을 맡기로 승낙했다.

언제든 집안이 정리되고 마음이 안정되면 나오게 되겠지 믿었다. 경진은 신발수선교습소에서 신기동 부인과 이영석과 만나 대화를 마치고 사무실을 나왔다.

지하철 성수역까지 걸어오면서 성수대교 붕괴가 일어난 날의 뉴스를 떠올려보았다.

'사망자 32명, 부상자 17명. 정확한 붕괴 원인은 조사해야 알겠지만, 현재까지 알려진 바로는 구조물을 잇는 몇 개의 볼트가 문제였고 여기저기 부실 공사 흔적이 발견되고 있습니다. 바로 2개월 전에 개관된 다리 끝 성수동 쪽에 건립된 생활용품연구소는 아무 이상 없이 건재한 모습입니다."

텔레비전에서 성수동 다리붕괴 특집 뉴스가 흘러나오고 있을 때 경진은 창문을 통해 다리 교각 사이 상부 트레스 약 50m가 무너져 내린 다리를 바라보고 있었다. 한강물은 아무 일도 없었다는 듯이 유유히 흐르고 있다.

철근에 콘크리트 덩어리가 너덜너덜 붙어 피아(Pier)에 걸려 있는 모습은 아찔했다. 경진은 그날 올림픽대교로 돌아서 훈련원 사무실로 나갔다.

생활용품연구소 건물은 마치 붕괴된 다리를 바라보고 있는 듯했다. 한강 둔치에 수십 개 기둥을 세우고 다리 위에 세운 33층 건물은 한 켤레의 운동화처럼 양쪽 대칭적으로 설계되었다. 건물 아래 필로티(Pilotis)가 아치형이라 멀리서 보면 차량들이 동굴로 빨려 들어가는 듯이 보인다.

이 건물 생활용품연구소와 아파트형 공장 사무실로 아침 일찍 출근하다가 승용차가 한강으로 떨어져 참변을 당한 사람 중에는 성수동 근처 여고생 10명과 외국인도 있었다.

사고가 발생하고 몇 시간 지난 후 경진은 신발 수선교습소에서 붕괴된 다리 모습을 바라보고 있었다. 그때 진동 스마트 폰이 울려 주머니에서 열었다.

신기동의 부인이 정신 나간 사람처럼 긴장된 목소리로 대뜸 남편을 보았느냐고 물었다.

"소장님이 아침 일찍 그곳으로 갔습니다. 그곳 사우나에서 목욕하고 간다고 했어요."

"그래요, 예, 오늘 저도 사무실에 조금 전에 나왔는데 보지 못했습니다. 저 위쪽 올림픽대교로 돌아서 오느라 조금 전에 사무실에 왔습니다. 교습소 교육생 2명 외는 총무도 아직 보이지 않습니다. 설마 무슨 일이 있겠어요."

무슨 일도 없어야 할 텐데 걱정하면서, 잔뜩 긴장하여 한숨을 쉬는 신기동의 부인 얼굴이 떠올랐다. 신기동은 하루 종일 연락도 되지 않고 본 사람도 없었다. 불길한 예감이 맞았다. 그날 저녁 신기동은 집에 돌아오지 않았다.

밤새도록 물에 빠진 사람들을 수색하기 위해 잠수부들이 동원되었다는 뉴스가 나왔으나 자정이 넘도록 떨어진 사람들의 생사는 밝혀지지 않았다.

다음 날 아침에야 승용차와 함께 물에 빠져 죽은 사람들의 시신을 인양해서 신원이 하나하나 밝혀지기 시작했다. 물에 빠진 몇 사람의 신원이 밝혀졌는데 시신 중에 신기동이라는 이름은 나오지 않았다.

이름을 알아볼 주민등록증 같은 것이 없는 사람이 한 사람 있는데 신원을 확인 중이라는 뉴스다. 미확인 시신이 생활용품 연구소의 신발 수선 교습소 대표로 알려진 것은 하루가 지나서다. 사고수습본부로부터 신기동의 사고 연락을 받은 부인은 청천벽락을 맞은 사람이 되었다. 사고 현장으로 달려가 남편을 확인했다. 얼굴이 푸르스름하게 퉁퉁 부었고 조용히 눈을 감고 있었다.

땅 바닥에 주저앉아 흰 광목천을 두 손으로 쥐어뜯으며 "아이-구, 아이-구 이 일을 어찌 할꼬." 울부짖었다. 옆에서 이 모습을 보고 위로하는 경진의 마음도 찢어지는 듯 아팠다.

경진의 뇌리에 어렸을 때 겪은 오래 되고 아픈 옛일이 아련히 되살아났다. 초등학교 1학년 때 막내 동생이 저수지에 빠져 죽었다. 착한 동생 주검이 가마니 위에 눕혀진 옆에서 3일간 울던 기억이 되살아나고, 바다낚시 나갔다가 너울 파도에 휩쓸려 죽은 친구의 얼굴도 눈앞에 나타났다가 사라졌다.

경진은 며칠 밤잠을 제대로 자지 못했다. 지금 생각하면 괜한 짓을 했다. 신기동의 이야기를 듣고 글만 쓰고 말았어야 했다. 더 깊이 관여하지 않았으면 거슴츠레한 눈을 가족에게 보이지 않았을 것이다. 후회했다. 그러나 이미 버스는 지나갔다.

*

전경진이 성수대교 붕괴로 죽은 신기동과 만나서 나부대고 다닌 일들을 뒤돌아 보았다. 그를 만났을 당시에는 소설을 어떻게 잘 쓸 수 있을지 궁리하고 있었다. 맛 갈 나고 아름답고 감동 주는 스토리를 어떻게 쓸까 하는 생각들로 머리를 가득 채우고 있었다.

에로스가 길동무가 되고 길을 안내하지 않으면 글 쓰는 사람은 도저히 진선미의 길을 걸을 수 없다는 말도 있다.

참기 힘든 존재의 무거운 짐을 짊어지고 고단하게 살아가는 어떤 사람의 삶을 진솔하게 쓴다면 감동을 일으키는 스토리가 될 것이라는 막연한 희망도 가졌다.

경진은 특별한 약속이 없으면 소설이나 에세이를 쓴다. 비록 늦게 글쓰기를 시작했으나 잘 쓰기를 희망했다. 대가들의 작품을 흉내를 내고 싶기도 하다. 예술에서 순수한 창작은 드물다. 미술 작품도 모작 위작이 진품 노릇하는 경우도 있다. 오전에는 거의 컴퓨터 앞에 붙어 있으나 글쓰기는 힘들다.

소설가는 헤매고 또 헤매는 사람이다(엔도 슈자쿠의 「침묵」 중). 그것이라도 일이 있다는 자위는 된다.

닥터 포헤어(Dr. for Hair)보다 어디 닥터 포 글쓰기가 없는지 찾고 있었다.

거리에는 사업자등록증 없이 밥벌이하는 직업이 여기저기 밝은 곳 어두운 곳에 널려 있다. 수산보이, 때밀이, 칼갈이, 이동식뻥튀기, 붕어빵과 떡볶이 파라솔, 무당과 점집, 아파트 일일장터, 구청마당의 일일 중고품, 밤에 일하는 대리운전사, 음식배달 라이더 셀 수 없이 많다. 그 사람들 중에 누군가를 붙잡고 질문하여 이야기를 듣고 정리하여 글을 쓰면 작품이 될 것이라고 상상했다. 국내 어느 신문의 신인문학상 단편소설 당선작 '비 인터뷰'(이재은)와 노벨상 수상자 벨라루스 출신 '스베틀라나 알렉시에비치'의 소설 「체르노빌의 목소리」도 체르노빌의 원자력 발전소 피해자들을 인터뷰하여 쓴 글이다.

다른 한편 글을 쓰고 싶으면 글짓기 공작소, 시, 소설 문학동우회 나가서 소설 작법을 배우고, 글쓰기 지도서와 위대한 불멸의 작품들을 눈이 나빠지도록 읽어야지 길거리의 잡상이나 구두닦이에게 질문하여 감동적인 소재를 발굴하고 재미있는 글을 쓸 수 있겠나 하고 스스로에게 반문하기도 했다.

고대부터 인간이 쓴 글과 문장은 산과 들의 숲과 나무처럼 존재하고 강과 바다물처럼 흘러가고 고여 있다는 것은 알고 있다. 고대인들은 다른 말로부터 이어져 오지 않는 말이 없다는 것을 알고 있었다, 고 '아우라'(카를로스 푸엔테스)가 언급했다. 단어와 문장을 연결하여 글 쓰는 일은 벽돌 쌓는 기술처럼 쉽게 배워지지 않는다.

하루하루의 생존을 위하여 귀하다 천하다 가릴 형편도 못되는 밑바닥에서 일하는 사람 치고 나름대로 애환이 많은 것은 빤하다. 그들에게 들은 말을 잘 정리하여 글을 써 볼까 궁리했다.

문학의 재료는 고통이라는 말을 어디선가 읽었다. 고난을 딛고 살아가는 인간의 끈질긴 생존투쟁에는 배고프고 헐벗고 추운 날들도 있고 희망의 빛도 있다. 까뮈가 알드레 드 리쇼의 소설 『고통』을 읽고 글을 쓰게 되었다는 그런 고통도 있을 것이고, 배신당한 억울한 심정, 증오에 몸부림친 시간도 있을 것이다.

비록 소설 쓰는 직업에 종사해 본 경험도 없고 전공으로 공부를 하지는 않았지만 경진은 자신의 힘들었던 지난날 경험을 살려 글을 쓰면 소설이든지 수필이든지 무엇이 될 것이라는 막연한 기대도 가지고 있었다.

늦었지만 소설다운 글을 쓰고 싶다는 욕망이 싹트고 무럭무럭 자라가는 자신이 감탄스럽게 느껴지기도 했다. 확실하게 생각하여 감동을 주는 글이 되어야 될 것이다. 삶에 대한 환멸, 인간과 세상에 대한 혐오를 종이 위에 털어 놓고 싶다는 그런 생각도 포함되어 있다.

'글짓기공작소'도 넘겨보고 이벤트 성격의 문학회 강연도 간혹 들었다. 체계적으로 문학수업을 한 적은 없어도 자연풍경, 상황, 분위기 묘사, 인물묘사, 사건의 이외 성, 스릴 있는 놀라운 상황전개와 서술의 새로움을 기술해야 된다는 작법의 기교를 열심히 배워야 된다고 스스로에게 타이르고 있다. 드라마의 막장코드 같은 기술, 스토리, 서스펜스, 이야기 다음에 무엇이 일어날 것인가 기다려지는 원시적 호기심을 불러일으키는 글을 써서 남들처럼 신인문학 모집에 응모하여 예선이라도 올라 누구의 글인데 이렇고 저렇고 비평의 글이라도 신문에 실리는 기쁨을 맛보고 싶은 마음이다.

거창하게 자신과 흡사한 힘들었던 사람들, 사회에서 뒤처진 사람들, 상처 입은 사람들을 위한 위로를 찾아 주겠다는 잘난 척하는 자만심은 아니다.

글쓰기 감옥에 갇혀버린 상태라고 하면 너무 거창한가?

'신의 신성한 불꽃 속에 있는 현자'(W.B Yeats 말)의 근처에 가고 싶다는 욕망이 불타고 있다. 불꽃이 보이는 방향을 찾아 헤맨다. 불멸의 위대한 비문 앞이나 노숙자 옆으로 어디든지 가보고 싶다.

소재를 발굴할 수 있다면 어디든지 마다하지 않을 것이다. 기술자가 새로운 기술제품을 개발하여 품평회에 내놓으면 그 제품이 상품가치가 있어야 대량생산되어 시장에서 팔릴 수 있다.

소설도 읽을 흥미가 있는 스토리가 되어야 신인공모에 당선도 되고 출판도 될 것이다. 제대로 만들지 못한 상품은 당연히 팔리지 않는다. 재료가 있으면 감칠맛 나는 단어와 문장을 찾아 씨줄날줄 짜는 기술을 습득하고 지우고 다듬기를 부지런히 할 것이다. 모든 삶을 내포하고 있는 문학 아닌가.

*

경진은 우듬지에 움이 터져 나오는 어느 봄날 간혹 나가는 테헤란로 사무실에 갔다. 점심 먹고 식곤증이 몰려와 꾸벅꾸벅 졸다가 달랑 혼자 있는 여직원 보기에 민망하여 선릉으로 산책하려고 밖으로 나왔다.

구두가 닦은 지 오래되어 먼지가 끼고 더러웠다. 팔자걸음 때문에 뒤창을 갈아도 몇 개월 지나면 뒤쪽이 마모된다. 몸을 지탱하는 발을 싸고 보호하는 구두바닥 특히 뒤축은 낡고 옆으로 기울어져 모양이 없다.

나이 들어 보이는 수산보이가 열심히 하이힐을 닦고 있는 구두수선 부스로 들어갔다. 몇 개월 전에 구두 뒤축을 맡겨 수리한 구두 수선부스다.

검은 구두약이 여기저기 묻은 소형 삼성 CD플레이어에서 클래식 기타 곡이 흘러나왔다.

귀에 익은 타레가의 알람브로궁전의 회상이라는 클래식 기타 곡이다. 존 윌리암의 젊은 시절의 연주 같았다. 기타 소리가 구두수선 박스 안의 미세먼지를 털어내는 정화작용을 하는 것처럼 느껴졌다.

구두를 벗어 주고 좁은 의자에 앉았다. 나이가 제법 들어 보이는 수산보이, 비쩍 마르고 손은 말할 것도 없고 여기저기 구두약이 묻어 있는 수산보이 얼굴을 들여다보았다. 한 평 남짓 좁은 구두수선 부스에서 흙냄새 지린내 나는 신발을 닦는 수산보이의 눈빛에는 구두를 요모조모 주물럭거리며 수선하고 닦는 모습에서 묵묵히 살아온 삶의 냄새가 풍겼다.

수산보이의 손에서는 구두와 더불어 진지한 삶을 위한 고된 흔적이 보였다. 손톱 사이에 굳은 근육이 뭉쳐 있었고 손등이 거칠고 억세어 보였다. 허리를 구부리고 침을 테테 뱉으며 구두에 광택을 내느라 얼굴에 땀이 배어 나왔다. 너덜너덜 찢어진 가죽을 꿰매고 닳은 곳은 새로 붙이고 반짝반짝 닦는 자기 직업에 충실한 표정이다.

애리조나 대학의 연구에 의하면 구두 뒤창에는 박테리아가 평균 42만 개가 묻어 있다고 한다. 그는 뒤창에 박테리아와 바이러스가 얼마나 붙어 있는지 따위는 신경 쓰지 않는다. 그것에 신경을 쓴다면 소독하여 박테리아가 박멸될 때까지 기다려야 되는데 구두 닦는 작업단계가 하나 더 늘어 날 것이다.

구두 뒤창에 박테리아나 바이러스의 위해와 감염위험이 있어도 매일 열심히 닦는 수산보이처럼 모두가 자기 주위를 부지런히 닦는다면 더 청결한 사회가 될 것이다. 세상에는 이 수산보이처럼 자기 맡은 일을 충실히 하는 사람도 있지만 시간만 때우는 불성실한 사람도 있다. 가짜 일만 하는 사람도 많다.

우리가 살아가면서 당하는 천재지변과 사회적 재난은 잘 닦고 조이고 사전에 조심하지 않아서 생기는 경우가 허다하다. 수산보이처럼 매일 자기 주위를 잘 닦으면 빛나고 견고할 것이다.

순간적으로 이 수산 보이는 어떻게 구두 닦는 일을 시작했을까 그동안 얼마나 돈은 벌었는지, 질문하고 싶어졌다. 궁상맞은 대답이 나올지 퉁명스러운 반응이 튀어나올지 모르긴 하지만.

단골손님들이 사무실이나 길에서 반짝반짝 닦은 구두를 신고 오늘도 이 구두처럼 마음이 깨끗하고 정결하게 행복하게 살기를 마음속으로 염원할 선량한 인간이라고 느껴졌다. 수산보이는 오랫동안 산속에서 도를 연마한 사람들보다 자기의 수양이 더 깊이 된 사람인지도 모른다.

구두를 반짝반짝 빛나게 닦으면서 마음도 닦았을 것이다. 수산보이가 갑자기 존경스러운 사람으로 성스럽게 보였다. 오랫동안 구두 닦는 일에만 매진해 온 그는 일확천금 같은 것은 꿈에도 바라지 않고 오로지 손님 구두만 열심히 정성껏 닦는 진지한 인물이 틀림없다고 느껴졌다.

반짝반짝 빛나는 하이힐을 얌전하게 내놓고 다시 구두를 닦기 시작했다. 경진은 짧지만, 순간적인 고심 끝에 결심하고 그에게 용기를 내어 물었다.

"구두 닦기를 얼마나 했어요?"

수산보이는 머리를 들고 힐끗 쳐다보면서 물었다.

"손님, 그건 왜 물으세요?"

"구두 닦는 솜씨가 매우 단련되어 보여서 한번 여쭈어 보았습니다."

"50년 넘었어요."

"연세가 어찌 되는데 그렇게 오래 구두를 닦으셨나요?"

"15살부터 했어요."

"고생 많이 하셨겠습니다."

"그래도 구두 닦아 아이들 넷 공부시키고 세 끼 밥 먹고 살고 있습니다. 매일 점심은 김밥이나 컵라면으로 때우지만……."

"아이들이 이제 그만 하시라고 하지 않습니까?"

"그만 두라고 하지만, 놀고 여행이나 다닐 형편도 아니고, 그렇다고 놀면서 공짜 지하철 타고 파고다공원에나 다니며 시간 죽이는 것보다 구두 닦는 일이라도 있으니 다행이지요. 다른 건 아무것도 할 줄 몰라요."

"그러시군요. 참 잘하시는 겁니다. 당당히 일하고 세 끼 먹는 것은 떳떳한 일이지요."

"자, 구두 다 됐습니다."

경진은 신발을 신으면서 수산보이와 조금 더 이야기하고 싶은 생각이 들었다.

그의 살아온 사연을 들으면 글 쓰는데 의외의 도움이 될 것 같다는 호기심이 생겼다. 그동안 에세이인지 소설인지 장르 구분이 애매한 글을 쓰고 지우고 다듬기를 반복하지만 다시 읽어 보면 재미가 없고 영 마음에 들지 않았다.

무엇보다 스스로 재미있어야 하는데 그것이 안 되었다. 불멸의 문학작품은 말할 것 없고 매년 발표되는 신진 작가들의 소설을 읽어 보면 감탄스럽기만 했다. 모두가 재미있고 공감되는 작품들이었다. 마음에 드는 단어나 문장을 노트에 기록하고, 지우고 다듬고 반복하여 쓰기를 계속했다. 그러면서 언젠가는 나도 잘 쓰게 될 날이 오기를 빌었다.

수산보이와 대화하면 분명 남다르게 살아온 경험담에서 의외의 소득을 얻을 것 같다는 상상도 했다. 소설은 고통, 슬픔, 배신, 배고픔, 고독, 이런 것들이 원료라 한다. 이런 것을 원료로 하여 돌담 쌓기와 같은 고된 노동을 투자해야 좋은 작품이 되는 것이다.

"낮에는 구두 닦느라 바쁘실 테니 저녁에 일 끝나시면 저하고 소주 한 잔할 하실 수 있겠습니까? 뭣 좀 드릴 말씀도 있고……."

"저한테 무슨 말씀이 있으세요? 어디 사시는 누구신데요?"

"저기 오피스텔에 있습니다."

명함을 한 장 건넸다. 그는 명함을 받고 한참 뜸을 들이다가 대답했다.

"꼭 하실 말씀이 있다면, 7시쯤 끝나니, 이리로 오세요."

그는 무엇을 물어볼 일이 있어 저러나 하는 의아한 표정으로 경진을 바라보았다.

*

경진은 사무실로 돌아와 지난 몇 개월 동안 공원, 지하철, 동네 사람들과 만나 대화하면서 경험한 일들을 되돌아보았다.

공원이나 지하철 옆 사람에게 정신 나간 사람 소리 들으며 엉뚱한 질문을 했다. 어디서든 적당한 사람을 만나면 말을 걸었다. 한번은 지하철 옆자리 승객에게 물었다.

"실례지만 하나 여쭈어 보아도 되겠습니까?"

그 사람이 대꾸했다.

"예, 말씀해 보세요. 무슨 일인가요? 어디 사시는 누구신가요."

"구두를 얼마나 자주 닦으시는지요?"

어쭙잖은 질문에

“자다가 봉창 두드리는 소리를 하는구먼.”

하고 한마디를 내뱉고 무시하는 눈초리로 고개를 돌리는 사람이 대다수였다. 어쩌다가 양순하게 응답하는 사람도 있기는 했다.

하는 일도 없고 대화의 상대도 없어서 공원에 나온 사람들과는 농담이든 진담, 욕설이든 어떤 대화도 되었다. 국회의원, 장관, 외국의 대통령이나 사이비종교 교주 국제 테러집단을 욕하고 비웃고 칭찬하느라 한바탕 웃음과 진지한 대화와 토론도 벌어진다. 이런 헛소리하는 사람들은 수시로 다투다가 싸움도 벌인다.

경진은 사람들 옆에서 듣고 있다가 조금 쉬는 시간에 구두 신은 사람을 만나면 “구두가 깨끗하십니다. 구두를 얼마나 자주 닦으십니까?”하고 물었다. 처음 보는 사람에게 생뚱맞게 구두를 얼마나 자주 닦는지 질문하면

“하하하, 별난 질문을 다 들어보네, 차라리 ××를 얼마나 자주 하느냐고 바로 물어보지 뭐.”

하는 사람이 있고 그러나 옆에 있는 사람이 정색을 하고

“저 사람 정신 나간 모양이야.”

하고 경멸의 눈초리를 던졌다. 그럴 때 경진은 속으로 웃었다. 구두 닦는다는 말이 진한 농담 좋아하는 친구의 세족 처리는 말과 같은 의미를 내포하고 있는지 의미를 곱씹으면 혼자 웃지 않을 수 없었다.

경진의 원래의 의도와 너무 다르게 상상되는 말들이 신비하기도 하고 구역질도 났다.

*

아침 햇살이 밝고 신록이 무성한 초여름이다. 하루 한 달도 금방 지나가고 계절도 갈수록 점점 빨리 돌아온다. 파고다 공원으로 나갔다.

공원에 나오는 노인들은 대부분 운동화를 신고 다닌다. 간혹 구두를 반짝반짝 빛나게 닦아 신는 사람도 있다. 누구나 말상대가 되고 말 친구가 될 수 있다.

우리의 주위의 사물과 사건은 대부분 질문의 대상이 될 수 있다. 질문은 웃음을 만들어내고 대화의 시작이 된다. 소통의 근원이 된다.

때에 따라 일상을 넘은 신비스러운 질문과 비밀스러운 이야기도 나눌 수 있다.

지하철을 타고 옆 좌석의 나이 들어 보이는 어른에게

"질문 하나 해도 되겠습니까?"

하면 안색이 굳어지면서 사기 협잡꾼이나 대하듯이 의심스러운 눈초리로 본다.

혹시 구두는 얼마나 자주 닦습니까? 묻는 말에 피식 웃으며 잘 모르겠는데요 하고 허허허 별난 질문을 다하네 하는 표정이 많다. 비어 있는 경노석으로 가서 왼쪽에 앉은 단정한 70대 초반으로 보이는 노인에게 말을 걸었다.

"금년 추석은 날씨가 참 좋습니다."

"예, 농사가 잘 되겠어요."

"농담 질문 하나 해도 되겠습니까?"

"예, 무엇인데요?"

"선생님 구두가 닦은 지 오래 된 것 같습니다."

"아, 예, 언제 닦은 구두인지 기억이 없습니다."

"실례지만 파고다공원 가세요?"

"아니오, 그런데요?"

"선생님은 구두를 자주 닦습니까?"

"잘 모르겠는데요."

구두 닦은 지가 하도 오래 되어서 잘 모르겠다는 대답을 하고 표정이 없다. 일면식도 없는 사람들에게 질문하느라 신경이 쓰여 지하철이 어디까지 왔는지 모르고 있다가 환승역 방송이 나오는 소리를 듣고 급하게 종로 3가에서 내렸다.

개찰구에 표를 내고 나왔다. 의자에 사람들이 두서너 명씩 모여 있었다. 빤짝빤짝 빛나는 구두를 신은 두 사람이 앉아 있는 옆 자리 끝에 가서 앉았다.

"선생님 구두가 빤짝빤짝 합니다. 얼마나 자주 구두를 닦습니까, 직접 닦으십니까 아니면 구두 수선부스에서 닦습니까?"

"구두닦이에게 닦습니다. 왜 그런 질문을 합니까?"

"신발이 깨끗하여 물어 보았습니다."

"별난 사람이네."

옆에 앉은 닥스 중절모자를 쓴 사람에게 티슈 한 팩을 손에 집어주면서, 이것 필요합니까? 하고 질문했다.

"이 양반이 바로 그 사람이구나. 파고다 공원과 지하철에서 어떤 정신 나간 나이께나 먹은 사람이, 구두는 매일 반짝반짝 빛나게 닦아 신고 다녀야 위엄이 서고 존경을 받는다. 얼마나 구두를 열심히 닦는지 묻는 사람이 있다더니."

질문 받은 사람이 따지듯 알다가도 모르겠다는 얼굴 표정으로 빤히 쳐다보았다.

"그래, 당신이 내 구두를 닦아 줄 수 있소?"

"아니 닦아 드린다는 것이 아니고, 선생님의 구두가 빛나고 보기 좋기에 그냥 한번 여쭈어 본 것뿐입니다."

"그 양반, 참 싱겁기는. 내가 매일 닦든지 1년에 한번 닦든지 운동화를 신고 다니든지 당신과 무슨 상관이오? 당신 구두나 부지런히 잘 닦으시지."

"미안 합니다."

멋쩍은 표정을 지으면서 자리를 뜬다. 마음속으로는 큰 실례도 아니라고 생각하지만, 면전에서는 미안하다고 말했다.

고약한 성질의 사람을 만나면 슬그머니 자리를 떠나는 것이 상책이다. 핀잔주는 사람이 신은 빛나는 구두나 먼지투성이 찌그러진 구두나 한 사람의 삶과는 진득한 관계를 맺고 있다.

'구두에는 한 사람의 고된 밥벌이와 웅크린 사랑의 역사가 켜켜이 쌓여 있다.(구두 한 짝: 김정환 1954-).

지하철을 나와 파고다공원 안으로 들어갔다. 담벼락 사철나무 앞 벤치에 두 사람이 앉아서 열을 올리며 팔을 들어 하늘을 찌르는 동작으로 입에 침이 튀도록 대화를 열심히 하고 있다. 그 사람들 앞으로 다가갔다.

"오늘 날씨가 참 좋습니다, 무슨 이야기를 그렇게 열심히 하세요?"

"아, 여기 좀 앉아 보시오, 세상에 이런 도둑놈이 있다니까요."

"어떤 큰 도둑인데요?"

"텔레비전에서 부정부패시민연합이라는 단체 어떤 사람이 고발하는 내용을 들어보니 기가 막힙니다."

속사포처럼 손님 잘 만났다는 듯이 방송에서 들은 말을 입가에 거품을 물고 힘을 주어 말했다.

"아, 그래 국회의원 여러 번 당선되고 수십 년간 국회의원으로 여의도를 들락거리며 높은 자리까지 한 자가, 서울 대형교회에 다니다 만난 사기꾼이라는 신용금고사장으로부터 돈을 받았다는 겁니다. 대일 청구권으로 받은 자금으로 경부고속도로 만들고 세계적인 제철회사를 만들어 오늘날 우리나라가 이렇게 경제성장을 하게 되었는데, 그 제철회사를 흔들거리게 만든 장본인이라니 이게 말이 됩니까? 부실기업 수십 개를 과대평가하여 제철회사가 인수하도록 뒤에서 작용한 힘 있는 국회의원 양반, 세상부귀영화를 다 누리고 무엇이 더 욕심이 나서 그런 부정부패를 저질러 놓고 잘 살겠다고 그러는지, 더러운 세상, 헬 조선이라는 말이 이래서 나온 것 같아! 저 국회 안에 들락거리는 비양심적인 인간들을 모두 쓸어버려야 나라가 다시 살아날 것이야. 그렇게 많이 배우고 좋은 자리에 있으면서 호강하고 매일 반짝반짝 빛나는 구두나 신고 다니면서 자기 배만 살찌운 구린내 나는 인간들. 이 잘난 사람들은 세계적인 부호 스티브 잡스의 죽기 전 마지막 글도 못 듣고 안 읽어 보았는지."

경진은 구두 닦는 일과는 한참 달라 귀담아 들었다. 스티브 잡스가 죽기 전 남긴 마지막 말은 공감한다고 맞장구를 쳤다.

가방에서 신문에 실린 스티브 잡스의 글을 꺼내 큰소리를 내어 읽었다.

'스티브잡스, 나는 사업에서 성공에 도달했었다. 다른 사람들 눈에는 내 삶이 성공의 전형으로 보일 것이다. 그러나 나는 일을 떠나서는 기쁨이라고 거의 느끼지 못한다. 결과적으로, 부라는 것이 내게는 그저 익숙한 삶의 일부일 뿐이다. 지금 이 순간에, 병석에 누워 나의 지난 삶을 회상해보면, 내가 그토록 자랑스럽게 여겼던 주위의 갈채와 막대한 부는 임박한 죽음 앞에서 그 빛을 잃었고 그 의미도 다 상실했다……. 이하 생략합니다.'

경진이 신문 스크랩 읽기를 끝내자,

"인간의 욕망은 끝이 없어, 다 소용없어. 돈이 최고의 신이야."

하고 다시 입에 침이 마르도록 말하기 시작했다.

성범죄, 이념, 북한의 원폭개발, 위안부 동상 세우는 일, 트럼프의 미국 제일주의 세계의 뉴스와 국내의 사건들이 대화의 안주로 올라온다.

약간의 시간이 흘렀다. 경진이 엉뚱한 질문을 했다.

"아, 그런데 선생님이 만약 큰돈이 손에 들어온다면 무엇을 하시겠습니까?"

"어디 큰돈이 있어야 무엇을 할지 생각해 보지."

"집을 사고팔거나 대출을 받거나 복권에 당첨되어 돈이 생긴다면 어디에 사용하시겠는지 물어 보는 것입니다."

"만약 돈이 있다면 부정부패 시민연합에 한 다발 내고 나머지는 통장에 넣어 두고 생각해 보지 뭐."

"그렇게 부정부패를 성토하시고 겨우 그 정도만 내시겠습니까?"

"나에게 그런 큰돈이 생길 일도 없을 것이고, 설령 그런 돈이 생긴다면 내가 더 급하게 구입해야 할 물건들이 많지. 우선 제일 먼저 고급양복과 염천교나 성수동 가서 고급스러운 수제구두를 맞춰 신고 멋을 내고 그 다음 돈 사용 계획을 만들어 봐야지."

*

좋은 자리에서 부정 저질러 호의호식하며 욕심 부린다고 성토하는 사람도 돈 앞에서는 모두 별수 없어지는 모양이다. 정의를 소리 높여 외치고, 사회개혁을 부르짖어도 금전적인 손해가 되면 인색해질 수밖에 없다.

대부분 사람들의 마음은 돈만 있으면 된다. 파고다공원에 나와서 시간 죽이는 돈 없고 입만 있는 사람들뿐 아니라 지갑이 든든한 사람도 자기 손에 들어온 돈을 남에게 대가없이 내놓기는 누구나 어려운 것이다. 막상 1억 있으면 무엇 하겠습니까, 인터뷰를 했다.

어떤 작품이 나올 것 같지도 않고 바보짓 하고 다닌다는 처량한 생각이 들었다. 1억 정도의 돈이 만들어진다면 세계일주 여행을 해 보든지 소규모 창업을 하겠다는 사람은 만나지 못했다.

일억의 돈은 사업하는 사람이나 전문직 자영업자는 노력하면 만들 수 있는 돈이겠지만 일반 서민들에게는 무척 큰돈이다. 며칠 전에 복권 일천 원 권 5장을 구입하여 파고다공원 사람들에게 나누어 주면서 만약 복권에 당첨되면 무엇부터 하시겠습니까? 묻고 다녔다.

"밥 먹듯이 뭐 복권 당첨이 되어야 말이지, 고마워요."

라는 말로 끝났다. 복권 당첨되면 뭐 하겠는지 구두는 얼마나 자주 닦는지 바보 같은 질문을 하고 다니는 사람에게 머리가 이상해지지 않았소? 비아냥거리는 사람들이 점차 많아졌다. 파고다공원에 가서 사람들에게 무시당하는 짓을 왜 하는지 자신이 바보스럽지 않나 자책했다.

구두를 얼마나 자주 닦는지 하는 질문이 얼마나 섹스를 자주 하는지, 오해하는 사람도 있고, 세상 살면서 각자 자기의 주위를 깨끗이 닦고 빈틈없이 유지보수를 하는지 질문 한 것으로 이해하든지, 질문이 유치하지 않았는지 반문했다.

다른 특별한 질문이 떠오르지 않았다.

*

파고다공원에서 시간을 보내고 집 근처 사우나에 들어갔다. 평소에 하지 않는 때밀이 신청을 했다. 때밀이 침상에 올라가기 전에 밖의 진열박스에서 사들고 온 박카스 2병을 때밀이에게 건너 주면서

"수고가 많습니다. 잘 부탁합니다."

했다. 예, 여기 바로 눕고 눈은 이 수건으로 덮으세요. 때 밀기가 거의 끝나고 비누칠을 할 참에

"아이 시원하다, 손 솜씨가 아주 좋습니다. 이 일은 얼마나 했습니까?"

하고 물었다.

"몇 년 했습니다."

"저녁은 몇 시에 먹습니까?"

"손님들이 다 빠져나간 후 뒷정리하고 늦게 먹습니다. 아침 점심도 자연 늦게 먹게 됩니다."

"정리는 혼자서 합니까?"

묻는 말에 왜 그런 질문을 하는지 퉁명스럽게 반응했다. 나는 때가 없는데도 3주 연달아 오후에 때 밀기를 했다. 때 밀고 이런저런 질문을 하고 저녁에 한번 만나서 이야기 좀 하자는 사람을 이상한 사람이라며 의심하는 눈초리로 바라보는 때밀이의 마음을 얻기까지 어려움이 있었다.

여러 번 찍으면 어지간한 나무는 넘어지게 마련이다. 수산보이 신기동의 마음을 끄집어낸 경험을 살려 때밀이 마음을 허물었다. 목욕탕에는 표 받고 용품 판매하

는 사람과 때밀이가 합동으로 청소와 정리를 한다. 이발사는 완전 독립이다.

손님이 언제 끝날지 몰라 저녁 약속하기 무척 힘들다고 하는 때밀이에게 전화번호를 주고 연락을 기다렸다. 그리고 어느 날 저녁 가까운 뱀장어 집에서 만났다.

경진은 수산보이 신기동과 나눈 비슷한 대화를 했다. 때밀이 이영석은 나이가 50이 갓 넘은 야무진 체구다. 목욕탕 때밀이가 정장하고 나서면 서양의 유명배우 못지않다. 이영석은 길가 시멘트파일 전봇대에 붙은 모집광고를 보고 목욕탕 청소 알바로 들어갔다.

6개월 쯤 일하면서 때밀이와 밥도 먹고 술도 마시면서 때밀이의 수입이 자기보다 3배 수입이 된다는 사실을 알았다. 때밀이로부터 요령을 배우고 간혹 대신 때밀이 일을 했다. 그 때밀이가 그만두는 바람에 이영석이 그 자리를 차지하였다. 3년만 때 밀면서 열심히 저축하면 봉고 한 대 할부로 구입하여 과일 장사나 생선 장사 같은 것을 시작 한다는 새로운 삶의 꿈을 품고 있었다.

밑바닥 직업으로 살아가는 목욕탕 때밀이와 대화는 굴곡진 한 인간의 삶을 들여다보는 기회가 될 것이다. 인간의 역사는 도로의 발달과 목욕탕의 역사라고 한다.

로마시대 목욕탕은 거대했다. 거기서 일하는 사람들도 많았다. 귀족들의 몸을 닦고 물을 갈고 목욕탕을 청소하는 일은 하층민 또는 노예들이 했다.

돈이 신이라고 하는 현대자본주의 사회서는 수입을 위하여 마사지, 목욕탕 때밀이는 하나의 직업이다. 중국과 태국에는 마사지 체인본부가 증권시장에 공개되어 있고 프랜차이즈 체인점이 수천수만 개 되는 브랜드도 있다. 여기 종사자들은 힐링 사업에 헌신하는 나름대로의 의미도 가질 수 있을 것이다.

*

오피스텔 창 밖으로 보이는 선릉의 나무들이 녹음이 짙어지기 시작했다. 시원한 공기가 열어놓은 창문 틈으로 들어왔다. 오늘 수산 보이와 만나 무엇인지 몰라도 좋은 대화를 하고 소득을 얻을 예감이다.

직원이 7시까지는 시간 남았는데 녹차나 한잔 하시라면서 차를 준비해 왔다. 여직원 박실장은 경진이 테헤란로 김융 사장이 운영하는 중소기업컨설팅 회사에 고문이라는 명함을 받아 나가기 시작할 무렵 입사했다. 작은 월급을 감수하면서 10

년 가까이 근무하고 있는 올드미스다. 간혹 가다가 김융 사장에 대한 불만을 직접 말하지 못하고 경진에게 토로하고 나면 스트레스가 조금은 풀린다고 했다.

테헤란로 자문회사설립 초기에 전 직장 동료가 소개시켜주었다. 지방자치단체 산하 기업지원원에 근무할 적에 자문해준 회사를 연결해 준 것이 계기가 되어 시간이 있으면 언제라도 나간다.

신문도 읽고 사람도 만나면서 시간을 보내도록 배려해 주었다. 수산보이와 만나기로 약속한 7시 5분 전에 사무실을 나왔다. 테헤란로 지하철 선릉역 근처에는 구두수선 부스가 여러 개 있다.

대부분 부부가 구두를 닦거나 1명이 일하는 구두수선 부스다. 지하철역과 오피스텔 중간에 2개의 수선부스가 있는데 사무실에서 가까운 부스는 늙은 수산보이가 여자와 2명이 일하고 있다.

약속한 수산보이를 찾아갔다. 수산보이가 일을 끝내고 나갈 준비를 하고 있었다. 낮에 구두 닦을 때는 보지 못한 여자가 있었다. 낮에는 사무실에 단골구두를 가지러 가서 보지 못했다.

CD 플레이어에서 기타 곡 로망스가 제법 큰소리로 흘러나왔다

"누나, 라디오 좀 꺼. 이분이 저녁에 만나기로 한 선생님이야."

여자를 소개했다.

"안녕하세요?"

경진도 인사를 했다. 따라서 여자도 고개를 숙였다.

수산보이는 여자를 보고 먼저 가서 미안하다고 했다. 낮에는 뷔페식당, 저녁에는 술 파는 지하식당에 들어가 자리를 잡았다.

"피곤하신데 시간을 내 주어서 감사합니다."

"뭐 감사하기는요. 평생 이때까지 수산보이에게 술 사는 손님은 선생님이 처음입니다. 신기동이라 합니다."

"하루 종일 구두 닦는 일이 힘들지요?"

"힘들어도 팔자이니 어떻게 하겠어요."

소주를 두잔 마신 후 경진이 입을 열었다.

"솔직히 말씀드리면 구두 닦는 사람의 경험을 듣고 이야기 소재를 얻어 소설을

써 볼까 하는 생각에서 만나자고 했습니다."

"그 참 나한테 무슨 글 쓸 만한 재료나 이야기가 있겠어요?"

"어려운 직업에 종사하는 사람 누구나 살아가는 고단한 삶이나 남 모르는 과거의 사연이 있지 않겠습니까."

"험한 일이나 밑바닥 일하는 사람들은 대부분 운이 사나운 과거가 있지요. 부모 잘 만났거나 머리 좋아 공부 잘하여 출세한 사람들과는 다른 고통스러운 사연은 있을 것이야."

헌 구두 수천 켤레를 수집하여 수리해서 형편이 어려운 노인들에게 나누어 주는 구두병원 '명랑누리'를 운영하며 세상을 살맛나게 가꾸는 컬처 디자이너도 있고, 좋은 직장을 뛰쳐나와 구두수선 실에서 책도 읽고 음악도 들으며 일인 사업을 꾸려가는 젊은 구두수선부스 사장도 신문지상을 통해 알려져 있는데, 앞에 앉아 있는 50년 수산보이의 인생도 굴곡이 심할 것이라 상상했다.

경진은 수산보이의 이야기를 들어보고 싶었다. 그의 이야기를 잘 정리하면 일본 소설가 '아사다 지로'의 「수산보이」보다 더 흥미 있고 교훈적인 소설을 쓰게 될지 모른다. 한국판 수산보이의 소설이 해외에도 번역되어 대박을 터트릴지도 모른다. 기대감이 생겼다.

50년간 거리를 지나가는 구두를 바라보면서, 저 구두는 닦을 때가 되었는데 그냥 지나가네, 아직 깨끗하게 보이는 구두 신고 들어와 벗어 놓고 스마트폰에 몰두하는 여자도 있다. 젊은 여자의 미니스커트 사이로 싱싱한 하얀 다리가 보일 때는 더욱 집중하여 구두의 먼지를 털고 반짝반짝 닦는다. 드라마나 영화보다 리얼한 현실의 감정적이고 짜릿한 순간의 즐거움도 있겠구나. 수산보이의 굴곡진 인생 경험담에는 분명히 남에게 공감을 줄 수 있는 숨겨진 이야기가 있을 것이다.

지독한 궁핍, 고통, 슬픈 사연, 넘어지고 일어선 인생역경을 살아온 스토리가 특별히 나올 것이다. 특별한 이야기가 없어도 손해 볼 것은 별로 없다. 평범하게 생각하면 된다. 세상의 모든 학문을 공부했다는 위대한 괴테도 인간은 결국은 먹고 마시고 잠자는 것이라고 한탄했다.

수산보이 인생도, 또 다른 어떤 인생도 먹고 마시고 잠자는 공통적인 반복의 삶이다. 수산보이에게 의미를 찾아보겠다는 희망은 시간낭비가 아닌지 마음속으로 반문하면서도 기왕 만났으니 진지하게 대화하고 싶었다.

2시간여 동안 신기동과 이야기를 주고받으며 오징어무침 한 접시에 빨간 소주 세 병을 마셨다. 얼굴이 벌게지도록 술기운이 오른 수산보이는 묻는 말에만 대답하고 스스로 그의 과거 이야기를 좀체 털어내기를 주저했다.

"사실은 조금 전에 고백한 대로 소설을 쓰고 있습니다. 세상을 기구하게 살아온 사람의 파란만장한 이야기를 쓰면 의미가 있을 것이라 생각합니다. 막상 그런 사람 만나기가 쉽지 않습니다. 대부분 자기의 지나온 치부와 고통스러운 삶을 부끄러워하고 아무에게나 나타내고 싶지 않은 것이 인간 심리입니다. 구두 닦으면서 겪은 이런 일 저런 일 힘들고 때로는 재미있었던 일 있으면 말씀해 주세요."

"허 참, 맨날 먼지나 마시며, 똥 묻고 흙 묻은 신발 닦는 천한 밑바닥 일에 무슨 재미있는 일이 있고, 신나는 일이 뭐가 있을 턱이 있겠어요?"

"세상에 수많은 일 중에 어떻게 하다가 구두 닦는 일을 하게 되었어요?"

수산보이는 눈을 지그시 감고 잠깐 생각에 잠기더니 입을 열기 시작했다.

"나는 나를 낳은 어머니를 알지 못합니다."

"어머니를 모른다니 그게 무슨 뜻이지요?"

"아버지가 누군지 어머니가 누군지도 땅에서 솟구쳤는지 어느 별에서 떨어졌는지 알지 못하고 살아가는 사람입니다."

"그런 가슴 아픈 사연이 있습니까?"

"내가 자란 영아원 선생님들 이야기가 나의 출생에 대한 시작입니다. 부산 신기동 베이비박스에 탯줄이 달린 채로 버려진 아이를 경찰이 병원에 데리고 가서 치료시키고 영아원으로 옮겨왔다고 해요. 신기동에서 나왔다고 이름을 신기동으로 불러주었습니다. 호적에 올라가지도 않았어요. 부모가 누구인지도 모르니 호적에 올릴 수도 없었다고 해요. 그냥 살다 보니 이렇게 세월이 지나가고 인생의 해가 서산에 기울어 있습니다."

수산보이가 세상에 태어난 사연을 회상하면서 소주 한잔을 목구멍으로 털어 넣고 흘러간 세월을 이야기하기 시작했다. 그의 불행한 성장기를 정리해 보면 한편의 영화다.

장애영아원에서 5살까지 양육되었다. 산비탈에 위치한 보육원에 들어가서 12살까지 살다가 도망쳐 나왔다. 며칠 돌아다니다가 야간기차 무임승차로 서울에 왔다. 서울 올라와서 보육원에 들어갔다, 중학교 3학년 적에 아이들끼리 패싸움이 붙었다. 평소에 자기 잘났다, 남을 은근히 멸시하는 놈을 골병들게 패주고 소주병을 깨서 손등을 내리치는 바람에 그놈이 크게 부상으로 입원했다. 졸업도 못하고 퇴학 당했다. 돌아다니다가 우연히 지금의 수산보이 부스 사장의 보조로 일하게 되었다. 10년 가까이 모시고 구두 닦는 요령 배운 주인이 죽었다. 죽은 사장 수산보이도 기구한 운명으로 고생만 하다가 죽었다.

이북에서 피란 내려오다가 포탄 파편을 맞아 다리부상을 수술했으나 절름발이가 되었다. 어린 시절 점원생활 시장에서 좌판 깔고 과일장사 이것저것 닥치는 대로 입에 풀칠하기 위하여 험한 일을 하면서 자랐다. 다리가 불편해도 수산보이 일은 할만 했다. 열심히 공부하라는 사람도 없고, 머리 아픈 공부는 하고 싶지 않았다. 배짱과 깡이 철판 같았다. 상체가 튼튼하고 힘이 겁나게 세었다. 감히 누구도 대적하여 싸움을 걸지 못했다. 다리가 불편했으나 어떤 놈이 싸움을 걸어오면 맨주먹으로 상대를 제압했다. 소년원에 들락날락거리면서 자라고 성인이 되어 사회에 나와서 구두닦이가 되었다.

신기동은 절름발이 수산보이 사장의 단골 구두를 모아오고 닦은 구두를 다시 갖다 주는 조수(시다) 일을 했다. 일을 제대로 못한다며 머리를 수없이 얻어맞았다. 보조생활 9년 쯤 지났을 때 사장 수산보이가 갑자기 폐암진단 선고를 받았다. 6개월 만에 사망했다. 하루에 담배 몇 갑씩 피웠으니 그놈의 폐가 얼마나 찌들어 못쓰게 되었겠어, 구두부스에서 같이 일하는 죽은 수산보이의 부인은 한숨을 쉬기도 했다.

아직 아이들이 어리고 공부도 시켜야 할 앞날이 창창하게 남아 있어 걱정이 태산 같았다. 부인은 남편의 죽음을 운명으로 받아들이고 묵묵히 구두만 열심히 닦았다. 간혹 가다가 남편이 죽은 원인을 한탄했다.

"이 좁은 구두수선 부스 안에서 구두약 냄새 맡고 담배를 계속 피웠으니 폐가 제대로 이겨내기나 했겠어."

슬프고 고통스러운 일도 시간은 치유하는 것 같다. 신기동보다 열 살이나 더 많은 큰누나 같은 죽은 수산보이 부인은 구두를 아주 잘 닦아 테헤란로 오피스마다 단골손님이 적지 않았다. 사무실 직원은 한 달치 돈을 내고 매일 구두를 닦는다. 뜨내기 손님의 구두가 어느 정도 수입되어도 수백 명의 고정손님 구두를 닦으니 비교적 안정된 일이다. 뜨내기 구두는 닦아도 큰 돈이 되지 않는다.

사무실 구두는 하루에 수십 컬레 놀면서 닦아도 된다. 구두부스가 생기기 전에는 구두 닦기 통을 메고 다니면서 시작했다. 수십 년 전부터 파라솔 밑에서 하다가 시나 구청에서 부스를 만들어 주어 지정된 장소에서 일한다.

구두수선 부스를 중개해주는 블로커에게 부탁하여 첫 손가락으로 꼽히는 좋은 자리에서 일하면 수입이 확실히 보장된다. 지금 자리는 중간 정도 된다. 일급자리는 프리미엄도 높고 조직들에게 바치는 세금이 만만치 않다. 좁은 구두부스에서 매일같이 일하는 누나와 점차 서로 의지하게 되었다.

신기동은 구두수선 박스에 들어와 조수 노릇할 적에 누나는 남편과 아이들 뒷바라지로 바쁜 중에도 신기동이 배고프지 않게 챙겨 주었다. 누나는 변두리 원룸까지 김치, 북어조림, 된장을 만들어 들고 와서 냉장고에 넣어주고 같이 구두부스로 같이 출근했다. 누나와 미운 정 고운정이 들어갔다.

누나의 남편의 사망1주기 제삿날 집에 가서 절하고 제삿밥 얻어먹었다. 초등학생과 중학생 아들 2명을 그때 처음 보았다. 아이들에게 구두수선 부스에서 일하는 사람이라고 소개해 주었다. 두 아이가 고개를 꾸벅꾸벅 했다.

눈을 동그랗게 뜨고 바라보기만 할 뿐 아무 말도 하지 않았다.

*

죽은 남편 제삿날이 지나고 달포쯤 지난 어느 날 일이 끝나갈 무렵 누나가 말했다.

"오늘 '신기동'이 생일이잖아, 내가 생일 밥 살 테니 일 끝나고 선릉옥 가자."

"누나는 집에 가서 아이들 밥해 주어야 하잖아요."

"오늘 친구들과 계모임 저녁이 있어 늦다고 말했어, 아이들이 저녁은 김밥 사먹도록 돈 주고 해결했어."

"뭐 고맙게 신경을 써요."

식당의 별도 방으로 들어가서 빈대떡과 옹심이 미역국을 시키고 맥주도 주문했다. 오면서 빵집에서 사들고 온 생일 케이크 위에 초를 꽂았다.

"금년 스물아홉이지. 그러면 큰 초 2개 가느다란 초 9개 꽂으면 되지."

촛불을 붙이고 생일축하곡을 손뼉을 치면서 불렀다.

훅 불을 끄고 맥주 컵에 술을 따르고 말했다.

"생일축하 해!"

"누나 감사해요."

두 사람은 맥주 몇 잔 마시고 기분이 좋아졌다. 선릉옥의 옹심이 미역국은 서울에서 알아주는 음식이다. 옹심이 미역국과 빈대떡으로 배부르게 먹었다.

식당을 나와 2차로 식당 지하 노래방으로 들어가서 2시간 동안 즐겁게 시간을 보냈다.

"기동이 노래 잘한다."

"누나는 언제 그렇게 노래를 배워 가수보다 더 잘해요."

나중에는 '누나 멋있어'라는 말도 나왔다. 지하노래방에서 탄 엘리베이터는 일층에서 내리지 않고 4층으로 올라갔다.

평소 구두박스 안에서 아이들 엄마로서 열심히 구두 모아 오고 나르는 일에만 열중하는 여자였다. 모텔에 들어와 화장실로 들어갔다가 나온 여자는 관능적인 면모가 보였다. 얼굴이 상기되고 가슴이 더욱 풍만하게 보였다.

에밀졸라의 '목로주점' 여주인공 '제르베즈'보다 더 예쁘고 매력적으로 보였다. 원초적인 끌림대로 움직였다. 두 사람이 즐겁다는 사실을 알았다. 두 몸의 랑데부가 있었던 그 후 가끔 하루 일 끝나면 4층으로 가게 되었다.

20대 후반의 신기동과 30대 후반의 여자는 몸이 서로 따뜻했다. 남자는 여자가 푸근하고 기대고 싶은 엄마 같았다. 엄마의 젖무덤과 온기를 모르다가 지금 엄마의 냄새와 여자의 온기를 다 맛보는 행복한 시간이 자주 있었다. 누나는 부모들이 일찍 돌아가시고 소녀가장으로 가시밭길을 헤치고 살아왔다.

중학교만 졸업하고 동생들 공부시키느라 본인은 고등학교도 다니지 못했다. 수산보이와 결혼 후 독학으로 검정고시 쳐서 야간고등학교를 졸업했다. 교회서 만나 결혼하여 아이 둘 낳고 비록 넉넉지 못한 살림이라도 정신적으로 행복하게 살았다.

남편이 갑자기 일찍 죽을 것이라고는 꿈에도 생각하지 않았다. 운명이라고 포기

해도 슬픔은 끝없이 몰려왔다. 시간이 지났다.

신기동의 아이가 뱃속에서 자라기 시작했다. 배가 불러오기 전에 두 사람은 결혼했다. 죽은 수산보이의 초등학교 중학교 아이들은 젊은 새 아버지를 처음에는 인정하지 않았다. 엄마를 원망하고 큰놈은 집을 며칠씩 나가 돌아다니고 학교도 가지 않았다. 엄마는 아이들에게 같이 죽자고 야단치고 달래고 한동안 고생했다.

농땡이 치고 싸움하고 다른 아이들 때리고 사고치는 바람에 학교 선생님 찾아가서 무릎 꿇고 아이들 대신 빌기를 여러 번 했다. 그러다 배다른 새아버지의 동생이 둘이나 생기고 나이 들어가면서 아이들도 엄마를 차츰 이해하기 시작했다.

"돌아가신 사장님 수산보이께서는 지하에서 자기 부인을 잘 지켜주지 않고 가로채 갔다고 원망 많이 하겠습니다."

"그럴지 모르지요, 나중에 죽어서 만나면 사과하고 용서를 빌 생각입니다. 벌써 많은 시간이 지났습니다. 선배로부터 꾸중도 많이 들었지만 구두 닦는 요령과 이런저런 전해들은 이야기도 많지요."

프랑스의 황제 나폴레옹 보나파트르는 1825년 워털루전쟁에서 완패하여 복위 95일 만에 퇴위 당하게 된다. 후세 역사가들은 이 전쟁에서 패하게 된 원인을 아침 9시에 시작할 전쟁을 나폴레옹의 명령으로 11시로 연기했기 때문이다. 그 전날 밤에 비가 너무 와서 땅이 진흙탕으로 변해서 화약대포가 흙탕에 빠졌고, 전투가 연기되는 동안 독일 벨기에 연합군이 합세할 시간을 주었다. 전투가 연기된 2 시간 동안 나폴레옹은 그의 천막 안에서 군화를 직접 닦았다.

지금 워터루 박물관에는 전쟁에 패한 나폴레옹의 반짝거리는 긴 군화가 전시되어 있다. 파리가 미끄러질 정도로 미끄럽고 반짝반짝 빛나는 군화 부츠는 지금은 불빛에 반사되어 반짝인다.

군대는 소대장 이상 장교들에게는 전령 혹은 당번이라는 이름의 지휘자를 보조해 주는 병사들이 있다. 당번의 일 중에는 장교의 구두를 빛나게 닦는 일도 중요하다. 일반병사들도 시간만 나면 군화를 빛나게 닦도록 지시한다.

장교들이 초등 군사과정 교육받는 동안 구두에 파리가 앉으면 미끄러지도록 반짝반짝 닦도록 훈련받는다. 구두가 반짝이면 그 위에 서 있는 사람은 위세가 있어 보인다. 회사 다니는 사무직들은 구두를 자주 닦는다. 대부분 대학에서 공부하여 입사경쟁을 뚫고 들어간 사람들이다.

여러 개의 구두를 매일 빛내고 광내면서 번갈아 신고 남들이 자기를 인정해 주기를 바란다. 알량한 자부심과 자만심을 훌렁 벗어던진 농사짓는 사람, 공장일꾼, 쓰레기 치우는 미화원들은 구두를 매일 닦지 않는다.

특별히 외출이나 명절 외는 구두를 신지도 닦지도 않는다. 운동화나 작업화를 신는 사람은 먼지가 앉거나 상관없다. 반짝거리는 구두를 신는 사람은 사무직이나 전문직의 사람들이다. 결국 구두를 닦아 신고 다니면 위엄을 지켜주거나 또는 체면을 살려준다고 느낀다.

구두 닦는 일은 천한 일이 아니고 사람의 기분을 상쾌하게 만들어 주는 치유의 봉사다. 이런 이야기를 들었을 적에는 맞는 말인지 잘 이해되지 않았다.

지금은 구두 닦는 일에도 교훈적인 측면이 있다고 생각한다. 죽은 수산보이 사장은 구두 닦는 직업도 정성을 다하면 보람이 있다고 했다.

"한눈팔지 않고 구두 닦는 일만 일생 동안 하고 있는 최고 기술자인데 알아주는 사람이 없는 셈이네요?"

"나도 한때 잠깐 구두 닦기 집어 치우고 다른 일에 찝쩍거려 보았습니다."

"어떤 사업을 해 보았습니까?"

"구두 밑창 제조업에 뛰어들어 보았습니다. 어찌 보면 사기꾼에게 걸려들었다는 것이 맞겠지만. 다 제가 잘못 생각한 탓이라 생각하고 잊어버렸습니다."

"어쩌다가 그런 일에 휘말려 들었을까요. 상심이 대단히 컸겠습니다."

"간혹 가다가 구두 닦는 손님이 있었습니다. 어느 날 와서, 구두 수선하는 밑창은 얼마씩 주고 구입하는지 물었어요. 성수동 도매상에서 가지고 와서 대주는 사람이 있다고 했지요. 가격을 묻기에 여기 손님들에게 받는 가격에는 수공비가 포함되어 있으니 원가는 말하기 곤란하다고 했습니다. 그 사람은 지금 구두 수리하는 고무뒤창 제조공장을 창업하여 시제품 생산중인데 조금 투자하고 동업할 사람을 찾고 있다고 했습니다. 미국의 친구로부터 주문은 얼마든지 받을 수 있고 기술도 확보했다고 했습니다. 호기심이 순간적으로 일어나 매일 구두 닦는 일만 할 것이 아니라 새로운 일을 할 수 없을까 하고 궁리 중에 있다가 관심이 있어 날을 잡아 공장엘 가보았습니다. 임대 공장에 기계도 들어와 있었습니다. 처음에는 형식적으로 소액 투자를 하고 합류했습니다. 시제품을 생산하여 견본품을 보냈으나 품질이 불합격이었습니다. 1년 가까이 시행착오를 겪다가 구두뒤창 제조는 접고 다른 사업, 일회용 라텍스 장갑공장을 시작했습니다. 사장의 땅을 팔고 모친의 집을 은행에 넣고 평택 근처에 몇 천 평 땅을 구입하여 공장을 건설했습니다. 공장 건설과 기계설비 자금이 당초 예상보다 훨씬 많이 들어가게 되었습니다. 그의 친구가 은행에 높은 자리에 있어 돈을 빌렸으나 나중에 추가로 담보요청을 했습니다. 그래서 담보 제공하고 은행에 돈을 빌렸습니다. 그때 이야기를 하면 길고 한심한 생각이 들고 한숨만 나옵니다. 결국 선배 수산보이가 사 둔 땅을 잡혀 먹었습니다. 나중에 변두리에 살고 있는 연립주택을 은행에 담보제공하고 돈 빌리자고 사장이 강요했습니다. 딱 거절하고 회사를 나왔습니다. 담보로 잡힌 아내의 땅은 공매로 사라져 버리고 아내를 볼 면목도 없었습니다. 세상 하직하고 한강에 뛰어 들려고 한 적도 있습니다. 한강 난간에 몸을 기대고 눈을 감는 순간 옆으로 지나가는 차가 도로에 고인 물을 튕겼는데 나도 모르게 무의식적으로 그 물을 털고 있는 나의 손을 보고, 이 손으로 구두 먼지를 털고 똥을 닦자, 마누라와 아이들은 어떻게 하고……. 돌연 신비하게 영적인 계시가 영혼을 사로잡았습니다. 나는 눈물을 닦고 자살을 포기하고 구두 닦기를 다시 시작했습니다."

"큰 어려움을 당해 무척 힘든 시간이 되었겠습니다."

"아이들 학교 다닐 적에 아내가 고생했습니다. 아내 생각하면 가슴 아픕니다."

신기동의 구두뒤창 제조공장 이야기를 듣는 동안 경진은 머리가 아찔했다. 이럴 수가, 경진의 대학 동창 허신이가 투자받았다는 사람이 이 수산보이였구나 하고 상상했다.

신기동은 길게 한숨을 내 쉬고 소주잔을 입에 털어 부었다. 그리고 신기동은 좁은 공간에서 흙 먼지투성이 구두를 닦아야 먹고사는 삶이 어떤 의미가 있나 수없이 자문했다는 표정이었다.

소주 한잔을 다시 목구멍에 털어 넣었다. 구두닦이의 일상도 어떤 다른 사람보다 하루하루의 힘든 노동과 희생이 있고, 아이들에 대한 희망도 있었다. 대도시 여기저기에는 구두수선 부스는 세계적으로 유명한 커피 매장과 비슷한 수만 개나 된다.

수산보이들의 가족을 포함하면 수만 명이 구두 닦기 직업으로 생계를 이어갈 것이라 상상했다. 구두약 신발 뒤창 구두 닦기에 필요한 물품을 제조하는 회사도 대단히 다양하다.

"언제나 구두부스에는 갈 때마다 클래식 기타 곡 '알람브로 궁전의 회상' CD를 듣고 있는데 특별한 사연이라도 있습니까?"

"예, 우리 큰아들이 클래식 기타를 공부했습니다. 아들이 연주한 기타 곡 CD를 아내가 구두수선부스에서 듣고 있습니다. 처음에는 귀에 부담되고 시끄러웠지만 계속 들으니 귀에 익숙해 좋습니다. 아들 연주회도 가보았습니다. 지금은 런던에 가서 공부하고 있습니다."

"훌륭한 뮤지션 아들이 자랑스럽겠습니다."

"영국의 유명한 기타리스트 '존 윌리암스' 뒤를 따르겠다는 꿈은 키우고 있습니다."

"귀국 후 독주회나 콰르테 연주회에 한번 갈 기회를 가졌으면 좋겠습니다."

"내년에 나와서 연주회 계획이 있다는 말 들었습니다. 그때 같이 가 봅시다."

*

수산보이와 신발에 대한 대화를 계속했다. 누구나 알고 있는 신발에 얽힌 이야기부터 잘 알려지지 않은 에피소드들. 수산보이는 전쟁 때 미군 부대에 들어가 하우스보이를 하다가 미군 따라 미국 가서 공부하고 출세한 인물도 있다. 하우스보이의 일은 군화 닦고 잡일 심부름 하는 일이다.

미군 부대 구두닦이가 본격적인 수산보이의 시작일 것이다. 하우스보이라는 유행가도 나오고 뮤지컬도 인기리에 공연되고 있다. 전 세계에서 구두수선 부스가 이렇게 많은 나라는 대한민국 외는 없을 것이다. 아마 한국 전쟁 때 미군들 구두 닦아주는 수산보이가 시작인 것 같다.

경진이 자신도 어릴 적에 신문배달, 여름에는 아이스케이크 통을 메고 다니며 "아이스케이크" 소리를 지르며 장사하고, 상자에 부채 담아 메고 다니며 팔고, 좌판 깔고 사과 장사도 했다. 이야기에 정신이 빠져 있는 동안 시간이 제법 흘렀다. 식당 안이 손님들로 거의 꽉 차고 여기저기서 '위하여' 소리가 퍼졌다. 신기동이 화장실을 갔다 왔다.

경진이가 소주를 그의 잔에 따르면서,

"그런데 엉뚱한 농담 질문 좀 하겠습니다."

"만약 복권을 사서 당첨되어 돈이 생기면 무엇을 하겠습니까?

"나도 간혹 가다가 재미로 복권을 구입하지마는 일생 동안 복권을 매주 사본들 당첨의 기회가 오겠습니까? 단돈 천 원도 낭비 아닐까요. 하늘이 도와주지 않으면 안 되는 것 잘 알면서 그런 질문을 해요."

"매주 누군가는 당첨이 되니, 만약에 당첨이 되어 수십억의 돈이 생긴다면 어디에 쓰겠는지 질문해 본 것입니다."

"그래요, 만약에, 만약에 돈이 생긴다면, 수산보이 때밀이 같은 사람을 위한 장학회를 만들고 싶습니다."

그는 만약을 반복했다.

"장학회 설립을,"

"장학회를 만들어 구두닦이, 때밀이, 미화원같이 밑에서 깨끗하게 닦는 일에 종사하는 사람들의 자녀들에게 장학금도 지급하고 여유가 생기면 폐지 줍는 노인들 노숙자도 돌볼 수 있으면 좋겠습니다. 장소와 자금이 해결되면 구두수선 교습소도 만들고 싶습니다."

"수산보이 장학회요? 경진은 의아한 표정을 지으며 신기동을 바라보았다.

"예, 선배 수산보이가 생전에 서울시에 끈질기게 요청하여 서울지하철 2호선 성수역에 구두박물관을 만들 적에 공헌했습니다. 성수역 소규모 박물관 만든다고 10년 걸렸습니다. 선배님의 뒤를 이어받아 전국의 수산보이들이 합심하여 장학회를 만들어 그들 자녀 중에 대학에 들어간 우수한 학생에게 장학금도 주고, 구두 제작 기술과 수선교육 시키는 교육의 장을 만들고 싶습니다."

경진은 장학회 설립이라는 수산보이의 꿈 이야기에 수산보이를 보는 눈이 확 변했다. 경진은 장학금을 받아 대학 공부했다. 경진이 받은 장학금은 언제인가 기회가 되면 갚아야 하는 빚으로 마음에 남아 있다.

복권이라도 당첨되면 그 빚을 왕창 갚고 싶다. 간혹 가다가 복권을 사지만 매번 허탕이다. 그래도 희망을 버리지 않고 매주 복권은 한두 장씩 산다. 달랑 하나 있는 전 재산인 아파트 팔아 일부를 떼어 모교장학재단에 내고 싶은 마음도 있다. 아내의 반대를 굴복시킬 자신도 없고 아직 집을 처분할 처지도 못된다. 이런 경진에게 수산보이의 장학회 설립 이야기는 흥분되고 감탄스러운 말이었다.

"회비를 납부 받아 장학회를 운영하기 전에 기초 자금이 마련되어야 할 것이고……. 교습소를 운영할 교육프로그램은 있어요?"

그가 이외라는 듯이 되물었다.

"은퇴한 수산보이들은 유물처럼 자기 집에 구두 약통, 구둣솔, 망치들을 보관하고 있다가 성수동 구두 박물관에 전부 가져다 전시했습니다. 아직 보관하고 있는 다른 물건을 기증받아 교육 자료로 사용할 수 있습니다."

"교육훈련 기관은 국가나 지방자치단체, 대기업이 할 일이라고 생각하는데요?"

말하면서 신기동의 발상에 호기심이 피어났다.

"수산보이 장학회 재단을 만들기 위하여 돈은 얼마나 모아 두었습니까?"

"지금까지 절약하고 노력했어도 저축한 돈은 크지 않습니다."

"교습소 만드는데 돈이 얼마나 들어가는데요?"

"조금 더 돈이 모아지면 전국의 신발공장, 가죽가공회사, 신발 부품제조사, 정부기관을 찾아가서 장학회 설립 모금운동을 벌일 예정입니다. 수산보이 중에도 재산이 있고 선량한 마음을 가진 사람이 있을 터인데 어떻게 찾아야 할지 쉽지 않습니다. 어디까지나 생각뿐이지요. 선생님께서 도와주신다면 장학회 설립을 더 빨리 추진해 보겠습니다."

경진은 수산보이의 말을 듣고 어떻게 응해야 될지 금방 해답이 떠오르지 않았다. 대화를 다른 방향으로 돌렸다.

*

"패션신발, 전쟁사 박물관의 군화, 특수운동화, 짚신, 외국왕의 샌들, 조선왕 나막신 같은 물건들은 이미 해당 역사박물관에 전시되어 있고, 브랜드 유명한 신발 제조공장이 국내외에 여러 개 있습니다. 정신적인 교훈을 주는 신발이나 샌들도 박물관에 보존되어 있습니다."

잠시 말을 끊었다가 이었다.

"미국 워싱턴 스미스소니언 박물관 별관 우드바르-헤이지(Steven F. Udvar-Hazy) 센터는 항공기술을 전시하는 곳인데 베트남의 호찌민 샌들과 B-52 전략폭격기(144분의 1크기 모형: 샌들크기)가 전시되어 있어 호찌민의 샌들이 미국과 맞서 싸운 국민의 저항을 상징한다 합니다. 아기 발싸개부터 장화까지 발이 들어가는 슬리퍼 센달 신발의 종류는 많고 해당 박물관에 이미 전시되어 있습니다."

"구두제조와 수선을 위해서는 의외로 많은 도구들도 있습니다. 구둣솔, 수백 가지의 고체 액체 구두약, 대나무나 플라스틱 금속으로 만든 구두주걱, 여러 종류의 망치, 무쇠신발 틀, 송곳, 꿰매기 바늘, 구두 굽 련치, 부츠전용 통 늘리는 금속제 골기, 구두 징, 구두깔창, 수선용 톱니쇠골, 물통, 걸레 같은 물건들이 있습니다. 이런 물건들을 다루고 유지하는 기술과 구두 제작과 수선교육을 하고 더 나아가 세계에서 가장 뛰어난 소재개발과 디자인을 연구 개발하는 연구소는 사회와 국가 경제에 도움이 될 것입니다. 세계적인 신발제조사들은 끊임없이 새로운 패션제품을 만들어 공급합니다. 50년 전에 달 착륙 시 닐 암스트롱이 달에 발자취를 남긴 신발보다 가볍고 단단한 나노소재로 만든 신발, 발암물질이 없는 환경적인 신발, 새로운 재료와 기능에 맞는 신발을 만들어 세상에 내놓을 수 있다면 큰 보람이 있을 것입니다. 반도체보다 더 알려진 신발을 만들 수 있는 신발연구소가 우리나라에 필요합니다."

경진은 신발사업 전반에 대한 탁월한 지식을 소유한 신기동을 다시 바라보았다. 그는 신발의 역사와 현재 우리나라의 실정을 설명했다.

신발은 그 재료와 모양에 따라 다르고 축구 승마 등산 육상 스케이트와 같이 그 기능에 따라 다르다. 신발은 인간이 나뭇잎이나 풀잎으로 옷을 만들어 몸에 걸치기 시작 했을 때에 발을 보호하기 위해 발명되었을 것이다. 2만 5천 년 전에 나무껍질이나 풀로 만들었다는 말이 전해지고, 신발의 최초 흔적은 이집트의 샌들리몬이라 한다. 기원전 7세기에 고조선 여기저기 무덤에서 청동단추가 달린 가죽신이 발견되었다. 신발은 모자와 의상과 더불어 인류역사상 오래 전부터 생산되고 사용되어온 생활의 기본필수품이다. 현대문명의 기술사회에서 생활용품을 기술 교육하는 학원과 교습소는 옷 수선, 뜨개질 같은 몇 사람이 모여 배우는 곳도 있고 미용, 닐 삽, 이발, 설비, 중장비 같은 자격 부여를 위한 학원도 있다. 구두수선 방법은 특별히 배울 기술도 없다고 일반적으로 인식하고 있는 것 같다.

국가가 운영하는 직업훈련원에서 다양한 기술을 교육하고 있어도 신발만 연구하고 새로운 디자인을 개발하는 전문교육은 신발제조회사 자체서 하고 있을 뿐이다. 값비싼 가죽구두나 스포츠화 부문에서 우리나라는 아직 뒤쳐졌다.

스포츠화의 경우 나이키, 아식스, 아디다스가 세계시장을 거의 석권하고 있는 현실을 아쉬워했다. 경진은 수산보이 장학회 재단을 위한 모금과 정부에 장소제공 요청이 과연 가능하겠는지 의심이 들었다. 시도한다면 바라는 결과를 얻게 될지 궁금했다.

구두닦이 장학회설립, 구두수선기술 교습소 설립과 훈련프로그램에 대하여 대화하기 위하여 틈나는 대로 수산보이를 만났다.

사람의 생활은 의식주가 기본이다. 그중에서 의(衣)가 으뜸이다. 몸에 걸치는 모자, 옷, 신발이 기본이다. 자동차 비행기 바다의 배, 핸드폰이 없었던 시대부터 신발은 만들고 신었다. 신발은 의상과 더불어 소재와 디자인이 개발 연구되어 품질 좋은 제품이 우리의 발을 위해 만들어지고 있다. 세계적인 유명 구두 브랜드는 긴 세월 명맥을 유지하면서 고객들에게 알려져 있다. 아직 일반인들이 잘 모르는 성수동 구두박물관은 가장 미천한 일거리 구두수선 직업의 역사와, 구두 닦고 수선에 사용한 물건과, 수산보이의 역사를 전시하고 있는 장소라고 신기동은 주장했다.

인간에게 박물관은 의미가 있다. 호롱불 박물관과 등대박물관은 빛을 상징하는 물건이라는 이미지가 금방 떠오르고, 오디오 박물관은 음악을 만들어 내는 소리를 금방 떠 올리게 해 준다.

성수역의 구두 박물관은 초라한 모습이다. 박물관이라고 하기는 부끄럽다. 박물관을 지나치면서 관심 있게 보는 사람도 드물다. 그만큼 신발에 대하여 잘 알지 못하기 때문이다. 신발은 우리 몸을 지탱하는 귀중한 역할을 한다. 정말 좋은 신발의 개발은 필요하고 아무리 비싸도 구매자가 나올 것이다.

벽에 걸리는 그림 한 점에 수천만 원하는 것들이 많다. 실용적으로 따지면 신발이 훨씬 중요하다. 다빈치의 그림 '구세주'는 5천억 원에 낙찰되었다.

신기동과 논의하다가 결론 난 것은 성수역 구두박물관 옆에 구두제작과 수선을 위한 훈련장소 설치가 가능한지 알아보기로 했다. 서울시, 제화업체, 가죽업체와 독지가의 도움과 협조를 받을 수 있을지에 대하여 연구하고 타진해 보았다. 직업 훈련원같이 넓은 장소나 큰 규모의 건물이 필요하지 않을 것이다. 정부 산하 놀고 있는 장소 예를 들면, 옛 경찰 대학, 수원 서울대학교 옛 농대 자리 등 크고 넓은 장소가 있지만 그림의 떡이다.

비록 작은 장소라도 소규모로 시작할 수 있다. 해당 시나 구청에서 지정한 구두 수선 부스크기의 2-3개 정도만 있으면 가능하다고 판단했다. 사용하지 않고 방치되어 있는 고가도로 밑이나, 지하철역의 빈 공간을 활용하면 충분히 구두수선 교습소를 꾸밀 수 있다. 신발업체나 특별한 투자나 협력 없이 가능할 것 같았다. 구두닦이 자녀들을 위한 장학회 재단 설립은 기본적으로 기금이 있어야 가능하다. 어디까지나 희망이지 현실적으로 불가능한 꿈이다.

소규모의 구두수선 교습소를 만드는 것은 가망이 있다고 상상된다. 장학회 설립은 관련업체의 지원과 후원자의 기증을 예상했으나 사람들의 말을 듣고 따져 보니 거의 불가능한 희망사항이다.

*

전국의 수산보이들을 회원으로 하는 상조회를 만들어 회비로 장학회를 설립하는 일은 나중에 생각하기로 신기동을 설득했다. 만약 상조회를 만들어 전국의 수산보이 중에 얼마나 회원으로 가입하고 회비를 납부할지가 관건이다. 회원으로서 받는 혜택이 기대된다면 매월 소액의 구두 2-3 켤레 닦는 금액을 회비로 납부하고 자녀에게 장하금도 지급하고 상부상조하는 상조회는 그런대로 호응이 있을 것이다.

구두 닦는 직업인 신기동의 장학회 설립 희망에 대하여 경진은 내심 놀랄만한 경각심과 부끄러운 자신을 느꼈다. 경진의 사고방식은 아주 보통 사람들의 것이다. 말하자면, 개개인들은 하루하루를 빛나게 성공적으로 자기 일을 위하여 노력해야 된다. 단순하고 도덕적인 자세다. 큰돈을 만들기 위해서는 특별한 노력이 필요하다. 오랜 시간 저축을 하거나 주식이나 어떤 신기술사업투자도 리턴이 될 때까지 시간이 걸린다.

신기술사업이나 주식투자는 특별한 모험을 감수해야 된다. 부동산을 거래하든지 증권을 하거나 특별히 우연한 행운이 따르지 않으면 오랜 시간이 걸린다. 시간이 걸려도 투자하고 노력하면 돈을 벌 수 있는 가능성은 있다. 반대로 손실만 보고 치명적인 곤경에 처하기도 한다.

혹시 누가 복권이 당첨되어 몇 십억을 기부한다면 장학회 설립이 잘 풀릴 수도 있을 것이다. 매주 여러 장 복권을 구입해도 당첨은 하늘에 별 따기다. 특별한 행운과 하늘의 도움이 나타나고 초월적이고 신비스러운 힘의 작용이 있으면 혹시 모른다. 먹고 마시고 잠자고 몸과 마음을 돌보면서 삶을 이어가야지 헛된 꿈은 몸에 이로울 것이 없다. 경진은 계획을 대폭 수정하여 신기동에게 실천 가능한 방향으로 생각하자고 제시했다. 서울시와 지하철 본부를 방문하여 수산보이 교습소 설립 취지를 설명하고 지원을 요청했다.

만약 처음에 서울시의 협조가 없으면 실망하지 않고 계속 찾아가서 담당공무원을 설득하고 괴롭히거나 극단적인 행동인 일인 시위로 데모할 작정도 했다. 현재 구두수선 부스는 보도 상 영업시설물을 관장하는 부서에서 장애인, 의상자, 노숙자 대상으로 간혹 가다가 모집한다. 서울시 보도환경 개선부서 보도 상 영업시설물 담당을 만나서 계획서를 내밀고 협조를 요청했다.

"무엇 하는 사람인데 구두수선 훈련원을 건립하세요, 구두닦이세요?"

보도 상 시설물 담당자가 뜨악한 눈초리로 바라보았다.

"예, 구두닦이 지금 하고 있습니다. 구두수선 훈련소를 만들고 싶습니다. 미용, 가발 기술학원, 커피 같은 교육기관과 학원이 있지만 엄연한 직업인 구두수선교육기관은 없습니다. 제화업체에서 자체적으로 기술교육을 하겠지만 구두수선 부스와는 다릅니다."

수산보이가 대답했다.

"금년은 지난달에 구두박스 모집이 끝났습니다. 박스 2-3개를 모아서 구두 수선 교습소를 만들도록 허가하는 일은 상당한 검토를 해야 될 것 같습니다. 윗사람들과 의논해 보겠습니다. 이 계획서는 두고 가세요."

시청, 철도청, 지하철 본부, 도시 지하철에 구두수선 훈련원 설립 계획과 자리를 요청하는 계획서를 제출하고 대답이 나오기를 기다렸다. 그 후 시청을 수차 방문했다. 서울시청, 철도청, 서울지하철 본부, 도시철도의 담당자들이 회의를 했다.

결국 서울시청은 독자적으로 지원할 장소를 제공할 기회를 만들어 보겠다는 방침을 수립했다. 사공이 많으면 배가 산으로 간다는 서울 시청의 담당자들의 주장이다. 이미 서울시는 오래 전부터 중앙정부의 인허가와 지원을 받아 한강 둔치 적당한 장소에 아파트형 공장을 건설할 계획이 수립되어 있었다. 건물이 완공되면 생활용품연구소 내에 구두수선 교습소를 만든다는 내부방침이 정해진 것은 나중에 알았다.

*

5년 후 사울시로부터 청수다리 위에 건설한 아파트형 공장의 생활용품연구소 일정 장소에 구두수선 교습소를 만들기로 결정되었다는 통보를 받았다. 서울시가 제공해준 생활용품연구소 건물 13층에 50평 넓이의 공간에 신발수선 교습소 간판을 걸었다. 신기동이 무보수 소장으로 임명되었다.

경진은 수시로 나가서 최소 일주일에 한번은 나가서 도와주기로 약속했다.

교습소 간판을 걸고 그날 저녁 신기동과 그의 부인과 이영석이 축하파티를 열고 소주를 마셨다. 이 자리에는 경진과 아파트 형 공장 관리대표도 참석했다.

이영석은 목욕탕에서 세신 일을 하다가 구두수선교습소에 동참하기로 했다. 교습소의 벽 선반에 진열할 물건을 준비하고 구두수선 재능 기부자와 교습생 모집을 준비했다. 구두수선소가 문을 열었지만 잘 알려지지 않아 학생이 몇 명 되지 않았다. 시간이 필요할 것이다. 테헤란로 구두수선 부스에는 신기동의 부인이 그대로 일하고 신기동은 교습소로 매일 나왔다.

창문으로 한강이 바라다보이는 사무실은 반대편은 유리창으로 훈련원의 움직이는 광경을 훤하게 볼 수 있다. 벽 선반에 적절하게 도구들을 진열하고 의자도 준비했다. 누구든지 구두수선 기술을 배우고 현장에 나가서 일할 수 있는 요령을 교육시켰다. 스웨덴에서는 굴뚝 청소직업도 대대로 이어서 하고 있다.

행복한 삶을 누리는 굴뚝 청소부처럼 행복한 구두수선직업이 될 것이라고 희망에 부풀었다.

버리는 구두를 기증받는다는 지역광고신문에 냈다. 언론에서도 기사가 나갔다. 매일 수십 켤레의 구두가 들어왔다. 아파트 분리수거장에서 수거하여 한 자루씩 가지고 오는 사람도 있다. 기증받은 구두는 수선하여 필요한 사람들에게 나누어 주었다. 재활용되고 어려운 사람들에게 신발을 제공하는 일거양득의 일이다.

수산보이들이 초보자에게 교육도 시키고 기증받은 구두를 수선하여 무료로 나누어 준다는 소식이 퍼지게 될 날을 꿈꾸었다. 구두수선 배움터가 세상에 널리 알려지면서 사람들 마음도 깨끗하게 닦여질 것이다. 희망이 부풀어 올랐다. 좋은 기분에 모두 사로잡혔다. 구두수선 기술을 교육시키고 기증받은 구두를 수선하여 어려운 이웃에게 나누어 주는 아름다운 구두수선 배움터가 될 것이라고 희망했다.

머지않아 전국의 수산보이와 때밀이를 회원자격으로 하는 장학회 설립과 상조회를 만들고 회원 모집과 관리방안 절차를 짜는데 경진은 적극적으로 협조하겠다고 약속했다. 경진은 10년 가까이 지방자치단체 산하 중소기업지원센터에서 전문위원으로 근무한 경험이 있다. 공공기관의 구조와 그 사람들 심리를 어느 정도 파악하고 있었다. 연구소의 관리 공무원들과 업무 조율은 잘할 수 있었다.

상조회 회원자격은 일차적으로 전국 구두닦이와 목욕탕의 때밀이를 대상으로 넣었다. 이영식은

"전국 목욕탕 때밀이는 적지 않은 숫자다. 이들도 참석시키면 회원도 늘어나고 설립목적에 부합되는 사람들이다."라고 주장했다. 때밀이의 사정을 잘 알고 있는 이영식은 독자적인 사업자 등록증이 없는 엄연한 일인 직업이다. 목욕탕 안에서 구두닦이를 겸직하는 투잡하는 사람도 있기 때문에 확실히 회원 자격이 있다는 주장을 했다.

신기동은 서울시를 찾아가서 면담할 때마다

"신발은 영원히 인간이 지구에 발 붙이고 살아가는 한 절대 필요하다. 그리고 신발은 개선되고 그 사업도 성장할 것이다."

라고 주장했다. 그런 그에게 공무원들이 관심을 가지고 있었다. 전문가의 연구와 조언을 기초로 서울시는 신발의 제작과 소재개발 디자인 개발을 위하여 신발연구소를 건설하기로 예산을 세웠다.

청수동 다리 위에 건설을 착공하여 3년 걸려 다리 위에 아파트 형 공장건물을 완성하였다. 신기동이 신발수선 교습소 일을 시작하고 2개월쯤 지나고 시청의 담당부서와 외부 전문가들의 논의와 절차를 거쳐 신기동을 신발연구소의 자문위원으로 위탁했다. 그는 임기 3년의 비상근 자문위원이 되었다. 자문위원으로 위촉된

날 경진은 신기동을 축하하는 소주파티 자리를 만들었다. 선릉역에서 만나 소주를 마셨다. 신기동과 처음 만난 식당이다. 기분이 좋아 소주를 여러 병이나 마셨다.

이영석은 이런 자리에 함께하게 되어 무척 영광이라면서 두 사람에게 머리를 조아려 감사했다.

신기동은 잠깐 구두뒤창 사업 외도 빼고 50년 동안 부스에서 구두만 닦았다. 사람 팔자 알 수 없다. 신발수선교습소 소장과 신발연구소 자문위원이 되다니!

가방끈은 보잘 것 없었으나 수산보이 경력과 성실성을 인정받아 연구소의 기술자문위원으로서 자격이 충분히 있다고 평가받았다. 연구소의 방향에 대하여 알고 있는 정보와 지식을 동원하여 연구소를 발전시키는데 기여해야 된다는 책임감을 느꼈다. 그것은 연구소가 기본방향을 정하고 걱정할 일이다. 단지 조언만 하고 기타 잡스러운 일을 처리하는 역할이라고 가벼운 마음으로 술이 취하도록 마시고 대화했다. 중간 중간 그리스 시대의 신발의 신 코끼리 발바닥, 신발 거꾸로 신고 가는 우화를 이야기하면서 웃었다.

독일 바우하우스뿐 아니라 세계적인 장인 교육의 역사, 운영시스템, 교육 프로그램을 연구하여 벤치마킹할 수 있다는 둥 갑자기 신발의 전문가 된 듯이 말을 했다.

경진도 앞으로 가능한 대로 신기동을 도와주겠다는 약속을 했다. 경진의 딸과 손녀가 미국과 일본에서 디자인 사이언스를 공부하여 미국과 독일에서 일하고 있으니 필요하면 적당한 도움을 받을 수 있다.

신기동은 고대 원시시대부터 4차산업 시대가 되어도 누구나 신발은 신는다는 점을 강조했다. 사람이 신는 신발과 자동차 타이어는 영원할 것이라고 타이어 회사는 말한다. 전기전자의 발전으로 드론으로 수송수단이 발전되면 타이어는 사라질지 모른다는 우려처럼, 발을 싸고 있는 신발도 드론이나 킥 보드에게 빼앗길 날이 올지 모른다는 우려도 일각에서 흘러나오고 있다. 그러나 아직은 아니다. 신기동의 신발에 대한 지식은 의외로 깊고 넓었다.

신기동이 얼굴을 정색하고 두 사람을 바라보았다.

"제가 결심한 일을 말씀드리겠습니다. 아내와 아이들과 수차 밀고 당기고 의논이 끝났습니다. 선배 수산보이의 땅을 말아먹고 미안해서 조금씩 저축하여 모은 돈으로 포천에 땅을 구입해서 가지고 있었습니다. 한국 굴지의 전자 회사가 들어오는 바람에 지금 땅값이 많이 올랐습니다. 두 자리 수로 억대가 될 것입니다. 이 땅을 수산보이와 때밀이 자식들을 위하여 설립할 장학회 기금으로 내놓겠습니다. 장학회 기금으로 내놓아야 다른 사람의 모범이 될 것입니다. 남에게 먼저 보이기 위해서 결정했습니다. 다른 수산보이나 때밀이 중에도 기금을 내놓을 사람이 나오겠지요."

"큰 결심을 하셨습니다. 놀랍고 존경합니다."

며칠간 고민의 시간을 보내며 아내와 아이들과 치열하게 논쟁했을 수산보이의 선하고 인간애적인 마음이 정말 위대하게 보였다. 경진이 평소 생활신조로 삼고 있는 '주라' '사랑하라' '자제하라'(T.S 엘리엇의 시 '황무지' 뇌성이 한말 마지막 구절)을 신기동으로부터 다시 배웠다.

흐뭇한 기분으로 뜨겁게 악수하고 각자의 방향으로 향했다.

*

경진은 장학회 설립과 신발수선 교습소 운영을 힘 있는데까지 도와주겠다는 마음을 더욱 굳히고 다리에 힘을 주어 걸었다.

지하철을 탔다.

소주 파티 오기 전에 테헤란로에서 닦은 빛나는 구두를 내려다보았다. 빤짝거리고 빛났다.

눈꺼풀이 무거워졌다.

수산보이 이야기를 쓴 소설이 생활일보 신인 문학상에 당선되어 시상식이 개최되는 날 참석하여 신문사 사장으로부터 상을 받고 악수를 했다. 소설다운 글이라는 평가도 받았다. 뒤에서 집사람, 신기동의 부인과 이영석이 박수를 짝짝 쳤다.

오랫동안 바라던 희망이 성취되었다고 흐뭇해하면서 작가 소리 듣게 되는가.

'따지고 보면, 시시한 작가라도 결코 불쾌한 일은 아니다.'

한때 모신 적이 있는 은행직장의 대선배도 은행 총재 장관보다 작가로 남고 싶다고 평소 말하지 않았던가.

"아니, 아직 멀었어."

옆자리에 앉아 있던 사람이 경진의 귀에 대고 중얼거렸다.

"야, 인터뷰한다면서 그렇게 힘들게 돌아다니고 괜히 끼어들어 도와준 것이 아니라, 사람 죽게 만들지 말고 나 같은 친구의 이야기를 써보라고. 너무나 잘 아는 너와 나의 지나온 삶을 그대로 쓰면 소설이 될 것이다."

"너의 고생하는 꼬락서니가 처량하다."

"뭐, 당신은 누구야?"

고개를 돌려보니 오래 전에 저 세상으로 떠난 친구다.

대학 동창 허신이다. K화학 그룹 시카고지사에서 근무하다가 현지에서 Comerica라는 무역회사를 창업했다. 한국으로부터 구두뒤창을 수입하여 공급했다.

미국의 사업을 접고 한국에 나와서 구두뒤창 제조공장을 용인 소재 헌 창고를 빌려 창업했다. 유망한 제품이라고 설명하고 몇 사람으로부터 소개받아 투자도 받았다. 폐타이어 신발 등을 분쇄하여 라텍스를 썩어 만드는 구두 뒤창은 혼합비율이 조금만 틀려도 몰딩이 잘 안 된다. 테스트만 하다가 접었다.

미국에서 치과 의사가 에이즈에 감염된 사건 이후 일회용고무 장갑을 필수적으로 착용하도록 했다.

허신은 구파발 땅을 팔고 원효로 집을 은행에 담보 넣고 돈을 만들어 공장을 건설했다. 세운상가 근처 기계 제작소에서 제작한 라텍스 몰딩 라인이 문제가 있는지 라텍스 배합에 문제가 있는지 제대로 장갑이 생산되지 않았다.

1년 가까이 시제품에 매달려 고생했다. 공장을 동업계통 회사에 팔아 넘겼다. 보따리 장사를 했다. 어느 날 중국청도 바다낚시에 나갔다. 바위 위에서 고기잡이 하다가 너울 파도에 휩쓸려 갔다. 시신을 찾아 한국으로 이송해 왔다. 강북 삼성병원 영안실에서 칠가방을 찢고 푸르죽죽한 허신의 얼굴을 보았다. 마지막 얼굴이다. 한강에 빠진 신기동과 얼굴이 오버랩 되었다.

"야탑역입니다."

잠이 깼다.

*

1년 후,

아침 텔레비전 특집 뉴스.

"한강 위의 23번 지하철이 붕괴되었습니다. 지하철 객차 2번 3번 칸이 한강 밑으로 떨어졌습니다. 정확히 알 수 없지만 승객은 약 수백 명으로 추정하고 있습니다. 1년 전 성수대교 붕괴를 겪고 또 이런 일이 발생하였습니다. 우리는 계속하여 붕괴되고 무너지고 침몰하는 처참한 모습을 보면서 정부와 국민의 정신적인 대개혁이 요구됩니다. 각 분야에 기초를 튼튼히 하고 닦고 조이고 유지 보수를 엄격히 강화해야 될 것입니다."

며칠 동안 특집 뉴스가 계속되었다.

"대부분의 사망자와 부상자를 수습했으나 끝내 찾지 못하고 유실된 사람도 있을 것이라고 짐작합니다." 〈끝〉

치즈김밥 먹는 날

며칠간 지루하게 내리던 가을 늦장마가 그치고 하늘이 높고 쾌청한 날씨가 되었다. 용산 트랜스아시아 타워 88층 국제컨벤션센터 '제이시비' 홀에는 오늘의 초대 손님들이 속속 모여들고 있었다.

'제이시비' 사장의 생일인 한글날에는 회사가 노숙자들에게 치즈김밥 도시락을 나누어준다. 여기저기서 노숙자들이 도시락을 먹기 위해 때가 찌들어 자린냄새 나는 차림에 이불이며 등산가방 보따리를 들쳐 메고 신발을 질질 끌면서 혼자 또는 몇 명이 모여서 잡담하면서 이곳으로 왔다. 서울역 지하도, 청량리, 파고다공원, 영등포 지하도에서 터를 잡고 지내다가 용산으로 몰려온 노숙자들은 안면이 있는 사람들끼리 손짓을 하면서 죽지 않고 이렇게 다시 보게 되어 반갑다 인사하고 눈물을 글썽이면서 웃었다. 혼자 허리를 굽히고 터벅터벅 걸어오는 노인은 초라하고 고독하게 보였다. 지하철 노숙자나 변두리 지역의 독거노인들 모두 지저분한 차림이다.

회사 로고 '신록당' 마크 티를 입은 직원들이 복도에 수북하게 쌓인 치즈김밥 도시락 상자를 헐어 들어오는 손님들에게 나누어 주느라 진땀을 뻘뻘 흘리고 있었다. 도시락, 생수, 소주 한 병씩 받아 들고 안으로 들어간다.

한 시간도 되기 전에 천여 개 도시락 지급이 끝났다. 행사장 홀 천장의 주황빛 조명이 부드럽고 은은하게 실내를 비춘다. 홀에는 큼직한 원탁테이블 대신 앞쪽에서 문 쪽으로 세로로 긴 의자 11줄이 놓여 있다. 서로 마주보며 한 줄에 50명씩 접이씩 의자를 준비했다. 무대를 중앙으로 왼쪽 벽 줄 앞부분은 가족 친척들이 자리를 차지하고 뒤 부분은 여타 손님들 자리다. 가족친척은 어른아이 빠짐없이 도착하였고, 국내외 언론사의 카메라 기자들도 이미 자리를 잡았다. 대표의 아들이 중역으로 일하는 회사간부도 몇 명 참석했다. '제이시비' 대표의 생일날 10월 9일 노숙자들에게 치즈김밥을 나누어 주는 날로 알려졌고 금년이 18년째 된다.

도시락 나누어 주는 '제이시비' 대표 생일날을 노숙자들은 잘 기억하고 있다. 서로 입소문으로 찾아왔다. 광고를 하거나 홍보를 하지 않아도 이 날을 귀동냥의 전파력이 강하여 많은 사람들이 기억하고 있다. 도시락을 받아 자리를 미리 차지한 사람들은 김밥을 먹으며 앞사람과 대화를 나누며 종이컵에 소주를 부어 마시는 사람도 있다. 배가 고픈 사람은 정신없이 먹어치운다. 웃고 떠들썩한 분위기다. 금방 도시락을 다 먹어 치운 사람도 간혹 있다.

사회자가 마이크를 잡고 행사진행을 시작했다. 조금 조용해졌다.

"에에, 마이크 시험 중입니다, 마이크 시험 중입니다. 예, 지금부터 대표님 생일 축하연을 시작하겠습니다. 손님들 안녕하십니까? 자 조용해 주세요. 먼저 대표님의 인사 말씀이 있겠습니다."

대표는 평소 입고 다니는 소매 끝이 낡아 보풀보풀 피어나는 양복을 입고 약간 꾸부정하게 천천히 연단에 올라섰다. 대표의 머리카락은 서리를 맞아 거의 빠지고 겨우 조금 남은 가닥을 길게 옆으로 돌렸다. 세월과 경륜을 담고 있는 얼굴에는 검버섯이 이마 양쪽에 몇 개 피어 있다.

나이에 비해 건강하고 근력이 있어 보였다. 머리 크기에 비해 얼굴 좌우 양쪽에 큼직하게 붙은 귀가 사람들의 눈길을 끌었다. 남의 말을 잘 듣는 군자의 귀라고 관상도사가 말한 특별한 귀다. 석가모니 부처 귀같이 생겼다고 칭찬하는 사람도 있다.

치즈김밥도시락이 별로 마음에 차지 않은 노숙자의 불평도 있다.

"돈 잘 버는 기업체 사장이, 도시락 하나로 때우나, 천 명이 왔다 해도 도시락과 소주 한 병 물값 합해도 재벌에게는 큰 돈 아니잖아. 호텔에서 칼질 한번 시켜주지 애, 짠돌이야."

못 마땅한 노숙자들 간에 소리가 오갔다. 다른 노숙자가 받아서

"야! 이 사람아, 그런 말 하지 마. 세상에 우리나라 그 많은 재벌 재력가와 여의도 국회 회관에서 큰소리치는 인물들이 수두룩하지만 자기 생일날 노숙자 불러 모아 도시락과 술 주는 사람 봤냐? 고맙다는 말은 못할망정 구시렁거리기는."

불평하는 사람에게 핀잔을 준다. 또 다른 사람이 한마디 보탠다.

"그 많은 대기업의 사장들과 국민의 대표인 선량들은 연봉이 수억에 연간 출장비를 수억 쓰면서 지들끼리 호화스럽게 잘 먹고 살아도 우리 같은 노숙자 밥 한 끼 사준 일 없잖아? 대부분 국민의 혈세를 물 쓰듯이 마구 빨아 먹어도 지만 배부르고 잘살면 그만이지, 살다가 운이 나빠 불행을 당한 사람들은 쳐다보지도 않아."

"맞아, 돈 많은 인간들 욕심이 더 많지, 돈 많을수록 야박하고 짜기가 이만저만. 인간은 성공하면 다 제가 잘나고 똑똑해서 그런 줄 알지. 미국 같은 나라는 성공해도 운이 좋아 성공했다고 생각하고 자기 재산을 사회에 내놓고 기부도 많이 한다는 말이 있어. 미국의 석유재벌 록펠러 가문은 선행을 많이 하여 세상이 다 알고 있지. 뉴욕은 수돗물이 무료인데 록펠러가 뉴욕시민을 위하여 미리 다 지불했다지. 노블레스 오블리주(Noblesse Oblige) 알아? 거리의 노숙자에게 지나가는 시민들이 양주도 사주고 빵도 주고 말이다."

"우리나라도 그런 사람이 전혀 없지는 않지."

지긋한 사람이 한말 던졌다. 벌써 얼굴이 빨개진 젊은 노숙자가 세상 돌아가는 형편을 꽤나 아는 척 한마디 했다.

"제이시비 대표 저 양반도 한때 노숙자 생활을 했다는 말이 있어."

"아니, 백수 신세로 고생은 했다는 소문은 들었지만, 노숙자까지?"

"피 눈물 나게 고생하고 성공한 기업인이야."

한마디씩 거든다.

"대표는 고생한 인물이래. 어릴 적에 부모 죽고 시장에서 신문팔이, 좌판 깔고 과일 장사, 사무실 심부름, 건설현장 막노동 안 해본 일 없었다는구먼."

"검정시험으로 야간고등학교를 졸업하고 서울 올라와서 대학 공부한다고 아르바이트 하면서 얼마나 고생이 많았겠나. 좋은 대학 나와서 은행 다니다가 그만두고 친구들과 사업하여 실패도 하고 한강에 뛰어들었는데, 죽지 않고 구조되었다는 이야기도 있어."

늙은 노숙자가 설명했다.

"많은 실패와 좌절을 이기고 성공한 사람이지, 그의 자서전 『아리수의 봄바람』 읽어보면 궁핍과 가난, 불행을 이기고 살아온 사람이야."

"어째 되었거나 지금은 잘 나가는 준 재벌이 되어 우리에게 치즈김밥 도시락도 나누어 주고 좋은 일하는 것 보면 부럽고 존경스럽지."

"야, 시끄럽다, 대표님 말씀하신다."

대표의 인사가 시작되었다. 와와 소리 지르며 박수를 쳐댔다.

"오늘 부족한 사람 생일에 또 이렇게 많이 모여주신 여러분 진심으로 감사합니다."

몸을 똑바로 세워 지탱하느라 양손이 연설탁자 양쪽 모서리를 꽉 잡고 연설 대에 이마가 닿도록 푹 숙여 인사한다. 손님들이 박수를 또 짝짝짝 여기저기서 친다. 한참 동안 길게 박수가 계속되는 동안 손님들을 바라보며 잠간 뜸을 들인 후, 기침을 어흠, 어흠 하고, 원고 없이 인사말을 했다.

"오늘 이 자리에 오기까지 고생하며 격려해준 가족과, 여기 모이신 손님들께 다시 한번 진심으로 감사드리며, 본인이 운영하는 회사가 오늘의 성장이 있기까지 험난한 우여곡절과 어려움을 극복하도록 도와주신 저의 회사 고객들과 물심양면으로 도와주시는 지원기관 또 회사 임직원들에게 이 기회에 다시 감사말씀을 드립니다. 시간이 화살같이 날아가 부서져 내리고 어느덧 미수(米壽)가 되었습니다. 많은 어려움을 극복하고 앞만 보고 달려온 임직원들의 노력으로 회사는 성장하고 빈틈없이 운영되고 있습니다. 경영진들의 헌신적인 노력으로 획기적인 성과를 이루고 있어 감사하고 안심하고 있습니다."

그리고 잠깐 말을 끊었다가 이었다.

"금년에 18년째 여러분을 이렇게 모시게 된 것도 큰 영광으로 생각합니다. 경제 사정이 좋아지고 세상 살기 좋아졌지만 아직 우리 주위에 고통 받는 사람들이 너무 많습니다. 요즘은 인터넷에 헬 조선(Hell.지옥+조선), 지옥불반도(지옥 불+한반도)라는 말까지 나돌 정도로 나라 안이 집단적으로 불안합니다. 젊은이들 사이에서는 흙수저라는 신용어도 유행합니다. 현실을 왜곡하여 불안을 조성하는 불순세력의 소행인지 모르지만 듣기 좋지 않은 불안한 신용어가 생겨납니다. 학생은 공부지옥, 대학 졸업생은 미취업, 청년들은 결혼과 집 걱정, 장년은 은퇴와 노후 문제로 고민합니다. 이런 문제를 넘어 집 없는 여러분의 고통은 훨씬 크다고 짐작합니다. 여러분에게 더 많은 도움을 주지 못하는 본인은 부끄럽게 여기고 있습니다. 그나마 본인의 제2의 생일날에 여러분들과 함께 치즈김밥 도시락이나마 나누어 먹을 수 있는 시간을 갖는 것을 무척 다행스럽고 감사하게 생각합니다. 이제 나이도 많이 들었고, 하나하나 모든 것을 비울 때가 되었다고 자각하고 진지하게 고민하여 가족과 의논한 결과 저의 개인재산 전부를 사회에 환원하기로 결정했습니다."

와! 우렁찬 박수가 여기저기서 터져 나온다.

"구체적인 사용계획은 설립되는 사회복지재단에서 정하여 실천해 나갈 것입니다. 지금까지는 시급한 형편과 사정에 따라 선별적으로 불우청소년을 위한 대안가정에 지원해 오고 있습니다. 한국 입양아 연구기관에 자금을 지원해 왔으나, 앞으로는 이래저래 소외되고 꾸겨지고 그늘진 곳을 찾아 지원 범위를 확대하도록 하겠습니다. 사업에 실패한 사람도 다시 사회 속에 들어와 살 수 있는 분위기를 만들어 가는데 다 같이 힘써야 될 것입니다. 특히 노숙자들의 재기를 위하여 교육시키는 '어개인 훈련소'에 자금을 지원 하겠습니다. 끝으로 변변치 못한 치즈김밥 도시락이라도 즐겁게 드시고, 특별이 부족한 사람은 추가로 더 신청하시기 바랍니다. 좋은 시간 보내시기를 바랍니다. 마지막으로 나가실 때 건의함에다가 여러분의 애로사항이나 하고 싶은 말을 무엇이든지 적어서 넣고 가시기 바랍니다. 제가 해결할 수 없는 것은 여러분을 대표하여 국가에 청원하도록 해보겠습니다. 감사합니다."

인사말이 끝나자, 참석자들이 우와! 우와! 우리 대표님 최고야, 우렁차게 박수를 치고 기자들의 사진세례를 받는다. 대안가정에서 독학으로 검정시험에 합격하여 대학에서 건축공학을 전공하고 최근에 입사한 신입 여사원으로부터 꽃다발을 받았다.

다음은 노숙자 권익단체협의회 회장님의 축사가 있었다. 3년 임기가 금년으로 끝나는 회장의 국방색 등산복이 기름때가 반질반질 흘렀다.

권익단체 협의회 회장이 강단 연설대로 나가서 즉석 축사를 시작했다.

"여러분, 이 자리에서 만나 뵙게 되어 반갑습니다. 오늘 '제이시비' 대표님의 생일에 우리 노숙자들을 초대 해주시어 정말로 감사합니다. 앞으로도 계속 치즈김밥 도시락을 나누어 주시는 선행을 베풀어 주시기를 바랍니다. 우리 노숙자의 권익이 더욱 확장되어 사람다운 생활을 누릴 수 있도록 적극적으로 협조해 주시기 간청합니다. 우리는 용기를 가지고 노숙자 단체의 권익을 찾기 위하여 투쟁합시다. 각 지부의 노숙자들은 힘들어도 넘어지지 말고 부지런히 먹고 건강하게 살기를 바랍니다. 대표님의 행운과 건강을 다시 빕니다. 마지막으로 한 가지 부탁합니다. 앞으로는 치즈김밥 도시락 말고 다른 김밥도시락도 주면 좋겠습니다. 치즈 냄새 싫어하는 사람도 있습니다. 감사 합니다."

이어 탈북자 생활정착지원재단 호프재단(Hope Foundation) 이사장의 감사패 전달에 이어 축가가 연주되었다.

평소에 후원하는 '사라고사 기타콰르텟'의 클래식기타 곡 '위안(Sor: L'Encouragement op.34 'Valse'), 라 그리마(Lagrima), 팝송 파워 오브 러브, 마이 웨이가 연주되었다. 사라고사 기타콰르텟은 한국계 미국 입양아 기타리스트 존 테라가 이끄는 해외입양아들로 구성된 기타콰르텟이다.

존 테라는 미국에 입양되어 어릴 때 기타를 배우기 시작하여 영국 왕실음악원에 유학하고 세계적으로 촉망받는 뮤지션이다. 제이비시 대표가 스페인 마드리드에 출장 갔을 적에 클래식기타 연주장에서 '존 테라'를 본 것이 계기가 되어 한국에 연주 왔을 적에 초청하여 식사대접을 했다.

대표는 음악 애호가다. 해외 나가면 오페라, 뮤지컬, 오케스트라 중 하나는 듣는다. 보고 싶은 오페라가 자리가 거의 매진되어도 제일 높은 층 일명 천당 좌석에서도 관람한다. 음악이 마음을 정화시키는 약이라 믿는다.

음악 하는 사람들과 어울릴 수 있는 기회를 찾는 중에 '존 테라'를 알게 되었다. 해외입양아 중에 클래식기타를 연주하는 사람들을 찾아 콰르텟을 구성하면 지원해주기로 제안했다. 존 테라는 이 제안을 받아들여 연주단을 만들었다. 대표는 국내외 뮤지션들을 지원하는데 관심을 가졌다. 대표에게 기타연주는 부드럽고 민첩하게 움직이는 운지와 날카롭게 현란하게 치는 탄현소리는 영혼을 즐겁게 만들어 주었다. 기타 연주는 몸속의 상한 세포를 잡아먹고 다시 소생하는 카니발리즘에 도취되게 만들었다. 학창시절 친구들이 즐기는 당구 바둑은 하지 못해도 학생회관 음악실에서 클래식은 자주 들었다.

*

대표는 지난 수십 년간의 굽이굽이 흘러간 세월 동안 성공한 일 실패한 일들을 회상해 보았다. 빠르게 영화 스크린처럼 머리를 스치고 지나간다. 학도병으로 6.25전쟁에 참전하여 죽음의 문턱에서 살아남았다. 여기저기 길가에 죽어 넘어져 썩어가는 주검에 구더기가 득실거리는 처참한 광경과 풍겨져나는 냄새를 아직 뇌리에서 지우지 못한다. 어릴 적에 궁핍한 생활을 비관한 아버지가 죽겠다며 저수지에 뛰어들어 허우적거리는 팔다리를 형과 같이 뛰어 들어가 건져 올렸다. 그때의 비통한 심정은 오래오래 아니 영원히 머리에서 사라지지 않는다.

대학 담장너머 빵공장에서 산 카스테라 한 조각으로 한 끼를 때우고 주린 배를 참아야 했던 시절도 힘들었다. 최전선 참호 속에서 야간 근무 중 잠깐 졸다가 바람소리에 눈을 떠보니, 클레모아 지뢰가 반대로 놓여 있는 것을 보고 혼비백산하여 도망치다가 상관으로부터

"야! 이 세끼야, 다시 돌아가서 바로 적군 방향으로 돌려놓아야지 도망가면 어쩔 거야?"

명령 소리에 오금을 제대로 펴지도 못하고 죽을 각오로 클레모아 수류탄을 되돌려 놓는 순간 몸이 사시나무 떨 듯했다. 그 순간 죽을 뻔한 일, 귀만 잘라가고 남은 시신, 지뢰에 걸려 산화한 동료의 피투성이 시신을 어깨에 메고 고지를 내려오면서 헉헉거린 순간은 길고 긴 시간이다.

월남 전쟁에 투입되는 맹호부대 병사가 되어 베트남에 도착한 항구에서 바라보는 산위의 팬텀기가 내리박히며 폭격하는 장면과 폭음소리를 듣는 순간 이역만리 타국에서 죽는구나 싶었다. 적진에 들어가 숨 돌릴 여가도 없이 땅굴에다 기관단총을 퍼부었더니 땅속에서 들려오는 하늘밑 벌레들의 비명소리는 처참했다.

독일광부 신세로 수백 미터 갱 속에서 잠시 땀 닦고 쉬는 동안 흘러내리는 스르르 흙 소리를 들었다. 그 소릴 들을 적에는 씨도 못 남기고 이역만리 남의 나라 갱도에 파묻혀 죽는구나 생각하면서 웅크리고 공포에 잠긴 순간은 길고 길었다.

새로운 무대에 진출하여 다행스럽게 안정되고 깨끗한 직장이 주어졌다.

은행원이 되어 청춘의 힘찬 패기와 희망으로 가득한 삶의 언저리에 도달했다. 그때 재수 더럽게 없이 은행에 침입한 강도들과 결투하는 바람에 손등을 칼에 찔려 부상을 입고 병원에 실려 간 사고의 흔적은 훈장처럼 손등에 남아 있다. 은행을 박차고 나가는 친구들을 부러운 눈으로 보고 있을 수만은 없었다.

경제성장이 활발한 시기 빠르게 성장하는 중공업회사에 들어갔다. 공작기계와 중장비 판매원을 했다. 장비가 고장이 나서 불려가서 기자들 앞에서 불 지르겠다고 협박하는 구매자에게 혼나서 밥도 제대로 먹지 못했다.

중동 산유국 건설현장에서 이글거리는 태양열의 무더운 열기를 참았다. 가족을 생각하며 중동의 근무가 힘들어도 견디고 참았다. 외로움을 달래기 위해 포도밀주 일명 싸대기를 마시고 사막의 모래바람 속을 달린 때가 눈앞에 어른거린다.

주말은 시간이 많아 오디오를 틀고 고전 음악을 비롯하여 여러 종류의 음악을 감상하면서 외로움을 다래기도 했다.

*

하루의 태양이 서쪽으로 사그라지기 조금 전에 사업을 시작하여 살벌한 경쟁 속에서 지금까지 살아남은 자신을 뒤돌아보니 굽이굽이 험준한 산맥, 황량한 사막과 파도치는 바닷길이다.

제이시비는 정의(Justice) 화합(Concord), 신뢰(Believe)라는 기본정신을 상기하자는 뜻으로 명명했다. 또 한편 즐겁게, 신나게, 아름답게(Joyful, cheerful, beautiful)일하는 회사분위기를 만들어 가자는 뜻으로도 해석했다. 표면적으로 명징하고 아름다운 글이다.

그러나 대표가 혼자만 생각하는 다른 의미도 있다. 강인한 동물 제규어(Jaguar) 낙타(Camel) 버팔로(Buffalo)에서 영문 첫 글자를 따 와서 제이비시(JCB)로 회사 상호를 만들었다. 3가지의 복층적인 의미의 회사다.

회사 배지 삼각형의 가운데는 나무숲, 세모서리에는 재규어, 낙타, 버팔로를 디자인하여 언제나 가슴에 달고 다닌다. 어려움이 닥칠 때마다 아메리카 호랑이, 사막의 낙타, 강과 들에서 강인하게 살아가는 들소 같은 존재가 되리라고 스스로에게 염력을 주문한다.

시인이나 성직자들은 말한다. 인간은 생존경쟁 약육강식하는 야수가 아닌, 탁월함과 미덕을 이루기 위해 살아야 한다고 강조하며 번지르르하게 설교한다. 그러나 실재 현실 삶의 장터를 한번 들여다보면 약육강식의 정글이다.

빛나는 황금을 향해 전쟁하는 물질주의 사회에서 살아남기 위해 실력을 키워야 한다. 돈이 신이 된 인간 사회의 현실이다. 약육강식의 전쟁터에서 승리하는 호랑이, 태양이 이글거리는 열사의 사막에서 살아가는 낙타의 체력과 인내심, 우직한 물소의 뿔을 닮아 강하게 상대방을 때려눕혀야 산다는 신념을 몸에 익힌다. 마음속에 식지 않는 열정을 지닐 때 비로소 인생은 빛난다. 용기, 자율성, 배움을 향한 열정 없이 삶의 전쟁터에서 살아남을 수 없다.

생존경쟁에서 승리자가 된 다음은 그늘진 곳에 빛을 드러내야 된다. 몸에 털 난 하늘 밑의 벌레들은 서로 돕지 않는다면 어떤 껍질이 두껍거나 딱딱한 악어, 털로 완전히 덮힌 맹수들은 사람을 돕지 않는다.

살아가는 사회가 각박하고 살아남기 위한 경쟁이 치열해도 서로 도울 수 있다는 따뜻함을 마음속에 간직하고 있다. 예수의 박애정신, 불타의 자비, 성인들의 가르침은 서로 사랑하고 자비를 베풀어야 모두가 살게 된다는 가르침이다.

한자리에서 일생을 마치는 식물과 나무는 하늘밑 벌레들에게 곡식과 과일 목재를 제공해주고 산소를 생산하며 홍수로 인한 산사태를 방지해 준다.

자연은 숫자로 계산할 수 없는 공기의 혜택을 만물에게 대가없이 제공한다. 계절 따라 시원한 그늘과 꽃과 단풍을 만들어 즐겁게 살도록 만들어준다. 대부분 벌레들은 지하나 먹고 즐기기에 여념이 없이 살아간다. 식물이나 나무들이 볼 때 인간이라는 동물은 지구상에 없어도 아무 문제가 없는 존재들이다.

진화과정을 거치면서 먹이사슬의 정점에 올라서고 만물의 영장이 되었다. 동식물 입장에서 보면 인간발레는 없어도 누리에는 아무 문제가 없을 것이라고 생각할지도 모른다.

연주가 끝나고 사진기자들이 대표 자리로 몰려왔다.

"대표님, T신문 사회부 기자입니다."

"대표님, 이 나이가 될 때까지 큰 병 없이 건강을 유지해오고 있는 비결은 무엇입니까?"

"응, 특별한 비결 없어요. 비가 오나 눈이 오나 아침에 걷고 맨손체조하는 습관뿐이지요. 아파트 계단도 걸어서 올라 다니는 습관이 되었고 유별나게 건강하겠다고 보약 먹거나 헬스장 가서 운동은 하지 않아요. 최근에 전립샘비대증이 있고, 특이항원(PSA)수치가 평균수치보다 높다는 진단이 나왔어도 큰 불편 없이 그럭저럭 오줌은 나와요. 세 번 밥 먹고 몇 번 화장실 가고"

대표는 건강을 유지하기 위하여 매일 아침 한 시간 정도 걷고 맨손 체조를 쉬지 않고 한다. 어릴 적부터 아침 운동은 일과의 시작이다.

"k일보 문화부 기자입니다, 대표님께서 생일날 이렇게 노숙자들을 매년 초청하여 치즈김밥 도시락을 나누어 주는 어떤 사연이 입습니까?"

"아, 예 사실은 10월 9일이 한글날인데, 이날이 저의 제2의 생일이지요. 어릴 적에 보육원에서 자랄 때, 전쟁고아들 중에는 자기 생일을 모르는 아이들이 많아서 한글날을 합동 생일로 정해 아침에는 치즈 죽, 낮에는 치즈김밥을 저녁에는 생일치즈 케이크를 만들어 나누어 먹었습니다. 외국선교사가 운영하는 치즈공장에서 이 날을 위해 치즈를 매년 선물해 주어서 보육원생들의 영양식으로 먹었지요. 나는 집안이 어려워 중고등학교를 보육원에 들어가서 공부했습니다. 원래 생일은 12월입니다. 그래도 이 날을 나의 제2의 생일날로 정하고 노숙자들과 같이 도시락이라도 나누어 먹기로 했습니다. 몇 개월 당겨서 먹어도 아무 상관 없잖아요."

"아, 치즈 김밥 도시락을 먹는 남모르는 사연이 있는 줄 오늘 알았습니다."

사진 기자들이 퍽퍽 카메라를 터뜨렸다.

노숙자 권익단체협의회 회장과 주위 몇 사람들이 치즈김밥에서 치즈는 빼고 식사를 하는 광경을 보며 옆을 지나가던 기자가 힐끗 보았다. 치즈는 입에 맞지 않는 사람도 간혹 있지만 지금은 매일 먹는 음식이다.

기타 연주가 끝나고 가족석에 배석한 동생, 처남, 아들, 며느리, 딸, 조카, 손자 손녀들이, 할아버지 축하합니다, 잔 올릴게요, 아양 부리며 권하는 오늘 밥 상(床)에 오른 청하(淸河), 화랑(花郞), 소주를 몇 잔 마셔 취기가 돌았다.

남의 회사에서 사장 노릇하는 아들은 얼굴이 시종 굳어 있었다.

대표의 아들과 딸은 국내재산 사회 환원에 대하여 끝까지 반대했다. 지어미의 설득에 못 이겨 묵인했지만. 회사는 능력 있는 전문경영인이 운영해야지 자식이나 친인척에게 기업경영을 승계하는 것에 대하여 적극적으로 반대다.

이런 아버지의 생각을 자식들도 잘 알기 때문에 남의 회사에서 일하거나 저 좋은 대로 일한다. 애초부터 아버지에게 크게 의존하지 않았다. 손자 손녀는 부지런히 공부하고 경영수업을 받고 있는 회사직원도 있다.

친인척이나 자식들도 능력이 없으면 언제라도 물러날 각오를 해야 된다.

대표가 정한 원칙이다. 회사는 모든 면에서 투명하다. 회계사 사무소를 통해서 장부를 조작하거나 세금을 탈세하기 위한 일은 하지 않는다. 대표는 항상 주장한다.

"세금 잘 내는 것이 가장 애국하는 길이다. 세금 빼먹는 기생충이 있어도 이익이 나면 세금을 내야 한다."

'제이시비'는 투명하게 장부를 정리하는 사업체로 세상에 알려졌다.

노숙자 김밥 제공행사 며칠 후 제안함에서 가지고 온 노숙자들이 쓴 메모지를 읽어 보았다. 때 묻은 종이에 연필로 쓴 메모지부터 잘 쓴 글 문장의 제안서도 있었다. 눈에 띄는 내용이 하나 있었다.

전국 각지의 수천 명의 노숙자와 매년 보호시설에서 나오는 준비 안 된 18세 아동들에 대한 첨단 및 특수 교육을 실시하여 사회의 일원으로 살도록 대안을 마련하는데 앞장 서 주기를 바라는 청원이다. 방법을 찾아야 되겠다는 생각이 들었다. 어떤 조치를 해야 된다.

'서울역 용산역을 비롯하여 전국의 수천 명의 노숙자와 보호시설에서 매년 나오는 수천 명의 사회 소외 계층에 대한 문제는 이미 잘 알려져 있습니다. 18세에 대책 없이 사회에 나온 이들이 3사관학교, 경찰대학, 해양 대학처럼 일정 기간 국가 지원으로 교육받아 우리 사회의 한 구성원으로 살아가도록 정책을 만들어야 합니다. 무엇보다 교육이 가장 중요합니다. 개울에서 용 나오는 것도 교육을 받아서 가능했습니다. 보호시설 아동들이 스스로 국공립대학이나 특수학교에 가면 등록금을 면제 받을 수 있고 장학금도 받을 수 있지만, 사교육비를 많이 지급하면서 공부한 일반 가정 학생들과 경쟁에서 불리한 입장에 처해 있습니다. 경기도 구청사, 비어 있는 용인의 구 경찰 대학을 비롯하여 용평 동계 올림픽을 치른 장소, 수원의 옛날 서울농과대학 자리 같은 국가의 놀고 있는 시설이 여기저기 있습니다.

나름대로 사용하고 있는 장소도 있으나 방치되어 있는 장소를 이들을 위한 교육장소로 활용할 수 있을 것입니다. 이들은 교육만 잘 받으면 특수한 임무도 훌륭하게 수행할 수 있는 인재로 키울 수 있을 것입니다. 교육은 대학(사관학교 포함) 교수들이 봉사정신으로 교육에 참여시킬 수 있을 것입니다. 선진국으로 갈수록 빈부

격차가 심해지고 사회소외 계층이 늘어나는 자본주의 약점을 대한민국은 극복하는 모범적인 나라가 되는 하나의 방책이 될 것입니다.'

대표는 이 내용은 관련 행정부처나 대통령실에 전달하여 국가정책 수립에 참고하도록 해야겠다고 생각하고 잘 보관하도록 직원에게 시켰다.

*

대표가 사오정(45세 정년퇴직) 백수신세로 비 맞은 나뭇잎처럼 활력 없이 흘러가는 시간에 매달려 있을 적에 대학동창 친구를 통해 인터넷 전문가를 만났다. 그와 같이 사업을 운영하면서 고군분투 전력투구한 일이 회상된다. 그를 만났을 때는 경기도 신도시 아파트 공장단지에 컴퓨터 부품을 제조하는 소규모 전자회사를 설립한 직후였다. 그가 설립한 전자회사는 창업초기라 제대로 된 제품이 생산되지 않았고 매출이 일어나기까지는 시간이 필요했다. 창업투자사에서 투자를 받기 위하여 동분서주노력하고 있었다. 회사설립 몇 개월이 되지 않았고 기술자의 신원에 대하여도 정확하게 검증이 되지 않아 자금지원이 지연되고 있었다. 은행에서 볼 때 첨단 제품의 사업성에 대하여 정확하게 예측하기가 쉽지 않았다. 특히 최첨단 전자부품 각종 마사일 속도측정 메모리에 들어가는 제품에 대한 심사가 쉽지 않았다. 외국에서 주문을 곧 받아온다는 말은 믿을 수 없었다. 수출주문 신용장이 도착하면 자금지원이 검토될 수 있다는 은행원들의 예의적인 말만 들었다.

대표가 그를 처음 만나 들은 회사의 형편은 상당히 비관적이었다. 장래가 무척 불투명하게 보였다. 과연 이 회사에 몸을 맡겨도 될지 고민했다.

며칠 생각한 후 가진 자금을 투자하고 참여하기로 결심 했다.

"앞으로 힘을 합쳐 회사를 발전시켜 나가도록 노력 합시다."

라는 말을 나누고 그와 굳은 악수를 했다. 그가 쉴 시간 없이 움직이고 있을 적에 그의 고향에 소재한 골프장이 경영이 어려워 그에게 인수해 보라는 소개가 들어왔다.

창업한 지 얼마 되지 않았고 회사의 자금도 힘든데 골프장은 무슨 골프장이냐, 그때 그의 골프장 인수를 강력하게 처음에는 반대했다. 현금이 별로 들어가지 않을 것 같으니 인수하고 싶은 그의 골프장 인수욕심이 강했다. 대표는 계속 반대할 수 없어 그의 의지가 강하다는 눈치를 이해하고, 골프장 현황 서류를 면밀하게 검토해 보았다. 현금 투입은 별로 들지 않았다. 머리를 맞대어 인수계획을 짜 맞추었다. 줄을 이리저리 엮어서 금융기관의 고위층과 만나고, 골프장의 주거래 은행장을 만나 인수계획을 설명하고 적극적인 협조를 부탁했다. 은행차입금은 일부만 상환하는 조건으로 골프장을 인수하게 되었다. 인수자금 일부는 자기자금으로 부담하고 나머지는 은행차입금으로 보충했으니 실제 골프장 주인에게 건네준 돈은 얼마 되지 않고 쉽게 먹은 셈이다. 감정가를 최대한 적게 잡도록 감정평가 기관과 조율을 잘했다. 금융 감독기관과 골프장 거래은행의 적극적인 협조를 민첩하게 만들어 냈기 때문에 일이 순조롭게 성사되었다.

그는 전자전기 기술자이면서 회사운영을 위하여 금융 감독기관과 접촉도 부지런히 했다. 금융관련 전문적인 지식과 상담요령이 필요한 경우에는 대표가 항상 동행하였다. 금융기관에서 국제금융 업무를 담당하고 대기업에서 해외금융 업무를 수행한 전문가로서 실력을 십분 활용할 기회가 찾아왔다. 은행의 속성을 잘 알고 있는 대표는 부지런히 은행과 접촉했다. 은행은 기생과 같아 살살 잘 다루어야 회사가 도움을 받을 수 있다는 옛날 말도 있다.

*

인터넷 기술자인 그는 평소에 밥 먹고 차 마시면서 농담을 잘했다. 간혹 내뱉는 농담 중에는 한반도의 동서대운하프로젝트도 있었다. 공상적인 이야기 같지만 동석한 사람들을 재미있게 만들어 주었다. 가칭 동서대운하공사 구상은 누가 들어도 현실에 옮기기까지는 수많은 문제점과 환경론자들의 반대에 부딪칠 것이 뻔했다. 전문가들의 긴 시간 연구와 검토 보고서가 필요할 것이다.

그의 주장은, 국가의 미래를 위하여 친환경 수력발전 에너지 확보 차원에서 절대 필요한 사업이다. 남북통일이 된 후 휴전선 비무장지대(DMZ)가 세계적인 생태공원으로 조성되면 동서대운하 뱃길은 관광객을 실어 나르는 유람선이 수시로 왕래하는 한반도의 최고 관광지역이 될 것이다. 금강산과 이어지는 세계적인 명소가 될 것이라고 강하게 주장 했다.

나중에 '제이시비'가 이 프로젝트를 현실로 옮겨 수행하게 될지는 아무도 몰랐다. 제이시비가 수립한 그림은 강원도 고성에서부터 시작하여 양구, 춘천, 포천, 교하로 연결하는 운하공사다. 미국 후버댐, 대륙횡단철도, 파나마운하, 영국 런던 지하 하수도 베절제트보다 큰 지구상 가장 큰 규모의 공사 중 하나가 될 것이다. 19세기 런던의 진정한 공학적 성취는 눈에 보이지 않는 지하수도다. 140여 년이 지났는데도 여전히 묵묵히 본래의 기능을 해내고 있으며 세계 7대 불가사의에 들어간다.

만약 한반도의 동서 운하 공사를 한다면 구간 두서너 곳에 바닷물 담수화 공장을 건설하여 장차 물 부족국가의 식수 문제도 해결하는 일거양득의 효과를 기대할 수 있다. 신명나는 프로젝트다. 그가 동서운하 대공사 이야기를 할 적마다 현실적으로 불가능하다고 판단되는 환상적인 아이디어 차원의 농담수준으로 폄하하고 웃고 말았다.

그러나 운하 이야기를 자주 하다 보니 진지한 진담으로 이해하기 시작했다. 대표도 처음에는 농담으로 듣다가 곰곰 생각해 보니 이 프로젝트가 재미있겠다고 판단했다.

'불가능에 도전하는 모험적인 사람이 세상을 소유한다.'

괴테의 말을 인용하기까지 했다. 세상에는 불가능하다고 사람들이 말하는 일이 현실로 실현되는 경우는 종종 일어난다. 역발상이 창조의 뿌리가 된다는 진리는 지구에 남아있는 불가사의한 유적 고적들이 그 증거가 된다.

상상을 초월하는 불가능을 가능하게 만든 엉뚱한 발상이 아닌가.

'인간은 노력하는 한 방황하기도 하는 것이다. 인간은 노력하는 한 실수도 한다. 매일매일을 새롭게 태어난 기분으로 살아라. 그대의 마음속에 식지 않는 열정을 지녀라.' 는 괴테의 말처럼 도전해볼 가치가 있다고 설명했다. 나중에 대표는 한반도 운하프로젝트는 장기적으로 검토하기 위한 팀을 만들어 은밀하게 검토했다.

*

몇 년 후 전자제품이 정상적으로 생산과 수출이 늘어나고, 골프장 운영도 적자 없이 현상유지는 되기 시작했다. 기업은 끊임없이 계획하고 수행하고 새 사업을 구상하여 실천해야 된다는 욕심으로 도시 재생사업 기업을 설립했다.

상가나 폐허가 되어 방치되어온 건물의 리모델링으로 도시를 다시 디자인하는 도시 재생사업도 시작했다. 재생사업은 참여하는 업체가 많아 경쟁이 치열하였다. 상가나 마을 주민들인 사업주체는 웃었지만 공사 시공회사는 남는 것이 없었다. 사업은 돈만 보고 한다지만 멀리 보고 공동체 삶의 개선에 기여한다는 뒤 그림을 그려야 된다. 제이시비는 명분 있는 사업이라면 지속적으로 투자를 게을리하지 않았다. 사업은 요람에서 무덤까지 손댈 수 있는 것은 우선 해 보는 것이 사업가의 갈망이다.

서울과 경기도에 산재한 대지가 넓은 교회에 납골당을 건설하기 위하여 개별적으로 타당성 조사를 끝내고 사업계획을 교회에 제시했다. 대지가 넓고 큰 교회도 교인이 점차 줄어드는 추세다. 교회 납골당은 일반 납골당보다 저렴하게 제공하니 교인들이 늘어날 것이다.

상가건물에 들어 있는 교회는 협력교회로 약정을 맺어 납골당에 들어갈 수 있도록 운영하면 대형교회 소형교회 모두 교인을 주변에서 끌어들일 수 있다. 도시에서 멀리 위치한 납골당까지 가지 않고 주일마다 예배드리고 조상 참배하니 이음고리가 좋아질 것이다. 유럽의 큰 성당들의 지하는 납골당이다. 비엔나의 성 스테판 대성당은 지하 몇 층이 납골당이다. 금방 죽은 사람은 제일 밑에 들어간다. 수십 년 지나면 한 층씩 위로 올라온다는 사실은 모두가 알고 있다.

공동주택 아파트는 단지 내에 어린이 놀이터를 설치해야하는 의무 규정이 있다. 어린이 놀이터 설치사업이 유행이다. 부실한 업체가 아파트 관리소의 공사입찰에 참여하여 공사를 따내고 견적서보다 나쁜 엉터리 자재로 공사한 결과 부서지고 고장이 날 뿐 아니라, 어린이들에게 유해한 물질이 나왔다.

이런 비양심이고 비도덕적인 어린이 놀이터 시설업체는 사라져야 한다고 생각하고, 장차 나라의 주인이 될 자라나는 아이들을 위하여 제대로 만든 제품을 사용하여 놀이기구를 제작 설치하는 사업에 적극 관여하였다. 어린이 놀이터뿐 아니라 지방 자치단체가 조성하는 공원, 놀이 공원에 설치되는 운동기구도 개발하여 양심적으로 납품하였다.

선진국과 기술 제휴로 대규모 리조트 유기설비도 개발하여 수입대체 효과를 가져왔고 해외에 수출도 하게 되었다.

*

수십 년 동안 Y국제 업무단지 개발이 코레일과 민간사업체간의 의견 차이와 자금 분담으로 사업이 지리멸렬 되었을 때 Y개발에 참여했던 재벌계열 회사지분을 대표의 전자회사가 인수했다. 무리하게 자금을 동원하다 보니 회사의 부채도 많아지고 운영이 다른 어느 기업 못지않게 힘들었다.

어금니 악물고 인내하며 좋은 시절이 올 것이라는 희망을 품고 밤낮 열심히 영양가 있는 먹이를 목표로 질주하는 맹수처럼 뛰었다. 대부분 기업이 자기 돈으로만 사업하면 회사 설비 증강시키고 성장할 수 없다.

부채가 늘어가도 회사는 계속 굴러가고 확장하는 것이 국가경제에 부응하는 길이다. 자전거는 멈추면 넘어지는 기업의 속성이 대부분 기업의 현실이다.

Y개발 지분 인수 후 그와 대표 간에는 크고 작은 갈등도 자주 일어났다.

그의 기본 생각은 가능하면 첨단전자 방향으로 회사를 발전시키고 싶었다. 대표는 생각이 달랐다. 미래사회는 4차 산업이 지배적이겠지만 첨단 전자제품은 경쟁이 치열하고 패션주기가 너무 짧아 일순간에 무너지기 쉽다.

건설 도시 재생 분야는 지속적으로 발전 개발이 가능하고 토목건축 프로젝트는 지속적으로 일감이 나온다. 무리하게 회사를 인수 합병하는 과정에서 불어난 부채로 인하여 핏줄과 같은 자금 흐름의 악순환은 긴장 간운데 하루하루 살얼음을 걸어가고 있었다. 그래도 회사의 어려움은 시간이 지나면 좋은 날이 올 것이다, 희망을 가지고 힘을 합쳐 노력했다.

*

어느 날, 그가 대표와 중대한 의논을 할 일이 있다고 말했다.

대표의 방으로 들어와서 차도 마시기 전에 단도직입적으로 말하겠다며,

"저는 회사를 떠나야 되겠습니다, 러시아에 가서 일하게 되었습니다."

"갑자기 그게 무슨 말씀이오? 어디, 자세하게 이야기나 들어 봅시다."

"오래 전부터 러시아 회사와 이야기가 오갔지만 확정이 되지 않아 의논하지 못했습니다."

그는 회사가 어려운 시기에 떠나게 되어서 정말 미안하다는 말을 하며 덧붙였다.

"이제 기술자도 있고 영업도 큰 문제없이 굴러갈 것이라 믿습니다. 현재 조직이 잘 움직이면 문제없이 회사는 굴러갈 것이니 대표가 운영을 잘 할 수 있을 것입니다."

그는 러시아에 가서 '다른 일' 계획이 있다는, 다른 일을 강조했다.

미국에서 사업할 때 잘 알고 지내는 사업체와 합작회사를 만들기로 이사회서 결정되었다. 우선은 공동대표 사장으로 일하면서 한국에서 돈이 마련되는 대로 새로운 합작투자회사 설립 계획이다.

방산 관련 제품을 생산하는 회사인데 어떤 아이템인지는 자세하게 설명하지 않으니, 특허 기술 판로 같은 수많은 기밀이 있다. 대표는 더 캐묻지는 않았다.

"저의 지분은 지금부터 매도하고 어쩌면 일부는 계속 보유하고 주주로서 권리를 가지고 있겠습니다, 그 문제는 나중에 결정하겠습니다."

"이 일을 어떻게 하나요?"

러시아에 가더라도 그가 실질적으로 회사의 지분을 가지고 있으니 한국 회사에 자주 나올 것이고 그곳 회사와 크게 거래를 만든다면 오히려 바람직한 일이 될 것이라는 기대도 있었다.

그가 말하지 않았으나 오랫동안 검토하여 이미 마음을 결정한 결심은 되돌릴 수도 없었다. 한국의 사업이 무척 힘들고 언제 바늘구멍만한 작은 틈이라도 생기면 큰 위험에 처할 지경이다. 비관적인 구석이 하나둘이 아니다.

성격이 낙천적이며 기술자인 반려(伴侶)를 보내고 어떻게 회사를 운영하나 염려도 되었다. 여기서 고생하지 말고 좋은 계획과 사업 파트너가 나왔을 때에 보내주고, 러시아의 큰 회사들과 거래하는 방법도 나쁘지 않을 것이다.

중요한 기술적인 문제가 발생하면 그가 한국에 나오거나 다른 방법을 찾을 수 있다. '혼자 돌을 들어 올릴 마음이 없다면 두 사람이 함께 들어 올려도 돌은 들리지 않는다' 는 명언도 있지 않는가.

*

그는 평안남도 정주에서 태어나 5살 지날 무렵에 한국동란이 일어나 어머니 등에 업혀 안성으로 피란 와서 그곳에서 정착했다.

그의 고모가 서울 이화학당에서 공부할 적에 경성상업학교 학생과 연애하여 결혼했다. 고모부가 안성사람이라 거기에 큰 집이 있어 피란살이를 하다가 그 동네에 주저앉아 살게 되었다. 공부를 잘하여 명문대학 전자공학과를 졸업하고 원자력연구소에 근무하다가 미국으로 가서 공부하고 졸업 후 전자회사에 입사했다.

미국서 자기사업을 창업하여 운영하다가 한국에 와서 사업을 시작했다. 안성이 고향이 되었으니 그곳에는 지인들이 더러 있었다.

이런 고향 배경과 기술적인 지식을 소유한 그가 떠나고 대표는 고독하게 회사를 운영하면서 밤낮으로 자금이 어려워 남모르게 눈물을 흘리며 고민도 했다. 어차피 감당해야 할 회사가 되었으니 전력투구하여 회사경영에 투신하기로 작정하고 회사의 단독대표로 등기했다.

*

회사의 향후 방향을 건설 분야에 집중하기로 사업계획을 다시 수립했다.

국내 아이템뿐 아니라 해외 일감도 추진했다. 젊은 시절 중동지역 근무 때 조사연구하고 추진한 '길가메시 프로젝트'를 검토했다.

인류문명 발상지 티그리스와 유프라테스 강물을 쿠웨이트를 거쳐 사우디아라비아 예멘까지 끌어가는 대 수로공사다. 중동 걸프 국가의 잘살기 협의회에서 논의하도록 수년 동안 조사하고 연구하였다. 이 공사는 장기간에 진행될 프로젝트로 여러 나라가 참여하였다. 여러 국가들 간의 의견조율과 예산문제로 보류되어 있는 상태다. 해외 투자은행의 장기 자금을 끌어오는 능력이 필수적이다.

대표가 제안서를 작성하여 걸프국가 협의회에 제출했다. 중동국가들의 농업개발을 위하여 필수적인 국가적 사업이다. 조건부 입찰 실시로 시공업체로 선정되면 시공자금은 연합금융(Syndicated Loan)을 끌어올 수 있다.

한때 대표가 근무했던 중동과 동남아에서 크고 작은 공사를 수행한 건설회사가 법정관리와 화의절차를 거쳐 다시 살아나는 듯했으나, 채권은행들이 정리회사로 지정하고 매각대상이 되었다. '제이시비'가 이 건설 회사를 인수하여 동서대운하공사, 티그리스 유프라테스 수로공사(길가메시 프로젝트)를 수행한다는 야심찬 계획을 세웠다.

중동과 동남아시아에서 건축 토목 플랜트 공사를 수행하는 건설회사로 키우고, 중동 지역의 오래된 담수화공장을 리모델링하여 박물관으로 만들고, 과거 바닷물을 담수화한 물 100만 톤을 저장하던 해변가 타워도 리모델링하여 관광자원으로 활용하면 관광 사업에 크게 도움이 된다는 탁월한 제안을 왕실관리실 책임자를 통해 제출했다.

국내에서는 Y단지에 짓는 트랜스아시아타워를 수주하여 활발하고 숨 가쁜 하루하루를 보냈다. 회사가 바쁘게 돌아가고 있을 적에 쿠웨이트 사막지역 '아하 마디 지역'과 사우디에 접경하는 일부지역 도로공사현장에서 급하게 전화가 걸려왔다.

"이 밤중에 뭐야, 아, 거기는 낮이지."

"예, 사장님 교통사고가 나서, 전무님이 그만."

"뭐, 전무가 죽었다고?"

현지직원의 교통사고 보고다. 입사한 지 겨우 6개월밖에 안 된 해외담당 전무가 공사현황 점검차 사우디아라비아에 출장 나가서 고속도로에서 승용차가 전복되어 운전수와 다른 직원 2명이 그 자리에서 목숨을 잃는 비극이 일어났다.

"힘든 회사지만 믿을 만한 사람이라 생각하고 회사로 데리고 왔는데 이게 무슨 날 벼락이야!"

집사람이 이 소릴 듣고 나의 가슴에 파묻히며 울음을 터트렸다. 하이중공업 사우디에 근무하고 있던 대표의 큰처남이 사우디건설현장으로 출장 나가서 교통사고로 죽게 되었다. 집사람과 처갓집은 비통한 슬픔에 잠겼다.

대표의 처갓집 가족의 슬픔은 무엇으로 위로할 길이 없는 비극의 구렁텅이에 빠졌다. 큰아들을 젊은 나이에 저 세상으로 보낸 장모님은 매일 슬픔에 젖어 비관하며 지냈다. 자식을 먼저 저 세상으로 보낸 부모의 참척(慘慽)의 고통은 세상 어떤 누구도 위로하지 못한다. 장모님은 점차 알코올 힘에 의지하여 세월을 보내셨다.

처남은 S대학교 농대를 중퇴하고 외국어대학 영문과로 다시 입학하였다.

졸업 후 하이중공업에 입사하여 순조롭게 넓은 직업의 널판에 데뷔했다. 일 잘하고 있는 처남을 제이시비에 입사시켜 얼마 되지 않았다. 청천벽력 같은 사고를 당했다. 장모님에게 죄 지은 듯 항상 마음이 무거웠다. 이런 사고가 일어나리라고 꿈에도 생각지 못했다.

대표의 처남의 죽음은 순직으로 처리하여 회사장으로 치렀다. 처남은 성격이 서글서글하고 친화력이 있는 성격의 소유자다. 회사에서 큰일을 할 수 있는 사람을 잃어버리게 되었다.

장인 장모님의 비통한 심정은 누구도 이해하지 못할 것이다. 더군다나 사망에 따라 보상금 문제로 며느리와 갈등이 생겨 장인 장모님이 괴로워했다. 비통해 하시던 두 분도 지금은 하늘나라 아들 옆으로 가신 지 한참 세월이 지났다.

'죽은 아이의 옷을 태우는 저녁
머리칼 뜯으며 울던 어머니가 날아간다
비워서 비워서 시린 저 하늘 한 복판으로
〈기러기-이우걸〉

*

새로운 프로젝트를 진행하기 위하여 은행 차입과 또 다른 기업을 인수합병 할 때마다 대표는 일정지분을 당길 셈으로 확보했다. 건설회사 인수 때는 서해에 보유하고 있던 땅과, 남대문 상가를 처분하여 인수자금에 충당했다.

법적으로 보장된 주식지분을 보유하면 주주총회도 개최할 수 있는 대주주가 된다는 대마루판을 마련했다. 안성 골프장은 사실상 차입금 공제하면 남는 재산은 제로에 가까운 허울뿐 이익이 없다. 그래도 골프장은 수익 차원뿐 아니라 공무원, 금융인, 거래업체 간부들 접대에 기여한다는 다방면으로 활용가치가 있었다.

러시아로 간 그가 처음 창업한 전자회사 명의로 투자받은 창업투자회사의 지분은 한 자리 수에 지나지 않아 경영상 크게 부담은 없었다. 회사가 증자와 기업 인수합병을 거치면서 규모 있는 기업으로 성장하는 보람이 있었다. 회사가 성장하면서 신명도 나고 살맛이 났다.

화살처럼 지나간 세월 겪은 일들이 희미하게 대표의 뇌리를 스치고 지나갔다. 여러 사람이 권하는 술을 받아 마시고 알코올 기운이 몸에 퍼졌다.

"아, 나 화장실에 좀 갔다 오마."

"혼자 가겠어요? 아버지 부축 해 드릴가요?"

딸의 걱정이다.

"아니야 부축은 무슨 부축."

대표가 화장실에서 바지 앞 지퍼를 내리고 시원하게 오줌 나오기를 바라며, 힘없이 축 처진 물건을 끄집어내었다. 절반은 구두에 뿌려졌다. 구두바닥을 시멘트 바닥에 탁탁 때렸다. 오줌을 털어내고 지퍼를 올리며, '어험!' 헛기침을 하며 뒤로 돌아 걸어 나왔다.

화장실에서 나오는데 노숙자 2명이 앞에 나타났다.

"대표님 안녕하세요? 저, 저는 김영구고 이 친구는 박경태입니다."

"누구신데?"

"어릴 적 옛날 희망원 영구와 경태입니다."

"아이고, 이 친구들 이게 어떻게 된 거야?"

"면목 없습니다."

"자자, 아래 내려가서 이야기 좀 들어보자."

지하 아케이드 피자집으로 들어갔다.

"잠깐, 전화하고."

양해를 구하고 아내한테 전화를 했다.

"여보, 기사는 대기시키고 아이들과 먼저 들어가요. 내 누구를 만나 지하에서 이야기하고 있소. 이야기가 조금 길어질 것 같아."

회장은 자리에 앉자마자 물었다.

"그래 무엇을 하다가 이렇게 노숙자 신세가 됐나?"

"이것저것 하다가 이렇게 되었습니다, 볼 면목이 없습니다. 2년 전부터 우리들한테 생일날 도시락 밥주시는 걸 알았습니다. 오늘 큰 용기를 내어 인사 한번 드리려고 둘이서 의논하고 찾아 왔습니다."

"이 사람들아, 그러면 진작 찾아왔어야지."

"부끄럽고 창피해서……."

두 사람 입에서 동시에 흘러나온 말이다.

"그 참, 얼마나 고생이 많았겠나, 이 사람들아."

"대표님도 고생 많이 한 것 모두가 알고 있습니다."

"그러고 보니 우리가 얼마 만에 보나?"

"예, 반세기가 넘었습니다."

"내가 서울 올라올 적에 영구는 고2, 경태는 중3 되었지?"

"예, 그때 대표님은 서울 S대학에 들어갔습니다."

대표와 노숙자들은 중 고등학교시절 희망원에서 지내던 이야기로 시간 가는 줄 몰랐다.

"피자 다 먹었나? 남았으면 포장해라, 들고 가자."

대표가 주머니에서 오래 되어 빤질빤질 때가 묻은 지갑을 꺼내어 손에 잡히는 돈을 몽땅 건네주었다.

"자, 이 돈 가지고 길 건너 여관에 들어가서 자고 목욕도 해라. 내일 남대문 나가서 옷도 사 입어라. 내일 저녁 때 회사 사무실로 오거라. 어디서 무엇을 하며 어떻게 지냈는지 사연 더 들어보자."

어릴 적의 눈알이 초롱초롱하고 공부도 잘 하던 녀석들이 어쩌다가 저 꼴이 되었는지, 저것들이 얼마나 힘들게 하루하루 살아 왔을까 생각하니 가슴이 저렸다.

*

집으로 돌아오는 차안에서 어릴 적 보육원 생활을 회상했다.

'어머니가 돌아가시고 뒤따라 일 년 뒤 아버지도 세상을 떠나셨다. 몸이 허약한 어머니는 동생을 출산하다가 수술 실패로 돌아가셨다. 어머니는 제대로 먹지도 입지고 못하고 불쌍하게 살다가 젊은 나이에 돌아가셨다. 아버지는 복막염으로 복수가 차서 배가 불룩하게 부어올랐다. 형제들이 잠깐 잠든 사이에 눈을 감고 다시는 뜨지 못하셨다. 어머니가 돌아가셨을 때 형제들의 슬프고 비통한 마음은 말로 다 표현할 수가 없다. 눈두덩이 퉁퉁 붓도록 한없이 울었다. 며칠을 울다 배가 고파서 울 힘도 없어 멈추었다. 아버지가 돌아가시기 얼마 전에 하시던 말씀이 떠올랐다.

"너희 엄마가 죽은 것은 돌팔이 산부인과 의사의 미숙 때문이다."

그러면서 의사를 불러온 형을 아버지는 늘 원망했다. 산모의 죽음을 그 지방신문이 취재해 갔으나 의료사고 여부가 명확하게 해명되지 않은 채 넘어갔다.

누이가 가사 도우미로 일하는 집 시청 간부에게 부탁하여 그가 나서서 일을 수습하였다. 의사와 합의를 했다는 이야기를 형으로부터 들었다. 어린나이고 아무런 지식이 없어 어머니의 죽음에 대하여는 더 알지 못하고 시간이 지나갔다. 먹을 것이 없어 누워 있을 적에 쌀을 가져다준 인정 많은 동네 사람의 권유로 교회에 다니기 시작했다.

대표는 크리스마스가 되면 연극을 했다. 연극의 배우 역을 했을 때는 아주 잘했다. 재미도 있었다. 연극이 끝나면 교인들로부터 박수도 받고 칭찬을 받으면 어깨가 으쓱했다.

대표는 어릴 적부터 철이 들은 아이라는 말을 듣고 자랐다.

교회 선생이 설립한 천막학교에서 영어도 배웠다. 김소명 선생님의 성경구락부는 팔달교 가까운 콩밭에 학교 건물을 지어 옮겼다. 성경구락부 몇 년 다니면서 초등학교 과정은 대충 끝냈다. 김소명 선생님은 고등학교서 럭비 선수를 하신 체격도 좋고 인물도 잘생긴 분이었다.

나중에 기독교계의 큰 인물이 되었다. 쾌활하고 친절한 최도승 선생은 "모든 것은 운명이다"라고 말하면서 특히 제자한테 친절하게 대해 주신 분이었다.

선생님은 이런 말씀을 했었다.

"세상은 지옥 같은 곳이라 생각하면 지옥이 되고 또 넓고 볼만한 구석이 많다는 생각을 하면 좋은 점도 많다. 모든 사람은 따지고 보면 어차피 원해서 태어난 것이 아니지 않은가. 부모의 사랑 때문인가. 필연인지 우연인지 본인의 의지와는 관계없다. 거의 모든 사람은 험난한 세상에 나왔다. 사람을 죽일 수 없는 괴로움은 우리를 더욱 강하게 만든다. 정글의 타잔처럼 강하게 살아가야 된다. 견딜 수 없는 슬픔, 고통, 오욕도 시간이라는 약을 먹으며 어차피 지나가기 마련이다."

김소명 선생님이 가정 형편을 보고 그의 신학교 친구가 운영하는 보육원을 소개시켜 주었다. 그때 보육원은 전쟁고아들로 넘쳤다. 영구는 그 엄마가 원생들에게 밥하고 빨래해 주던 아주머니의 아들이다. 안동에서 왔다. 영구는 엄마가 있는 아이다. 그래서 얼굴이 반질반질하고 생기 넘치고 옷도 깨끗하게 입었다. 경태는 이 년 늦게 들어온 아이다. 고등하교 적에 그림을 잘 그렸다. 나중에 화가가 꿈이었다. 이 아이들뿐 아니라 모두가 채소 가꾸는 농사일을 했다. 경사가 심한 비탈마당은 비온 후 흙이 떠내려갔다.

마당 고르는 일하고 공부하느라 놀고 잡담할 시간이 없었다. 부실한 음식과 열악한 생활환경에서 한때 같이 살았다는 동질감을 느꼈다.

*

이튿날 저녁 때 영구는 양복을 차려입고 경태는 따듯한 점퍼를 입고 사무실에 나타났다. 지난밤 자기 전에 또 아침에 일어나서 샤워하고 낮에는 목욕탕에 가서 때도 밀었다. 크림도 넉넉하게 문질렀는지 노숙자의 찌든 얼굴이 확 변하여 좋아 보였다.

"아이고, 누구야 몰라보게 변했네, 자, 이야기는 차츰 하고 저녁 먹으로 가자."

근처 식당에 가서 치즈김밥, 김치 찌게를 시켰다.

"자, 우리 만남을 기뻐하자, 맥주잔을 들고, 건배!"

"건배, 감사합니다."

"그래 둘이 어떻게 노숙자가 되어 만났나?"

"저는 2년 전에 서울역으로 나왔고, 경태는 작년에 우연히 지하도에서 만났습니다."

영구가 쑥스러운 기색으로 말했다. 경태는 물도 마시지 않고 치즈김밥만 입으로 꾸역꾸역 집어넣었다.

치즈김밥 3줄 김치찌개 3인분으로 배불리 먹고 나와서 커피숍으로 옮겼다.

"그동안 무엇을 했나? 어떻게 살다가 노숙자 신세가 됐나, 누가 먼저 말해 봐라."

"저부터 이야기하겠습니다."

영구가 사연을 풀기 시작했다.

"고등학교 졸업하고 은행에 들어가서 10년간 일 잘했습니다. 그런데 아랫사람이 예금한 손님 돈을 도둑질했습니다. 상급자로 관리책임을 물어 은행에서 대리까지 하고 퇴출되었습니다. 그 후 인천에 있는 제법 큰 수리조선소에 경리 책임자로 다시 취직했습니다. 월급을 아끼고 모아 사업을 시작했습니다. 중소기업 선박수리회사를 은행대출을 안고 인수하여 운영했습니다."

"회사운영은 어떻게 잘 되었나?"

"직원들 10여 명 월급 주고 궁색하지 않게 꾸려갔는데……."

말을 끊고 머뭇거렸다.

"그런데 어떻게 되었단 말이냐?"

"제일 큰 거래처에 그만 문제가 생겼습니다. 거래 회사인 여객회사의 배가 수백 명의 학생들을 싣고 항해하다가 바다에 침몰했습니다. 세계 해난사고 역사상 몇 번 안에 드는 큰 사고로 온 나라가 떠들썩했던 사고 말입니다. 그동안 사주가 회사 자금난으로 힘들게 운영해온 선박회사가 부도나서 무너지고 파산했습니다. 이 회사에 의존해온 우리 회사도 은행에 대출받을 때 담보로 넣은 집과 공장이 공매 처분되고 하루아침에 길거리에 나 앉게 되었습니다."

"하루아침에 알거지가 되었구먼. 그래 처자식은 어떻게 되고?"

"마누라는 시집 간 딸집에 가서 손자들 돌봐 주고 살아갑니다. 나까지 들어가 궁색하게 방 하나 차지할 마음도 없었습니다. 무엇보다 딸이 살아가는 형편이 넉넉하지 못합니다. 들어오라 해도 가고 싶은 마음도 없고……. 이렇게 사는 노숙자 생활이 편해요."

"기술자도 아니고 경험도 없이 그런 사업을 하다가 고생 했구먼. 선박 수리하면서 노후대비를 위해 돈을 모아 두지 못했나?"

"침몰한 선박 회사는 정부에 로비를 잘했는지 여기저기 강에 유람선을 운영하였고 인천에서 도서지방을 오가는 여객선을 움직이는 큰 여객회사가 하루아침에 무너지게 될 줄은 몰랐습니다."

"장 아무개라는 사기꾼, 영생 천국파라는 교주가 운영하던 회사가 넘어지는 바람에 말려들었구먼?"

"예, 모두 제가 부족하고 바보 같은 놈이라서……."

"어쩌다가 그런 인간이 운영하는 회사와 거래를 하게 되었나."

"마누라가 그 '영생천국' 이라는 종교에 미쳐서 다녔습니다. 같이 나가자고 설득하는 바람에 우리 식구 모두가 교인이 되었습니다. 그런 인연으로 그 선박회사의 일을 하게 되었습니다."

"충분히 이해된다. 사업이 파산하면 사주는 거지가 되지, 물건주고 밀린 돈은 못

받고, 줘야 할 빚쟁이는 몰려오고, 월급 밀린 것 노동부 통해 지급소송 들어오고. 사업에 넣은 집 담보는 은행이 득달같이 공매절차를 밟고, 아는 사람들은 다 얼굴을 돌리고, 참 야박한 세상이야."

*

"교주이자 사업가인 회장은 교인들 보기에 능력이 뛰어나고 사교술이 특출할 뿐 아니라 설교에 능력이 있어 신의 은혜를 받은 사람이라고 교인들이 모두 존경했습니다."

"잘 나갈 때야 누가 의심하고 경계했겠나."

"과거에 전혀 말이 없지는 않았지만 크게 관여 않고 일감이 많으니 열심히 하청 일을 했지요."

"어느 시대든지 종교 교주가 되어 사기 쳐서 호의호식하는 인간은 끊임없이 존재해 왔지. 거기에 속아 넘어가 피해를 보는 사람도 계속 나오고 말이다."

"대표님은 지금도 교회 열심히 나가시지요?"

"우리야 모두 아침마다 예배드리고 주일에는 의무적으로 교회 나갔지. 그런데 대학 들어와서부터 종교에 대하여 신에 대하여 의문이 생겼고 지금까지도 신이 있는지 없는지 잘 모르겠고……. 말하자면 나는 방황하는 궁금증 환자다. 불가지론자에 가깝게 되었지."

"대표님은 고등학교 때 한국기독교학생운동 회장도 하지 않았나요?"

"나는 신이 없다고 말하진 않는다. 종교는 우리 삶에 긍정적인 측면이 많다고 인정하지만 신앙이라는 나무가 마음에 자라지가 않아. 원시 시대부터 인간은 수많은 신을 만들고 섬기다 사라졌다. 현대과학은 종교를 대신하여 인간의 삶을 더욱 안락하게 행복하게 만들고 있지만 그래도 종교는 쉽게 사라지지 않는다. 새로운 교파를 만들어 사람들을 가르친다는 교주라는 사기꾼, 나쁜 사기꾼들이 여기저기서 나타났다가 크게 성공한 종교도 있다. 집단자살을 하거나 교인들이 떠나 교주가 망한 사례도 많은 것을 보면, 인간은 이해할 수 없는 신비한 존재다, 영성이라는 영적인 무엇에 매달리고 싶어 하지."

"영적이고 초월적인 신의 능력을 믿고 열심히 교회 다녔지만 모두 허무하게 끝나 버렸어요."

영구가 한탄조로 말했다.

"초자연적인 질서가 있다고 믿다가도 불합리하고 어려움에 직면하게 되면 의심이 생기겠지."

"세상 살기가 만만치 않다는 것을 잘 알고 있지만 노숙자가 될 줄은 정말 꿈에도 생각지 못했지요."

"그래그래, 그동안 살면서 온갖 경험 다 했겠지.

경태는 그림을 잘 그렸는데, 어떻게 노숙자 신세가 되었나?"

"예, 고등학교 졸업하고 건축사 사무소에서 잡일을 하는 알바부터 시작하여 사원으로 근무했습니다. 퇴사하고, 고기 상자나 전자제품 완충제로 사용하는 플라스틱 제품을 재생하여 그림액자를 만드는 아웃소싱을 생산하였습니다. 외국에 수출도 했습니다. 미국으로부터 액자거울의 큰 주문을 받아 이익이 많이 남았습니다. 대구성서 공단에 공장을 짓고 몇 년 돌리다가 중국 청도로 공장을 이전했습니다. 중국 공장에 처음 들어갈 때는 정부의 혜택도 있고 힘들어도 인내하고 버티면 승산이 있겠다고 예상했습니다. 세월이 갈수록 기술 배운 현지 직원들이 나가서 창업하여 경쟁자가 되고, 직원들 월급은 계속 올라가고 정부의 지원혜택도 없어지니 도저히 타산이 맞지 않았습니다. 몇 년 고생하면서 정리하고 한국으로 나올 기회만 엿보고 있었습니다. 어느 날 우연히 간혹 가는 커피 집에서 박정숙을 만나게 되어……."

"박정숙이 누구냐?"

"그 왜 있잖아요. 우리 보육원 정문에 버려진 아이 말입니다. 생후 2주된 버리고 간 신생아를 김 보모가 들여다 키운 아이 말입니다. 김 보모가 잘생겼다고 우리들에게 보여주면서 자랑하던 아이 말입니다."

"그 애를 어떻게 그때까지 알고 있었나?"

"제가 보육원 떠날 때 그 아이는 5살이었는데 그 동안 자라서 여상을 졸업하고, 저의 대구성서공단에 들어와서 일했어요. 우리 회사에 들어와 몇 년간 일을 했습니다. 그러다가 우리 공장 바로 옆 건강기계제조회사에 다니는 총각과 눈이 맞아 연애 몇 년하고 결혼도 하였습니다. 결혼 후 아이가 생기고 회사를 그만 두었다가 아이가 크고 남편회사 경리로 다시 취직했다는 소식을 들었습니다. 그 후는 박정숙을 전혀 잊어버리고 있었는데 중국에서 우연히 부딪쳤지요."

"그 참 우연이구먼, 그런데 그 아이가 어찌 되었단 말인가?"

경태가 박정숙을 만난 사연을 털어 놓았다. 내용은 대략 이렇다.

그녀를 몇 번 만나서 대화하고 밥도 먹는 중에 느꼈는데 돈은 많은 것 같았다. 한국서 사업하다가 실패하여 중국에 와서 캐나다로 가려고 여권을 만드는 사람들을 찾고 있었다. 중국서는 돈만 주면 여권은 만들어 주는 브로커들이 있다고 말했더니 반색을 했다. 돈은 충분히 주겠으니 여권 만드는 길만 알아 달라고 하였다.

다음날 남편과 또 다른 남자와 만나서 여권을 만들어 주는 사람을 소개해 주었다. 경태는 중국서 사업하면서 위조 여권 만드는 루트를 알고 있었기 때문에 옛날을 생각하여 박정숙을 도와주고 싶었다. 한 달쯤 후에 박정숙을 만나보니 남편 여권과 지난번에 만난 남자와 또 다른 여자와 모두 4명의 중국여권을 만들어 며칠 후 캐나다 비자가 나오면 비행기를 타게 되었다고 고맙다는 인사도 하였다. 캐나다 밴쿠버에 정착하게 될 것 같다고 말했다.

참 잘되었다, 좋은 나라에 가서 행복하게 살게 되기를 바란다고 빌어주기도 했다. 박정숙을 만나고 일주일 되는 날 캐나다로 같이 가기로 여권을 만든 회장이 죽었다는 기사가 신문 사진에 나왔다. 이상하다 싶어 박정숙을 찾았으나 이미 출국했는지 연락이 되지 않았다. 죽었다는 그 남자가 한국에서 건강 기계 다단계판매로 수조 억을 사기치고 중국으로 밀항해온 희대의 사기꾼이라는 것을 알았다. 경태는 수많은 어려운 사람들에게 피해를 입히고 돈을 빼돌려 도망간 천하의 사기꾼을 본의 아니게나마 여권 발급을 도와준 꼴이 되어 마음이 어지러워졌다. 박정숙의 남편이 죽은 인간의 하수인이 되어 행동한 것이 틀림없었다.

한국과 중국 경찰이 공동으로 찾고 있는 천하 범인의 하수인을 결과적으로 협력해 주었다. 경태는 불쾌한 기분이 들었다. 서둘러 회사를 정리하고 몸만 빠져서 한국으로 돌아왔다.

"중국 가서 고생만 하고 돌아오는 한국 기업가들이 한 두 명이 아니지."

"못난 짓을 하여 미안합니다."

"우리들이 살아온 과거는 나중에 이야기하기로 하고 오늘은 이만 돌아가자, 다음 주 월요일 회사로 와서 어떤 일을 할 수 있는지 같이 의논해 보자."

"예, 감사합니다. 다음 주 뵙겠습니다."

두 사람은 깊숙이 인사하고 돌아갔다.

대표는 영구와 경태가 할 만한 일을 찾아보기로 했다.

*

'제이시비' 대표는 오래 전부터 강원도 동해나 서남해에 해양 리조트를 구상하고 있었다. 낡은 여객선을 들여와 해안호텔로 개조하고 요트 정박장을 건설할 계획이다. 폐선박을 해외서 입찰이나 수의계약으로 구입하여 해안에 정박시켜 해안 리조트 건설 사업은 정부의 허가절차가 까다롭고 환경파괴반대론자들의 소리도 만만치 않아 그동안 조사하고 설계와 디자인만 하고 있었다.

다행히 최근에 규제가 완화되어 폐선을 이용한 해안 리조트가 가능해졌다.

중동국가 쿠웨이트는 영국의 폐기된 엘리자베스 호를 들여와 해안에 정박시켜 호텔로 운영한다. 사우나 시설도 갖추고 있다. 더운 나라에 사우나가 되겠나 생각할지 모르지만 의외로 많은 사람들이 이용한다.

캐나다에는 폐선을 이용한 물 위의 사우나가 인기리에 운영되고 있다. 홍콩에도 폐 여객선 엘리자베스 호를 들여와 해안 호텔로 개조하여 운영하고 있다. 한국은 3면이 바다인 나라인데 이런 부분에 아직 인식이 부족하고 그 동안 인허가 절차가 복잡하여 여러 사람이 시도했으나 성공하지 못했다. 쿠웨이트나 홍콩처럼 수명이 다 된 여객선을 해안가에 정박시키고 호텔로 개조하여 리조트를 건설하면 관광확대를 기대하는 정부에 기여하는 사업이 될 것이다.

'제이시비' 대표는 어릴 적 꿈이 하얀 제복을 입고 파이프를 입에 물고 배를 운행하는 선장이 되는 것이다. 배를 타고 여기저기를 돌아다니는 그 꿈을 지금도 버리지 못하고 있다. 대학에서 무역학을 공부한 것도 어릴 적의 꿈과 무관하지 않다. 대표를 두고 개천에서 용 났다고 사람들은 말한다. 무엇이든지 할 수 있다는 자신을 가지고 있다.

시작에는 끝이 없다는 말처럼 일단 시작해 볼 생각이다. 비온 뒤 새 풀이 더욱 싱싱하고 희망적인 것처럼 고난을 극복하고 힘차게 살아야 된다는 평소의 소신이다. 대표의 걸어온 삶의 길은 가시밭과 자갈밭길이다.

*

학훈단 훈련받고 최전방에서 소대장으로 2년 3개월 복무했다. 그 당시에는 좋은 직장이라는 은행원이 되었다. 10년 다니고 재미없어 박차고 나왔다. 중장비와 기계설비 제조하는 중공업회사에 들어가 3년 근무하다가 회사가 중화학공업 조정 바람에 해쳐 모여할 적에 건설회사로 옮겼다. 중동사막 건설현장에서 근무했다. 황금알을 낳는다는 중동건설회사도 점차 상황이 나빠지고 큰 적자를 내었다.

많은 임직원들이 철수하고 회사가 무너지는 바람에 실직상태가 되었다. 세상에 스스로 노숙자 되고 싶어 방랑자가 된 사람은 없을 것이다. 운이 더럽고 타임이 뒤틀려 사업이 망하거나 실직이 되는 일이 살아가는 세상의 모습이다. 어릴 적에 강냉이죽 우유 치즈 한솥밥 먹고 고생한 사람들을 만났다. 늦었지만 남은 인생 보람있게 살도록 만들어 주어야 된다는 연민의 정이 대표의 어깨를 짓눌렀다.

오래 전부터 궁리만 해온 경남 고성에 땅을 구입하기 위해 조사했다. 폐 여객선을 접안시킬 수 있고 요트 정박장 건설이 가능한 장소를 찾아 지형에 맞추어 건설 구상을 하고 있었다. 회사를 찾아온 두 사람을 인사 책임자에게 인사시키고 입사시키도록 지시하고 회사 가까운 곳에 원룸을 얻어 살도록 조치했다. 대표가 직접 운영하는 특수 프로젝트 목적의 팀을 만들어 이 일은 극비로 운영했다.

리조트에 적합한 장소 찾는 일을 경태가 맡아서 하도록 하고 영구는 폐 여객선을 구입 조사를 시켰다. 어디에 적당한 배가 있는지, 구입자금 조달은 어떻게 하고, 인허가 절차는 어떤지 조사하고 신속하게 일을 추진하도록 일을 시켰다. 나중에 이 여객선을 개조한 리조트가 완공되면 여러 가지 일거리가 생긴다.

부대건물 유지보수 관리, 청소용역, 경비, 소모품 납품, 식당, 빨래방 운영, 편의점, 주차장관리 같은 일거리가 생긴다. 두 명은 나중에 무엇이든지 하나씩 맡아서 생활할 수 있을 것이다. 경태는 동해안부터 서남해해안을 한 바퀴 돌면서 적당한 위치를 찾아보기 위해 회사의 오래된 4륜구동차 한 대를 내어주었다.

영구는 미국, 영국, 그리스, 스웨덴의 선박 중개업체를 찾아가서 폐 여객선을 구입하는 일에 몰두했다. 한국에도 수백 명의 선박중개업자가 활약하고 있다. 해

운국가들은 수많은 중고 선박 중개업자들 딜러가 활동하고 있다. 무엇보다 선박 구입 조건으로 금융문제가 중요하다.

믿을 만한 선박중개업체를 찾아서 폐 선박을 구입할 때 유리한 대출을 받을 수 있는지 따져보라고 요령을 알려주었다. 한 달 후 회의를 가졌다.

경태의 해안 리조트 부지 조사 결과 동해안 고성 지역이 집중 거론 되었다. 서해안 태안, 보령, 서천, 군산, 목포, 남해, 통영, 고성, 거제도, 기장, 울산, 포항, 동해, 삼척, 강릉, 속초, 고성을 둘러보았다.

서해안 보령 춘장대 인근해안 땅과 강원도 고성에서 팔려고 내놓은 땅이 주위환경과 위치로 보아 가장 좋다고 판단되었다. 서천은 가격이 상당히 비싸고 강원도 고성은 상대적으로 가격이 저렴했다. 부산에서 가까운 기장에도 좋은 위치는 있으나 가격과 교통이 문제였다. 강원도 고성 땅을 부동산에 의뢰하여 족보를 자세히 알아보았다.

*

여객선실 500여 개 정도의 폐선을 안치시키고 주차장 부대시설 진입로 건설이 충분한 넓이의 땅이다. 수심이 깊어 어지간히 큰 여객선은 정박이 가능할 것이고 요트 정박장도 만들기 어렵지 않아 보였다.

이 땅을 구입한 사람은 해안에 콘도를 건설하기 위하여 설계까지 의뢰했으나 자기들 내부 사정으로 사업이 중단되었다. 이곳에서 몇 킬로 떨어진 곳에 1,000여개 객실 규모의 폐 여객선을 접안시켜 해안호텔을 건설하는 사업이 진행되고 있었다.

규모가 큰 폐 선박 호텔과 경쟁을 우려하여 콘도 건설을 보류했다고 짐작했다. 부동산업자의 설명이다. 공사가 중단되고 은행에서 빌린 돈을 갚기 위하여 급하게 내 놓은 땅이다. 며칠 후 대표와 조사팀이 건설담당과 동행하여 현장을 방문했다. 입지조건이 좋다고 판단하고 돌아오는 길에 대규모 리조트 건설 공사현장에 들어가 보았다.

한참 땅을 파고 고르는 토목공사가 진행되고 있었다. 공사 현장에서 시공사, 설계사, 감리회사와 공사 규모를 파악하고 돌아왔다. 만약에 고성에 땅을 구입하여 해안리조트를 건설한다면 이미 멀지 않은 곳에 시작한 프로젝트와 경쟁이 되기보다는 오히려 시너지효과를 가져올 수도 있다는 판단을 했다.

고성에 가면 폐여객선을 정박시켜 호텔로 개조한 곳이 모여 있다는 입소문이 국내외에 퍼지면 손님들이 더 몰려올 수도 있다.

*

'제이시비' 대표는 한참 고성에 대규모 건설 중인 폐선박을 들여와 해안 리조트를 건설하는 사업주가 누구이며 어떤 재력가인지 알아보았다. 거래하는 설계사무소를 통하여 고성에 짓고 있는 가칭 '네버다이Never die'를 조사했다. 놀랄만한 사실을 알게 되었다. 미국 시애틀에 본사가 있는 해양조사회사와 선박 딜러 업무를 수행하는 회사가 이 리조트를 건설 중이었다. 실제적인 주인은 중국인이다.

바지사장을 비롯하여 전문가들이 여러 장소에 흩어져 해양에 침몰한 선박을 조사하여 건져 올리기도 하고, 침몰된 뱃속의 물건을 끌어올리는 일을 하는 회사다. 고성에 짓는 해양리조트는 시애틀의 해양조사 회사 '노 다이(NO Die)'가 의욕적으로 추진하는 사업으로 파악 되었다. '노 다이' 회사는 중국인 소유라는데 회사 주인에 대하여 이상한 소문이 떠돌고 있었다.

현지의 관련업체 소문에 의하면 한국에서 해운업을 하다가 배가 침몰하여 망한 회사의 관련자들이 중국인으로 신분을 세탁하여 숨겨둔 재산을 활용하여 미국에서 해양조사회사도 설립하였다고 했다. 대표는 현지의 컨설팅회사를 시켜 '노 다이'를 상세하게 조사를 의뢰했다.

한국에 폐선박을 활용한 해양 리조틀 건설하는 '네버다이'는 성경에 보면 나를 믿는 자는 절대로 죽지 않는다, 죽어도 다시 살아난다, 어떤 종교집단의 용어같이 느껴졌다. 소유주가 누가 되었거나 크게 걱정할 것은 없지만 그 정체는 알아볼 필요가 있다. 이 리조트와 경쟁이 될 멋진 해양리조트를 건설할 계획을 세우고 일을 차근차근 진행했다.

경태와 영구가 주축이 되어 특수사업 팀이 약 5만 평 되는 해안의 땅을 매입하고 설계를 준비하는 동안, 미국의 오션마리나(Ocean Marine)와 호리전 십(Horizon ship)과 여타 선박 딜러 브로카를 통하여 폐 선박을 물색했다.

미국 샌프란시스코 '노-다이(No-die)'라는 선박 브로카사이트에 올라있는 800개

객실의 폐선박이 여러 가지 조건이 좋았다. 선박의 크기와 건조된 연수 객실 규모도 적당하고 특히 금융조건이 월등히 좋았다. 원금 상환 조건과 이자율이 유리하여 노 다이 회사 사람들과 만나기로 약속했다.

상담약속을 잡아 대표와 영구가 샌프란시스코로 날아갔다. 선박소개업자들과 만나 상담하는 동안 50대의 사장은 영어로 말했다. 대화하는 동안 어쩐지 말의 억양과 모습도 너무 한국 사람 같았다. 혹시 한국 사람이냐고 물었으나 중국 사람이라고 했다. 노 다이 사장은 중요한 선약이 있어 같이 점심을 먹을 수 없어 미안하다고 했다.

현지 미국인 부사장이 방문 손님을 대접하도록 조치하고 가버렸다. 샌프란시스코 시립미술관에 새겨진 한국인 이종×의 이름이 보이는 중국 식당에서 점심 대접을 받았다. 식사하는 동안 부사장 명함을 가진 미국인이 노 다이에 대하여 조금 설명했다.

오늘 상담한 사장은 캐나다 빅토리아 섬에 살고 있는 중국인 노-다이 회장의 2세다. 미국 스탠포드 경영대학원을 나온 사업가이다. 노 다이는 미국 외 노르웨이 그리스에 사업체를 두고 글로벌적으로 사업을 하고 있었다.

대표와 영구는 점심을 먹고 금문교 밑 박물관 산책길을 걸었다. 많은 외국 관광객들과 개를 몰고 산책 나온 현지인들이 즐겁게 여기저기 벤치나 잔디 위에 눕기도 하고 앉아서 쉬면서 멀리 '알 카트라즈' 섬을 바라보았다. 말없이 걷기만 하는 영구가 입을 열었다.

"오늘 상담할 때 노 다이 회사 사장이 머리스타일과 얼굴 피부색이 많이 변하기는 했어도 어디서 많이 본 것 같은 인상인데……."

곰곰이 생각해 보니 영생교회에서 한번 본 것이 틀림없다는 기억이 살아났다. 그러면 죽었다는 영생천국 교주가 죽은 것이 아니고 밀항하여 중국으로 가서 중국인으로 신변을 완전히 세탁하고 캐나다에 정착한 것이다.

2세와 친척이나 신복들을 시켜 사업을 하고 있다. 이렇게 추측해 보았다. 이것은 어디까지나 상상이다. 중국의 시골 나이 먹은 사람의 주민증을 사서 여권을 만들고 얼굴은 성형수술로 확 바꾸고 신분세탁을 완전히 하고 돌아다니면 아무도 모를 것이다.

영생천국 교주의 죽음에 대하여 의문이 아직 많은데 그럴 수도 있을 것이라고 짐작했다. 그렇다면 고성에 건설 중인 해양리조트는 교주의 한국에서 사업 프로젝트란 말인가. 대표는 한국으로 돌아오면서 여러 가지를 생각했다.

*

노 다이 회사의 폐선박 조건이 좋다고 해도 계약은 일단 보류하기로 했다. 다른 중개상을 찾아 더 알아보고 '네버다이' 리조트에 대하여도 현지 컨설팅회사의 조사의뢰 결과가 나오면 검토하고 결정하기로 했다. 고성 땅을 계약하기 위하여 부동산을 찾아가 가격을 제시하고 땅 소유주와 협상해 주도록 부탁하고 돌아오는 길에 다시 '네버다이' 리조트 건설 현장으로 들어갔다.

현장 사무소를 찾아 들어가 소장으로부터 공사 현황과 준공 일자 등에 대하여 설명을 들었다. 사업주가 누구인지에 대하여는 말하지 않았다. 다만 중국계 캐나다 사람의 시애틀에 본사를 둔 노 다이 회사가 투자하였고, 외국은행으로부터 투자를 받아 리조트를 건설 한다는 정도의 정보는 얻었다.

몇 킬로 떨어진 곳에 콘도 될 만한 땅을 찾다가 여기에 오게 된 사연을 설명하고 사무실을 나와 차를 세워 둔 쪽으로 걸었다.

그때 나이가 제법 들어 보이는 현장 유니폼을 입은 사람이 앞에서 걸어왔다. 유니폼 왼쪽 가슴에 환경반장 임필식 이라는 명찰이 또렷하게 보였다.

영구가 그 사람을 보고 말을 걸었다.

"실례지만 혹시 임필식이라면 희망원에 있던 저 김영구를 알겠어요?"

"뭐, 희망보육원 김영구?"

"예, 나 김영구야, 형."

"아, 이 친구들이 어떻게 여기를 왔어?"

"여기 대표 회장님과 경태도 기억나지?"

"그래 알다 뿐이야, 이 얼마만이야. 야, 반갑다, 다들 이렇게 무사하게 살아 있는 것을 보니 반갑구나. 자, 저기 식당에 들어가서 이야기하자."

네 사람은 건설현장 식당(함바)에 들어가 긴 의자에 앉았다. 자판기에서 빼 온 커피를 마시며 많은 세월이 지나 다시 만난 이들, 보육원 출신들은 눈물을 지으면서 이야기를 나누었다.

"안 죽고 살아 있으니 이렇게 다시 만나는구나."

임필식이 말을 약간 더듬거렸다. 원래 말이 어눌했다. 나이가 들어도 고치지 못하고 그대로다.

근무 끝나고 저녁에 고성읍에 있는 여관에서 만나 이야기하기로 약속했다. 임필식이 현장업무가 끝나자 바로 퇴근하는 차를 얻어 타고 왔다.

급하게 숨을 몰아쉬면서 들어왔다. 가까운 횟집에 들어가 이야기꽃을 피웠다. 대표가 임필식에게 물었다.

"여기서 어떤 사연으로 일하게 된 것이냐?"

임필식이 고성 네버다이에 와서 일하게 된 그간의 내력을 설명했다.

"희망원에서 고등학교 졸업하고 나와서 건설현장에서 벽돌 나르는 막노동일을 몇 년 했지. 틈틈이 설비공사 일을 여기저기서 배워서 안양에서 설비 가게를 시작했네. 설비 잘한다는 소문이 나서 제법 벌이도 좋았는데 교회 어느 집사의 중매로 결혼하고 아들 하나 딸 둘을 낳았네."

이렇게 시작한 그간 그의 사정은 이랬다.

- 아이들이 대학을 다닐 때부터 마누라가 교회를 다니기 시작했다. 이때는 조그만 단종건설 면허를 받은 사업체를 운영하고 있을 때다. 마누라의 성화에 못 이겨 교회에 다니기 시작했다. 교회의 사람들을 알게 되고 영생천국 본부의 건물공사 유지보수 일을 하는 회사의 재하청을 맡아서 일했다. 어찌 하다가 다른 곳보다 영생천국의 건물 보수 일이 많았다. 일거리가 적지 않았고 수입도 그럭저럭 솔솔 하게 들어오는 편이었다. 그러다가 교주가 죽고 영생천국 조직이 파탄 나는 바람에 밀린 돈도 받지 못하고 형편이 힘들게 되었다.

마누라는 아이들이 살고 있는 미국으로 가버리고 혼자 남아 일거리를 찾고 있었다. 아이들은 모두 대학졸업하고 결혼하여 미국 가서 취직하고 자기 사업을 한다. 나이 들어 미국 가서 할 일도 없고 궁리하고 있었는데 고성에 해양리조트를 짓는 현장에 와서 일해 달라는 요청을 받았다. 건물유지보수 경험이 있는 사람들이 환경 팀이라는 부서를 만들었다.

지금 건설현장 청소 자재관리 경비 등 잡일을 맡아서 하고 있다.

임필식은 하룻밤을 같이 자고 이튿날 아침 일찍 네버다이 리조트건설현장으로 돌아가고 대표는 서울로 돌아왔다. 임필식이와 이야기할 때 들은 말이 머리에 남아 있었다.

"네버다이는 비밀에 감추어진 돈 많은 사업가라고 알려져 있다. 리조트를 건설하는 회사는 혹시 죽었다는 이단 교 교주가 살아서 빼돌린 돈으로 신복들을 시켜 고성에 다시 사업을 전개하는 것이 틀림없다는 의심이 든다."

"그래 맞다. 나도 그런 생각이 들어."

"임필식 형에게 부탁하여 네버다이 리조트에 대하여 사업주체와 자금의 동원능력 인적 구성을 자세히 알아보도록 하겠습니다. 대표님이 구상하는 해양리조트 사업과 경쟁상대가 될지 모르는 업체에 대하여는 우선 상세하게 파악할 필요가 있습니다."

영구가 말했다.

"그렇지, 영구와 경태가 잘 알아보고 논의해 보자."

임필식이 주말에 서울 와서 대표, 영구, 경태와 어울려 불고기, 보신탕, 추어탕, 돼지족발도 먹었다. 이태원에 가서 치즈가 많이 들어간 이태리 피자도 먹으면서 많은 이야기를 나누었다.

임필식이 일요일 서울 와서 영구와 경태를 만나고 돌아간 며칠 후 고성 건설현장 자재 창고에서 불이 났다는 뉴스가 나왔다. 화학물질인 접착본드, 플라스틱제품, 전선줄에 불이 붙어 검은 연기가 치솟아 올랐다.

고성 소방차가 출동하는 일이 일어났다. 소방서와 경찰이 화재 원인을 찾았다. 며칠이 지나도 확실한 증거를 찾지 못했다. 화재발생이 일어난 며칠 후 건설 중인 네버다이 리조트에 관련된 놀랄만한 신문기사가 나왔다.

'죽었다는 이단 영생교 교주의 돈이 흘러들어와 강원도 동해안 고성에 폐여객선을 정박시켜 해양리조트 네버다이를 건설하는 현장을 검찰이 수사하기 시작했다.'

이런 내용이었다. 여객선 침몰로 유족에게 보상해준 국가기관이 공사 중지 가처분과 토지에 대하여 가등기를 했다.

영생교 교주 사건은 한 나라를 골병들게 만들고 과히 국민들을 분노하게 만든 사건이었다. 이에 대한 신문기사는 수년간에 걸쳐 헬 수 없이 많다. 이 사건을 다룬 책도 여러 권이 이미 나왔다. 신문기사가 난 후 제이시비 대표는 고성에 땅을 구입하고 리조트 사업을 본격적으로 시작했다.

선박 브로카 '요트마켓'에서 소개한 객실 800실의 폐여객선을 구입하기 위하여 협상을 시작했다. 객실 수는 천개가 되지 않지만 식당, 파티장, 수영장 등의 여유 공간이 넓어 사우나 시설로 개조하거나 음악연주실을 만들 수 있는 여객선이 장점이라고 판단되었다.

무엇보다 구매금융제공 조건이 유리했다. 제이시비가 보증서 제출하고 구입총금액의 50%를 5년 거치 10년 분할상환의 연합금융(신디케이트 론)이다.

이자는 프라임 레이트 플러스 스프레드 0.5%(Prime rate+spread 0.5%)이다. 리조트 건설할 토지와 건물 설비를 담보로 나머지 일부를 국내 은행에서 대출받으면 자금동원은 해결되었다.

제이비시는 당장 큰 현금 투자 없이 프로젝트를 진행할 수 있었다.

*

15년 후 강원도 고성 해양 리조트 '피닉스' 근처 해안가 '굿 타워' 정자에 깡마른 백발노인이 흔들의자에 앉아 바다를 바라보며 고급 브랜드 와인 마고를 마시고 있었다.

800실 규모의 피닉스 1과, 10년 전 건설 중에 중지되어 5년 동안 방치되어 있던 해양리조트 '네버다이'를 인수하여 1,000실 규모의 폐여객선을 들여와 피닉스 II를 건설 완공했다.

제이시비 대표는 푸른 바다를 바라보며 지구에서 우주에서 인간은 너무 작은 존재가 인간이다. 어디서 왔는지 모른다. 그리고 어디로 갈지도 모른다, 상념에 잡혀 있었다.

와인을 한 모금 마시고 눈을 사르르 감았다. 흔들의자 옆 탁자 위에는 치즈김밥 한 줄이 접시에 담겨 있었다.

시험 없는 나라

당신은 그냥 통과요, 이 세상의 육체를 빠져나온 영혼들이 들어가는 저세상 입구에 도착했다. 당신은 지구에서는 볼 수 없었던 형형색색의 꽃으로 장식된 수십 개의 아치형 문 입구에 도착하여 수문장으로부터 들어가라는 통과 허락을 받았다.

문을 통과하자 영혼들의 안내천사가 세상에서 믿었던 그들 종교 신앙의 입구로 인도했다. 유대교, 기독교, 이슬람교, 아브라함 계통의 유일신교 신자들, 힌두교, 불교의 다르마 계통, 도(道)교, 이란계통, 신흥종교, 전통종교와 민간신앙, 선사시대 종교, 근동종교, 유럽종교, 무신교도의 영혼들이 각자의 문으로 들어가는 모습들이 보였다.

평소 당신은 사후 세계에 대하여 상상하지 않은 것은 아니다. 막상 이렇게 되니 어쩌다가 영혼들이 들어가는 문 앞에 왔는지 멍멍하고 한편 미묘한 감정이 들었다. 저 세상 영계 문 앞에는 구름떼같이 인간의 영혼들이 모여들었다. 수백 년 만에 지구의 외핵이 폭발하여 지구의 껍질이 충돌하여 화산이 터지고 해일이 일어나고 대륙이 이리저리 갈라졌다. 지금까지 연기만 내뿜어온 활화산과 백두산 천지처럼 위험이 경고되어 온 여기저기 대규모 휴화산이 폭발했다. 죽은 자들이 들어가는 영계 입구가 시끄럽고 혼잡스러운 광경을 보았다. 인간 세상에 큰 재앙이 일어나면 세상 살면서 쌓은 스펙으로 들어갈 수 있는 영혼이 있다는 것은 나중에 알게 되었다. 스펙이 갖추어야 할 요건은 10살 전에 양부모가 죽었고, 형제 중 한 사람이라도 10살 전에 죽고, 10살 전에 크게 부상당한 사람은 죽어서 시험 없이 통과하는 제도가 있다고 시험관 보조천사가 설명했다. 이런 일이 오래 전부터 실시되었다는 그 시간은 얼마나 오래 전부터인지 모른다.

당신이 세상에서 살아온 과정을 지구행성 실록에서 천사들이 확인했다. 당신의 기록을 심판관이 상부에 보고하고 한참 후 검토가 끝났고 통과 지시가 내려왔다는 소리를 들었다.

당신의 어머니는 당신이 12살 때 돌아가셨고 일 년 후 아버지도 어머니를 뒤따라 저세상으로 가고, 밑으로 둘째는 7살에 초여름 저수지에서 수영하다 익사했다.

당신은 5살 때 다리에서 떨어져 이마를 크게 다쳤다. 피를 많이 흘렸으나 뼈는 이상 없었다. 생명에는 전혀 지장이 없었다. 그 때 만들어진 이마에 흉터가 지금까지 남아 있다. 이런 고생의 흔적이 저세상에 무시험으로 통과하는 스펙이 된다고 하니 약간 의아했다.

아직 당신은 골프공에 맞아 머리가 약간 아프다는 느낌이 들었다. 갑작스럽게 골프공에 맞아 의식을 잃고 평소 궁금해 하고 많은 생각을 한 다른 세상에 들어왔다는 신비스러운 감정이 생겼다.

*

중원 골프장 3번 티 그라운드에서 드라이브 순서를 기다리고 있었다. 알싸하게 추우면서 건조한 날씨, 파랗게 물든 하늘, 아직은 푸른 잔디가 펼쳐진 필드의 풍광이 몸을 긍정적인 에너지로 충만하게 만들기에 충분했다.

갑자기 당신은 퍽 하는 소리와 함께 아,앗! 비명을 내지르면서 그 자리에 쓰러졌다. 어디서 날아온 반질반질하고 단단한 골프공이 눈에 불이 번쩍 나도록 뒤통수를 강하게 때렸다. 정신이 가물가물 사라지면서 잔디밭에 고꾸라져 드러누웠다. 당신 옆에서 동반자들의 놀라고 걱정스러운 목소리가 들렸다.

"어떻게 된 거야?"

동반자 친구들의 이상한 말도 희미하게 들렸다.

"참, 재수 더럽게 없는 놈이네, 왜 하필이면 뒤통수에 골프공이 날아와 맞느냐 말이다. 도대체 어디서 날아온 공이야? 공 친 놈을 잡아야지."

푸른 골프코스는 잿빛으로 변하고 동반자들의 얼굴도 백짓장처럼 하얗게 변했다. 푸른 잔디 위에 떨어진 골프공 하나가 풀숲에서 얄밉게 이 광경을 바라보고 있었다. 골프장에 항상 대기 중에 달려온 구급차에 당신은 보리자루처럼 실려 병원으로 옮겨졌다. 산소마스크에 의존한 가슴은 약하게 뛰었다. 귀에 익은 사람들의 말소리가 들리고 들락거리는 발소리도 들렸다. 죽었다는 생각과 혼자라서 고독하고 쓸쓸했다.

당신은 영계 입구에서 통과시험의 난관을 빗겨간 행운을 누리게 되었다. 남녀노소 가리지 않고 도착하는 대로 줄을 지어 영계 통과 시험을 기다렸다. 영혼들이 들어가는 입구에는 '그대는 신의 집으로 들어가고 있나니'라고 새겨진 현수막 글자가 눈에 들어왔다. 아치 안으로 들어가서 머리를 들어 영계(靈界)를 바라보았다.

끝없이 넓은 아름다운 정원 뒤로 멀리 오로라가 황홀하게 피어오르고 있었다. 지구의 알라스카에서 볼 수 있는 오로라와는 비교도 안 될 만큼 찬란하다. 캐나다 빅토리아 섬의 부차드 가든, 뉴질랜드 해밀턴 가든과는 비교할 수 없이 아름다운 꽃밭이 시야에 들어왔다.

오른쪽 멀리 산 위에 레인보우가 영롱하게 걸쳐 있었다. 혹시 저 산이 아래에서 올라가기 시작할 때는 더 없이 힘들고 험한 길이지만 위로 올라갈수록 점점 쉬워지는 단테의 신곡에 나오는 정죄산(淨罪山)인가? 오늘 같은 날을 만난 사람들이 올라가는 행운산(幸運山)인지 감격스럽게 바라보았다.

입구에는 여러 개의 꽃으로 장식된 아치에는 천사들의 조상과 온갖 동물들의 모양을 조각한 부조물이 정교하게 장식되어 있었다. 황제, 대통령, 수상, 장관, 사장, 노숙자 남녀노소 할 것 없이 안내천사를 따라 들어간다.

입구에는 무극황천에서 나온 심판관, 극락에서 나온 극락보살, 천국의 열쇠를 가진 베드로의 신복 천사들, 무신론자들이 들어가는 입구에는 어디에서 나왔는지 황금빛 옷을 입은 시험관들이 보인다.

꽃 장식 아치문 옆에 세워진 황금빛 사무실마다 심판관들이 편안하게 의자에 앉아 잡담을 나누고 있다. 머리에는 금빛 코로나가 둥글게 목성 띠처럼 머리를 좌우로 움직일 때마다 광채가 번쩍번쩍 빛났다. 영계 사람들의 모습이 우아하게 보였다. 평소에는 기독교인을 포함하여 세상에 살면서 믿었던 저마다의 종교계율에 따라 시험을 보지만 그날은 스펙을 갖춘 영혼은 시험 없이 통과하게 되었다.

평소에는 각자의 종교 교리에 명시하는 계율을 잘 지키고 살았는지, 무종교인들은 양심에 따라 도덕과 법을 준수하고, 학교나 성현들이 가르쳐준 대로 바르게 일생을 살았는지 시험을 본다고 설명했다.

그날처럼 많은 영혼들이 들어오는 날은 심판관들은 24시간 정신없이 바쁘다.

평소 팔짱을 끼고 잡담으로 한가로이 시간을 보낸 때가 그리워진다. 간혹 지나가는 영혼들을 관찰한다. 조용히 줄서 있는 영혼들을 힐끗힐끗 쳐다본다.

어미 자궁에서 막 빠져 나와 탯줄이 길게 달린 아이, 두세 살 먹은 영아들을 보고 저것들은 왜 저렇게 빨리 왔는지, 저 허리 꼬부라진 노인은 오래 살다가 왔네, 저들끼리 수군거린다. 잠깐 틈을 내어 영계 문의 팀장은 평소 좋아하는 천사가 운영하는 와인 주점에 달려가서 즐겁게 와인을 마신다.

제우스신의 심부름꾼도 그의 친구 몇 명과 한쪽 좌석에 자리를 잡고 앉아 농담을 주고받는다. 심부름꾼에게 손을 들어 인사한다.

"오늘 심판관님들 시험이 많아 죽을 맛이겠네요."

하고 농담을 걸었다. 세상에서 무지막지한 흉악범이나 선하고 착하여 법이나 계율이 없이도 살아갈 수 있는 사람들을 구분하는데 몇 분의 일초도 소요되지 않는다. 지구행성 실록의 기록을 영계의 뛰어난 인공지능(AI) 천사가 즉시 알려준다. 교회나 성당, 절에 다니면서 남몰래 뒤에서 음흉하게 가면을 쓰고 죄를 짓고 계율을 제대로 지키지 않은 인간, 지구에서 자기 양심을 속이고 남을 해치고 영악하게 이기적으로 살아가는 인간, 알량한 지위를 이용하여 으스대고 목에 힘주고 살아온 영혼, 국민의 혈세로 충당하는 세비라는 큰돈을 받아 챙기기 위하여 수단방법 가리지 않고 선거에 당선되기 위하여 교회, 성당, 절 돌아가면서 선거 주민 찾아다니는 정치 모리배, 교회에 얼굴 도장 찍기 위하여 다니는 사기꾼.

조직폭력배, 살인강도의 기록이 하나도 빠지지 않고 디테일하게 명기되어 있었다. 온갖 인간들이 우글거리며 잘난 척 살아가는 혼란스러운 세상의 기록이 영계에 있었다.

죄인들에게 회개하라, 지구에 종말이 온다, 외치며 회계시킬 사람이 많을수록 종교는 재정이 풍부해질 것이다. 악인이 많을수록 은근히 좋아하는 곳이 종교 아니겠나. 저 세상은 지구 세상에서 지은 죄를 다 알고 있다는 글을 게시판에 적어두었다.

당신이 머리에 골프공을 맞아 의식 없이 병원에 실려가 산소마스크에 의지하고 중환자실에 누워 있는 그 날은 지구의 동쪽 한반도와 중국대륙에 걸친 아무르 지판과 유라시아 거대 지판이 한꺼번에 충돌했다. 백두산에 화산이 터져 미국의 그랜드개년보다 깊고 넓은 계곡이 생겼다.

태평양 일대에 강도 9.5도의 수백 만 년 이래의 대지진으로 수천만의 사람들이 죽었다. 대재앙으로 한꺼번에 사람들이 저세상으로 몰려왔다. 불과 며칠 전에 떠나온 세상이 얼마나 처참하게 되었는지 염려스러운 마음을 감추지 못했다. 당신은 스펙으로 일단 영계문은 통과했지만 또 어떤 시험을 보게 될지 나중에 틀림없이 부작용과 그에 상응하는 대가를 치르게 될 것이라는 염려가 되기도 했다.

*

당신은 세상에서 오래 전에 무시험 통과의 행운을 경험한 적이 있다. 또한 그에 상응하는 대가도 만만치 않았다. 영광과 폄하하는 눈초리가 일생을 따라 다녔다. 세상에는 노력 없이 얻는 공짜는 없는 것 같다. 우연히 혹은 노력으로 운 좋게 무시험 통과했다고 무조건 좋아할 일만은 아니다.

염려의 트라우마가 되살아났다. 줄서서 기다리는 동안 안내천사가 알려주었다. 지구에 대재앙이 일어나지 않은 평소에 영계 심판관이 뇌물을 먹고 시험 없이 통과시키는 일이 발각되면 큰 징계를 받는다.

세상에서 죽을 때 저승 노잣돈으로 받은 금은보화, 순장이라는 이름으로 신하와 궁녀를 데리고 온 왕으로부터 뇌물을 받은 영계 수문장이 천벌을 받아 일천 만년 동안 천사들의 날개와 옷을 수리하고 세탁하는 빨래터로 보내졌다. 천사의 날개는 보기보다 무척 무겁다. 날개 한쪽 무게가 66킬로그램이나 된다. 우리가 세상에서 쉽게 볼 수 있는 나이키 신발의 로고 승리의 여신 니케(Nike)의 날개는 가볍게 보인다. 그런데 저세상의 일반 천사들의 날개는 66킬로그램이나 되는 무게로 이리저리 뒤척이며 비누칠하고 물에 헹구는 세탁일이 뼈 뿌려지도록 힘들고 고달픈 일이다, 안내천사가 설명했다.

평소 영계 입구에는 기독교인이라면, 성경에 명시된 613개의 계명과 10계명을 기초로 당연히 계명의 준수여부 시험을 치른다. 당신처럼 스펙에 의해 통과해도 최종 목적지 천국에 들어가기 전에 영혼의 대기소에서 일정기간 지내면서 몇 단계의 시험을 거친다. 당신은 기독교인으로 분류되어 지구에서 삶의 흔적들이 들추어질 것이다. 교회 헌금을 자기 개인의 호화생활에 사용한 성직자, 교인들을 속이고 돈을 착취한 사이비 종교인들, 남들 앞에서는 도덕군자인 척하고 뒤로는 부도덕한 인간, 표절 논문으로 출세하고 명예를 얻고 눈을 속이고 치부하고 위대한 사람이라 칭송받았던 사람들도 조사천사들이 낱낱이 들추어 온다. 당신처럼 무시험 통과한 영혼들도 최후 천국에 들어가기 전에 치르는 시험도 있다.

지구행성 실록에 의문이 있다고 판단되면, 죽기 전에 사용하던 컴퓨터에 들어가 이상한 점이나, 다락방에 들어가 샅샅이 뒤져보고 수상한 내용이 보이면 하드 디스크를 원상 복귀하여 찾아온다.

육체를 가진 인간은 미각, 시각, 청각, 후각, 촉각 오감과 투시력 예지능력을 가지고 있을 뿐이지만, 형체가 보이지도 않고 공간을 차지하지 않는 천사들은 인간이 볼 수 없는 선과 악을 구분하는 정확한 잣대와 판단력을 소지하고 있다.

인간에게는 겨자씨만큼 들어 있는 영지(靈知 Gnosis)를 천사들은 자유자재로 활용한다. 세상에서 알고 있었던 사후 세계, 황제가 가는 황천, 기독교인이 들어가는 천당, 불교의 열반, 천주교도의 하늘나라, 무신론자들이 들어가는 영적인 나라는 과연 그대로 들어맞는지 아직은 모른다. 살아온 기록에 따라 좋은 별나라로 가거나 좋지 않은 곳으로 가는 것은 틀림없을 것이다.

당신은 정문을 통과하여 영계 대기소에 들어가서 무한히 다행스럽다고 축복받은 영혼이라고 자위했다. 낙원에 들어간다는 기대로 기분 좋은 시간을 보내고 있었다. 세상에서도 어려운 고비를 이래저래 빗겨 왔고 사후세계에 와서도 어려움 없이 정문을 통과하게 되었다. 은총을 주신 신에게 감사했다. 세상에는 장애물과 시험이 가는 곳마다 기다리고 있다. 무한경쟁의 정글이다. 시험과 험난한 장애물을 넘기 위하여 밤낮으로 피땀 흘리며 노력한다.

천사가 날개를 펄럭이며 달려와서 당신의 소매를 잡고 끌고 갔다. 영계 입구로 다시 돌아갔다. 스펙으로 통과한 영혼을 다시 재점검하는 과정에서 당신은 해당되지 않는 조건인데 AI가 순간적으로 오류를 일으켜 통과되었다. 잘못 되어 다시 시험을 보거나 회의를 거쳐 결론을 알려준다고 했다. 의자에 앉아서 한참을 기다렸다. 애매하기는 하지만 워낙 들어오는 사람이 많아서 최대한의 관용을 발휘하여 처리하기로 합의되었다.

무시험 통과가 다시 확정되었다. 당신은 다시 영혼의 대기소로 돌아왔다. 공을 머리에 맞고 갑작스럽게 죽음을 당했으나 사후 영계의 문을 통과하여 단테의 연옥인지, 49일 동안 머문다는 중천(中天)인지 영혼들이 대기하는 장소까지 무사히 들어왔다. 며칠 전까지 분주하게 살아온 세상에 두고 온 기억의 창고에 들어가 보았다. 시험이라고 표시가 붙은 고리짝을 열어보았다.

신문, 티브이에서 정시 수시 입시 경향, 영재교육학원, 모의고사, 공부의 신, 입시지옥, 수능시험 쉽게 나왔다 난해하다, 시험지 도난사고, 수능제출 문제 오류, 시험 없이 논문과 봉사 실적으로 들어가는 부모 잘 만난 금수저들의 기사가 끊임없이 나온다. 학교도 돈벌이에 혈안이 되어 있는 현실의 슬픈 모습이다. 금수저를 합격시키기 위하여 교수 친구끼리 짜고 고스톱 친다.

정부의 시험제도와 지시를 어기고 명문대학이 시험 없이 입학 시켜주는 일은 없다고 대부분 알고 있다. 일반인들에게 시험지옥의 고통은 수험생과 뒷바라지 하는 부모들이 짊어진다. 인구가 많은 나라뿐 아니라 어디서나 학생들은 시험을 대비하여 교실이나 도서관에서 저마다 참고서로 탑을 쌓아둔 채 잠들어 있거나 링거를 맡는 장면을 여기저기에서 볼 수 있다. 성공한 사람이란 이십대에 명문대학 들어가고 오십대에 자식이 유명대학에 들어가는 것 보는 사람이라는 말도 세상 어디서나 들을 수 있다.

*

영혼의 대기소에서 머물고 있는 어느 날 한반도의 북한에서 왔다는 교수 출신을 만났다.

"어떻게 여기를 오게 되었습니까?

"백두산에서 날아온 돌이 머리를 갈겨 넘어져 깨어나지 못하고 이렇게 오게 되었습니다."

"많이 상하지는 않았어요?"

"저는 머리만 맞았지 다른 곳은 깨끗합니다. 다른 사람들은 팔다리가 잘려나가고 머리가 박살나고 창자가 터져 밖으로 흘러내리고, 아이고 말도 못하게 처참했지요."

"여기는 기독교인들의 대기 장소인데 어떻게 여기에 오게 되었습니까?"

"아, 예 사실은 북한에 살아 있을 적에 조심스럽게 눈을 피해 지하교회를 다녔습니다."

그리고 예외규정 3가지에 해당되어 시험 없이 들어왔습니다. 아버지가 10살 때 전쟁에 나가서 국가를 위하여 죽었습니다.

나의 형이 3살 적에 개에게 물려 고생하다가 죽었다고 되어 있습니다. 나는 강에서 고기잡이를 하며 놀다가 지뢰를 밟아 왼쪽 발 절반이 없어졌습니다.

교수가 대답했다.

당신과 교수는 벗이 되어 걸어간다.

"선생은 어떻게 여기 오게 되었소?

"골프공이 머리를 갈겨 그만 넘어져 일어나지 못하고 여기까지 오게 되었습니다."

당신의 생각이 그대로 상대방에게 전달되었다. 회사 출근하여 근무 시간에 친구와 골프장에 나갔습니다. 운동 같이 나간 친구는 언행이 걸레 같았지요.

"야! 너 좋은 회사 일하면서 밥 한번 사야 될 것 아니야?"

한때 한솥밥 먹은 얼굴 잘생긴 친구로부터 당신에게 연락이 왔다.

"그래 아무 때나 좋아, 시간정해."

점심 약속을 잡았다. 점심이 골프로 변경되었다. 암 진단받아 집에서 치유하고 있는 옛날 직장 친구도 불러냈다. 차를 몰아 교외 골프장으로 향했다. 운전하는 산타페가 목적지에 가까이 도착했다. 당신은 갑자기 아침 회사 복도에서 사장 여비서와 그녀의 동료 직원이 주고받는 대화가 갑자기 머리에 떠올랐다.

"오늘 사장님과 부사장님 골프 나가실 거야, 같이 점심먹자."

회사에 전화하여 확인했다. 중원 골프장으로 나갔을 것이라는 비서의 대답이다. 머리가 갑자기 띵해졌다. 골프 치다가 사장 만나면 곤란하다.

당신은 친구들에게 거짓말을 했다.

"사장 비서가 연락이 왔다. 갑자기 회사에 들어가야 할 급한 일이 생겼다, 미안하다, 돌아가야겠다. 미안하다."

차를 돌리려고 길 한쪽으로 차를 정지시켰다.

"왜 이래, 이친구야, 여기까지 와서."

"중원골프장에 사장과 부사장이 오늘 골프 치러 갔어, 거기 가서 골프 칠 마음 내키지 않는다. 돌아가자."

"야, 뭐 골프 치다가 만난다는 일이 일어나겠나."

"회사 근처 가면 유명한 오리구이 식당 있다. 거기 가서 배 터지게 먹고 사우나 가자."

"야, 뭐 그래! 임원이 벌벌 떨고 그러나. 혹시라도 만나면 돈 빌려 준다는 업자 대접하기 위해 불가피하게 나왔다고 둘러대면 되지."

친구들의 설득과 주장을 물리치고 뒤돌아가자니 사나이 배짱이 부끄러웠다.

잠깐 생각 후 회사에 전화하여 사장이 찾으면 갑자기 돈 빌려줄 사람 만나러 나갔다고 대답하라 당부했다. 어쩔 수 없이 차를 다시 돌려 골프장으로 들어갔다. 마음이 무겁고 편치 않았다. 동료들의 등살 때문에 죽어도 고! 가 잘 못 된 짓이라는 예감이 들었다.

필드에 나가서 골프를 치기 시작했다. 앞 팀도 뒤 팀도 모두 부사장과 전무같이 보였다. 운이 더럽게 시리, 혼내 줄 기회가 오기를 기다리는 상관을 만난다면, 어떤 상황이 벌어질지 상상만 해도 머리가 어질어질했다.

저 새끼는 말단 임원이 회사 잘 지키는 줄 알고 믿었는데 업무시간에 골프 나왔네. 잘 걸렸다 이 못난 놈아, 너 이제 끝이다, 저들끼리 한바탕 웃고 비아냥거리며 좋아할 것이 분명하다. 친구들이 시키는 대로 돈 빌려주는 사채업자 대접 차 할 수 없이 급하게 나왔다고 말해도 궁색한 변명에 지나지 않을 것이다. 아무쪼록 일어나지 않기를 바랐던 바람이 반대로 현실이 될 줄이야. 운이 나쁜 놈은 접시 물에도 빠져 죽는다.

저 아래가 훤하게 내려다보이는 3번째 홀 티업에 올라서는 그 순간 바로 옆 그늘 집에서 나오는 사람들이 사장과 부사장 같았고 그 뒤로 따라 나오는 사람은 전무 같았다. 속으로 아! 놀라면서 갑자기 머리가 띵해졌다.

주저하면서 힘없이 인사할 뻔했다.

(아, 안녕하세요)

"아 안녕하세요."

인사하면서 미소 지었다.

“운동 나왔어.”

전무가 약간 못마땅하게 받았다.(저 자식은 회사 지키리라고 생각했는데 자식.)

“그럼 먼저 공 치세요”

(당신은 동반자들의 양해도 구하지 않고 일방적으로 양보했다.)

“어, 우리 먼저 나갑시다. 상관들이 티 그라운드에 올라섰다.

당신은 안색이 변하고 안절부절못하는 모습이 역력했다. 당신의 반대에도 억지로 끌고 온 친구들도 약간 미안스러운 눈치였다.

“야, 너무 상심하지 마라.”

하고 위로했다. 만약 저 사람들이 사장이었으면 얼마나 경악했을까. 당신은 똥 밟은 기분이고 기분이 더러워지고 더 이상 공 치고 싶은 마음도 싹 사라졌을 것이다. 공도 맞지 않을 것이다. 미안하다 먼저 가보겠다는 말을 하고 회사로 돌아오고 싶었을 것이다. 온몸이 구질구질하고 구역질이 나서 뱃속 모두 쏟아내고 싶고 점심 먹기로 약속한 친구가 마음이 변해 골프장에 가자고 억지 부린 행동을 무척 원망했을 것이다. 거절하지 못하고 따라나선 자신이 더 못마땅했다. 경솔했다는 후회와 자괴감으로 괴로워하고 자신의 처지를 파악하지 못한 천치바보라 자책했을 것이다. 순간적인 어지럼증과 환상적인 장면이 펼쳐졌다.

만약 당신은 상관들을 만났을 경우 어떻게 되었을까 끊임없이 상상했다. 관리 담당 임원이 윗사람의 허락도 없이 평일에 골프장에 나간 처사는 용서 받지 못할 일이다. 회사에 외부 출장 사실을 말하지 않고 골프장에 나가서 상관들과 부딪치게 되었다면 평생 두고 잊지 못할 수치스러운 일이다.

당신은 큰 회사에 가서 근무하세요, 이런 작은 회사는 맞지 않다고 생각됩니다. 떠나세요, 사직을 권유, 아니 퇴출 명령을 내릴 것이다. 부사장과 전무는 한 통속이 되어 업무시간에 골프장에 나간다. 공장에서 불법으로 제품을 반출해도 근무할 수 있는 사람들이다.

불행하게 당신은 끊어지지 않는 자일 샤프트(Jail shaft)에 매달리지 못했다. 회사 들어가 뿌리가 깊이 박히지도 못한 신입 임원이다. 불행이도 당신을 추천한 그룹 본사의 친구가 다른 그룹 회사로 이직하는 바람에 인맥의 줄이 끊어졌다. 난처한 처지가 되어도 도와주고 변명해 줄 인맥이 없어져 낙동강 오리알이다. 업무시간에 사채업자와 골프 치다 발각되어 눈밖에 나와 퇴사 당했다는 사실이 친구들간에 알려지면 얼굴 들고 다니기 힘들 것이다. 마누라가 알게 되면 얼마나 민망스러울지 상상하면 비애스러워졌다. 일생을 두고두고 원망스럽고 자괴감으로 괴로운 경험이 될 것이다. 골프 치지 말고 회사 근처로 돌아와 오리 로스구이 먹고 사우나 했다면 돈도 적게 들고 마음은 무척 편했을 것이다.

이런 후회가 머리를 스치고 지나가는 순간, 사장과 전무는 88골프장으로 나간 것을 지금 골프 치는 중원골프장으로 착각했다. 업무시간에 골프장 나갔다가 상관들과 만나면 어떡하지 걱정은 망상에 불과했다. 망상 속에서 사지가 옥죄어지고 괴로워했다. 큰 회사보다 작은 월급이지만 안정된 직장이다. 목이 잘려 나간다면 아내는 상심이 깊을 것이다. 머리가 수세미처럼 엉키고 어질어질한 상태로 망상 속에서 보내다가 깨어났다. 그 짧고도 긴 순간 느낀 감정은 어떻게 표현할지 모른다.

*

"이번에 영계 문을 스펙으로 무시험 통과한 우리는 행운아인 것 같습니다."

당신이 교수에게 말했다.

"일단은 그런 것 같지만 여기서 또 어떤 시험을 치러야 할지 걱정입니다."

교수가 처진 목소리로 대답했다.

"그런데, 북한 사회주의에서도 대학 입시제도가 있습니까?"

"물론 있지요."

입이 심심하던 차에 말동무를 만나 기분이 한결 나아진 교수가 설명한다.

"국가졸업시험과 '국가대학 본시험'은 대학에 주어지는 추천권 '대학 폰트'를 받은 학생이 국가대학 본시험에 바로 응시합니다. 그러나 돈과 배경이 있으면 대학 추천권을 받아 대학 들어가는 비리가 성행하고 있다고요."

"남한에 살면서 그쪽은 공산주의라 시험이 별로 없는 줄 알았지 뭐예요."

당신은 가까운 곳의 사정을 정말 모르고 있었다. 지구를 제패하고 있는 미국을 위시한 선진 국가들의 대학도 필기시험, 학교성적, 면접시험, 사회봉사 증명서나 표창장을 보고 입학 허가 받아 들어간다.

나라들마다 대학예비시험을 치는데 어마어마한 국가의 예산이 들어간다. 지구는 온통 입시시험의 지대라 해도 과언이 아니다. 희망하는 좋다는 대학 가기 위하여 몇 년씩 재수하기도 한다. 대학 졸업하고도 고시 공부하는 준비생들이 대학 주변에 수두룩하다. 공부하는 준비생들이 모인 고시촌도 있다. 세상에 시험의 장애물이 높게 존재하는 이유는 인재를 평가하고 선발하는 시험방식을 채택하기 때문이다. 시험은 쾌락과 성취를 추구하는 인간의 욕망이다. 좋은 삶을 바라는 인간의 꿈이다. 그 꿈을 실천하는 길로 들어갈 수 있는 문이다. 시험 경쟁의 승리자라는 징표는 우수한 두뇌, 성실성과 인내심을 증명한다고 본다. 맞는 것 같기도 하다. 그러나 입시에 승자가 되고 좋은 스펙을 가졌다고 능력자고 탁월한 사람일가?

개인은 타고난 독특한 능력을 가지고 있다. 능력을 정확하게 평가하는 잣대와 시스템이 부족하다. 학교나 회사, 국가 기관이 대부분 시험에 의존하여 사람을 선발한다. 이러다 보니 인간 세상은 시험지옥이 되어 어릴 적부터 고생한다. 정말 인간세상은 여러 가지 시험의 경연장이다. 한참을 걷다가 교수가 말한다.

"남한에서 오신 양반, 그쪽에는 헬-조선이라는 말이 유행한다고 들었수다, 무슨 말이에요?"

"예, 헬-조선이라는 말이 유치원부터 시작된다고 하니, 딱합니다."

"지옥-조선이라는 뜻입니까?"

"어릴 적부터 시험에 시달리니 아이들이 지옥 같은 삶을 산다는 뜻이지요. 무슨 대책이 있어야지 이러다가는 지옥 같은 세상이 될지 모르겠어요. 최근에는 금수저 흙수저 수저론에 탯줄 타령까지 유행하고 있지요."

"선생, 그런데 나는 운 좋게 젊어서부터 시험을 잘 빗겨왔습니다."

"그래, 어떻게 시험을 빗겨나서 살아왔는지 한번 들어봅시다."

교수가 호기심으로 귀를 기울인다.

"아무리 시험지옥이라도 빠져나갈 길이 있고 제도의 문제가 있어요."

"그야 인간이 완벽한 존재가 아니고 제도도 구멍이 있고 머리 좋고 영민한 인간은 제도와 기회를 만들어 잘 이용하지요."

*

당신은 지구촌에 살면서 지나온 일들을 보관한 기억창고를 들여다보았다.

시험지옥이라는 인간 세상에 살면서 무난히 무시험으로 대학교 들어갔다.

대학 졸업하고 군복무 마치고 형식적인 시험과 면접 보고 직장에 들어갔다. 우리의 성주 신이거나, 타이완의 문창 각 같은 고향의 학문 각에 모셔진 시험의 신이 특별하게 돌봐준 행운아가 아닐 수 없다. 당신은 시험을 우연히 혹은 누구의 은혜로 대단한 힘 들이지 않고 요행스럽게 빠져나온 행운아다.

일생 동안 살아가는 동안 개천에서 용 나온 대표적인 사람이라는 소리 들었다. 구차하게 변명하고 싶지 않다. 우연히 요행스럽게 기회가 딱 마주쳐서 빛나는 길을 걸었다. 시골 연못에서 붕어나 피라미로 살아가지 않고 넓은 세상 구경하는 행운을 만났다.

개천에서 용 났다고 존경하고 칭찬하는 사람도 있었지만 한편 당신들 주위에서는 은근히 멸시와 부러움의 눈빛으로 바라보았다. 기분 좋을 때도 더러운 적도 있었다. 당신은 의도적으로 시험을 피해 무시험 통과하는 방법만 찾아다니지는 않았다.

그렇다고 시험이 우연히 신기하게 빗겨가는 것을 일부러 매달릴 필요는 없었다. 남들이 모르는 피눈물 나는 노력의 결과라 칭찬하는 사람들의 말이 맞을지 모른다. 시험을 비껴간 특별한 자랑할 만한 비책이 있었던 것도 아니다. 그렇다고 전혀 없는 것도 아니다. 세상만사는 우연히 흘러가고, 인간의 삶은 운명이 좌우하는 경우도 있다. 스스로는 예정론, 숙명론자, 목적론자 모두 포함한다고 믿는다.

교회에 간혹 나가지만 불가지론자 신비주의자라 불러주기를 바란다. 복권에 당첨되기 위하여 최소한 복권 한두 장 사야 된다. 매주 복권 사는 정도 이상의 노력은 했다. 험난한 가난한 환경을 극복하기 위하여 열심히 쟁기 갈 듯이 연필 놀렸다. 많은 날 밤새 가며 공부를 머리 터지기 직전까지 했다. 이런 당신의 노력을 가족과 주위에서는 알고 있다.

영어책을 달달 외고 수학은 공식 원리도 알지 못하면서 통째 암기했다. 좋은 대학 가고 싶어 눈 두등을 탱자 가시로 찔러가며 공부했다. 사법고시 행정고시 공부도 시도해 보았다. 합격까지 가지 않고 중도에 접어 치워 버렸다. 수천 년 동안 인류의 선조들이 그동안 쌓아온 지혜의 바다는 깊이를 알 수 없이 깊고 넓다. 법률책 달달 외워서 사법고시에 합격하여 판사 검사 출세한다는 자체가 별로 흥미가 없었다. 머리가 부족하기도 하고 힘들어 버티지 못했다.

아름답고 한편 험상궂고 울퉁불퉁한 지구에서 살았다.

"자세히는 몰라도 당신은 불행과 행운을 동시에 타고난 사람 같네요."

북한 출신 교수가 연민과 부럽다는 듯이 말한다.

"초등학교 나오고 성공한 사람들도 많으니, 남들이 좋다는 대학 나온 것도 별 볼 일 없어요."

"그래도 선택된 사람 아닙니까?"

"무학자도 회사 만들어 성공하고 국가경제에 이바지한 인물도 있지요. 밤낮으로 시험 치는 기술 익혀 시험 치고 좋은 학교 입학하는 것만이 삶의 최선은 아니지요."

"사회에서 성공한 사람은 남모르게 피눈물 나는 노력을 했고 운도 따랐고, 자수성가한 인물들은 근면 절제하면서 인생을 값지게 살아가는 사람들입니다. 모두의 귀감이 된다는 칭찬과 대접받고 국가의 훈장도 받습니다."

"사기 치고 세금 포탈하고 엉터리 상품 만들어 돈 벌어 성공한 사람들 대열에 들어가는 인간도 더러 있습니다. 공부 열심히 하여 고시에 합격한 판사 검사도 이런 인간들 모두 가려내지 못하고 오히려 한 통속이 되기가 쉽지요."

"당신이 태어났을 적에는 세상이 어떤 형편이었어요? 출생 지역은 어디예요?"

"태어났을 적에는 전쟁의 불이 타오르고 사람들이 죽어갔습니다. 비참하고 복잡한 시기였습니다. 자전적 소설 '바지 깃 털다'에 출생 당시의 세상 돌아가는 형편과 각오가 기록되어 있습니다."

*

일본이 천황에게 머리 숙이고 조국을 위하여 죽겠다는 가미가제 자살 특공대를 동원하여 기습적으로 하와이 진주만을 공격하는 날 세상에 첫 울음소리를 내지르면서 태어났다. 일본이 미국을 상대로 전쟁을 선포한 사건은 결국 일본이 원자탄이라는 큰 불덩어리를 얻어맞고 항복하는 결과를 가져왔다는 사실을 모르는 사람은 없다.

영국이 원자탄 원리를 연구 개발하여 러시아에 넘길 적에 일본도 그 기술을 습득하여 원자탄 몇 개 만들어 놓고 하와이를 공격했다면 역사는 다르게 전개되었을 것이다. 미국이 원자탄 터드리다니, 우리도 폭격하자고 강경론이 우세했을 것이다. 일본은 원자탄을 가지지 못했다. 전쟁에서 항복한 일본은 더 이상 전쟁을 더 할 수 없는 국가가 되었다.

히틀러가 소련을 침공했을 적에 스탈린 체제는 붕괴된다고 예상했다. 러시아는 결사항전으로 자기들의 조국을 지켰다. 이 전쟁으로 소련 남녀 수천만 가까운 생명이 죽었다.

히틀러의 광기로 유태인 6백만이 가스실에서 호흡을 멈춘 비극이 일어났다. 군인과 민간인들이 죽어갔다. 당신이 지구에 나와서 보니 지구가 불에 타고 있었다. 불 꺼진 후 재건해야 할 일거리가 많겠다는 걱정으로 눈물을 흘렸다. 고생이 눈앞에 훤하게 보여 큰소리로 울지 않을 수 없었다. 불길에 타오르는 세상을 보고 불을 꺼야 할 물이 필요했다.

인간의 마음을 정화시키는 차원 높은 윤리 도덕적 힘이 되살아나야 되겠다.고귀한 가치가 있는 인간개조의 수단을 찾아야 할 것 같았다. 전쟁을 일으켜 사람을 죽이고 땅과 재산을 뺏는 지금까지 인간 역사를 중지시키는 대혁신이 무엇인지 알아보기로 했다.

도덕이 강하고 법이 지켜지는 평화롭고 평등하고 정의로운 세상을 그렸다. 인간들이 다시 소생하기 위한 기적의 생수를 퍼올려야 될 것이다. 어디서 어떻게 찾아야 하는지 우물을 파야 하는지 나물껍질을 벗기고 받아야 하는지 바위를 깨고 석수를 받아야 하는지 숙제다. 마음의 물은 모든 영적인 생명의 원천이다. 당신은 많은 걱정을 했으나 대부분의 인간들처럼 뚜렷한 흔적이나 남에게 보일만한 일을 남기기 전에 영계로 들어왔다.

같은 시기에 태어난 당신이 존경하는 영국의 세계적인 키타 리스트 '존 윌리엄(John Williams)' 아르젠틴 출신 피아니스트 마살 아그레이(Marth Argerich)', 미국의 대중음악 가수 밥 딜런(Bob Dylan)은 감동적인 연주로 사람들을 위로하고 행복하게 만들었다. 팝가수 밥 딜런은 의미 깊은 가사로 작곡했다고 노벨문학상도 받았다. 기타리스트와 피아니스트는 악기를 잘 연주하여 사람들을 즐겁게 만들어 주고 명성을 날리고 있다. 미술작품 하나로 우리에게 큰 감동을 준 폴 고갱은 그의 대표 작품 '우리는 어디서 와서 어디로 가는가?'를 당신은 위대한 철학자처럼 좋아하게 되었다.

여러 분야에서 이름을 날린 사람들을 모두 열거하는 것은 한계가 있고 시간 낭비다. 음악을 좋아하여 한 때 악기를 열심히 배워서 즐겨 보겠다는 희망은 있었다. 너무 늦게 배워서 잘 되지 않았으나 일정시가 열심히 했다.

타레가의 '알 알람브로 궁전의 추억'을 몇 년 연습했다. 나이가 들어 시작해서 손이 굳어져 운지와 탄현이 쉽지 않았다. 시도해 보았다는 위로는 된다.

"당신은 큰 짐을 어깨에 지고 태어난 것 같습니다."

"우리야 태어날까 말까를 스스로 궁리한 끝에 태어나지 않았지요. 부처도 세상은 힘든 고해(苦海)라고 말했지요. 제일 행복한 것은 세상에 태어나지 않는 것이고, 태어났으면 빨리 죽는 것이 그 다음이라고 누가 말한 것이 의미가 있는 것 같아요. 인간이 세상에 태어나는 것은 부모들의 순간적인 잘못된 생각 때문이라는 말도 있다."

"뱀에게 꼬여 선악과를 따먹는 인간이 끊임없이 나와야 하늘나라도 할 일이 있을 것이다." 교수는 농담을 한다.

*

당신은 세상 살면서 겪은 시험과 삶의 현장에서 부닥친 인생열차의 나그네 이야기를 계속했다. 머리 깨어져도 좋다 합격만 하자. 피 말리며 공부하여 들어간다는 좋은 대학에 들어갔다. 학점 받아 졸업하겠다는 목표로 잠도 제대로 자지 못하고, 쉬지 않고 공부했다.

공부의 질이야 어찌 되었거나 졸업장 받았다. 서울 올라오신 숙모님이 고생했다면서 같이 사진도 찍고 자장면도 사주었다. 외삼촌이 일본 탄광에서 사고로 죽고 유복자식 하나 키운다고 시장에서 비단장사 하신 숙모님은 인물도 아름다우시고 마음도 고왔다. 거짓말이 아니다. 대학 졸업 때 찍은 사진 보면 공감할 것이다. 하나뿐인 아들이 사고로 팔을 다쳐 공부를 제대로 하지 못했지만 조카가 대학을 졸업하게 되었다고 기뻐했다. 나중에 장가가도록 주선해 주었다. 학생들 엄마로부터 머리 좋은 학생 소리 들으면 감사하다고 대답했으나 마음속으로 부끄러웠다. 조금은 자존심과 우월감이 없지는 않았다. 현명한 사람은 들어서 알아보고, 한번 보면 알아차리고, 어리석은 사람은 당해보고 그때야 이해한다.

당신은 들으면 바로 알아차리고 기억하고 주위를 살피는 재치는 있었다. 지능지수가 높지도 어떤 분야에 특별히 뛰어난 재능을 타고 나지는 못했어도 세상은 경쟁하고 싸우고 투쟁하는 무대이다. 좁쌀만큼 타고난 재능과 학교서 배운 지식으로 열심히 살았다. 물론 사회생활은 땅 집고 수영하듯이 만만하지 않았다. 희망을 버리지 않고 쓸모 있는 인간이 되기 위해 노력했다.

불운과 행운이 교차되는 여행을 했다. 종이와 연필로 보는 학교시험보다 더 힘들고 어려운 실생활에서 부닥치는 장애물들을 견디고 이겨냈다. 끊임없이 더 개선된 생활인으로 살기 위하여 필요한 황금에 대한 탐욕, 명예욕, 육체가 바라는 쾌락 욕구는 계속 당신을 옥죄어 왔다. 일생을 두고 즐겁고 행복한 시간보다 힘들고 고달픈 시간이 더 많았다. 어린 시절에는 산에서 땔감 해오고 산나물 뜯고 소나무 껍질 벗겨 먹고 허기진 배 채우며 살았다.

끼니를 때우기 위해 이른 봄에는 들에 나가서 쑥도 캐고 송진도 벗겼다.

초등학교를 늦게 입학했다. 운크라 원조로 인쇄한 누른 갈색 종이 교과서를 지급받아 아침마다 우리의 맹세 외치고 열심히 나라사랑한다는 맹세했다.

*

"교수 양반! 당신은 한국전쟁 때 어디서 무엇을 했소?"

"나는 진남포 근처 만포라는 조그만 어촌에서 태어났고 전쟁 때는 5살이라 놀기에 정신 나가 아무것도 몰랐지."

"나는 전쟁이 발발하고 피란 갔다 오고 학교공부는 중지 했어요."

그때의 일들은 지구행성 실록에 아마 자세하게 기록되어 있을 것이다.

한반도에 전쟁이 일어났을 적의 시간을 떠올려본다. 머리에 뿔이 났다는 북한 괴뢰군이 남쪽으로 내려왔다. 낙동강까지 밀고 내려왔을 적에 학교가 문을 닫았다.

피란 봇짐을 등에 지고이고 더 남쪽지방으로 피란 갔다. 피란 후 다시 집으로 돌아왔으나 형편도 좋지 않고 나이도 많아서 다시 학교는 가지 못했다. 산에 가서 나무도 하고 낙동강에서 조개도 잡고 세월을 보냈다. 시골에서 큰 도시로 이사했다. 교회서 가르치는 천막학교에서 초등학교 과정을 2년 동안 수박 겉핥기로 끝냈다. 학교를 운영하는 선생님의 사무실에서 급사로 일했다.

선생님으로부터 영어도 배웠다. 미국문화원에 가서 보이는 대로 책도 읽었다. 어린 시절에 갑자기 비극이 닥쳐왔다. 가난했으나 불편이나 걱정 없는 철부지가 마음 아픈 고통스러운 처지에 내몰리게 되었다.

스펙 이야기하면서 말했지만, 부모들이 어릴 적에 일이 년 사이에 돌아가셨다. 힘들고 서러운 어린 시절을 보냈다. 누님은 시집가고 가장 노릇 하던 형은 군대에 붙잡혀 들어갔다. 남은 삼형제는 당장 먹고살기 위하여 시장에서 잡히는 대로 장사를 했다. 그러다가 더 버티기 힘들어 동생은 누나의 집으로 가고, 당신은 숙모댁에 들어가 눈칫밥을 얻어먹었다.

너절하고 밥도 못 먹는 처지도 모르고 공부는 계속하고 싶었다. 봉사했다는 증명서를 3곳에서 받아 오면 입학이 가능한 중학교에 들어갔다. 성경구락부 사무실 급사로 일하면서 선생님을 도와드렸다는 명목으로 봉사 추천서를 받았다. 신문배달했던 신문사에 나가서 청소하고 시키는 일 10일 동안 했다. 봉사했다는 추천서 받았다.

미국문화원 원장에게 봉사했다는 추천서를 받았다. 간혹 가다가 미국문화원 사무실 청소도 했다. 봉사추천서 3가지를 들고 가서 입학허가 받았다. 생긴 지 얼마 되지 않은 신설중학교라 사회봉사 추천서만 받고 시험 없이 받아주었다. 오래 되지 않은 학교라도 교장 선생님과 담임 선생님들 모두 인자하고 실력이 좋은 학교였다. 공부시간에 엉뚱한 질문 한다며 슬리퍼를 벗어 머리통 때린 수학 선생님을 제외하고 나머지 선생들은 모두 친절했다.

수학시간에 일이차 방정식이 이해가 잘 되지 않았다. 설명 듣고 묻고 또 물었다. 여러 번 설명해도 이해를 못하는 학생을 질책했다.

"이 바보야! 몇 번을 설명해야 알아듣나?"

다른 학생들은 모두 이해하는데 너는 왜 그렇게 이해가 되지 않느냐고 여러 번 꾸지람도 듣고 매도 맞았다. 매 맞은 것도 쓴 약이 되고 열심히 공부하게 되는 자극이 되었다. 다른 학생들보다 나이가 몇 살 많았다. 그래서 세상을 바라보는 인식은 조금 앞서 갔다. 문예반을 만들어 미국 문화원에서 빌려온 책을 읽었다. 지도교사인 국어 선생님이 잘 지도해 주었다. 수업시간에 선생님이 질문하면 대부분 당신이 손을 들고 대답했다. 금년에 노벨문학상은 누가 받았는지 아는 학생? 예, 보리스 파스테리나크의 「닥터지바고」. 이런 식으로 선생님의 질문에 대답하는 당신을 국어선생님이 친절하게 대해 주었다.

미국문화원에서 책을 읽을 수 있어 다행이라고 생각하며 꼬질꼬질 생각을 하게 되었다. 무엇을 할 수 있는지, 무엇을 해야 하는지, 무엇을 바라는가, 어떻게 살아야 하는가, 인간은 무엇인가? 하늘에서 싸는 고고한 구름 똥 같은 것들을 만지작거려 보게 되었다.

'삶이란 그냥 살면서 맛보아야 하는 신비지 풀어야 할 문제가 아니다'라는 말이 맞는 것 같기도 하고 아닌 것 같기도 했다.

어느 수도사가 한 말이 정답인 것 같다. 결국 삶이란 우연의 방정식으로 흘러가는 것 같다. 인간의 삶은 어떻게 직조되는지, 불행한지 행복한지 사람마다 다를 것이고 신만이 알고 있을 것이다. 아무리 알려고 머리 굴려도 답이 나오지 않는 것들이다.

미래 어느 때는 다 알려질 것이라 생각한다. 긴 역사 동안 위대한 인간들이 두 손으로 이마 싸매고 인간의 삶과 죽음, 자연과 더 나아가 우주를 알려고 노력해 왔다. 신이 창조했다, 자연적으로 진화되었다, 우주에서 다른 별에서 날아왔다, 이 모두 명확하게 규명된 것이 없다. 논쟁이 계속되고 있다.

과학이 눈부시게 발전했어도 우주에 대하여도 이제 조금 알기 시작했다. 천문학의 발달과 전기전자 기술과 우주탐사를 위한 우주선 발사로 우주별에 도착하게 되었고 머물며 지구와 통신한다. 그래도 인간은 생물적 존재로서 일상을 살아간다. 초인이 되어야 한다며 노력하고 많은 책을 쓴 '니체'도 비참하게 홀로 살다가 저 세상에 갔다.

영계에 와서 니체 선생을 아직 만나보지는 못했다. 인간의 궁극적인 문제와 사후세계의 움직임을 종교는 신의 뜻으로 이루어진다고 말한다. 초월자의 존재를 믿으면 종교인으로 신앙인이 된다. 당신의 지식은 많은 선각자들이 이미 말했다. 공부 조금 한 사람들은 알고 있는 상식이다.

*

교수가 식상해 하는 내용이라는 표정을 지으며 한마디 했다.
"역사에 대하여 알고 있는 글 한 토막이 있습니다."
"어디 한번 들어 봅시다."
"한 인간은 그의 숨결과 사상 행동 상처 사랑 무관심과 혐오의 역사이며, 또한 그의 종족과 민족의 역사이며, 그와 그의 조상들에게 식량을 제공한 토양과 그가 잘 아는 바위와 모래들의 역사이며, 이미 오래전 함성과 비명이 그친 전장이나 양심과 갈등의 역사이며, 소녀들의 미소와 할머니들의 낮은 중얼거림의 역사이며, 온갖 사건과 냉혹한 법의 역사이며, 그 밖의 다른 모든 것의 역사이며, 불의 법칙에 따라 한 순간 타 올랐다가는 순간 꺼져서 다시는 되 피어날 수 없는 허망한 불꽃의 역사다."
누구의 말을 인용한 듯 냄새가 풍기는 고상하고 이해하기 어려운 말을 하면서 교수 냄새를 풍겼다.
"어디에서 그런 고상하고 격조 높은 말을 읽었습니까?"
당신이 묻는다. 속으로 '자식 잘 난 척한다' 생각하면서.
"어느 아프리카 역사학자가 말한 것 같은데 이름이 잘 기억나지 않습니다."
"인간은 설명하고 개념지우고 이성적으로 정의할 수 있는 그런 존재가 아닌 것 같아요, 그래 한번 부딪쳐 보면서 살아보는 존재가 아닐까요."
"맞아요, 인생이란 매 순간순간 경험해 보는 것이지요. 까르페 디엠, 순간이 귀중해요."
"모든 인생은 실험이다. 더 많이 실험할수록 더 나아진다(랄프 왈도 에머슨)라는 말도 있지요."

*

당신은 세상에 살면서 도서관에 가기를 좋아했다. 어릴 적에는 이용할 수 있는 도서관이 많지 않았다. 다행히 미국 문화원에 가서 종류 가리지 않고 닥치는 대로 읽었다. 책장이 넘어가면서 머리에 떨어진 지식의 부스러기가 시나브로 몇 바가지 쌓였는지, 아니면 콩나물에 물 주듯이 다 흘러가 버렸는지 잘 모른다. 글들이 머리를 스쳐 가기는 했다. 중학교 졸업하고 최신고등학교 응시했다. 시험에 미끄러졌다. 밥 주고 양말 주고 기숙사도 있는 학교라서 가정형편이 힘든 학생들의 지망으로 경쟁비율이 높은 학교다. 시험의 신 '문창제군'이 잠깐 꾸벅꾸벅 졸았는지 모른 척했다. 부모도 없고 형제들이 힘들게 살아가는 사람을 낙방시킨 신을 원망해 보았지만 아무 소용없었다.

시험의 신이 나중에 더 좋은 기회를 주기 위한 계획이 있을 것이라고 긍정적으로 생각하니 조금 편했다. 신문사, 미국문화원, 아동복지시설의 봉사상과 추천을 받아 스펙으로 고등학교 들어갔다. 열심히 공부하여 은행 간다는 희망을 품었다. 이 학교는 가정 형편이 어려운 학생은 입학금 육성회비도 면제해 주었다. 설립자는 보육원을 운영하면서 도시 변두리에 학교를 설립하였다.

나이 많은 만학도와 싸움 잘하는 주먹깨나 쓰는 학생들이 많았다. 고등학교는 거의가 대학 가는 기술 가르치는 연마장이다. 이 학교는 기술 가르치는 시설이 별로 좋지 않았다. 그래도 명문대학 들어가는 학생도 간혹 나왔고 정계에 들어가 국회의원도 되었다. 설립자는 학생들을 공부시켜서 은행도 보내고, 대학도 입학시키고, 국가와 사회 발전을 위하여 교육에 정성을 바친 훌륭한 지도자임이 틀림없다. 한 개인과 학교의 수준은 절대로 한 뭉텅이로 보아서는 안 될 것이다. 나중에 국회의원도 했으나 불행하게 사학비리로 감방도 갔다. 설립자는 국가와 사회에 봉사한 긍정적인 측면이 많다.

어떤 대학을 갈지 방향을 지도하는 시스템이 잘 돌아가지 않아서 각자 알아서 결정했다. 상황은 거의 모든 학교가 비슷했다. 당신이 고등학교 이학년 여름방학 때 공대서 공부하는 선배가 내려왔다. 서울의 대학 생활에 대하여 자세하게 이야기 해 주었다. 집이 가난해도 입학하면 학교의 여러 장학 제도가 있으니 공부할 수 있다는 선배의 말을 듣고 마음이 동요되어 대학 입시공부를 시작했다.

코피를 흘리더라도 공부해야 되겠다고 입술을 깨물었다. 입시 문제집 모두 외우고 영어사전도 통째 외우기로 결심했다. 공부해도 좋은 대학 가기는 실력이 부족하다고 생각하고 있었다. 모른 척하고 꾸벅꾸벅 졸기만 한 시험의 신이라고 생각해 왔는데 의외로 대박선물을 던져주었다. 특별한 이변이라고 생각한다. 대학에 대하여 자세하게 조언해 주신 공대 선배와 동문이 되었다. 선배는 공과대학을 졸업하고 미국으로 이민 가서 첨단 회사에서 일했다. 은퇴 후 신학교 들어가서 공부하고 목사가 되었다. 늦게 연락이 되어 유익한 대화 톡하는 관계가 되었다.

당신은 고등학교 재학 중에 당신을 아끼고 좋아하는 해양대학 출신 영어선생을 만났다. 얼굴이 희고 광대뼈가 두드러진 호리호리한 체구였다.

그는 반 동성애자(Semi homosexual love)였다. 가을 단풍이 곱게 물드는 날 영어선생을 찾아가 대학에 가고 싶다는 속마음을 털어 놓았다. 선생의 대답은 문교부의 입시 정책이 변경된다는 소식이 있으니 내신 성적으로 들어가는 제도가 생긴다면 좋은 대학에 들어가도록 노력을 해 보자면서 '면접의 기술'이라는 소책자를 주었다. 여러 번 읽어 보라고 했다. 면접의 요령을 터득하기 위해 열 번 넘게 읽었다. 영어 선생의 예감이 들어맞았다.

문교부의 입시제도 변경으로 실업고 출신들 대상으로 일정비율을 고등학교 3년 성적과 면접으로 선발하는 제도가 발표되었다. 용기를 내어 무조건 지망했다. 연말에 발표가 나왔다. 당신의 이름도 신문에 인쇄되었다. 전국의 수재들이 들어가는 대학이다. 공부를 잘 하는 항상 1등 친구는 지방 대학을 지망하여 합격되었다.

지레 겁을 내고 지방대학으로 지원하였다. 당신을 포함하여 4사람이 스카이 대학에 입학했다. 어디까지나 운이 좋아 합격 통지를 받았다. 고등학교 전체 성적이 얼마나 좋게 문교부에 들어갔는지는 당신은 잘 알지 못한다. 알 필요도 없었다. 고등학교 졸업하는 봄에 영어 선생님은 통계청 공무원으로 서울에 올라갔다. 대학 입학하고 만났다. 선생님이 사 주시는 짜장면 먹으면서 기분은 매우 좋았다.

"그래 명문대학 들어가서 당신은 공부 잘 했습니까?"

교수가 묻는다.

"잘하기는 뭐 잘 하겠어요, 꽁무니에서 따라 가기도 힘들었지요."

*

대학 입학하여 첫 학기 교양과목 공부 분량이 많았다. 독일어의 기초 실력이 약하여 고등학생 때보다 훨씬 더 열심히 공부했다. 시간을 아껴 읽고 외우느라 끙끙거렸다.

명문고등학교 상위권 학생들은 기초가 튼튼하여 당구 치고 바둑 두고 여자대학 찾아가 데이트하며 즐거운 시간을 보냈다. 당신은 화장실에 가서도 독일어 동사 변화 외우느라 낀 깡 개간 깽, 정신없었다. 독일어는 힘들어 대부분 깽깽거렸고 시험은 결국 권총이라는 F학점을 받았다.

서울의 고등학교를 비롯하여 지방의 명문고 출신들이었다. 실업계고등학교 일정 비율 입학 때문에 전국 명문고의 우수한 성적의 학생들이 낙방했다. 재수하느라고 고생한 일을 평생 잊지 않고 이야기하는 사람도 있었다. 당신이 정부산하기관에 일할 적에 서울 K고등학교 출신 사장이 있었다. 일 년 동안 절에 들어가 재수한 사람이다. 당신을 은근히 구분했다. 어디까지나 자격지심인지 모른다.

대화도 잘 하지 않고 멀지 감치 밋밋하게 그냥 세월 보내다가 그가 기관을 먼저 떠났다. 고등학교에서 성적이 최 상위권에 들어가는 학생이 체력고사에 떨어져 절에서 몇 년 죽어라 공부하고 체력 단련하여 목표대학에 겨우 입학하는 학생도 있었고, 공부하기 힘들고 재수하다가 자신과 세상을 비관하여 자살하는 친구도 있었다. 평소는 어느 나라에서나 가끔 일어나는 일이다.

대학이 한 인간의 일생을 좌우하기도 하고 그렇지 않을 수도 있다. 어디서나 대학이 일생을 좌우하는 경우가 더 많다. 좋은 탯줄에 줄서고 명문학교서 열심히 공부하여 사회와 국가를 위하여 일하는 인재들은 진정으로 복 받은 부러운 인간들이다. 시험 한번 보지 않고 어린 시절부터 시장에서 장사하거나 막노동하여 성공하는 사람도 있다. 한때 몸 담았던 W 건설 사장은 20대 초에 서울 올라와서 건설현장에서 막노동(데모대)했다.

돈을 모아 연립주택사고 또 돈 모아 연립주택 짓고 중견 주택업체를 만들어 성공했다. 불행히도 젊은 나이에 중앙 마라톤에 나갔다가 심장 마비로 죽었다. 이런 것을 보면 시험지옥에서 헤매면서 고생하는 길만이 최선은 아니다. 자기능력에 맞게 살아갈 수 있는 정의롭고 공평한 사회가 된다면 꼭 대학을 나오지 않아도 행복하게 살아 갈 수 있을 것이다.

*

시험은 인간 세상에만 있는 과정이 아니다. 저세상 영계에도 엄연히 존재하는 사실을 알게 되었다. 지옥도 천국도 아닌 영혼들의 대기소, 이름 모르는 중간 장소에서 한동안 지내고 있었다. 영계의 입구를 들어오고 한참 시간이 지난 후 어느 날 이북에서 왔다는 교수 출신은 시험 잘 준비하시라는 말을 남기고 순식간에 어디로 사라졌는지 시야에서 보이지 않는다.

침엽수, 활엽수, 열대나무 온갖 나무들이 아름다운 거리를 한참 걷다가 쉼터를 찾아보았다. 천 년은 넘어 보이는 은행나무의 시원한 그늘 밑에 긴 의자가 있었다. 그 위에 한 인간이 누워 있었다. 그의 옆으로 다가가면서

"시원하게 누워 쉬는 분은 어디서 왔어요?"

하고 말을 걸었다. 그랬더니 그가 벌떡 일어나면서 대답했다.

"여기 와서 쉬세요, 무척 시원해요, 예, 저는 지구에서는 독일에서 살다가 왔습니다."

"어떻게 여기를 왔어요?"

"대학 자격시험 '아바투어'를 치르고 불만이 있어 이의를 제기했는데 심의위원들이 저의 이의 제기 내용을 심사하고 불합격이 합당하다고 판정을 내렸어요. 세 번 시험을 쳤는데 모두 불합격했어요. 대학입학을 포기하고 3년 동안 여기저기 무전여행 다니고 마지막으로 파리 에펠탑에 올라가서 뛰어내렸더니 머리가 깨어지고 팔다리가 부러져 망가졌어요. 형편없는 육체에 영혼이 더 머물지 못하고 이곳으로 떠나왔어요."

"독일은 선진국이라 대학 나오지 않고도 바우하우스 같은 장인교육 기관에 들어가 훈련받으면 얼마든지 취직하여 잘살 수 있다고 하는데 그 좋은 나라에서 왜 자살했어요?"

"친구들은 대학 졸업하고 정치지도자, 회사 사장, 철학박사, 교수, 의사가 되어 출세하는데 자존심 상해서 세상 재미없다 생각 했지요."

"하기야 20년이나 120년이나 천년만년에 비하면 인간의 지구에서의 살아가는 시간은 별것 아니지."

두 영혼은 의자에 앉아서 지구세상에서 경험한 일들에 대하여 대화를 나누고 있었다. 한참 후 저 앞에서 흰 가운을 입은 사람이 걸어왔다.

"안녕들 하세요?"

"예, 안녕하세요. 여기 앉아 보세요."

"무슨 이야기를 재미있게 하고 있습니까?"

"아, 뭐. 지구 세상 살면서 지긋지긋한 시험 이야기하고 있습니다, 그런데 흰 가운을 입은 선생은 어디서 무엇을 하시다가 오셨나요?"

"저는 많은 사람들이 살기를 바라는 뉴질랜드서 살다 왔어요."

"뉴질랜드서 무엇을 하셨는데 의사 같은 흰 가운을 입으셨네요."

"예, 저는 의사입니다, 뉴질랜드 오타고(Otago) 의과대학을 졸업하고 산부인과 의사로 살았습니다. 입학도 힘들고 졸업하기도 무척 힘든 과정을 졸업하고 의사 생활을 했습니다."

"오타고 대학은 입학은 2천 명 시키고 졸업은 4백 명만 시키는데 대학 일 학년부터 시험 공부하느라 많이 힘들었겠습니다."

"말도 마세요. 1학년 끝나면 2학년 올라가는 시험도 어렵고, 2학년 끝나면 3학년 올라가는 시험도 힘들고 4백 명 안에 들자면 밤잠 제대로 못 자지요."

"좋은 의사 직업이라 나이가 많이 들도록 오래 하시지 왜 여기로 왔어요?"

"대왕절개 수술하다가 제가 잘못하여 임산부와 아이가 죽었습니다."

임산부의 남편이 병원을 찾아와서 권총으로 나의 가슴에 총알을 박고 자기도 머리를 쏘아 죽었어요. 마누라를 너무 사랑하여 혼자 세상에 남아 살아갈 자신이 없어 끝장을 낸 것 같아요."

"이런 비극이 있나. 지구에서 흔히 일어나는 의료사고에 말려들어 이곳에 왔네요."

"환경이 깨끗하고 정직하고 준법정신이 강한 나라에서 드물게 일어나는 일인데 재수 없는 놈이다 생각하고 잊어버려야지요. 어차피 와야 하는 곳에 조금 빨리 온 것뿐인데……."

대화를 나누고 있는 그 시간에 태양이 우주를 한 바퀴 돌아가는 2억 5천만 년인지 지구가 하루 자전하는 24시간인지 모르고 계속 대화를 했다.

*

시간 개념이 없는 중간계서 소일하다가 영원히 살게 될 곳으로 가는 시험을 보게 된다는 말을 들었다고 에펠탑에서 뛰어 내린 영혼이 말했다. 시험을 보는 방식은 시험관이 질문하고, 세상에서의 기록을 자세히 살펴본다. 엄밀하게 따져보고 천국 갈 사람에게는 코로나(광환 光環·Corona)을 던져주고 연옥으로 갈 사람에게는 부메랑 한 개를 던져준다.

연옥에 살면서 운동시간에 부메랑을 던지고 받으면서 지구에서의 악한 일을 계속 반성하고 속죄하라는 뜻이다. 아무것도 받지 못한 영혼들은 지옥에 갈 것이 겁이 나서 심히 괴로워하고 슬픈 모습으로 변한다.

지구행성에서 살면서 우리는 어디서 왔는지 어디로 가는지 우리는 무엇인지 고민하지 않는 사람은 없을 것이다. 우주의 절대의지인지 신은 있는지 우주는 언제 시작되었고 무엇인지 궁금해 하면서 산다.

지구의 천문학자들은 우주의 크기는 몇 백억 광년이고 계속 팽창하고 있다고 말한다. 과연 얼마나 광대한지는 믿기도 힘들고 정확하게 모른다. 죽은 영혼이 어떤 별에 빨려 들어가 새로운 물질이 되는지 정확하게 말해 주는 종교인도 과학자도 세상에는 없다.

사람 몸을 이루는 수 십 조억 개의 세포 하나하나 안에 들어 있는 의식 또는 영혼이라 불리는 존재가 물질인지 비물질인지 정확하게 알려진 것도 없다. 의식이 있으면 살아 있는 상태라고 말한다. 의식이 없으면 죽은 것이라 말한다. 그런데 의식이란 것도 물질인 뇌에서 나오는 것이니 물질이 의식이 되고 물질이 살아 있는 것이란 말인가.

책상이나 의자는 의식이 없는 물질이라 살아 있다고 말할 수 없다. 이런 이야기는 하늘에서 내리는 이슬 같은 이야기다. 재미없는 만화 같은 이야기지만 우주 천문학은 우리를 흥미진진하게 만든다. 우주에는 발견된 물질과 아직 잘 모르는 암흑물질이 있다고 한다. 이런 물질과는 어떤 연관이 있으며 죽은 다음 우주 어디쯤에서 무엇을 하면서 존재하는지 의문이다.

과학이 눈부시게 발전해도 우주에 대하여 너무 조금밖에 알지 못한다. 지구는 우주 어떤 별에서 떨어져 나온 존재인지 자연적으로 만들어졌는지도 잘 모른다. 언젠가는 알려지겠고 당연히 진실은 존재할 것이다. 이런 세상의 삶과 죽음 자연과 우주에 대한 의견을 교환하면서 시간을 보내고 있었다.

갑자기 황금빛 옷에 날개가 달린 천사 몇 명이 저쪽에서 당신들 앞으로 걸어오고 있었다. 한 천사가 중얼거리는 소리가 분명하게 들렸다.

"우리는 안식하게 될 것입니다. 천사들의 노래를 듣고, 경이롭게 빛나는 하늘을 보게 될 것입니다. 지상의 온갖 악이, 우리의 모든 고통이 우주를 가득 채울 긍휼 속으로 쓸려가 우리의 삶이 평온해지고 마치 어루만지는 것처럼 감미롭고 따스해지는 모습을 보게 될 것입니다. 저는 믿어요, 믿습니다. 가련한 바냐 아저씨, 울고 계시는 군요. 세상을 사는 동안 기쁨도 모르고 살았지요, 하지만 기다리세요. 바냐 아저씨, 기다리세요 우리는 안식하게 될 것입니다. 안식할 것입니다. 안식할 거예요."(체호프 작품 중).

제일 앞에서 걸어오던 천사가 당신 앞에 멈추어 섰다.

"당신은 지구세상으로 다시 돌아가서 숙제를 하나 해결하고 결과를 평가하여 점수를 받으면 그 때 영계로 불러들이기로 결론이 났습니다. 당신의 이름과 세상에서의 기록은 아카이브 되어 있어요. 세상으로 나가는 길을 안내할 테니 나를 따라 오세요."

영지(靈知)의 아우라가 몸에서 피어오르는 천사의 뒤를 따라 좌우를 돌아보면서 걸었다. 지나가는 길옆에서 '주여 당신을 찬미 하나이다(Te Deam)' 괴테 선생의 신곡의 말인지 경전구절인지 중얼거리는 소리가 들린다. 조금 더 걸어가니 네거리가 나왔다. 왼쪽으로 가는 길을 바라보니 두꺼비, 개구리, 뱀, 지내들이 우글거린다. 더럽고 구역질나는 역겨운 모습을 보니 기분이 더러워졌다.

더러는 죽고 썩어 문드러져 흘러내리는 피 섞인 물에서 비릿한 냄새가 난다.

반대로 오른쪽 방향을 바라보니 먼 곳에 서광이 비추고 무지개 빛깔이 선명하게 걸려 있었다. 앞에서 걸어가는 천사가 뒤를 힐끗 돌아보며 왼쪽은 지옥으로 들어가는 길이고, 오른쪽은 신곡에 나오는 '엘리시온'이라고 했다.

제우스신의 총애를 받은 영웅들이 사후에 들어가는 낙원은 천국과 비슷한 별천지라고 귀띔해 주었다. 얼마나 걸어왔는지 잘 모르겠지만 우뚝 높이 선 처마가 황금빛 나는 비잔틴과 로마네스크 양식이 혼합된 건물 앞에 당도했다. 그리스풍의 십자가와 형형색색의 프레스코로 장식된 3개의 청동 문이 눈앞에 나타났다.

"자, 이제 이 문으로 나가시오."

천사가 손에 종이쪽지 하나를 쥐어 주면서 등을 떠밀었다.

"숙제를 잘 해서 다시 오시오."

뒤를 돌아보니 청동 문이 닫히고 사그라지는 석양빛을 받으며 금박 글씨가 눈에 들어왔다.

'영원한 빛이 그대를 비추나니.'

정신이 돌아왔다. 긴 꿈을 꾸었다. 눈을 사르르 떴다. 안개 속에 희뿌연 사람들의 모습이 보이고 소리가 들려왔다.

"아버지! 깨어 나셨다!"

"아버지! 들리세요?

"엄마! 아버지 정신 돌아왔어!"

딸의 목소리가 들린다. 당신은 병원침대에 가만히 누워서 저세상에서 보고 들은 것들이 기억인지 꿈인지 분간이 잘 가지 않는다. 몸이 무겁고 괴롭다.

저세상 꿈을 꾸었는지 꿈이 인생인지 인생이 꿈인지 분간이 되지 않았다.

당신의 과거를 현실처럼 보여준 꿈이 너무도 선명하여 놀라움을 금치 못한다.

저세상을 보고 이세상의 일들을 회상했다. 세상에서 대학과 직장을 무시험 입학하고 무시험 입사하였다. 그 후 결혼하여 먹고 살기 위해 부지런히 일하면서 살았다. 한 인간의 이 세상에서 삶은 녹록치 않았다. 돈을 악착같이 모아 보겠다는 욕심 같은 것은 당초부터 없었다. 그럼에도 불구하고 어떤 사람보다 세상살이 하면서 외줄 타기 같은 하루하루를 힘들게 살았다. 잘 살았는지 잘못 살았는지는 스스로 잘 모른다. 부를 축적하지 못한 측면에서 보면 잘 살지 못한 것 같다.

*

깨어난 며칠 후 영계에서 나올 때 천사가 손에 쥐어준 메모지를 어디서 잊어버렸다는 기억이 떠올랐다. 내용이 무엇인지도 모르고 시간이 흘러가고 점차 기억에서 사라져 갔다.

지구 세상에 다시 돌아온 얼마 후 어느 날 밤 꿈에 당신을 안내하여 이 세상으로 밀어낸 천사가 나타났다.

"메모지를 청동문 밖에 떨어뜨리고 가버렸네요. 자, 여기 있어요. 펼쳐보세요."

말소리가 귀에서 채 사라지기도 전에 천사는 순간이동으로 어디로 사라져 버렸다. 손에 건네준 메모지를 읽어보았다.

'세상에 나가서 입시시험, 자격시험, 채용시험 등 수많은 시험으로 가득한 시험 지옥을 폐지시켜 보세요.'

꿈을 깬 후 꿈속에서 본 메모지를 어떻게 받아 들여야 하는지 한참 동안 고심했다. 세 끼 밥 먹고 하루에 몇 번씩 화장실 가는 세상의 삶을 그럭저럭 이어가면서 그 꿈이 영 잊히지 않았다. 인간 세상에는 학교 들어가는 수능시험, 면접시험, 국가공무원 시험, 사법 행정, 외무고시, 회사입사시험, 각종 자격시험의 종류가 수없이 많다. 시험에 합격하면 개천에서 용이 되기도 하고 일생을 먹고 살 직업을 구하는 방편이 된다.

세상 사람들은 스스로 만든 시험의 올가미에서 벗어나기까지는 많은 시간과 노력이 필요하다. 시험을 제대로 치르지 못하면 힘들고 비참하게 살아야 하는 일생이 될 수도 있다. 비록 입학시험을 잘 치고 어떤 자격시험을 합격해도 실제 사회에 나와서 살다 보면 또 수많은 장벽과 고난에 부딪치고 극복하기 위하여 많은 노력이 들어간다.

살면서 순간순간 이겨내야 할 시험은 사람마다 다르다. 환경에 따라 수많은 시험이 사람을 괴롭힌다. 인간 세상에 존재하는 시험을 알아보고 그것들이 없어도 세상이 굴러가는지 살만한 세상이 되는지 우선 공부하고 연구해 보기로 작정했다.

'시험 없는 나라 만들기 종합 연구소'를 설립하였다. 여러 나라의 시험제도를 알아보았다. 시험제도는 오랫동안 시비가 계속되었다. 조선시대 과거제도의 문제점을 지적한 정약용과 이익 같은 선각자들이 과거제도의 폐지를 주장했다. 그래도 많은 사람들이 고집해온 고리타분한 시험제도는 없어지지 않았다. 과거제도는 누구나 응시할 수 있는 개천에서 용 나는 희망의 사다리로 여겨졌다.

1894년에 과거제도는 폐지되었다. 일본에서 해방된 후 대한민국에서 다시 사법시험이 생겨 엘리트를 선발한다. 다수의 시험응시자들에게 시험용지를 나누어 주어 시험 성적순으로 선발하는 이 방법은 간단하다. 복잡하고 다양한 과학시대에 각 분야 전문가를 양성하는데 맞지 않다는 의견도 있다.

선진국들은 달랑 시험 한번 보고 인재를 선발하기보다 교육을 통하여 인재를 양성한다. 로스쿨을 만들어 국가의 엘리트를 양성하기로 방침을 세웠다. 사법시험을 계속 유지해야 한다, 폐지해야 한다 몇 년간 서로 갈등하고 다투었다. 사법고시 준비생들이 머리를 삭발하고 개천에서 용 나오는 사다리를 폐지하면 가난의 굴레에서 벗어날 수 없다고 시위한다.

결국은 로스쿨이 시대에 더 적합하다는 결론이 났다. 또 다른 문제는 로스쿨 역시 많은 학비가 들어간다. 부유층의 자식들이 주로 들어간다. 여러 가지 문제가 제기되었다.

당신은 전혀 시험 없는 세상은 불가능한가 곰곰이 생각해 보았다. 모두가 들어가려는 상위 일류대학에 들어가서 졸업 후 대기업에 들어가기 위해 또 공부한다. 한번 시험으로 선발하는 학생들이 우수한 학생인가, 시험에 합격한 신입 사원들이 우수하고 회사 일을 잘 할 수 있는 사람인지? 조심성 형의 유전자를 타고 난 사람은 평소에는 공부 성적이 좋지만, 시험장에 나가면 극도로 긴장하여 열이 나거나 오한이 들거나 목이 아파서 시험을 망치는 경우도 있다.

인생이란 시험처럼 4개 문제 중 하나를 맞히는 간단한 그런 것이 아니다.

복잡하고 수많은 요인으로 얽혀 있다. 출제된 시험문제 한번 잘 풀었다고 대학공부 잘할 수 없고 회사업무를 잘할 수 있다고 기대할 수 없다. 종이로 출제된 시험에 합격하는 사람은 전사형 유전자를 타고나 시험장에서 스트레스로 분출된 도파민을 빨리 해소하여 마음의 안정을 쉽게 찾는 유형이다. 그리고 부모가 돈이 많아 과외공부를 하는 사람이 시험성적이 좋다.

미국 프린스턴 대학의 '앨링 크루크의'의 '위대한 개츠비 곡선' 소득 불평등을 말하는 '지니계수' 부모의 학력, 소득 격차와 자녀 성적의 상관관계를 따지는 '개천용지수'라는 용어들도 인용된다. 선진국들은 학생들이 시험을 보지 않는 숫자가 점차 늘어나고 있다. 부모들이 아이들 교육과 시험을 개선하라며 가두시위를 한다.

*

대학 입학시험을 대신하여 복권처럼 응시자 전원을 상대로 무작위로 복권처럼 응시번호를 추첨하여 선발한다면 어떤 문제가 발생할지를 연구했다. 모든 학교의 입시시험, 국가의 자격시험, 회사의 채용시험을 추첨하여 합격자를 정한다면 어떻게 될까?

예상해 볼 수 있는 문제는 입학 후 학생들이 공부를 하지 않을 것이라는 추측이다. 대학의 질이 떨어져 상아탑이 술판으로 전락할지 모른다. 대학에 입학한 학생들과 공무원들의 지식 부족으로 업무수행 능력이 형편없이 떨어져 국가업무수행에 막대한 차질을 초래할지 모른다. 일반기업은 신입생 채용 후 적지 않은 연수교육비용을 지출하여 회사가 필요한 교육을 지속하고 있다. 개인 사업체는 큰 문제가 되지 않을 것이다.

공무원은 연수시키는 비용이 크게 증가하여 국가 예산에 차질이 생길 수 있다. 예상되는 더 큰 문제는 수많은 입시전문 학원, 각종 고시학원들이 문을 닫게 되고, 시험지 인쇄업자와 시험 문제집 출판사들이 생계를 책임지라며 매일 길거리에 나와 시위를 할 것이 예상되었다.

죽음이 중지된 후 장례업체가 거리시위로 사회에 큰 문제가 발생한 것처럼(주제 사라마구 소설: 죽음의 중지), 시험이 없는 사회가 되면 또 다른 골칫거리가 발생할 것이다. 여러 가지 문제점이 예상된다 해도 추첨은 장점도 많다. 학생들에게 시험지옥에서 벗어나 마음껏 각자가 능력에 따라 하고 싶은 공부를 하면서 창의적인 생각을 키워 줄 수 있기 때문이다. 어마어마한 사교육비의 지출이 없어진다면 학생 부모들은 학원 교습비 지출에서 한결 가벼워질 것이다.

한번 시도해 보면 혁명적인 결과나 나타날지 모른다.

학교 입학시험, 사법, 행정, 외무고시, 공무원 채용시험, 회사원 채용을 복권처럼 추첨으로 뽑기 위하여 방법을 연구했다. 추첨위원들이 응시 번호를 기준으로 홀수나 짝수를 뽑는 방법, 가위바위로 하든지, 응시번호를 무작위로 추첨하는 용지와 방법을 만들어 사용하면 될 것이다.

중국 교육학자의 제안에 따라 한 대학이 응시학생을 추첨으로 선발하고, 지방정부 부처의 공무원 시험을 추첨으로 채용하고, 대기업 신입사원을 추첨으로 선발하여 근무 몇 년 후 그 결과를 분석해 보았다. 시험으로 선발된 인재들과 크게 차이가 나지 않았다.

대학입학, 공무원과 회사 신입사원 채용 제도를 복권 추첨방식으로 하도록 정부가 제도를 변경하여 실시했다. 인간이 살아가면서 더 큰 문제는 종이 시험이나 추첨이나 과정을 통과해도 세상 살아가는 동안 부닥치는 넘고 극복해야 할 크고 작고 복잡하고 난해한 현실의 장벽들과 맞닥뜨리게 되다. 단 한번 시험으로 대학입학을 시키는 제도에 문제가 많다고 생각하고 선발방법을 다양하게 적용한다.

대기업들도 채용방식을 단 한번 시험보다 전형 방법을 변경하고 있다. 인문 학도에게 소프트웨어교육 후 채용, 인성평가만 하고 입사 기회 주기, 해외탐방 참가자, 책 저자를 채용하기도 한다. 거의 모든 인간은 삶의 현장에서 부딪힌 수많은 시험들을 이기고 극복하기 위하여 피땀 흘리며 노력한다.

*

당신의 경우를 살펴보면 큰 성공은 못했지만 법을 어길 힘도 용기도 없이 살았다. 한때 대통령 근처에 가서 운동하고 출세해 보자고 권유하는 친구도 있었지만 거절했다. 높은 자리에서 잠깐 부귀영화 누리는 것 같아도 언제 광풍에 몰려 들어갈지 모르는 세상 인심이다. 남에게 크게 내놓을 것 없어도 부끄럼 없이 살아온 자부심은 있다. 남부끄럽지 않게 살았다는 증거가 될 이야기가 있다. 당신의 친구 부인이 소설가로 등단하기 위하여 발표한 소설 「김문식 선생을 아십니까」의 주인공으로 당신의 이름을 허수아비로 둔갑시켰다. 허수아비를 이중인격자로 묘사했다. 주인공 이름을 찾기 위하여 고심하던 중에 당신의 한자 이름을 허수아비로 풀이하였다.

소설을 읽어 보니 당신의 이름이 완전 이중인격자로 비하되었다. 울화가 치밀어 이런 엉터리 소설을 누가 읽기나 하겠냐며 악담했다. 이름을 선택한 싱크로 율은 제로 퍼센트라고 폄하했다. 허수아비란 농부가 힘들게 지은 농사를 쪼아 먹는 참새 산돼지 고라니 같은 도둑을 지키는 문지기 경비원 같은 파수꾼이다.

사회에서 노력하지 않고 남의 물건을 도둑질하는 쓰레기 같은 인간을 지키는 경찰같이 수고하는 허수아비를 이중인격자로 만든다는 것은 말도 안 된다. 소설에 대하여 강하게 불만을 토로했다. 시간이 지나간 후 당신은 자신을 한번 관찰해 보니 이중인격자인 면이 있기도 했다. 왜 자기를 이중인격자 비슷한 인간으로 바라보게 되는지 생각해 보았다. 평생을 확실한 비전도 미션도 있는지 없는지 희미하게 의지도 약하게 선택과 집중을 하지 못하고 하루하루 세태에 따라 순응하면서 살아왔다. 어떤 노력도 하지 않은 것은 아니다. 보통 사람들과 별반 차이 없이 열심히 일하고 법을 지키고 각종 국가나 지방의 세금은 할 수 없이 잘 납부했다. 세금은 떼어먹을 힘이 없으니 고지서 나오는 대로 꼬박꼬박 낼 수밖에 없었다. 자기 변명을 끊임없이 하고 있다고 지적할 사람이 있을지 몰라도. 청년에서 노인이 될 때까지 세상과 자기 자신을 향해 진리와 선을 경작하기 위하여 부단히 싸움을 계속해 왔다.

선과 악을 판단하는 사고방식을 배양하고 자신이 곧바르고 옳다는 강한 자신감이 있었다. 신비 영성에 엄청난 갈망과 만사에 호기심을 가지고 있었다. 쓸데없이 시간 낭비하고 호기를 부렸다고 악평해도 좋다.

'수잔 손 탁'같이 모든 음악을 다 듣고 유명한 미술을 다 봐야 하고 위대한 문학작품에 정통하고 싶은 욕심을 가지고 있다. 열심히 독서도 했다. 이런 마음으로 탐구자처럼 모든 면에 궁금증을 가지고 있었다.

어떤 점은 탁월한 면이 있다, 스스로 생각한다. 현실의 삶을 위한 효과적인 재치 있고 눈치 빠른 노력은 잘하지 못한다. 아부하고 상대방의 마음을 맞추는 훈련이 잘되지 않았다. 살아가는 습관 태도 생각은 사람마다 다르다고 말한다. 그런 것은 별로 중요하지 않다고 생각했다. 다른 사람들 살아가는 대로 조용히 어울려 살고 싶었다. 반대로 모험을 하고 싶기도 했다. 그런 생각은 어릴 적에 살아본 환경과 성인이 된 후 사회의 한 사람으로서 책임과도 연결되어 있다.

나라를 다스리기 전에 자신과 건강한 가정을 만들라는 옛 사람들의 말은 틀림없는 진리다. 살아가는데 무엇보다 먼저 의식주의 해결을 위한 대책을 만드는 일이다. 이것은 가족에 대한 사랑과 가장으로서 기본적 책임이다. 삶의 방식이 다양하고 복잡하여도 먹고 입고 살아가야 할 기본은 결혼하고 아이들 키우는 기본 틀은 변함이 없다.

위험한 복잡계라는 사회에서 살면 안정이 또한 무엇보다 중요하다. 강위의 다리가 무너지고 건물이 화재로 테러로 무너지고 배가 침몰한다. 교통사고로 수많은 사람이 매일 죽어간다. 총으로 사람을 막 쏘아 죽인다. 어디서나 죽음의 위험이 도사리고 있다. 길을 가다가 건물공사 크레인이 무너져서 그 자리에 깔려 죽는 사람도 있다. 길가는 사람이 쳐다본다며 이유도 없이 때려죽이는 사건도 있다. 인간이라는 동물 중에는 뇌에 이상이 생겨 사이코패스가 점점 많아진다. 운전도 자기혼자 주의한다고 해결되지 않는다. 당신은 운전을 처음 배운 후 50년 전이나 최근이나 초보운전자 소리 듣는 바보 운전으로 한 번도 교통사고를 내지는 않았다.

인구가 적을 적에 농사만 짓고 살던 때는 지금처럼 편리한 도구와 기계문명 때문에 일어나는 사고는 일어나지 않았다. 과학 발전이 만들어낸 자동차, 비행기, 선박 같은 것들은 삶을 편리하게 만들지만 그 편리한 기계들이 수없이 많은 인명피해를 만들어 내고 있다.

편리한 만큼 상응하는 대가를 치른다.

정치 경제가 놀랍도록 발전하였고 풍요하지만 대부분 나라 사람들은 행복하게 살지 못한다. 세상에는 잔혹한 독재의 폭압과 절망적인 삶이 존재하고 있는가 하면, 자유가 넘치지만 소수 몇 사람만 부를 독점하고 대부분의 사람들은 고단하고 힘들게 살아가는 국가들도 있다.

공동으로 일하여 소득과 물자를 평등하게 나누어 갖자고 주장한 칼 마르크스라는 사상가도 나왔고, 21세기에도 여전히 부의 편중 문제를 지적하는 학자들이 끊임없이 나오고 있지만 많은 나라들이 더욱 경제가 최고로 발전된 나라들이 극소수의 사람들이 부를 다 움켜쥐고 주물럭거리는 세상이다.

친구 부인의 소설 속에서 당신은 한 발자국도 앞으로 나가지 못하고 제자리에서 팔 벌리고 서 있는 이중인격자 허수아비다. 그런 처지에 정치, 경제, 철학, 신비, 영성, 도덕 같은 높은 하늘로부터 내리는 고고한 이슬을 말하면 조롱거리가 될지 모른다. 너무 많은 분야에 대한 관심은 정리해야 되겠다는 생가도 한다.

*

당신은 성격상 무엇이 틀렸다 생각하면 잘 참지 못한다. 남의 밥, 보리쌀, 곡식 쪼아 먹는 직장안의 참새들과 충돌하고 열 올렸다. 때로는 악한 자를 박살낸 일은 지나고 보면 바보 같은 행동이다. 돌이켜 보면 그런 것이 꼭 후회할 일만은 아니다. 지나가는 시험이라 생각했다. 친구들로부터 직장 상관에게 대들고 비협조적이고 독불장군처럼 행동한다는 평을 들었다. 혈기 왕성할 적에는 정의를 따지고 불합리한 문제점을 개선해야 된다는 정의로운 의지로 살려고 노력했다. 젊은 시절 군대 근무도 비록 길지 않은 기간이지만 긴장되고 기억이 남는 일들이 몇 개 있다.

보병학교서 초등군사교육훈련을 끝내고 강원도 북한강변을 따라 올라가 첩첩산골에 처박힌 부대에 배치되었다. 부임하여 며칠 후 처음으로 일직 당번하는 날 새벽에 두 발의 총소리에 정신이 번쩍 들어 총소리 난 막사로 뛰어가 보니 병사 한 사람이 턱 밑 목에 칼빈 소총 두 발을 박아 넣고 넘어져 있었다. 목에서 피가 세멘 바닥으로 흘러내렸다.

세상을 어두운 지옥으로 본 병사의 비관자살로 판정되었다. 소대장으로서 사병들의 신상을 파악하지 못하고 사전 예방 조치를 못한 자책감을 깊이 느꼈다. 지휘자로서 임무를 제대로 하지 못해서 이런 불행한 사고가 난 것이 가슴이 아프고 책임감도 들었다. 군대나 사회나 어느 조직이나 지도자나 앞선 사람 윗사람은 부하들의 애로를 항상 파악하고 사전에 예방대책을 준비해야 할 책임과 의무가 있다. 전쟁이나 나라의 비상사태에 지도자가 잘못하면 많은 사람이 죽음을 당하거나 심각하게 피해를 볼 수 있다.

당신은 청년 장교답게 정의와 합리를 추구했다. 가을에 입대하여 겨울을 지내고 당신은 다음해 이른 봄 월남파병으로 소대장이 부족한 산 중턱에 위치한 다른 부대로 이동했다.

상경 계통 대학 출신이라는 이유로 부대 군수보급 장교로 임명 받았다.

2주마다 한 번씩 보급식량이 상급부대보급창에서 들어왔다. 상급 부대 보급 장교가 쌀을 싣고 와서 여러 부대에 나누어 준다. 하급부대 보급 장교에게 전화가 온다. 상급부대서 쌀 몇 가마 빼고 보낸다는 것이다. 하급부대 여러 곳에서 몇 가마씩 모으면 그 가마 수량이 늘어난다.

상습적으로 군인의 식량을 쪼아 먹는 참새들이 군대에도 있었다. 트럭 한 대 수십 가마 중에서 두서너 가마니 상습적으로 먹는 도둑질을 고쳐야 된다고 생각했다. 당신은 절대 안 된다고 싸우기에는 처음에는 힘이 들어 인내와 노력이 필요했다.

수시로 시행하는 사격연습용 총알은 작전 부서에 책임 있지만 그것보다 더 중요한 쌀과 군복은 보급 장교가 책임진다. 식량이 모자라면 결국 병사들의 배만 허기진다.

당신은 한 가마니라도 부대 쌀이 모자라면 수령하지 않고 반송하겠다고 버텼다. 그렇게 하급부대 쌀을 도둑질해 먹으면 참모총장에게 고발하겠다, 그래도 개선이 되지 않으면 국방장관 그 위에까지 신고하겠다고 반발했다. 힘들게 고집을 부린 보람으로 당신 부대의 쌀은 한 톨도 도둑맞지 않았다.

복종이 철칙인 군대생활 중 큰 시험을 잘 이기고 벗어났다. 직업 군인들은 적은 봉급에 살아가기 힘들었다.

부대서 지급되는 절약 쌀과 영내서 농사지은 채소 몇 다발 들고 나가서 살림에 보탠다. 만약 당신은 이런 것을 발견하면 반환처리 했다. 야박하게 처리한 행동이 잘한 일은 아니라고 후회도 했다.

사병들이 지은 농사는 일정한 날 거두어 같이 나누어야 된다는 원칙을 주장했다. 전쟁이 없는 평상시는 참호를 보강하고 인분을 펴 날라 농사를 지었다.

복장불량 동작불량 지적하고 기압주고 받고 시간 보낸다. 2년 몇 개월 길지 않지만 청춘을 바친 군대 근무는 순간순간 긴장의 연속이다.

은행은 인생 첫 직장이다. 자연히 많은 경험과 생각을 하지 않을 수 없는 과정이다. 영업부서에는 종합상사 무역회사 섬유직물 수출업체들이 외국물품을 수입할 수 있는 배당(쿼터Quota)을 많이 받기 위하여 은행직원들에게 밥과 술을 대접했다. 뒷자리 상급자들은 기업체 사람들과 어울려 밤늦도록 술대접 받고 뒷거래를 한다. 지저분한 냄새 역겹도록 피어 올리는 시대도 있었다.

은행지점에도 고라니 참새들이 살고 있었다. 매일 교환 돌아오는 어음 연기해주고, 여러 가지 명목으로 기업에 대출을 신용으로 지원해 준다. 그 대가로 술 마시고 용돈 명목의 모이가 들어오면 쪼아 먹는 참새들이다.

겉으로는 국민의 생명 다음으로 소중한 재산을 지키는 은행이라고 교육시키는 곳이지만, 지나면서 이 구석 저 구석 돌아보면 썩어서 역겨운 냄새 풍기는 돈 공장이다. 신뢰와 신용을 바탕으로 운영되는 금융은 본래 인간의 원초적인 욕망이 기본 바탕이다.

저 밑의 욕망의 냄새가 당연하다. 썩은 하수도 같은 곳이라고 생각하는 자체가 왜곡되고 편협한 생각이라고 말할지 모르지만 당신은 은행에 들어오기 전에는 이런 곳이라는 생각을 하지 못했다. 십여 년 은행에서 일하는 동안 술 먹자, 밥 먹자 용돈 주겠다는 뇌물의 시험들과 싸우고 갈등했다.

당신이 은행을 떠날 적에 마지막 상관으로 모신 지점장은 지방에서 서울로 날아온 빤질거리는 참새였다. 거래처 몇 개 회사를 등에 업고 날아다닌다. 지점장이 다른 지점으로 전근되어 가면서 돌봐주는 회사 몇 개 달고 다니는 사례는 흔히 있다. 매일 돌아오는 어음교환 막을 돈이 부족하면 다음날 아침까지 연장해주고 대출도 최대한 한도를 올려준다. 아리송하게 편의를 제공하고 술이나 밥, 뒷돈을 먹는다. 부당하고 변칙적인 상관의 업무 지시를 몇 번은 순종했다.

계속 지시하는 것은 받아줄 수 없었다. 직장에서 윗사람의 말에 거역하는 것은 항명이고 인사고가에 반영되는 줄 알고 있었다. 지시를 모두 다 들어 주기에는 당신의 양심이 허락하지 않는다. 나중에 생각해 보니 후회도 되었다. 지점장이 잘 아는 그의 고객을 더러는 규정에 어긋나도 아량을 발휘하여 협조하고 도와주는 일은 긍정적으로 보면 될 것이다.

어디나 인간사회에는 '톨라랭스'라는 것이 필요하고 때로 약간의 뇌물은 기계의 기름과 같다 말하지 않는가. 마음이 바르고 순수하여 눈곱만한 불의도 참지 못한다. 타고난 것보다 학교서 배운 정직해야 한다고 배운 것이 성격이 되고 오히려 병이다. 배운 대로 행동하고 살아 왔다. 비록 작은 일이라도 정의, 진리, 선과 악을 판단하는 기본적인 생각은 옛날이나 지금이나 틀리지 않는다.

너 좋고 나좋은 두루뭉술하게 평탄한 삶이 좋아 보이기도 하겠지만, 진실하게 살도록 노력해야 한다는 원칙은 지키고 싶다. 위대한 인물들의 근처엔 못 가도 흉내라도 내고 싶다. 정의롭게 살기를 원하는 성격은 남들과 충돌을 일으킬 수 있는 소지가 다분히 있었다.

은행 안에 우글거리는 참새 같은 인간들 밑에서 배울 것도 없다는 생각이 들었다. 수시로 예금권유 목표 할당이 내려오는데 집안에 돈 많은 사람 있거나 사업하는 친척 없으면 은행에서 성공하기 힘들겠다고 판단했다. 잘못 생각인지 모른다. 무엇보다 은행에서 계속 일하면서 건강을 지키기 쉽지 않았다. 여름에 냉방 속에서 하루 종일 일하면 냉방병이 걸려 머리가 아프다.

당신은 그 안에서 오래 일하다가는 병이 들고 골골하는 약골이 될 것 같았다. 며칠 휴가 내어 간부 모집 신문 광고를 보고 중화학공업업체에 입사원서 제출하고 면접 보았다. 근무지역을 배정받고 하루 출근하여 회사상태를 살펴보았다.

활기가 넘치는 분위기가 은행과는 확실히 달라 보였다. 마음을 정하고 다음날 은행에 나가서 사직서를 제출했다. 온상 같은 은행의 안정된 직장을 떠나 앞날에 어떤 어려움이 닥쳐올지 운명에 맡기기로 했다. 몇 년 주기로 찾아오는 권태기마다 은행을 떠날 생각을 했다. 상관과의 관계도 더러워 이때가 적당한 시간이라 판단하고 사직서를 던졌다.

*

무시험으로 형식적인 면접 보고 사기 업체로 이직하여 몇 개월 인턴 비슷하게 배우는 과정을 인정해 주기로 약속 받았다.

그러나 약속대로 민간 기업은 직원들 놀리면서 마냥 교육만 시키고 월급을 주지 않았다. 부하로 상사들과 고객의 공장에 나가서 영업방법도 체험한다. 부지런히 배우면서 활기찬 새로운 직장생활을 시작했다.

기계 파트에 기술계약 맺은 일본 회사에서 파견 나온 직원도 한 사람 있었다.

소통을 위하여 일본말 배우느라 새벽에 학원을 나가고 저녁에 또 배우느라 진땀도 흘렸다. 주기적으로 미국 기술계약회사의 아시아 담당 직원이 와서 기계 판매 업무도 의논했다.

급작스럽게 중공업을 시작한 회사라 질서가 없고 직원들의 이동이 심했다.

일본서 연수 받고 온 기술자들이 만든 기계는 완벽하지 못하였다.

영업직원들은 기계 구입한 고객들로부터 매일 불평 들으며 부품을 교환해 준다. 약속한 날에 대금도 수령하지 못하는 일이 허다하다. 부하 직원 하나가 고객으로부터 받은 현금은 자기 주머니에 넣었다. 문방구에서 구입한 약속어음을 회사에 입금시켰다. 그 일이 탈로 나서 중간 간부인 당신은 윗선으로부터 엄하게 꾸지람을 듣는다. 퇴사 조치시키는 선에서 일을 마무리했다.

간부 말단직원 할 것 없이 손님 핑계대고 술 마시고 접대하는 일에 날들을 보낸다. 명분은 얼마든지 만들어 회사 돈 사용할 수 있다. 국내외 손님에게 접대하는 일도 수없이 있다. 대부분 당신과 저네들끼리 먹고 마시는 회식이다. 아직 자체 기술이 모자라니 외국 선진기업의 기술을 가지고 와서 국산화 진행과정이라고 정부에 보고한다.

후진국을 도와주는 세계적인 자금지원 기관으로부터 차관을 들여와 땅 사고 공장을 지었다. 여러 가지 연구개발 명목으로 자금지원을 받는다. 연구보다 옆으로 슬금슬금 새는 돈이 더 많았다. 중공업 구조조정이라는 정부정책으로 회사가 이 회사 저 회사로 빙빙 돌아 넘어갔다.

직원들은 자기 갈 길 찾아간다. 계열회사에 보내 주기도 했다. 회사가 어수선하게 돌아갈 때 큰 장비 한 대쯤 판돈 챙기거나, 설비 납품하고 부품을 왕창 출고시키고 뒷돈 받아 챙길 수 있는 유혹도 있었다. 시험에 들지 않고 물리쳤다. 당신의 영혼은 돈 챙기는 시험을 이기고 빈손으로 회사를 떠난다.

이때 중동국가에서는 기름 돈이 철철 넘치게 흘러 들어왔다. 도로 건물건설 주택건축 공장 짓는 건설 붐이 일어난다. 해외 건설은 황금알을 낳는 사업으로 너나없이 뛰어든다. 대기업들이 설립한 해외건설들이 사람을 채용하는 광고가 매일 신문에 나왔다.

*

건설회사에 시험 없이 들어가 중동지역에 파견되었다. 석유 판매대금이 증가하면서 석유에너지 부국이 된 나라들이 형편없는 사회의 기반시설 보충과 기름공장 프로젝트를 앞 다투어 내놓았다. 여러 개 건설회사가 경험 없이 무턱대고 들어가서 시공했으나 대부분 죽 쑤고 은행에 빚만 잔뜩 졌다.

시행착오와 수많은 실패가 나중에 학습 경험으로 남았다. 몇 억불 계약 공사에 몇 억불 손해 보는 학습과 쓰라린 경험을 치른 결과다. 공사발주처에 지급을 보증한 은행들이 회사가 부실화되고 그 책임을 지고 몇 년 후 곪아 터져 'IMF' 사태를 맞았다. 구제 금융으로 국민의 세금이 들어갔다.

전통 있는 일반 시중 은행들의 이름이 지금은 모두 사라졌다. 해외건설 경험이 없는 한국은 중동에서 과외공부 대가를 톡톡히 지불했다. 은행은 황금알을 낳는 해외건설공사에 지급보증을 해주고 회사가 부실하게 된 후 대신 상환해 주었다. 크게 다친 상처는 경제에 깊은 상처 자국을 남겼다. 공사현장의 간부들이 건설장비 자재구입에서 뒷돈 챙기고 작업 인원 부풀려 임금을 빼먹었다. 검은 돈으로 건물 사고 집 사서 잘산다는 소문이 자자했다.

중동건설 현장은 한몫 챙기는 곳이라는 말도 있었다. 해외건설회사 고위급 몇 년만 근무하면 빌딩 한 채가 생긴다는 말이 나올 정도의 헛소문도 무성했다. 대부분 정직한 기술자와 성실한 직원이 도매금으로 함께 나쁜 사람으로 낙인찍혀 억울했다. 가짜 뉴스는 언제나 있는 법이다. 억울함은 어디에 하소연할 수도 없었다. 뜨거운 사막에서 고생한 사람들은 울분을 터뜨린다. 당신이 임기를 마치고 한국으로 돌아오고 후임자로 간 직원이 상급자와 매일 술로 세월 보낸다는 말이 본사까지 들어왔다.

결국 세세한 비리를 현지 직원이 그룹 감사실에 제보했다. 현장직원을 모두 귀국조치 했다. 당신은 중동 건설 현장에 재차 파견되었다. 작업인원을 허위로 등록하여 임금을 조작한 비리를 바로잡아 보겠다고 작심하고 파고들었다. 현장 사무실에 비치되어 있어야 할 임금대장이 분실되고 없었다. 그래서는 안 되는 일이다. 현장 책임자(PM: Project Manager)와 경리직원이 한 통속이 되어 돈을 나누어 먹었다. 당신은 현장 책임자를 퇴임시켜 귀국 비행기에 태워 보냈다.

그가 중간 공항에서 쥐새끼처럼 빠져나가 어딘지 모르게 사라졌다. 당신도 현지 공사 발주 관청 사람들과 중간 소개업자 접대하면서 술 마시고 유럽 휴가 간다면서 거래처에서 용돈 받은 적 있다. 너나없이 피장파장이고 도토리 키 재기였다.

직원들이 먹은 부스러기 돈은 건설국가 현지 은행으로부터 빌린 돈을 본사의 비자금으로 조성하여 회장 앞으로 송금시킨 돈에 비하면 아주 미미하다. 비자금 명목으로 가져가는 큰돈에 비하면 새발에 피다. 당신은 현지의 지저분한 일을 정리하고 본사로 돌아왔다. 기다리는 것은 관리감독 잘못한 책임자로서 사퇴하라는 압력뿐이다. 자의반 타의반으로 건설회사를 떠나 사오정(45세실업자) 백수 신세가 되었다. 한참 일할 나이에 처량한 비 맞은 가랑잎 신세가 되어 무료하게 시간을 죽이고 있었다. 건설회사에서 같이 고생한 친구가 근무하는 회사 사장에게 간절히 부탁하여 자리를 만들었다. 친구의 추천으로 바이오회사에 들어갔다.

약사 출신 부사장은 여름이면 매주 토요일 경리부서에서 현금 받아서 주머니에 넣고 서울 근교 물 흐르는 골짜기로 나간다. 의사들과 물에 발 담그고 백숙시켜 먹고 마작한다. 부사장과 전무는 한 통속이다. 주중에도 수시로 골프를 친다. 병원 의사들과 교제해야 병원에 약이 납품된다. 약 납품하기 위하여 랜딩비용(착륙 비)이 들어간다는 신문보도는 진실도 허위도 아니다. 신참 관리담당 자리는 돈을 준비하고 있다가 언제라도 달라면 준다. 병원과 약국은 제약회사의 갑이다.

제약업은 물장사라 한다. 그만큼 마진이 좋다는 의미다. 막상 그 안에 들어가 보니 물장사는 아니다. 적지 않은 연구개발 비용이 들어간다. 원료가 차지하는 비용은 적다 해도 연구하는데 긴 시간이 걸리고 시험단계도 간단하지 않다. 제약회사에도 뒤로 빼먹는 넥타이 맨 도둑들이 득실거린다. 그런 범죄를 감시하는 조폭들이 똬리를 틀고 버티고 제목 챙길 기회를 엿본다.

공장에서 차떼기로 약품을 증빙 없이 출고하여 대형 도매약국에 보낸다. 공공연한 비밀이다. 당신은 제품 출고하여 싣고 다니는 운전사를 갈아 치워 버렸다. 몰래 제품 팔아먹는 우두머리가 시키는 하수인이다. 검은 먹이사슬 연결 고리를 건드렸다. 화난 머리가 당신의 실수를 트집 잡을 기회를 노리고 있었다.

어떻게 하면 삶의 현장에서 일어나는 수많은 시험들을 이길 것인가? 때로는 시험을 빗겨가며 살아온 당신은 이 문제를 어디서부터 풀어가야 할지 깊은 생각에 빠졌다. 종이시험 아닌 현실 삶에서 부딪치는 시험을 극복하는 방법은 지난하고 어려운 일이다. 이 문제는 세상의 입학시험 수능시험 고시 입사시험과 다른 차원이다.

*

영계에서 받아온 숙제를 아직 풀지 못하고 시간만 흘러가고 답답할 뿐이다.

숙제를 던져준 천사가 있는 영계는 지구에서 얼마나 먼 곳에 있는지, 명왕성 넘어 몇 십억 광년 거리인지 바로 태양과 가까운 곳인지 궁금해도 답을 얻을 수 없다. 아무리 가까워도 가서 의논할 상대를 찾을 수 없다. 잠도 제대로 못 자는 날들이 흘러갔다. 어떤 방법이 있을 것이라는 희망을 버리지 않고 매일 이런 저런 궁리를 거듭했다.

'희망은 외양간의 지푸라기'를 생각하며 위로받는 때도 있다.
'희망은 외양간의 지푸라기처럼 빛나는 것,
미친 듯 나는 말벌을 겁낼 건 뭐니?
저기 봐, 햇빛은 언제고 어느 구멍으로든 비쳐 들어오잖나,
왜 잠을 못 잤어, 그렇게 탁자에 팔을 기대고?
창백하고 가여운 영혼아, 차디찬 우물의 물이나마 마셔보렴,
그 다음 잠을 자.
자, 보렴. 내가 여기 있잖아.
네 낮잠의 꿈을 어루만져 주마.
요람 속에 흔들리는 아기처럼 콧노래를 부르렴.
(…….)'
- 풀 베를렌(1844-1896)-

*

어느 날 아침잠에서 완전히 깨지 못하고 뒤척이다가, 뭐 고민할 것 있나?
일본의 동경대학 '다나가 아끼오' 교수가 주장하는 것처럼 그냥 시험 없이 대학입학시키고, 기업체 입사시험, 국가공무원 시험과 각종 자격시험도 추첨으로 복권처럼 선발하면 될 것 아닌가. 예상하지 못한 부작용과 문제가 나와도 시간이 지나면 모두 해결될 것이다.
우선 우려되는 제일 큰 문제는 각종 입시준비 사설학원의 생존문제다. 현재 사설학원의 규모는 크다. 학원 일급 강사들의 수입은 대단하다. 일반학교의 교사들보다 훨씬 많은 수입과 부를 누린다. 입시학원의 생존 문제를 어떻게 극복할지 대책을 세워야 된다. 국가의 경기부양정책으로 수년 동안 아파트 건설이 대량으로 쏟아져 나왔다가 일시적인 분양열기가 지난 다음 집값이 곤두박질치기 시작했다. 어떤 방법으로 부동산 폭락을 방지해야 할지 주기적으로 고민한다. 모든 시험은 추첨제로 변경하고, 해외로부터 받아들이는 이민정책의 조건을 대폭 완화한다면, 외국인의 한국 아파트를 구입하는 투자 이민 조건을 쉽게 만들면, 대학입학 시험

도 없고, 각종 자격시험, 정부 공공기관 공무원 시험도 없이 추첨으로 들어갈 수 있는 나라가 될 것이다.

소문이 퍼지면서 미국 유럽국가들 일본 동남아 국가들로부터 이민 인구가 폭발적으로 늘어나게 될 것이다. 자연히 집값도 폭락을 멈추고 지역에 따라 좋은 시절로 돌아가거나 대부분 지역이 집값 폭락이 중지될 것이다. 외국인이 한국에 들어와서 살게 되니 한국어 배우는 사람들이 늘어날 것이다. 한국어 학원이 하나 둘 생겨날 것이고, 과거에 입시준비 사설학원들이 모두 한국어 가르치는 학원으로 변신하게 되고, 외국에 한국어 교습학원 수출까지 하게 될 것이다.

학원의 생존 문제는 어느 정도 해결될 것이다. 소기업과 공공기관에도 외국인들이 들어와 일하는 유럽의 복지 선진국보다 월등히 살기 좋은 다민족 국가가 되어간다. 대한민국은 세계 어디에서도 찾아볼 수 없는 특별한 시험 없는 나라가 된다. 학생들은 자유롭게 창의적이고 자유롭게 시야를 넓혀 공부하게 된다.

새로운 아이디어가 나오고 개인 기술창업자가 매일 수없이 생기는 창업 제일주의 사회가 된다. 학교의 차이를 없애고 사회의 불평등을 해소하기를 바라는 정권의 실세들이 환영하게 될 것이다. 또한 공부하기 싫은 학생에게는 이보다 더 즐겁고 기쁜 일이 없을 것이다. 랄라라 춤추고 술 마시고 놀아도 심지 뽑기로 입학하고 회사 들어가면 바로 유토피아다. 정착되기까지는 긴 시간이 필요하겠지만 이 유토피아는 하나의 공상으로 끝나는 칼 마르크스 사람과 같을지 불확실하다.

*

당신은 영계를 방문하는 날을 대비하여 연구소에서 정부에 제출한 내용을 수정 보완하여 저 세상에 들어가서 제출할 준비를 하고 있었다. 영계 심판관들이 서류를 검토하고 이런 것을 숙제 해결했다고 가지고 왔느냐며 나무랄지 모른다.

어째서 이런 말도 안 되는 소리를 적어 왔느냐, 따지고 나무랄 때를 대비하여 대답도 준비했다. 천국과 같은 지상낙원 건설을 질투하느냐고 따질 것이다.

추첨 제도로 괄목하게 사회가 잘 돌아가는 준 유토피아가 되고 경제성장이 이루어지고 다른 나라들이 무시험 제도를 벤치마킹을 검토 연구하고 있었다.

반면 수천 년 동안 단일 민족으로 살아온 좁은 땅에 수백만 수천만의 외국인들이 몰려온다면 주택 식량 교통 범죄문제가 심각하게 악화되어 지상에서 가장살기 힘든 지옥으로 변할지 모른다는 역설도 예상된다. 순수한 민족, 백의민족 같은 말은 사라지고 지금보다 더 많은 이슬람교, 힌두교, 변형된 불교와 각종 종교들이 들어와 종교와 이념의 갈등도 심해질 것이다. 이런 문제점이 있다 하더라도 이민정책을 적절히 조정하여 유입 인구를 해결할 수 있다. 아주 보기 드문 다른 나라에는 없는 그럴 듯한 방책이다.

이 세상에서 무시험으로 대학 들어가고 취직하여 살아온 당신은 스스로 부족한 인간이라는 열등감을 느꼈지만, 복권 당첨같이 모든 시험이 추첨으로 이루어지는 세상이 되고 난 후 정상적인 과정을 거쳐 살았다고 생각하게 되었다.

미국 무드셀라(성경 창세기 5장 27절) 재단 회원으로 가입하고, 중국의 '동방삭 재단'에도 가입하여 이들 재단이 추천하는 건강보조식품을 열심히 먹으며 큰 병 없이 살아가고 있었다. 매일 복지관에 나가서 붓글씨도 쓰고 바둑을 두면서 저세상에서 들어오라는 연락만 기다리기에는 아직 근력이 튼튼했다.

마침 지역의 공동체 생활개선재단 이사장 선출이 실시되었다. 원로들과 이웃들이 이 조직의 이사장으로 출마하라는 권유를 받아들여 후보등록을 하였다.

비교적 젊은 후보와 경합했다. 그 후보는 등산, 탁구, 천주교 등 모임이 많아 만만치 않은 상대다. 예상한 대로 결과는 당신이 실패하게 되었다.

큰 시험을 한번 치렀다. 2년 후 다시 경합했다. 주민들을 위하고 자기 자신에게 충실하다는 모습을 보여주었다. 투표자들이 인정해 주어 이사장으로 당선되었다. 공동체 생활개선재단은 중앙 정부와 지방 자치단체에 존재하는데 이 조직의 권위와 권한이 대단했다.

당신은 그 지방의 중고등 학교는 모두 추첨으로 입학시키는 제도를 제안했다. 제안이 받아들여져서 시험에 대하여 이러쿵저러쿵 시비가 없었다. 시험 없는 모범적인 자치단체가 되었다. 다른 지방과 국가에서 매일 수많은 손님이 몰려와 추첨에 의한 혁명적인 제도를 인재 선발 제도를 배우기 시작했다. 어떻게 보면 원시 시대 수렵생활로 돌아간 것 같고, 한편 탁월한 선진 국가의 모습으로 보이기도 했다.

어느 날 공동체 재단의 곽 위원과 바둑 대국을 했다. 시합이 종반에 들어갔다. 당신은 충분하게 이겼다고 계산하고 기분이 은근히 좋았다.

상대방이 한참 장고 끝에, 딱 ! 흰 돌 하나를 우상변에 붙였다. 흰 돌 하나 때리니 흑 우상변 30여 개의 집이 회돌이에 말려들어갔다.

어…! 어…!

돌이 머리를 탁, 때리는 느낌이 들었다. 의식이 몸에서 빠져나가고 웅성거리는 사람들의 소리가 들렸다. 골프공에 맞지도 않았고 바둑돌에 맞지도 않았는데 몸이 병원에서 달려온 구급차에 실려 가고 있었다.

당신은 시험을 없애라는 천사의 메모지대로 숙제는 했다는 평온한 마음이 들었다.

한강로 랩소디

2022년 10월 10 1판 1쇄 인쇄
2022년 10월 15 1판 1쇄 발행

저 자 전추부

발행자 심혁창
마케팅 정기영
교 열 송재덕
표지화 전추부
디자인 박성덕
인 쇄 김영배
펴낸곳 도서출판 한글

우편 04116
서울특별시 마포구 신촌로 270(아현동)
수창빌딩 903호

☎ 02-363-0301 / FAX 362-8635
E-mail : simsazang@daum.net
창 업 1980. 2. 20.
이전신고 제2018-000182

* 파본은 교환해 드립니다
* 정가 15,000원
*

ISBN 97889-7073-615-0-13810

'이 책은 경기도, 경기문화재단의 후원을 받아 발간되었습니다.'